KB163749

연초 도매상 2

The Sot-Weed Factor

The Sot-Weed Factor
by John Barth

세계문학전집 140

연초 도매상 2

The Sot-Weed Factor

존 바스

이운경 옮김

민음사

차례

1권 차례

개정판에 부쳐

3권 차례

3부 몰든을 되찾다

루시 로보담 양의 시련을 적당히 이야기하고, 그 비개연성
에 별로 어울리지 않는 단언으로 결론을 맺다

4. 시인이 체서피크만을 건넜으나 의도하지 않았던 장소에
   도달하다

5. 림보에 들어섰다가 벗어나다

6. 시인이 자신의 미래를 담보로 잡고
   두 개의 수수께끼에 대해 숙고하다

7. 아하치후프가 자신들의 왕을 선출하는 방법

8. 피츠모리스 신부의 운명이 좀 더 조명되고
   그것이 더욱 어둡고 의미심장한 비밀들을 조명하다

9. 배 속에 있던 비밀들 가운데 적어도 하나가 엄청난 산고와
   함께 출산되지만 아직 완전히 밝혀지지는 않다

10. 도싯의 순회 매춘부, 빌리 럼블리가 영국인이 된
    사연에 관한 소문을 전하다

11. 빌리 럼블리가 영국인이 되는 과정을 직접 본 증인이
    그에 대해 결론을 내리다. 메리 멍고모리가 본질적인 야만
    이 문명의 피부 아래 숨어 있는지, 아니면 본질적인 문명이
    야만의 피부 아래 숨어 있는지에 관해 의문을 제기하다.
    하지만 아무도 그에 답하지 못하다

12. 여행자들이 북쪽으로 여행을 계속하여 처치크릭에
    도달하다. 메키보이는 귀족보다 더 고상하게 행동하고,
    시인은 자신의 의사와 상관없이 기사 노릇을 하게 되다

13. 폐하의 풍력 제분소 및 수력 제분소 감독관들이 각자의
    목적을 계획하는 가운데, 자신의 입장을 알레고리에
    기대어 설명하다

14. 제분업자의 아내가 두 번 기절하다.
    한 번은 시인이 아니라 제분업자에 의해서.
    시인이 인생을 부끄럼 모르는 극작가에 비유하다

14 계관시인이 인격 살해 위기에 두 번 처하다.
해적질과 강간 미수, 폭동 미수, 살인, 선장들 사이의
간담이 서늘해지는 대화 등이 이 몇 장의
지면 내에서 모두 이야기되다

에브니저의 선언이 그들에게 별다른 인상을 주지 못한 듯,
그 무서운 무어인은 동료 둘과 함께 포로들을 주갑판 위로 난
폭하게 끌고 갔다. 계관시인은 그 찜찜한 잠옷만을 몸에 걸치
고 있었고, 버트랜드는 황급히 바지만을 다리에 꿴 상태였다.
소란은 이제 어느 정도 가라앉아 있었다. 여자와 하인 들은
여전히 사방에서 울부짖고 있었지만 항해사와 승무원 들은
각각 뒷돛대와 앞돛대 주위에 모여 침통한 표정으로 서 있었
다. 주선실에서 약탈자들의 호위를 받으며 한 명씩 돌아온 신
사들은 입을 굳게 다물고 있었다. 그때까지 여자에게건 남자
에게건 어떠한 육체적인 폭력 없이 '포세이돈'의 효율적인 약
탈은 거의 완료되었다. 에브니저가 엿들었던 대로라면 이제 식
량을 옮기고 선원들 서넛을 징발하여 자기 패거리에 합류시키

는 일만이 남아 있을 뿐이었다.

시종이 이미 자신을 깨끗이 털어먹은 터라 에브니저는 약탈에 대해서는 별로 신경 쓰지 않았다. 그를 공포에 떨게 한 것은 자신이 차출될지 모른다는 가능성이었다. 그와 버트랜드는 앞갑판 선실에서 잡혔고 둘 다 신사의 옷을 입고 있지 않았기 때문이다. 그의 공포심은 해적들이 그들을 앞돛대 쪽으로 끌고 갈 때 배가되었다.

그가 외쳤다. "이보시오, 제발, 내 말 좀 들으시오! 나는 선원이 아니오! 나는 메릴랜드 쿠크포인트의 에브니저 쿠크요! 나는 계관시인이란 말이오!"

'포세이돈'의 선원들은 그가 다가오자 자신들이 처해 있는 심각한 상황에도 불구하고 히죽거리며 서로를 팔꿈치로 찔렀다.

"너는 거짓말쟁이 계관시인이야, 선원." 해적 하나가 으르렁거리더니 그를 선원들이 모여 있는 곳으로 내동댕이쳤다. 그 장면은 사람들의 이목을 끌기에 충분했고 나이로 보나 외모로 보나 선장인 듯한 해적 항해사가 중앙 상갑판에서부터 다가왔다.

"무슨 일인가, 보아브딜?" 그 항해사의 목소리는 온화했고 복장 또한 부하들의 기이한 모습과는 대조적으로 단정했으며 기품도 엿보였다. 뭍에서 그를 만났다면 성실한 농장주 혹은 오십대의 선주 정도로 여겼을 것이다. 그 거대한 무어인은 그의 접근에 분명 놀란 듯 보였다.

"아무것도 아닙니다, 선장. 이 건방진 애송이들이 앞갑판 선실에서 요상한 짓을 하고 있는 걸 발견했습니다. 그리고 저기 저 키 큰 녀석은 자기가 선원이 아니라고 주장하고 있습니다."

에브니저가 선장 앞에 무릎을 꿇고 간청했다. "여기 있는 내 시종에게 물어보시오! 저기 있는 저 비열한 녀석들에게 내가 그들과 한패인지 물어보시오! 당신에게 맹세코 나는 신사입니다. 볼티모어 경의 명령을 받은 메릴랜드의 계관시인이오!"

선장의 질문에 버트랜드는 주인의 신분을 증언했고 자신의 신분 또한 밝혔다. 그리고 갑판장 역시 자진하여 이를 확인해 주었다. 하지만 늙은 네드는, 아무도 그의 의견을 묻지 않았건만, 심술궂게 에브니저의 말을 부인했다. 그리고 그 증거로서 시인이 앞갑판에서 서명한 문서를 제출했다. 거기에는 에브니저가 그 선원들의 일원이라고 명시되어 있었다. 시인의 얼굴이 공포로 질렸다.

네드는 다음과 같이 덧붙였다. "그 두 사람을 데려가세요. 그들은 충분히 능력 있는 선원입니다. 하지만 함께 항해를 할 경우에는 도둑이자 악당이죠. 그들의 수작에 속지 마십쇼!"

나이 든 동료 선원의 목적을 눈치 채고 일부 다른 사람들도 그를 거들고 나섰다. 그렇게 함으로써 자기들이 해적선에 강제로 끌려가는 신세를 면해 볼 요량인 것이다. 하지만 선장은 네드가 건넨 문서를 훑어보더니 옆으로 던져 버렸다. 그가 코웃음을 치며 말했다. "이런 것쯤은 나도 알고 있어. 게다가 서명은 메릴랜드 계관시인의 것이군." 그가 에브니저를 의심스러운 눈초리로 찬찬히 훑어보았다. "그래, 자네가 그 유명한 에벤 쿠크란 말이지?"

"맹세합니다!" 에브니저는 심장이 빠르게 뛰는 것을 느꼈다. 그는 선장의 기민함에 대한 존경심과 자신의 명성이 이미 그렇게 널리 퍼졌다는 것에 놀라서 가슴이 다 설레었다. 하지만 그의 고난은 끝난 것이 아니었다. 그 해적은 사실상 에브니저가 계관시인이라는 사실을 납득한 것처럼 보였는데도 두 사람을 뒤로 데려가 승객들로부터 확인을 받으라고 명령했기 때문이다. 잠시 후 그는 승객들의 증언을 통해 제3의 해석을 듣고 더욱 혼란스러워했다. 두 사람은 모두 선원이 아니다, 하지만 계관시인은 더 나이 먹고 뚱뚱한 사람이다, 그리고 저 말라빠진 녀석은 그의 서기라는 것이었다. 미치 선장이 이에 동의했고 그 하인이 주제넘게 주인 행세를 하는 것은 이번이 처음이 아니라고 덧붙였다.

해적 선장이 버트랜드에게 말했다. "아, 그렇다면 너는 네 시종의 치맛자락 뒤에 숨어 있었군! 하지만 어째서 선원들은 반대로 주장하는 거지?"

이 무렵 해적들은 약탈을 끝냈고 모든 사람들이 그 질문에 관심을 집중했다. 에브니저는 자신이 시종의 역할을 하게 된 복잡한 경위를 설명할 엄두가 나지 않았다.

"누가 거짓말쟁이든 당신에게 무슨 상관이 있소?" 뒷갑판에서 선장이 물어 왔다. 그의 머리엔 권총이 겨눠져 있었다. "그들의 돈을 가지고 어서 떠나시오!"

해적은 별로 개의치 않고 대답했다. "내가 원하는 건 계관시인의 돈이 아니오. 내 장담컨대 그는 가진 돈이 별로 없을 거요." 에브니저와 버트랜드 모두 이 짐작을 뒷받침해 주었다.

"내가 찾는 것은 배 위에서 나를 잘 시중 들 수 있는 훌륭한 시종이지. 계관시인 나부랭이는 필요 없어."

버트랜드가 냉큼 말했다. "바로 보셨습니다요. 솔직히 말씀 드려 제가 바로 계관시인인 에벤 쿠크입니다."

에브니저가 외쳤다. "비열한 녀석! 네놈이 거짓말을 밥 먹듯 이 하는 몰염치한 시종이라는 사실을 털어놓으라구!"

해적이 두 남자를 신중하게 관찰하며 말했다. "아니, 내가 사실을 말해 주지. 나는 시종 놈에겐 전혀 관심 없어. 나는 계 관시인을 배에 태우라는 명령을 받았지."

버트랜드가 부끄러운 줄도 모르고 에브니저를 가리켰다. "저기 당신의 시인이 있습니다요. 시종이 겪어 본 사람들 가운 데 가장 훌륭한 주인입지요."

에브니저는 눈알을 부라리다가 마침내 말했다. "아니, 아니, 훌륭한 나리들! 미치 선장 말대로 제가 주제넘게 군 것은 이 번이 처음이 아닙니다! 여기 있는 이 남자가 진짜 계관시인입 니다!"

"됐어." 해적이 말했다. 그리고 터번을 쓴 무어인에게 몸을 돌렸다. "두 놈 모두에게 족쇄를 채우고 이제 떠나세."

이렇게 해서 그 불운한 한 쌍은 '포세이돈' 갑판에 모여 있 던 사람들의 웅성거림 속에서 거세게 항의하며 소형 선박으 로 옮겨졌다. 해적들은 자신들이 덮친 배 위에서 찾을 수 있 는 모든 총기류와 탄약을 몰수한 후, 마지막으로 여자들을 몇 번 꼬집어 주고는 난간 너머로 기어올라가 갈퀴들을 벗겨 냈 다. 그리고 자신들이 유린한 희생자들을 저 멀리 뒤에 남겨 두고서 다시 탁 트인 바다로 향했다. 칩스, 갑판장 그리고 우현 망루의 젊은 선원 등 납치된 선원들은 선장의 선실로 끌려가 문서에 서명했다. 그리고 포로 둘은 이물 쪽에 있는 밧줄과 돛 등을 보관하는 창고 안에 갇혔다. 그곳은 창살이 쳐진 문과 육중한 떡갈나무로 된 기둥에 단단히 고정된 족쇄가 더해져 어두운 감방으로 변했다.

시종의 배신에 대한 분노와 자신의 운명에 대해 불안한 마음으로 구토가 다 날 지경이었지만, 에브니저는 또한 이 모든 일 전체가 도대체 어찌된 영문인지 몰라, 해적들에게 그들이 납치당한 이유를 다그쳐 물었다. 하지만 그의 모든 질문에 그들의 간수(그들에게 처음 손을 댄 바로 그 검은 거인)는 그저 이렇게 대답할 뿐이었다. "파운드 선장에겐 나름의 이유가 있어." 에브니저가 그 이름을 기억해 낸 것은 발에 족쇄가 채워지고 그 짐승 같은 놈이 육중한 문에 빗장을 지르는 동안 이 대답을 네댓 번이나 반복하고 나서였다.

"당신 지금 파운드 선장이라고 했소? 당신 선장의 이름이 파운드요?"

해적이 으르렁거리듯 말했다. "톰 파운드야." 그러고는 더 이상의 질문은 들으려 하지 않고 가 버렸다.

시인이 외쳤다. "세상에!" 무어인이 램프를 가져가 버린 탓에 이제 그와 버트랜드만이 그 작은 감옥 안의 절대적인 어둠 속에 남겨져 있었다.

"그 악당을 알고 있습니까, 주인님? 유명한 해적이에요? 아, 주여, 푸딩 레인으로 다시 돌아갈 수만 있다면! 자진하여 내

빌어먹을 물건을 랠프 버드솔의 처분에 맡길 텐데!"

에브니저는 이 놀라운 우연(만약 정말로 그가 맞다면)으로 인해 자신이 시종에게 화가 나 있다는 사실을 잠시 잊었다. "그래, 나는 토머스 파운드에 대해 알고 있어. 그는 뉴잉글랜드 먼바다에서 벌링검과 함께 항해했던 바로 그 해적이야!"

버트랜드가 외쳤다. "벌링검 나리가 해적이라니! 뭐, 저한테는 별로 놀라운 일도 아니지만……."

에브니저가 날카롭게 말을 잘랐다. "그 거짓말하는 혓바닥은 붙들어 매! 너같이 징글징글한 악당은 내 친구를 비난할 자격이 없으니까. 네놈은 돈 한 푼에 날 상어 무리 속으로 던져 넣을걸!"

시종이 간청했다. "아뇨, 제발, 주인님. 저를 그렇게 나쁘게 생각하지 마십시오. 제가 잘못한 건 인정합니다. 하지만 그건 당신의 목숨이나 제 목숨이 달린 문제였지 그깟 돈 한 푼의 문제가 아니었다고요." 그는 잠시 후 선장이 자신의 진짜 의도를 밝혔을 때 에브니저 역시 똑같이 행동하지 않았느냐고 덧붙였다.

이에 대해서는 계관시인도 뭐라 대꾸할 말이 없었다. 한동안 두 남자 모두 입을 다문 채 각자 자신의 비참한 처지를 곱씹었다. 바닥 목재 위에 놓인 두 개의 헤진 범포 더미가 그들의 침대였다. 그들이 갇혀 있는 곳이 소형 선박의 이물 끝에 위치해 있어 수평이 아니라 위로 굽어져 있었기 때문에 그들 또한 자세를 굽혀야 했다. 너무도 피곤했지만 두려움과 흥분에서 오는 불안감, 이물에 부딪히는 파도와 그 각도 때문에 에브니저는 잠을 제대로 이룰 수 없었다. 그의 마음은 헨리 벌링검에게로 돌아갔다. 벌링검은 지금 그들을 포로로 잡고 있는 바로 그 해적들과 함께 항해를 했었다. 아마도 바로 이 배에 승선했었을지도 모른다.

"그가 지금 여기 있다면 얼마나 좋을까. 중간에서 잘 말해 줄 수 있을 텐데!"

그는 벌링검과의 친분을 파운드 선장에게 밝힐까 생각해 보았다. 하지만 곧 생각을 접었다. 우선 헨리가 어떤 이름으로 항해했었는지 알 도리가 없었고, 그의 친구가 동료 선원들을 어떻게 떠났는지 생각해 보았을 때 선장이 자신과 벌링검 사이의 친분을 그리 긍정적으로 여기지 않을 것 같았기 때문이다. 에브니저는 벌링검이 플리머스행 마차에서 들려주었던 강간당할 뻔한 모녀의 이야기를 떠올렸다. 그들은 벌링검에게 그의 조상에 대해 처음으로 실마리다운 실마리를 제공해 주었다. 물론 다른 방식으로도 보상했지만. 에브니저는 마음이 아릴 정도로 헨리 벌링검이 그리워졌다. 그는 그의 소중한 친구가 정확히 어떤 모습이었는지조차 기억할 수가 없었다. 그의 마음속에 그려진 그림은 기껏해야 미국에서의 모험들을 전후한 벌링검의 아주 다른 얼굴들과 목소리들이 뒤섞인 모습이었다. 버트랜드의 말이 다시 생각났다. 그리고 그것과 함께 시종과 헨리의 만남에 대해 신경 쓰이는 기억들 역시 떠올랐다. 그의 친구는 런던 역참에서 버트랜드를 만났던 일, 그리고 '바다의 왕' 마구간에서 버트랜드와 옷을 바꿔 입었던 일을 전혀 언급하지 않았다. 그리고 어째서 버트랜드는 에브니저를 그렇듯 놀라게 했던 벌링검의 해적 경력을 알고서도 놀라지 않았을까?

그가 큰 소리로 물었다. "어째서 너는 그렇게 벌링검에 대해 나쁘게 말하는 거지?" 하지만 대답으로 돌아온 것은 그들 사이에 놓인 커다란 용골 목재 건너편에서 들려오는 코 고는 소리뿐이었다.

그는 경탄과 분노가 혼합된 감정으로 외쳤다. "이런 상황 속에서도 저 녀석은 잠을 잘 수 있군!" 하지만 그를 깨울 기분은 아니었다. 그리고 마침내, 비록 그는 그것이 불가능하다고 생각했지만, 그 역시 극도의 피로감에 굴복하고 말았고, 가장 가능할 것 같지 않은 장소에서 잠이 들고 말았다.

아침이 되자 그 문제는 그의 마음속에서 사라졌거나 그 중요성을 상실한 듯했다. 왜냐하면 그는 시종에게 그 문제에 대해 아무런 언급도 하지 않았기 때문이다. 날이 갈수록 파운드 선장이 그들을 그리 무자비하게 대하지는 않는다는 점이 분명해졌다. 빵과 치즈 그리고 물(처벌이 아니라 승무원 전체가 아침 식사로 먹는 음식이었다.)로 이루어진 아침 식사 후에 그들은 족쇄에서 풀려났고 훔친 옷가지를 받았으며 갑판으로 올라오는 것이 허용되었다. 그들은 자신들이 망망대해를 항해하고 있음을 알게 되었다. 일등 항해사로 보이는 무어인은 그들에게 뱃밥을 만들거나 갑판 닦는 일 같은 간단한 허드렛일들을 맡겼다. 밤이 되어서만 그들은 그 비참한 감방으로 돌아갔다. 그리고 끌려온 첫날을 제외하고 다시 족쇄를 차는 일도 없었다. 파운드 선장은 자신이 생각하고 있는 바를 그들에게 명백히 밝혔다. 두 사람 중 하나가 계관시인인 건 틀림없지만 누구의 주장도 믿을 수 없으므로 두 사람 모두를 감금해놓을 작정이라는 것이었다. 그는 자신이 누군가의 명령을 따르고 있다는 것 외에는 그들을 감금하는 이유에 대해 더 이상 언급하지 않았고, 그들을 석방하라는 명령이 오면 그렇게 하겠다는 말 외에는 언제까지 감금할 것인지에 대해서도 역시 입을 다물었다. 그동안 자기들은 오직 그들의 행동을 면밀히 감시할 것이며 그들에게 어떤 폭력도 행사하지 않으리라는 말뿐이었다.

이 모든 정황으로부터 에브니저는 파운드가 어떤 식으로든 최고의 모략가인 존 쿠드의 사람이라고 짐작할 수밖에 없었다. 그는 쿠드의 지시에 따라 '포세이돈'을 습격하기 위해 매복하고 있었던 것이다. 그 남자는 분란을 일으키기 위해서는 어떤 일도 마다하지 않을 것이다! 그러면서도 해적에게 그 비난을 모두 감수하게 만들다니 정말 악마처럼 영리한 놈이 아닌가! 목숨을 빼앗기거나 고문을 당할 위험이 사라진 듯 보이자 계관시인은 납치된 것에 대해 한없이 분개하는 데 열중했다. 그러면서도 그런 강렬한 감정들을 납치범들에게 들키지 않도록 조심했다. 또한 자신의 적이 펜의 힘을 그렇듯 대단히 여기는 것에 대해서는 칭찬할 수밖에 없었다.

그는 버트랜드에게 세상 경험을 많이 한 듯한 어조로 설명했다. 「메릴랜디아드」를 의뢰했을 때 볼티모어 경의 마음속에는 뮤즈 이상의 것이 있었던 게 분명해. 그는 다른 영주들은 잘 인정하지 않는 것을 알고 있었어. 훌륭한 시인은 궁정에서 어떤 대의를 지지하거나 반대하는 친구 두 명의 가치가 있다는 거지. 물론 그 남자는 시인의 감정에 대해 너무 잘 알고 있어서 그런 것을 드러내 놓고 단언하진 않았지만 말이야. 그렇지 않았다면 어째서 그가 헨리를 보내 나를 돌보게 했겠어? 그리고 어째서 쿠드는 나를 기다렸다가 공격해야 했겠어? 그건 쿠드가 볼티모어 경과 마찬가지로 나의 영향력에 대해 잘 알기 때문 아니겠어? 정말이지 그 두 사람은 서로 만만치 않은 적수라니까!"

버트랜드가 이 말에 감명을 받았는지는 모르겠지만 위안을 얻지 못한 것은 분명했다. 그가 지겹다는 듯 외쳤다. "둘 다 염병에나 걸리라지요!"

주인이 나무라듯 말했다. "그렇게 말하지 마. 사소한 일에 갈팡질팡하는 거야 어쩔 수 없지만 이건 명백히 정의 대(對)비열함의 문제야. 그냥 어깨를 으쓱하고 지나치는 것은 커다란 범죄를 묵인하는 것과 같다고."

버트랜드가 어깨를 으쓱하며 말했다. "어쩌면 그럴지도 모르지요. 저는 볼티모어가 대단한 구교도라는 걸 알아요. 하지만 그가 성자(聖者)인지에 대해서는 아직 의심스럽네요." 에브니저가 인정하지 않자 시종은 계속해서 자신이 '포세이돈'에서 루시 로보담으로부터 들은 이야기를 들려주었다. 요점인즉슨, 찰스 캘버트는 로마에 고용된 사람이라는 것이었다. "그는 구교도들과 야만인들을 연대시켜 개신교도들에게 저항하게 하고, 그들 모두를 도륙하기로 교황과 악마의 거래를 했답니다! 그런 다음 메릴랜드를 로마의 요새로 만들면, 예수회 사람들이 구더기처럼 메릴랜드 전역에 들끓게 될 것이고, 당신이 '하느님 아버지'라고 미처 말하기도 전에 전국은 로마의 손에 들어가게 될 거라던데요!"

에브니저가 코웃음을 치며 말했다. "간악한 헛소리! 볼티모어 경이 무엇 때문에 그런 사악한 일을 한단 말이야?"

"무엇 때문이냐고요? 만약 그가 메릴랜드를 로마 가톨릭으로 만들어 놓으면 그를 시복(諡福)할 것이요, 그가 메릴랜드 전체를 빼앗으면 그를 성인으로 만들어 주겠다고 교황이 맹세했기 때문이지요! 교황은 그를 피투성이의 성자로 만들 겁니다!" 루시 로보담의 말에 따르면, 자신의 아버지 등이 쿠드와 결탁하여 제임스 왕의 폐위와 동시에 메릴랜드의 구교도들을 타도하고 윌리엄과 메리에게 메릴랜드주를 손에 넣으라고 탄원한 것은 정확히 이런 재난을 막기 위해서였다는 것이다. "하지만 쿠드는 수고를 하고도 보상을 받지 못했죠. 집이 헐리자마자 철거하던 사람들 사이에서 내분이 일어난 데다 볼티모어가 니콜슨이라는 놈에게 총독의 지위를 용케 얻어 주었기 때문이죠. 그는 윌리엄왕의 깃발을 휘날리고 있지만 그 속은 구교도라는 걸 온 세상이 다 알고 있다고요. 하운즐로 히스에서 제임스와 싸웠을 때 그는 나머지 사람들과 함께 미사를 올렸고 보스턴으로 데려간 군대도 아일랜드의 구교도들이었어요."

에브니저가 외쳤다. "하느님 맙소사! 로보담이라는 매춘부의 입은 정말 중상모략의 소굴이군! 니콜슨은 나와 마찬가지로 정직한 사람이야!"

시종이 굽히지 않고 계속했다. "그는 볼튼 공작의 사생아지요. 그리고 구교도들과 친해지기 전에는 아프리카에 있던 커크 대령의 부관이었고요. 사람들은 그가 메키네즈에서 뮬리 이슈마엘 황제를 기쁘게 하기 위해 대령의 엉덩이에서 포도주를 핥아 먹었다고들 하더군요."

"그만!"

"어떤 사람들은 그것이 5월의 포도주였다고도 하고 다른 사람들은 브리스톨 셰리주라고도 말했답니다. 루시 양 본인은 5월의 포도주 편을 들었고요."

"더 이상 듣지 않겠어!" 시인이 위협했다. 하지만 그가 그럴리가 없다고 부인할 때마다 버트랜드는 "당신처럼 정직한 사람은 꿈도 못 꾸는 일들이 많이 일어나고 있어요."라든지 "궁정에서보다 침실에서 더 많은 역사가 이루어지는 법이죠."라는 말로 맞받아치곤 했다.

그가 마침내 말했다. "누가 옳고 누가 그른지는 제게 전혀 중요하지 않아요. 이 쿠드라는 놈은 어쨌든 우리에게 덫을 놓아 잡았어요. 그리고 우리는 다시는 뭍에 발을 올려놓지 못하겠죠."

시인이 다그쳤다. "어째서 그렇지? 나는 '포세이돈'에서나 여기서나 별다르지 않게 잘 지내고 있는데. 그리고 우리는 다른 명령이 올 때까지 잡혀 있기만 하면 되는 거잖아."

시종이 대답했다. "확실히 그렇죠! 하지만 만약 당신이 찰스 캘버트가 생각하는 것만큼 파괴력이 큰 대포라면 쿠드가 자기를 폭파시키도록 당신을 그냥 놓아줄 것 같아요? 우리의 목숨이 아직 붙어 있는 것만도 제겐 불가사의예요!"

에브니저도 그의 말에 일리가 있다는 것을 인정할 수밖에 없었다. 하지만 그렇다고 곧장 공포에 사로잡힐 수도 없었다. 파운드 선장은 틀림없이 무서운 상대다. 하지만 그는 잔인한 사람 같지는 않아 보였다. 벌링검이 얘기해 준 사건에서도 그는 명백히 강간을 묵인했지만, 살인에는 선을 긋는 듯했고, '포세이돈'을 약탈할 때도 사실상 신사적인 수준이었다. 게다가 그는 대부분의 해적들이 그렇듯이 탐욕스럽지도 않다. 몇 주일 동안 소형 선박은 북에서 남으로 그리고 다시 남에서 북으로 누가 봐도 아무런 목적 없이 영국 깃발을 휘날리며 순항했다. 수평선에 배 한 척이 나타나면 해적들은 추격했지만 그 배를 따라잡고 나서는 상냥하게 인사를 건넸다. 그리고 파운드 선장은 바다에서 만나는 여느 선장들처럼 그 배가 어디로 향하는 배인지, 그리고 어떤 화물을 싣고 가는지 묻곤 했다. 그리고 "바크 선 아델라이드호요. 플리머스를 출발한 지 130일 되었소. 비단과 은그릇을 싣고 필라델피아로 가고 있다오."라든지 "브리그 선 필그림호요. 자메이카에서 럼주를 싣고 보스턴으로 가오."라는 등의 도발적인 답변이 돌아온다 해도 에브니저가 그곳에 억류된 지 삼 개월이 꽉 차도록 해적 행위를 목격한 것은 오직 두 번뿐이었다. 그리고 이것은 다음과 같은 방식으로 8월 초의 어느 하루 동안 연속으로 발생했다.

날씨도 화창했고 사방에 아무것도 보이지 않았지만 며칠 동안 소형 선박은 멈춰 있었다. 어느 날 점심 식사를 마친 후, 망꾼이 서쪽으로 향하는 배를 발견했다. 파운드 선장은 한동안 망원경으로 그것을 관찰한 후 말했다. "포세이돈호다. 좋아, 그들을 덮치자." 납치된 선원들 셋은 앞갑판에 있는 선실로 들어가 있으라는 명령을 받았다. 버트랜드는 돛 넣는 창고에 감금되었고, 아침 내내 창고에서 화물을 옮기는 보기에도 무의미한 일을 했던 에브너저도 그 일을 마치도록 아래로 보내졌다.

그는 생각했다. "불쌍한 미치 선장! 이 악마는 그를 파멸시키려고 기다리고 있었군!" 그는 비록 원론적으로는 해적질을 개탄했고 미치와 그의 승객들 모두 어떤 해도 입지 않기를 바랐지만, 자신을 그렇듯 학대한 선원들에 대해서는 일말의 동정심도 느낄 수가 없었다. 이미 해적들의 잔악함을 목격했기 때문에 그는 오히려 그들과 '포세이돈' 승무원들의 싸움을 일종의 기대감을 가지고 기다렸다. 어떤 경우든 그는 갑판에서 벌어지는 그 흥미진진한 광경을 놓치고 싶지 않았다. 추격은 겨우 한 시간 만에 끝이 났지만 그동안 그는 창고에서 (이제 이해하기로는) 추가로 획득된 전리품을 위한 공간을 만들기 위해 커다란 통과 상자들을 고물 쪽으로 옮겨 정리하는 일을 성실히 해냈다. 하지만 쇠갈퀴가 던져지고 소수의 인원만을 제외한 모든 해적들이 승선을 준비하며 바람이 불어 가는 쪽 난간에 웅크리고 앉았을 때, 그는 갑판의 승강구 뚜껑을 열고 가장자리로 기어올라가 밖을 응시했다.

눈에 익은 배의 모습을 보자 가슴이 두근거렸다. 그가 시인의 올바른 행실에 관해 버트랜드와 토론하고 또 신의 뜻에 의해 바닷속으로 내던져졌던 뒷갑판이 보였다. 선미루 위에 미치 선장이 잔뜩 찌푸린 얼굴로 서 있었다. 뱃머리에는 갓 만들어진 듯한 4킬로그램짜리 대포가 실려 있었지만 그는 이전처럼 공격에 저항함으로써 승객들을 위험에 빠뜨리는 일이 없도록 부하들에게 주의를 주고 있었다.

에브니저는 혀를 찼다. "불쌍한 사람!"

허리 쪽에는 숙녀들이 이전과 마찬가지로 비명을 지르며 기절하는 모습이 보였고, 신사들은 신경질적으로 얼굴을 찌푸린 채 귀중품을 내주기 위해 각자의 선실로 끌려가고 있었다. 앞돛대 옆에는 선원들이 떼 지어 몰려 있었다. 네드를 포함하여 에브니저를 괴롭혔던 사람들 몇 명이 보였고 새로운 얼굴도 많이 보였다. 해적들은 마지막으로 '포세이돈'을 덮친 이후 적어도 육 주 동안 바다에서 지내 왔기 때문에 여자들에 대한 정욕을 숨기지 않았다. 그들은 아주 음탕한 언어로 그들에게 말을 걸고, 꼬집고, 찔러 보고, 잡아당기고, 쓰다듬었다. 파운드 선장은 강간을 막기 위해 분주했다. 그는 예의 그 조용하고 쉰 듯한 목소리로 선원들에게 소리쳤고, 그들이 만약 그만두지 않으면 밧줄로 묶어 배 밑을 통과시키겠다고 위협했다. 그럼에도 일등 항해사 보아브딜은 아마도 뱃멀미 때문에 잠옷 차림으로 갑판 위로 올라온 듯한 젊은 미인에게 넋이 빠져서는 그녀를 어깨 위에 들쳐 업고 난간으로 향했다. 분명 그녀를 전통적인 해적 방식으로 강간할 작정인 듯했다. 선장이 그의 이마에 권총을 겨누고 나서야 그 무어인은 열정을 누르고 억눌린 신음 소리와 함께 입술을 핥으며 가 버렸다. 다행히 그 여자는 그가 처음 다가올 때 벌써 기절해 버려서 자신의 명예가 가까스로 구제되었음을 알지 못했다.

상황이 너무 급박해지자 선장은 약탈이 완료되기도 전에

모든 사람들을 소형 선박으로 불러들였다. 그리고 갈퀴를 벗겼다. 그는 소형 선박으로 돌아오면서 '포세이돈'에 장착된 대형 보트 한 척과 함께 미치 선장과 '포세이돈'의 선원들 가운데 두 명을 데려왔다. 경도(longitude)와 관련된 주제 및 4킬로그램짜리 대포의 탄약을 모두 몰수하지 못했을 가능성에 대해 상의할 것이 있다는 이유였다. 그는 소형 선박이 시야에서 벗어나는 즉시 그들을 풀어 주겠다고 약속했다. 그런 다음 여전히 불만이 가시지 않은 선원들에게 새로운 양식을 화물칸에 싣고 전리품을 공식적으로 분배할 준비를 하라고 지시하고는 인질과 함께 해도실(海圖室)로 들어갔다.

해적들이 배로 돌아오기 시작하자 에브니저는 물론 구경하던 장소를 포기했었다. 분위기가 너무 험악해 보였기 때문에 첫 번째 포트 와인 통이 승강구 밑으로 내려오기 전 그들의 분노를 피해 멀리 뒤쪽에 있던 낡은 화물 뒤로 몸을 숨겼다. 그가 숨은 장소는 선실 아래 용골 양옆으로 고물에 있는 타주(舵柱)까지 뻗어 있는 90센티미터 높이 정도의 넓고 어두운 틈이었다. 그 공간은 갑판의 타륜(wheel)으로부터 받침 나무들을 통해 타주 자체를 잇는 조타(操舵) 닻줄들에 접근할 수 있는 통로 역할을 했으므로 배 밑바닥의 완만하게 휘어진 부분 위에 보조 바닥을 갖추고 있었는데 계관시인은 그 위에 반듯하게 드러누워 숨을 죽이고 있었다. 이때 고물로부터 60센티미터가 채 안 되는 곳에 있던 그의 머리 위에서 의자가 바닥을 끄는 소리에 이어 곧 두 사람의 킬킬거리는 소리가 들려왔다.

한 사람이 말했다. "세상에, 그 검둥이 녀석이 그 계집을 쪼개 놓을 것 같더라니까!" 에브니저는 그것이 파운드 선장의 목소리라는 것을 쉽게 감지할 수 있었다. "내가 막자, 그놈은 나를 물고기 밥으로 던져 버릴 기세더군!"

상대방이 웃었다. "장담하건대, 내가 그놈을 막았더라도 그 놈은 그녀를 갈기갈기 찢어 놓았을 거야, 톰. 하지만 그건 정 말 유감스런 일이지. 그녀는 신사의 몫이지 황소의 몫이 아니 라고. 난 랜즈 앤드가 가시거리에 들어오기 전에 그녀를 어떻 게 해 볼 심산이네."

에브니저는 미치 선장의 목소리를 듣고도 놀라지는 않았 다. 하지만 그들의 대화가 암시하는 친밀함에 등골이 오싹해 졌다.

미치가 물었다. "귀찮은 일이라도 생길 것 같나?"

"누가 알겠어, 짐. 보아브딜은 여자에게 야만스럽게 구는 녀 석이야. 그들 모두 어떻게든 뭍에서 일주일을 보내지 않으면 나는 죽은 목숨일세."

"자, 나는 자네가 데리고 있는 시인에 관해선 어떤 명령도 받지 못했어. 하지만 이것을 가져왔네. 그들은 이것을 세다포 인트에서 배 위로 몰래 들여왔지."

무엇인지는 알 수 없지만 미치가 그것을 꺼내는 동안 잠시 침묵이 흘렀다. 그런 다음 탁자 위에 문서 같은 것을 올려놓 는 소리가 났다. 에브니저는 지금까지도 모든 말을 똑똑히 들 었지만 이에 좀 더 촉각을 곤두세웠다. 그는 자신이 여기에 숨 은 원래 목적을 완전히 망각하고 있었다.

파운드가 소리 내어 읽었다. "'체서피크만으로의 여행에 관한 비밀 역사'라니 이 무슨 싱거운 짓인가?"

미치가 웃으며 말했다. "싱거운 짓이 아냐. 볼티모어가 그것 때문에 자네의 목을 자를걸! 뒤편을 보라고."

종이 뒤적이는 소리가 났다. "이런, 세상에!"

"그래." 그의 친구가 뭘 깨달았는지는 모르겠지만 미치가 확인해 주었다. "그들이 캘버트 카운티에서 딕 스미스를 제거했어. 신만이 그 방법을 알겠지! 그는 볼티모어의 감독관이잖아."

"하지만 내가 그것과 무슨 관계가 있는데?"

"사람들이 말하기를 아마 이것 때문에 쿠드가 직접 한 달 내로 올 거라더군. 내가 알아본 바에 의하면 이것은 전체 일기의 일부분에 지나지 않아. 만약 사건들이 해결되기 전에 그가 나머지를 찾을 수 있다면 니콜슨이 그를 건드릴 수 없지. 지금 그곳은 완전히 난장판이 되었네, 톰. 자네는 세인트메리즈 시티를 봐야 해! 앤드로스가 왔다 갔고. 로렌스가 다시 돌아왔지. 헨리 자울스가 니니언 빌의 옛 자리를 차지했어. 자네가 좋아하는 그 여자의 아버지인 로보담이 다시 돌아왔고. 루시를 기억하나?"

파운드가 말했다. "그래, 마지막으로 만났을 때의 모습을 아주 잘 기억하지. 그녀 엉덩이에 모반(birthmark)이 있다고 했던가?"

"아냐, 톰, 모반이 아냐! 그건 주근깨로 되어 있는 큰곰자리(북두칠성)일세. 그리고 지극성[1]이 가리키고 있는 것은……"

---

1) 북두칠성의 알파와 베타 별.

파운드가 웃으며 말했다. "됐네! 나도 북극성이 어디 있었는지 기억하고 있어. 모든 남자들의 아랫도리에 있는 바늘들이 그곳을 겨냥하고 있지. 메릴랜드 얘기나 계속하게. 자넨 곧 떠나야 하잖아."

미치가 말했다. "정말, 얼마나 대단한 계집인지! 아, 내가 어디까지 이야기했지? 앤드로스에 대해 말했나?" 그리고 그는 계속해서 다음과 같은 이야기를 들려주었다. 죽은 코플리 총독의 통치 기간 동안 그렇듯 영향력을 행사했던 존 쿠드의 처남인 니아미야 블래키스톤이 지난 2월 니콜슨이 볼티모어 경에게 몰래 가져다준 '벌링검의 일기 문서들'에서 밝혀진 증거를 바탕으로 세관 위원회에 의해 뇌물죄로 고발당한 후 불명예스럽게 죽었다. 버지니아의 에드먼드 앤드로스 경은 5월에 코플리가 탄핵했던 토머스 로렌스 경과 함께 세인트메리즈로 돌아왔다. 그리고 그를 의회 의장과 메릴랜드 총독 직무 대행으로 만들었다. 그것은 반란군들에게 매우 두려운 일이었다. 왜냐하면 그 악명 높은 1691년의 의회 일지를 니콜슨에게 몰래 가져다준 사람이 바로 로렌스였기 때문이었다. 그런 다음 니콜슨이 상륙해서는 그의 좋은 친구 로렌스를 포옹했고, 주 정부의 권위를 장난치듯 무시하는 것으로 식민지 전역에서 매우 잘 알려져 있던 제임스 2세파 왕실 감독관 에드워드 랜돌프를 메릴랜드의 평의원으로 만들었다. 하지만 니콜슨은 자신이 없는 동안 메릴랜드를 다스려 준 것에 대해 옛 상관인 앤드로스에게 고마워하기는커녕 재빨리 앤드로스의 정부를 비합법적이라고 규정했고, 그들 아래서 통과된 모든 법령들을 무효라고 선언했으며, 앤드로스에게 로렌스의 의회가 감사의 표시로 주었던 500파운드의 사례금을 돌려주어야 한다고 요구했다.(아직까지 그 요구는 받아들여지지 않았지만.) 미치는 반도들이 앤드로스로 하여금 니콜슨과 척지게 하는 데 이러한 갈등을 최대한 이용하고 있었다고 단언했다. 그들의 지도자 쿠드는 여전히 세인트메리즈 카운티에서 보안관의 지위와 더불어 로렌스 휘하 민병대의 중령 지위를 무사히 유지하고 있었다. 그리고 이 자격으로 자신이 전복시키려고 갖은 애를 다 쓰고 있는 그 정부로부터 월급을 받아 냈다. 앤드로스는 이미 자신의 '해안 경비대'인 파운드 선장으로 하여금 쿠드를 돕도록 했고, 그에 덧붙여 물론 사실상 쿠드에게 만약 지금 우려하는 것처럼 니콜슨이 그와 그의 동료 케넴 케셀딘과 블래키스톤의 미망인에게 소송을 시작한다면 버지니아에 피신처를 마련해 주겠다고 약속했다는 것이다. 미치는 더 나아가 반도들이 공수 양면에서 활발한 활동을 벌였다고 단언했다. 그들은 자신들의 유죄를 증명하는 일지의 다른 부분들을 찾기 위해 주를 샅샅이 뒤졌다. 그들은 구교도와 제임스 2세파 여러 명이 그것을 은닉하고 있다고 알고 있었다. 그리고 동시에 그들은 다른 인디언 부족들과 연계하여 반란을 일으키도록 피스카타웨이 인디언들을 선동하고 있다는 것이었다.

파운드가 말했다. "저런, 위험한 게임을 하고 있군! 내가 바다에 있는 게 다행이야!"

"나도 런던을 향해 동쪽으로 항해하고 있는 게 다행이네, 톰. 이 쿠드라는 놈은 주(州) 하나를 내기에 걸어 불태울 놈이야. 하지만 보상은 아주 후하게 하지."

"말이 나왔으니 말인데……."

"그래." 미치가 말했다. 또 잠시 침묵이 흘렀다. "그들은 쿠크를 붙잡은 대가로 '이것'을 자네에게 주라더군. 그리고 이 문서들을 보관하는 것이 더 나은 이유는 또 하나 있지." 미치의 설명은 다음과 같았다. 니콜슨은 이 일지가 없어졌다는 사실을 알고 그것을 찾기 위해 모든 주를 들쑤시고 다녔다. 그래서 반도들은 사안들이 해결될 때까지 그것을 식민지에서 완전히 치워 버리기로 결심한 것이다. 파운드는 현재의 위도로 육 주 동안, 혹은 쿠드가 보낸 배가 나타나 문서들을 가져갈 때까지 순항하도록 되어 있다. 그때 그는 보수를 받을 것이고 아마 그가 데리고 있는 포로들과 관련해서도 별도의 지시를 받으리라는 것이었다.

파운드가 말했다. "좋아. 이제 내 쪽에서 자네의 몫을 줄 차례군."

"수확은 괜찮았나, 톰?"

파운드는 "나쁘지 않아."라고 말하고는 다음과 같이 덧붙였다. 그들의 계약 조건에 따르면 현금은 모두 해적들에게 주고 보석은 그것을 런던에서 쉽게 팔 수 있는 미치에게 주도록 되어 있으므로 서쪽으로 향하는 여행에서는 서로 비슷하게 이득을 보거나 해적들이 더 수지를 맞지만 동쪽으로 향하는 여행에서는 많은 승객들에게 가족 대대로 내려오는 보석밖에 남아 있는 것이 없으므로 미치가 훨씬 더 많은 몫을 챙기기 마련이었다. 거래는 성사되었다. 미치는 대형 보트를 타고 떠날 준비를 했다. 한편으로는 놀라고 한편으로는 두려움에 떨며 그들의 대화를 모두 들은 에브니저도 은신처를 비울 준비를 했다. 해적들이 짐을 다 실은 지 이미 오래였기 때문이다.

"한 가지 더."라는 미치의 목소리가 들리자 시인은 마저 듣기 위해 재빨리 몸을 움츠렸다. "만약 쿠드가 이 부분을 가져갈 때, 아직 나머지 일지들을 찾지 못한 상태라면 그에게 말해 주게. 내가 그것을 어디에서 찾을 수 있는지에 관한 정보를 가지고 있다고, 하지만 그것을 찾으려면 20파운드가 들어야 할 거라고 말일세. 이 일지들의 뒷면에 무엇이 쓰여 있는지 보았나?"

"이 '체서피크만으로의 여행' 말인가? 그게 뭔데?"

미치의 설명은 다음과 같았다. 케넴 케셀딘은 1691년의 의회 일지를 쿠드가 그에게 제공한 장정된 4절판 원고의 뒷면에 기록했다. 그런데 그것은 공교롭게도 그 반도가 제임스타운에 숨어 있는 동안 획득한 한 오래된 일기라는 것이었다. "그 일기를 쓴 사람은 스미스라는 이름을 가진 남자일세. 읽어 보면 알겠지만 상스럽기 그지없는 내용이지! 그리고 안전을 위해 반도들뿐만 아니라 구교도들도 그것을 '스미스의 책'이라고 불렀다네. 비록 그들 가운데 그것을 직접 본 사람은 거의 없었지만 말이야." 미치는 파운드에게 물었다. "그렇다면 볼티모어가 그것을 안전하게 보관하기 위해 그 각 부분들을 같은 성(姓)을 가진 여러 동료들로 하여금 나누어 보관하게 하는 것이 가장 자연스러운 일 아니겠나?"

에브니저는 식은땀을 흘리기 시작했다. 그러나 다행히도 파운드는 터무니없는 추측이라고 비웃었다. 하지만 그것을 쿠드의 대리인들에게 (진위는 알 수 없으나) 그대로 전달하겠다고는 약속했다.

미치가 쾌활한 어조로 단언했다. "20파운드야, 명심하게. 자, 이제 나를 위협하며 내 보트로 몰고 가게. 사람들이 우리의 계략을 눈치채지 않도록 말일세. 나는 다음 봄이나 그 전에 훈제업자의 선단과 함께 돌아갈 걸세."

에브니저는 숨어 있던 틈에서 기어 나와 상자들과 통들을 넘어 사다리를 타고 승강구 문으로 올라갔다. 분노와 흥분으로 구토가 치밀었다. 그는 자신이 들은 것을 말해 주고 싶어 좀이 쑤셨다. 그 두 선장들을 맞이하느라 상당히 소란한 틈을 타 쓸데없이 사람들의 이목을 끌지 않고도 갑판 위로 올라가 앞갑판의 승강구 계단 쪽으로 움직일 수 있었다.

해적 선원들 사이에 불온한 기운이 흐르고 있었다. 아주 사소한 빌미로도 문제를 일으킬 준비가 되어 있는 듯 보였다. 그들은 '포세이돈'에서 잡혀 온 공포에 질린 선원 둘을 마지못해 놓아주었다. 그들은 선장들이 은밀하게 대화하는 동안 그 두 선원들을 내내 괴롭혔다. 미치의 대형 보트가 그들이 총을 겨누고 있는 가운데 북쪽 수평선에 있는 모선을 향해 힘차게 나아가기 시작하자 그들의 얼굴은 어두워졌다.

에브니저는 앞갑판을 통해 관례상 자물쇠가 채워져 있지 않은 자신의 감방으로 미끄러져 들어갔다. 그리고 버트랜드에게 미치의 배반과 쿠드가 최근에 꾸미고 있는 음모들, 그리고 선장의 선실에 있는 귀중한 문서에 대해 이야기해 주었다.

그가 외쳤다. "그 문서들을 반드시 손에 넣어야겠어! 어떻게 쿠드가 그것을 손에 넣었는지는 알 수 없지만 그것을 가져야 할 사람은 볼티모어 경이야!"

버트랜드가 고개를 저었다. "저런, 주인님. 이것은 당신의 싸움이 아니에요. 이런 일에는 시인이 끼어들 틈이 없다고요."

에브니저가 대답했다. "그렇지 않아. 나는 내 자신을 삶의 품 안에 던지기로 다짐했어. 그리고 삶이란 가담하는 것 외에 무엇이겠어? 게다가 개인적인 이유도 있지." 그는 행복한 기분으로 생각했다. 존 스미스 선장이 비밀 일기를 가지고 있었다는 걸 알게 되면 벌링검이 얼마나 기뻐하겠는가! 바로 이 문서들이야말로 가엾은 헨리가 자기 가계의 비밀을 풀기 위해 그렇게 오랫동안 찾아 헤매던 열쇠일지 누가 알겠는가?

시종이 심드렁하게 대꾸했다. "이유는 저도 충분히 알겠어요. 그 책을 경매에 붙이면 상당한 금액을 손에 넣을 수 있겠죠. 하지만 우리의 목숨이 이 주밖에 안 남은 상황에서 그것을 훔치는 것이 무슨 이득이 되겠어요. 저런, 그 무어인이 지금 어떤 기분인지 알고 계세요? 만약 이 쿠드라는 놈이 우리를 죽이지 않는다 해도 해적들이 죽일걸요."

하지만 계관시인은 동의하지 않았다. "이 내분이 우리의 파멸이 아니라 오히려 구원이 될지도 몰라." 그는 갑판 위에서 감지되는 미묘한 분위기를 전달한 후 말했다. "우리를 포로로 억류하고 있는 사람은 선원들이 아니라 파운드야! 만약 그들이 폭동을 일으킨다 해도 그들은 우리를 죽여서 얻을 게 없어. 하지만 그들은 충분히 그를 죽일 수 있지. 게다가 그들은 이 일지에 대해 아무것도 아는 바가 없어. 어쩌면 그들은 우리를 자신들의 일원으로 받아들여 줄지도 몰라. 그리고 일단 소동이 가라앉으면 나는 그 책을 훔쳐 낼 방법을 찾을 거야. 그런다음 뭍으로 몰래 빠져나갈 기회를 노려야겠지. 어쩌면 더 나은 방법이 있을 수도 있어. 이를테면 우리가 다른 사람들처럼해적이 된 후, 약탈하러 간 배 위에 숨을 수도 있지 않겠어? 그들은 결코 우리를 아쉬워하지 않을 거야. 폭동을 일으켜 보라지. 그러면 우리도 가담하자고!"

이 마지막 말이 명령이 되기라도 한 듯, 잠시 후 갑판 위에서 고함 소리가 들려왔다. 이어서 두 발의 총성이 울렸다. 에브니저와 버트랜드는 자신들의 가담을 선언하기 위해 서둘러 올라갔다. 그들은 폭도들이 쉽게 소형 선박을 장악할 거라고 여겼다. 그리고 정말로 그들은 보아브딜이 허리 쪽에 모여 있는 사람들을 향해 히죽 웃으며 키자루 옆에 서 있는 것을 발견했다. 하지만 선장은 갑판 위에 죽어 넘어져 있는 것이 아니라 보아브딜 옆에서 양손에 연기를 내뿜는 권총을 쥐고 얼굴에 잔인한 미소를 띄운 채 멀쩡히 서 있었다. 그리고 얼굴을 바닥으로 향한 채 선미루에서 선실로 향하는 통로 위에 피를 흘리며 쓰러져 있는 사람은 오히려 패치라는 이름을 가진 캐롤라이나 출신의 애꾸눈 선원이었다.

"내가 때가 되었다고 판단하면 우리는 입항할 것이다." 파운드가 선언하며 권총들을 허리띠에 집어넣었다. 두 남자가 나서서 다친 동료 선원을 데리고 물러났다.

"그놈을 옆으로 던져 버려." 선장이 명령했고 그 캐롤라이나 출신 해적은 아직 숨이 다 끊어지지 않은 채로 바닷속에 던져졌다.

"다음엔 총알을 낭비하지 않겠다." 파운드가 위협하듯 말했다. 그리고 배가 지나간 자리에서 희생자가 허우적거리는 모습은 뒤돌아보지도 않았다.

버트랜드가 에브니저에게 속삭였다. "이 무어인은 뭐가 그리 기분이 좋은 거죠? 그가 이들 가운데 가장 불만이 많은 사람이라고 하셨잖아요."

처음으로 사람이 죽는 광경을 목격하고 대경실색한 시인은 구토를 참기 위해 고개를 저으며 맹렬히 침을 삼켰다.

바로 그때 망꾼이 외쳤다. "야호, 배다! 동쪽으로 가는 배다!" 해적들이 그들을 향해 다가오는 범선을 보기 위해 시선을 돌렸다. 그러나 대단한 흥미를 드러내기에는 너무나도 풀이 죽어 있었다.

파운드가 그 낯선 배를 망원경으로 살펴본 후 웃으며 말했다. "자, 저기! 만약 패치가 십 분만 더 입 다물고 참았다면 그는 바닷게의 먹이가 되지 않았을 거다! 너희들은 저쪽에 있는 배가 무슨 배인 줄 아는가?"

그들은 몰랐다. 그리고 그것을 약탈할 수 있다는 전망도 그들을 열의로 채워 주지 못했다.

파운드가 선언했다. "이것은 너희 비열한 녀석들이 앞갑판에서 음모를 꾸미고 있는 동안 우리가 최근 이 주일 동안 숨어 기다리던 런던 배다. '사이프리언'[2]이라는 쌍돛 범선에 대

---

2) 미의 여신 아프로디테의 섬에 사는 사람들을 지칭하며 '음탕한 여자'라

해 들어 본 적이 있겠지?"

이 이름을 듣자 승무원들이 갑자기 환호하기 시작했다. 그들은 서로의 등을 두드리고 갑판 위를 펄쩍펄쩍 뛰며 춤을 추었다. 그리고 선장의 명령에 따라 홀린 듯이 줄다리 위로, 돛 위로, 마룻줄 위로, 기둥 위로 뛰어다녔다. 중간돛과 삼각돛이 펼쳐졌다. 키자루가 힘껏 돌아가고 소형 선박은 자신의 정면에 있는 새로운 먹이를 향해 질주했다.

버트랜드가 속삭였다. "이 '사이프리언'이라는 게 도대체 어떤 배기에 그들이 이렇듯 신이 난 거죠?"

폭동이 무위로 끝난 것을 몹시 안타까워하며 주인이 대답했다. "나도 모르겠어. 하지만 그 배는 이름에 걸맞게 바다에서 갑자기 튀어나왔군. 그리고 어쩌면 우리는 그녀[3]를 사랑할 이유를 갖게 될지 몰라. 그 배 위로 몰래 들어갈 기회나 잘 노리고 있으라고. 나는 가능하면 그 일지를 훔치고 싶어."

15 사이프리언이 겁탈당하다.
아코막의 왕인 힉토피크의 이야기가 등장하며,
계관시인이 최악의 위험에 빠진다

십오 분도 채 안 되어서 쌍돛 범선은 소형 선박의 사정거리

는 뜻으로 많이 쓰인다.
3) 사이프리언을 가리킨다.

안에 들어와 있었다. 두 배가 나란히 빠르게 나아가는 가운데 수십 명의 쌍돛 범선 승객들이 소형 선박을 보기 위해 앞쪽에 모여들었다. 수 주간을 항해하는 동안 처음으로 다른 선박을 만났던 듯 그들은 아무런 의심 없이 손과 손수건을 흔들며 인사했다. 마찬가지로 손이 바빴던 해적들은 무시무시한 고함 소리로 응답했고 자신들의 먹이 바로 앞 물속으로 한바탕 총을 쏘아 댔다. 그제야 상대편들은 비명을 지르고 숨을 곳을 찾아 달아나기 시작했다. 에브니저는 어떤 일이 진행될지 대략 감을 잡았다. 그의 눈에 비치는 승객들은 모두 여성이었다.

그가 속삭이듯 내뱉었다. "세상에!"

쌍돛 범선의 선장은 소형 선박의 의도를 깨닫고 바람의 방향을 따라 북쪽으로 방향을 바꾸는 동시에 공격자들에게 발포하기 시작했다. 하지만 그것은 이미 너무 늦은 조치였다. 파운드 선장은 상대방의 반응을 정확히 예측하고 자신의 승무원들을 이미 상대방과 똑같이 움직이도록 배치시켜 놓았고, 소형 선박은 쌍돛 범선이 미처 돛을 다 올리기도 전에 새로운 항로로 추격 중이었다. 쌍돛 범선의 가로돛 식의 돛들이 추격자의 세로돛 식의 돛보다 바람 방향으로 달리는 데는 더 유리했지만, 소형 선박의 작고 가벼운 몸집이 그 차이를 상쇄하고도 남았다. 파운드 선장은 부하들에게 상대방의 총격에 응사하지 말라고 명령했다. 대신 스스로 키를 잡고는 쌍돛 범선의 고물보 위에 서 있는 잘라 낸 활 모양의 떡갈나무에 달린 깃발 위의 '사이프리언'이라는 이름을 똑똑히 읽을 수 있을 정도로 먹이를 바짝 추격했다. 소형 선박의 기움돛대가 상대방의 고물을 꿰뚫을 것처럼 보이던 바로 그때, 파운드는 우현으로 몇 도 정도 방향을 틀었다. 뱃머리의 포수들이 쌍돛 범선의 방향타에 정면으로 포탄을 퍼부었다. 그것으로 추격은 끝이 났다. '사이프리언'의 승무원들은 속수무책이 된 선박이 전복되기 전에 민첩하게 돛을 줄였다. 소형 선박이 방향을 바꾸어 쌍돛 범선의 항로를 다시 따라갔을 때쯤에 그것은 굽이치는 파도 속에서 돛을 완전히 접은 채 좌우로 흔들리고 있었다. 승무원들은 팔을 쳐들고 서 있었고, 일등 항해사는 주 마룻줄 위로 백기를 올렸다. 선장은 이미 뒷짐을 진 채 선미루 위에서 최악의 상황을 기다리고 있었다.

해적들은 제정신이 아니었다. 그들은 음탕한 몸짓과 함께 음탕한 말들을 뱉어 내며 떼를 지어 난간으로 향했다. 모두들 정신을 못 차릴 정도로 들떠서 보아브딜이 시킬 일이라곤 소형 선박을 쌍돛 범선에 나란히 대는 것밖에 없었다. 그 무어인은 크고 빨간 머리 장식물만을 제외하고 옷을 전부 벗어 던진 채 키자루 옆에서 두억시니같이 서 있었다. 마침내 쇠갈퀴가 단단히 고정되고 돛들이 내려지고 배 두 척이 선폭을 따라 함께 단단히 묶였다. 짝짓기하는 바닷새처럼 해적들이 물위를 건너갈 수 있게 하기 위함이었다. 악을 쓰고 욕을 하고 서두르는 통에 발부리가 걸려 넘어지면서도 그들은 떼지어 난간을 건너갔다. '사이프리언'의 선원들은 공포에 질려 뒤로 물러섰다. 그러나 그들에게 주의를 기울이는 사람은 아무도 없었다. 파운드 선장은 그들을 돛대에 묶기 위해 부하 셋을 위협해야 했다. 나머지는 선실로 가는 통로를 열고 겁에 질린 승객들이 안에서 빗장을 걸어 놓은 문을 부수는 일에 열중했다.

그들의 야만성에 에브니저의 얼굴은 창백해졌다. 소형 선박의 앞돛대 근처에 서 있던 에브니저 옆에는 해적들 가운데 가장 나이가 든 선원인 돛 수선공 칼이 있었다. 그는 주름 지고 사악하게 생긴 얼굴에 짧고 더러운 턱수염, 그리고 이가 모조리 빠져 합죽이가 된 키 작은 육십대 남자였는데, 눈앞의 장면을 보고 고개를 저으며 킬킬 웃고 있었다.

계관시인이 그에게 물었다. "저 배에는 여자만 타고 있나 보죠?"

늙은이가 고개를 끄덕이며 유쾌한 목소리로 대답했다. "저 배는 런던에서 창녀를 태우고 출항한 배야." 그의 설명은 다음과 같았다. 일 년에 한두 번 사이프리언호 선장은 식민지에서 육 개월 동안 몸을 팔고자 하는 가난한 여자를 싣고 출항하곤 했다. 식민지에는 여자들이 턱없이 부족했기 때문이다. 여자들은 뱃삯을 내지 않고 승선하는데, 잇속이 빠른 선장은 데리고 있는 창녀들의 수를 늘리기 위해 전국 각지에서 필라델피아로 모여든 매음굴 주인들로부터 그들의 운임뿐 아니라 여자가 처녀라든지 가문이 좋다든지 혹은 아주 젊거나 예쁘든지, 특별한 자질을 가지고 있는 경우 특별 수당까지 받아 낼 수 있었다. 여자들에 대해 말하자면, 일부는 이미 런던에서 창녀 노릇을 하던 여자들이었고, 또 일부는 가난이나 다른 상황으로 인해 돈이 절박해진 여자들, 또 일부는 어떤 대가를 치르고서라도 그저 아메리카에 가고자 하는 젊은 하녀들이었다. 이 여자들은 식민지 하녀로 사 년간 묶여 사는 것보다 육 개월 동안 창녀 노릇을 하는 것에 더 마음이 끌린 것이다.

돛 수선공이 말했다. "해안의 모든 해적들은 일 년 중 이맘 때쯤 '사이프리언'을 찾아내기 위해 눈에 불을 켜지. 저 문 뒤에는 백 명은 족히 되는 여자들이 있어. 저기 저 보아브딜을 보라고!"

에브니저는 벌거벗은 무어인이 동료 선원들을 밀쳐 내고 근처에 있던, 아마도 쌍돛 범선의 목수가 갑판에 내버린 듯한 거대한 나무 망치를 들어 올리는 것을 보았다. 그는 단 한 번의 가격으로 문을 쪼개고는 안쪽으로 뛰어들어 갔고 다른 사람들이 그 뒤에서 문을 닫았다. 잠시 후 찢어질 듯한 비명과 욕설이 공기를 갈랐다.

에브니저의 무릎이 덜덜 떨렸다. "가엾은 여자들! 가엾은 여자들!"

칼이 코웃음을 치며 말했다. "이 정도 가지고 뭘! 이건 고작 피로 물든 기도회 수준이야! 너도 나처럼 뉴포트의 톰 튜와 함께 배를 타 봐야 하는데 말이야. 작년 언젠가 우리는 리베르타시아에서 아라비아 해안으로 항해했는데, 글쎄 홍해에서 메카로 향하는 순례자들을 싣고 가는 무갈 제국의 배들을 따라잡았지 뭐야. 그 배에는 총이 백 정이나 있었지만 우리는 단 한 사람의 희생자도 내지 않고 거기에 올라탔지. 그런데 거기서 우리가 발견한 게 뭔지 알아? 자그마치 1600명이나 되는 처녀들이었어! 정확히 1600개의 처녀막이 눈앞에 있었던 거라고! 메카로 향하는 처녀들이, 내가 본 가운데 가장 어여쁜 작은 무어인들이었어. 그런데 우리 쪽은 백 명이 넘지 않았거든! 그 처녀막들을 모두 찢어 놓는 데 꼬박 하루가 걸렸다고. 우리들 가운데는 프랑스인, 네덜란드인, 포르투갈인, 아프리카인, 영국인이 있었는데 말이야. 우리가 그 짓을 다 끝냈을 때쯤엔 갑판이 정육점 주인이 사용하는 도마처럼 온통 피로 물들어 있었어. 환락의 역사상 그런 날은 다시없었을 테지, 정말! 육순을 바라보던 나도 둘이나 해치웠다고. 갈색 피부에 몸집이 작은 쌍둥이였는데 고것들의 아랫도리가 얼마나 꽉 조이던지, 나는 그 이후론 그렇게 물건을 단단히 세운 적이 없었다네!"

그는 두서없이 말을 이었다. 하지만 에브니저는 그의 말을 다 들어 줄 수가 없었다. 우선 다른 데 신경을 쓰기에는 갑판 위에서 벌어지는 광경이 너무나도 이목을 집중시켰다. 해적들은 깨어 있거나 기절해 있는 자신들의 먹이를 권총으로 위협하거나 완력만을 사용하여 하나둘씩 끌고 나왔다. 그는 여자들이 갑판에서 혹은 계단에서 혹은 난간에서 혹은 사방에서 상상할 수 있는 모든 방식으로 강간당하는 광경을 지켜보아야 했다. 어느 누구도 예외는 없었다. 그리고 더욱 예쁜 물건에는 한 번에 두세 명씩 올라탔다. 보아브딜은 양쪽 어깨에 하나씩 들쳐 업고 나타났다. 여자들은 그저 소득도 없이 차고 할퀴어 댈 뿐이었다. 그가 한 여자를 뒷갑판 위에 서 있던 파운드 선장에게 건네는 순간, 다른 쪽이 자신의 끔찍한 운명으로부터 탈출해 보려고 몸을 비틀며 빠져나가 뒷돛대의 줄사다리를 오르기 시작했다. 무어인은 한동안 그녀가 앞서가도록 내버려 두다가 천천히 뒤따라 올라갔고 한 발씩 올라갈 때마다 관능적인 아라비아어로 그녀를 불러 댔다. 어떤 물체가 낙하하더라도 끔찍한 결과를 낳을 15미터 정도의 높이가 되자 여자의 담력은 전부 소진되고 말았다. 그녀는 보아브딜이 뒤에서 따라잡아 자신을 무자비하게 강간하는 동안 팔과 다리를 삭구의 그물코 안에 집어넣고는 소중한 목숨을 부지하려고 단단히 매달렸다. 아래쪽 소형 선박에서는 돛 수선공이 박수를 치며 깔깔 웃고 있었다. 에브니저는 상심하여 고개를 돌렸다.

버트랜드가 뒤에 조금 떨어져서 정욕을 숨기지 않은 채 쳐다보고 있는 모습이 그의 눈에 들어왔다. 지금이 적당한 시기였다. 늙은 칼을 제외한 소형 선박의 모든 승무원들은 여자들을 탐하느라 바빴다. 그리고 보통 때는 모든 오락거리에 초연했던 파운드 선장마저도 무어인의 상금이 거절하기에는 너무나도 매혹적이라는 사실을 알고는 그녀를 데리고 쌍돛 범선의 선실로 사라지고 없었다.

그가 시종에게 속삭이듯 말했다. "잘 보고 있어! 나는 지금 일지를 찾으러 갈 거야. 그런 다음 사이프리언호에 몰래 들어가 보자고." 그는 공포에 질린 버트랜드의 얼굴을 무시하고 조심스럽게 파운드 선장의 선실 출입구를 향해 뒤쪽으로 돌아갔다. 목표물을 찾는 데는 특별한 노력이 들지 않았다. 그 일지는 누구나 볼 수 있도록 탁자 위에 놓여 있었고 산호로 만든 문진으로 고정되어 있었다. 에브니저는 그것을 낚아채서 첫 장을 두근거리는 가슴으로 훑어보았다. 의회 속기록, 이것은 그에게 무의미했다. 하지만 오른쪽 페이지 위에는…….

"아!"

거기엔 다음과 같이 쓰여 있었다. "서기 1608년, 존 스미스 선장이 이끈 버지니아의 제임스타운으로부터 체서피크만 상류로 올라가는 여행에 관한 비밀 일기. 동일인에 의해 이 여행의 여러 부분들이 충실히 기록되다." 그리고 아래쪽으로는 고풍스럽고도 판독이 거의 불가능한 필체로 이야기가 시작되었다. 이것은 일기 형식이 아니라 요약 설명으로서 작가의 유명한 책 『버지니아 통사』 일부의 첫 번째 초안이었던 듯하다.

군인 일곱 명, 신사 여섯 명, 의사인 러셀 박사 그리고 나는 금년, 즉 1608년 6월에 버지니아의 커코우탄에서 배에 올랐다.

기독교인은 지금껏 한 번도 밟아 본 적 없는
닦이지 않은 길을 정처 없이 걸어가기 위해.

상황이 상황인지라 당장은 더 읽어 나갈 수가 없었다. 하지만 그는 어느새 헨리 벌링검이라는 이름을 찾아 원고의 나머지 부분을 재빠르게 넘겨 보고 있었다. 초반에 다음과 같은 내용이 그의 눈에 들어왔다. "왕이 잠들자마자 나는 곧장 그 문으로 향했다. 그리고 만약 벌링검 경이 내 앞을 가로막고 내 팔을 붙잡으며 거세게 항의하지 않았다면 힉토피크의 모든 소망을 이뤄 주었을 것이다……."

"벌링검 경이라!"

에브니저는 감탄한 듯 외치고는 기쁜 마음으로 원고를 셔

츠 속에 집어넣고 허리춤에 단단히 고정시켰다. 그는 갑판 위
를 슬쩍 엿보았다. 방해물은 눈에 띄지 않았다. 그를 감시할
만한 위치에 있는 사람은 '사이프리언'의 뒷돛대 삭구에 있는
무어인뿐이었다. 그는 첫 번째 정복물을 철저히 유린한 후 줄
사다리에 내팽개쳐 둔 채 새로운 먹이들을 찾으려고 다시 내
려오는 데 전념하고 있었다. 해가 지고 있었다. 마지막 석양빛
이 그 광경을 측면에서 장밋빛과 금색으로 부자연스럽게 비추
고 있었다.

"저기요, 에벤 나리!"

계관시인은 자기를 부르는 소리에 움찔했다. 다행히 그 목
소리는 버트랜드의 것이었다.

"멍청한 녀석 같으니라구! 내가 저 녀석 때문에 제명에 못
죽지!" 그는 갑판 위에 올라왔지만 시종을 찾을 수가 없었다.
돛 수선공만이 난간 옆에 홀로 서 있었다.

"따라오세요, 에벤 나리. 여기로!"

목소리는 쌍돛 범선 쪽에서 들려왔다. 놀랍게도 버트랜드
는 그 선박의 고물에 서서 통통한 젊은 여자의 몸을 고물의
난간 위에 굽힌 채로 막 겁탈하려는 참이었다. 에브니저는 시
종더러 돌아오라고 맹렬하게 신호를 보냈다. 하지만 버트랜드
는 웃음을 터뜨리며 고개를 저었다. 그는 "그들이 저도 동참하
래요!"라고 외치고는 하던 일을 계속했다.

에브니저가 들키지 않고 몰래 승선하는 일은 이제 이런 예
상치 못한 상황에서는 생각할 수도 없는 노릇이었다. '사이프
리언' 전체에서 이러한 난봉 행각이 계속되었다. 햇빛에 의해

금빛으로 물든 무기력한 여자들은 대부분 희망을 포기했고 도망치는 대신 자비를 간청하거나 비탄에 짓눌린 침묵으로 겁탈자들에게 굴복했다. 시인은 몸을 떨며 돛 창고에 있는 자신의 독방으로 달아났다. 이제 탈출은 물 건너갔으니 사람들이 자신에게 관심을 기울이지 않는 틈을 타 소중한 원고를 다 읽어 버릴 작정이었다. 그는 앞갑판 선실에서 램프를 가져와 육중한 문을 닫고 일지를 꺼내 해진 범포로 만든 자신의 침상 위에 올려놓았다. 그리고 그것을 찬찬히 읽어 내려갔다.

군인 일곱 명, 신사 여섯 명, 의사인 러셀 박사 그리고 나는 금년, 즉 1608년 6월에 버지니아의 커코우탄에서 배에 올랐다.

기독교인은 지금껏 한 번도 밟아 본 적 없는
닦이지 않은 길을 정처 없이 걸어가기 위해.

우리는 항해를 위해 적재량 3톤 급의 바지선을 빌렸다. 나는 일찌감치 리버풀 출신의 위대한 헨리 벌링검에게 양식 조달 업무를 맡겼다. 그를 남겨 두고 갔다가는 갖은 욕설과 비방으로 내 이름을 더럽힐 것이 뻔했기 때문이다. 그런데 커코우탄을 떠나 남쪽으로 방향을 잡자마자 나는 그 비열한 놈이 나를 속였다는 사실을 알았다. 여름 내내 일행 열다섯이 먹을 양식으로 그놈은 겨우 바구미가 뀐 귀리 한 부대와 탁한 물 한 통을 마련해 두었던 것이다. 그에게 우리를 굶겨 죽일 작정이냐, 아니면 배를 돌려 집으로 돌아가게 만들고 싶은 거냐고 물었다. 그와 그의 게으른 신사 친구들이 집으로 돌아가고 싶어 한다는 것을 나는 알고 있었다. 나는 그들 모두의 식사량을 줄였고, 비록 배 위에서는 물고기를 요리할 방도가 없었지만 그들에게 뱃전에서 낚시를 하라고 지시했다. 사실 나는 이틀 안에 육지에 오를 계산을 하고 있었다. 그러나 그에 관해서는 아무 말도 하지 않았다. 그리고 그들이 무슨 물고기를 낚아 올리든 그것을 다시 바닷속으로 집어넣었다. 나는 모두에게 돛과 키잡이 기술을 가르치기 시작했다. 그 문제를 두고 군인들은 기꺼이 임무에 착수했고 신사들은 불평했다. 물론 불만이 가장 많은 사람은 배 밑바닥에 괸 물을 퍼내는 일을 맡은 벌링검 경이었다.

벌링검은 옆에 있는 사람에게 투덜거리곤 했다. 우리가 죽는다 해도 선장이 마음이나 쓰겠는가? 그러나 그가 곤경에 빠지면 우리 신사들은 열심히 그를 찾아내야 한다. 그러지 않았다간 벌거벗은 야만인 처녀가 그의 목숨을 구하기 위해 하늘에서 내려올 것이다. 그녀는 바로 몇 달 전 나를 구해 주었던 포우하탄의 딸 포카혼타스를 이르는 말이다. 그는 여행 내내 이런 식으로 나를 괴롭힐 작정이었던 것이다.

다음 날 우리가 커코우탄의 정북쪽에 위치한 어떤 곳에 도착하자 일행은 기뻐했다. 부실한 음식과 탁한 물로 인해 그들의 배 속이 내내 아우성치던 참이었기 때문이다. 우리는 곧장 해안으로 향했고 그곳에서 끝을 뾰족하게 벼린 뼈를 단 창으로 무장한 무시무시한 야만인 둘을 발견했다. 나는 그들에게 대담하게 인사했다. 다행히도 그들은 포우하탄과 똑같은 언어를 썼다. 그들은 자신들을 포우하탄의 신하들이라고 소개했다. 겉모습은 사나워 보였지만, 그들은 그저 여울을 따라 창으로 물고기를 낚아 올리고 있던 참이었다. 나의 간청에 그들은 자기들의 마을과 힉토피크라 불리는 왕에게로 안내했다.

곧이어 나의 『비밀 역사』에는 좀처럼 옮길 수 없는 성질의 모험이 뒤를 이었다. 나는 그것을 이 사적인 지면에 기록할 것이다. 왜냐하면 그것은 내가 앞서 말한 벌링검 경과 나 사이의 적의를 다시금 보여 주기 때문이다. 그와 나 사이의 적의는 이내 우리를 죽음의 문턱까지 이끌고 갔다……

"저런!" 에브니저가 외쳤다. 그리고 종이를 넘겼다.

힉토피크는 아코막이라는 그의 왕국에 온 우리를 환영했다. 그리고 우리 앞에 호화로운 음식을 차려 놓았다. 나는 음식을 먹으면서 그를 관찰했다. 그는 정말이지 우리가 그간 마주친 야만인 중에서 가장 잘생기고 단정하며 예의 바른 사람이었다. 나는 언제나 그랬듯 아주 잘 먹었고 의사 월터와 군인들 역시 잘 먹었다. 그러나 우리의 신사들은 야만인의 음식에 별 식욕을 못 느끼는 듯했고, 특히 이제껏 대단한 식탐을 보여 주던 비대한 몸집의 벌링검은 음식에 거의 손을 대지 않았다. 식사가 끝나고 힉토피크는 짧은 연설을 했다. 그는 다시 한번 우리가 그의 마을에 온 것을 환영한다고 말했고 우리가 이곳을 떠나기 전에 양식을 보충해 주겠다고 했다. 어쩐지 우리가 당분간 이곳에 머무르기를 그가 굉장히 바라고 있다는 이상한 느낌을 받았으나 당시에는 그 이유를 알아차리지 못했다.

나는 왕국의 규모에 대해 물었다. 힉토피크는 그저 상당히 넓으며 내륙 쪽으로 들어가면 더 넓은 땅이 나온다고만 대답했다. 그는 이 영토를 그의 형 데베디본과 공동으로 다스리는데 야만인들은 그를 아코막의 웃는 왕이라고 불렀다. 데베디본의 마을은 훨씬 더 안쪽에 있으며 그곳에서 그는 왕비와 함께 훌륭한 집에서 산다고 했다. 나는 힉토피크의 왕비는 어디 있느냐고 물었다. 그저 의례적인 질문일 뿐이었다. 그러나 그의 얼굴 표정이 사뭇 흐려지는 것을 보고 화제를 바꿔 볼 심산으로 어째서 데베디본이 웃는 왕이라고 불리느냐고 물었다. 그러자 이유는 알 수 없었지만 힉토피크는 자신을 거의 제어하지 못할 정도로 분노에 휩싸였다. 이 이상 물었다간 결과가 별로 좋을 것 같지 않아서 나는 곧 입을 다물었다. 그리고 마침 그때 돌려진 담배를 입에 물었다.

힉토피크가 잠시 후 감정을 추스르고는 내 일행더러 그날 밤 거기서 묵으라고 명령했고 나는 동의했다. 하늘을 보니 구름은 낮게 깔리고 날씨가 험해질 징조를 보였기 때문이다. 신사들과 나는 힉토피크의 집에서 하룻밤을 묵게 되었다. 그는 왕이었지만 그의 집에는 넓은 방 하나밖에 없었다. 벌링검을 제외하고 모두가 즉시 잠을 청했다. 그는 언제나 내 뒤를 바짝 쫓는 버릇이 있어서 내가 잠이 들고 나서야 비로소 잠을 청하곤 했다. 왕과 나는 불 옆에서 말없이 담배를 몇 대 태웠다. 나는 그가 지금 내게 하고 싶은 이야기가 있으면서도 오랫동안 뜸을 들이고 있음을 잘 알고 있었다. 이런 이유로 나는 벌링검이 잠들기를 간절히 바랐다. 그래야 우리가 은밀하게 이야기를 나눌 수 있을 게 아닌가. 그러나 아무리 눈치를 주어도 그는 그럴 생각이 전혀 없는 듯했다.

마침내 힉토피크는 입을 뗐고 야만인들의 버릇대로 시시콜콜한 이야기를 늘어놓기 시작했다. 한참 뒤에야 본론으로 들어갔는데 그 요점은 다음과 같다. "이보시오. 당신은 분명 내가 총각이라 여길 것이오. 집 안 어디에도, 그리고 식사 때에도 나의 시중을 들어 주는 아내가 없었으니 말이오. 게다가 난 왕비가 어디 있느냐는 당신의 질문에 대답하지 않았소. 그러나 그것은 오해요. 사실 내겐 왕비가 있소. 게다가 상당한 미인이라오. 내가 그녀와 결혼한 건 아주 최근의 일이오. 하지만 그녀는 아내가 아니오. 자기가 결혼한 배우자 외에 다른 남자를 찾지 않는 것이 아내의 첫 번째 자질 아니겠소? 나는 나 자신을 모든 면에서 남자라고 여기는데도, 내 아내는 내가 부족하다 여기며 늘 불만족스러워했소. 그리고 그녀는 왕비가 아니오. 왕비에게 요구되는 조건은 왕의 위대함을 보여 주는 일만을 하는 것 아니겠소? 그러나 내 아내는 성적으로 내게 만족하지 못하고 언제나 다른 남자들의 침대에서 쾌락을 찾았고 나의 명예를 떨어뜨렸소. 그러나 그렇게 하고도 그녀는 내내 만족하지 못했소. 아주 고약한 일이지요. 이 여자는 내 얼굴에 먹칠을 하며 언제나 나를 지치게 할 뿐만 아니라 내 마을의 늙은이며 젊은이 모두를 피곤하게 만들고 있소. 그녀는 아무리 피를 빨아 먹어도 늘 피에 굶주린 거머리 같고, 벌판의 쥐를 깡그리 잡아먹고도 늘 허기진 채 둥지로 돌아가는 올빼미 같소. 나의 형 데베디본은 이 문제를 크게 부풀려 지금까지도 나를 비웃고 있소.

그래서 사람들이 그를 웃는 왕이라고 부르는 거요. 그에게도 역시 아내가 있는데 그는 자신이 언제나 아내를 만족시켜 준다고 뻐기면서 자기 백성들이 내 백성들보다 나은 것처럼 자기도 나보다 낫다고 여기고 있소. 하지만 그의 아내는 생쥐라서, 아주 쉽게 만족하는 편이오. 나는 형이 낚시하러 갈 때마다 종종 그녀를 안곤 했소. 그래서 나는 하얀 피부를 가진 당신에게 부탁하는 바이오. 왕비를 즐겁게 해 주든지 아니면 그녀에게 그녀가 이미 가지고 있는 것만으로도 만족할 수 있는 방법을 가르쳐 주시오. 내 마을이 평화와 명예를 다시 회복할 수 있도록 말이오. 내 형이 나를 더 이상 조롱하지 못하게 하기 위해서라도 말이오. 내가 이렇게 부탁하는 것은, 당신의 옷과 당신의 이상한 배와 당신의 남자다운 태도로 판단할 때 당신은 보통 사람을 뛰어넘어 기적을 행하는 사람이라고 믿기 때문이오."

나는 힉토피크의 말을 듣고 깜짝 놀랐다. 왜냐하면 아내를 만족시키지 못하는 대부분의 남자들은 다른 남자에게 자신의 결함을 고백하기 싫어하게 마련이니까 말이다. 그러나 나는 그의 진실성과 솔직함 그리고 자신이 하지 못하는 일을 대신 부탁하는 관대함에 감동했다. 나는 최대한 예의를 차리며 힉토피크의 제안을 받아들였다. 그러자 그는 내게 그의 집에 나 있는 문 하나를 보여 주며 그 문이 왕비의 방으로 통한다고 말했다. 그런 다음 불 옆에 누워 잠을 청했다. 그러나 다른 사람에게 아내의 침대를 허락한 남자가 응당 그러하듯 깊이 잠들지는 못하는 눈치였다.

왕이 잠들자 나는 곧장 그 문으로 향했다. 그리고 만약 벌렁검 경이 내 앞을 가로막고 내 팔을 붙잡으며 거세게 항의하지 않았다면 힉토피크의 모든 소망을 이뤄 주었을 것이다. 나는 벌링검이 가톨릭 성인은 되지 못한다는 사실을 잘 알기에 그에게 왜 방해하느냐고 물었다. 그는 그게 무엇이건 자신이 하겠다고 대답했다. 왜냐하면 나는 포카혼타스의 호의를 얻었고 야비한 구실로 그녀의 순결을 빼앗은 반면, 자기는 그녀를 전혀 즐기지 못한 데다 런던에서 항해를 시작한 이후 여자와 한 번도 잠자리를 하지 못했기 때문이라는 것이었다. 그는 게다가 내가 자기 부탁을 거절한다면(자신의 천박한 목숨을 내게 빚진 주제에 말이다.) 제임스타운뿐만 아니라 런던 전역에 나의 가지 열매 조리법에 얽힌 진실을 까발릴 작정이라고 했다.

나는 그에게 상관하지 않을 테니 마음대로 그 야만인 왕비의 밭을 갈아 보라고 했다. 하지만 만약 힉토피크의 평가대로 그녀가 메살리나[4]의 반만 돼도 그녀의 성욕을 만족시키려면 벌링검 같은 사람 열 명이 와도 모자랄 거라는 말도 덧붙였다. 이렇게 말한 후, 나는 그에게 고개를 까딱하여 문 쪽으로 안내했고, 그런 뒤에 불 옆에서 코를 골고 있는 동료들 사이에 누웠다. 그러나 잠을 자지는 않았고, 여러 정황으로 보아 내 밤의 모험이 아직 끝나지 않았다고 생각하며 담배를 피워 물었다.

아니나 다를까 벌링검이 상당히 언짢은 얼굴로 돌아왔다. 왕비가 즐거워하더냐고 묻자 그는 그저 내게 방귀를 뀔 뿐, 왕이

---

4) 로마 4대 황제인 클라우디우스의 황후로 역사상 최고의 호색녀로 알려져 있다.

여전히 자고 있는 것을 확인한 뒤 그녀를 두고 창녀에 엉덩이 행상꾼이라며 갖은 욕설을 퍼부었다. 그녀는 그를 꽤 친절하게 맞아 주었기 때문에 그는 그녀에게 다가가 일을 시작하려 했다. 그런데 그가 만반의 준비를 갖추고 다가서자 그녀가 돈은 어디 있느냐고 묻더라는 것이다. 그리고 그가 담배 한 갑 외에는 그녀에게 줄 게 아무것도 없다는 걸 확인하고는 그녀는 곧바로 엎드려서 그를 더 이상 상대하려 하지 않았다. 그러니 그는 방을 나올 수밖에 없었던 것이다.

나는 이 이야기에 크게 웃었고 그가 매번 여자들을 정복하지 못하는 이유는 그가 너무도 쉽게 단념하기 때문이라고 말해 주었다. 그리고 이전에 포우하탄이 자기 딸 아랫도리에 채워진 갑옷 뚫는 일을 그가 아닌 내게 맡긴 것은 우리 둘 모두의 목숨을 위해 다행스러운 일이었다고 했다. 이에 대한 대답으로 벌링검은 다시 방귀만 뀔 뿐이었고 진정 자랑을 하고 싶다면 문에는 아직 빗장이 걸려 있지 않으며 왕비는 아직 바닥에 납작 엎드려 있으니 마음대로 해 보라고 말했다. 그녀가 왕비든 천한 하녀든 간에 자기로서는 더 이상 그 창녀에겐 흥미가 없다는 것이었다.

나는 불 옆에서 자신의 모자람에 안달하도록 벌링검을 내버려 둔 채 서둘러 왕비의 침실로 향했다. 나는 눈이 어둠에 익숙해지자마자 여왕에게 다가가 그녀의 등 뒤에 섰다. 그녀는 우아한 몸매와 쭉 뻗은 사지와 작고 평평한 복부를 가진 드물게 예쁜 야만인이었다. 그녀의 젖꼭지와 나머지 부위들 역시 그 어떤 남자에게서도 성욕을 불러일으킬 만큼 대단히 매혹적이었다. 야만인의 은어로, 내가 내 의지를 실행하도록 그녀가 이끌었을 때, 나는 고기 냄새를 맡은 개처럼 귀를 쫑긋 세웠다. 따뜻한 말 한 마디 나누지 않고 여자와 몸을 섞는다는 것은 짐승 같은 일이라고 여겼던 나는 버지니아의 선장 존 스미스라고 나를 소개했다. 그러나 그녀는 전혀 관심을 보이지 않았고, 자신은 오히려 그런 인사말은 시간 낭비로 여기고 있음을 몸짓으로 알려 주었다. 나는 서둘러 옷을 벗었고 즉시 그녀를 안았다. 그러나 그녀는 서두르는 나를 제지했다. 그러고는 야만인의 방식을 따라 털을 다 뽑아 버린 뒤 질그릇처럼 적색 염료를 칠한 그 부분을 가리키면서, 자기는 자신의 매력을 공짜로 증여하는 법이 없다며 먼저 얼마간의 요금을 내라고 요구했다.

나는 창녀와 야만인을 다루는 데 이미 익숙해져 있었던지라 조금도 당황하지 않았다. 나는 바지를 집어 올렸고 주머니에서 언제나 야만인의 눈을 매혹시켰던 한 줌의 요란한 장신구들을 꺼내어 그녀에게 건넸다. 그러나 그녀는 그것들을 내던져 버리고는 다른 것을 요구했다. 그래서 나는 그녀에게 언젠가 죽은 무어인에게서 얻은 마술적인 힘을 가지고 있다고 소문난 작은 부적을 주었다. 그러나 이것 역시 그녀의 마음에 들지 않는 눈치였다. 상아로 된 음란한 나체상, 아랍인의 음탕한 모습이 새겨진 작은 동전을 주고, 다음 배로 런던에서 배달될 스카치 옷감 11미터를 주겠다고 약속했는데도 그 창녀는 도통 받아들일 기미가 아니었다. 그녀는 자기와 자려면 여섯 길이의 웜폼피그나 아홉 길이의 로우노크[5]를 내야 하며 그 외의 것은 받지 않

---

5) 웜폼피그와 로우노크는 인디언들이 사용하는 일종의 화폐였다. 로우노크

겠다고 말했다. 자신은 왕비이고, 그녀의 정부들은 자신의 몸값으로 그 정도 금액을 지불하곤 했다는 것이다. 나는 수중에 야만인의 돈은 가지고 있지 않으며 그 돈을 구할 방도도 없다고 대답했다. 그러나 만약 그녀가 내게 정욕을 만족시킬 수 있는 기회를 준다면, 런던에서 창녀 열두 명을 살 수 있는 1파운드 동전을 제임스타운에서 보내 주겠다고 말했다. 그러나 왕비는 파운드 동전을 받으려 하지 않았고 몸을 둥글게 말더니 엘리자베스 여왕 즉위식에서 울렸던 예포 소리만큼이나 커다랗게 방귀를 뿡 뀌는 것이었다. 나는 그녀에게 존 스미스 선장은 그렇게 쉽게 단념하지 않는다고 단언했다. 그녀의 대답은 변함없었지만 나는 그녀의 무관심에도 불구하고 내 몫을 채우겠다고 맹세했다. 처세술이 대단한 프랑스인들 사이에는 이런 속담이 있다. 남자가 개똥지빠귀를 먹을 수 없다면 까마귀로라도 때워야 한다고. 나는 더 머뭇거리지 않고 곧장 왕비에게 주께서 그에 대한 벌로 평원의 도시들[6]에 불벼락을 내렸다는 그 죄악을 저지르기 시작했다……

일을 다 마치고 나는 잠시 뒤로 물러나 왕비가 호위병을 불러 나를 끌어내도록 명령하기를 기다렸고 그것도 즉시 그러리라 짐작했다. 그러나 그녀는 잠시 숨을 헐떡이며 바닥에 누워 있다가 목에서 열 길이의 웜폼피그를 벗어 내게 주었다. 그녀는

는 조개껍질로 만든 하얀 구슬인데, 버지니아와 노스캐롤라이나 원주민들 사이에서 장신구로도 사용되었다.
6) 성적 타락으로 하느님의 심판을 받았다고 여겨지는 도시로 소돔과 고모라를 가리킨다.

자신이 다음 날 달이 뜰 때까지 아랫도리가 쓰라릴 만큼 충분한 사랑을 나누었다고 단언했다. 그러고는 기절하듯 잠에 빠져들었다. 나는 다른 방으로 물러나서 벌링검의 상상력 부족을 꾸짖었다. 늘 그랬듯이 그는 이를 고깝게 받아들였다. 이번에도 내가 자기를 이겼기 때문이다⋯⋯.

나는 아침 늦게까지 잤다. 잠에서 깨었을 때, 힉토피크는 왕좌에 앉아 있었고 그의 모든 부하들이 주변에 둘러서 있었다. 그는 내가 자는 동안 그들에게 조용히 하라고 명했고 내가 일어나자 다가와 나를 포옹했다. 그리고 내가 그 마을의 이인자가 되어야 하고 그의 부족에서 가장 어여쁜 여자를 아내로 맞아야 한다고 장담했다. 내가 자기 백성들에게 다시 평화를 가져다주었기 때문이란다. 나는 어떻게 된 영문인지 물었다. 그러자 그는 왕비가 새벽에 자신을 찾아왔고 그녀의 부정에 대해 용서를 빌었으며 나에게 너무나 만족한 나머지 다시는 왕의 침대에서 빠져나와 방황하지 않을 것임을 맹세했다고 전했다. 그는 단지 그녀의 결심이 오래가지 못할까 걱정될 뿐이라고 말했다. 내가 그녀를 기쁘게 한 것은 틀림없이 나의 비범한 정력 때문일 텐데 나는 곧 그 마을을 떠날 테니 말이다.

그의 말을 듣고 나는 그를 한쪽으로 데려가 그에게 내가 사용한 단순한 기교를 은밀히 알려 주었다. 그리고 그 역시 나처럼 할 수 있다고 안심시켰다. 왜냐하면 그 웅덩이는 너무도 작아서 어떤 개구리라도 그 안에서는 상대적으로 커 보일 것이기 때문이다. 힉토피크는 그런 기술에 대해 한 번도 들어 본 적이 없었다.(나는 그것을 추잡스러운 아랍인들에게서 배웠다.) 그리고 내 말을 듣고 크게 놀라 자기가 배운 것을 당장 시험해 보고자 했다. 그래서 그는 서둘러 방에서 나갔다.

그가 사랑을 나누러 간 동안 나는 나의 일행들을 소집시켰고 그들에게 배를 정비하라고 일렀다. 나는 뒤처진 여행 일정을 예정대로 따라잡기 위해 그날 아침 바로 출항할 작정이었다. 그들은 즉시 작업을 시작했다. 벌링검만이 예외였는데 그는 애꿎은 자갈만 차면서 해안을 따라 투덜거리며 걷고 있었다. 힉토피크가 그의 집에서 나왔을 때 우리는 거의 항해할 준비를 마친 상태였다. 그는 이전보다 더 따뜻하게 나를 다시 포옹했다. 그리고 나에게 자신의 왕자이자 계승자로서 이곳에 영원히 머물러 달라고 간청했다. 그는 자신이 왕비의 진을 다 빼놓아서 그녀는 사흘 후에나 침대에서 일어날 수 있을 것이며, 일주일 동안은 제대로 걷지도 못할 거라고 말했다. 그러나 나는 다른 곳에 용건이 있다는 말로 그의 제안을 거절했다. 오랜 실랑이 끝에 결국 그는 포기했고 나에게 출항을 허락하며 나와 내 일행에게 갖가지 선물과 음식과 물을 주었다.

이렇게 해서 마침내 우리는 또다시 출항했다. 그리고 우리 앞에 무엇이 놓여 있든 간에 탁 트인 바다로 향했다. 떠나기 싫은 마음이 없는 건 아니었다. 좀 더 머무르고 싶기도 했다. 왜냐하면 힉토피크가 내게 그의 형 데베디본의 마을로 가서 자신이 배운 방식으로 데베디본 왕비의 몸을 즐길 작정이라고 했기 때문이다. 그는 자신의 형을 영원히 놀려 먹을 수 있을 것이고, 그렇게 되면 힉토피크 자신이 아코막의 웃는 왕이 될 것이었다. 정말 볼만한 광경이었을 것이다. 그러나 왕의 호의는 쉽게 주어지고 쉽게 거둬지는 믿을 수 없는 혜택인 법이다. 그리고 아코 막에 머무름으로써 힉토피크의 호의를 다 써 버리는 것보다 그가 아직 내게 호감을 가지고 있을 때 떠나는 게 더 현명한 일이라 생각했다…….

여기서 그 이야기 혹은 그것이 무엇의 일부이건 간에 미치가 배에 가지고 들어온 부분은 끝이 났다. 에브너저는 헨리 벌링검과 그의 불운한 이름을 연결시킬 수 있는 실마리를 그 안에서 찾기 기대하며 그것을 읽고 또 읽었다. 하지만 스미스 선장의 경쟁자이자 헨리가 자신의 선조라고 증명하고 싶어 하는 그는 아이가 없을뿐더러 결혼도 하지 않은 듯 보였다. 그리고 그들 탐험가 일행과 그의 미래 또한 그리 밝아 보이지 않았다. 계관시인은 한숨을 쉬며 그 일지의 낱장들을 모아 범포 침대 밑에 숨겨 두었다. 사람들은 그것이 거기에 있다고는 꿈에도 생각지 못할 것이다. 그런 다음 그는 램프의 불을 끄고 잠시 동안 어둠 속에 앉아 있었다. 강간하고 강간당하는 소리가 하도 적나라해서 보지 않고도 그 광경이 눈앞에 그려지는 것 같았다. 그의 온몸에 전율이 일었다. 원고 안에서 그려지는 이야기와 함께(그것은 힉토피크에게 그랬던 것처럼 그 자신에게도 일종의 계시였다.) 그의 귀에 들려오는 소리들은 그의 몽상을 싫든 좋든 한 방향으로 몰고 갔다. 그리고 오래지 않아 그는 자신의 내부에서 육체적 욕망이 동하는 것을 느꼈다. 그는 정직하게 말해 사이프리언호에 승선한 여자들에 대한 자신의 동정심이 이중적이지 않다거나 그들을 겁탈하는 사람들에 대한 자신의 비난이 에누리 없는 진심이라고 단언할 수가 없었다. 그 광경은 충격을 주기도 했지만 그만큼 흥분을 일으키기도 했다. 그리고 사실 그것은 너무나도 유혹적이어서 만약 일지와 같은 중요한 용무가 아니었다면 그는 그 광경에서 눈을 떼지 못했을 것이다. 정말이지 거미줄에 걸린 파리처럼 여자가 돛대 밧줄에 걸려 있는 광경, 그리고 보아브딜이 마치 커다란 거미처럼 유유히 기어올라가 그녀를 덮어 싸는 광경은 그를 몹시 자극시켰고 그 기억은 지금도 그를 계속 자극하고 있었다.

언젠가 '포세이돈'에서 버트랜드에게도 설명했듯이 그에게 순결은 윤리적인 가치가 아니라는 점이 지금 이 순간 너무도 분명해 보였다. 하지만 그가 자신의 순결에 부여했던 신비적이고 존재론적인 가치는 예전에 비해 다소 설득력을 잃은 듯 보였다. 예를 들어 조안 토스트가 자신의 방을 방문했던 기억은 습관적으로 그녀가 떠날 때 자신이 한 말이나 그 후 자신이 지은 순결에 대한 찬가에 지배당하고 있었는데, 지금은 자신의 침대에서 잔뜩 요염을 떨며 앉아 있던 그녀의 모습에서 기억이 멈춰 서서는 더 이상 나아가지 않았다. 그녀는 자기 앞에 무릎을 꿇고 앉아 있는 그를 포옹했었다. 그녀의 젖가슴은 그의 이마 위를 차가운 비단처럼 스치고 지나갔었다. 그의 볼은 폭신폭신한 그녀의 배에 기대어 있었다. 그의 시선은 그녀의 신비로운 그곳 근처를 서성이고 있었다!

밖에서 또 다른 외침이 들려왔다. 격렬한 고음의 목소리가 저항에서 비탄으로 이어지고 있었다. 오랜 기원을 가진 그 슬폼에는 고전적인 울림이 있었다. 그것은 시인에게 필로멜라, 루크레티아, 사비니의 처녀들 그리고 트로이의 딸들, 슬프게 울부짖는 이 세상 모든 겁탈당하는 여인들을 연상시켰다. 그는 승강구 계단으로 다가갔다. 그리고 그 계단을 올라가면서 하늘의 별을 쳐다보았다. 셀 수 없이 많은 남자들의 전쟁, 수많은 나라의 멸망 그리고 벌판과 골목에서 은밀히 일어난 셀 수 없이 많은 공격들을 보아 왔던 별들에게는 현재의 장면이 얼마나 사소한 것으로 보일는지! 그들의 빛이 지구상 어디에선가 불타오르는 도시의 화염 때문에 흐려지지 않은 적이 일 년에 한 번이라도 있었던가? 그가 갑판 위로 발을 내딛는 지금 이 순간에도 영국에서, 스페인에서, 저 멀리 시팡고에서 얼마나 많은 여인들이 계단 위, 혹은 뒷골목에서 강간자들의 발소리를 들을 것인가? 수세기에 걸쳐 모든 연령대의, 그리고 모든 상황에서 수백, 수천, 수백만 명의 겁탈당한 여인들의 울음소리가 울려 퍼진다. 그들의 눈물이 지표를 촉촉이 적신다.

　　사이프리언호 위의 광경은 고요함과는 거리가 멀었지만 이제 상당히 잦아들어 있었다. 돛대 주위에는 사이프리언호의 승무원들이 여전히 단단히 묶여서는 시무룩한 침묵 속에서 그 향연을 지켜보고 있었다. 지금까지 다친 사람은 아무도 없었다. 해적들은 일단 정욕이 소진되자 럼주를 마셔 대기 시작했고 술기운에 하나 둘씩 투항하고 있었다. 이미 몇 명은 갑판 배수구 안에서 의식을 잃은 채 누워 있었고 다른 사람들은 전리품들과 함께 술을 마시거나 갑판 위나 선실 지붕 위에 벌렁 나자빠져 있었다. 나머지도 역시 여자들에 대한 흥미를 잃기는 마찬가지였다. 그들은 춤을 추며 음탕한 노래를 부르거나 바다에서 저녁때가 되면 종종 그렇듯 랜턴 불빛 아래 상쾌한 공기 속에서 카드놀이를 했다. 선실 안에서는 더 많이 흥청거리는 소리가 들려왔다. 하지만 폭력을 행사하는 소리는 아니었다. 여자들이 억지로나마 재주를 부리고 있는 듯 보였다. 에브니저는 여자들 몇이 함께 어울려 웃고 응원하는 소리를 들었다.

"그들은 이렇듯 쉽게 자신들의 운명을 받아들이는구나!" 헤카베의 충고에 따라 저항 없이 체념하고 침략자들의 첩과 노예가 된 트로이의 과부들이 다시금 떠올랐다.

그가 보기에 가장 처참한 운명을 맞은 사람은 사이프리언 호의 우현 난간에 고전적인 해적질 방식으로 엉덩이가 죽 묶여서 머리와 상체가 다소 낮은 소형 선박 쪽으로 매달려 있는 여자들 일곱이었다. 하지만 이들조차도 자신들이 당한 모욕적인 대우와 불편한 자세에도 불구하고 모두가 비탄에 젖어 있는 것만은 아니었다. 겁탈의 순간은 지나갔지만 분명 한 명이 울고 있었고, 다른 두 명의 여자들이 난간동자(欄干童子) 밑동에 묶여 있는 자신들의 손목 쪽을 무표정하게 응시하고 있었다. 그러나 나머지 여자들은 소형 선박 갑판 위에서 파이프를 피우고 있는 돛 수선공 칼과 사실상 잡담을 나누고 있는 게 아닌가! 그 옆으로 올라오는 에브니저를 보고도 그들은 조금도 무안해하지 않았다.

한 여자가 놀란 체하며 말했다. "오, 저런, 여기 또 하나가 오는군!"

옆에 있던 좀 더 나이 든 여자가 말했다. "아, 괜찮아 보이는 젊은이로군. 당신이라면 비신사적인 행동은 하지 않을 테죠, 그렇죠?"

그들은 이제 깔깔거리며 웃기까지 했다. 그때 술 취한 해적 하나가 갈지자로 걸으며 그들 뒤로 다가왔다.

"아야!" 그의 거친 손길을 느낀 한 여자가 외쳤다. "그에게 말해 줘요, 칼. 이번엔 내 차례가 아니라고요! 이 녀석은 나를 양고기 구이로 여기나 봐요! 어서요, 칼!"

그 돛 수선공은 연장자라는 이유로 동료 선원들 사이에서 약간의 권위가 있었다. 그가 타이르듯 말했다. "어디 다른 계집을 먹게, 친구." 그 해적은 순순히 끝에서 울고 있던 젊은 여자에게로 옮겨 갔다. 그가 손을 대자마자 그녀는 비명을 질렀다. 에브니저의 심장이 무엇에라도 찔린 듯 아파 왔다.

술 취한 해적이 처음에 괴롭혔던 여자가 외쳤다. "안 돼, 이 악당. 감히 날 차 버릴 생각은 하지 마! 이리 와서 뭐가 뭔지 알고 있는 사람하고 놀라고!"

다른 여자가 꾸짖듯 훈수를 두었다. "그래, 그 아이는 그냥 조용히 내버려 둬. 리체스터샤이어에서는 어떤 식으로 몸을 섞는지 내가 보여 주겠어!" 그녀는 그녀의 동료에게만 살짝 덧붙였다. "그 무어인이 아닌 걸 하늘에 감사해야지!"

해적이 말했다. "네가 자초한 거야." 그리고 원래의 선택으로 돌아왔다.

"저런, 그래야 착한 아이지!" 그녀가 매우 즐거운 척하며 외쳤다. "세상에, 얘들아, 완전히 경주마인 거 있지!" 그러면서 옆에 있던 친구들에게는 마치 무대에서 방백을 하듯 속삭였다. "이놈은 무어인의 반도 못 따라가. 오트밀처럼 흐물흐물하다고. 물에다가 모래를 섞어 놓은 것 같다니까. 아! 그래, 그렇게! 좋아요!"

다른 세 명은 몹시 즐거워했다.

칼이 에브니저에게 말했다. "네 친구는 저쪽 선실 안에 있어. 여자들에게 마음이 있다면 뛰어가는 게 좋을 거야. 우리는 여기에서 그리 오래 지체하지 않을 생각이거든."

"정말이오?" 에브니저가 거북하게 몸을 움직였다. 여자들은 흥미롭다는 듯 그를 눈여겨보았다. "버트랜드가 어떤 못된 짓을 저지르고 있는지 가 봐야겠군."

한 여자가 말했다. "아, 이런, 그는 우리에겐 관심이 없어. 그의 친구를 더 좋아하는 것 같아." 한 여자가 강간을 당하는 중인데도 나머지 여자들은 저마다 한마디씩 짓궂은 말들을 보냈다. 에브니저는 서둘러 그 자리를 떠났다.

그는 혼자서 중얼거렸다. "도저히 이해할 수 없군."

그는 사이프리언호에 밀항하겠다는 생각을 완전히 버렸고, 자신의 시종이 지금 무얼 하고 있는지에 대해서도 별로 관심이 없었다. 그는 처음엔 그 여자들의 짓궂은 말을 피하기 위해 뒤로 걸어갔지만, 이윽고 그 두 가지 구실을 들어 쌍돛 범선에 올라타겠다는 용기를 냈다. 그러면서도 자신이 적어도 호기심에서라도 '사이프리언'의 갑판 쪽에서 볼 때 그들이 보는 방향의 뒤쪽으로 돌아가려 한다는 걸 부인할 순 없었다. 그는 난간을 기어 올라가 자신의 몸을 난간 너머로 넘기기 위해 쌍돛 범선의 뒷돛대 돛을 부여잡았다. 그런데 그가 마침 위를 올려다보았을 때, 달빛은 그에게 놀라운 광경을 보여 주었다. 뒷돛대 삭구 높은 곳에 무어인이 처음 정복한 여자가 지금까지 매달린 채 방치되어 있었던 것이다. 그녀의 팔과 다리는 마치 차꼬에 채워져 있는 것처럼 그물 사이에 끼여 있었다. 밑에서는 그녀의 상태를 판단할 수 없었다. 아마도 그녀는 더 공격을 당할까 두려워 현재 위치를 유지하고 있는지도 몰랐다. 다행히 그녀의 독특한 자세가 추락은 막았을지 모르지만 기절했을 수도 있는 노릇이었다. 커다란 검은 거미에 물려서 이미 죽어 버렸다 해도 그리 황당한 얘기만은 아닐 것 같았다. 에브니저는 단지 호기심 때문이라고 자신을 납득시켰지만 그럼에도 몹시 흥분해서는 자신의 발을 '사이프리언'의 갑판 위가 아니라 뒷돛대의 줄사다리 첫 번째 칸에 올려놓았다. 그리고 보아브딜이 그랬던 것처럼 매달려 있는 여자를 향해 한 발씩 한 발씩 기어 올라갔다.

그가 올라가면서 돛이 흔들렸다. 여자가 몸을 움직이더니 밑을 내려다보았다. 그리고 신음 소리와 함께 팔에 얼굴을 묻었다. 시인은 치밀어오르는 욕망으로 온통 정신이 아득해져서는 그녀가 있는 방향으로 낮게 속삭였다.

"나는 너를 덮칠 거다! 나는 너를 덮칠 거야!"

그러나 그가 반쯤 올라갔을 때, 파운드 선장이 아래쪽 선실에서 나왔고 무어인이 모두 소형 선박으로 철수하라고 명령했다. 해적들은 모두 툴툴거렸지만 이내 무어인의 말에 복종했다. 그러나 가면서도 이제 마지막이라는 생각에 필사적으로 여자들을 희롱하는 것을 잊지 않았다. 에브니저는 올라가는 속도를 배가시켰다.

"나는 너를 덮칠 테다!"

하지만 보아브딜의 목소리가 아래쪽에서 올라왔다. "뒷돛대 삭구에 있는 놈! 이리 내려와, 당장! 잽싸게!"

그 여자는 말 그대로 팔을 뻗으면 닿을 위치에 있었다. 그가 대담하게 말을 건넸다. "정말 운이 좋은 계집이군!"

그녀가 그를 내려다보았다. 현재의 거리에서 볼 때 달빛 아래 비친 그녀의 모습은 조안 토스트와 약간 닮아 있었다. 그녀에 대한 기억이 원래의 욕망에 불을 붙였다. 그녀의 얼굴에 공포의 표정이 떠올랐다.

에브니저가 흥분으로 기력이 쇠해서는 그녀에게 다시 말을 건넸다. "일 분만 더 있었어도 너를 쪼개 놓았을 거야!"

그녀는 자신의 얼굴을 가렸고 그는 내려왔다. 몇 분 후 해적들은 쇠갈퀴를 벗겨 내고 있는 힘껏 항해를 시작했다. 에브니저가 넓게 펼쳐진 바다를 되돌아보니 '사이프리언'의 여자들이 난간에 묶여 있던 동료들과 승무원들을 풀어 주는 모습이 보였다. 여전히 뒷돛대 삭구 위에 매달려 있는 여자의 하얀 형상 역시 알아볼 수 있었다. 충족되지 못한 욕망이 벌써 그를 괴롭히기 시작했다. 본의 아니게 자신의 본질을 지킬 수 있었던 것에 대해서는 진실로 안도했지만 삭구에서 사로잡혔던 감정만큼 그렇게 진한 것은 아니었다. 자신도 이해할 수가 없는 일이었다. 그는 분명 거기엔 단순한 욕정 이상의 무엇이 있었다고 믿고 싶었다. 그렇지 않았다면 어째서 그 무어인이 그녀를 강간했다는 생각에 거의 미칠 듯한 질투심에 사로잡혔겠는가? 어째서 난간에 있던 여자들 대신 줄사다리 위에 매달려 있던 그 여자를 선택했겠는가? 어째서 그녀가 조안 토스트를 닮았다는 사실이(그 문제에 대해서는 그저 상상할 수 있는 정도지만) 그의 열정을 더 부채질했겠는가? 그는 그 문제와 관련된 자신의 행동을 전반적으로 이해할 수 없었다.

그는 등을 돌려 밧줄 창고에 있는 자신의 작은 방으로 향했다. 소중한 원고가 안전하게 잘 있는지 확인해야 했다. 그리고 어떤 방식으로든 커져 가는 고통을 가라앉혀야 했다. 그가 앞갑판 승강구 계단으로 내려가기 위해 몸을 숙이는 순간, 쌍돛 범선 방향으로부터 여자의 높은 울음소리가 어둠을 뚫고 들려왔다. 곧이어 두 번째, 세 번째 울음소리가 이어졌다.

"이제 '그들' 차례군." 소형 선박 위의 누군가가 말했다. 그리고 많은 해적들이 낄낄거리며 웃었다. 에브니저는 뇌에서 피가 솟구치는 느낌이었다. 그는 휘청거리는 몸을 가누기 위해 이마를 사다리 가로대에 밀착시키고는 잠시 멈춰 서 있어야 했다.

그는 혼자 중얼거렸다. "그녀는 그저 창녀일 뿐이야. 창녀일 뿐이라고." 이 말을 여러 번 반복하고 나서야 그는 계속해서 내려갈 수 있었다.

사이프리언호에 승선하기 전에 일지의 일부분을 따로 안전하게 치워 두었다고 생각한 때문인지, 아니면 너무 취해서 그것이 없어진 것을 눈치 채지 못했는지 몰라도 파운드 선장은 다음 날 오후가 돼서야 그것을 분실한 사실을 알았다. 그리고 그땐 이미 에브니저가 그것을 숨겨 놓을 훨씬 더 좋은 장소를 찾아낸 뒤였다. 에브니저는 시종을 지나치게 신뢰하는 것은 분별 없는 일이라 판단하고 버트랜드가 갑판 위로 올라갈 때까지 기다렸다가 자신의 전리품을 초라한 침상 밑에서 꺼내 가까이 있던 커다란 선반 위에 쌓인 돛 더미 맨 아래 놓여 있던 갓 만들어진 범포의 접힌 곳 안쪽에 옮겨 놓았다. 오후가 되어 보아브딜과 선장이 그와 버트랜드 및 나머지 선원들을 홀딱 벗겨 놓고 자신의 방에 있던 너덜너덜한 침상을 이리저리 들쑤시는 동안에도 그는 별로 걱정하지 않았다. 그들이 선반 위에 쌓여 있는 여분의 돛들을 펼쳤다가 다시 개어 놓는 일은 생각할 수도 없었다. 두 시간 동안의 수색이 끝나고도 원고를 찾지 못하자 파운드 선장은 사이프리언호의 누군가가 몰래 잠입해 그것을 훔쳐 낸 것이 틀림없다고 결론을 내렸다. 그날과 다음날 내내 해적들은 그 쌍돛 범선을 맹렬히 추격했다. 그러나 헨로펜곶과 델라웨어만이 시야에 들어오자 추격을 포기하고는 어쩔 수 없이 탁 트인 안전한 바다로 돌아왔다.

원고를 잃은 후 선장은 날이 갈수록 더욱 까다롭고 예민하게 굴었다. 그가 가장 의심하는 인물은 자연히 에브니저와 버트랜드였다. 하지만 그가 둘 중의 어느 누구라도 배 위에 일지가 있다는 사실을 미리 알고 있었을 거라 믿을 만한 이유는 없었고 그것을 훔쳤다는 증거는 더더욱 없었다. 그런데도 그는 순전히 기분이 나쁘다는 이유로 그들을 다시 가뒀다. 동시에 그는 무어인으로 하여금 도둑을 보지 못한 데 대한 벌로 돛 수선공의 늙은 등짝을 채찍으로 열 번 후려치게 했다. 그가 채찍을 맞는 소리가 밧줄 창고에까지 들려왔다. 그리고 에브니저는 편치 않은 마음으로 그 원고가 메릴랜드의 질서와 정의라는 대의를 위해 비할 바 없이 가치 있는 것이라는 사실을 스스로 일깨워야 했다. 그는 선실을 수색하는 내내 사색이 되어 질려 있던 버트랜드에게는 그들이 일지를 발견할까 봐 두려워 미리 바닷속으로 던져 버렸다고 말해 두었다. 그리고 칼에 관해서는 뭍에 발을 디딜 경우 어떤 판사라도 의심할 여지 없이 목을 매달아 버릴 해적이니 억울하게 채찍을 맞아도 상관없다고 단언했다.

그리고는 단호하게 덧붙였다. "하지만 만약 그들이 그 때문에 어느 누구라도 죽이거나 고문하려 한다면, 그것이 심지어 혐오스러운 짐승 보아브딜이라 하더라도 나는 사실대로 고백할 거야." 실제로 그럴 것인지 아닌지에 대해서는 그는 별로 생각하고 싶지 않았다. 그것은 그저 버트랜드가 또다시 배신하지 못하도록 미리 쐐기를 박기 위한 말이었다.

시종이 대답했다. "당신이 그렇게 하든 안 하든 별로 달라질 건 없어요. 어떤 경우든지 우리 목숨은 이제 끝난 거라고요." 그는 정말 위험할 정도로 낙담했다. 처음부터 그는 에브니저의 탈출 계획에 대해 회의적이었다. 그리고 실현 가능성이 거의 없었던 그런 기회마저도 현재의 감금 상태 때문에 아예 불가능해졌다. 에브니저는 사이프리언호에서 즐기느라 절호의 탈출 기회를 망친 장본인은 바로 버트랜드라고 지적했지만 다 부질없는 일이었다. 결코 위안이 되지 않는 진실들일 뿐이었다.

소형 선박의 예정된 회합 날이 다가옴에 따라 그들의 전망은 더욱 어두워졌다. 그들은 앞갑판 선실의 승무원들이 선장이 갈수록 고약해진다고 불평하는 소리를 들었다. 파운드는 고작 사이프리언호 여자들에 대한 이야기를 나눴다는 이유로 승무원 세 명의 배급량을 줄여 버렸다. 또 한 사람은 집단을 대표해 언제쯤 그들이 입항하는지 물었다가 밧줄에 묶어 배 밑을 통과하게 만들겠다는 협박을 당해야만 했다. 두 죄수에게는 매일매일이 두려움의 연속이었다. 그들은 혹시라도 선장이 자신들을 고문할 마음을 먹을까 봐 걱정하고 또 걱정했다. 에브니저에게나 승무원들에게나 그 기간 동안 생각지도 못했던 반가운 소식 한 가지는 선장의 명령을 충실히 집행하는 과정에서 그들의 미움을 사게 된 무어인이 쌍돛 범선의 희생자 한 명으로부터 성병을 얻어 왔다는 사실이었다.

그 소식을 물어 온 남자가 말했다. "그것이 매독인지 다른 병인지는 모르겠지만 아무튼 그 부분이 타는 듯 아파서 걸을 수조차 없다는 거야."

에브니저는 무어인에게 병을 옮긴 사람은 바로 뒷돛대 삭구에 매달려 있던 그 여자라고 자신 있게 추측했다. 보아브딜이 그 여자에게만 아랫도리 운동을 했던 것은 아니지만 다른 해적들은 어느 누구도 그 질병의 징후를 보이지 않았기 때문이다. 그 사실로 인해 그는 복잡한 기쁨을 느꼈다. 우선은 그 무어인이 강간을 했다가 벌받는 꼴을 보는 것이 기뻤다. 하지만 그는 이런 기이한 감정을 자신의 의도에 비추어서 이해했다. 둘째, 자신의 순결을 보존했다는 데 대한 안도감이 그랬듯, 그 자신이 전염될 뻔했던 일을 가까스로 모면한 데 대한 안도감은 생각만큼 그의 실망감을 달래 주지 못했다. 셋째, 무어인이 성병에 감염되었다는 것은 그 여자가 처녀가 아니었음을 의미했다. 그리고 이 가능성은 다음과 같은 부가적인 그리고 완전히 조화롭지는 않은 감정들을 불러일으켰다. 그는 자신이 무어인을 혐오하고 그의 고통을 즐길 만한 이유가 다소 줄어들었다는 점이 분했다. 그는 자신이 거의 정복할 뻔한 여자가 별로 가치가 없는 여자였다는 데 대해 실망했다. 그는 또 자신이 실망하고 있다는 사실에 대해 놀랐다. 그 여자가 처녀가 아니라 실망했다는 것은, 그녀를 겁탈하려 한 자신이 애초에 그녀를 처녀로 여기지 않았을 무어인보다 더 잔인하다는 의미 같았기 때문이다. 자신의 욕망이 부분적으로는 그녀가 순결을 빼앗긴 처녀라는 데 대한 연민에서 유발된 것이었다고 해도 그것은 진심이었고 자기 자신이 그녀를 겁탈하는 동안에도 연민의 마음은 커졌을 것이다. 그러나 그녀가 보아브딜에게 순결을 빼앗긴 것이 아니라는 뜻밖의 사실이 오히려 그 연민을 현저하게 감소시켰다는 이중의 비틀린 심리에 두렵고도 놀라운 기분이었다. 마지막으로 그는 그것을 매번 곱씹을 때마다 더욱 그럴듯해 보이는 의심에 대해 안도감과 함께 넘치는 기쁨 같은 것을 느꼈다. 그는 어쩌다 그녀가 막 순결을 빼앗겼다고 가정했고, 그랬기 때문에 그녀를 동정했다. 그리고 달리 쉽게 설명할 수 없는 그의 갑작스러운 욕망이 바로 그러한 별난 우연성에 의해서 거의 결백한 일, 말 그대로 처녀와 숫총각 사이의 연애 사건 같은 것으로 둔갑한 것이다. 순결한 사람이 겁탈을 당해 더러워진 누이와 하나가 되기를 원하는 신비로운 열망, 그것은 사실 자기 겁탈이 아니던가? 그러므로 그것은 사랑의 다양한 표현 가운데 하나가 아니던가?

"아주 그럴듯해." 그는 이렇게 결론을 내리고는 기뻐하며 자신의 집게 손톱을 깨물었다.

파운드 선장이 자신의 근무 태만을 어떻게 설명했는지 계관시인은 결코 알지 못했다. 여섯 주가 정해진 일과대로 지나가고 어느 날 땅거미가 완전히 내린 후, 죄수들은 해적들이 다른 배에게 인사를 건네는 소리를 들었다. 그리고 방문객들의 말소리가 대형 보트에서 배 위로 옮겨 왔다. 성격이 어땠든지 간에 회담은 짧게 끝났다. 삼십 분 후 손님들은 떠났고 모든 사람들은 돛대 꼭대기로 올라가도록 명령받았다. 해적들이 순풍 속에서 돛을 올리는 소리가 밧줄 창고까지 들려왔다. 소형 선박이 타효 속력을 얻자마자 일등 항해사 대리(그는 바로 '포세이돈'에서 차출된 갑판장이었는데, 대단히 빠르고 철저하게 새로운 환경에 적응한 그를 파운드는 아픈 무어인을 대신하여 일등 항해사로 지명했다.)가 앞갑판 선실로 내려와 감방의 문을 열고 죄수들을 갑판 위로 올라오라고 명령했다.

버트랜드가 외쳤다. "아! 이걸로 끝이에요!"

계관시인이 다그쳤다. "무슨 말이야?"

"끝이에요! 끝장이라고요!"

갑판장이 낮게 으르렁거리듯 말했다. "너희들의 수감 생활은 끝이야. 이 정도만 얘기해 주지."

에브니저가 외쳤다. "하느님 감사합니다! 내가 말한 대로잖아, 버트랜드."

"당장 올라와."

시인이 고집했다. "잠시만요. 당신과 함께 가기 전에 제발 잠시만 나를 혼자 있게 해 주시오. 주님께 감사를 드려야겠소." 그는 대답을 기다리지 않고 기도하는 자세로 무릎을 꿇었다.

"아, 좋아. 그렇다면⋯⋯." 갑판장은 잠시 주저하다가 마침내 감방 밖으로 나갔다. "하지만 아주 잠깐 동안만이야. 선장의 기분이 별로거든."

에브니저는 혼자가 되자마자 가까운 곳에 숨겨 두었던 일지를 꺼내 셔츠 속에 쑤셔 넣었다. 그런 다음 버트랜드와 함께 갑판장에게로 갔다.

"나는 준비가 되었소, 친구. 그리고 이 감방에게 아주 기쁘게 작별을 고합니다. 우리를 데려가기 위해 보트가 온 거요? 아니면 우리가 벌써 뭍에 다다른 거요? 세상에, 정말 가슴이 두근거리는군!"

갑판장이 몇 마디 투덜거리고는 갑판 승강구 계단을 거쳐 그들을 갑판으로 데려갔다. 온화하고 달도 보이지 않는 9월 중순의 밤이었다. 소형 선박은 찬란하게 반짝이는 별들 아래서 조용히 나아가고 있었다. 모든 사람들이 배 한복판에 모여 있었다. 몇몇은 랜턴을 들고 있었는데 그들이 다가가자 모두들 술렁댔다. 에브니저는 자신이 그들에게 시를 읊어 줌으로써 작별을 고하기에는 그것이 오히려 적당하다고 생각했다. 그들은 지난 여섯 주를 제외하고는 대체로 자신들을 꽤 흠잡을 데 없이 대우해 주었기 때문이다. 하지만 시를 지을 시간이 없었다. 그리고 그가 현재 가지고 있는 것이라고 해 봤자(매우 아쉽게도 그의 공책은 '포세이돈'에 남겨져 있었다.) 그가 바다에서 착상해서 기억 속에 저장해 놓은, 메릴랜드에 온 것을 환영하는 내용의 시뿐이었다. 하지만 불행하게도 그것은 이 상황과는 어울리지 않았다. 그래서 그는 짧지만 잘 표현된 몇 마디 작별인사로 대신하기로 결심했다. 그것은 자신은 비록 그들의 삶의 방식에 찬성할 수는 없어도 자신과 자신의 시종에 대한 호의적인 배려에는 감사한다는 내용이 될 것이었다. 게다가 그는 다른 사람이 눈감아 줄 수 없는 것도 자신은 용서할 수 있다는 말로 마무리할 생각이었다. '머리가 욕하는 많은 행위들이 가슴에서 용서받곤 한다.' 그리고 그들이 만약 그들의 사업으로 인해 체포되는 일이 생긴다면 그들에 대한 판결은 정당해야 하지만 그래도 자신은 그들의 처벌이 관대해지도록 기도하리라는 말도 덧붙일 작정이었다.

하지만 그는 이러한 생각들을 말할 수 있는 운명이 아닌 듯했다. 사람들이 모인 곳에 도착하자마자 그와 버트랜드는 가장 가까이 있던 해적들에게 팔을 단단히 붙잡혔기 때문이다. 해적 집단은 왼쪽 뱃전의 난간에 이열 종대로 나뉘어 섰다. 깜박거리는 랜턴 불빛 아래 왼쪽 뱃전 난간에서 바다 위 2미터 지점 위로 널빤지 하나가 삐죽 나와 있는 것이 보였다.

"안 돼!" 사람들이 에브니저의 몸뚱이를 번쩍 들어 올렸다. "하느님 맙소사!"

파운드 선장은 보이지 않았다. 하지만 뒤쪽 어디에선가 그의 목소리가 들려왔다. "올려놔!" 험상궂은 얼굴을 한 해적들이 단검을 꺼내 들었다. 에브니저와 버트랜드는 배 안쪽 끝에서 그 널빤지를 마주했고, 해적들에게 놓여났고, 동시에 뒤쪽에서 여러 개의 칼과 단도의 위협을 받으며 앞으로 밀려났다.

파운드 선장이 말했다. "처음부터 나는 너희들 중 누가 에브니저 쿠크인지 확신할 수가 없었어. 이제야 두 놈 다 사기꾼이라는 걸 알겠다. 진짜 에브니저 쿠크는 세인트메리즈 시티에 있었더군. 그것도 요 몇 주 동안 말이야."

시인은 즉시 아니라고 부인했고 버트랜드는 울부짖었다. 하지만 철제 칼날들이 나란히 그들 뒤에 바짝 겨눠져 있었다. 그들은 곧 널빤지 위에서 시소를 탔다. 그들 아래로 검은 바다가 질주하며 건현(乾舷)에 찰싹찰싹 부딪히고 있었다. 에브니저의 눈앞에서 바닷물이 랜턴 불빛을 받아 반짝였다. 그는 널빤지를 붙잡기 더 쉽게 무릎을 꿇었다. 아리온은 노래로 돌고래들을 불러내 목숨을 구할 수 있었지만, 에브니저에게는 그 같은 이별 노래를 위한 시간이 주어지지 않았다. 이 초 후 더욱 배 바깥쪽에 있던 버트랜드가 균형을 잃고 날카로운 비명과 함께 물속으로 떨어졌다.

몇몇 해적들이 외쳤다. "뛰어내려!"

다른 사람들이 재촉했다. "그를 처치해 버려!"

"맙소사!" 에브니저가 울부짖었다. 그리고 널빤지에서 굴러떨어졌다.

16 물에 빠진 계관시인과 버트랜드, 주제넘게도 천상의 신전에 자신들의 안식처를 마련하다

불행인지 다행인지 물은 따뜻했다. 시인이 표면 위로 허우적거리며 올라온 것은 이미 첫 입수 때의 충격은 가신 뒤였다. 소형 선박 고물 위의 불빛들이 이미 몇 미터 떨어진 곳에서 안정되게 미끄러져 나가고 있었다. 물의 온도는 적당했지만 그의 마음은 얼어붙는 것 같았다. 자신이 어디에 있는지조차 가늠할 수 없었다. 마음속에서 제일 먼저 떠오른 것은 눈앞에 닥친 죽음이 아니라 진짜 에브니저 쿠크가 세인트메리즈 시티에 있다는 파운드 선장의 마지막 말이었다. 또 다른 사기꾼이 있다니! 도대체 얼마나 놀라운 음모가 진행되고 있다는 것인가? 물론 변장의 귀재인 벌링검이 안전하게 도착한 뒤, 쿠드를 더욱 혼란스럽게 하기 위해서는 시인 행세를 하는 것이 유용하다고 판단했을지도 모르는 일이다. 하지만 쉽게 상상할 수 있듯이 그가 '포세이돈'에 승선했던 승객들로부터 에브니저가 포로로 잡혔다는 소식을 들었다면, 그는 분명 자신이 에브니저의 신분을 가장했을 때 친구의 생명이 위험에 처하게 될지도 모른다고 우려했을 것이다. 그리고 혹 그가 자신이 돌봐야 할 에브니저가 죽었다고 믿었다 해도 그런 사기를 칠 마음을 먹었다는 것은 상상하기 어려웠다. 아니, 쿠드 본인의 음모일 가능성이 더 컸다. 그는 도대체 어떤 사악한 목적을 위해 에브니저의 이름을 사칭한 것일까? 그런 생각이 들자 소름이 돋았다. 그는 몸무게를 줄이기 위해 우선 구두를 벗어 던졌다. 귀중한 원고 역시 마지못해 던져 버리고는 힘을 비축하기 위해 가능한 한 부드럽게 헤엄쳐 나아가기 시작했다.

하지만 무슨 소용이란 말인가? 그는 이미 가망 없는 처지임이 분명했다. 소형 선박의 불빛들은 작아진 지 오래였고, 그나마 파도가 칠 때마다 명멸하곤 했다. 그들은 곧 완전히 사라질 것이다. 다른 빛은 전혀 보이지 않았다. 그가 알고 있는 한 그는 대서양 한가운데 있었고 뭍에서는 수십 킬로미터나 떨어져 있었다. 밝은 대낮이었다 하더라도 가시거리 안에 또 다른 배가 지나갈 확률은 생각할 수도 없을 정도로 미미했다. 게다가 밤은 이제 막 시작되었다. 새벽이 오려면 여덟 시간은 족히 기다려야만 한다. 파도는 거칠지 않았지만 그는 자신이 그렇게 오랫동안 살아남을 수 있으리라는 희망을 감히 품을 수가 없었다.

그가 혼자서 한탄했다. "정말, 나는 곧 죽겠군! 다른 가능성은 없어!"

이런 상황은 그가 종종 곰곰이 생각하곤 하던 것이었다. 세인트자일스에서의 소년 시절부터 그와 안나가 순교자 놀이나 카이사르 놀이를 할 때 혹은 헨리가 그들에게 옛날이야기를 읽어 줄 때, 사실 그는 언제나 죽음이라는 상황에 매료되곤 했다. 소매치기나 살인자가 교수대 계단을 올라갈 때 어떤 느낌이 들까? 산에서 추락하는 등산가는 바위가 자신의 두개골과 내장들을 짓뭉개리라는 것을 예상하면서 어떤 생각을 할까? 밤에 그와 그의 누이는 각자의 침대에 누워 그들이 알고 있는 모든 형태의 죽음을 검토했고 각각의 고통과 공포를 비교했었다. 그들은 심지어 죽음을 실험해 보기도 했다. 언젠가는 칼끝으로 할 수 있는 데까지 가슴을 눌러 본 적도 있다. 하지만 어느 누구도 피를 낼 용기는 없었다. 또 언젠가는 각각 상대방의 목을 졸라서 누가 울지 않고 더 오래 버티는지 시험해 본 적도 있었다. 하지만 최고의 게임은 역시 누가 더 숨을 오래 참느냐는 것이었다. 이것은 특히 누가 의식을 잃는 지점까지 버틸 수 있을 정도로 용감한가를 따지기 위한 것이었다. 두 사람 모두 그 목표까지 도달한 적은 없었다. 하지만 경쟁은 그들의 시도를 놀랄 만한 정도로 오래까지 이끌고 갔다. 그들의 얼굴은 붉으락푸르락해지고 눈은 부풀어 올랐다. 그리고 그렇게 이를 악물고 있다가 갑자기 숨이 터져 나오면 힘이 빠져 축 늘어지곤 했다. 이 게임은 사람을 끔찍하게 흥분시키는 구석이 있었다. 다른 어떤 것도 죽음의 느낌에 그렇게 가까이 가지 못했다. 특히 미칠 것 같은 마지막 순간에는 자신이 산 채로 매장당했거나 물에 빠졌거나 그도 아니면 마음대로 숨을 쉴 수 없는 상황이라고 상상하곤 했다.

그러므로 자신의 경험상 비록 비교할 수 없는 상황이었어도, 현재 처한 난국이 에브니저에게는 전혀 새로운 것이 아니라는 점은 그리 놀랄 만한 일도 아니다. 그는 심지어 밤에 널빤지에서 뛰어내려 바다 깊은 곳에서부터 공기를 찾아 허우적거리고, 고물의 불빛이 미끄러지며 사라지는 광경을 지켜보는 등 구체적인 상황들도 이미 생각해 보았던 것이다. 그리고 에브니저는 그 끝이 어떤 느낌이 될 것인지도 이미 알고 있었다. 물이 목구멍까지 차올라 코를 쿡쿡 찌르고, 그 물을 내보내기 위해 발작적으로 기침을 하며, 공기가 없는 곳에서 어쩔 수 없이 공기를 들이마시기 위해 애쓰다가 폐 속에 물이 차게 된다. 그런 다음 현기증, 머리와 가슴에 느껴지는 끔찍한 압력, 무시무시한 광란 상태, 죽지 않으려는 육체의 처절한 기도 그리고 마지막으로 육체와 영혼을 이루 말할 수 없을 정도로 피폐하게 만드는 공기에 대한 맹목적인 갈망이 몇 초간 이어진다. 그와 안나가 죽는 방법을 선택할 때, 그들은 불에 타 죽는 것, 서서히 압사당하는 것 그리고 비슷하게 시간이 오래 걸리는 죽음의 형식들과 함께 물에 빠져 죽는 것을 제외시켰다. 누군가 실제로 그러한 최후를 맞았다는 소식은 그들을 현기증이 날 정도로 오싹하게 만들었다. 하지만 에브니저의 마음속에서는 죽음이라는 사실과 이 모든 감각적인 예상들이 역사적 사실이나 지리적 사실과 매한가지였다. 그는 교육과 천성 덕분에 언제나 그것들을 이야기꾼의 관점에서 보았던 것이다. 그는 개념적으로는 죽음의 종결성을 인정했다. 그는 죽음의 공포를 마치 간접 경험을 하듯이 즐겼다. 하지만 그는 결코, 결코 두 가지 중 어느 하나도 받아들일 수 없었다. 그는 생각했다. 인생은 이야기야. 이야기는 언젠가는 끝이 나게 마련이지. 그렇지 않다면 어떻게 다른 이야기가 시작될 수 있겠어? 하지만 이야기꾼 자신이 특정한 이야기를 직접 살아 내고 죽어야 한다는 것은 생각할 수 없는 일이다! 생각할 수 없는 일이야!

실낱같은 희망의 근거도 없고 그 끔찍한 이 분이 자신에게 곧 닥칠 것임을 알고 있는 이 순간까지도 그의 절망은 개념적인 것이었고 공포 역시 남의 이야기인 것 같았다. 마치 세인트자일스에 있는 자신의 방에서 죽는 놀이를 하고 있거나 여름 별장에서 어떤 이야기의 내용을 연기하고 있는 것처럼 느껴졌다. 버트랜드는 이미 물속에서 질식하여 죽음의 고통에서 벗어났을 거라고 생각하니 얼마간 질투가 났다. 그 자신 역시 그것을 즉시 해치우지 못할 이유는 없었다. 하지만 그를 계속 헤엄치게 만드는 것은 단순히 두려움만은 아니었다. 그것은 그로 하여금 스스로 피가 나도록 몸을 찌르지 못하고 스스로를 의식을 잃는 지경까지 내몰지 못하며 로마제국이라는 것이 존재했다는 사실을 마음속으로는 인정하지 못하게 만들었던 바로 그의 체질적인 결함이었다. 소형 선박은 사라졌다. 별들 외에는 아무것도 보이지 않았다. 목 주위에 부딪히는 물소리 외에는 아무것도 들리지 않았다. 하지만 그의 기분은 비교적 평온했다.

이윽고 근처 바다에서 무언가가 물살을 가르는 소리가 들렸다. 그의 심장이 뛰었다. '상어다!'라고 생각하니 그 어느 때보다 버트랜드가 부러웠다. 상어의 존재는 그가 미처 생각하지 못했던 것이었다! 어째서 물에 빠진 즉시 죽지 않았던가? 그것은 물을 튀기며 점점 가까이 헤엄쳐 왔다. 또 한 번의 파도가 그들을 같은 물이랑과 이랑 사이에 몰아넣었다. 마침 에브니저가 반대 방향에서 물을 헤쳐 나가려 할 때, 그는 자신의 왼발이 그 괴물을 스치고 지나가는 것을 느꼈다.

"아!" 그는 비명을 질렀다. 그러자 "아니!" 하고 상대방도 똑같이 놀라 외쳤다.

에브니저가 발장구를 쳐 뒤로 돌며 말했다. "세상에! 버트랜드 아냐?"

"에벤 나리! 고마워라. 저는 바다뱀인 줄 알았어요! 아직 죽지 않았군요?"

그들은 서로를 껴안고 푸푸 소리를 내며 올라왔다.

시인은 마치 시종이 보트라도 구해 온 양 행복해져서 말했다. "계속해서 팔다리를 놀려야 해. 그렇지 않으면 정말 빠져 죽을 거야." 버트랜드는 결국 시간문제일 뿐이라고 말했다. 그러자 에브니저는 둘이 함께 맞는 죽음은 혼자서 맞는 죽음만큼 끔찍하지는 않을 거라고 격한 목소리로 말해 주었다.

안나에게 숨 참기 게임을 제안하곤 했을 때와 마찬가지 기분으로 그가 말했다. "어때? 우리 지금 함께 끝내 버릴까?"

버트랜드가 말했다. "어쨌든 별로 오래 걸리지는 않을 거예요. 이미 내 근육은 말을 듣지 않는걸요."

에브니저가 어둡게 펼쳐진 서쪽 수평선을 가리켰다. "저기를 봐. 먹구름에 별빛이 잦아들고 있군. 우리는 적어도 폭풍을 견딜 필요는 없을 거야."

"저는 분명 아니에요." 시종은 발장구를 치느라 힘겹게 숨을 쉬며 말했다. "잠시 후면 저는 끝장날 거예요."

"네가 이전에 얼마나 상처를 주었든지 간에 널 용서할게. 우리는 함께 가게 될 거야."

버트랜드가 헐떡이며 말했다. "그 순간이 오기 전에 할 말이 있습니다, 주인님⋯⋯."

시인이 나무라듯 말했다. "주인님이라니! 이 넓은 바다 한가운데서 주인이니 시종이니를 신경 쓰는 사람이 어디 있어?"

버트랜드가 계속 말을 이었다. "포세이돈호에서 제가 벌인 도박에 관한 이야기입니다."

"오래전에 용서했어! 넌 내 돈을 잃었지. 나는 네가 그것을 잘 사용했길 바라! 지금 내가 그 돈을 가지고 뭘 할 수 있겠어?"

"더 있습니다, 주인님. 그 내기를 제안했던 터브만 목사를 기억하고 계시지요."

"용서했어! 이젠 더 잃을 것도 없는걸, 뭐. 네가 이미 나를 깨끗하게 벗겨 먹었는데."

그 말도 버트랜드에게는 별 위안이 되지 않는 듯했다. "제가 얼마나 비열한 놈으로 느껴지는지요, 주인님! 저는 당신의 이름으로 불리고 당신의 자리에서 식사하고 당신의 지위가 주는 명예를 누리고……."

"이제 그만!"

"저는 '이 이불 위에 루시를 넘어뜨릴 사람은 내가 아니라 그분이어야 한다.'고 생각했습니다. 그런 다음 저는 당신의 40파운드 역시 잃었지요! 그동안 당신은 앞갑판 선실의 그물 침대에서 저 대신 고통을 겪고요!"

에브니저가 상냥하게 말했다. "그건 이미 끝난 일이고 지난 일이야."

"제 말을 끝까지 들어 주세요, 주인님! 그 무시무시한 폭풍우가 지나가고 우리가 서쪽으로 향하고 있을 때 저는 스스로에게 맹세했습니다. 당신이 겪은 고난을 보상하기 위해 그 돈 이상을 돌려드리기로요. 그 목사는 버지니아 곶을 발견하는 것과 관련된 새로운 사기 행각을 고안해 냈어요. 그리고 저는 제 목적을 달성하기 위해 루시 양에게 은밀히 구애하기로 했죠. 그러면 우리는 사기꾼에게 사기를 칠 수 있을 테니까요!"

"자비로운 결심이야. 하지만 넌 내기로 걸 만한 것이 아무것도 없었잖아."

버트랜드가 대답했다. "그때까지 속았던 다른 사람들도 내기로 걸 만한 것은 없었지요. 그들은 터브만이 성직자라는 걸 알면서도 매질을 하겠다고 그를 위협했어요. 하지만 그는 일이 어떻게 돌아가는지 낌새를 알아차리고는 그들에게 메릴랜드에 대해 다시 내기를 할 기회를 주었죠. 그저 토지나 다른 재산을 걸면 된다고요."

에브니저가 외쳤다. "세상에! 그놈은 겉만 기독교인이고 속은 완전히 유태인이군!"

"그는 변호사가 작성한 서류들을 가지고 있었어요. 우리는 그저 서명만 하면 되었죠. 그리고 우리는 우리의 재산을 걸고 내기를 했지요."

에브니저가 믿을 수 없다는 듯이 물었다. "담보를 잡고 서명했다고?"

"예, 주인님."

"세상에! 무엇을?"

"몰든이요, 주인님. 저는……."

"몰든이라고!" 시인은 너무 놀라 발장구를 치는 것조차 잊어버렸고 다음 순간 파도가 그의 머리를 덮쳤다. 다시 말을 할 수 있게 되자 그는 초조하게 다그쳤다. "하지만 분명 1, 2파운드는 넘지 않았겠지?"

"당신을 속일 수는 없겠죠, 주인님. 훨씬 더 많아요."

"그러면 10파운드? 20파운드? 하, 털어놔 봐! 물에 빠져 죽어 가는 사람에게 40파운드가 뭐 대수겠어? 네가 100파운드를 잃었다 한들 지금 와서 어쩌겠어?"

버트랜드가 말했다. "제 생각도 그래요, 주인님." 그는 거의 탈진한 듯했다. "제가 당신께 고백할 수 있었던 건 바로 그 때문이지요. 이제 우리는 물에 빠져 죽어 가는 사람들이니까요. 저기 보세요. 얼마나 어둠이 빨리 다가오고 있는지! 저쪽에서 파도가 일어나는 소리가 들리는 것 같네요. 하지만 그 파도가 저를 덮칠 때쯤엔 이미 저는 이 세상 사람이 아니겠지요. 안녕히 계세요, 주인님."

"기다려!" 에브니저가 외쳤다. 그리고 시종의 한쪽 팔을 붙잡아 그를 지탱했다.

"저는 안 되겠어요, 주인님. 놓아주세요."

"나 역시 그래, 버트랜드. 나도 곧 너와 함께 갈 거야! 네가 잃은 금액이 200파운드야?"

버트랜드가 대답했다. "그건 그저 담보물이었어요. 제가 한 푼이라도 잃었다고 누가 말할 수 있겠어요? 제가 아는 바로는 당신은 지금 이 순간 부자예요."

"그렇다면 뭘 저당 잡힌 거야? 300파운드?"

에브니저가 맹렬하게 발을 내저으며 한 손으로 그의 셔츠 앞자락을 잡아 끌어올리지 않았다면 버트랜드는 물밑으로 가라앉았을 것이다.

"그게 뭐가 중요하죠, 주인님? 전부 저당 잡혔는데요."

"전부!"

"대지, 저택, 창고의 연초. 이제 터브만이 그것을 전부 보유하고 있어요."

"내 유산을 저당 잡혔다고!"

"제발 제가 가라앉도록 내버려 두세요. 이러다 당신까지 가라앉겠어요."

에브니저가 말했다. "그럴 거야! 소중한 몰든이 사라졌다고? 그렇다면 잘 가. 신이 너를 용서하기를!"

"안녕히 계세요, 주인님!"

"잠깐, 나도 너와 함께 갈 거야!" 주인과 시종이 서로를 얼싸안았다. "안녕히! 안녕히!"

"안녕히!" 버트랜드가 다시금 외쳤다. 그리고 그들은 물밑으로 가라앉았다. 하지만 그들은 곧 다시 허우적거리기 시작했고 열심히 물위로 올라와 미친 듯이 공기를 들이마셨다.

에브니저가 헐떡이며 말했다. "소용없어! 잘 가!"

버트랜드가 말했다. "안녕히!" 그들은 다시 서로를 포옹했고, 아래로 가라앉았다가 다시 허우적거리며 물위로 올라왔다.

버트랜드가 말했다. "저는 안 되겠어요. 근육을 거의 움직일 수가 없는데도 몸이 자꾸 위로 떠오르네요."

시인이 음울한 목소리로 말했다. "그렇다면 잘 있어. 네 고백은 내게 혼자 죽을 수 있는 힘을 주었으니까. 잘 있으라고!"

"안녕히!"

에브니저는 이전과 마찬가지로 가라앉기 전에 숨을 들이마신 후 얼굴을 물밑으로 잠수하는 것밖에 할 수가 없었다. 이번에는 마음을 단단히 먹었다. 그는 공기를 뱉어 내고 세상에 마지막 작별 인사를 고했다. 그리고 진짜로 가라앉았다.

잠시 후 그는 다시 물위로 떠올랐다. 하지만 다른 이유에서였다.

"바닥이야! 내가 바닥에 닿았어, 버트랜드. 4미터 깊이도 안 돼!"

"설마!"

시종이 헐떡이며 말했다. 그는 거의 가라앉은 상태였다. "바다 한가운데서 어떻게 그럴 수가 있는 거죠? 어쩌면 바닥이 아니라 고래나 다른 괴물일지도 몰라요."

에브니저가 고집했다.

"아냐. 단단한 모래 바닥이라고!"

그는 다시 밑으로 내려갔다. 이번에는 두려움 없이. 그리고 고작 3미터 깊이에서 증거 삼아 모래를 한 주먹 쥐고 올라왔다.

버트랜드가 심드렁하게 대꾸했다. "그렇다면 아마 모래톱인가 보죠. 4미터나 80미터나 마찬가지예요. 어쨌든 발을 딛고 설 수는 없다고요. 안녕히!"

"잠깐만! 저쪽에 있는 것은 먹구름이 아냐. 우리는 바다의 어느 섬 쪽으로 휩쓸려 온 거야! 저기 보이는 저 절벽들이 별들을 가린 거라고. 네가 아까 들은 소리는 저 섬 해안에 밀려드는 파도 소리였고!"

"저는 거기에 닿을 수가 없어요."

"할 수 있어! 해안까지는 180미터도 안 돼. 그리고 발을 딛고 설 수 있는 데까지 가려면 그보다 덜 걸릴 거고!" 자신의 힘이 다할까 두려워 그는 더 이상 시종이 설득당하기를 기다리지 않고 별 없는 하늘을 보며 서쪽으로 헤엄쳐 나아갔다. 곧 버트랜드가 뒤에서 헐떡이며 물살을 튀기는 소리가 들려왔다. 매번 팔을 저어 나아갈 때마다 그의 추측이 더욱 그럴듯해졌다. 부드럽게 밀려드는 파도 소리가 점점 더 또렷하게 들려왔다. 그리고 어슴푸레하던 섬 윤곽이 점차 분명하게 그 모습을 드러냈다.

그가 어깨 너머로 외쳤다. "섬이 아니면 적어도 바위 정도는 될 거야. 그러면 우리는 저기에서 지나가는 배를 기다릴 수 있어."

90미터를 헤엄치고 나자 그들은 더 이상 헤엄칠 힘이 없었다. 다행히 에브니저는 발끝으로 설 수 있었다. 물 표면이 그의 턱에 닿았다.

버트랜드가 탄식했다. "키가 커서 좋으시겠습니다. 하지만 저는 육지를 바로 눈앞에 두고 여기서 죽을 게 틀림없어요!"

그러나 에브니저는 더는 들으려 하지 않고 시종에게 자신의 어깨에 손을 얹어 몸무게를 지탱한 뒤 물에 떠서 따라오라고 지시했다. 그들은 지루하고 힘겹게 앞으로 나아갔다. 특히 발가락의 붕긋한 부분만을 겨우 바닥에 지탱하고 있었던 에브니저에게는 더욱 힘겨운 시간이었다. 그가 발을 내디딜 때마다 뒤쪽에 붙은 무게가 균형을 잃게 만들었다. 버트랜드는 분명 물속에서 떠 있었지만 그의 무게로 인해 에브니저는 계속

일정한 깊이에 잠겨 있을 수밖에 없었다. 그래서 오직 파도와 파도 사이에서만 숨을 쉴 수 있었다. 그들의 진전 방식은 이랬다. 파도가 오면 그는 가슴에서부터 두 팔로 물살을 가른다. 그리고 머리를 밑으로 숙이고 60센티미터 정도를 떠서 나아간다. 그가 다시 바닥에 제대로 발을 딛기 전에 약간의 역류 속에서 30센티미터 정도 뒤로 물러난다. 반 시간 동안 12에서 15미터 정도밖에 나아가지 못하니 온몸의 힘이 소진되고 말았다. 하지만 이제는 시종도 서서 걸을 수 있을 정도로 수심이 낮아졌다. 만약 높은 파도가 덮쳤다면 그들은 결국 익사하고 말았을 것이다. 그러나 파도의 높이는 결코 60센티미터를 넘지 않았고 대체로 30센티미터보다 낮았다. 결국 그들은 자갈이 깔린 해안에 도달했고 입을 열 수도 없을 정도로 지쳐 근처의 절벽 기슭에서 대자로 드러누웠다. 그리고 그곳에서 얼마 동안 기절한 듯 누워 있었다.

밤 기온이 온화하고 절벽이 바람막이가 되어 주고 있음에도 불구하고 그들은 곧 자신들의 휴식처가 편히 쉬기에는 너무 춥다는 사실을 깨달았다. 옷이 다 마를 때까지 더 나은 피신처를 찾아야만 했다. 그들은 해변을 따라 북쪽으로 길을 잡았다. 그리고 다행히도 그리 멀지 않은 곳에서 높은 사암이 나무가 우거진 좁은 골짜기에 의해 잘려 나간 장소를 발견했다. 이곳에서는 밀처럼 생긴 키 큰 갈대가 소나무 잡목과 월계수 나무들 사이에서 자라고 있었다. 두 조난자들은 갈대 사이에서 둥지 속의 동물들처럼 몸을 웅크리고는 동이 틀 때까지 세상 모르고 잠을 잤다.

그들을 깨운 것은 모래벼룩이었다. 그들의 몸 위에서 수십 마리의 모래벼룩들이 뛰거나 기어다니고 있었다. 다행히 그것은 굶주림 때문이 아니라 몸의 온기에 이끌린 것이었다. 그들은 가려움을 이기지 못해 결국엔 잠에서 깨어났다.

에브니저가 벌떡 일어나 믿을 수 없다는 듯이 주위를 둘러보더니 웃으며 말했다. "세상에! 나는 까맣게 잊고 있었어!"

버트랜드 역시 일어났다. 모래 벼룩들(이들은 진짜 기생충은 아니었다.)은 다시 엄호물을 찾아 미친 듯이 뛰어다녔다.

한데서 잔 탓인지 쉰 목소리로 그가 말했다. "그리고 저도요. 저는 런던에서 베시와 함께 있는 꿈을 꿨어요. 나를 깨우다니 저 빌어먹을 해충들 같으니라고!"

"하지만 우리는 살아 있어. 이건 정말 생각지도 못했던 일이야."

버트랜드가 시인 앞에 무릎을 꿇었다. "고맙습니다, 주인님! 자기 신세를 망친 사람을 구하다니 당신은 정말 성자예요!"

에브니저가 말했다. "오늘 나를 성인으로 만들지 마. 그렇지 않으면 너는 내일 예수회 교도(Jesuit)가 된 나를 만나게 될 거야." 하지만 그럼에도 불구하고 그는 우쭐한 기분이 들었다. "아버지가 그 소식을 듣는다면 나는 차라리 물에 빠져 죽는 편이 나을 거야!" 버트랜드가 기도하듯 두 손을 모았다. "제가 당신께 저지른 수많은 잘못에 대한 죗값은 지옥에서 곧 다 갚을 겁니다. 그리고 불 속에서는 다른 동행을 원하지도 않을 겁니다. 하지만 지금 이 순간 당신께 맹세합니다. 저는 언제나 당신의 뜻에 따르는 당신의 영원한 종복이라고요. 그리고 우리가 만약 이 섬에서 구출되기만 한다면 저는 당신의 손실을 메우기 위해 제 목숨을 바칠 겁니다."

이러한 맹세에 당황한 계관시인은 "그랬다가 네가 내 영혼마저 내기에 걸면 어떻게 하려고!"라고 대답하고는 서둘러 먹을 것을 찾아야 한다고 제안했다. 날씨는 화창했고 9월 중순치고는 따뜻했다. 한데서 자서 그런지 몸이 으슬으슬 떨렸다. 몸에서 모래를 털어 낼 때는 지난밤의 중노동으로 인해 관절이 뻣뻣하고 모든 근육이 쑤셨다. 하지만 그들의 옷은 바닥에 대고 잠을 잔 부분 말고는 다 말라 있었다. 몇 번 걸음을 내딛고 팔을 놀리자 따뜻한 피가 돌기 시작했다. 그들에겐 모자도 가발도 구두도 없었다. 하지만 그것들을 제외한다면 뱃사람이 입을 만한 옷을 적당히 입고 있었다. 에브니저는 당장 섬을 둘러보고 싶었지만 우선 먹을 것을 찾아야 했다. 배 속에서 꾸르륵 소리가 났고 기력도 없었다. 일단 식재료를 찾는다면 그것을 요리하는 것은 그리 큰 문제가 아니었다. 버트랜드가 담배를 피울 요량으로 주머니 속에 작은 부싯깃 통을 지니고 있었다. 부싯깃 자체는 물에 젖었지만 부싯돌과 부시는 새것처럼 상태가 양호했다. 그리고 해변에는 나무와 마른 해초가 가득했다. 요리할 거리를 찾는 것은 별개의 문제였다. 숲에는 분명 조그마한 사냥감들이 풍부했다. 갈매기, 물총새, 흰눈썹뜸부기, 깝짝도요들이 해변을 따라 하늘로 솟구쳤다. 하지만 그들에겐 사냥 도구가 없었다.

버트랜드는 다시금 절망에 빠졌다. "이건 운명이 우리를 아주 잔인하게 갖고 노는 거예요. 빨리 죽게 하는 대신 서서히 죽일 심산인 거죠." 그리고 방금 전까지만 해도 생명의 은인이니 어쩌니 하며 고마워해 놓고는 이렇게 저렇게 임시로나마 무기를 만들어 보자는 에브니저의 제안을 무뚝뚝하게 거절한 것을 볼 때, 지금 그는 자신을 구해 준 에브니저를 원망하고 있음이 분명했다. 그는 희망이 없다며 방법을 찾는 일을 단념했다. 그리고 적어도 비교적 편안한 상태로 굶겠다고 선언하며 땔나무를 모으러 갔다. 에브니저는 혼자서라도 해변을 어느 정도 걸어 내려가 보기로 결심했다. 길을 따라 걷다 보면 어떤 영감이 떠오를지도 모르는 일이었다.

해변은 꽤 멀리까지 펼쳐져 있었다. 사실 그 섬은 상당히 커 보였다. 비록 해안선이 양쪽 방향으로 시야에서 사라질 정도로 구부러져 있었지만 더 멀리 남쪽으로 다시 해안이 나타난다는 것은 그것이 만(灣)이거나 혹은 연속적으로 이어진 만이라는 것을 의미했기 때문이다. 섬의 실제 모양은 알아낼 수 없었다. 층을 이룬 절벽들이 이루는 선(線) 외에는 그 내부 모습에 대해서도 알 수가 없었다. 파도에 함몰되고 갈색과 오렌지색 계열로 풍화된 채 층을 이루어 길게 늘어선 절벽들, 절벽 끝에서부터 뒤쪽으로 죽 늘어선 숲의 변두리 나무들(어떤 것들은 뿌리가 반쯤 드러나고, 어떤 것들은 해변으로부터 18에서 30미터 정도 떨어진 곳에 있는, 그리고 짠 공기와 모래에 의해 양은처럼 반질반질해진 나무들)을 제외하고는 섬의 내부는 보이지 않았다. 저 절벽들을 기어오르면 어떤 경이로운 광경이 펼쳐질까?

에브니저는 거의 반년 가까이나 바다에 있었지만 이렇듯

잔잔한 바다를 본 적이 없었다. 큰 파도는 전혀 일지 않았다. 오직 미풍이 여기저기 잔물결을 일으키는 정도였다. 밀려오는 물결의 높이도 20센티미터가 채 되지 않았다. 그는 걸어가다가 작은 물고기들이 여울에서 쏜살같이 달아나는 것과 하얀 생물 한 무리가 홱 움직여서는 일 미터 밖까지 잔물결을 일으키는 모습을 관찰했다. 게들 역시 그가 한 번도 본 적 없는 종류의 것이었는데 그가 다가가자 옆으로 미끄러져 달아났다. 물속에서 그들의 껍데기는 노란 모래 빛에 대비되어 황갈색을 띠었다. 그러나 그가 해변을 따라가면서 발견한 갑각류들은 태양빛에 의해 빨간빛이 도는 오렌지색으로 그을려 있었다.

"그물이 있다면 좋을 텐데!"

그들이 해안가로 기어오르던 그 장소를 막 지나 구부러져 들어간 곳 주위에서 그는 놀라운 광경을 목격했다. 갯벌을 따라 만조를 표시하는 잡초와 부목(浮木)의 경계 아래 온통 하얀 종이들이 떠 있었던 것이다. 해변에 말려 있거나 접혀 있는 것들도 있었다. 섬에 사람들이 살고 있을지도 모른다는 생각에 얼굴이 화끈거리기 시작했다. 전적으로 기뻐서 그런 것만은 아니었다. 그 종이들이 힉토피크, 즉 아코막의 웃는 왕에 관한 이야기라는 것을 알게 되었을 때, 사실 그는 미미하지만 부인할 순 없는 이상한 안도감을 느꼈다. 그러나 그를 안도하게 만든 것이 무엇인지를 아직 명백하게 말할 수는 없었다. 그는 손에 닿는 것은 모두 그러모았다. 잉크가 번져서 몇 개 단어를 제외하고는 판독이 불가능했지만 말리면 불을 지피는 데 유용할 것이었다.

그는 한가롭게 존 스미스의 모험을 생각하며 그 종이들을 가지고 왔던 길을 되밟기 시작했다. 이러한 기묘한 즐거움이 자신이 스미스처럼 미지의 땅에 있다는 사실에서 기인한 것일까, 아니면 그 이상의 무엇 때문일까? 그는 인디언들과 마주치는 일이 없기를 바랐다. 적어도 스미스가 해변에서 만난 그 물고기를 잡던 무시무시한 친구들과 같은…….

"세상에!" 그는 큰 소리로 외쳤다. 그리고 그 경이로운 일지에 입을 맞췄다.

한 시간 후, 저녁거리가 불 위에서 익어 가고 있었다. 그들은 꽤 실한 농어 일곱 마리를 십오 센티미터 정도 길이로 손질해서 초록색 월계수 나무 꼬챙이에 끼워 구웠고, 게 네 마리는 절벽 어디에서든 쉽게 구할 수 있을 것 같은 얇은 이판암 조각 위에 올려놓고 아무런 양념 없이 그냥 시험 삼아 구워 보았다. 껍질이 단단한 것들은 작살로 잡을 수 없었지만, 버트랜드가 그들을 쫓다가 해안의 해초 숲에서 알을 품고 있던 이런 다른 종류의 게들(외양은 비슷하지만 스페인 아이들처럼 부드러운 껍데기를 가진)을 발견한 것이다. 물도 충분했다. 에브니저가 절벽 기슭을 따라 단단한 점토층같이 생긴 것에서 솟아 나오는 천연 샘을 열두 곳이나 발견했기 때문이다. 샘물은 그곳에서부터 백여 미터 간격으로 있는 부드러운 점토층 위의 해변을 가로질러 바다 쪽으로 흘러들어 가고 있었다. 이런 샘에 접근할 때는 각별한 주의가 필요했다. 점토층이 미끄러운 데다 에브니저가 알기로는 예기치 못하게 곳곳이 질척거렸기 때문이다. 표면은 바위처럼 단단해 보여도 자칫하다가는 무릎 깊이까지 빠질 수가 있었다. 하지만 물은 돌을 통해 걸러져서 맑고 달았다. 그리고 이가 시릴 만큼 차가웠다.

햇빛 덕을 최대한 보기 위해 그들은 해변에서 요리를 했다. 버트랜드는 주인의 신통한 생각에 다시금 겸손해져서 음식 시중을 들었다. 에브니저는 가까이 있던 쓰러진 나무들을 등 받침대로 이용했고 흡족해진 기분으로 갈대를 씹으며 거품을 뿜어 내는 게들을 바라보았다.

"우리가 지금 어디에 있는 거 같으세요?" 시종이 물었다. 기분이 좋아지면서 호기심도 다시 살아난 듯했다.

시인이 명랑하게 대꾸했다. "신만이 아시겠지! 이곳은 분명 대서양의 어느 섬일 거야. 어쩌면 해도 위에 표시되어 있지도 않은 섬인지 몰라. 그렇지 않으면 파운드가 이 지점을 선택해 우리를 내려놓았을 리 만무하지."

이러한 추측에 시종은 굉장히 즐거워졌다. "사람들이 행운의 섬에 대해 말하는 것을 들은 적이 있어요. 세인트자일스의 트위그 할망구가 통풍이 도질 때마다 그것에 대해 말하곤 했죠."

에브니저가 웃으며 말했다. "나도 기억나. 내가 아주 아기였을 때부터 듣지 않았겠어. 그녀가 메릴랜드에서 배를 타고 오면서 그런 섬들이 눈에 띄기를 바라며 어떻게 내내 눈을 부릅뜨고 망을 보았는지 말이야."

"이곳이 바로 그곳이라고 생각하세요?"

시인이 고개를 끄덕이며 말했다. "여기도 썩 괜찮은 편이지. 하지만 바다는 사람들이 전혀 모르는 섬들로 가득 차 있어. 소중한 안나와 내가 그 섬들에 대해 말해 달라고 얼마나 벌렁검을 졸라 댔는지 몰라. 그로클란드, 헬룰란드, 스토카픽사 기타 등등! 얼마나 많은 시간들을 베네치아인 제노, 앙기에라의 피터 마터 그리고 착한 해클루트의 여행서들을 탐독하며 보냈는지! 케임브리지에서도 나는 밤새도록 고대 지도와 원고들을 보고 또 읽곤 했었어. 다른 것들을 했더라면 좋았을 텐데 말이야. 트위그 부인이 동경하던 행운의 섬들이나 성 브렌던이 그들을 발견하게 된 경위에 관한 것도 모두 막달레나에 있을 때 리스모어의 고서에서 읽은 것이었어. 수목이 우거진 마크란드와 프리스란드와 이카리아에 대해 알게 된 것도 그곳에서였지. 혹시 알아, 이곳이 그중 하나일지? 어쩌면 이곳은 바닷속에서 솟아오른 아틀란티스일지도 모르지. 혹은 그 옛날 프로비셔가 발견한 '버스의 가라앉은 땅(the Sunken land of Buss)'일 수도 있고. 어쩌면 여자들이 아이를 낳을 때 엄청난 산고를 겪는다는 브라일지도 몰라. 혹은 요람의 섬인 신비한 다쿨리든지. 브라의 여자들은 산고를 줄여 보려고 그곳으로 간다더군."

버트랜드가 말했다. "야만인들에게 살해당할 염려만 없다면 어디라도 상관없어요. 제가 뭍에 발을 내딛던 순간부터 염려했던 건 바로 그거거든요. 그 여자들 남편은 어떤 사람들인지 혹시 읽었나요?"

에브니저가 말했다. "나 역시 너와 똑같은 걱정을 했었어. 그런데 남자들이 없는 섬도 있어. 시볼라 같은 섬들은 아주 멋진 도시들을 자랑하지. 어떤 섬들은 에스토틸랜드가 그런 것처럼 사람들이 모두 예술에 능통하고 라틴어로 된 책을 읽어. 그 이웃인 드로지오 같은 섬들도 있고. 제노가 말하기를 그곳에서는 야만인들이 포로로 잡힌 사람들을 먹는다더군.”

“제발 이곳이 드로지오가 아니기를!”

에브니저가 말했다. “다 먹은 후에 절벽 위로 올라가 보자고. 만약 이 섬 전체를 볼 수 있다면 이곳의 이름을 알 수 있을지도 몰라.” 그는 계속해서 비록 섬들의 위치와 크기는 지도마다 천차만별이지만 그 모양에 관한 한 지도 제작자들 사이에 얼마간의 합의가 이루어졌다고 설명했다. “예를 들어 만약 거대한 초승달 형태라면 이곳은 분명 메이다일 거야. 만약 작은 초승달 모양이라면 의심할 여지없이 피터 마터가 말했던 탄매르지. 커다란 평행사변형이면 안틸리아일 거고 비교적 작은 것이면 살바지오일 거야. 단순한 직사각형이면 일라 베르드라고 생각하면 될 것이고 육각형이면 레일라로 판단하면 돼. 그런데 만약 이 섬이 완전한 원형이라면 우리는 그것의 내부 형태들에 대해 더욱 조사를 할 필요가 있어. 만약 그것이 강에 의해 반으로 나뉘어져 있으면 브라질일 테고, 반면 그것이 여러 개의 작은 섬을 가지고 있는 내륙의 호수를 둘러싼 일종의 반지 모양 혹은 고리 모양의 섬이라면 하늘이 우리에게 미소를 짓고 있는 거야. 왜냐하면 우리는 코로나도에 있는 것이 아니라 일곱 개의 황금 도시들의 섬인 시볼라에 있는 거니까!”

버트랜드가 물고기를 노릇노릇하게 구우면서 말했다. “세상에, 여기가 바로 시볼라라면! 주인님 생각엔 황금 도시에는 이 방인들을 먹어 치우는 족속들은 없겠지요?"

에브니저가 자신 있게 말했다. "없어. 오히려 그들이 우리를 신으로 받들고 우리에게 온갖 즐거움을 선사할 가능성이 더 크지."

"그렇다면 저는 이곳이 일곱 도시들의 섬이길 바라고 기도해야겠군요. 제가 셋을 가질 테니 당신이 나머지를 가지세요. 몰든을 잃은 것을 보상받으셔야죠! 책에 혹시 이 도시들의 여자에 관한 얘기는 없던가요? 뚱뚱하다거나 말랐다거나 얼굴이 아름답다거나, 뭐 그런 거 있잖아요."

시인이 대답했다. "내가 기억하기엔 없어."

버트랜드가 물고기들을 월계수 꼬챙이에서 빼내어 그들이 접시로 사용하고 있던 깨끗이 닦인 이판암 위에 올려놓으며 재촉했다. "아무튼 이 물고기들이나 빨리 먹어 치우자고요, 주인님! 저는 황금 도시를 최대한 빨리 보고 싶어요!"

"너무 앞서 가지 마. 이곳은 시볼라가 아닐지도 모르니까. 어쩌면 이 섬은 인간의 손 모양을 하고 있을지도 몰라. 그렇다면 우린 끝장이야. '악마의 손'이 바로 그런 모양이지. 그리고 그것은 인슐래 데모니움(Insulae Demonium), 즉 악마의 섬들 중 하나라고."

이 마지막 가능성은 그들이 농어와 부드러운 게를 양껏 먹도록 재촉하기에 충분했다. 그들은 그것을 허기로 양념했고 손가락으로 먹었다. 그리고 차가운 샘물을 조개껍질 가득히 떠서 마셨다. 그런 다음 여분의 게를 온통 기름기로 더럽혀진 주머니 속에 채워 넣고는 좁은 골짜기를 통해 절벽 꼭대기까지 기어올라갔다. 그러나 아쉽게도 그곳에서는 한쪽으로는 탁트인 바다, 다른 쪽으로는 나무들밖에 다른 것은 볼 수가 없었다. 태양은 여전히 동쪽 수평선 위로 45도밖에 올라와 있지 않았다. 저녁을 해결하고 밤을 보낼 은신처를 찾기 전에 아직 탐험을 할 몇 시간의 여유가 있었다.

버트랜드가 물었다. "어떻게 하시겠습니까, 주인님?"

에브니저가 대답했다. "나는 나름대로 계획이 있어. 그런데 너는 무슨 생각을 하고 있는데?"

"그건 제가 말할 게 아니지요, 주인님. 솔직히 제가 예전에는 주제넘게 나서곤 했다는 걸 인정합니다. 하지만 이미 다 지난 일이에요. 당신은 저의 목숨을 구해 주셨고 제가 당신에게 저지른 잘못을 용서해 주셨어요. 당신이 하는 일이라면 어떤 장단에라도 맞출 겁니다."

에브니저는 버트랜드가 그러한 감정들을 느낄 만하다는 점은 인정했다. 그럼에도 그것을 문제 삼았다. "우리는 여기 황량한 섬에 버려졌어. 이곳은 귀족이나 얼간이의 세계에서 멀리 떨어진 곳이야. 이런 곳에서 계관시인이라는 칭호나 주인과 시종이라는 꼬리표가 무슨 의미가 있겠어? 너도 인간이고 나도 그저 인간일 뿐이야. 그리고 그걸로 된 거라고."

버트랜드는 이것을 잠시 고려해 본 후 입을 열었다. "솔직히 저도 원하는 게 있긴 해요. 만약 제가 결정해야 한다면 저는 가능한 한 서둘러서 내륙을 탐색할 거예요. 어쩌면 우리는 저녁 식사 전에 황금 도시 한두 개쯤 찾을 수 있을지도 모르잖아요."

에브니저가 그를 일깨웠다. "이 섬이 일곱 도시의 섬이라는 확실한 보장은 없어. 그리고 나는 구두도 없이 육로를 걷는 일엔 별 취미 없다고. 내 생각엔 해안을 따라 걸어가 보는 게 좋겠어. 우선 이 섬의 길이와 모양을 알아야 하니까. 그러면 우리는 우리가 어떤 섬에 와 있는지 확인할 수 있을 거고, 여기 어떤 사람들이 살고 있는지도 짐작할 수 있을 거야. 만약 사람들이 살고 있다면 말이지. 게다가 우리에겐 종이와 숯이 충분하니까 매번 꺾어질 때마다 우리의 발걸음을 셀 수 있고 걸어가면서 지도를 그릴 수가 있을 거야."

시종이 수긍하듯 말했다. "그렇군요. 하지만 그것은 또다시 물고기와 게로 식사를 해야 하고 오늘밤도 바다에서 자야 한다는 뜻이잖아요. 서둘러 내륙으로 가면 우리는 금 접시 위에 음식을 올려놓고 먹을 수 있을 거예요. 그리고 맹세코 황금 침대 위에서 잘 수 있다고요!" 그의 목소리는 열에 들떠 있었다. "한번 상상해 보세요. 한 쌍의 멋진 신(神)들을요, 주인님! 이곳 처녀들 가운데서 몇 명을 골라 여신으로 삼고 일요일엔 헌금함도 돌릴 수 있지 않겠어요? 이것은 맹세코 볼티모어가 갖게 될 보잘것없는 성인의 지위보다 더 나아요! 저는 교황의 자리와도 바꾸지 않을 거예요!"

에브니저가 말했다. "아직 모르는 일이야. 그와 반대로 우리는 어쩌면 괴물이나 야만인 인디언들을 만날 수도 있다고. 내 생각엔 먼저 얼마간 주변을 정찰하는 것이 현명할 것 같아. 이곳 지형을 알아보자고. 불멸의 신이 될 수 있다면 그깟 며칠 기다리는 게 뭐 그리 대수겠어?"

이 계획이 보다 신중하다는 것을 부인할 수는 없었다. 신이 되는 기쁨을 하루라도 미루는 것이 영 내키지가 않았지만 버트랜드는 식인종이나 용의 먹이가 되고픈 마음은 없었다. 런던에서는 이 두 존재를 의심했었지만 여기서는 아니었다. 그래서 그는 에브니저의 제안에 비록 열의는 없더라도 선뜻 동의했다. 그들은 다시 해변을 따라 걸어 내려가기 시작했다. 출발 지점에는 버트랜드의 셔츠에서 잘라 낸 누더기 천을 묶은 말뚝을 박아 놓았다. 그리고 북쪽으로 해변을 따라 나아갔다. 에브니저는 걸어갈 때마다 걸음 수를 셌다.

그가 200을 다 세기도 전에 버트랜드가 그의 팔을 잡았다.

그가 속삭였다. "저기! 저쪽에서 나는 소리를 들어 보세요!"

그들은 가만히 걸음을 멈추었다. 멀지 않은 전방의 쓰러진 나무 뒤에서 머리털을 곤두서게 하는 소리가 미풍을 따라 실려 왔다. 그것은 반은 신음 소리였고 반은 애처롭고도 광기에 가까운 음조 없는 노랫소리였다.

버트랜드가 다급하게 속삭였다 "달아나요! 괴물이라고요!"

"아냐." 에브니저가 말했다. 그의 살갗에는 소름이 돋아 있었다. "이건 짐승의 소리가 아냐."

"그렇다면 배고픈 야만인이겠죠. 어서요!"

울음소리가 다시 흘러나왔다.

"아무래도 배고픈 게 아니라 고통스러워하는 것 같아, 버트랜드. 누군가 저기 통나무 옆에 상처를 입고 누워 있어."

시종이 외쳤다. "그러면 신더러 그를 구하라고 하죠. 우리가 접근하면 그의 친구들이 우리를 뒤에서 덮치고 먹을거리로 삼을지도 몰라요."

에브니저가 조롱하듯 말했다. "너는 네 지위를 그렇게 가볍게 포기하는 거야? 자신의 숭배자를 도와주지 않다니 뭐 이런 신이 다 있어?"

세 번째로 그 애처로운 소리가 들려왔다. 시종은 움직일 수 없을 만큼 공포에 사로잡혀 있었지만 에브니저는 쓰러진 나무 쪽으로 다가갔고 그 너머로 자세히 들여다보았다. 벌거벗은 흑인이 모래 위에 머리를 처박고 누워 있었다. 그의 손목과 발목은 모두 묶여 있었고 등에는 채찍질의 아문 상처들로 어지럽게 금이 가 있었으며 다리에는 수많은 칼자국과 긁힌 자국이 나 있었는데 그곳에서 피가 배어 나와 모래로 스며들고 있었다. 그는 키가 크고 인생의 절정기에 있는, 근육이 잘 발달된 남자였다. 하지만 탈진해 있는 게 분명했다. 피부는 젖어 있었고 얼룩덜룩한 핏자국이 그가 누워 있는 곳에서부터 물가로 흐르고 있었다. 에브니저가 몰래 그를 위에서 내려다볼 때도 그는 가까스로 머리를 들어 올렸고 다시 이상한 야만인 언어로 읊조리며 울음소리를 내기 시작했다.

"이리 와!" 시인이 버트랜드를 부르며 통나무를 넘어갔다. 그 검둥이는 옆으로 몸을 비틀더니 갑자기 나타난 이방인을 미친 듯이 경계하며 나무에 기대어 몸을 움츠렸다. 그는 호감을 주는 인물이었다. 광대뼈와 이마가 높고 하얀 흰자위가 인상적인 커다란 두 눈 위로 넓은 이마가 시원했다. 코는 납작하게 퍼져 있었고 머리 가죽은 대머리에 가깝게 면도가 되어 있었으며 그의 볼과 이마와 팔 윗부분과 마찬가지로 이상한 문양으로 난자되어 있었다.

버트랜드가 그를 보자 외쳤다. "세상에!" 흑인의 눈동자가 그가 있는 쪽으로 굴렀다. "진짜 야만인이군!"

"손이 뒤로 묶여 있고 돌 위를 기어가느라고 여기저기 상처가 났어."

"그렇다면 도망가요! 그는 결코 우리를 따라잡지 못할 거예요!"

"천만에." 계관시인이 말했다. 그리고는 흑인에게로 몸을 돌려 크고 분명하게 말했다. "내, 가, 밧, 줄, 을, 풀, 겠, 다!"

흑인의 입에서 나온 대답은 예의 알아들을 수 없는 횡설수설이었다. 그는 분명 이들이 자신을 죽일 거라고 생각하는 모양이었다.

에브니저가 부인했다. "아냐, 아냐."

버트랜드가 애원하듯 말했다. "제발 그러지 마세요, 주인님! 그놈은 자유로워지는 순간 당신을 덮칠 거라고요! 이 야만인들이 은혜란 걸 조금이라고 알고 있다고 생각하세요?"

에브니저가 어깨를 으쓱하며 말했다. "다른 사람들이 알고 있는 정도는 알고 있겠지. 그도 누군가에 의해 우리처럼 바닷속에 던져졌고 있는 힘을 다해 해안으로 오지 않았을까? 나, 는, 메, 릴, 랜, 드, 의, 계, 관, 시, 인, 이, 야." 그는 흑인에게 분명하게 말했다. "널, 해, 치, 지, 않, 을, 거, 야." 그는 자신의 뜻을 전달하기 위해 나뭇가지 하나를 누군가를 때리듯이 휘둘렀다. 그러다 그것을 무릎 위에 대고 꺾어 버리고는 고개를 젓고 미소를 지으며 그것을 던져 버렸다. 그는 버트랜드와 그 자신을 가리켰다. 그리고 시종의 어깨에 친근하게 팔을 두르며 말했다. "이, 남자와, 나는, 친구다. 너도……." 그는 번갈아 가며 셋을 모두 가리켰다. "역시, 우리의, 친구가, 될, 거다."

그 남자는 여전히 두려워하는 것처럼 보였다. 하지만 그의 눈에는 이제 두려움보다는 의심이 엿보였다. 에브니저가 그의 손을 풀어 주기 위해 애써 그의 뒤로 옮겨 가고 버트랜드가 주인의 고집으로 마지못해 그의 발을 묶고 있는 밧줄을 풀기 위해 움직이자 흑인은 훌쩍훌쩍 울기 시작했다.

에브니저가 그의 어깨를 토닥였다. "두려워하지 마, 친구."

밧줄을 푸는 데는 다소 노력이 필요했다. 매듭이 물로 인해 부푼 데다가 포로가 힘을 쓰는 바람에 더욱 단단히 옭아매어졌기 때문이었다.

버트랜드가 물었다. "누구의 포로일 것 같아요? 제 생각에는 당신이 말했던 그 인간 희생물 가운데 하나일 것 같아요. 황금 도시에서 사람들이 안식일에 돈 대신 사용하는 제물 말이에요."

시인이 동의했다. "그럴지도 모르지. 보아 하니 그를 잡은 사람은 영리한 사람임에 틀림없어. 아마 단순한 야만인은 아닐 거야. 이렇게 정교하고 단단하게 매듭을 지은 걸로 봐서 말이야. 어쩌면 그는 도살장으로 끌려가는 중에 탈출한 건지도 몰라. 아니면 그가 이미 어떤 바다의 신에게 바쳐졌는지도 모르지. 에잇, 이 망할 놈의 매듭!"

버트랜드가 말했다. "어쨌든 우리가 그를 풀어 준 것을 알면 그들이 결코 좋아하지 않을 거예요. 이건 마치 교회의 헌금함을 훔치는 것과 마찬가지니까요."

"그들이 알게 할 필요는 없지. 게다가 우리는 그들의 정당한 신들이야, 그렇지 않아? 우리에게 바쳐진 제물을 가지고 무엇을 하든 그건 우리의 문제라고."

그 마지막 말은 분명히 농담이었다. 그들은 마지막 매듭을 헐겁게 했고 그 남자가 어떻게 나올지 확신할 수 없어 안전을 위해 몇 발자국 물러났다.

에브니저가 말했다. "우리 각자 다른 방향으로 달아나자고. 그가 나를 쫓아오면 다른 사람이 그를 뒤에서 쫓는 거야."

흑인은 여전히 주위를 경계하듯 둘러보면서 헐거워진 밧줄을 떨어뜨렸다. 그리고 어렵게 발을 딛고 일어섰다. 그런 다음 자신이 자유롭다는 것을 실감이라도 하려는 듯이 사지를 쭉 편 뒤 환하게 히죽 웃고는 태양을 향해 두 팔을 번쩍 들었다. 그러고는 중간 중간 몸짓으로 그들을 가리키며 짧은 열변을 토했다.

버트랜드가 감탄한 듯 외쳤다. "저 남자 체구를 좀 보세요. 보아브딜도 저렇게 몸이 좋지는 않을걸요!"

에브니저는 무어인 얘기가 나오자 얼굴을 찌푸렸다. "내 생각엔 그는 지금 태양을 향해 말을 하고 있는 것 같아. 어쩌면 감사의 기도를 드리는 건지도 모르지."

"그는 말 그대로 한 마리 페르슈롱 종마네요!"

이윽고 흑인은 기도를 끝내고 그들 쪽으로 얼굴을 돌렸다. 게다가 그들을 향해 한 발자국 다가섰다.

버트랜드가 불안한 목소리로 외쳤다. "도망가요!"

하지만 폭력은 없었다. 그 흑인은 오히려 그들의 발 앞에 엎드렸고 존경의 말을 중얼거리며 그들의 발목을 번갈아 껴안았다. 그리고 다 껴안은 후에도 일어서려 하지 않았고 무릎을 꿇은 채 모래 위에 이마를 대고 있었다.

"저런, 주인님! 이게 대체 무슨 의미죠?"

에브니저가 대답했다. "확실히는 모르겠어. 하지만 네가 원하던 것을 얻은 것 같은데. 이 녀석은 태양에게 작별을 고하고 우리를 자신의 신으로 섬기기로 한 거야."

시종이 불안하게 말했다. "정말이지 이건 우리가 요청한 게 아니에요! 그는 도대체 우리에게 무엇을 원하는 걸까요?"

시인이 대답했다. "누가 알겠어? 난 지금까지 신이 되어 본 적이 없는데. 우리는 그에게 목숨을 주었어. 그러니 그는 우리가 자신을 축복하거나 매질하기를 원하겠지." 그는 한숨을 쉬었다. "어쨌든 그를 일으키자고. 이 친구 허리 아프겠어. 어떤 신도 사람들을 영원히 무릎 꿇고 있게 하지는 않으니까 말이야."

17 계관시인이 아나코스틴왕을 만나고
바다 섬의 진짜 이름을 알게 되다

해변 탐험을 다시 시작하면서 에브니저가 말했다. "한 가지는 분명해. 우리가 그의 신이 되려면 이 친구에게 복종을 요구

해야 해. 우선 그것이 신들의 가장 명백하고 공통적인 특성이
고 또 가장 안전한 방법이기도 하지. 만약 우리가 보통 인간이
라는 걸 알게 되면 그는 우리 둘을 죽일지도 몰라."

그들은 흑인더러 일어나라고 말했고 상처를 씻으라고 명령
했다. 다행히 상처는 조개껍질 등에 긁힌 정도에 지나지 않았
다. 그들은 남겨 두었던 게를 그에게 몇 마리 건넸고 그가 그
것을 재빨리 먹어 치우는 동안 옆에 서 있었다. 게는 이미 차
갑게 식어 있었고 주머니에서 나온 보풀이 묻어 있었지만 그
래도 먹을 만했다. 그들이 이러한 자비를 베풀자 흑인은 다시
한번 엎드려 감사를 표시했다. 그들은 그의 인사를 받은 후
모래 위에 쭈그리고 앉아 말이나 몸짓으로 혹은 나무 막대기
를 이용한 그림으로 그와 대화를 지속하려고 애썼다. 에브니
저가 그에게 물었다. "이 섬의 이름은 무엇인가? 당신의 마을
은 어디에 있는가? 당신의 사지를 묶어서 바닷속으로 던진 사
람은 누구이며 무슨 이유 때문인가?"

에브니저에게 지지 않으려는 듯 버트랜드 역시 질문을 던졌
다. "우리가 앉아 있는 이곳은 첫 번째 황금 도시에서 얼마나
떨어져 있는가? 그곳의 백성들은 어떤 거짓 신들을 모시고 있
는가? 여자들의 얼굴은 가무잡잡한가, 하얀가?"

흑인은 그들의 질문을 대단히 공손하게 주의를 기울여 가
며 듣고 있었지만 그의 눈은 질문을 이해한다기보다 그들 자
신에 대해 무한한 애정을 품고 있다는 사실만을 보여 주었다.
그들이 그로부터 얻어 낸 것이라곤 그의 이름이 전부였다. 그
것은 틀림없이 문명의 언어는 아니었지만 에브니저에게는 드

레펑크터, 드레이펑크터, 드레페크터, 드러크페쉐르, 드로이팩 튀르, 드루페그르, 드레쉐포튀르 혹은 심지어 데스파티도르까 지 아주 다양한 소리로 들렸고, 버트랜드에게는 일정하게 드 레이크페커로 들렸다. 사실 그것은 그의 이름이 아니라 야만 인들이 누군가를 경배하기 위해 부르는 소리였는지도 몰랐다. 왜냐하면 그들이 그 이름을 부를 때마다 그가 무릎을 꿇었기 때문이다.

버트랜드가 물었다. "그를 어떻게 해야 하죠? 그는 자기 일 을 보러 갈 마음이 없는 것 같은데."

에브니저가 대답했다. "그렇다면 할 수 없지. 우리 일을 돕 게 하면 되지, 뭐. 다른 사람의 명령을 기꺼이 듣는 사람은 신 하가 되고 다른 사람에게 익숙하게 명령을 내리는 사람은 주 인이 되는 법이니까. 게다가 만약 우리가 그에게 다른 생각을 할 수 없을 정도로 바쁘게 일을 시키면 그는 우리에게 어떤 해악도 끼칠 수 없을 거야."

그렇게 해서 그들은 그 거대한 흑인이 그들과 동행하여 음 식과 땔감을 모으고 요리하고 자질구레한 심부름을 하도록 내버려 두었다. 사실 그들에게는 선택의 여지가 별로 없었다. 그는 분명 떠날 기색을 보이지 않았기 때문이다. 게다가 만약 그를 화나게 하면 그는 그들 둘을 삼십 초 만에 끝장낼 수도 있을 것이었다. 세 사람은 다시 한번 북쪽으로 길을 떠났다. 에브니저와 버트랜드가 앞장을 서고 드레이크페커가 공손하 게 한두 걸음 뒤처져서 따라왔다. 한 시간 이상을 그들은 자 갈과 부드러운 모래 그리고 빨갛거나 파랗거나 달걀처럼 흰빛의 점토층 위를 터벅터벅 걸었다. 아무리 가도 그들 왼쪽에는 가파른 절벽만이, 오른쪽에는 이상하리만큼 평온한 바다밖에 보이지 않았다. 모퉁이를 돌 때마다 버트랜드는 매번 황금 도시를 기대했다. 그러나 그들이 발견한 것은 그저 작은 만이거나 해안 쪽으로 움푹 들어간 곳이었다. 그리고 그것은 대체로 곧장 북쪽으로 계속 이어져 있었다. 그러다 다리에 힘이 빠지고 발이 아파 오자 그들은 절벽 위 약 3미터에서 4미터 정도의 천연 동굴 입구 아래에서 멈춰 쉬었다. 에브니저가 아침 식사를 사냥하기 위해 사용했던 조악한 창을 맡아 두고 있던 야만인이 그것을 휘두르며 자기 배를 문질러서 자신이 저녁 식사를 마련해 오겠다는 의사를 표시했다. 허락이 떨어지자 그는 원숭이처럼 바위 표면 위를 민첩하게 기어오르더니 이윽고 시야에서 사라졌다.

그가 가는 것을 지켜보던 버트랜드가 안도의 한숨을 내쉬며 말했다. "이번이 우리가 드레이크페커를 보는 마지막일 겁니다. 거 참 시원하게 없어졌네."

에브니저가 미소를 지으며 말했다. "뭐라고! 신 노릇 하는 데 벌써 지친 거야?"

시종이 인정했다. "저렇게 무시무시한 녀석에게 주인 행세를 하느니 차라리 제 스스로 몸을 움직이는 게 나아요. 지금 이 순간에도 그 녀석은 우리 둘을 창에 꿰어서 저녁 식사로 구워 먹을 생각을 하고 있을 거라고요!"

시인이 말했다. "나는 그렇게 생각하지 않아. 그는 우리 시중을 들길 좋아해."

"아, 주인님, 노예 노릇을 즐기는 사람은 아무도 없어요! 만약 사람들이 자신의 신분을 선택할 수만 있다면 이 세상에 하인이란 게 있을 거라고 생각하세요? 어떤 사람들로 하여금 다른 사람들의 시중을 들게 만드는 것은 바로 불운과 강압 그리고 가난이라고요. 그 세 가지 모두가 아주 고약한 주인들이죠."

에브니저가 놀리듯 말했다. "그렇다면 습관이나 천성은 어때? 어떤 사람들은 천상 남의 종노릇이나 하게 생겨 먹었거든."

버트랜드는 이것을 잠시 생각해 보더니 말했다. "습관은 첫번째 원인이 아니라 절박한 필요에 기인하는 거예요, 그렇지 않나요? 우리의 다리는 해적들의 족쇄에 무감각해졌죠. 하지만 그럼에도 불구하고 우리는 우리 몸에서 족쇄를 벗겨 내고 싶어 했어요. 천성적인 노예 근성이란 말은 모두 주인들이 만들어 낸 말이에요. 그 말을 믿는 노예는 없다고요."

에브니저가 말했다. "조금 전만 해도 너는 허드렛일을 스스로 하겠다고 그랬잖아. 하지만 넌 '내가' 그런 일을 해야 한다고는 한 마디도 하지 않았어. 그리고 우리의 예전 지위를 잊어버리자고 제안한 건 바로 나였다고. 왜냐하면 이런 황량한 곳에선 계급이란 건 무의미하니까."

버트랜드가 웃으며 말했다. "그렇다면 불운, 강압, 가난 등 멍에의 목록에 '의무'를 더하세요. '의무' 역시 그리 자상한 주인은 아니죠."

에브니저가 말했다. "차라리 '은혜'나 '애정'이라 부르라고. 그리고 사람들이 섬김의 생활에서 어떻게 즐거움을 느끼는지

지켜봐! 네가 부르는 대로 하자면 이 드레이크페커는 우리가 자신을 보다 나쁜 상황으로부터 자유롭게 해 주었을 때 현재의 예속 상태를 선택했어. 그리고 그는 그가 원할 때 스스로 떠남으로써 이 예속 상태를 끝낼 수 있을 거야. 그러므로 나는 그를 두려워하지 않아. 또한 그가 우리를 오랫동안 시중들어 주기를 바라." 그는 계속해서 버트랜드에게, 둘이서 공유하는 신하 한 명도 그렇게 두려워하면서 어떻게 도시 전체를 혼자서 다스리겠다고 나서느냐고 물었다.

시종이 대답했다. "제가 되고 싶은 건 신이지 왕이 아니라고요. 명령을 내리거나 폭동을 지휘하고 진압하는 일은 다른 사람더러 하라죠. 저는 신전에서 배가 터지도록 먹고 마신 뒤, 황금 침대에서 아침 내내 잠을 잘 거니까요! 제가 동반자로 거느리게 될 여사제 열 명에게 교회에서 고해성사를 듣게 하고 기도를 해 주게 할 거예요. 그리고 몸집 좋은 환관 둘을 뽑아 헌금을 걷고 돈을 지키게 할 거고요."

"나태이자 악덕이야!"

"당신은 뭐 안 그럴 것 같아요? 아니, 누군들 그러지 않겠어요? 귀찮게 다스리는 일을 누가 좋아하겠어요? 사람들이 갈망하는 건 왕관이지 홀[7]이 아니라고요."

에브니저가 말했다. "왕관을 쓰는 사람은 반드시 홀을 휘둘러야만 해. 사람들의 절을 받는 사람은 어지럽게 뛰어다니는 양의 무리 가운데 우두머리 양과 같은 존재지. 그들의 선두에

---

7) 홀(笏)은 왕권을 상징한다.

서서 모범을 보여야 하는 거야. 그러지 않으면 다 망한다고."

버트랜드가 궁금한 듯 물었다. "그렇다면 당신은 당신의 도시를 다스릴 작정인가요?"

에브니저가 말했다. "그래." 그들은 절벽에 등을 대고 한가로이 바다 쪽을 바라보며 나란히 앉아 있었다. "아주 멋진 정부를 세울 생각이지! 그것은 반(反)플라톤적인 공화국이 될 거야."

"그래요, 주인님! 교황이 무슨 필요가 있겠어요, 당신이 신인데?"

"아냐, 버트랜드. 플라톤은 철학자들이 다스리는 국가에 대해 말했던 사람이야. 그곳에서는 정부를 찬양하는 사람들을 제외하고는 어떤 시인도 허용하지 않아. 시인과 현자 사이에는 묵은 원한이 좀 있지."

버트랜드가 말했다. "저런, 그렇다면 그곳은 영국이나 다른 어떤 곳들과도 별반 다르지 않네요. 신중한 왕이라면 시인이 자신을 공격하도록 내버려 두지는 않을 거예요. 볼티모어 경이 어째서 당신을 고용했겠어요? 당신더러 자기 정부를 찬양하는 노래를 쓰라는 거죠. 그리고 어째서 존 쿠드가 당신을 파멸시키려고 음모를 꾸미겠어요? 그런 시를 미리 막으려는 거죠. 저런, 당신이 말하는 이 경이로운 장소는 메릴랜드처럼 될 수 있겠군요!"

에브니저가 기분이 언짢아져서 말했다. "너는 지금 내 말을 잘못 알아듣고 있어. 시의 주제를 금지하는 것과 규정하는 것은 별개의 문제야. 나의 도시에서는 철학자들도 모두 환영받을 거야. 그들이 폭동을 일으키지만 않는다면 말이야. 하지만 시인이 그들의 신이 되고 그들의 왕이 되고 그들 모두의 의회 의원들이 될 거야. 말하자면 시인 정치가 되는 거겠지! 내 생각엔 윌리엄 대버넌트가 메릴랜드를 다스리러 가기 위해 영국에서 출항했을 때 마음에 품었던 것도 바로 이것이었던 것 같아. 시인 왕 말이야, 버트랜드. 뭐, 비록 무위로 끝나고 말았지만. 그래도 이건 마음속에 품어 볼 만한 생각이야! 맹세코 어리석은 생각이 아니라고. 철학자와 시인 가운데 누가 더 사람들의 마음을 잘 읽겠어? 누가 더 세상과 조화를 이루겠어?"

그는 그날 아침 내내 공상 속에서 다듬어 왔던 그 주제에 관해 버트랜드에게 할 말이 아직 많았다. 바로 그때 느닷없이 야만인 한 쌍이 말 그대로 뚝 떨어져 그들 앞에 버티고 섰다. 그들은 열 살 혹은 열두 살 정도밖에 되어 보이지 않는 소년들로 매치코트[8]와 사슴가죽 바지를 입고 있었고 손에는 창을 들고 있었다. 그들의 피부는 드레이크페커처럼 흑갈색이 아니라 절벽 색깔과 같은 적갈색이었고, 머리는 짧고 양털같이 말려 있는 것이 아니라 곧고 검은색으로 어깨까지 내려와 있었다. 그들은 그들이 할 수 있는 한 가장 사나운 표정을 짓고 백인들을 향해 창을 겨누었다. 버트랜드가 비명을 질렀다.

에브니저가 외쳤다. "맙소사!" 그리고 얼굴을 보호하기 위해 팔을 들어 올렸다. "드레이크페커! 드레이크페커는 어디 간 거야!"

---

8) matchcoat. 아메리카 동부 해안의 원주민이 착용했던 망토식 코트.

버트랜드가 울부짖었다. "그놈이 우리를 망쳤어요! 그 비열한 놈이 우리를 배신했다고요!"

그러나 소년들이 절벽 위에서 뛰어내렸다고 생각하기는 힘들었다. 그렇다고 아무 소리도 내지 않고, 게다가 자갈도 떨어뜨리지 않고 기어 내려온다는 것도 불가능했다. 에브니저에게는 그들이 뛰어내릴 기회를 엿보며 머리 위 동굴 안에 숨어 있었던 것으로 보였다. 그들 가운데 한 명이 포로들에게 일어서라고 신호하면서 알아들을 수 없는 언어로 날카롭게 명령했다. 그리고 동굴의 입구를 가리켰다.

에브니저가 물었다. "우리더러 올라가라고?" 그에 대한 대답으로 창끝이 그의 허벅다리 뒤쪽을 찔렀다.

버트랜드가 재촉했다. "그들에게 우리가 신이라고 말해요! 그들은 우리를 산 채로 잡아먹을 생각인가 봐요!"

명령이 반복되었다. 그들은 바위 위를 기어올라 동굴 입구까지 다가갔다. 소년들은 안의 누군가에게 말을 걸었다. 어둠 속에서 나이가 더 들고 더욱 차분한 목소리가 대답했다. 그들은 포로들을 강제로 동굴 속으로 밀어 넣었다. 동굴 천장은 1.5미터를 넘지 않았기 때문에 그들은 몸을 구부려야 했다. 동굴 내부에서는 배설물 냄새와 정체를 알 수 없는 악취가 코를 찔렀다. 그들의 눈이 어둠에 익숙해지자 바닥의 담요 위에 벌거벗은 채 누워 있는 어른 야만인의 모습이 눈에 들어왔다. 바닥은 조개껍질과 뼈 그리고 오지그릇들로 어지럽혀져 있었다. 적어도 악취의 일부는 넝마로 된 붕대가 감겨 있는 그의 오른쪽 무릎에서 비롯된 것 같았다. 그는 팔꿈치에 기대어 힘겹게 몸을 일으키고는 포로들을 찬찬히 훑어보았다. 그런 다음 말로 표현 못할 만큼 놀랍게도 입을 열었다. "영국인?"

에브니저가 숨을 헐떡이며 말했다. "세상에! 대체 누구시기에 우리말을 하는 겁니까?"

야만인은 그들의 헝클어진 머리와 찢어진 옷 그리고 맨발을 다시 주시했다. "당신들은 쿼사펠라를 찾나? 워렌이 쿼사펠라를 찾기 위해 당신들을 보냈나?" 소년들이 창으로 더욱 압박해 들어왔다.

시인이 분명하고 크게 말했다. "우리는 아무도 찾지 않소. 우리는 영국인이오. 해적들이 우리를 바닷속으로 던졌소. 이섬에는 지난밤에 도착했어요. 운이 굉장히 좋았죠. 하지만 우리는 지금 여기가 어디인지 모르오."

소년 하나가 흥분해서는 뭐라 지껄이며 금방이라도 그들을 덮칠 듯 창을 휘둘렀다. 그러나 연장자가 한마디 하자 조용해졌다.

에브니저가 간청했다. "제발 우리를 좀 살려 주시오. 우리는 당신이 말하는 워렌이라는 자를 모릅니다. 이 부근에 사는 어느 누구도 몰라요."

젊은이들이 다시 그들을 창으로 꿰려는 듯 날뛰었다. 부상당한 야만인이 그들을 이전보다 더욱 날카롭게 꾸짖었다. 그리고 그들더러 밖에서 보초를 서라고 명령했던 모양이다. 그들은 다소 못마땅한 기색으로 그 냉습한 동굴 밖으로 나갔다.

야만인이 말했다. "착한 아이들이다. 그들은 나만큼 영국인을 증오한다. 그리고 당신들을 죽이고 싶어 한다."

"그렇다면 이 섬에 영국인이 있다는 거요? 이 섬의 이름이 뭐요?" 버트랜드는 여전히 너무나 두려워 아무 말도 하지 못했지만 에브니저는 방금 전까지 시인의 섬에 대한 백일몽을 꾸었음에도 불구하고 자신의 고향 사람을 만날 수 있을지도 모른다는 기대에 기쁨을 감추지 못했다.

야만인은 그를 면밀하게 주시했다. "당신은 이곳이 어딘지 모른단 말인가?"

계관시인이 대답했다. "이곳이 섬이라는 것 외에는요."

"아나코스틴왕인 쿼사펠라라는 이름도 모르고?"

"그래요."

잠시 동안 야만인은 계속해서 그들의 얼굴을 탐색하더니 그들이 거짓말을 하고 있지는 않다는 걸 확인하고는 초라한 침상 위에 누워 동굴의 천장을 주시했다.

그가 선언하듯 말했다. "내가 쿼사펠라다. 아나코스틴왕이지."

버트랜드가 에브니저에게 속삭였다. "왕이라네요! 그가 우리의 황금 도시들 가운데 한 곳의 왕이라고 생각하세요?"

"이것은 피스카타웨이족의 들판과 숲이다. 이곳의 물은 피스카타웨이의 물이다. 이 절벽 역시 우리 것이고. 세상이 열린 이래로 그들은 피스카타웨이족의 것이었다. 나의 아버지가 이 땅의 왕이었고 그리고 그의 아버지, 또 그의 아버지 역시 그랬지. 그리고 한동안 나도 왕이었다. 하지만 쿼사펠라는 더 이상 왕이 아니다. 나의 아들들도 손자들도 이곳을 다스리지 않을 것이다."

버트랜드가 속삭였다. "그에게 어느 길로 가면 가장 가까운 황금 도시가 나오느냐고 물어보세요." 하지만 그의 주인이 몸짓으로 그의 입을 막았다.

에브니저가 물었다. "어째서 당신은 여기 이 초라한 동굴에 누워 있는 겁니까? 여기는 왕이 살기에 적합한 곳이 아닌 것 같은데요."

왕이 대답했다. "이 나라는 더 이상 퀴사펠라의 것이 아니다. 당신 나라 사람들이 그것을 훔쳐 갔다. 그들은 칼과 대포를 배에 싣고 와서 벌판과 숲을 나의 아버지로부터 빼앗았다. 그들은 우리를 마치 동물처럼 몰아냈다. 그리고 내가 '이 땅은 피스카타웨이에 속한다'고 말하자 나를 감옥에 집어넣었다. 우리의 황제 오코토마퀴스는 언덕에서 동물처럼 숨어 지내야 했다. 그리고 그를 대신하여 애송이 파숩이 그 자리에 앉았지. 그는 영국 황제에게 알랑거렸다. 나의 백성들은 그의 명령에 따라야 했다. 그렇지 않으면 굶어야 했으니까."

에브니저가 외쳤다. "이런 부당한 일이 있나! 들었어, 버트랜드? 이 워렌이라는 작자가 도대체 누구기에 이렇게 주제넘고 또 내가 영국인이라는 사실을 부끄럽게 만드는 거지? 이 섬을 자신의 것이라고 주장하다니 그놈은 분명 해적 같은 악당일 거야!" 그는 시종의 소매를 붙잡았다. "돛 수선공 칼이 마다가스카르섬에 있는 리베르타시아라고 불리는 한 해적 도시에 대해 말했던 게 기억나는군. 이 섬이 바로 그 섬은 아니어야 할 텐데!"

퀴사펠라가 말했다. "나는 그 나라 황제의 이름을 모른다.

그가 우리나라를 억압하기 위해 온 것은 아주 최근의 일이니까. 워렌이라는 놈은 그저 간수이자 군인들의 우두머리일 뿐이지."

그 순간 동굴 밖에서 커다란 소동이 일어나기 시작했다.

버트랜드가 외쳤다. "드레이크페커!"

정말 동굴 입구에 커다란 흑인이 서 있었다. 그의 발치에는 에브니저가 임시방편으로 만든 조잡한 창이 놓여 있었고 그 창에는 토끼 두 마리가 꿰어져 아직도 피를 흘리고 있었다. 그는 그것을 화가 나서 떨어뜨린 듯했다. 그의 커다란 양쪽 손에는 각각 어린 보초들의 목이 쥐어져 있었다. 그 무시무시한 검둥이는 이미 한 명을 어떤 방식으로 무장 해제를 시켜 놓았는데 다른 녀석이 그 틈을 타 자신의 무기를 사용하려 하자 그 둘의 머리를 서로 부딪치게 한 후 해변 아래로 던져 버렸다.

에브니저가 환호했다. "브라보!"

버트랜드가 "여기 안으로, 드레이크페커!"라고 소리치더니 쿼사펠라를 붙잡기 위해 뛰어올랐다. "이리로 와서 이 악당의 머리도 부숴 버려."

검둥이가 자신의 창을 낚아채더니 커다란 고함과 함께 동굴 안으로 달려들었다. 쿼사펠라 역시 그의 전리품 목록에 추가할 의도임이 분명했다.

그러나 에브니저가 큰 소리로 명령했다. "멈춰! 드레이크페커!"

버트랜드가 쿼사펠라의 팔을 뒤에서 붙잡으며 외쳤다. "그를 찔러!" 야만인은 조금도 저항하지 않았고 경멸스런 표정으로 침입자를 주시할 뿐이었다.

에브니저가 창을 붙잡으며 말했다. "나는 안 된다고 했어!"

버트랜드가 볼멘소리로 항의했다. "바로 이 비열한 녀석이 우리에게 이따위 짓을 하려던 거였다고요!"

"만약 그렇다고 해도 아직 행동으로 옮기지는 않았어. 그를 놔줘." 팔이 자유로워지자 쿼사펠라는 담요 위에 등을 누이고 무감각하게 천장을 바라보았다. 에브니저가 말했다.

"저 어린 소년들은 그의 아들들이야. 드레이크페커와 함께 나가서 그들을 이리로 데려와. 만약 그가 그들을 죽이지 않았다면 말이야."

두 사람은 밖으로 나갔다. 버트랜드는 대단히 불안해하고 있었고 그것을 주저하지 않고 말로 표현했다. 그리고 에브니저는 쿼사펠라에게 말했다.

"내 부하가 당신의 아들들에게 상처 입힌 것을 용서하시오. 그는 우리가 위험에 처해 있다고 생각했던 거요. 우리는 당신을 해칠 생각이 전혀 없어요. 당신은 영국인의 손에 충분히 고통을 당했소."

하지만 야만인의 얼굴에는 여전히 아무런 표정도 떠오르지 않았다. "내가 자비심 있는 영국인을 만난 걸 기뻐해야 하는 건가?" 그는 악취가 나는 자신의 무릎을 가리키며 담담히 말했다. "밤에 토끼처럼 달아나다 베인 무릎의 상처가 덧나 죽는 것과 가슴에 창을 맞아 죽는 것 가운데 어느 것이 더 자비로운 건가? 만약 내 아들들이 죽었다면 나는 굶겠지. 만약 그들이 살아 있다 해도 나는 이 상처로 죽을 거다. 당신의 가슴은 선량하다. 부디 부탁이니 퀴사펠라를 죽여 다오."

이윽고 버트랜드와 검둥이가 두 소년들을 창끝으로 위협하여 앞장세우고 들어왔다. 소년들은 그저 머리를 좀 다치고 타박상을 입은 정도였다.

퀴사펠라가 말했다. "내 아들들이 살아 있으니 충분하다. 당신의 부하더러 지금 당장 나를 죽이라고 말해라."

에브니저가 말했다. "아니오. 차라리 그에게 다른 일거리를 주는 게 낫겠소." 그리고 버트랜드에게 단호하게 말했다. "드레이크페커는 왕과 함께 여기 남아서 우리가 이 영국인 강도들에 관해 조사하는 동안 그를 돌보는 게 좋겠어. 이 소년들이 우리를 그들의 정착지 부근까지 안내해 주면 되니까."

버트랜드가 한숨을 쉬며 말했다. "제가 반박할 입장은 아니겠죠. 저는 단지 그들이 이미 모든 황금 도시들을 점령해서는 신 노릇을 하고 있지 않기만 바랄 뿐이에요."

에브니저는 검둥이에게 몸짓을 동원하여 자신은 그가 왕에게 음식을 제공하고 감염된 무릎을 붕대로 감아 주기를 바란다는 의사를 분명하게 표현했다. 붕대로 감는 것에 대해서는 '해라.'라는 명령이라기보다 '할 수 있느냐?'는 질문이었다. 흑인은 환한 표정으로 고개를 끄덕이면서 예방과 치료 방법에 대한 자신의 지식을 암시라도 하듯 열심히 중얼거렸다. 그러고는 지체 없이 더러운 붕대를 제거하고는 분명 외과적인 관심을 가지고 악취 나는 염증을 살펴보았다. 그런 다음 자신의 언어로 소년 한 명에게 토끼들을 씻고 요리를 하라고 지시한 뒤, 다른 아이에게는 두 개의 오지그릇에 물을 담아오라고 시켰다.

버트랜드가 감탄한 듯 말했다. "세상에! 이 녀석은 의사이기도 하네요! 그의 신이 되는 것은 영광스러운 일이군요, 그렇죠?"

시인이 미소를 지었다. "어쩌면 그에게는 장점이 더 많은지도 모르지. 정말이지 훌륭한 피조물이야."

두 시간이 지나기도 전에 소년들이 제공한 생굴과 왕이 커다란 단지 한가득 가지고 있던 로카호미니라는 옥수수 분말과 함께 토끼들이 요리되어 각자의 배 속으로 들어갔다. 토끼를 굽는 동안 흑인은 쿼사펠라의 상처를 칼로 절개하고, 고름을 짜내고, 그것을 깨끗하게 닦고, 숲에서 모은 여러 가지 뿌리와 약초로 끓인 탕약을 바른 후 잘 싸맸다. 이제는 야만인도 흑인의 조치에 감명을 받은 듯했다. 소년들은 자신들의 몸에 생긴 멍을 원한보다는 경외심을 가지고 손가락으로 만져 보았다. 쿼사펠라의 냉정했던 눈이 빛났다.

계관시인이 말했다. "만약 영국인들이 여기서 아주 멀리 떨어져 있지만 않다면 어두워지기 전에 그들을 자세히 봐 두는 게 좋겠어." 쿼사펠라가 영국인들이 5킬로미터 정도 거리에 있다고 대답하자 에브니저는 자신의 명령을 검둥이에게 반복했다. 검둥이는 자신의 이름이 불리자, 늘 그랬듯이 무릎을 꿇고 주인의 이별 선고에 눈물을 흘리며 말없이 복종했다.

에브니저가 왕에게 말했다. "만약 그들이 해적이나 노상강도임이 밝혀지면 우리는 즉시 돌아올 거요."

쿼사펠라가 말했다. "영국인들의 황제는 당신을 해치지 않을 거다. 그리고 내 아들들 걱정도 할 필요 없다. 이 아이들은 그에게 알려져 있지 않으니까. 하지만 아나코스틴왕의 이름은 누구에게도 말하지 말아 다오. 내가 죽기를 바라는 게 아니라 면 말이다. 그리고 이 동굴로 돌아오지 마라. 쿼사펠라에 대한 당신의 친절함은 잊지 않을 것이다." 그는 소년 하나에게 자기들 언어로 말했다. 그러자 그 소년이 동굴 뒤쪽에서 작은 가죽 묶음을 가져왔다.

버트랜드가 속삭였다. "그가 우리에게 그 일곱 도시들의 지도를 보여 줄 작정인가 봐요!"

왕이 에브니저와 버트랜드에게 각각 작은 부적을 주며 말했다. "가져라." 그 부적은 커다란 물고기의 척추골에 새긴 것으로 보였는데, 속이 텅 빈 엷은 흰색의 원통형 뼈로 아마도 너비가 2센티미터 정도 되고 지름은 그 반이었고 위에는 등지느러미와 배지느러미의 갈빗대가 잘려 나간 자국인 듯한 작은 돌출부들이 있었으며, 물고기 뼈의 특성상 반투명에 가까웠다. 버트랜드의 얼굴이 금세 어두워졌다. 쿼사펠라가 단호하게 말했다. "나의 목숨을 살려 준 대가로는 너무 약소한 듯 보일지도 모르겠지만 워렌이 나를 석방한 것도 바로 이것 때문이다."

버트랜드가 투덜거렸다. "워렌이라는 작자는 바보인가 보군."

왕은 그의 말을 무시하고 에브니저에게 말했다. "이것을 반지 삼아 당신 손가락에 껴라. 언젠가 목숨이 위험할 때, 이 반지가 당신을 구해 줄 것이다."

에브니저 역시 그 선물에 다소 실망했다. 그 조잡한 조각들은 장식이라고 말하기조차 어려웠다. 하지만 그는 그것을 공손하게 받았다. 그리고 외부 지름이 너무 커서 불편했기 때문에 그것을 생가죽 끈에 끼워 목에 걸어 셔츠 밑에 넣었다. 한편 버트랜드는 그가 받은 선물을 바지 주머니에 아무렇게나 쑤셔 넣었다. 시간은 이미 늦은 오후였고 절벽에서 볼 때 해변이 다소 어두워져 있었다. 그들은 거대한 흑인과 쿼사펠라에게 따뜻한 작별 인사를 건네고 숲으로 올라가 대략 북서쪽 방향으로 나아갔다. 맨발이었기 때문에 진행 속도는 느렸다.

에브니저가 버트랜드에게 말을 건넸다. "너는 고향 사람들에게 가는 것이 별로 기쁘지 않은가 보지?"

시종이 시인했다. "황금 도시들을 쉽게 찾을 수 있는데도 굳이 해적들의 소굴로 걸어 들어가는 일이 뭐가 그리 기쁘겠어요. 게다가 우리는 그 야만인 왕과 별로 유리한 거래를 하지도 못했고요. 드레이크페커를 물고기 뼈 한 쌍과 바꾸다니, 나 참."

시인이 말했다. "그것은 거래도 아니지만 그렇다고 선물도 아니야. 만약 그가 우리에게 자신의 목숨을 빚졌다면 그는 우리의 목숨을 구해야만 그 빚을 청산하는 것 아니겠어?"

하지만 버트랜드는 그렇게 쉽게 누그러지지 않았다.

"제기랄, 주인님. 저는 이기심이나 신성모독을 의미하는 게 아니에요. 시종이 신이 될 수 있는 드물고도 소중한 기회였다고요! 한데 그 지위를 막 차지하자마자, 그러니까 말하자면 신 노릇 하는 요령을 이제 막 터득하기 시작했는데, 당신이 저의 신도를 그 어쭙잖은 물고기 뼈 한 쌍과 바꿔 버렸잖아요! 저는 우리가 드레이크페커를 놓아주기 전에 그저 하루이틀 정도만 더 신 노릇을 하고 싶었다고요. 모르시겠어요?"

계관시인이 말했다. "나는 생각이 달라. 신 노릇을 그만두길 잘했다고 생각해. 우리는 해변에서 무력한 상태에 있던 그를 발견했고 동굴에서 남에게 도움을 주는 사람이 되도록 했어. 그는 신의 노예였지만 이제는 왕의 시종이야. 그가 이제부터 어디로 갈지는 그 자신이 결정할 문제야. 그가 자신의 여행을 시작하게 하는 편이 좋아. 그 정도면 신 노릇은 충분히 한 것 아냐? 게다가⋯⋯." 그가 결론을 내렸다. "너는 나처럼 그에게 애써서 일거리를 주지 않았어. 그렇지 않았다면 너는 불평하지 않았을 거야. 나는 그가 본격적으로 할 일을 찾아서 기뻐. 만약 우리가 황금 도시에 도착한다면 내 도시는 신정(神政) 체제가 아니라 공화국이 될 거야. 그리고 나는 그곳의 지배자가 되고 싶은 마음도 없어. 드레이크페커가 내게 가르쳐준 것은 그 정도야."

버트랜드가 미소를 지으며 말했다. "그렇게 말하다니 당신은 오랫동안 주인 노릇을 하지 않았던 거군요. 당신은 제가 일단 제 신전에 발을 들여놓게 되면 제 머리를 교리와 교령으로 채울 거라고 생각하세요? 그것은 시시한 사람들이나 할 일이에요. 성직자와 목사 같은 사람들 말이에요. 신은 그저 앉아서 향내를 맡고 돈을 세고 여자들의 엉덩이나 두드려 주면 되는 거라고요."

에브니저가 말했다. "내 생각엔 천국에서의 네 통치 기간은 그리 길 것 같지 않은데."

시종이 말했다. "그럴 필요도 없어요."

잠시 후에 빽빽하던 숲이 사라졌다. 그리고 서쪽의 나무들 사이로 상당히 넓게 트인 밭이 보였다. 그 안에는 낯선 넓은 잎사귀 식물이 질서정연하게 초록의 열을 지어 자라고 있었다. 그 광경을 보자 에브니저의 심장이 두근거리기 시작했다.

"저기를 봐, 버트랜드! 저건 야만인이 기르는 농작물이 아냐!" 그가 그들의 안내자 가운데 하나를 붙잡고 벌판을 가리키며 마치 큰 소리로 말하면 대화가 가능해지기라도 할 것처럼 큰 소리로 물었다. "너희들은 저것을 뭐라고 부르지? 저것의 이름이 뭐지? 영국인들이 저 식물을 심은 거냐?"

소년은 다행히도 그 말을 알아듣고 고개를 끄덕였다. "영국인. 영국인." 그런 다음 뭐라고 좀 더 지껄이기 시작했다. 그 과정에서 에브니저는 '담배'라는 단어를 들었다.

그가 물었다. "담배? 저것이 담배라고?"

버트랜드가 놀라 물었다. "이게 어떻게 된 거죠?"

계관시인이 말했다. "뭐 그리 이상한 일은 아냐. 파운드 선장은 아조레스 제도와 같은 위도권을 항해하곤 했는데 그것은 버지니아와도 맞닿아 있지. 그리고 그것과 같은 위도권에 있는 섬이라면 버지니아의 기후와 비슷한 기후대(氣候帶)가 아닐까?"

그러자 버트랜드는 어째서 해적 무리들이 농사에 시간을 낭비하고 있는지 알고 싶어 했다.

에브니저가 지적했다. "그들이 해적이라는 증거는 전혀 없어. 그들은 연초 밀수업자일 수도 있어. 헨리 벌링검의 말에 의

하면 그런 밀수업자들이 대단히 많다는 거야. 아니면 단순히 정직한 경작자일지도 몰라. 그거야말로 내가 바라는 바지."

그 반대의 감정이 버트랜드의 얼굴에 떠올랐다. 그가 그것을 말로 표현하기도 전에 그 두 소년들이 그들에게 조용히 하라고 손짓했다. 네 명은 작은 나무숲을 통해 은밀하게 움직였다. 북쪽으로는 강둑에서, 그리고 서쪽으로는 통나무들로 포장된 도로에서 숲이 끝났다. 창고 같아 보이는 커다란 통나무 구조물에서 부산스럽게 움직이는 소리가 그들이 있는 곳까지 들려왔다. 그 구조물은 분명 백인들의 솜씨인 듯했고 길가에서 나무들 속으로 이어져 있었다. 안내자의 지시에 따라 그들은 뒤쪽 벽으로 기어 올라갔다. 그곳에서부터 그들은 잔뜩 긴장한 채 안전하게 강 쪽으로 향하는 길을 내려다볼 수 있었다.

에브니저가 속삭였다. "세상에!" 각각 흑인들 셋으로 이루어진 몇 개의 작업조가 알 수 없는 노래를 부르며 거대한 나무통을 강가의 부두 쪽을 향해 굴리고 있었다. 해안에서 돌출되어 나와 있는 부두 위에는 탈색이 되고 해진 스카치 옷을 입은 남자들이 서 있었다. 그들은 가발도 쓰지 않고 구두도 신지 않았으며, 얼굴은 햇빛에 그을리고 외모도 투박했지만 분명 유럽인들이지 야만인들은 아니었다. 그들이 열중하고 있는 중노동이래 봤자 말뚝에 기대어 담배를 피우며 물병을 돌리는 것(그들은 물병의 물을 마시고는 털이 북슬북슬한 팔뚝으로 입을 닦았다.) 그리고 검둥이들이 그들의 짐을 옆에 정박되어 있던 거룻배 두 척에 힘겹게 싣는 것을 지켜보는 게 전부였다. 그들의 모습을 보고 에브니저는 기뻐했다. 하지만 더욱 놀랍게도(너무 놀라서 그것을 보자 눈물이 날 정도였다.) 그 지점에서 볼 때 3킬로미터 너비는 족히 되어 보이는 넓은 강의 수로 중간에, 높은 선미루에, 돛대 세 개를 갖춘 위풍당당한 선박이 정박하고 있었고, 사람들이 거룻배가 날라오는 뱃짐을 싣고 있었다. 그리고 그 배의 큰돛대 장루[9)에는 빨간색, 하얀색, 파란색으로 층이 진 깃발이 매달려 있었다. 그것은 다름 아닌 영국 왕실의 깃발이었던 것이다.

에브니저가 웃으며 말했다. "해적이 아니라 영국의 합법적인 경작자들이야! 우리가 우연히 발견한 이곳은 인도에 있는 어떤 섬인가 봐!" 다른 사람들은 그에게 조용하라고 경고했지만 그는 기쁨에 겨워 소리를 지르며 길가로 갑자기 뛰쳐나갔다. 그리고 함성을 지르며 선착장으로 달려갔다. 야만인 소년들은 숲 속으로 달아났다. 그리고 버트랜드는 소스라치게 놀라는 한편 우울해져서는 그곳에 남아 창고의 벽 옆에 붙어 지켜보고 있었다.

에브니저가 큰 소리로 불렀다. "이보시오! 이보시오!" 검둥이들이 노래를 멈추고 일손을 놓은 채 그가 옆으로 지나가는 모습을 바라보았다. 백인들 역시 외침 소리에 놀라서 일제히 돌아섰다. 몇 달 동안 항해를 하며 당했던 고초로 평상시보다 훨씬 더 말라 있었던 에브니저가 털 많은 황새처럼 통나무 길을 경중경중 뛰어 내려오는 모습은 정말이지 몹시 희한한 광

---

9) 군함 따위의 돛대 위에 꾸며 놓은 대.

경이었다. 그의 발은 맨발에다 온통 물집이 잡혀 있었고 셔츠
와 바지는 누덕누덕 해져 있었다. '포세이돈'에서 납치될 무렵
엔 머리도 매우 짧고 수염도 없었지만 지금 그의 머리와 턱에
는 털이 멋대로 자라나 있었고, 비록 대단한 길이는 아니었지
만 텁수룩하니 손질이 안 된 모습이었다. 그리고 경작자들보
다 더 햇볕에 그을리고 적어도 그들만큼은 더러워서 조난된
사람의 전형적인 모습을 하고 있었다. 게다가 여전히 구겨진
일지들을 떨어뜨리지 않기 위해 두 팔로 셔츠 앞을 감싼 상태
로 서둘러 뛰고 있으니 그 모습이 더욱 기괴해 보일 수밖에 없
었다.

그가 부두에 도착해서 다시 말을 걸었다. "고향 사람들이
여! 빨리 뭐라고 말을 좀 해 보시오. 당신들이 어떤 언어를 사
용하는지 들을 수 있도록 말이오!"

그 남자들은 서로 시선을 교환했다. 일부는 자세를 바꾸기
도 했다. 그리고 다른 사람들은 불안하게 파이프를 빨았다.

한 사람이 말했다. "미친 사람이군." 그리고 다음 순간 그
가 미처 뒤로 물러서기도 전에 자신이 포옹당했다는 것을 알
았다.

"당신은 영국인이군! 하느님 감사합니다. 당신은 영국인이야!"

"이봐, 물러서!"

에브니저는 기쁨에 넘쳐 바다 쪽을 가리켰다. "당신이 기독
교인이자 영국인이라면 저 선박은 어디로 향하는 건지 말해
주시오."

"포츠머스로 향하지, 선단과 함께."

"하느님 감사합니다!" 그는 깡충깡충 뛰었고 박수를 쳤다. 그리고 창고 쪽을 돌아보며 버트랜드를 불렀다. "버트랜드, 버트랜드! 이 사람들은 모두 정직한 영국 신사들이야! 이리 와, 버트랜드!" 그리고 그는 바로 뒤에 강물이 있던 탓에 달아날 수 없었던 다른 경작자를 잡고 말했다. "그렇다면 말해 주시오, 경이로운 영국인들이여. 우리가 휩쓸려 온 이 섬은 어디요? 바베이도스요, 아니면 그곳에서 멀리 떨어져 있는 안틸레스요?"

경작자가 몸을 흔들어 그의 손아귀에서 빠져나가며 거친 목소리로 말했다. "당신 완전히 취했군."

에브니저가 외쳤다. "그렇다면 버무스군요!" 그는 무릎을 꿇고 그 사람의 바짓가랑이를 잡았다. "이곳이 코르보거나 혹은 내가 들어 보지 못했던 섬이라고 말해 주시오!"

느닷없이 봉변을 당한 그 경작자가 말했다. "여기는 바베이도스도, 안틸레스도 그리고 코르보도 그 무엇도 아냐. 여긴 그저 초라하고 엿 같은 메릴랜드라고, 빌어먹을."

18 계관시인이 강을 건너기 위해 운임을 지불하다

"메릴랜드라고!"

에브니저가 상대방의 바지를 놓았다. 그리고는 자신이 빠져나왔던 숲을 향해 고개를 돌리고 녹색 담배 농장과 커다란 통 옆에서 노골적으로 히죽 웃고 있는 검둥이들을 차례로 살펴보았다. 그는 마치 그 자리에 못 박힌 듯이 여전히 무릎을 꿇은 채 오른손을 가슴 위에 얹고 왼팔을 부드럽게 구릉 진 언덕과 지금 막 그 뒤를 넘어가고 있는 태양을 향해 들어 올렸다. 그런 다음 영탄조로 읊기 시작했다. "미소 지어라, 너 상냥한 언덕과 태양빛에 빛나는 나무들이여! 너만의 달콤한 노래꾼, 너의 계관시인이 네 영광을 퍼뜨리기 위해 왔노라!"

이것은 그가 몇 달 전 '포세이돈'에 승선해 있을 때 지었던 하선시(下船詩)였다. 그는 메릴랜드의 계관시인으로서 처음 그곳에 발을 내디뎠을 때, 자신의 관할구역에게 시로 인사하는 것이 적합하다 여겼고 또한 새로운 동포들에게 자신이 틀림없이 뼛속까지 시인이라는 사실을 각인시키고 싶었다. 그러므로 그는 자신의 첫 번째 공개 낭독을 듣고 청중들이 매우 우습다는 듯 떠들썩하게 반응하는 것을 보자 여간 불쾌한 것이 아니었다. 청중들은 큰 소리로 웃고 콧방귀를 뀌는가 하면 자신들의 허벅지를 때리고 옆구리를 잡거나 콧물을 흘렸다. 심지어는 옆에 있던 사람들을 팔꿈치로 쿡쿡 찌르며 에브니저를 손가락질하는가 하면 투박한 바지 안에다 방귀를 뀌어 대는 사람도 있었다.

계관시인은 하선시를 읊으려고 취했던 자세를 풀고 일어나 커다란 금발 눈썹을 아치형으로 구부리고 입술을 오므리면서 말했다. "이보시오들, 나는 당신들에게 더 이상의 진주는 던지지 않겠소. 주의하시오. 그렇지 않으면 당신들은 당신들 주인에게 모두 채찍을 맞게 될 거요." 그는 그들에게서 등을 돌리고는 선착장의 발치로 서둘러 갔다. 검둥이들 몇 명이 이 과정을 재미있다는 듯이 뚫어지게 바라보는 가운데 버트랜드가 불안한 얼굴로 서 있었다.

"일곱 도시에 대한 네 꿈은 깨끗이 접어, 버트랜드. 너는 지금 메릴랜드라는 축복받은 땅 위에 서 있으니까!"

시종이 떨떠름하게 말했다. "저도 그 정도는 들었어요."

"이곳은 낙원이 아닌가? 저기를 봐. 지는 태양빛이 나무들을 얼마나 붉게 물들이는지!"

"하지만 당신의 동료 메릴랜드인들은 궁정에서 변변한 자리 하나 못 얻을 것 같네요, 제 생각엔."

"아냐. 누가 그들의 무례를 탓할 수 있겠어?" 에브니저는 자신의 차림새와 버트랜드의 차림새를 차례로 훑어보았다. 그리고 웃었다. "지금 내 모습을 보면 누가 계관시인이라고 생각하겠어? 게다가 그들은 그저 멋모르는 일꾼들일 뿐이야."

버트랜드가 냉소적으로 말했다. "일꾼들이 오후 시간을 술이나 마시며 보내게 하다니 정말 할 일 없는 주인들이군요. 쿼사펠라를 비난할 수 없겠어요."

시인이 서둘러 그의 말을 막았다. "쉿! 그의 이름은 입에 담지 마!"

"저는 그저 그의 생각을 이해한다는 말이었어요."

에브니저가 새삼 놀랍다는 듯이 말했다. "한데 생각해 봐! 그가 메릴랜드 인디언들의 왕이었다니! 그리고 드레이크페커는……." 그는 근육질의 검둥이들을 경외심을 가지고 바라보다가 이내 얼굴을 찌푸렸다.

역시 그의 생각을 좇아가던 버트랜드의 눈에 눈물이 넘쳐 흘렀다. "어떻게 그 왕자 같은 친구가 노예가 될 수 있는 거죠? 당신의 메릴랜드는 염병에나 걸리라고 해요!"

에브니저가 말했다. "너무 성급하게 판단해서는 안 돼." 하지만 그는 턱수염을 쓰다듬으며 생각에 잠겼다.

이들이 이런 대화를 나누는 동안 뒤에서 씨근거리며 웃고 떠들던 그 게으른 영국인들 가운데 한 명, 그러니까 깐깐한 인상에 주름 진 얼굴, 짧게 잘린 귀에 손바닥에 낙인이 찍혀 있는 무뢰한이 그들을 향해 오른발을 뒤로 빼며 절을 하고는 과장된 어조로 말했다. "귀하께서는 저희들의 무례를 용서해 주십시오. 우리는 귀하의 분부에 따르겠습니다."

그러자 에브니저가 즉각 말을 받았다. "그만하면 되었소." 그리고 버트랜드에게 거봐라는 듯한 표정을 지어 보이고는 부두 위로 나서서 패거리들에게 마치 연설을 하듯 말했다. "명심하시오, 나의 착한 사람들이여. 내가 비록 조잡하고 초라해 보이긴 해도 나는 영주께서 메릴랜드주 계관시인으로 임명하신 에브니저 쿠크요. 나와 내 시종은 해적들에게 포로로 잡힌 바 있고 수장될 뻔한 위기에서 가까스로 탈출했소. 나는 이번만큼은 여러분의 행위를 여러분의 주인들에게 보고하지 않을 것이오. 하지만 지금부터는 좀 더 공손한 태도를 보이시오. 나를 위해서가 아니라 시를 위해서라도!"

사람들은 이 연설에 박수를 치며 쉰 목소리로 열렬히 환호했다. 계관시인은 이것을 자신의 자비심에 대한 감사의 표시로 착각하고 환하게 미소를 지었다.

그가 말했다. "그런데 나는 내가 서 있는 곳이 메릴랜드의 어디인지 모르겠소. 하지만 나는 지금 당장 찹탱크강 근처에 있는 나의 농장 몰든으로 가야 하오. 우리를 운송해 줄 배와 길 안내를 해 줄 사람이 필요하오. 나는 이 주에 대해서는 아는 것이 하나도 없으니까 말이오. 이보시오, 당신." 그는 방금 전에 말을 했던 손바닥에 낙인이 찍혀 있던 나이 든 남자를 향해 말했다. "당신이 나를 그곳으로 안내해 주겠소? 나는 당신의 주인이 당신이 태울 승객이 어떤 지위에 있는 인물인지 알게 된다면 결코 반대하지 않을 거라고 확신하오."

그 사람이 동료들을 흘끗 쳐다보며 말했다. "그럼요, 아무렴 그렇고말고요! 하지만 이보세요, 시인 나리. 내 노동의 대가로 당신은 무엇을 지불할 겁니까? 이 강은 노를 저어 건너야 하는데 돈이 없으면 안 되거든요."

에브니저는 짐짓 거만한 태도 이면의 불안감을 감추며 말했다. "이보시오, 공교롭게도 내가 지금은 가지고 있는 돈이 하나도 없소. 어쨌든 당신의 주인은 당신이 그러한 가치 있는 봉사를 하면서 돈을 받으려 하는 것을 틀림없이 반대할 거요."

그 나이 든 사람이 말했다. "글쎄, 그건 두고 봅시다. 만약 당신이 내게 돈을 지불할 수 없다면, 재주껏 강을 건너 보시구려. 그렇게 대단한 사람이 신상에 반지나 다른 귀중품 하나 없다는 게 말이나 되오?"

버트랜드가 으르렁거리며 말했다. "내 것을 가지시오. 이건 야만인의 진짜 유물이오. 내가 듣기에 대단한 가치가 있는 거라더군." 그러면서 그는 바지 주머니를 뒤졌다. "아, 이런. 구멍 난 데로 어디선가 빠졌나 보군."

에브니저가 그 메릴랜드인에 대해 인내심을 잃은 듯 큰 소리로 외쳤다. "그만해 두시오! 나는 아무렇게나 이 주의 계관 시인이 된 게 아니오! 나를 건너편까지 건네 주시오, 친구. 그러면 당신은 지금까지 채굴했던 가장 훌륭한 금으로 보상받게 될 거요. 시(詩)라는 순수한 금전 말이오!"

그 나이 든 사람은 마치 감명이라도 받은 듯 머리를 뒤로 젖혔다. "시라는 금전이라굽쇼? 그러니까 내가 배로 당신을 건네다 주는 대가로 당신은 내게 시 한 수를 읊어 주겠다는 거요?"

에브니저가 비웃듯이 말했다. "읊어 준다고? 아니오, 친구. 나는 그저 읊어 주겠다는 게 아니오. 나는 지을 거요. 즉석에서 지을 거란 말이오! 당신이 내게서 받을 금은 사람들의 손때로 더러워지지도 않을 것이고 당신 눈앞에 있는 조폐국에서 주조된 그대로 언제까지나 빛날 거요."

남자는 잘린 한쪽 귀를 긁으며 말했다. "글쎄, 잘 모르겠네요. 저는 그런 식의 거래는 들어 본 적이 없어서."

에브니저가 그를 안심시켰다. "쯧, 이것은 유럽에선 매일같이 일어나는 일이요. 보잘것없는 나룻배 승선보다 더 무게 있는 문제들에 대해서도 말이요. 세르반테스도 피라무스와 티스베에 관한 300편의 소네트로 매춘부를 고용했던 스페인의 한 시인에 대해 말한 적이 있지 않소?"

나룻배 사공이 놀랐다. "설마! 300편의 소네트라고요! 한데 소네트라는 게 도대체 뭡니까?"

에브니저는 그자의 무지에 미소를 지었다. "그것은 운문의

한 형식이지."

"운문의 한 형식이라고요, 저런!"

"그렇소. 우리 시인들은 그저 단순히 시를 짓는 게 아니오. 우리는 시의 유형들에 대해서도 확실히 하지. 동전 종류에 파딩[10]과 펜스와 실링과 크라운이 있듯이, 운문에도 4행시와 소네트 그리고 빌러넬[11]과 론델[12]이 있소."

사공이 말했다. "아하! 그렇다면 이 소네트는 실링이나 마찬가지겠군요? 아니면 반 크라운이거나. 왜냐하면 저는 당신이 이 강을 건너게 해 주는 조건으로 1크라운을 요구할 생각이었거든요."

시인이 외쳤다. "1크라운이라고!"

"그 이하는 안 되죠, 계관시인 나리. 아시다시피 올해 이맘 때 조류와 조수가 워낙……."

에브니저는 평온한 강을 의심스럽게 쳐다보았다.

버트랜드가 말했다. "그는 악당이자 유태인이에요."

"아 글쎄, 상관없어, 버트랜드." 에브니저가 시종에게 한쪽 눈을 찡긋하고는 다시 그 메릴랜드인에게로 몸을 돌렸다. "하지만 이보시오, 당신은 현재 런던 시장에서 소네트 한 수가 반 파운드의 가치를 가지고 있다는 걸 알아야 하오."

사공이 말했다. "그렇다면 마지막 행은 남겨 두시지요. 난 거스름돈은 돌려주지 않으니까요."

---

10) 영국의 화폐. 4분의 1페니.
11) 19행 2운체의 시.
12) 14행시.

"좋아." 그는 이 흥정을 흥미 있게 지켜보던 구경꾼들에게 말했다. "이 친구가 메릴랜드의 계관시인인 에브니저 쿠크와 그의 시종을 운반해 주는 대가로 마지막 행을 포함하지 않은 소네트 한 수를 받기로 했다는 사실에 대해 증인이 되어 주시오. 이보시오, 이 강을 뭐라고 부르지?"

에브니저의 사공이 재빨리 대답했다. "찹탱크강이오."

"설마! 그렇다면 몰든은 바로 가까이 있음이 틀림없어!"

그 노인이 단언했다. "그래요. 그곳은 바로 저쪽 숲만 통하면 있습니다. 일단 이 강을 건너면 가볍게 걸어갈 수 있을 겁니다."

"훌륭해! 그렇다면 된 거요?"

"됐습니다, 나리. 됐어요!" 그는 더러운 손가락을 들어 올렸다. "하지만 요금은 미리 받아야겠수다."

에브니저가 항의했다. "아, 이봐!"

버트랜드가 속삭였다. "그게 무슨 상관이에요?"

남자는 고집을 부렸다. "도대체 내가 무엇으로 당신이 시인이라는 걸 보장받을 수 있겠어요? 지금 지불하쇼. 그렇지 않으면 나룻배 승선은 없던 일로 하겠소."

에브니저는 한숨을 쉬었다. "그렇다면 할 수 없지." 그리고 패거리 모두에게 말했다. "조용히 하시오. 그러면 당신들도 즐길 수 있을 거요."

그런 다음 한 손가락으로 자신의 이마를 누른 뒤 두 눈을 가늘게 뜨고는 시를 짓기 위해 고심하는 듯한 표정을 지어 보였다. 그리고 잠시 후 웅변조로 다음과 같은 시를 낭독했다.

꺼져라. 지옥의 동굴에서 태어나

무시무시한 형상들과 비명 소리 그리고 사악한 광경들 속에
내버려진

케르베로스[13]와 흑암(黑暗)의 밤과 같은

지긋지긋한 우울함이여!

생각에 잠긴 어둠이 그의 질투심 많은 날개를 펼치고

밤까마귀가 노래하는

인적 드문 오두막을 찾아내어라.

그리고 그곳, 암흑 같은 킴메르인[14]의 사막 안

새까만 그늘과 너의 머리 타래만큼이나 헝클어진

낮게 드리운 바위들 아래서 영원히 살거라.

잠시 침묵이 이어졌다.

시인이 재촉했다. "자, 자! 당신은 이제 운임을 받았소!"

"뭐라고요? 이것이 소네트요?"

에브니저가 그를 확신시켰다. "내 명예를 걸고! 분명 마지막
행은 빼놓았지만."

뱃사공은 자신의 절단된 귀를 잡아당겼다. "분명 그렇겠지
요. 그러니까 그것이 반 파운드짜리 소네트로군요! 대단히 흉
한 것이군요. 그 안엔 온갖 찢어지는 비명 소리와 고함 소리가
들어 있잖소."

---

13) 그리스 신화에 나오는 지옥을 지키는 개. 머리는 셋에 꼬리는 뱀 모양
이다.

14) 호메로스의 시에서 세상의 서쪽 끝 암흑 속에 산다고 여겨지는 종족.

"무슨 상관이오? 당신은 왕의 머리가 보기 흉하다고 해서 왕관을 보고도 고개를 빳빳이 들고 있을 거요? 소네트는 소네트요."

"그래요, 그래. 그건 사실이오." 뱃사공이 한숨을 쉬며 못 당하겠다는 듯 고개를 저었다. "뭐, 좋습니다. 저쪽에 있는 것이 나의 카누입니다."

시인이 말했다. "자, 떠나자고." 그리고 시종의 팔을 의기양양하게 잡았다.

하지만 자신들이 올라타고 강을 건너게 될 배를 보자 '차라리 그 소네트를 거저 갖는 게 어때?'라는 말이 입안에서 맴돌았다. "내가 이 돼지 여물통이 우리가 탈 배라고 짐작이라도 했다면 나는 저 '암흑 같은 킴메르인의 사막'을 내 지갑 안에 보관해 두었을 거야."

뱃사공이 말했다. "더 이상 불평하지 말아요. 내가 당신의 소네트가 얼마나 구접스러운 것인지 미리 알았더라면 당신은 아무튼간 헤엄을 쳐야 했을 거요."

이렇듯 서로의 입장을 이해하고 뱃사공과 승객들은 조심스럽게 그 움집 같은 카누 위에 올라 거울처럼 평온하게 흐르고 있는 강을 가르며 나아갔다. 운하 중간을 훨씬 지나도록 표면에 잔물결 하나 일지 않자 승객들은 강 건너기가 어렵다는 말이 과장이었음을 의심하기 시작했다.

버트랜드가 뱃머리에서 물었다. "이보슈, 도대체 뱃삯을 올려 받을 만한 사나운 파도와 조류가 어디에 있단 말요?"

뱃사공이 히죽 웃으며 말했다. "내 상상 속에 있지. 당신들이 시로 운임을 지불한다기에 나 역시 비싸게 요구했지. 그렇다고 당신들 입장에서 비용이 더 드는 건 아니잖아."

에브니저가 외쳤다. "오호! 그래서 당신은 나를 속였군! 하지만 당신이 그것으로 더욱 이익을 보았을 거라고 생각하지 마시오, 친구. 왜냐하면 그 소네트는 내가 지은 것이 아니니까. 나는 그것을 내 재능에 버금가는 어떤 사람에게서 빌려 왔거든."

하지만 뱃사공은 이 말에 조금도 당황한 기색 없이 답했다. "지난해 금이나 올해 금이나 금은 다 금이지. 그리고 이 사람이 가지고 있는 금이나 다른 사람이 가지고 있는 금이나 다 마찬가지 아니겠소. 비록 당신은 나를 속였지만 그렇다고 내가 손해 본 것도 없거든. 반 파운드는 반 파운드고 소네트는 소네트니까." 바로 그때 카누가 강 맞은편 강안(江岸)에 닿았다. "다 왔소, 시인 나리. 그리고 속은 건 당신이오."

버트랜드가 낮게 으르렁거렸다. "악당 같으니라고!"

에브니저는 미소를 지었다. "당신도 마찬가지야, 마찬가지라고." 그는 버트랜드와 함께 뭍에 발을 디뎠고 뱃사공이 카누를 강으로 밀어 다시 노를 젓기 시작할 때까지 기다렸다. 그런 다음 그는 웃으며 그에게 큰 소리로 말했다. "하지만 돌대가리 나리, 사실 당신은 앉아서 목덜미에서부터 정강이까지 털이 깎인 거야! 당신에게 들려준 소네트내가 지은 것도 아니지만 애초에 소네트도 아니라고! 잘 가게!" 그는 숲을 통해 몰든으로 달아날 준비를 했다. 뱃사공이 그들을 쫓아올까 두려웠던 것이다. 하지만 그자는 그저 노를 저으며 혀를 찰 뿐이었다.

그러고는 그들을 향해 크게 외쳤다. "상관없네, 미친 양반. 이곳 또한 찹탱크강이 아니거든. 그럼 잘 있으시오!"

19 계관시인이 돼지 치는 여자의 이야기에 귀를 기울이다

뱃사공이 자신을 이름 모를 야생의 숲에 고립시켰다는 사실을 깨닫자 에브니저는 맞은편 강안에서 누군가 자신의 목소리를 듣고 달려와 구해 주기를 바라며 큰 소리로 외치기 시작했다. 하지만 스카치 복장의 남자들이 그를 골탕 먹인 게 분명했다. 왜냐하면 그들은 무력한 두 사람을 그곳에 아무렇게나 내버려 둔 채 그냥 가 버렸기 때문이다. 이미 석양빛이 스러져 가고 있었다. 그는 결국 고함치는 일을 그만두고 주변의 숲을 둘러보기 시작했다. 숲은 시간이 지날수록 더욱 어두워져 갔다.

그가 새삼 감동한 듯 말했다. "생각해 봐! 우리가 계속 메릴랜드에 있었다니!"

버트랜드가 나무등걸을 차며 우울하게 말했다. "그러니 더욱 안타까운 일이죠. 당신의 메릴랜드는 거기 살고 있는 사람들조차 예의라고는 눈곱만큼도 없는 곳이잖아요."

"아, 이봐, 너는 온통 황금 도시만을 생각하고 있었군. 메릴랜드에 황금 도시가 없으니 우울하기도 하겠지. 하지만 '황금은 네가 찾는 곳에 있는 법이야.' 안 그래? 우리가 애초 목적지에 무사히 도착한 것보다 더욱 귀중한 보물이 뭐겠어?"

시종이 말했다. "저는 차라리 해변에서 드레이크페커와 함께 머물러 있을걸 그랬어요. 우리가 이곳을 발견한 뒤로 좋은 일이 한 가지라도 있었나요? 저쪽 어둠 속에서 무시무시한 짐승이라도 나타날지 누가 알겠느냐고요? 아니면 당연히 영국인의 얼굴을 증오하고 있을 야만인들을 만날지도 모르고요."

"그래, 하지만 이곳은 메릴랜드야!" 에브니저는 행복하게 한숨을 쉬었다. "혹시 알아? 우리 아버지도 또 그분의 아버지도 바로 이 강을 건너 바로 저 나무들을 보았을지? 생각해 봐. 우리는 몰든에서 그리 멀지 않은 곳에 있다고!"

"그런데 그게 그렇게 즐거운가요, 주인님? 아시는 대로 몰든은 더 이상 당신의 영지가 아닌데도요?"

순간 에브니저는 표정을 흐리며 고개를 떨궜다. "정말, 네가 내기를 걸었다는 걸 잊고 있었어!" 그 생각을 하자 시종 역시 새삼 기운이 빠지는 듯 가까이 있던 자작나무 밑동에 털썩 주저앉았다. "아무튼 오늘 밤에는 이 숲 속에 들어가지 않는 게 좋겠어. 불이나 피워. 그리고 동이 트면 움직이자고."

버트랜드가 물었다. "불빛을 보고 인디언들이 찾아오지 않을까요?"

시인이 시무룩하게 말했다. "그럴지도 모르지. 하지만 반면 짐승들은 멀리 쫓을 수 있을 거야. 네가 원하는 대로 해."

그 말을 뒷받침하듯 버트랜드가 부싯깃 통(그는 해변에서 마른 해초 약간을 부싯깃 삼아 통에 넣어 가져왔다.)에서 꺼낸 부싯돌을 부딪치기 시작한 그 순간, 위쪽으로 그리 멀리 떨어져 있지 않은 숲 속 어딘가에서 동물이 꿀꿀거리는 소리가 들려왔다.

"들어 봐!" 계관시인은 팔에 소름이 돋는 것을 느끼며 벌떡 일어섰다. "서둘러 불을 피워!"

예의 그 꿀꿀거리는 소리가 나뭇잎 부딪치는 소리와 함께 다시 들려왔다. 잠시 후 더 멀리 떨어진 곳에서 또 다른 꿀꿀거리는 소리가 화답했고 이윽고 숲 전체가 온통 짐승들의 꿀꿀거리는 소리로 가득 찼다. 버트랜드가 부싯돌을 미친 듯이 부딪히는 동안 에브니저는 다시 한번 강 건너편에 소리를 질러 도움을 청했다. 하지만 그것을 듣는 사람은 아무도 없었다.

버트랜드가 외쳤다. "불꽃이에요. 불꽃이 일었어요!" 그리고 손을 잔 모양으로 만들어서 부싯깃을 가려 불꽃을 키웠다. "불을 피울 나무를 준비하세요!"

"이런, 젠장. 아무것도 없어!" 정체 모를 짐승들의 소리는 이제 그들 가까이 다가와 있었다. "강 쪽으로 달아나!"

버트랜드는 들고 있던 해초를 떨어뜨렸다. 그리고 그들은 전속력으로 질주해서 강 여울 안으로 곤두박질쳐 들어갔다. 그들이 무릎 깊이도 다 들어가기 전에 뒤에 있던 숲 속에서 동물들이 뛰어나와 진흙투성이의 강변에서 깩깩거리고 쿵쿵거리기 시작했다.

여자의 목소리가 들려왔다. "거기 당신들! 당신들은 미친 건가요, 아니면 그저 술에 취한 건가요?"

버트랜드가 말했다. "세상에! 이건 여자 목소리예요!"

그들은 놀라서 뒤를 돌아보았다. 저녁 햇빛의 끝자락을 등지고 머리도 옷차림도 부스스한 나이를 짐작할 수 없는 여자가 진흙 강변 위에 서 있었다. 그녀는 선착장에서 만났던 남자들처럼 낡고 해진 스카치 옷감으로 된 옷을 입고 있었고 손에 든 막대기로 수많은 돼지들을 모으고 있었다. 돼지들은 강변을 따라 툴툴거리며 코로 땅을 헤집었고 이따금씩 멈춰 서서 두 남자를 심술궂게 바라보았다.

"세상에 이런 낭패가 있나!" 시인이 대꾸했고 억지로 웃어 보였다. "나의 시종과 나는 이곳이 처음이오. 그런데 어떤 얼뜨기가 장난 삼아 우리를 이곳에 버리고 오도 가도 못하게 만들었다오!"

여자가 말했다. "그렇다면 이리로 와요. 돼지들이 당신들을 잡아먹지는 않을 테니." 그녀는 그들을 안심시키기 위해 가장 가까이 있던 돼지를 막대기로 몰아냈다. 두 남자는 물가 쪽으로 걸어 나왔다.

에브니저가 말했다. "정말 고맙습니다. 어쩌면 당신은 우리에게 또 다른 친절을 베풀어 줄 수 있을지 모르겠군요. 우리는 오늘 밤을 보낼 숙소가 필요하거든요. 내 이름은 에브니저 쿠크입니다. 메릴랜드의 계관시인이죠. 그리고 나는……, 아니, 부인, 걱정할 필요 없어요!"

갑자기 그 여자가 놀란 듯 숨을 훅 들이키더니 그들이 다가오자 뒤돌아서 버렸다. "비록 우리 옷이 다 젖고 낡았지만 그래도 여전히 가릴 곳은 충분히 다 가리고 있습니다!" 에브니저가 계속 더듬거리며 말했다. "사실 나는 흔히 상상할 수 있는 계관시인의 모습을 하고 있지는 않습니다. 나도 잘 알고 있어요. 사실 그동안 수많은 역경을 겪느라 이렇게 되었답니다. 다 얘기해 준다 해도 당신은 아마 믿지 못할 겁니다. 하지만 일단 내가 찹탱크 유역에 있는 영지에 도착하면…… 세상에!"

여자가 원래대로 돌아서서 머리를 들었다. 그녀의 검은 머리에는 비누질이나 빗질의 흔적이 전혀 없었다. 그리고 자신의 피부에도 성가시게 굳이 물을 묻힌 것 같지도 않았다. 하지만 에브니저가 문장 중간에 잠시 할 말을 잊은 것은 그녀의 단정하지 못한 모습과 어둠 속에서도 뚜렷하게 보이는 팔과 얼굴에 난 상처들 말고도 그 돼지 치는 여자가 사이프리언 호의 삭구에 매달려 있던 그녀라고 착각할 만한 모습을 지니고 있었기 때문이다. 그리고 겉으로 보기에 십 년 정도의 나이 차를 제외한다면 그녀는 젊은 창녀 조안 토스트와도 분명 닮은 구석이 있었다.

여자가 거친 목소리로 물었다. "내가 그렇게 볼만한 구경거리인가요?"

에브니저가 변명하듯 말했다. "아뇨, 아뇨. 용서하시오! 그 반대요. 당신은 어떤 면에서 내가 런던에서 알고 있던 여자와 닮았어요. 얼마나 오랜만인지!"

"설마요! 만약 그 여자가 나의 이 사랑스러운 옷과 아름다운 얼굴을 하고 있다면 당신이 그녀에게 그렇듯 대단한 관심을 보였겠어요?"

계관시인이 말했다. "아, 제발 그렇게 비꼬듯 말하지 마시오! 만약 내가 당신에게 어떤 상처라도 주었다면 그건 전혀 고의가 아니었소. 맹세해요!"

여자는 부루퉁하여 고개를 돌렸다. "내 주인의 집은 바로 저쪽 2, 3킬로미터 떨어진 곳에 있어요. 원한다면 그곳에서 잠을 잘 수 있을 거예요." 그녀는 대답을 기다리지 않고 가장 가까이 있던 돼지 엉덩이를 막대기로 세게 때렸다. 그리고 그녀와 돼지 행렬은 주인의 집이 있다던 곳을 향해 툴툴거리며 가버렸다.

에브니저가 버트랜드에게 속삭였다. "그녀는 조안 토스트를 좀 닮은 것 같아."

버트랜드가 코웃음을 치며 대답했다. "박쥐가 나비를 닮은 것처럼 말이지요. 어쨌든 둘 다 날아다니긴 매한가지니까요."

"아, 이봐." 시인이 볼멘소리로 항의했다. 사이프리언호에서 겪었던 일들에 대한 기억이 그의 마음을 어지럽게 했다. "그녀는 그저 돼지 치는 여자일 뿐인 데다 깔끔하지도 않지만 그녀가 갖고 있는 어떤 분위기가⋯⋯."

"아, 글쎄 그것은 그녀가 있는 곳에서 우리 쪽으로 바람이 불어오고 있기[15] 때문이라고요."

하지만 에브니저는 단념하려 하지 않았고 여자를 따라잡아 이름을 물었다.

그녀가 퉁명스럽게 대답했다. "수잔 워렌인데요. 왜요? 창녀로 고용하시게요?"

"세상에, 아니오! 그건 말도 안 되는 소리요. 당신은 계관시

---

15) 버트랜드는 에브니저 말 중의 air, 즉 분위기를 '공기', '바람' 혹은 더 나아가 '냄새'로 비꼬아서 말하고 있다.

인이 창녀들과 놀아나리라고 생각하시오?"

수잔 워렌은 대답 대신 그저 콧방귀를 뀌었다.

에브니저가 다소 마음이 상한 어조로 다그쳤다. "그렇다면 당신의 주인은 누구요? 제대로 된 신사를 만난다면 내게 넘치는 기쁨이겠소. 지금까지 내가 만난 메릴랜드인들은 모두 악당 아니면 얼간이였으니 말이오. 하지만 볼티모어 경은 자신의 주에 사는 사람들이 좋은 혈통과 품위 있는 태도를 가지고 있다고 자랑스러워했고 위임장을 써 줄 때 내게 그 점에 대해 시를 쓸 책임을 맡겼소."

이에 돼지 치는 여자는 대답 대신 울기 시작했다.

에브니저가 몹시 놀라 물었다. "아니 왜 그러는 거요? 내 말이 당신의 기분을 상하게 한 거요?"

일행은 멈춰 섰다. 버트랜드가 다가와 뒤에서 킬킬 웃었다. "이 여자가 꽤나 마음이 여린가 봅니다. 그녀를 고용하지 않는 건 잔인한 일이에요."

"그만해!" 시인이 면박을 주었다. 그리고 수잔 워렌에게 말했다. "매춘부를 사는 일은 내 적성에 맞지 않소. 만약 내 말이 당신의 오해를 불러일으켰다면 용서하시오."

여자가 대답했다. "당신 때문이 아니에요." 그리고 길을 따라 다시 걸어가기 시작했다. "사실은 제 주인이 지독한 악당인 데다 저를 아주 마구 다뤄서 생각만 해도 눈물이 나서 그래요."

"아니 어떻게 그런 일이? 그렇다면 그가 당신을 때린단 말이오?"

그녀가 고개를 저으며 코웃음을 쳤다. "그저 이따금 채찍질을 하는 정도라면 애초에 불평하지도 않았을 거예요. 매 맞고 사는 것도 제 사나운 팔자 중 하나지만 가장 심각한 문제는 아니랍니다."

에브니저가 놀라 외쳤다. "그가 그보다 더한 짓을 한단 말이오?"

시종이 말했다. "정말이지 기분 전환거리도 어지간히 없나 보군." 그는 곧 주인의 험악한 눈초리를 받아야 했다.

수잔 워렌은 또 한차례 눈물을 흘리며 울었고 잠시 후 길에서 오줌을 지리느라 그녀 앞에 서 있던 돼지 엉덩이를 발로 차면서 땅이 꺼져라 한숨을 쉬었다. 그러고는 자신이 겪은 시련의 전말을 다음과 같이 계관시인에게 쏟아 놓기 시작했다.

"내 처녀적 이름은 수잔 스미스예요. 어머니는 나를 낳다가 돌아가셨죠. 아버지는 런던의 푸들 부두 근처에 작은 가게를 운영하고 있었어요. 물통을 수선하는 일을 했죠. 당신의 마음에 쏙 들 만큼 어여뻤던 열여덟 살의 어느 날, 나는 블랙프라이스를 따라 러드게이트 방면으로 한가로이 걸어가고 있었어요. 그런데 어떤 잘생긴 남자가 나를 윌리엄스 양이라고 부르며 인사를 하는 거예요. 그러더니 함께 걸어가도 되겠느냐고 묻더군요. 내가 그에게 말했죠. '안 되겠어요. 그리고 내 이름은 윌리엄스 양이 아니에요.'라고요. 그러자 그가 매우 놀란 듯이 '그럴 리가요? 당신은 그레이스처치가(街)의 엘리자베스 윌리엄스 양이 아닌가요?'라고 묻더군요. 나는 아니라고 대답했죠. 그러자 그가 말했어요. '그렇다면 용서하시오. 당신들은 마치 쌍둥이처럼 닮았군요.'라고요.

내게는 그 사내가 분명 진실을 말하고 있는 것처럼 보였어요. 왜냐하면 그는 예의 바른 신사였고 자신이 실수한 것을 알고 얼굴을 붉혔거든요. 그는 자신이 윌리엄스 양과 사랑에 빠졌다고 말했어요. 하지만 그녀는 자신 역시 그를 사랑한다고 말하면서도 그와는 결혼할 수 없다면서 자신의 영혼을 파멸시킨 어떤 커다란 죄에 대해서 말했다는 거예요. 하지만 이 험프리 워렌(그것이 그의 이름이었죠.)은 자기는 그녀가 인간의 모든 죄를 양심에 품고 있다 해도 그녀를 아내로 삼겠다고 다짐했어요.

윌리엄스 양의 열정이 날이 갈수록 식어 가자 내가 러드게이트에서 불쌍한 험프리를 만나는 일이 잦아졌어요. 그는 나에게 그녀로 인해 자신이 겪은 모든 시련들에 대해 얘기해 주었어요. 그리고 마치 자신이 내가 아니라 그녀에게 말하는 것처럼 느껴질 만큼 나와 그녀가 많이 닮았다고 말하더군요. 나는 윌리엄스 양을 상당히 부러워하게 되었죠. 그리고 그렇게 훌륭한 신사를 거절하는 그녀가 정말 바보라고 생각했어요. 험프리는 그리 부유한 편은 아니었지만 미첼 선장의 상회에서 웬만한 지위를 가지고 있었죠. 미첼 선장은 윌리엄스 양의 이복 오빠였고 한 여성의 마음을 흡족하게 할 만한 많은 미덕을 지닌 인물이었어요.

그런데 어느 날 험프리가 푸들 부두 근처에 있던 아버지의 상점으로 찾아왔어요. 그는 다 죽어 갈 정도로 서럽게 울면서 윌리엄스 양이 독약을 먹고 자살을 했다고 말하더군요! 나는 그 남자에게 연민을 느꼈어요. 윌리엄스 양에 대해서는 전혀 동정하는 마음이 일지 않았지만 말이에요. 그리고 험프리가 매일 나를 보러 왔을 때는 정말 기뻤죠. 마침내 그가 이렇게 말하더군요. '사랑하는 수잔, 당신이 엘리자베스와 닮았다는 사실은 나의 저주이자 구원이야! 나는 당신을 보면 그녀가 죽었다는 것이 생각나 울게 되지. 하지만 그녀의 살아 있는 모습을 매일 대하니까 그녀가 가 버렸다고 생각되지가 않아.' 그래서 나는 '당신이 우리가 닮았다는 점 이상의 것을 보기를 바라요.'라고 말했죠.

그러자 그는 잠시 가만히 있더니 곧 내 아버지에게로 갔고 우리 둘은 결혼했어요. 나는 험프리의 사랑을 얻기 위해 애썼죠. 하지만 그가 사랑하는 건 윌리엄스 양의 그림자에 불과하다는 걸 알게 되었어요. 어느 날 밤 그가 깊이 잠들어 있을 때, 나는 그에게 입을 맞췄어요. 그런데 그가 잠결에 이렇게 말하는 거예요. '소중한 엘리자베스, 신께서 당신을 구원해 주기를!' 어리석었던 나는 그 즉시 그를 깨웠고 우리 둘 가운데서 한 사람을 선택하도록 강요했죠. 나는 이렇게 말했어요. '엘리자베스는 죽었어요. 그리고 나는 살아 있어요. 나를 닮은 사람이 아니라 나를 사랑하세요. 그렇지 않으면 나는 이 침대에 단 한순간도 더 머물지 않겠어요!'

아, 신이여! 내가 열 살만 더 나이를 먹었어도, 아니 티끌만큼이라도 더 현명했어도 나는 결코 그런 말을 입 밖에 내지 않았을 거예요! 그가 나를 사랑한다면 그가 나를 뭐라고 부르든 무슨 상관이에요? 이를테면 그는 나를 수잔이라는 이름

뿐만 아니라 '자기야'라든지 '내 사랑' 등 수많은 이름으로 부르지 않았던가요? 나는 그 말을 내뱉은 순간 스스로를 저주했어요. 하지만 이미 그에게 상처를 입힌 후였죠. 험프리가 말하더군요. '수잔! 당신 왜 그랬지? 내게 선택을 요구하지 않았더라면 좋았을 것을!'

그리고 난 다음에는 내가 아무리 애원하고 울어도 소용이 없었어요. 내가 아무리 없었던 일로 하자고 해도 그는 듣지 않았고 기어코 선택을 하려 했죠. 그리고 그는 정말로 선택했어요. 비록 그에 관해 직접적으로 말을 한 건 아니었지만요. 다음 날 아침 그는 일어나지 못할 정도로 앓아눕더니 나흘도 못 되어서 죽어 버리더군요. 이렇게 해서 나는 나이 열아홉에 과부가 되었죠.

당시 내 아버지 역시 곤란을 겪고 있었어요. 벌이가 신통치 않았거든요. 게다가 초라하게나마 험프리의 장례를 치르느라 저축해 두었던 돈도 다 써 버렸죠. 아버지는 음식과 물건을 사기 위해 빚을 졌어요. 가세도 완전히 기울고 빚쟁이들이 우리 집 현관에서 아우성을 치기 시작했죠. 그러던 어느 날 한 남자가 우리 가게를 찾아와 그달 말에 메릴랜드로 출항할 자신의 배에 싣고 갈 물통을 주문했어요. 아버지는 일을 얻어 너무 기쁜 나머지 나더러 그 남자에게 차를 대접하라고 하시더군요. 그런데 그 남자는 나를 보자 얼굴이 창백해지더니 대뜸 울기 시작하는 거예요. 억센 턱수염이 난 뱃사람이었는데도 말이에요!

나는 왜 그러느냐고 물었어요. 나 역시 몇 주 동안 슬픔으로 죽을 것만 같을 때였죠. 그러자 선장은 용서를 구하더니 내가 죽은 자신의 소중한 누이와 너무 많이 닮아서 자기도 모르게 눈물이 나왔다는 거예요. 알고 보니 그는 엘리자베스의 배다른 오빠이자 최근까지 험프리의 고용주였던 그레이스처치가의 윌리엄 미첼 선장이었어요. 그때 그 친절한 얼굴 뒤에 독사가 숨어 있다는 걸 알았다면 나는 그를 내쫓고 빗장을 단단히 내질렀을 거예요! 하지만 그 대신 우리는 함께 울었죠. 나는 나의 험프리를 위해, 미첼 선장은 그의 누이를 위해, 그리고 아버지는 비참한 삶 때문에. 우리는 사는 동안 사랑하는 사람들을 잃었고 먹고살기 바빠 그들을 적절하게 애도조차 하지 못했으니까요."

여기서 수잔은 자신의 슬픔을 분출하기 위해 잠시 이야기를 중단해야 했다. 에브니저의 얼굴에도 역시 눈물이 흘러내렸다. 심지어 버트랜드도 더 이상 야박하게 굴지 못하고 그녀의 처지를 동정하며 한숨을 쉬었다.

그녀의 이야기는 계속되었다.

"미첼 선장은 그 후로도 종종 우리를 방문했어요. 세상의 사악함에 무지했던 아버지와 나는 그를 진심으로 대했죠. 우리는 그에게 숨기는 게 전혀 없었어요. 하지만 그는 자신에 대한 이야기는 그다지 하지 않는 편이었죠. 우리는 그저 그가 부유하다고만 짐작했어요. 그가 하인들 스무 명을 메릴랜드로 운송하는 일에 대해 얘기하는 걸 들었거든요. 그는 자신이 정부에서 준 어떤 훌륭한 자리를 맡기 위해 그곳으로 항해한다고 말하더군요.

그런데 통을 다 만들고 그것들을 모두 부두로 운반하고 나니 미첼 선장이 아버지에게 이상한 제안을 하더군요. 만약 내가 자신과 미첼 부인과 함께 메릴랜드로 간다면 아버지의 빚을 갚아 주고 골칫거리에서 영원히 해방시켜 주겠다는 거예요. 그리고 나를 자신의 소중한 누이처럼 대우하겠다고 약속하더군요. 자신이 그런 결정을 내리게 된 건 사실 내가 자신의 누이와 닮았기 때문이라는 거예요. 자기는 나를 엘리자베스 윌리엄스라고 부를 작정이며 나는 자기에게 누이가 되는 동시에 병약한 아내의 말동무가 될 거라고…….

아버지는 울면서 그의 친절에 감사했어요. 하지만 내가 떠나 버리면 아버지는 살 수 없을 거라고 말했어요. 그러자 미첼 선장이 그에게 점포와 물건들을 모조리 팔고 미국에서 새로운 인생을 시작할 것을 제안했어요. 우리가 달리 뭘 할 수 있었겠어요. 기쁨과 감사한 마음에 거의 제정신이 아닌 상태에서 책과 장부들을 가져왔죠. 그리고 채권자들에겐 현금으로 빚을 다 갚았지요. 아버지가 '분명 이 친절함에는 어떤 조건이 있겠죠!'라고 말했지만 미첼 선장은 이렇게 대답하더군요. '내가 앞서 말했던 것 외에는 없소. 워렌 양이 이제 나의 누이라는 것 말이오.'

나의 동의로 거래는 성사되었어요. 그날 밤 모든 흥분이 가라앉고 나자 내가 그토록 부러워하고 경멸했던 엘리자베스 윌리엄스가 된다는 것이 이상한 기분이 들더군요. 그리고 너무 성급하게 결정을 내린 게 아닌가 싶었죠. 하지만 한편으론 즐거운 일이기도 했어요. 험프리는 엘리자베스를 사랑했고 전혀 보답받지 못했지만 이제 그의 사랑이 열 배로 보답받게 생겼으니까요!

배 위에서 나는 미첼 부인과 함께 방을 썼어요. 아버지는 미첼 선장의 하인들과 함께 방을 쓰고요. 미첼 부인은 이상한 병으로 앓아누워 있었지만 내겐 친절했어요. 그녀는 나를 엘리자베스라고 불렀고 나더러 자기 남편이 부탁하는 건 무엇이든 들어달라고 하더군요. 그는 굉장히 좋은 사람이고 자기는 그 없이는 살 수 없다나요. 나는 하루에 두 번씩 그녀에게 미첼 선장이 나무로 된 상자에서 꺼내 주는 작은 병에 담긴 약을 주었어요. 내가 조금이라도 늦으면 그녀는 거의 발광할 지경에 이르렀죠. 하지만 일단 약병을 받으면 곧 잠이 들곤 했어요. 미첼 선장은 이 약병을 굉장히 많이 가지고 있었어요. 그리고 어느 날 아침 그녀는 뱃멀미를 하지 않도록 나더러 하나를 먹으라고 하더군요.

나는 '고마워요. 하지만 출항한 지 여드레가 되도록 나는 아직 뱃멀미를 한 적이 없어요.'라고 말했죠. 그러자 미첼 선장이 내 옆으로 다가와 미첼 부인이 보는 앞에서 내 허리에 팔을 감는 거예요. 그러고는 '누이, 오빠가 시키는 대로 해.'라고 말했어요. 그러자 미첼 부인이 다급한 목소리로 이렇게 외쳤어요. '그래, 그래요, 엘리자베스. 오빠가 말한 대로 하세요!'

그는 내게 약병 하나를 주었어요. 나는 두 사람을 달래기 위해 시키는 대로 했죠. 그리고 그 안에 있는 갈색의 진득진득한 약을 씹었어요. 아, 세상에. 처음 입에 댔을 때 맛이 얼마나 쓰던지! 내가 먹은 것은 분명 약이 아니었어요. 그것은 죽음보다 더한 병 그 자체였죠. 내가 먹은 건 바로 아편이었던 거예요! 그런데 그날 아무것도 모른 채 그걸 먹고 말았던 거죠."

버트랜드가 외쳤다. "맙소사!"

에브니저가 뒤를 이어받았다. "비열한 놈!"

"미첼 부인이 내내 침대에만 누워 있고 제때 약을 먹지 못할 경우 거의 발광을 한 것은 그녀가 아편에 중독되어 있었기 때문이었어요! 나와 아버지를 망친 것도 그리고 나를 지금 이런 상태, 돼지나 모는 더러운 매춘부로 전락시킨 것도 바로 아편이에요! 하지만 나는 그게 단순히 마취제 같은 약인 줄 알았어요. 그래서 맛이 썼지만 모두 먹었지요. 곧장 나는 선 채로 꾸벅꾸벅 졸기 시작했어요. 그런데 갑자기 방의 크기가 달라 보이기 시작하더군요. 나는 미첼 부인과 함께 침대 위에 있었어요. 그녀는 손으로 나를 붙잡고 있었죠. 그리고 선장이 우리 둘 위로 몸을 구부렸어요. 그의 머리는 거대해졌고 그의 눈은 불타고 있었죠. 그가 말했어요. '엘리자베스 누이! 엘리자베스 누이!'

꿈속에서 나는 미첼 부인과 손을 맞잡고 배 위로 높이 올라갔어요. 하늘은 사파이어처럼 파랬죠. 그리고 우리 아래쪽에 펼쳐진 바다는 크레이프[16]처럼 보였어요. 배는 작고 뚜렷하고 밝았죠. 미첼 부인이 말했어요. '저쪽을 봐, 엘리자베스. 저 남자가 구세주 예수 그리스도야. 네가 진정한 가톨릭 신자라면 그가 시키는 대로 해야 해.' 우리는 그리스도의 커다란 눈

---

16) 주름 진 비단의 일종.

에 가까이 갔어요. 그리고 그가 우리를 보았을 때, 우리는 그의 심판을 기다리며 벌거벗은 채로 서 있었죠.

그가 내게 말했어요. '엘리자베스 누이, 나는 곧 중대한 일을 위해 너를 선택할 거야. 나는 너에게 아이를 하나 임신시킬 작정이거든. 나의 아버지가 마리아에게 그랬던 것처럼!' 나는 다음 순간 내 자신이 수녀복을 입고 있는 걸 보았어요. 그리고 미첼 부인이 나를 '그리스도의 신부인 엘리자베스 수녀님.'이라고 불렀어요. 그러자 그리스도의 목소리가 '누이! 누이! 누이!'라고 부르며 강하고 따뜻한 바람이 되어 내게 불어왔지요. 그리고 미첼 부인이 나를 붙잡고 있는 동안 나는 그놈에게 당하고 말았죠.

제정신이 들자 모든 것이 분명해졌어요. 예수의 얼굴은 바로 미첼 선장의 얼굴이었으니까요. 나는 어째서 엘리자베스가 험프리로부터 수치심에 돌아섰고 독약을 먹고 자살했는지 알게 되었어요. 어째서 미첼 선장이 극악무도하게도 나를 자신의 누이라고 불렀는지도 알게 되었어요. 그리고 어째서 미첼 부인이 그가 죄를 짓도록 도와줄 수밖에 없었는지도요. 그날부터 나는 살아도 산목숨이 아니었죠. 미첼 선장은 자신의 진짜 본성을 더 이상 숨기려 하지 않았어요. 그들은 반복해서 내게 강제로 약을 먹였어요. 나는 하루 반나절을 나의 연인인 그리스도의 꿈을 꾸며 보냈죠. 약에 대한 열망에 완전히 사로잡혀서, 아마 약병을 얻기 위해서라면 살인도 불사했을 거예요. 그는 한 병당 5파운드로 가격을 책정했어요. 결국 나는 아버지로부터 미첼 선장이 그에게 주었던 모든 돈을 다 빌리고 말았죠. 불쌍한 아버지는 거지가 되어 메릴랜드로 가게 되었고요. 그 후에는 내 미래를 저당 잡히는 것 외에는 할 수 있는 게 아무것도 없었어요. 약 한 병당 한 달 동안의 노예가 되는 거였죠. 저는 미첼 선장이 작성한 백지 노예 계약 증서에 서명했어요. 약을 먹을 때마다 달수는 늘어났죠. 나는 평생 그의 노예이자 노리개가 되었음을 깨달았어요.

나는 그동안 아버지를 한 번도 만나지 못했어요. 사실 그러고 싶지도 않았죠. 미첼 선장은 그에게 내가 아파 누워 있으며 그 돈은 약을 위한 것이라고 말했어요. 가지고 있던 돈이 모두 사라지자 불쌍한 아버지는 거의 제정신이 아니었죠. 그는 돈을 좀 더 간청했어요. 그러자 미첼 선장은 그에게도 역시 노예 계약서를 내밀었어요. 그는 항구에서 그 계약 증서를 팔 심산이었죠. 아버지는 처음엔 이 년 기한으로 자신을 팔았어요. 그리고 모든 돈은 나의 약값이라는 명목으로 미첼 선장에게 갔죠.

어느 날 여행의 막바지에 다다랐을 무렵, 미첼 선장이 그의 아내에게 약병 두 개를 한꺼번에 주었어요. 그리고 그 후 두 개를 더 주더군요. 결국 그녀는 내 눈앞에서 죽어 버렸죠. 배에는 의사가 없었고 모든 사람들은 부인이 아프다는 걸 알고 있었으므로 그녀는 조용히 수장되었어요. 의문을 제기하는 사람은 아무도 없었죠. 세인트메리즈 시티에 다다르자 미첼 선장은 아버지의 노예 증서를 동부 해안의 스퍼던스 씨에게 팔았어요. 그리고 그 후 오 년 동안 나는 아버지를 한 번도 보지 못했죠. 미첼 선장은 세인트메리즈에 있는 커다랗고 홀름한 저택으로 옮겨 들어갔어요. 그리고 나는 더 이상 (침대에서를 제외하고) 엘리자베스 윌리엄스로 가장하지 않았어요. 그의 계약 하녀인 수잔 워렌이었던 거죠.

나는 혼잣말로 '성 메리의 도시, 성 메리의 도시'라고 말하는 버릇이 있었어요. 그런데 그것은 아편이 만들어 낸 나의 꿈속에선 내가 다스리는 '성 수잔의 도시'였죠. 그리고 밤마다 그리스도가 이곳에 내려와 나와 관계를 갖곤 했어요. 그러던 어느 날 아침 이웃 여자인 시슬리 부인이 '워렌 양, 아이를 가졌군.' 하고 말하는 거예요. 그래서 내가 말했죠. '시슬리 부인, 만약 내가 아이를 가졌다면 그것은 남자에 의해서가 아니라 성령에 의해서예요.' 하지만 시슬리 부인은 내게 애를 배게 한 것이 읍내에 사는 어떤 남자 하인이라고 생각했어요. 그리고 미첼 선장에게 그렇게 고해바쳤죠. 그는 그 소식을 듣고 길길이 날뛰었어요. 애 아버지는 바로 자기 자신이었는데도 말이지요. 그는 요리사인 마르타 웹에게 다음 날 내게 계란을 삶아 주라고 말했어요. 그리고 그 안에 무시무시한 설사약을 넣은 다음 내게 그것을 모두 먹게 했죠. 그런 다음 수건을 목에 두르고는 웹 부인에게 자신이 약을 먹었으며[17] 설사를 하는 동안 아무도 들이지 말라고 지시해 두었어요. 나는 그걸 먹고 사흘 동안 실내 변기에서 엄청나게 설사를 해 댔죠. 게다가 그것은 심한 구토를 일으켰고 피부를 망쳐 놓았죠. 온몸에 종기

---

17) 미첼 선장이 수잔의 아이를 낙태시키기 위해 자기가 아픈 척을 하며 사람들의 접근을 막는 것.

가 나기 시작했고 머리와 음부의 털이 모두 빠졌어요. 자궁 안에 있던 내 아기는 그로 인해 죽고 말았고요. 그제야 나는 깨달았어요. 어째서 그가 내게 그것을 먹으라고 했는지…….

그가 말하더군요. '자, 이제 어떻게 생각하지? 또다시 그런 짓거리를 할 텐가?' 내가 말했어요. '그 아이는 성스러운 아이예요, 주인님. 그것은 당신의 모습을 하고 나타난 예수가 내 몸에 잉태시킨 아이라고요.' 그가 말했어요. '정말 하느님 맙소사군! 누이, 그런 사람은 없어. 성령도 존재하지 않아!' 그러더니 세상 사람들이 수백 년 동안 한 남자와 한 마리 비둘기에게 기만당해 온 게 놀랍다고 말하더군요.

그런데 이 불경한 말들을 웹 부인과 시슬리 부인이 듣고 말았어요. 그들은 종종 문 밖에서 우리가 하는 말을 엿듣곤 했죠. 두 사람은 모두 독실한 기독교 신자인지라 자신들이 들은 이야기를 곧 군 보안관에게 일러바쳤죠. 미첼 선장은 다음 대배심에 소환되었고 사기, 살인, 간통, 혼전성교, 신성모독 그리고 살인미수 혐의로 기소되었어요. 나는 기뻤어요. 비록 그는 아편이라는 강력한 무기를 가지고 있었고 나의 삶은 그의 삶과 함께 끝나게 될 거였지만 말이에요.

하지만 아쉽게도 내가 미처 생각지 못했던 게 있어요. 바로 그 남자의 지위와 메릴랜드 법정의 사악함이었죠. 미첼 선장은 연초 5000파운드라는 가벼운 벌금형으로 끝났고 또한 정부가 그것에서 3분의 1을 감면해 주기까지 했어요. 반면 신이 알다시피 고통을 겪을 만큼 겪은 나는 '음탕한 삶'을 살아 왔다는 죄목으로 법원 문 앞에서 등이 벗겨진 채 서른아홉 대의 채찍을 맞아야 했죠! 그들은 또한 내 주인을 면직시키고 (그가 사악해서가 아니라 불경죄를 저질렀기 때문이라더군요.) 나를 노예 계약에서 풀어 주었어요. 하지만 그로 인해 내 형편이 나아지는 건 아니었죠. 약을 얻기 위해 나는 다시 노예가 되었고 그의 손에 학대를 당하는 걸 감수해야 했으니까요!

그 후 우리는 캘버트 카운티의 이곳으로 이주해 왔어요. 내 주인은 담배를 경작하죠. 나는 이전보다 훨씬 더 비참해요. 그 약이 나의 미모를 빼앗아 간 다음부터 그는 최근 런던에서 온 새로운 여자에게 공을 들이고 있기 때문이죠. 그 여자는 엘리자베스 윌리엄스와 나의 얼굴을 가진 아주 젊은 여자인데 내가 돼지나 몰고 있는 동안 그 여자는 그에게 여왕 대접을 받고 있죠. 하지만 그는 아직 내게 약을 주고 있어요. 그 이유를 나는 잘 알죠. 머지않아 내가 그를 위해 그녀를 붙잡고 있어야 할 일이 생길 테니까요. 그러면 그가 그녀의 입안에 첫 번째 아편을 넣고 그녀를 엘리자베스 누이라고 부르겠죠. 그 후엔 나는 더 이상 아편을 얻을 수 없을 거예요. 그러면 나는 저기 파투산강에 몸을 던질 것이고 그때가 되어서야 그것으로부터 완전히 벗어나게 되겠죠. 그리고 그는 그의 새로운 어린 누이를 영원히 갖게 될 거고요……."

여자는 마침내 지팡이 위에 기대고 울부짖었다.

"신이 그 남자와 이 주를 저주하기를! 내가 아직 처녀였을 때, 템스강 변에 있던 아버지의 작은 일터에서 죽었더라면!"

20 계관시인이 돼지 치는 여자를 상대하다

에브니저와 버트랜드는 모두 말문이 막힌 채 이야기를 들었다. 이야기가 끝나자 시인이 흥분하여 외쳤다. "이럴 수가 있나! 당신의 주인은 악마 그 자체로군! 찰스, 찰스! 한 여인을 이런 비참한 지경에 빠뜨리다니 메릴랜드 법의 위엄은 어디간 겁니까? 내 짐이 여기 있다면, 그리고 그것의 행방을 알 수만 있다면 나는 칼을 빼어 들 것이다. 그러면 미첼 선장은 제대로 변명을 해야 할 거야!"

수잔이 경고했다. "아서요. 당신은 그럴 수 없을 거예요. 내가 한 말이 한 마디라도 그의 귀에 들어가는 날엔 우린 모두죽은 목숨이라고요."

계관시인이 잠시 생각하더니 말했다. "만약 그렇다면 그는나의 방문을 받는 영광을 누리지 못할 거요. 그래, 그 돼먹지못한 녀석은 알게 될 거야. 점잖은 사람들은 그런 짐승들을피한다는 걸 말야!"

버트랜드가 한마디 거들었다. "맹세코 그것은 당신이 내리는 무시무시한 벌이에요, 주인님!"

수잔이 이내 다시 울음을 터뜨리며 말했다. "그렇다면 끝이에요! 끝났어요, 끝장이라고요!"

시인이 물었다. "무슨 말이오? 무엇이 끝났다는 거요?"

하녀가 대답했다. "나 말이에요. 당신의 얼굴을 보았을 때그리고 당신의 경이로운 지위를 알게 되었을 때, 나의 가련한두뇌가 한 가지 계획을 짜냈거든요. 하지만 내가 낳은 것을 당신이 죽이고 말았어요. 이것으로 수잔 워렌은 끝이에요."

"계획이라고 말했소?"

돼지 치는 여자가 고개를 끄덕였다. "나의 탈출과 악마의 자식인 내 주인을 제거하기 위한 계획이죠."

"그렇다면 한번 털어놔 봐요. 들어 보고 결정할 테니."

그녀가 말했다. "얼마 전 미첼 선장이 새로운 먹잇감을 발견했을 때, 나는 내 약병들이 그에게 곧 부담이 될 거라고 짐작했어요. 그래서 그 내용물 모두를 먹는 척하면서 사실 매번 약간씩 따로 남겨 두었고 그것을 내 코담뱃갑에 비축해 두었죠. 매번 덜 먹고 더 많이 비축해 놔서 이젠 약 한 달분을 확보해 두었어요. 그리고 내가 가지고 있는 유일하게 좋은 옷을 감춰 두었어요. 시슬리 부인이 내가 채찍을 맞을 때 입으라고 주었던 옷이죠. 한편 나는 아버지의 노동 계약이 만료되어 간다는 걸 은밀히 알아냈어요. 그리고 그의 주인인 스퍼던스 씨가 동부 해안에 있는 경작지 20에이커를 아버지에게 주었다는 것도 알아냈죠. 만약 이 사악한 집에서 달아날 수 있다면 나는 아버지의 농장으로 가서 치료가 끝날 때까지 숨어 있을 작정이에요. 그런 다음 아버지와 나는 런던으로 돌아갈 방법을 찾는 거죠."

버트랜드가 말했다. "멋진 계획이군!" 돼지 치는 여자의 불쌍한 신세를 들은 뒤 그는 완전히 그녀의 편이 되어 있었다. "당신을 돕기 위해 우리가 무엇을 하면 되겠소?"

수잔이 여전히 에브니저 쪽을 향해 울며 말했다. "아, 나리. 제가 무작정 길을 나서기만 한다면 이 멋진 계획은 정말 무모

한 것에 지나지 않아요. 법은 달아난 하인들에 대해서는 무척 냉혹하죠. 그리고 제 등엔 더 이상 채찍을 맞을 공간이 남아 있지도 않고요. 이 지옥의 불구덩이에서 영원히 달아나기 위해 제가 필요로 하는 것은 그저 얼마간의 돈밖에 없어요. 당신들은 결코 돈 따위에 연연할 분들이 아니잖아요. 저는 이미 채찍질의 위험을 무릅쓰고 저를 저기 만까지 건네다 줄 사공한 명을 구해 두었어요. 하지만 그는 뱃삯으로 2파운드를 요구하는군요!" 그녀는 울면서 그 앞에 무릎을 꿇고는 그의 다리를 껴안았다. 계관시인은 당황하여 어찌할 바를 몰랐다. "2파운드만 있으면 저는 안전하게 사랑하는 아버지의 곁으로 갈 수 있어요. 오, 나리, 제발 거절하지 말아 주세요! 당신이 사랑하는 누군가가 이런 슬픈 곤경에 처해 있다고 생각해 보세요. 당신의 누이 혹은 연인이요!"

에브니저가 말했다. "신께 맹세코 내게 당신을 도울 힘이 있으면 정말 좋겠소. 하지만 나는 한 푼도 가진 게 없다오. 가진 거라곤 그저 이 하찮은 반지뿐이오. 여기 뼈로 만든……."

그는 자신의 주머니 사정을 보여 주기 위해 안타까운 얼굴로 반지를 셔츠에서 꺼냈다. 하지만 그것을 보자 수잔은 벌떡 일어나 외쳤다. "하느님, 감사합니다! 그 반지 어디서 난 거예요?"

시인이 대답했다. "그건 말할 수 없소만, 어째서 그렇게 놀라는 거요?"

수잔이 말했다. "별거 아니에요." 그리고 가죽 끈에 꿰여 여전히 시인의 목에 매달려 있는 그 물고기 뼈 반지를 꽉 잡았다. "이것은 시장에서 어느 정도 값어치가 있어요. 내 생각에 그 사공은 이것을 요금으로 받을 거예요."

그러나 에브니저는 주저하며 말했다.

"선물로 받은 것이라 내놓기가 좀 그렇군."

수잔이 울부짖었다. "오, 주여, 주여! 당신은 내 청을 거절하시는군요! 여기를 보세요! 그 악마가 나를 어떻게 다뤘는지! 제가 계속 이렇게 당할 게 뻔한데도 저를 그 집으로 돌려보내실 건가요?"

그녀는 자신의 해진 치마를 무릎 위로 들어 올리고 두 다리를 보여 주었다. 비록 채찍 자국과 구타 자국이 선명했지만 그녀의 외모를 보기 흉하게 망쳐 놓았던 그 약이 분명 다리는 온전하게 남겨 둔 것 같았다. 정말 대단히 매혹적인 다리였다. 에브니저는 사이프리언호의 그날 이후 그러한 다리를 본 것이 처음이었다.

버트랜드가 감상하듯 말했다. "아, 이런, 당신은 여전히 볼 만한데. 사공에게 당신의 가장 멋진 부분을 내보이면 될 텐데 말이야."

이 말을 듣자 수잔은 다시금 눈물을 흘리기 시작했고 에브니저는 시종을 날카롭게 흘겨보았다.

그녀가 말했다. "몸을 파는 일은 이제 지긋지긋해요. 게다가 그 사공은 너무 늙어서 여자랑 자는 일 따위엔 관심도 없다고요."

시종이 입가에 웃음을 띠우며 말했다. "정말? 하지만 내 주인과 나는 그렇지 않은데?"

시인이 명령했다. "입 좀 다물어!" 그때 수잔이 그에게 다가왔고, 그는 그 어느 때보다 그녀의 이상한 이야기와 그녀가 조안 토스트를 닮았다는 사실에 마음이 흔들렸다.

"당신은 제가 다시 매 맞고 살도록 내버려 두지는 않으시겠지요?" 이때쯤 그들은 집이 보이는 곳까지 와 있었다. 담배 밭 너머 램프로 밝혀진 집의 창문들이 빛나고 있었다. "저쪽에 미첼 선장의 집이 있어요. 그는 멀쩡한 얼굴로 당신을 손님으로 환영할 거예요. 하지만 제게는 싫증이 날 때까지 매질을 하겠죠."

에브니저는 목소리가 금방 나오지 않았다. 마침내 그가 쉰 목소리로 말했다. "정말 딱하군."

여자가 부드럽게 말했다. "나는 허락하지 않을 거예요. 내가 세상에서 가장 싫어하는 남자가 기분이 내킬 때마다 나를 마음대로 괴롭히고 있어요. 이런 상황에서 어떤 남자가 나를 이 모든 고통에서 구해 준다면 그를 거부해야 할까요?" 그녀는 물고기 뼈 반지를 손가락으로 가리키며 미소를 지었다. "아니, 만약 나의 구세주가 내가 달아나기 전 바로 이 밤에 즐기지 않는다면 그것은 죄악일 거예요."

에브니저가 대답했다. "제발 더 이상은 말하지 마시오. 당신과 당신이 사랑하는 아버지 사이를 가로막았다간 내 양심이 편지 않을 것 같소. 당신에게 이 반지를 주리다." 그는 머리에서 그 생가죽 끈을 벗겨 낸 후 그녀에게 퀴사펠라의 반지를 주었다. 하지만 돼지 치는 여자가 기대와는 달리 그저 담담하게 그것을 받아 들자 약간 불쾌한 기분이 들었다. 사실 그녀의 태도는 그 선물을 받을 때 다소 굳어지는 것 같았고 그녀의 미소에는 어떤 쓸쓸함이 배어났다.

그녀가 말했다. "그렇다면 됐군요." 그리고 그 반지를 자신의 주머니에 집어넣었다. 그들은 담배 밭 옆의 숲가에 서 있었다. 강 입구 위에 떠오른 달이 그들의 얼굴과 녹색의 담배 밭 옆에서 한가하게 코로 땅을 파고 있는 돼지들의 옆구리 살을 하얗게 비추었다. 수잔이 늘어선 나무들 아래 지팡이를 내려놓고 밭 안으로 들어갔다. 그러고는 양손을 허리에 대고 그들을 향해 섰다.

그녀가 말했다. "자, 메릴랜드 계관시인 나리, 이 연초 밭에 와서 나를 가져요. 그리고 그걸로 계산 끝내자고요."

시인은 충격을 받았다. "세상에, 워렌 부인. 당신은 내 행동을 잘못 이해했군!"

"그래요?" 그녀는 자신의 빗질 안 한 머리카락을 뒤로 넘겼다. "그렇다면 헛간의 건초 더미에서 하길 바라나요? 당신은 분명 침대를 원하는 부류는 아니겠죠!"

에브니저는 항의하기 위해 앞으로 나섰다. "제발 부탁입니다, 부인……."

그녀가 조롱하듯 말했다. "당신 시종의 존재가 신경 쓰여서 그러나요? 당신은 밝은 대낮에 여자랑 관계하는 유형으로 보이는데요. 누구든 보라고 하세요! 내가 강간을 가장하면 당신이 더 즐거울까요?"

버트랜드가 말했다. "하느님 맙소사. 정말 화끈한 계집이군! 내가 어쩌다 그 물고기 뼈 반지를 잃어버렸을까, 빌어먹을!"

계관시인이 외쳤다. "됐소! 나는 당신의 몸을 범할 의향이 없소, 워렌 부인. 그리고 나는 어떤 종류의 보답도 원하지 않아요. 당신이 당신 아버지와 만나고 당신을 창녀로 전락시킨 아편에 대한 부도덕한 갈망을 벗어던지기만 하면 돼요. 여자들과 관계를 갖는 것은 나의 맹세에 반하는 일이오. 그리고 자선에 가격을 매기는 것은 내 원칙을 모욕하는 일이고."

이 말에 돼지 치는 여자는 잠시 주춤했다. 그녀는 팔짱을 끼고 고개를 돌리고는 생각에 잠겨 발끝으로 땅을 팠다.

버트랜드가 재빨리 설명했다. "나의 주인은 시 같은 걸 짓는 성직자야. 시인들 가운데 주교격이라고 할 수 있지. 하지만 성직자들의 맹세가 교회의 머슴에게까지 구속력이 있는 게 아니라는 것은 잘 알려진 사실이지. 그리고 내 주인의 원칙들이 나에게까지 확장되는 게 아니라는 것도……."

수잔이 끼어들었다. "그 원칙 때문에 당신의 주인이 나를 경멸한다는 건가요?" 질문은 버트랜드에게 했었지만 그녀의 시선은 에브니저를 향해 있었다. "아니면 이런 내 몰골이 그를 도덕적으로 만든 건가요? 만약 내가 채찍질로 인한 상처들과 돼지 냄새 따위에서 자유롭고 조안 토스트라는 여자처럼 젊고 원기왕성하다면 내 생각에 그는 더욱 정욕에 불타올랐을 걸요."

시인이 놀라 외쳤다. "방금 누구라고 했소? 지금 분명 조안 토스트라고 말한 것 같은데!"

수잔이 다시 한번 하염없이 울며 고개를 끄덕였다. "내가 말했던 여자가 바로 그 여자예요. 곧 내 주인의 새로운 누이가 되어 수잔 워렌을 죽음으로 몰아넣겠죠."

에브니저가 시종에게 말했다. "이건 정말 믿기 어려운 일이야, 버트랜드!"

버트랜드가 말했다. "저 역시도 쉽게 믿을 수가 없는걸요. 하지만 지어낸 얘기는 아닌 것 같아요."

여자가 퉁명스럽게 말했다. "그리 이상한 일도 아니에요. 이 조안 토스트라는 여자가 비록 분위기는 달콤해도 런던에서 얼마 전까지 창녀 노릇을 하던 여자라고요. 많은 남자들이 그녀를 알고 있죠."

계관시인이 단호하게 말했다. "그렇게 말하지 마시오! 나는 조안 토스트에 대해 모종의 존경심을 가지고 있소. 그녀는 내 안에 깊이 자리 잡고 있단 말이오. 그 이유는 우리들 외엔 누구도 모르지만. 제발, 말해 주시오. 그녀는 어디 있소? 그녀를 미첼의 손에서 구해 내야 해!"

버트랜드가 물었다. "우리가 어떻게요? 우리는 무기도 돈도 없는걸요."

에브니저는 돼지 치는 여자의 팔을 붙잡았다.

"당신은 반드시 그녀와 함께 당신 아버지의 농장으로 가야 하오! 그녀에게 당신이 방금 우리에게 들려준 이야기를 해 주고 그녀가 지금 어떤 위험에 처해 있는지를 설명해 주시오. 일단 몰든에 도착하면 내가 그녀를 그곳에서 데려와……."

수잔이 쓸쓸한 어조로 물었다.

"왜요? 그녀와 결혼이라도 하시려고요? 아니면 당신의 맹세를 지키면서 그녀의 포주 노릇을 할 건가요?"

계관시인이 얼굴을 붉혔다. "지금은 사색하거나 추측할 때가 아니오!"

수잔이 말했다. "어쨌든 나는 그녀를 데려갈 수 없어요. 내겐 단지 한 사람 분의 뱃삯밖에 없으니까요."

버트랜드가 웃으며 말했다. "우리는 언제라도 그 대상을 바꿀 수 있지." 그리고 달려들어 그녀의 양팔을 붙들었다. "제가 이 여자를 잡고 있는 동안 반지를 다시 뺏으세요, 주인님!"

그녀가 비명을 질렀다. "돼지! 네 눈을 뽑아 버릴 테다!"

에브니저가 말했다. "아냐, 버트랜드. 그녀를 놔줘."

버트랜드가 몸을 꿈틀거려 빠져나가려는 그녀의 시도를 비웃으며 외쳤다. "이 버릇없는 계집을요? 이 계집은 아무렇게나 몸을 굴리는 갈보라고요! 반지를 빼앗아요!"

에브니저가 슬프게 고개를 저었다. "갈보든 아니든 나는 그 것을 그녀에게 주겠다고 약속했어. 게다가 나는 이 사공을 몰라. 그리고 조안 토스트가 어디에 있는지도. 그녀를 놓아줘."

버트랜드는 돼지 치는 여자의 팔을 놓았다. 그리고 그녀를 한 번 꼬집었다. 그녀는 다시 욕을 하더니 막대기를 들어 그에게 던졌다. 그가 재빨리 피하지 않았다면 갈비뼈가 나갔을 것이다.

그녀가 사납게 말했다. "나를 갈보라고 불러?" 그리고 얼마간 밭을 가로질러 그를 쫓았다. 에브니저는 그들 둘보다 조안 토스트에 훨씬 더 신경이 쓰여 얼굴을 찌푸리고 생각에 잠긴 채 그 집을 향해 걸어가기 시작했다.

잠시 후 그를 따라잡은 수잔이 다가와 말했다. "당신의 시종은 음탕한 돼지예요." 그녀는 손으로 머리를 빗어 넘기고 막대기로 돼지들을 찔렀다. "그를 쫓아 버린 건 미안해요."

시인이 마음이 산란해져서 말했다. "곧 돌아올 거요."

"선물을 존중해 줘서 고마워요. 비록 순전히 자비심 때문만은 아니었겠지만. 당신은 조안 토스트라는 여자를 매우 소중하게 생각하는 게 틀림없군요."

에브니저가 말했다. "그녀를 구하기 위해서라면 무엇이든 할 거요."

수잔이 말했다. "아마 사공과 흥정을 해볼 수 있을 거예요. 나는 그에게 아무 소용도 안 되지만, 조안과 같은 싱싱하고 젊은 매춘부라면 아무리 허약한 노인이라도 기쁘게 하는 방법을 알고 있을 거예요."

"안 돼. 나는 허락할 수 없소! 다른 방법을 찾아보겠소. 그녀는 어디 있소?"

돼지 치는 여자는 조안 토스트가 어디에 살고 있는지는 알지 못했다. 하지만 그녀가 밤마다 미첼 선장을 방문한다고 말했다. "그는 바로 오늘 밤 내 도움을 받아 그녀에게 아편을 줄 계획을 세우고 있어요. 당신이 원한다면 그녀가 들어오기 전에 그녀를 미리 잡아 둘게요. 그리고 그녀를 은밀한 장소로 보내서 당신과 만날 수 있도록 주선할게요."

에브니저는 진심으로 이 계획에 동의했다. 그는 미첼 선장을 만날 생각에 움츠러들었지만 수잔은 그 농장주와 저녁 식사를 함께하라고 설득했다. 그녀가 말했다. "악마도 신사 흉내는 낼 수 있다니까요. 모든 남자들은 선장의 식탁에서 환영을 받아요. 그리고 어쩌면 그가 당신의 이야기를 듣는 동안 당신의 누더기 옷을 뭔가 나은 것으로 바꿔 줄지도 몰라요. 조안토스트를 잘 숨겨 놓은 후 당신에게 알려 줄게요. 그리고 내가 아버지의 집으로 출발하기 전에 당신을 그녀에게 안내하겠어요."

시인이 기분이 한결 나아져서 말했다. "좋소! 그녀가 어째서 메릴랜드에 와 있는지 알 수가 없지만 그녀를 만난다면 정말 기쁠 거요."

돼지 치는 여자가 놀리듯 말했다. "그런데 당신은 그녀도 똑같은 감정일 거라고 확신할 수 있어요? 어떤 매춘부가 당신이 여전히 숫총각이라는 말을 믿겠어요?"

에브니저가 단언했다. "상관없소. 누구도 이런 상태로는 내가 계관시인이라고 생각하지 않을 거요. 하지만 나는 계관시인이오. 그리고 숫총각이기도 하오. 저런, 수잔, 내가 얼마나 그 여자를 보고 싶어 하는지 아시오! 제발 날 실망시키지 말아 줘요!"

수잔은 염려 말라는 듯 콧방귀를 뀌었다. 그리고 그들은 집으로 다가갔다. 규모는 크지만 관리는 허술해 보이는 통나무집이 녹색의 담배 밭과 잡초가 우거진 정원 농작물들 사이에 웅크리고 있었다. 그리고 그 주위의 흙 마당에서는 여기저기 널린 닭똥 때문에 악취가 났다.

에브니저가 말했다. "당신 주인은 상당히 몰락했나 보군. 이런 집에서 살다니."

여자가 말했다. "무슨 말이죠? 이것은 강 유역에서 가장 홀륭한 집들 가운데 하나예요! 그와 같은 비열한 놈이 살기에는 지나치게 좋은 곳이죠!"

에브니저는 아무런 의견도 말하지 않았다. 하지만 자신의 머릿속에 있는 메릴랜드 저택들의 우아함을 찬양하는 시들을 던져 버릴까, 아니면 혹 수잔의 지식이 불완전한 것으로 드러날지 모르니까 보존해 놓을까 잠시 망설였다. 돼지 치는 여자가 자신이 맡은 돼지들을 우리 속에 다시 몰아넣기 위해 그를 남겨 두고 떠나자 그는 버트랜드를 불렀다. 버트랜드는 그녀 뒤로 욕설과 저주를 퍼부으며 앞으로 나섰다. 그리고 둘은 집의 현관 쪽으로 향했다.

에브니저가 말했다. "그 여자가 주인에 대해 한 말이 사실이라면 좋겠군." 그리고 문을 두드렸다.

버트랜드가 투덜거렸다. "저라면 저 매춘부 말을 절대 믿지 않았을 거예요. 그 남자는 우리가 자는 동안에 우리를 죽여 버릴지도 모른다고요."

문이 열리고 살집 좋은 오십 대 남자가 나왔다. 코가 빨갛고 턱에는 구레나룻이 덮여 있었지만 그의 태도에서는 제대로 교육받고 자란 분위기가 묻어났다.

그가 장난스럽게 고개를 까딱하며 말했다. "안녕하시오, 신사분들." 초라하기는 해도 그의 옷은 최신 유행을 따르고 있었다. 그리고 목소리에서 배어나는 무게감은 에브니저가 느끼기에 부분적으로는 수련에서 나온 것이고 또 부분적으로는 술에 푹 전 후두에서 나온 것이었다. 그는 수잔이 말했던 것처럼 그들의 비참한 외양을 보고도 친절하게 대했다. 그는 자신을 윌리엄 미첼 선장이라고 소개했고 방문객들을 집 안으로 친절하게 초대했다. 그리고 그들에게 하룻밤 묵어가라고 적극 권했다.

그가 말했다. "당신들이 감옥에서 왔든 대학에서 왔든 나는 당신들을 환영하오. 저녁 식사가 곧 나올 거요. 저쪽에서 다른 사람들과 함께 앉으시오. 당신의 식욕을 돋울 사과술이 있으니."

에브니저는 집주인에게 감사했고 자신들이 어떤 곤경에 처했었는지를 설명하기 시작했다. 그러나 미첼 선장은 그 이야기는 지금 할 것이 아니라 식사 시간에 해서 흥을 돋우는 게 어떻겠느냐고 상냥하게 제안했다. 손님들은 식당으로 안내되었다. 식당에서는 유쾌하게 떠드는 소리가 계속해서 흘러나오고 있었다. 그리고 이웃의 농장주 여섯 명이 일행에게 소개되었다. 매우 놀랍게도 그들 중에는 귀 윗부분이 잘린 늙은 사공과 그날 선착장에서 스카치 복장을 하고 서 있던 한두 명의 다른 사람들도 있었다. 그들은 그를 즐겁게 그리고 악의 없이 맞이했다.

한 사람이 말했다. "환영합니다, 쿠크 씨. 짐 키치의 사소한 장난을 용서해 주시오."

달리 취할 입장이 없었던 에브니저가 자신 없는 목소리로 말했다. "물론이죠. 내가 메릴랜드의 계관시인이라기보다 거지에 더 가깝게 보였다는 걸 인정합니다. 하지만 당신들이 내 시종과 내가 어떤 시련을 겪었는지 듣는다면 우리의 처지를 제대로 이해할 수 있을 겁니다."

집주인이 위로하듯이 말했다. "그렇겠죠, 확실히 그럴 거요." 그런 다음 그는 버트랜드를 하인들이 식사하는 부엌으로 보냈고 에브니저를 저녁 식사 테이블이 있는 의자로 안내했다. 저녁 식사 차림새는 격식 면에서는 모자랐지만 대신 양으로 보충하고 있었다. 몹시 배가 고팠던 에브니저는 곧장 음식에 달려들어 손이 닿는 대로 옥수수 빵, 우유, 옥수수 죽 그리고 베이컨 지방으로 맛을 낸 뒤 당밀로 달콤하게 만든 사과술 지게미로 배를 채우고 독한 사과술로 목을 축였다. 그는 사실 자신의 신분을 밝히는 것이 과연 바람직한 일인가 하는 문제를 놓고 잠시 갈등했다. 하지만 이미 선착장에서 그 남자들에게 충동적으로 자신의 신분을 밝힌 바 있고 그런데도 그 일행에게선 어떤 적대적 기미도 보이지 않았으므로 자신이 겪은 일들을 모두 말한다고 해도 별 탈은 없을 듯싶었다. 식사가 끝나고 모든 손님들이 거실에 있는 기름때가 낀 소파로 물러났을 때 에브니저는 이야기를 시작했다. 하지만 자신이 포로로 잡힌 일의 정치적 측면과 드레이크페커 및 아나코스틴왕과의 모험에 관한 이야기는 생략했다. 자신의 이야기가 그를 위험에 빠뜨릴까 염려해서였다. 사람들은 상당한 흥미를 가지고 그의 모험담을 들었다. 특히 이야기가 사이프리언호의 강간에 이르자 관심은 절정에 다다랐다. 거실에서 마신 럼주가 혀에 기름칠을 한 듯 에브니저는 뒷돛대 삭구 위의 보아브딜과 왼쪽 뱃전 난간의 놀랍도록 태평했던 여자들에 대해 술술 이야기를 풀어놓았다. 아무리 냉담한 청자들이라도 공포와 연민을 느낄 법한 이야기였다. 그러나 그의 이야기가 끝났는데도 사람들에게서 그러한 징후를 전혀 발견할 수가 없었다. 남자들은 그 대신 마치 대단한 공연이라도 감상한 듯 박수 갈채를 보냈고 미첼 선장은 동정은커녕 그에게 '앙코르' 공연으로 시 한두 수를 낭송해 달라고 부탁했다.

계관시인이 적잖이 언짢아져서 말했다. "그건 곤란하겠군요. 많이 피곤한 데다 목소리마저 쉬어 버려서요."

손바닥에 낙인이 있는 짐 키치가 말했다. "우리의 티미가 여기 함께 있지 않았던 게 유감이오. 그는 당신에게 만(灣)을 건널 수 있을 정도의 긴 이야기를 해 줄 수 있을 텐데 말이오!"

미첼 선장이 에브니저에게 설명했다. "내 아들 팀 또한 시를 짓는 데 꽤 일가견이 있다오. 하지만 당신 눈엔 좀 거칠고 투박하게 보이겠지."

짐 키치가 히죽 웃으며 거들었다. "그도 역시 계관시인이라오. 그는 자신을 음란함의 계관시인이라고 부르지. 자기 시는 말하자면 단순히 상소리라는 거야."

시인이 진정한 호기심에서라기보다 그저 예의 삼아 관심을 보였다. "정말이오? 주인께 아드님이 있는지 몰랐군요."

그는 사실 조안 토스트와 돼지 치는 여자에게 정신이 팔려 있었다. 키치가 만을 건너는 것에 대해 언급하자 그들에게 다시금 생각이 미쳤던 것이다. 미첼 선장은 자신의 유명한 아들이 이 자리에 없는 데 대해 유감을 표했고 그가 볼일 때문에 세인트메리즈 시티로 갔으며 오늘 밤이나 다음 날 돌아올 예정이라고 덧붙였다. 에브니저는 자기 앞에 있는 이 붙임성 있는 시골 신사가 수잔 워렌의 이야기 속 악당이라는 사실을 선뜻 믿기가 어려웠다. 하지만 그녀의 다리 위에는 채찍 자국이 있었고 그 모든 자국들이 드레이크페커의 등위에 있던 자국들만큼 처참했다. 그리고 이 신사의 열정이 낳은 희생물들이 모두 닮은꼴이라는 것 역시 달리 설명할 수가 없었다.

일행은 이제 그의 존재를 무시하고 있었다. 인디언 방식을 따라 만든 파이프가 분배되었고 이내 방 안은 연기와 시시껄렁한 잡담으로 가득 찼다. 농작물이나 물고기, 방울뱀 그리고 화제로 거론되고 있는 인물들에 대해 아무것도 모르는 데다 자신이 겪은 고난이 기대만큼 많은 동정심을 불러일으키지 않아서 심사가 뒤틀렸고 또한 어느 순간 망망대해에 버려졌다가 신이 되었다가 곤경에 처한 왕과 하녀의 구세주가 되고 그리고 다시 메릴랜드의 계관시인이 되었던 길고 다사다난했던 하루에 지쳐 에브니저의 주의력은 그들의 말소리로부터 유리되어 일종의 불안한 몽상 속으로 미끄러져 들어갔다. 조안 토스트는 과연 그를 어떻게 받아들일 것인가? 그녀는 푸딩 레인에 있던 그의 방에서 나간 뒤 어디로 사라졌던 것일까? 그리고 당시 무섭게 화를 냈던 그녀가 어쩌다 이곳까지 오게 되었을까? 그는 몹시 알고 싶었다. 하지만 이러한 질문들에 대한 답이 두려워졌다. 시간은 계속 흘러갔다. 만약 수잔 워렌이 그를 속이지 않았다면 그녀가 곧 약속 장소를 알려 올 것이다. 그리고 그 전망은 그를 흥분시켰다. 그는 자신의 방에 있던 조안 토스트의 모습을 떠올렸다. 동시에 사이프리언호에서 자신이 강간할 뻔했던 그 여자의 모습도.

"맙소사!" 그의 생각이 입 밖으로 튀어나왔다. 골수까지 욱

신욱신 쑤셨다. 그때까지 그가 깨닫지 못하고 있었던 연관 관계가 그를 후회와 놀라움으로 가득 채웠다. 조안 토스트가 어떤 식으로든 사이프리언호에 승선했던 것이 아닐까? 자신과 그 끔찍한 무어인이 음탕한 말들을 던지며 뒤를 밟았던 대상이 바로 그녀였단 말인가?

말로 표현할 수조차 없는 가능성에 그의 안색이 너무도 사나워져 집주인이 곧 그에게 괜찮은지 물어 왔다.

에브니저가 가까스로 대답했다. "아뇨, 용서하세요. 그저 피곤해서 그런 겁니다. 정말이에요!"

미첼 선장이 웃으며 말했다. "그렇다면 이 거실에서 죽어 버리면 곤란하니 어서 침실로 가시오. 당신이 잘 곳으로 안내하리다."

시인은 혹 밀회 약속을 놓치게 될까 봐 간청했다. "아뇨, 제발……."

주인이 고집했다. "당신의 런던 예절은 집어치우시오, 쿡크 씨! 메릴랜드에서는 피곤하면 그냥 자는 거요. 수잔! 수잔! 이 게으른 매춘부야, 당장 이리 오지 못해!"

"아, 좋습니다. 만약 이렇게 해도 당신이나 당신의 친절한 손님들께 실례가 안 된다면……." 돼지 치는 여자가 거실의 출입구에서 나타났다. 에브니저가 시선을 보내자 살짝 고개를 끄덕이는 것으로 대답한 뒤, 자신의 등장을 음탕한 인사로 반기는 경작자들을 샐쭉하게 노려보았다.

미첼이 명령했다. "여기 계시는 쿡크 씨에게 침실을 안내해 드려." 그리고 그의 손님에게 밤 인사를 건넸다.

짐 키치가 그의 등 뒤에서 질문을 던졌다. "당신이 말했던 그 스페인 창녀처럼 그녀가 소네트 한 수에 다리를 벌릴 거라고 생각하시오?"

그러자 다른 사람이 그 말을 받았다. "설마, 키치. 수지가 계관시인을 무엇에 쓰겠나? 그녀가 데리고 놀 빌 미첼의 빨간 수퇘지가 있는데!"

이러한 말들에 에브니저는 굴욕감을 느끼긴 했지만 한편으로는 자극을 느끼기도 했다. 동시에 방금 전 불길한 추측으로도 완전히 씻어 내지 못했던 희미한 열정이 다시 되살아나는 것 같았다. 돼지 치는 여자는 채찍질을 당할 때 입었던 옷을 입고 있었다. 그것은 다른 것과 별반 다르지 않게 볼품없는 옷이었지만 적어도 깨끗하긴 했다. 그리고 그녀의 체취로 판단할 때 목욕도 한 것 같았다. 계단에 오르자마자 그는 그녀의 팔을 붙잡고 속삭였다. "조안 토스트는 어디 있소? 그녀를 만나고 싶어 미칠 지경이오!"

여자의 상한 이가 촛불에 반짝반짝 빛났다. "동정(童貞)에 대한 당신의 열정은 아주 대단하잖아요, 계관시인 나리! 방에서 그녀를 본 후 당신이 맹세를 깰까 봐 두려워지네요."

"내 방? 아, 워렌 부인, 내가 그녀를 마지막으로 본 것도 바로 내 방에서였다오. 그녀는 연인의 꿈처럼 분홍빛으로 벌거벗었었지! 당신은 믿지 않을 것이오. 그녀의 하얀 피부가 얼마나 아름답게 느껴졌는지, 그녀의 작은 몸 전체가 얼마나 팽팽하고 생기 넘쳤는지……. 아, 잠깐, 전체가 다 그랬던 건 아니지. 내가 어떻게 잊을 수 있겠어. 그녀의 젊고 단단한 근육 위에 솟아 있는 작고 살진 엉덩이며 반듯이 드러누우면 납작하게 엎드리지만 나를 향해 몸을 숙일 때는 천상의 사과들처럼 둥글게 매달려 있는 부드러운 젖가슴을 말이야. 생각만 해도 몸이 다 떨리는군!"

수잔이 위층 복도를 안내하며 말했다. "저런, 완전히 달아올랐군요! 그 불쌍한 여자를 당신의 수중에 남겨 두면 안 되겠어요. 당신은 지금 성직자라기보다는 강간범처럼 말하고 있으니까요!"

별 관심을 담지 않은 건조한 어조였다. 하지만 강간이라는 말은 시인의 격정을 진정시키기에 충분했다. "이런 식으로 말한 걸 용서하시오, 부인. 럼주를 마신 데다 너무 피곤하고 또 그녀를 만난다는 기쁨에 혀가 아무렇게나 돌아간 것 같소. 부디 내가 이 여자와 한 번도 관계를 갖지 않았다는 사실을 기억하시오. 비록 그녀는 내가 방금 말한 그대로이고 그 이상이긴 하지만 나는 나의 맹세를 깨뜨릴 마음이 없소."

수잔은 어느 문 앞에서 멈춰 섰다. 그리고 그를 향해 돌아섰다. 촛불의 빛이 그녀의 망가진 얼굴 위에서 명멸했다. 이윽고 그녀가 말했다. "그녀가 여전히 예전의 아름다움을 가지고 있을 거라고 확신하나요? 나도 한때는 예뻤어요. 그리 오래된 일도 아니지요. 내 남편은 내 몸을 보고 기뻐서 울었죠. 그리고 내가 그의 손을 내 몸 위에 얹으면 그의 무릎이 풀리곤 했죠. 하지만 만약 오늘 그런다면 그는 구역질을 하겠지요."

시인이 볼멘소리로 말했다. "당신은 너무 매정하군."

"내가 당신 마음에 무엇이 들어 있을지 모를 거라고 생각하나요? 당신은 내가 재빨리 사라져 주기를 바라고 있겠죠. 당신이 그토록 열망하던 그 '천상의 과일'을 탐할 수 있도록 말이지요. 하지만 인생은 사악한 사람이든 순결한 사람이든 우리 모두에게 상흔을 남겨요. 그리고 아름다운 여자는 최악의 상흔을 얻게 마련이죠. 분명 당신 역시 그녀가 당신을 마지막으로 본 후로 많이 변했을 거예요."

에브니저는 자신의 텁수룩한 턱수염을 문지르며 말했다. "물론 난 지금 말쑥한 차림새는 아니오. 먼지투성이에 나무 연기로 냄새가 나지. 이 근방에 몸을 씻을 만한 들통이 있소? 아, 관둬요! 그녀가 원하는 대로 나를 받아들이게 하라지. 더 이상은 기다릴 수 없소! 좋은 밤이 되길 빌겠소, 워렌 부인. 그리고 행운도 빌겠소. 나의 소중한 조안을 도와준 데 대해 무척 감사하오! 이제 안녕히 그리고 여행 잘 하시오!" 그는 그녀 옆을 지나 문 쪽으로 움직였다.

그녀가 간청했다. "아뇨, 기다려요!"

"더는 안 되오!" 그가 그녀를 밀치고 지나가 방 안으로 들어섰다. 방은 강을 면하고 있었으므로 달빛을 희미하게 받고 있었다. 그렇지 않았다면 완전히 어두웠을 것이다. 그는 부드럽게 불렀다. "조안 토스트! 소중한 여인이여, 어디 있소? 시인 에벤 쿠크요. 당신을 구하러 왔소!"

달빛은 방 안에서 다른 어떤 사람도 비춰 주지 않았다. 그리고 그 어둠 속에서는 어떤 대답도 들려오지 않았다. 돼지 치는 여자가 눈물을 흘리며 복도에서 방으로 들어왔을 때, 그녀의 촛불은 그의 우려를 확인시켰다.

"그녀는 어디 있소?" 그가 다그쳤다. 그리고 그녀가 고개를 숙이자 그녀의 어깨를 잡고 거칠게 흔들었다. "당신은 역시 나를 속였군, 이 은혜를 모르는 매춘부야! 지금 당장 나를 조안 토스트에게 데려다 줘!"

돼지 치는 여자가 흐느끼며 말했다. "그녀는 여기 없어요." 그녀는 초를 내려놓고 복도 쪽으로 뛰어나가려 했다. 그러나 에브니저가 그녀의 등을 잡아당기고 문을 닫았다.

그가 그녀를 뒤에서부터 단단히 껴안으며 말했다. "맹세코 너의 그 끔찍스러운 거죽으로부터 알아내고 말겠어. 만약 조안 토스트에게 무슨 일이라도 생기면 나는 너를 죽일 테다!" 조급하고 놀란 마음에도 불구하고 그는 면 옷 아래로 수잔 워렌의 코르셋을 입지 않은 엉덩이와 그의 팔 아래에서 짓이겨지는 젖가슴을 의식하지 않을 수 없었다. 그의 정당한 분노가 그를 흥분시켰다. 그의 호흡이 가빠졌다. 그는 그녀가 커다랗게 소리를 지르기 위해 발버둥 치던 것을 멈추기 전까지 그녀를 꼭 껴안고 있었다. 그는 벌을 주어야겠다는 충동에 사로잡혀 그녀를 침대로 무지막지하게 끌고 갔다. 그렇게 여자를 희롱한 적이 한 번도 없었기 때문에 그는 처음에는 거친 목소리로 "조안 토스트는 어디 있어?"를 외치며 그녀의 등을 어색하게 몇 대 쥐어박았다. 그러다 잠시 후 그는 그녀 등 위의 가는 부분에 한쪽 무릎을 얹어 그녀를 납작 눕히고는 마치 그녀가 말 안 듣는 딸이라도 되는 양 손바닥으로 매섭게 때리기 시작했다.

수잔이 큰 소리로 외쳤다. "그녀는 안전해요! 놔줘요!"

에브니저는 때리던 동작을 멈췄다. 하지만 그녀를 여전히 무릎으로 단단히 누르고 있었다. "그녀는 어디 있어?"

수잔이 대답했다. "그녀는 당신을 몰든에서 기다리기 위해 도싯 카운티를 향해 체서피크강을 건너고 있어요. 그 사공이 자기가 그 저택을 잘 알고 있다고 말했어요."

"어떻게 된 거지?" 에브니저가 즉시 그녀를 놓아주고 벌떡 일어섰다. 하지만 돼지 치는 여자는 자신의 얼굴을 누비 이불에 비참하게 밀착시키고 움직이려 하지 않았다. "그녀가 어디에서 뱃삯을 얻은 거지? 그리고 당신은 어째서 그녀와 함께 있지 않은 거야?"

수잔이 말했다. "그녀에겐 한 푼도 없어요. 나는 미첼 선장에게 돈을 빌리러 가던 그녀를 중간에서 붙잡았어요. 만약 돈을 빌리러 갔으면 그녀는 그것으로 끝이었을 거예요. 하지만 그녀는 누가 그것을 주었는지 그리고 자신이 어디로 도망가야 하는지 내가 말해 주기 전까진 그 반지를 결코 받으려 하지 않았어요. 하지만 내 말을 듣고는 기꺼이 받더군요. 그리고 곧장 당신을 만나려 했어요. 하지만 나는 그녀에게 사공이 가버리기 전에 그를 서둘러 찾으라고 말했죠."

에브니저의 눈에서 눈물이 왈칵 솟았다. 그는 한쪽 무릎을 침대에 올려놓은 채 그 여자의 등을 안았다. "하느님 맙소사, 그런데도 당신이 나를 배반했다고 당신을 때리다니! 용서하시오, 수잔. 그렇지 않으면 나는 후회로 죽어 없어질 거요! 우리는 당신을 구할 방법을 찾을 거요, 맹세하오!"

수잔은 고개를 저었다. "당신이 사랑하는 그 여자는 비록 런던에서는 창녀 노릇을 했을진 몰라도 싱싱하고 아름다워요. 그녀가 말하더군요. 자기는 염소처럼 행동하는 남자들 속에 파묻혀 살았었다고. 그리고 자신의 직업이 자신을 망쳐 놓기 전에 그것을 때려치웠다더군요. 그녀는 자기를 사려 하지 않는 당신을 우습게 여겼대요. 당신이 숫총각으로 살기로 결심했을 땐 더욱 그랬고요. 하지만 깊이 생각하면 할수록 당신이 고귀한 사람이라고 생각되더라는군요. 그리고 자신의 포주가 당신을 메릴랜드로 보냈다는 것을 알게 되자 그를 버리고 곧 당신을 따라나섰죠. 사랑을 위해서."

계관시인이 속삭이듯 말했다. "세상에, 세상에! 바로 사랑을 위해서! 하지만 그녀를 위해 자신을 희생하다니 당신은 성인이오!"

수잔이 대답했다. "조안 토스트는 구해 줄 가치가 있는 여자예요. 하지만 수잔 워렌은 보호할 가치가 없죠. 그렇지 않았다면 스스로 나를 돌봤을 거예요. 이 가련한 사람은 죽도록 내버려 두세요."

에브니저가 벌떡 일어나며 외쳤다. "그걸 순 없소! 당신은 너무나도 훌륭해요!"

수잔은 침대 위에서 일어나 앉았다. "당신은 방금 전까지만 해도 나를 끔찍스러운 매춘부라고 불렀어요. 그리고 내가 느끼기에 당신은 나를 때리면서 어떤 쾌감을 느끼는 것 같더군요."

에브니저가 말했다. "당신에게 손을 대다니 나는 짐승이었소! 내가 때린 것을 열 배로 내게 되돌려 주시오!"

그녀는 손으로 얼굴을 가렸다. "나는 너무 추해요!"

시인이 거짓말했다. "그렇지 않소! 당신은 여전히 보기 드물게 아름다워요, 맹세하오!" 그는 잘못을 깊이 뉘우치며 어쩔 줄을 몰라 그녀 앞에 무릎을 꿇었다. 하지만 방금 전의 난투로 인해 여전히 흥분한 상태였다. "그 증거로 당신에게 고백하겠소. 당신을 때린 건 이중으로 사악한 일이었소. 그것이 부당한 일이었을 뿐만 아니라, 아, 신이여, 얼마나 죄스러운지! 당신이 방금 비난했듯이 내가 그러는 동안 모종의 즐거움을 느꼈기 때문이오. 그리고 그것은 정당한 즐거움도 아니었소. 정욕의 즐거움이었소! 당신을 바라보고 당신을 느끼면서 내 혈관은 정욕으로 불타올랐소. 이것이야말로 당신이 아름다움을 잃지 않았다는 증거 아니겠소, 수잔?"

자신의 말이 대담해질수록 그는 더욱 흥분했다. 하지만 수잔에게는 위로가 되지 않았다. "그것은 나의 뒤쪽이 나의 얼굴보다 더 아름답다는 얘기군요. 여자들이 듣고 싶어 하는 칭찬은 아니에요."

계관시인이 자신의 이마를 그녀의 다리에 기대어 눌렀다. 바닥에 닿아 있는 무릎이 다소 아팠다. 그리고 그는 전율과 함께 자신이 지난번 침대 옆에서 무릎을 꿇었을 때, 자신이 붙잡았던 것도 바로 조안 토스트의 다리였다는 걸 기억했다. "내 존경심을 보여 주기 위해 내가 무엇을 해야 하오?"

"당신이 느끼는 것은 존경심이 아니에요. 감사의 마음일 뿐이죠."

하지만 에브니저는 이 퉁명스러운 대답을 무시했다. 왜냐하

면 수잔이 말을 하는 동안에도 그는 영감을 받은 듯 할 말을 발견했기 때문이다

그가 말했다. "당신이 부르고 싶은 대로 부르시오, 괜찮소. 당신은 내가 사랑하는 여자를 구하기 위해 당신의 자존심을 희생시켰소. 그렇다면 좋소. 나도 당신의 자존심을 구하기 위해 나의 본질을 희생하리다!"

돼지 치는 여자가 그를 이해하지 못하겠다는 듯이 쳐다보았다.

"이해하겠소?" 에브니저는 말을 제대로 할 수 없을 정도로 거칠게 숨을 쉬며 일어섰다. "당신에 대한 나의 존경심은 너무나도 커서 비록 나는 순결을 영원히 지키겠다고 맹세했지만 감사의 증표로 당신에게 그것을 주겠소. 그것은 당신이 신사를 즐겁게 하는 힘을 잃지 않았다는 것을 증명할 거요!" 그는 온몸을 떨면서 그녀의 어깨 위에 손을 올려놓았다.

수잔은 그의 상기된 얼굴을 걱정스럽게 올려다보았다. "당신은 나와 자는 걸 원하는군요? 당신의 순결함을 사랑하는 조안 토스트가 뭐라고 생각할까요?"

시인이 단호하게 말했다. "나의 순결은 내게 생명보다도 소중하오. 그렇지 않다면 나는 그것을 당신의 희생에 대응할 만하다고 여기지 않았을 것이오. 내가 잃는 것은 매우 큰 부분이지만 확인할 수 없는 것이지. 동정을 상실한다고 해도 그것을 상징할 찢어진 처녀막 같은 것은 남지 않는다오. 당신과 나를 제외하고는 아무도 그것을 알지 못할 것이오. 그리고 나는 결코 말하지 않을 거요. 이리 와요, 여인이여," 그는 점점

더 몸이 달아 쉰 목소리를 냈다. "더 이상 늑장 부리지 마시오! 나는 한바탕 전투를 치르고 싶어 못 견딜 지경이오!"

그러나 수잔은 가까스로 빠져나가 그로부터 한 발짝 물러섰다. "그것은 사랑을 위해 이렇게까지 멀리 온 그녀를 기만하는 거예요! 아니, 어쩌면 당신은 이미 동정을 잃었는지도 모르겠군요!"

그가 말했다. "신께 맹세코 나는 지금도 여전히 숫총각이오. 그리고 만약 당신이 이 행위를 기만이라고 부른다면 적어도 그것이 고귀한 대의를 위해 행해지도록 승낙해 주시오!"

그녀가 눈물을 흘리며 돌아섰다. 하지만 에브니저가 온몸 구석구석에서 있는 대로 용기를 짜내어 그녀를 뒤에서 포옹하자 그녀는 아무런 저항 없이 이렇게 외칠 뿐이었다. "내가 어떻게 생각해야 하죠?"

"자신이 아직 아름다운 여인이라고 생각하면 되지!" 그는 자신의 무모함에 놀라며 그녀를 애무했다. 그래도 그녀가 아무런 저항을 하지 않자 더욱 용기를 얻었다.

그가 외쳤다. "자, 자, 침대로 가자고!" 성공에 취해 그의 혀가 제멋대로 움직였다. "나는 당신을 시인의 칼로 쪼개 놓고 사랑의 연기로 치유할 거야. 당신을 파르나소스[18]의 베이컨으로 채워 넣고 뮤즈의 과즙을 부어 양념해야지. 그리고 당신이 와들와들 떨고 있는 사이에 당신을 삼켜 버릴 거야!"

---

18) 그리스 중부에 있는 산. 아폴로 신과 뮤즈들의 영지. 문예 활동의 중심지라는 의미로 쓰인다.

수잔이 말했다. "아뇨, 제발. 당신의 의도는 이걸로 충분히 증명되었어요!"

하지만 에브니저는 계속해서 지껄여 댔다. "그런 다음 나는 성 토마스처럼 내 더럽혀지지 않은 깃펜을 강하게 밀착시키고 부지런히 놀릴 거야.[19] 그것이 최상의 시(summa)를 써 낼 때까지!!"

"욕망을 감사의 마음으로 가장하는 것은 잔인한 일이에요. 그리고 조안 토스트를 속이는 것은 사악한 일이고요!" 그녀는 이제 저항하기 시작했다. 하지만 에브니저는 그녀를 놓아주려 하지 않았다.

"그렇다면 나와 일을 치르는 동안 나를 잔인하고 사악하다고 욕하도록 해!" 그는 그녀를 침대 위로 밀어붙였다.

그녀가 비명을 지르며 저항했다. "이것은 순전히 강간이라고요!"

"그래도 할 수 없지!"

"그렇다면 여기서는 안 돼요! 제발, 여기서는 안 돼요!"

시인이 물었다. "어째서?" 그는 그녀의 대답을 이해 못 하고

---

19) 성 토마스는 중세 유럽 스콜라 철학을 대표하는 이탈리아 신학자 토마스 아퀴나스를 가리키는데, 에브니저는 자신을 『신학 대전(Summa Theologiae)』, 『대이교도대전(Summa de Veritate Catholicae fldei Contha Geniles)』 등의 대작을 남긴 성 토마스에 비유하고 있다. 단, 성 토마스가 사용하는 것이 깃펜이라면 여기서 에브니저가 사용하는 것은 그의 성기이다. 그러므로 'virgin quil'은 성 토마스의 입장에서는 '더럽혀지지 않은 깃펜'이지만 에브니저의 입장에서는 동정 상태의 성기를 의미하는 이중 비유(double entendre)로 쓰였다.

동작을 잠시 멈췄다.

돼지 치는 여자가 시선을 피하며 말했다. "어떤 여자들은 남자를 소리 없이 받아들이죠. 하지만 난 그렇지 못해요. 그냥 애무를 하건 아니면 몸을 섞건 나는 발정 난 고양이처럼 소리를 지르고 격렬하게 움직이죠."

에브니저가 말했다. "그렇다면 더 좋지."

"하지만 온 집안 식구들이 달려올걸요. 멈춰요, 경고했어요!"

"내 생각에 그들은 점잔 빼는 청교도들이 아냐. 자, 가만 있어!"

수잔이 외쳤다. "그렇다면 나를 가져요, 빌어먹을!" 그리고 더 이상 몸부림을 치지 않았다. "당신의 맹세를 깨뜨려요. 조안 토스트를 기만해요. 내가 교성을 내지르면 미첼 선장이 이리로 달려와서는 이 광경을 보고 웃겠죠! 그리고 그 이유로 나중에 나를 때릴 거예요. 그리고 동네방네 소문을 내겠죠."

이러한 가능성에 계관시인이 멈칫했다. 그가 잡고 있던 여자의 팔을 놓았고 그녀가 그 기회를 틈 타 옆으로 움직이더니 일어나 앉았다.

그가 말했다. "여차하면 당신의 목을 조를 수도 있어." 하지만 그 위협은 진정이라기보다는 그저 심술이었다.

수잔이 낮은 소리로 짓이기듯 말했다. "그럴 필요 없어요. 자, 이제 경을 치기 전에 날 놓아줘요. 그리고 헛간에서 만나요."

"웃기지 마. 내가 속을 줄 알고? 나와 함께 가자고."

그러나 수잔은 그들이 함께 집을 떠나는 모습을 누군가가 볼 것이며 그렇게 되면 추문이 번지기는 마찬가지일 거라고 설명했다.

그녀가 말했다. "나는 그곳에 지금 가 있을 테니까 당신은 삼십 분 뒤에 오세요. 그러면 당신은 실컷 나를 가질 수 있을 거예요. 그곳엔 돼지들밖에 없으니 마음껏 소리를 내도 되겠죠."

시인이 더 붙잡기 전에 그녀는 이렇듯 모호한 언질만을 남기고 방을 떠났다.

21 계관시인이 돼지 치는 여자를 계속 상대하다

수잔 워렌이 떠난 후 얼마 안 되어 버트랜드가 계관시인의 방에 들어왔다. 그의 주인은 한숨을 내쉬고 주먹 쥔 한 손으로 다른 손을 세게 치면서 정신없이 서성거리고 있었다.

시종이 말했다. "세상에, 이 악당들이 먹는 걸 좀 보라죠!" 그의 목소리는 탁했고 자세는 불안정했다. "차려 놓은 음식은 거칠고 조잡하지만 양은 많더군요."

에브니저가 심드렁하게 대꾸했다. "내 생각에 너는 갈증을 채우고도 남은 것 같은데. 원하는 게 뭐야?"

"글쎄, 제가 아는 한 없는데요, 주인님. 다만 그들이 저더러 여기서 자라고 했다는 거지요."

"그렇다면 조용히 엎어져서 자. 저기 침대가 있으니까."

"아, 주인님, 그것은 당신의 것이지 제 것이 아니에요. 이 불만 좀 주세요. 저는 그 이상은 원하지 않아요." 에브니저는 어깨를 으쓱하고 창문 쪽으로 갔다. 불행히도 거기에서는 헛간이 보이지 않았다. 시종은 바닥 위에 이불을 깐 후 그 위에 무겁게 털썩 쓰러졌고 크게 한숨을 내쉬었다. 그가 자신의 배를 두드리며 말했다. "황금 도시에서 신 노릇을 하는 것과는 비교도 되지 않지만 이 정도면 됐어요! 그런데 우리의 드레이크페커는 지금 어떻게 지내고 있을까요?" 그는 자기가 어떠한 대답도 얻을 수 없을 거라는 걸 깨닫자 다시 한번 한숨을 내쉬더니 옆으로 돌아누웠고 순식간에 깊은 잠에 빠져들었다.

별로 침착한 상태가 아니었던 그의 주인은 어떻게 해야 할지 갈등하며 손가락 관절을 꺾고 혀를 찼다. 수잔 워렌이 일단 주의력을 흐트러뜨리자 그의 미칠 듯한 충동은 잠시 주춤했다가 그녀가 방을 떠난 후엔 완전히 가라앉았다. 그는 혼란 상태였다. 이제 두 번째로 간음, 아니 그보다 더 나쁜 무의미한 강간이란 범주 안에 들어왔었다. 그리고 그의 순결은 우연에 의해, 외부 요인에 의해 보존되었다. '사이프리언'의 삭구에 있던 여자는 강간을 당했고 무력했다. 워렌이라는 여자는 강간을 당했고 거칠고 얼굴이 추했다. 둘 다 정열의 대상이 아니라 연민의 대상이었다. 그들이 조안 토스트를 닮았다고는 하지만 그것은 그의 용서할 수 없는 행위에 대한 변명이 되기는커녕 오히려 그의 죄를 더욱 무겁게 할 뿐이다. 이 모든 것을 그는 분명히 이해했고 운명이 그를 뒷돛대의 줄사다리에서 내려오게 만든 이후 이 주일 동안 느꼈던 안도와 부끄러움 역시 기억했다. 지금 헛간으로 간다면 놀랍게도 자신의 누이를 제외하고는 어떤 여자로부터도 관심을 받아 본 적 없는 한 남자의 사랑을 찾아 지구의 반 바퀴를 돌아온 여자를 속이는 일이 될 것이다. 또한 그와 아무런 애정 관계도 없는 데다 자신만큼 그 짓을 경멸하는 한 타락한 매춘부에게 자기 본질의 절반을 희생하는 일이 될 것이다. 하지만 그는 또한 자신의 마음속에 그 문제가 여전히 해결되지 않은 상태임을 알았고 또이해할 수도 없었다.

그는 생각했다. "이건 말도 안 돼!" 그리고 화가 나서 방금 전에 그들이 드잡이했던 침대 위로 몸을 내던졌다. "더 이상 생각하지 말자." 그는 버트랜드를 질투의 눈길로 바라보았다. 하지만 지금 잠을 잔다는 건 불가능한 일이었다. 그의 공상은 돼지 치는 여자의 모습으로 활활 타올랐다. 그에게 매를 맞고 괴롭힘을 당하는 그녀, 시선을 회피한 채 자신이 얼마나 요란하게 사랑을 나누는지 고백하는 그녀, 그리고 지금 이 순간 헛간에서 그를 기다리고 있을 그녀. 분별이라는 저울 위의 접시 하나는 비어 있었다. 반면 이성 전체의 무게는 다른 쪽을 기울게 했다. 그렇다면 어떤 어두운 힘이 선택의 저울을 평형이 되게 만드는가?

그가 이렇게 누워서 갈등하고 있는 동안 시종은 잠을 자고 있었다. 하지만 결코 조용히 휴식을 취하고 있는 것은 아니었다. 그의 배 속에서는 마치 굴에 숨은 여우에게 사냥개가 내뱉는 듯한 으르렁거리는 소리가 났다. 배 속의 옥수수 죽과 사과술이 부글부글 거품을 일으키더니 이내 떠오르는 달을 향해 예포를 울리듯 엄청난 방귀가 터져 나왔다. 그리고 침실은 발효의 향기로 가득 찼다. 게다가 이러한 것들을 만들어 내고 있는 당사자는 코도 요란하게 골았다. 하지만 그의 주인은 별로 운이 좋지 못했다. 그는 마침내 방에서 벗어났다. 귀에서는 윙윙거리는 소리가 나고 머리는 빙빙 도는 듯 어지러웠으며 눈에서는 섬광이 이는 듯 불꽃이 튀고 따가웠다. 손님들은 여전히 거실에서 흥청망청 술을 마시고 있었다. 들려오는 말소리들로 추측해 볼 때, 주인의 아들인 티모시가 돌아와 그들을 음탕한 시로 즐겁게 해 주고 있는 듯했다. 그는 그들의 눈에 띄지 않고 차가운 강바람을 마시기 위해 현관으로 미끄러져 나왔다. 그리고 그 중간 지점에서 양심의 판단에 귀를 막은 채 곧장 헛간 쪽으로 걸어갔다.

마당 옆길엔 달빛이 비추고 있었지만 헛간의 내부는 혼돈처럼 캄캄했다. 그는 수잔의 이름을 부를까 생각했지만 이내 생각을 고쳐먹었다.

"조용히 다가가서 어둠 속에 숨어 있던 산적처럼 꽉 껴안아야지!"

그것은 자극적인 상상이었다. 그는 헛간 안의 모든 사소한 소리에도 귀를 쫑긋 세웠다. 긴장으로 인해 배 속에 경련이 일어나는 것 같았다. 게다가 어둠 속에서 은밀하게 여섯 발자국을 걸으니 그의 방광이 무시할 수 없을 정도로 신호를 보냈다. 더 나아가기 전에 즉시 용변을 보아야만 했다.

그는 생각했다. "신은 스스로 돕는 자를 돕는다."

하지만 땅바닥에 부딪히는 소리 말고는 아무 소리도 내지 않았던 오난[20]과 달리 불운한 계관시인은 공교롭게도 1미터도 떨어지지 않은 어둠 속에 회색 바위처럼 놓여 있던 반쯤 자란 수고양이 한 마리를 건드리고 말았다. 그러자 언젠가 벌링검이 언급한 적이 있는 데카르트식 신의 손가락 튕기기처럼 어둠 속 이 조그마한 생물의 발작은 온 우주를 발칵 뒤집어 놓았다! 그 쥐 잡는 동물은 쉿 하는 불만스러운 소리와 함께 발톱을 활짝 펴고 가장 가까운 동물에게로 튕겨 올랐는데 다행히 그것은 에브니저가 아니라 수잔의 새끼 돼지들 중 한 마리였다. 아무튼 그 새끼 돼지는 비명을 질렀고 곧 헛간은 공포에 질린 동물들의 울음소리로 가득 찼다. 에브니저 자신도 겁에 질렸다. 처음에는 수와 종류를 가늠할 수 없었던 동물들에 의해, 그리고 다음에는 밖의 개 짖는 소리가 온 집안 식구들을 깨울까 봐서였다. 그는 자신의 바지를 한 손으로 올려 잡고 뒤로 펄쩍 물러섰고 마침 벽에 기대어 놓여 있던, 아마도 수잔의 지팡이일 막대기를 잡았다. 그는 그것을 들어 올리며 "수잔! 수잔!" 하고 외쳤다. 그러고는 전투원들이 달아날 때까지 자신의 주변을 맹렬하게 마구 휘둘러 쳤다. 새끼 돼지들은 우리로 들어갔고 고양이는 가금류의 울음소리가 들려왔던 구석으로 달아났다. 잠시 후 일순 조용해졌던 헛간이 다시 꽥꽥 소리로 가득 찼다. 오리와 거위와 닭들이 고양이들로부터 달아나던 중에 격렬하게 홰를 치며 울어 댄 것이다. 에브니저

---

20) 유다의 둘째 아들. 유다의 맏아들 엘이 죽자 그의 대를 잇게 하기 위해 형수와 동침했다. 그 아이가 자신의 대를 잇지 못할 거라는 사실을 알고 땅바닥에 사정했고 이것이 야훼의 노여움을 사 죽임을 당한다.

는 잇따라 부딪쳐 오는 새들의 부리에 여기저기를 쪼이고 말았다. 이러한 새로운 소란은 스패니얼 두 마리가 아무리 시끄럽게 짖어 대도 도저히 감당할 수 없는 것이었다. 그들은 마당으로부터 헛간 안으로 뛰어들어 왔다. 여우나 족제비가 가금류를 약탈하기 위해 몰래 숨어 들어온 것으로 여긴 탓이었다. 계관시인은 자신의 주위를 막대기로 마구 때렸지만 곧 개들에게 몰려 헛간 밖으로 쫓겨 나와 가장 가까운 담배 창고 근처의 포플러 나무 위로 도망갔다. 개들은 그곳에서 약 십오 분 동안 그를 궁지에 몰아넣다가 잠을 자기 위해 총총히 사라져 버렸다. 열정이 부족한 그들의 천성이 일시적인 야심을 능가했던 탓이었다.

아직까지 수잔 워렌의 모습은 코빼기도 보이지 않았다. 결국 그녀가 자신을 속인 것이라는 의심이 들었다. 그는 자신의 의심을 증명하기 위해, 그리고 얼굴과 발목 여기저기에 부푼 자국을 만들어 내고 있는 모기들로부터 달아나기 위해 나무에서 내려가 헛간을 다시 한번 탐색해 보기로 결심했다. 하지만 막상 내려가려 하자 풀밭에서 이상한 소리가 들려오는 것이 아닌가. 그것이 그저 평범한 귀뚜라미인지 아니면 키치 씨가 저녁 식사를 하는 동안 묘사했던 뱀들 가운데 하나인지는 알 수 없었지만 내려가려던 생각은 그 모든 매력을 잃고 말았다. 그래서 비록 그 소리가 더 이상 들리지 않았음에도 불구하고, 그리고 모기들 역시 전혀 식욕을 잃지 않았음에도 불구하고 그는 나무에서 상당히 오랫동안 더 머물러 있었다. 너무나 겁이 나서 휴디브라스풍의 성난 풍자시조차 지을 엄두를 내지 못한 채.

그는 어쩌면 해가 뜰 때까지 그곳에 머물러 있어야 했는지도 모른다. 왜냐하면 마치 포주 뒤를 따르는 매춘부처럼 공포에 이어 부끄러움이 찾아왔기 때문이었다. 그는 이것이 조만간 자신을 덮치리라는 걸 이미 알고 있었다. 그리고 그 부끄러움은 무시무시한 눈의 매춘부, 절망을 데려왔다. 어느 순간 집 뒤쪽에서 "이제 됐어, 수잔. 잘 자, 그리고 그만 가!"라고 말하는 남자의 목소리가 들려왔다. 그런 다음 현관의 문이 닫히고 외투를 입은 형체 하나가 멀리 마당을 가로질러 헛간으로 들어가는 모습이 보였다.

에브니저는 생각했다. "악당 미첼이 그녀를 거실에 잡아 두고 있었군!" 그리고 그 경작자가 친근하면서도 상스럽게 그녀에게 인사했었다는 것을 기억했다. "방을 나선 후에 누군가에게 잡혀 어떤 음탕한 오락에 봉사하다가 이제야 가까스로 빠져나오는 모양이군!"

이러한 추측은 그를 연민으로 채워 주기는커녕 '사이프리언' 여인들의 곤경이 그랬던 것처럼 곧 그의 열정에 다시 불을 지폈다. 그는 조용히 그리고 조심스럽게 포플러 나무에서 미끄러져 내려와 커다란 풀숲 사이를 통해 헛간 쪽으로 가만히 뒤를 밟았다. 어느 순간에라도 그의 발뒤꿈치에 독사의 송곳니를 느끼리라 예상하며. 하지만 그는 안전하게 문간에 도착했고 소리 없이 들어갔다. 헛간 안에는 가리개로 가려진 랜턴의 불빛이 희미하게 빛나고 있었다.

그가 "쉿!" 하고 속삭였다. 그러자 "쉿" 하는 대답이 돌아왔다. 에브니저는 그가 서 있는 곳의 벽 바로 밑에서 명백히 인간의 것인 괴로운 호흡 소리를 들었다. 그래서 더 이상 말을 걸지 않고 갑작스럽게 공격하리라던 원래의 계획을 실행에 옮기기로 결심했다. 그는 매우 조심스럽게 자신의 먹이 쪽으로 살금살금 걸어갔다. 돼지우리 안에서의 그녀의 위치는 거친 호흡과 불안하게 움직이는 돼지들로 인해 쉽게 포착할 수 있었다. 그는 사실상 자신이 그녀를 덮칠 수 있는 위치에 있다고 판단하고 나서야 "수지, 수지, 나의 귀염둥이, 나의 비둘기!" 하며 낮은 소리로 중얼거렸다. 동시에 그녀라고 생각되는 형체를 사랑스럽게 힘껏 껴안았다.

그는 맨다리를 느꼈다. 그리고 허벅다리, 하지만……

"세상에, 도대체 이게 뭐야?"

남자의 목소리였다. "정말, 이게 뭐요?" 그리고 짧은 격투 끝에 시인의 얼굴이 우리 안의 냉습한 짚 위에 처박혔다. 그의 희생자가 되어야 할 사람은 그의 등을 타고 앉아서 그의 팔을 붙들고 있었다. 암돼지, 수돼지, 새끼 돼지들은 저 멀리 우리의 끝에서 모두 하나가 되어 신경질적으로 코를 쿵쿵거리고 있었다. "당신은 나를 당신의 귀염둥이, 당신의 비둘기로 생각했소, 그렇지? 당신은 대체 누구요?"

에브니저가 간청했다. "제발 내게 설명할 기회를 주시오! 나는 미첼 선장의 손님이오!"

"우리의 손님이라고! 당신은 이런 방식으로 우리의 친절에 보답하는 거요? 우리의 사과술을 마시고 우리의 옥수수 죽을 먹어 놓고는 나의 포샤를 덮칠 생각을 하다니!"

"포샤? 포샤가 누구요?"

"내 아버지는 포샤를 바로 수지라고 부른다오. 내 장담컨대 그가 당신을 선동하여 이 짓을 하게 했겠지!"

계관시인의 심장이 쿵 내려앉았다. "당신의 아버지라고! 그렇다면 당신이 바로 팀 미첼이오?"

"바로 그렇소. 그러는 당신은 어떤 배은망덕한 인간이오?"

"나는 에브니저 쿠크요. 메릴랜드의 계관시인이죠."

"설마!" 미첼은 분명 대단히 감명을 받은 말투였다. 그리고 놀랍게도 에브니저를 즉시 놓아주었다. "일어나 앉으세요. 그리고 나의 무례한 행동을 용서하시오. 나는 그저 포샤의 정절을 걱정했던 거요."

시인이 말했다. "나는……, 나는 당신을 충분히 용서하오." 그는 상대방의 말을 의아하게 여기며 서둘러 일어나 앉았다. 목소리로만 판단할 때 팀 미첼은 적어도 에브니저 또래의 남자였다. 어떻게 그가 수잔의 순결에 대해 말할 수 있지? "당신은 나를 놀리고 있는 것 같소, 미첼 씨. 그렇지 않나요?"

상대방이 한숨을 쉬며 말했다. "아니면 당신이 나를 놀리고 있든지요. 아 글쎄, 우리는 당신에게 정통으로 걸렸지 뭡니까. 이제 포샤의 목숨은 당신 손에 달려 있어요."

"그녀의 목숨이라고! 그렇다면 그녀가 여기 이 우리 안에 있단 말이오?"

"물론이죠. 저쪽에 다른 무리들과 함께요. 부탁이니 제발 아버지에게는 한 마디도 하지 말아 주세요!"

시인이 외쳤다. "저런! 이게 대체 무슨 미친 짓이오, 미첼 씨? 부탁이니 설명을 해 보시오!"

상대방은 한숨을 쉬었다. "차라리 미쳤다면 낫게요. 우리를 파멸시킬 작정이라면 그렇게 하세요. 하지만 당신이 신사라면 아마도 당신은 우리를 그냥 내버려 두겠지요."

에브니저가 믿을 수 없다는 듯이 물었다. "당신이 수잔을 사랑한다는 거요?"

팀 미첼이 대답했다. "예, 그래요. 그녀를 본 바로 그날부터 사랑해 왔소. 그녀의 진짜 이름은 포샤요, 쿠크 씨. 아버지는 자신의 예전 정부인 매춘부의 이름을 따서 수지라고 부르죠. 그는 그녀를 자신의 재산으로 여긴다오. 그리고 그녀를 짐승처럼 다루죠! 만약 그가 우리가 서로 사랑하고 있다는 사실을 알게 된다면 그는 아마 미친 듯이 화를 낼 거요!"

에브니저의 뇌는 어지럽게 돌았다. "친애하는 미첼 씨……."

티모시가 불안정한 목소리로 계속해서 말을 이어 갔다. "그 악당! 그는 새로운 여자를 손아귀에 넣을 때까지 밤마다 가엾은 포샤에게 찾아오죠. 그는 그녀가 아직 그를 밀어내기에는 너무 어린 새끼 돼지였을 때 그녀의 처녀막을 취해 버렸소."

에브니저는 새끼 돼지의 비유에 감탄하지 않을 수 없었다. 그러나 수잔의 과거에 대한 설명은 분명 아귀가 맞지 않았다. 그가 볼멘소리로 항의했다. "제가 단언하건대 정말 이것은……."

"그의 비열함은 끝이 없어요." 티모시가 쉿 하고 불만을 토로했다. "비록 내 아버지이긴 하지만 나는 그를 악마만큼이나 싫어하죠! 이 일에 대해서는 아무 말도 하지 말아 주세요. 부탁입니다. 만약 그가 우리 사랑에 대해 조금이라도 알게 되면, 그는 심술이 나서 늘 그녀에게 군침을 흘리던 느끼한 수퇘지 녀석에게 가엾은 포샤를 던져 줄 겁니다. 그리고 그 수퇘지로 하여금 그녀에 대한 욕정을 채우게 하겠죠."

에브니저가 숨을 헐떡이며 말했다. "당신 말은 설마……."

하지만 그에게 진실이 서서히 이해되기 시작하려는 순간, 젊은 미첼이 "포샤! 여기로, 포샤, 쉬이!" 하고 불렀고 한 짐승이 어둠 속 먼 벽에서부터 발을 끌며 다가왔다.

팀이 자랑스럽게 말했다. "저길 보세요. 얼마나 나긋나긋한지!"

계관시인이 속삭였다. "그만둬요!"

"그녀를 당신의 누이라고 생각해 보세요. 그녀를 저 더러운 짐승에게 유린당하도록 내버려 두겠어요?"

에브니저가 외쳤다. "그렇지 않을 거요. 그리고 나는 그 비유에 모욕감을 느끼오! 사실 나는 수간(獸姦)을 하는 자와 수퇘지 가운데 누가 더 짐승 같은지 판단할 수 없소. 이것은 내가 만나 본 중에 가장 지독한 악이오!"

티모시 미첼의 목소리에는 그러한 불 같은 반응에 대한 두려움보다는 실망감이 더 배어 있었다. "아, 선생, 어떤 사랑의 실천도 그 자체로는 악이 아니오. 시인이면서도 진정 그것을 모른단 말이오? 신체의 일부분을 결합하는 것 자체가 아니라 간통, 강간, 기만, 부정한 유혹, 이러한 것들이 바로 사악한 거요. 죄는 행위에 있는 게 아니라 상황에 있는 거란 말이오."

에브니저는 이 별난 도덕가의 얼굴이 궁금해졌다. "남자와 여자에 대해서 하는 말이라면 당신의 말은 사실일지도 모르지요."

티모시가 대뜸 핀잔을 주었다. "시인이 그렇게 가볍게 듣다니 부끄러운 줄 아시오! 내가 말하는 것은 수컷과 암컷이오. 남자와 여자가 아니라."

"하지만 그런 불결하고 부자연스러운 결합이라니!"

티모시가 웃으며 대꾸했다. "내 생각에 자연은 당신만큼 그렇게 까다롭게 굴지는 않는 것 같소, 선생. 발정 난 토끼 사냥개는 짝짓기를 할 암캐를 찾소. 하지만 그 암캐가 턴스피트 종이든 마스티프 종이든 가릴 것 같소? 아니오. 게다가, 맙소사, 그는 어떤 대상에라도 달려들 것이오. 그것이 자신의 암캐든 형제든 주인의 구두이든! 그의 욕망은 자연스럽고 목표에 대한 철저한 충동을 가지고 있어요. 말하자면 사냥개와 암캐 한 쌍이 그 중심에 있을 뿐이죠. 나는 저기 있는 스패니얼이 양과 흘레붙는 것을 본 적이 있어요."

에브니저가 한숨을 쉬었다. "당신이 아무리 화려한 수사를 동원하여 색칠하고 분칠을 해도 수간(獸姦)에는 죄악의 그림자가 드리워져 있어요. 이 가련한 말 못 하는 짐승들은 무심코 약점을 드러냈을 뿐이에요. 하지만 인간은 자연의 안배를 볼 수 있을 만큼 충분한 빛을 가지고 있다고요."

티모시가 말을 받았다. "그리고 그것이 종을 번식시키는 것 외에는 아무런 목표를 가지고 있지 않다는 것을 볼 수 있을 만큼 충분한 지각을 가지고 있죠. 그리고 짐승들은 어쩔 수 없이 하는 일을 재미 삼아 할 수 있을 만큼 충분히 재치도 있고요. 나는 여자들과 아무런 문제도 없소, 시인 양반. 나는 지금까지 많은 아가씨들을 사랑해 왔고 분명 앞으로도 계속 그럴 거요. 하지만 성경이 우리에게 죽음은 선악과의 열매라고 말하듯이 내 생각에 권태는 재치와 공상의 열매요. 새로운 여인이 밤에 적절한 방에 반듯이 누워 있고 그녀의 연인은 만족하오. 하지만 그들은 이러한 단순한 즐거움에 곧 물리게 되죠. 그래서 자신들의 오락을 갱신하기 시작한다오. 그들은 아레티노[21]에게서 다양한 웅크림과 자세의 즐거움을 배웁니다. 보카치오 등으로부터는 대낮에, 들판에서, 포도주 통과 굴뚝 구석에서 사랑을 나누는 법을 배우지요. 그들은 또한 카툴루스[22]와 음탕한 그리스인들에게서 '숲으로 가는 길은 하나만 있는 것이 아니'며 다양한 방법으로 많은 숲들을 탐험할 수 있음을 배우지요. 만약 그들에게 재치와 용기가 있다면 그들의 발견은 끝이 없을 거요. 그리고 만약 그들이 글을 읽을 줄도 안다면, 그들은 원하는 대로 인류의 사랑 방식에 대해 연구할 수도 있어요. 중국인, 무어인, 터키인, 아프리카인 그리고 가장 똑똑한 유럽인들의 쾌락에 관해 말이오. 그게 자연스러운 것 아니겠소, 선생? 우리와 같은 남자들이 여자를 사랑하게 되면 우리는 그녀의 모든 부위들, 모습들과 사랑에 빠지게 되죠. 우

---

21) 피에트로 아레티노(Pietro Aretino, 1492~1556년). 16세기 로마의 작가. 성교 체위와 관련된 소네트를 남겼다.
22) Catullus(기원전 84~기원전 54년). 고대 로마 공화정 말기의 서정시인. '레스비아'라는 이름의 귀부인에 대한 사랑과 실연의 감정을 노래한 연애시로 유명하다.

리는 우리가 사랑하는 사람들의 모든 드러난 부분과 비밀스러운 부분들을 우리의 모든 감각을 동원하여 알아내기 전까지는 잠시도 쉴 수가 없어요. 그런 다음에는 우리가 그녀의 피부 밑으로 들어갈 수 없다는 사실에 이를 갈며 원통해하죠! 나는 당신과 같은 대단한 시인은 아닙니다만, 선생. 하지만 나는 일전에 이러한 갈망을 시로 옮긴 적이 있어요.

　　당신의 눈물을 맛보게 해 줘요,
　　그리고 당신 귀 속의 귀지를.
　　당신의 육체가 만들어 내는 포도주를 마시게 해 줘요."

　에브니저가 외쳤다. "아! 세상에! 토하기 전에 그만두시오! '당신의 육체가 만들어 내는 포도주'라니! 나는 이런 시는 한 번도 들어 본 적이 없소!"

　"당신은 소네트 작가인 반스 씨를 전혀 모르는가 보군요? 그는 자신의 정부(貞婦)가 들고 있는 잔 속의 셰리주가 되고 싶어 했소. 그녀가 자신을 혀에 말고 자신을 가지고 그녀의 사랑스러운 피를 데우며 그리고 이내 자신을 오줌으로 배출할 수 있도록 말이오."

　에브니저가 인정했다. "당신이 내게 말해 준 이 모든 것이 어느 정도는 진리를 담고 있는 것 같소. 더 나아가 나는 시인 하겠소. 만약 내가 순결을 지키기로 결심하지 않았다면, 아니, 웃지 마시오, 선생. 이건 사실이오. 때가 되면 내가 설명하겠지만 아무튼 내가 만약 순결을 지키기로 결심하지 않았다면, 그리고 내가 다른 많은 남자들처럼 애인이 있다면 나는 당신이 말하는 이러한 충동, 즉 모든 방법을 동원하여 그녀를 속속들이 알고 싶은 충동을 느꼈을지도 모르오. 내가 아무리 들이켜도 그녀라는 증류수에 남아 있을 그녀의 '육체가 만들어 내는 포도주' 같은 그런 술들만은 사양하겠지만 말이오! 이것에 부자연스러운 것은 없소. 이것은 그저 플라톤이 말한 바 있는 연인의 오래된 소망이오. 자신이 사랑하는 사람과 한 몸이 되는 것 말이오. 그리고 특히 시인들에게는 그리 놀랄 만한 일이 아니죠. '사랑'과 '여인'이야말로 시의 흔한 소재가 아니겠소. 하지만 페트라르카의 로라에서 혹은 심지어 반스의 목마른 여자로부터 여기 당신의 뚱뚱한 암돼지 포샤로 옮겨 가는 것은 너무 심한 비약이오!"

팀이 말했다. "그 반대죠, 선생. 이것은 전혀 비약이 아니오. 당신은 이미 내 경우를 변호했소. 소크라테스는 그의 침대를 데우기 위해 크산티페와 결혼했소. 하지만 그는 또한 어린 그리스 소년을 희롱했죠. 당신은 여성들이 종종 시의 재료가 된다고 말했소. 하지만 사실 시인이 노래하는 것은 이 넓고 광활한 세상이오. 신이 창조한 모든 것이 그의 연인이죠. 그리고 그는 그녀에 대해 똑같은 사랑과 무한한 호기심을 가지고 있소. 하늘도 알다시피 그는 여성의 육체를 사랑합니다. 이를테면 그녀의 양 허벅지 사이의 작은 빈 공간 같은 곳 말이오. 그가 사랑하는 그 허벅지들은 서로 만나 달콤한 마찰을 일으키죠. 그리고 허리의 잘록한 부분에 있는 두 개의 조그맣게 옴폭 들어간 곳은 그의 입술이 결코 낯설지 않고요."

에브니저가 말했다. "그것은 이미 꽤 알려진 사실이오." 그의 피는 새롭게 더워지기 시작했다. "여성의 육체는 경이롭죠!"

"하지만 그렇다고 당신은 남성의 아름다움을 보지 못하는 거요, 선생? 만약 당신이 플라톤의 눈이나 셰익스피어의 눈을 가지고 있다면 그렇지 않을 거요. 몸이 잘 발달된 남자는 얼마나 아름답습니까! 그 잘생긴 갈빗대들, 장딴지와 허벅지의 울퉁불퉁한 근육들, 정맥과 힘줄로 이랑지고 구획된, 여자의 것보다 더 눈을 즐겁게 하는 손의 윤곽, 가장 세심한 조각가들도 완벽하게는 표현해 낼 수 없는 가슴팍의 선 그리고 그 중에서 가장 고귀한, 휴식을 취하고 있는 그의 성기! 여성의 사랑스러운 단정함과 얼마나 대조적인가요! 내 생각에 그리스 조각가들의 가장 중대한 결점은 그들이 조각한 대리석 남자들이 작은 소년들에게나 어울릴 만한 성기를 가지고 있다는 데 있는 것 같소. 그것은 소년에게 애정을 품는 남색적인 예술이죠. 그리고 나는 그것을 아주 질색하오. 만약 그들이 고대 사람들이 숭배했던 살아 있는 진실을 조각했다면 얼마나 경이롭겠소. 힘 그 자체를 상징하는 곤봉 모양과 두 개의 구체(球體)[23] 말이오!"

에브니저가 마지못해 말했다. "나 역시 때로는 남자들에게 감탄합니다. 하지만 내 육체는 남자를 두고 사랑을 연관시키는 데는 주춤하지요!" 보이지 않는 상대의 말들은 사실 그가 삼 개월도 더 전에 '포세이돈'의 앞갑판 선실에서 당했던 모욕

---

23) 남성의 성기를 가리킨다.

을 생각나게 했다.

팀이 가볍게 말했다. "그렇다면 더욱 안타까운 일이지요. 왜냐하면 시에서는 남자에 대해 할 만한 얘기가 많이 있거든요. 때때로 나는 소망한다오. 말에 재능이 있었으면, 혹은 어떤 시인이 내 영혼에 깃들었으면 하고 말이오. 만약 그랬다면 나는 남자들과 여자들의 몸에 대해 그리고 나머지 창조물들에 대해 어떤 시행을 만들어 냈을까요!" 에브니저는 그가 포샤를 토닥이는 소리를 들었다. "커다란 사냥개들아, 암말을 찾아라. 아님 황금 암소를 찾든지. 어떻게 여자들과 남자들이 그런 잘생긴 짐승들을 그저 가볍게 토닥이는 것으로 만족할 수 있겠는가? 나는, 나는 그들을 내 영혼의 아주 깊숙한 곳에서부터 사랑한다. 내 심장은 그들의 몸에 대한 열정으로 아프다!"

계관시인이 꾸짖었다. "그건 도착(倒錯)이오, 미첼 씨! 당신은 이제 플라톤과 셰익스피어와는 절교했소! 그리고 다른 모든 신사들과도 역시!"

티모시가 힘을 주어 말했다. "하지만 인류하고는 아니오. 에우로파[24], 레다[25], 파시파에[26]'는 나의 누이들이오. 미노타우로

---

24) 황소의 모습을 하고 접근한 제우스와 사랑하여 미노스와 라다만토스를 낳는다.

25) 스파르타의 왕 틴다레우스의 왕비. 백조의 모습으로 접근한 제우스와 관계하여 알을 낳는다. 그 알에서 헬레네, 폴리데우케스, 카스토르, 클리타임네스트라가 태어난다.

26) 크레타의 왕 미노스의 왕비. 황소와 사랑하여 괴물 미노타우로스가 태어난다.

스, 고르고[27], 켄타우로스[28], 이집트의 짐승 머리를 한 신들 그리고 반드시 두꺼비나 거위나 곰의 형태로 사랑을 받아야 하는 동화 속 잘생긴 왕족들이 바로 내 후손들이지요. 나는 이 세상을 사랑하오, 선생. 그리고 그것에 사랑을 호소하죠! 나는 남자와 여자 들, 수십 종의 짐승들, 나무 줄기들, 꿀로 덮인 꽃의 자궁들에 나의 씨를 뿌렸소. 나는 대지의 검은 젖가슴을 희롱하고 그녀를 꼭 껴안았소. 나는 파도에 구애했고 동서남북의 바람들을 임신시켰으며 나의 정열을 하늘의 별들을 향해 던졌소!"

이러한 심정을 너무나도 고양된 목소리로 토로하는 상대방을 미친 게 아닌가 의심하기 시작한 에브니저는 그로부터 몇 센티미터쯤 멀리 가능한 한 조심스럽게 뒷걸음질 쳤다.

그가 말했다. "그것은 대단히 흥미로운 관점이군요."

티모시가 말했다. "나는 그것이 당신을 즐겁게 하리라 확신해요. 이것이야말로 시인이 세상을 바라보는 유일한 방식이죠."

"아, 글쎄요. 나는 내가 당신의 보편적인 취향을 공유하고 있다고 말하지는 않았는데요!"

티모시가 웃으며 말했다. "이봐요, 선생! 당신이 잠결에 이곳까지 와서 수지를 부른 것은 아니겠지요!"

에브니저는 항의조로 몇 마디 중얼거렸다. 그는 티모시로

---

27) 바다의 신 포르키스와 그의 누이 케토 사이에서 태어난 스텐노, 에우리알레, 메두사 등 세 자매를 가리킨다.
28) 그리스 신화에 나오는 반인 반마의 거인.

하여금 메릴랜드의 계관시인이 그의 가축에 대한 사악한 정욕을 공유하고 있다고 믿도록 내버려 두고 싶지는 않았지만 한편으로는 자신이 헛간으로 간 진짜 이유를 밝힐 준비가 되어 있지 않았다.

팀의 말은 계속되었다. "당신은 신사이니 그녀를 지금 못살게 굴지는 않겠죠." 에브니저는 그가 더욱 가까이 다가오는 소리를 듣고 또 한 발자국 물러났다.

그가 부끄러움으로 안절부절하며 외쳤다. "그것은 순전히 판단 실수였소. 모두 설명할게요!"

"어째서요? 당신이 나의 포샤를 건드리지 않았는데도 내가 당신의 명성을 망치려 하고 있다고 생각하십니까? 수잔 워렌이 내게 모두 말해 주었어요. 그리고 나는 그녀에게 당신을 기다리라고 말했죠. 당신을 곧장 그녀에게 안내하겠소. 그러면 당신은 밤새도록 그녀와 재미를 볼 수 있을 거요." 그는 에브니저가 미처 달아나기 전에 그를 따라잡아 그의 팔 위쪽을 붙잡았다.

계관시인이 걱정스럽게 말했다. "이건 지나친 친절인 것 같은데요. 하지만 나는 가고 싶은 마음이 전혀 없소. 수잔 워렌에게 나쁜 생각을 품은 건 사실이지만 나는 정말로 숫총각이오. 맹세해요. 어떤 갑작스럽고 터무니없는 열정이 나를 사로잡았던 거요. 지금은 그것에 대해 몹시 부끄럽게 생각하고 있소." 그는 다시, 그리고 괴로운 심정으로 '포세이돈'에서 당했던 일을 떠올렸다. "신중함이 나의 열정을 식힐 때까지 내 계획이 지체된 것을 하늘에 감사하오. 그렇지 않았다면 나는 나 자신과 그녀에게 똑같이 몹쓸 짓을 했을 거요!"

팀이 시인의 팔을 더욱 단단히 움켜쥐면서 부드럽게 물었다. "그렇다면 당신은 정말 아직도 숫총각이오? 어떤 일이 있어도 동정을 지킬 생각이오?"

그것은 그때까지 사용했던 것과는 전혀 다른 목소리였다. 계관시인의 목털이 쭈뼛 섰다. 에브니저는 너무 놀라서 아무 말도 할 수 없었다.

새로운 목소리가 덧붙여졌다. "믿기 어려운데. 그래서 나는 당신을 돼지 치는 여자에게 데려가겠다고 말한 거요."

시인이 숨을 헐떡이며 겨우 말했다. "내 귀를 믿을 수 없어!"

"미첼이 내게 저녁 식사 손님에 대해 말했을 때, 나 역시 내 귀를 믿을 수가 없었지. 우리의 눈은 좀 더 믿을 수 있을까?"

그가 랜턴을 가리고 있던 가리개를 완전히 치웠다. 돼지들이 천천히 불빛 쪽을 쳐다보았다. 노란 불빛 속에서 에브니저가 본 것은 턱수염이 나고 머리카락이 검은 플리머스의 '피터 세이어' 벌링검이 아니라(그것도 충분히 믿을 순 없었지만) 옷을 잘 차려입고, 부드럽게 면도하고, 필즈에 있는 세인트자일스와 런던에서의 가정교사와 같은 가발을 쓰고 있는 벌링검이었다.

22 계관시인이 궁극적인 목표를 향한
어떤 발판도 얻지 못하지만 잃지도 않다

시인이 외쳤다. "내가 한 번 속은 건가요, 아니면 두세 번

속은 건가요? 지금 내 앞에 서 있는 사람이 벌링검인가요, 아니면 내가 플리머스에서 헤어진 사람이 벌링검이었나요, 아니면 당신들 둘 다 사기꾼들인가요?"

벌링검이 미소를 지으며 인정했다. "세상은 사기를 치기에 더할 나위 없이 좋은 곳이지."

"당신은 지난번에 봤을 땐 너무나도 많이 변해 있더니 이젠 다시 예전의 모습으로 돌아왔군요!"

"그것은 내가 지금까지 자네에게 종종 얘기했던 것을 반복하는 것에 지나지 않아, 에벤. 자네의 일관되고 진정한 벌링검은 오직 자네의 공상 속에서만 살고 있네. 세상의 명백한 질서가 그렇듯이 말야. 사실 자네는 헤라클리투스적 흐름(Heraclitean flux)을 보고 있는 거야. 우리 자신이 이동하고 변하고 해체되는 건지, 아니면 자네의 렌즈가 색깔과 시야와 초점을 바꾸는 건지, 아니면 둘 다인지는 모르는 거야. 하지만 아무튼 결과는 같아. 그리고 그것을 받아들이거나 거부하는 것은 자네의 몫이야."

에브니저는 고개를 저었다. "사실 당신은 내가 런던에서 알았던 사람이에요. 하지만 나는 피터 세이어가 사기였다는 것을 믿을 수가 없어요!"

벌링검이 여전히 랜턴을 든 채 어깨를 으쓱했다. "그렇다면 그가 그때 이후로 머리카락과 턱수염을 면도했다고 말하면 되지. 이 경우 내가 그랬듯이 말야. '그리고 더 이상 이렇게 목소리를 변조하지 않는다고 말야.'" 그는 이 마지막 말들을 에브니저가 플리머스에서부터 기억하고 있는 목소리로 말했다.

"이 세상에서 살아가기 위해서는, 다른 사람의 장단에 맞춰 춤을 추든지 자신의 장단을 세우고 전 세계가 거기에 보조를 맞추게 만들어야 해."

"내가 홀에서 춤추는 걸 싫어하는 것도 바로 그런 이유예요." 에브니저가 웃었다. "물론 오늘 밤은 거의 그럴 뻔했지만."

헨리가 시인의 어깨 위에 손을 얹었다. "나도 사건의 전말을 알고 있어, 친구. 그 창녀는 자네를 잠시 벗겨 먹었던 거야. 하지만 내가 곧 그녀에게서 2파운드를 되찾아 주겠네."

"상관없어요." 시인이 슬프게 미소 지었다. "내가 그녀에게 준 것은 하찮은 반지일 뿐이에요. 그리고 나는 그녀가 내 음탕한 계획을 좌절시킨 것에 감사해요." 그 말을 하고 나자 방금 전 어둠 속에서 친구와 나누었던 대화가 떠올랐다. 그는 얼굴을 붉히고 다시 웃었다. "당신이 돼지와 그 외 것들에 대한 열정을 가장했던 건 나를 골탕 먹이기 위해서였군요!"

헨리가 단호하게 부인했다. "천만에. 말하자면 나는 그녀를 '특별히' 사랑하는 건 아냐. 하지만 그녀는 정말로 나이에 비해 군침 도는 살덩이지. 그리고 여러 번……."

"잠깐만요. 당신은 아직도 나를 놀리고 있어요!"

벌링검이 말했다. "마음대로 생각해. 사실은 에벤, 나도 순결에 대해선 자네와 같은 생각을 갖고 있다네."

이 고백을 듣고 너무 놀라고 기쁜 나머지 에브니저는 그의 친구를 양팔로 껴안았다. 그러나 벌링검이 너무나도 의미심장하게 반응해서 시인은 충격을 받고 상처를 입은 채 놀라 외치며 곧 뒤로 물러났다.

헨리가 명랑한 어조로 계속 말을 이어 갔다. "내가 말하려던 것은 나 역시 한때는 순결에 집착했었다는 거야. 자네가 자네의 시에서 말했던 것과 똑같은 이유로 말일세. 하지만 나는 곧 동정을 잃었고 그렇게 해서 세상에 나를 맡기게 되었지. 그때 나는 맹세했어. 이왕 타락한 몸이니 이제부터는 나를 배반한 뱀을 숭배하리라고. 그리고 죽기 전에 정원에서 자라는 모든 열매를 맛보고 말리라고! 자네 생각엔 내가 어떻게 성자에 가까운 헨리 모어 같은 사람을 정복한 것 같은가? 그리고 그 멋진 뉴턴이 미칠 듯이 나를 사랑하게 만든 비결은? 내가 볼티모어로부터 어떻게 내 지위를 얻어 냈을 것 같아? 그리고 프랜시스 니콜슨은 또 어떻게 구워삶고?"

"세상에, 당신 설마 그들 모두와……."

헨리가 에브니저의 반대를 예상하고 말했다. "아냐. 말하자면 그들은 거의 그런 식으로 생각하지는 않았어. 하지만 스무 살도 되기 전에 나는 뉴턴이 우주의 행성 궤도에 대해 알았던 것보다 세상의 정욕에 대해 더 많이 알게 되었지. 나의 실험은 끝이 없었어. 육체의 '프린키피아'라도 쓸 수 있었을 거야! 뉴턴이 저울추와 줄들을 좌우로 흔들었을 때, 그 저울추와 줄들은 도대체 어떤 힘이 마음대로 자신들을 움직이는지 알았을까? 뉴턴이 그리고 여기 있는 포샤가 그들에게서 '원하는 반응을 일으키기 위해 내가 어떤 신경과 사랑의 샘을 자극하는지'에 관해 아는 것 이상은 몰랐을 거야."

계관시인은 이러한 뜻밖의 고백에 몹시 놀라서 헨리가 그들과 더욱 분명히 관련된 주제, 즉 플리머스에서 그들이 따로 항해한 것과 그들의 현재 상황에 관한 이야기로 주제를 바꾸기 전까지 그의 말을 제대로 이해할 수가 없었다. 헨리는 자신이 겪은 일들을 이야기해 주었다. 그는 슬라이 선장과 스커리 선장을 속여 자신을 존 쿠드라고 믿게 하는 데 성공했고 존 쿠드로 행세하며 그들과 메릴랜드까지 동행했다. 그리고 그 과정에서 쿠드가 상당한 규모의 쌍방향 밀수 작업을 지휘하고 있음을 확인했다. 그 반도의 지시 아래, 예를 들어 수많은 선장들이 메릴랜드 담배를 면세로 뉴욕으로 밀수하고 있었다. 그곳에서 네덜란드인 공범들이 그것을 큐라소, 수리남 혹은 뉴펀들랜드 시장으로 가져가 불법으로 유통시켰다. 그들은 그 것을 바베이도스로 수출하기도 했는데 그곳에서 그것은 큰 통에서 정상적인 상품으로 보이는 상자들로 옮겨져 영국으로 밀수입되었다. 또한 그들은 그것을 곧장 스코틀랜드로 밀수출하기도 했다. 그리고 그곳에서 돌아올 때 외국 항구로부터 화물들을 수입하여 럼주 몇 통과 좀처럼 제조되지 않는 상품들이 담긴 상자들을 현지 세관들에게 뇌물로 주는 더욱 간단한 방법으로 곧장 메릴랜드로 들어 갔다.

그가 말했다. "이런 방식으로 쿠드는 반란 자금의 대부분을 벌어들였어. 물론 그에겐 확실히 다른 세입원도 있었지." 그는 계속해서 모든 징후로 판단할 때 그 음모가는 아마도 일 년 안에 쿠데타를 일으킬 게 틀림없다고 강조했다. 슬라이와 스커리의 말들을 종합해 보면 그것은 틀림없는 사실이었다. 하지만 그들은 그러한 반란 행위의 주체가 누가 될 것인지에 대해서는 어떤 암시도 주지 않았다는 것이다.

계관시인이 물었다. "그런데 왜 당신은 니콜슨에게 가지 않고 여기 있는 거예요? 그에게 알려야 하잖아요!"

벌링검이 고개를 저었다. "니콜슨의 충성심에 대해서도 그렇게 확신할 순 없어, 에벤. 물론 겉으로 보기에는 정직해 보이지만 말야. 어쨌든 그는 골치 아픈 일이 생길 것에 이미 충분히 대비하고 있으니 이런 사실을 알려 준다고 해서 특별히 더 경계하거나 하지는 않을 거야. 우선 내 말을 마저 들어봐." 그는 어떻게 자신이 진짜 쿠드가 세인트메리즈의 선착장에 나와 있을 경우를 대비해 버지니아의 커코우탄에서 은밀하게 슬라이와 스커리의 배에서 내렸으며, 또 어떻게 지금과 같은 가장 혹은 에브니저가 선호하는 방식으로 말하자면 변장으로 불과 몇 주 전에 메릴랜드로 건너왔는지 얘기해 주었다. 그는 또한 세인트메리즈에서 '포세이돈'에 대해 탐문하는 과정에서 계관시인이 해적에게 납치되었음을 알게 되었다고 말해 주었다.

그가 새삼 흥분된 어조로 외쳤다. "맙소사, 자네와 함께 배를 타지 않은 나 자신을 얼마나 저주했는지! 나는 이런저런 이유로 그놈들이 자네를 없앴을 거라고 추정할 수밖에 없었어."

에브니저가 끼어들었다. "그렇다면 헨리, 얼마 후 계관시인 행세를 한 건 당신이었나요?"

벌링검이 고개를 끄덕였다. "자네는 날 용서해 줘야 해. 나는 그저 탄원서에 자네의 이름을 사용했을 뿐이야. 나는 자네가 자네의 대의에 봉사할 기회를 갖기 전에 죽었다는 것이 안타까웠고, 또 자네가 죽었다는 소식을 듣고 기뻐할 쿠드가 생각났어. 그때 마침 니콜슨이 자신의 정부를 세인트메리즈에서 앤아룬델 타운으로 옮길 의도를 천명했다네. 구교의 얼룩을 벗겨 내기 위해서였지. 그러자 세인트메리즈에 거주하던 몇몇 사람들이 수도 이전에 항의하는 탄원서를 돌렸어. 나는 그 위에서 쿠드의 이름을 본 거야. 그리고 그에게 혼동을 주기 위해 자네의 이름 역시 첨부했던 거지."

"소중한 친구!" 에브니저의 눈에서 눈물이 흘러나왔다. "그 단순한 행위 때문에 나는 거의 죽을 뻔했다고요!"

벌링검은 깜짝 놀라며 그 이유를 물었다. 하지만 에브니저는 우선 그의 이야기를 마저 다 들은 후에 플리머스에서 지금 그들이 앉아 있는 짚단이 있는 곳으로 올 때까지 자기가 어떤 일을 겪었는지 얘기해 주겠다고 말했다.

헨리가 말했다. "더 얘기할 것은 별로 없어. 그들은 자네의 트렁크를 합법적으로 판매할 수 있게 되기까지 기다리지도 않고 서둘러 치워 버렸더군. 하지만 나는 가까스로 자네의 공책을 손에 넣었다네."

"하느님 감사합니다!"

"자네의 시를 보며 얼마나 많은 눈물을 흘렸는지 몰라! 지금 이 순간에도 그 시를 집에 가지고 있다네. 하지만 주인을 다시 만날 수 있으리라곤 꿈에도 생각지 못했어."

그는 계속해서 말을 이어 갔다. 세인트메리즈에 머무는 동안, 그는 쿠드가 그 커다란 사기에 대해 알고 너무나도 화가 난 나머지 슬라이와 스커리를 처벌 삼아 수익성 좋은 밀수입선 운항에서 제외시켰다는 소식을 들었다. 게다가 미지의 첩자가 놓은 덫에 두려움을 느낀 쿠드는 얼마간 메릴랜드주 안에서 이루어지는 모든 밀수 작업들을 사실상 중단해야만 했다. 국왕 폐하의 담배 세입이 그렇게 높았던 적은 거의 없었다.

헨리의 이야기는 계속되었다. "나는 그 악당이 새로운 수입원을 필요로 할 거라고 생각했지. 그래서 최선을 다해서 그의 주변을 캤어. 그러다가 미첼 선장을 발견한 거야. 그는 쿠드의 가장 주요한 대리인 가운데 하나이고 그의 집은 종종 반도들의 회합 장소로 사용되곤 하지."

에브니저가 말했다. "그 말을 들어도 전혀 놀랍지 않군요." 순간 그의 얼굴이 창백해졌다. "맙소사, 그에게 내 이름을 말해 버렸어요. 그리고 내가 어떻게 해적들에게 잡혔었는지도요!"

벌링검이 두려운 얼굴로 고개를 저었다. "내가 들어갔을 때 그가 그렇게 말하더군. 하지만 자넨 메릴랜드에서 가장 운이 좋은 사람이야. 내 장담하지. 왜냐하면 그는 자네 둘이 미쳤다고 생각하고 있거든. 그가 자네들을 받아들인 건 자신의 저녁 식사 손님들을 즐겁게 해 주기 위해서였어. 내일 그는 자네를 내쫓을 거야. 만약 그가 아주 잠시라도 자네를 진짜 에벤 쿠크라고 여긴다면 자네 둘은 죽은 목숨이라고. 틀림없네."

그는 다시 자신의 이야기로 돌아가서 자신이 미첼에 관해 조사한 내용을 들려주었다. 조사 결과 그는 두 가지 유용한 정보를 알아냈다. 그 남자는 쿠드가 새로 계획하고 있는 사악한 음모의 도구였다. 그리고 그에겐 교육을 위해 사 년 전에 영국에 두고 왔던 티모시라는 아들이 있는데 그는 메릴랜드에서는 알려지지 않은 인물이었다는 것이다.

"나는 곧 미첼의 아들로 가장하기로 결심했어. 나는 집 안에 걸려 있는 그의 초상화를 본 적이 있거든. 그 모습은 나와 그렇게 다르지 않아서 사 년 동안 상습적으로 술을 마셨다고 둘러대면 별로 차이를 느낄 수 없을 정도였지. 그렇다 하더라도 나는 신중하게 일을 처리하기 위해 미첼에게 보내는 편지에서 쿠드의 이름을 도용했어. 편지에다 아들 팀이 이제 쿠드에게 고용되어 아버지를 위해 일을 하러 집으로 오고 있다고 말해 두었지. 비밀 명령을 보내는 것이 쿠드의 버릇이었어. 그리고 그것이 무엇을 의미하는지에 대해선 의문을 제기할 수 없었지! 나는 편지에 쓰인 대로 철저히 따랐어. 그리고 나를 런던에서 온 팀 미첼이라고 소개했지. 그때는 선장이 나를 자신의 아들이라고 믿든 쿠드의 대리인이라고 믿든 눈곱만큼도 중요하지 않았어. 그가 내게 이런저런 질문을 하면 나는 미소를 지으며 외면하곤 했지. 그러자 그는 더 이상 내게 질문을 하지 않았어. 하지만 그들이 꾸미고 있는 음모가 무엇인지는 아직 다 알아내지 못했다네."

"어쩌면 그것은 아편과 관련 있을지도 몰라요." 에브니저가 제안했다. 그리고 벌링검의 날카로운 시선에 변명하듯 덧붙였다. "바로 그것 때문에 돼지 치는 여자가 그 꼴이 된 거거든요. 그리고 그의 아내 역시 아편으로 살해되었고요." 그는 짤막하게 수잔 워렌의 이야기를 들려주었다. 조안 토스트가 메릴랜드에 있다는 기적 같은 우연과 그녀를 구하기 위해 수잔이 고귀한 희생을 했다는 내용을 포함하여. 벌링검은 에브니저가 얘기를 하는 내내 얼굴을 찌푸린 채 고개를 저었다.

시인이 물었다. "너무나 기적 같은 일 아니에요?"

헨리가 말했다. "지나치게 그렇군. 나는 필요 이상으로 의심하거나 자네를 실망시키고 싶진 않아, 에벤. 그 여자는 아편으로 망했어. 인정해. 그리고 그녀가 말한 모든 것은 틀림없는 사실일 수도 있어. 하지만 저쪽 강가에는 한 쌍의 비석이 나란히 서 있다네. 하나에는 폴린 미첼이라는 이름이 쓰여 있고 다른 하나에는 엘리자베스 윌리엄스라고 쓰여 있지. 그리고 맹세컨대 조안 토스트라는 이름은 이 집에서 단 한 번도 언급된 적이 없다네. 적어도 내가 듣는 데서는 말일세. 내가 알기로 그가 잠자리를 함께하는 여자는 오로지 수잔 워렌뿐이야. 우리도 이따금씩 그녀를 희롱하곤 하지. 그리고 나는 이 근방에서는 아편이 들어 있는 약병을 본 적이 없어. 물론 그가 그것을 그녀에게 은밀하게 먹일 수도 있지만 말일세. 내 생각에 그녀는 자네의 시종으로부터 조안 토스트라는 이름을 들은 것 같아. 그놈은 혀를 가볍게 놀리고도 남을 놈이지. 나머지는 자네로부터 돈푼이나 뜯어내기 위해 지어낸 이야기일 거야. 그것이 실패로 돌아가자 자네가 말한 그 희생 운운하며 가장한 거고. 다음엔 더 잘 꾸며 내리라 다짐하면서 말일세. 자네는 그녀가 저녁 식사 내내 부엌에 있었다고 말하지 않았나?"

에브니저가 인정했다. "그랬어요. 하지만 내가 보기에 그녀는……."

"아, 글쎄." 헨리가 웃었다. "어쨌든 자네가 수잔보다 더 사기를 당한 건 아니니까. 그리고 만약 조안 토스트가 여기 있다면 우리가 그녀를 찾으면 돼. 하지만 이제 자네가 겪은 일들을 얘기해 주게. 지난번 본 뒤로 자넨 다섯 살은 더 먹은 것 같아!"

에브니저가 한숨을 쉬며 대꾸했다. "그럴 만도 하죠." 그는 여전히 조안 토스트에 대한 생각을 떨쳐 버릴 수 없었지만 가능한 한 짧게 '포세이돈'에 승선해서 버트랜드를 만나 시종의 도박 때문에 가진 돈을 다 잃고 선원들의 손에 곤욕을 치른 뒤 토머스 파운드에게 사로잡힌 일들을 얘기해 주었다. 새로운 이야기가 에브니저의 입에서 나올 때마다 벌링검은 고개를 젓거나 동정의 말을 중얼거렸다. 파운드에 대한 얘기를 할 때는 몹시 놀라 외치기까지 했다. 우연도 우연이지만 쿠드가 버지니아 앤드로스 총독의 지지를 얻었다는 암시 때문이었다. 파운드는 바로 앤드로스가 해안을 경비하도록 고용한 인물이었던 것이다.

그가 다시 생각해 보더니 말했다. "하지만 그렇게 이상한 일은 아니지. 앤드로스와 니콜슨은 서로 앙숙이거든. 그 상황에 자네가 파운드의 손아귀에 있었다니! 그 커다란 검둥이 악당 보아브딜은 여전히 거기에 있었던가?"

시인이 온몸을 부르르 떨며 대답했다. "일등 항해사였어요. 세상에, 그가 사이프리언호를 얼마나 공포의 도가니로 만들었는지! 내가 뒷돛대 삭구에서 쫓아 올라갔던 그 여자를 완전히 굴처럼 찢어 놓았다니까요. 그 여자가 그 악마에게 매독을 옮겨 준 사실을 알고 얼마나 통쾌하던지!"

벌링검이 정색을 하고 그를 일깨웠다. "자네 역시 하마터면 매독에 감염될 뻔했어. 그것도 한 번이 아니라 두 번이나. 자네 수잔 워렌의 피부에 나 있는 뾰루지를 보았겠지?"

"하지만 당신도……."

헨리가 에브니저의 말을 받아 마무리했다. "그녀와 몇 가지 장난을 했을 뿐이야. 하지만 나는 여자와 노는 방법을 여러 가지 알고 있다고." 그는 새삼 감탄하며 자신의 턱을 문질렀다. "이전에 매춘부들이 타는 배에 관해 들은 적이 있지만 선원들 사이에 전해지는 전설이라고만 생각했었지."

에브니저는 계속해서 파운드와 포세이돈호 미치 선장의 결탁에 대해 얘기했다. 하지만 존 스미스의 비밀 일기에 대한 언급은 나중까지 미루고 자신들의 형 집행, 생존 그리고 드레이크페커와 아나코스틴왕인 퀴사펠라를 만난 이야기로 끝을 맺었다.

헨리가 외쳤다. "이거 정말 놀랍군! 자네가 말한 그 드레이크페커는 분명 아프리카에서 팔려 온 노예일 거야. 하지만 이 퀴사펠라는……. 그가 누군지 아나, 에벤?"

"그는 자신이 피스카타웨이 족의 왕이라고 말했어요."

"그래, 맞아. 그리고 영국 왕에겐 불충한 왕이지! 지난 6월 그는 리즐이라는 이름의 영국인을 살해한 뒤, 쿠드의 충실한 동료인 찰스 카운티의 워렌 대령의 책임하에 구금되었어. 그런데 이 워렌이라는 작자가 무슨 생각인지 어느 날 밤 그 야만인을 석방해 준 거야. 그리고 그 일로 인해 강등당했지. 하지만 그들은 그 이후로 퀴사펠라를 보지 못했어. 그가 니콜슨에 대항하여 피스카타웨이족을 자극하려 하고 있다는 이야기가 돌고 있지."

계관시인이 말했다. "만약 사실이라면 무서운 일이군요. 하지만 나는 그 남자의 안전을 보장해야 해요, 헨리. 나는 우리의 메릴랜드 경작자들이 그가 가진 고귀함의 반만이라도 가졌으면 해요. 하지만 잠깐만요, 내가 다른 이야기를 하기 전에 말해 줘요. 당신의 조상인 헨리 벌링검 경에 대해 뭔가 알아낸 것이 있나요?"

벌링검이 한숨을 쉬었다. "내가 플리머스에서 알았던 것 이상은 없어. 그 일지가 '스미스'라는 성을 가진 여러 구교도들에게 분배되었다고 말했던 걸 기억하나? 이들 가운데 첫 번째 인물은 바로 여기 캘버트 카운티에 살고 있는 리처드 스미스인데 그는 볼티모어 경의 공유지 감독관이지. 여기서 자리를 잡고 니콜슨과 대면하자마자 나는 그 일지들을 수집하는 일에 착수했어. 쿠드와 그의 모든 일당들을 기소할 수 있도록 말야. 하지만 내가 딕 스미스에게 접근하여 총독의 암호를 전했을 때⋯⋯."

"그가 당신에게 말했죠. 쿠드가 이미 오래전에 자기가 가지고 있던 부분을 어떤 계략에 의해 차지했다고." 에브니저가 웃었다.

"그건 정말 웃기지도 않은 일이야, 제기랄! 딕 스미스는 자신의 구교도 친구들을 감독관 대리로 만듦으로써 그들을 도와주려고 했었어. 그리고 코플리 총독이 죽자 쿠드는 구교에 대항하는 소동을 일으키고 스미스의 재산을 뒤집어 놓을 기회를 본 거야. 그런데 자네는 어떻게 그 얘기를 들은 거지?"

에브니저는 주머니에서 남아 있던 일지 몇 장을 꺼냈다. "당신같이 훌륭한 가정교사에게서 배운 내가 술책 쓰는 법인들 못 배웠겠어요? 당신이 알아볼 수 있는 건 아무것도 없겠지만 이것은 당신이 말한 그 일지의 일부분들이죠."

벌링검은 그것을 열에 들떠 낚아채서는 램프 불빛에 비추어 보았다. "아, 주여! 온전하게 보존된 단어가 거의 없잖아!"

에브니저가 동의했다. "의회 일지 부분은 그렇죠." 그는 어떻게 그 일지를 파운드로부터 훔쳐서 그것을 가지고 소형 선박 널빤지 위에서 뛰어내렸는지 설명한 뒤 다음과 같이 결론을 내렸다. "그 증거를 잃어버린 것은 메릴랜드의 불운이에요." 그리고 억울해하는 벌링검을 보고 다시 웃었다. "기운 내요, 헨리! 당신은 내가 단 이 분이라도 그 전리품의 오른쪽 페이지를 읽지도 않고 그냥 가지고 있었을 거라고 생각해요?"

"하느님 만세! 자네도 이제 사람 골탕 먹일 줄 아는군!"

밤은 거의 수명을 다해 갔지만 에브니저는 더 이상 미적거리지 않고 존 스미스의 체서피크로의 여행에 관한 비밀 이야기를 자세히 풀어놓았고 다소 무안해하며 힉토피크의 탐욕스러운 여왕에 대한 이야기도 모두 털어놓았다.

이야기를 다 듣고 헨리가 외쳤다. "정말 대단하군! 우리는 헨리 경이 포우하탄의 도시에서 스미스와 함께 살아 돌아왔다는 것을 알고 있어. 그리고 그와 함께 체서피크만 상류로 올라갔다는 것도. 게다가 우리가 들은 이야기들을 종합해 볼 때 둘은 서로를 무척 싫어하고 서로를 골탕 먹이고 싶어 안달했던 것 같더군. 그런데 스미스의 『버지니아 통사』에는 벌링검에 대한 언급이 전혀 없어. 자네는 스미스가 그를 없앴을 거라고 생각하나?"

에브니저가 대답했다. "헨리 경이 아들을 낳기 전까지는 그러지 않았기를 바라자고요. 그는 잘해 봐야 당신의 조부뻘이니까요." 문득 미치가 파운드에게 했던 말이 떠올랐다. 만약 자신이 볼티모어라면 자기는 그 일지를 스미스라는 이름의 여러 동료들에게 분배했을 거라는 얘기였다. "내가 지금 잠이 모자라 거의 죽을 지경이 아니라면 그 생각이 더 빨리 났을 거예요. 아마 파운드는 그것에 대해 어떤 언급도 하지 않았을 거예요. 쿠드는 그에게 무척 화가 나 있었을 테니까요."

"아니, 어쩌면 그는 공을 세워 실수를 만회하기 위해 그 얘기를 했을지도 몰라." 벌링검이 일어서서 몸을 쭉 폈다. "어쨌든 지체 없이 나머지 부분을 가지러 가는 게 최선일 것 같아. 이제 잠시 눈을 좀 붙인 뒤 아침이 되면 계획을 세워 보자고."

쏟아지는 졸음이 미첼 선장과 관련된 두려움을 압도했다. 그들은 이미 모두 잠들어 있는 집의 현관을 지나 몇 시간 전 그가 자신의 동정을 잃을 뻔했던 침실로 돌아갔다. 버트랜드는 그곳에 없었다.

헨리가 말했다. "내가 먼저 본 것은 바로 버트랜드였어. 나는 내 눈을 믿을 수가 없었지! 자네가 여기 있다고 하기에 나는 그를 우리 하인들과 함께 자라고 내보냈어. 자네와 내가 조용히 얘기할 수 있도록 말야. 아침에 그는 우리 하인 한 명과 함께 마차를 타고 세인트메리즈로 가서 자네의 트렁크를 찾아올 수 있을 거야."

에브니저가 말했다. "잘되었네요." 하지만 그는 헨리의 말을 반만 들었을 뿐이었다. 불과 얼마 전 헛간에서 그의 친구가 버트랜드를 언급하자 어쩐지 그는 마음이 이상하게 동요되는 것을 느꼈었다. 그리고 그는 거의 반년도 더 전에 '포세이돈'에서 시종이 그에게 했던 말을 기억해 냈다. 그때 시종은 자신이 가정교사와 몇 번 만난 적이 있다고 얘기했지만 벌링검은 에브니저에게 그것에 관해 언급한 적이 없었다. 또한 시종은 벌링검과 안나의 은밀한 관계에 대해서도 암시했었다. 그리고 그것은 이제 막 알게 된 친구의 애정 편력에 비추어 볼 때, 에브니저에게는 당연히 몹시 불쾌한 기억이었다.

벌링검은 가리개를 친 랜턴을 내려놓고 침대에 오르기 위해 옷을 벗기 시작했다. "그렇다면 그에게 자네의 트렁크를 나룻배에 실어 만을 건넌 뒤 곧장 몰든으로 옮겨 놓게 하는 게 가장 현명하겠지. 그것은 단지……."

계관시인이 말을 잘랐다. "헨리!"

"뭐야? 왜 그렇게 불안해하는 거지?" 그가 웃었다. "어서 올라와. 머지 않아 동이 틀 거야."

"볼티모어 경이 준 내 위임장은 어디 있죠?"

잠깐 동안 벌링검은 깜짝 놀란 듯 에브니저를 바라보았다. 그리고 이내 미소를 지으며 말했다. "아하, 자네 시종이 내가 그것을 가지고 있다고 말했나 보군?"

에브니저가 슬픈 목소리로 말했다. "아뇨, 단지 그것이 내 수중에 없을 뿐이에요."

헨리가 퉁명스럽게 말했다. "그렇다면 틀림없이 그가 자네에게 말하는 걸 잊었나 보군. 바로 내가 5파운드의 뇌물을 들여 그에게서 사야만 했다는 걸 말야. 나는 그것을 메릴랜드까지 안전하게 호송해야 했으니까. 그것이 아직 그 비열한 녀석의 수중에 있을 때 슬라이와 스커리가 그놈을 잡았더라면 하고 내가 얼마나 바랐는지! 모르겠나, 에벤? 그 문서를 지니고 있다는 건 곧 죽음을 의미했어! 그렇다 하더라도 자네의 충실한 시종은 훌륭하게도 복사본을 만들어 두었더군. 그러면서 그건 그저 런던에서 자랑을 좀 하기 위해서라나 어쨌다나 변명을 늘어놓더군. 나는 그가 포세이돈호에서 자네의 지위를 훔치리라곤 꿈에도 생각 못 했네!" 그는 시인의 팔에 손을 얹었다. "이보게, 싸우기에는 너무 늦은 시간이야."

그러나 에브니저는 몸을 뒤로 뺐다. "그 문서를 어디에 숨겨 놓았죠?"

벌링검이 한숨을 쉬며 침대 안으로 기어 들어갔다. "버뮤다에서 멀리 떨어진 바닷속 70미터 아래에."

"뭐라고요?"

"슬라이와 스커리가 나를 속인 적이 한 번 있어. 나는 그들이 보석을 찾아내 선실을 뒤질 음모를 꾸미는 걸 들었어. 그들은 프랑스 왕이 쿠드에게 보석을 주었다고 생각하고 있었거든. 내겐 쿠드의 이름이 적힌 문서들을 작성하고 다른 모든 것들을 버릴 만한 여유가 한 시간 정도밖에 없었지. 아니, 그렇게 비참한 표정은 짓지 말게! 나는 오래전에 자네가 살아 있기를 희망하며 또 한 장을 작성해 두었으니까."

"하지만 당신이 어떻게……."

벌링검이 말했다. "볼티모어 경의 대리인으로서 그 정도의 문제는 처리할 수 있지." 그는 침대에서 나와 자신의 바지 주머니에서 꺼낸 열쇠로 방 한쪽 구석에 있던 작은 금고를 열었다. 그리고 랜턴의 도움으로 금고 안에 있던 많은 서류들 가운데 한 장을 골라내서는 에브니저에게 건네주었다. "어때, 만족하나?"

"아니, 이건 원본이잖아요! 당신은 나를 놀리고 있군요!"

벌링검이 고개를 저었다. "이것은 만든 지 이 주일밖에 안 된 거야. 나는 똑같은 것을 오 분 안에도 만들어 낼 수 있어."

"그렇다면 정말이지 당신은 세계 최고의 모사(模寫)꾼이에요!"

"어쩌면 그럴지도 몰라. 하지만 이번 경우는 과한 칭찬이지." 그는 미소를 지으며 말했다. "원본을 쓴 사람이 바로 나였거든."

시인이 외쳤다. "천만에요! 그것이 작성되는 걸 내 눈으로 직접 본걸요!"

헨리가 고개를 끄덕였다. "나도 잘 기억하고 있어. 자네는 칼집 위의 리본을 만지작거리며 장난쳤고 기쁨으로 마치 오줌이라도 지릴 것 같은 모습이었지."

"그것은 볼티모어 본인……."

벌링검이 말했다. "자네는 찰스 캘버트를 한 번도 본 적이 없어. 그리고 최근에 초대받지 않고 그의 집을 방문한 어떤 이방인들도 그의 모습을 본 적이 없지. 그러한 사람들을 만나고 그들의 의중을 떠보는 것도 내 임무 가운데 하나였어. 자네 이름이 불렸을 때, 나는 그에게 내가 그를 가장하게 해 달라고 간청했지. 나는 불확실한 손님을 만날 때마다 볼티모어로 가장하곤 했으니까. 그저 턱수염에 분 좀 바르고 뻣뻣한 관절을 가장하면 되는 일이었지." 그는 자신의 목소리를 에브니저에게 메릴랜드주의 역사를 얘기해 주었던 그 인물과 정확히 똑같은 목소리로 바꿨다. "그의 목소리와 필체를 흉내 내는 건 어린애 장난 같은 일이었다네."

에브니저는 실망감을 감출 수가 없었다. 그의 눈에 눈물이 고였다.

"아, 그게 무슨 상관인가?" 벌링검이 침대에 걸터앉아 있던 그의 옆에 앉아서 어깨에 팔을 둘렀다. "바로 같은 이유로 내가 한동안 피터 세이어인 체했던 거야. 자네의 의중을 떠보려고 말일세. 게다가 볼티모어는 내 말을 모두 들었고 찬성했어. 자네의 위임장은 전적으로 그가 승인한 거나 마찬가지야. 내 맹세하지." 그가 에브니저를 꼭 껴안았다.

계관시인이 그를 뿌리치며 단호한 목소리로 요구했다. "내게 사실대로 말해 줘요, 헨리. 안나와 당신은 어떤 관계죠?"

벌링검이 조용히 입을 열었다. "아, 역시 또 버트랜드군. 자넨 어떻게 생각하는데, 에벤?"

에브니저가 비난조로 말했다. "나는 당신이 그녀와 비밀리에 사랑을 나누고 있다고 생각해요."

"그렇다면 자넨 잘못 알고 있어. 우리에겐 감출 일이 아무것도 없으니까."

"밀회나 비밀 만남이 아니라고요? '자기'나 '내 사랑'도 아니고요?"

헨리가 단호하게 말했다. "이봐, 진정하게! 자네의 누이는 나의 관심에 보답하는 영광을 주었을 뿐이야. 동시에 그로 인해 그녀의 오빠나 아버지의 분노를 사지는 않을 정도의 현명함은 있었다고. 나는 자네를 사랑하는 방식으로 그녀를 사랑하네. 그 이상도 그 이하도 아냐."

시인이 물었다. "그래요, 그렇다면 그건 무슨 방식인가요? 그 목록에 포샤도 들어가는 건가요? 그리고 '바다의 왕'에서 일하는 돌리나 헨리 모어 그리고 나무 줄기도? 어째서 아버지는 세인트자일스에서 당신을 해고했죠?"

벌링검이 여전히 침대에 앉아서 얘기했다. "자네 너무 흥분했군. 내가 진정시켜 주지."

눈물이 에브니저의 볼을 타고 흘러내렸다. 그는 "소돔의 아들!"이라고 외치며 가정교사에게 달려들었다. "내 누이의 처녀막을 차지하더니 이젠 내 것까지 탐내는군요!"

비록 신장이나 주도권 면에서나 에브니저 쪽이 우세했지만 그는 벌링검의 적수가 되지 못했다. 벌링검은 그보다 더욱 무게가 나갔고 훨씬 더 근육이 발달했으며 격투 기술에 있어서는 비교가 되지 않을 정도로 숙련되어 있었다. 일 분도 지나지 않아 그는 에브니저의 얼굴을 침대에 처박고 팔을 비틀어 그의 등 뒤로 단단히 잡았다.

그가 선언했다. "사실 말야, 에벤. 나는 너희들이 열두 살 때부터 너희들을 차지하고 싶었어. 그 정도로 너희들을 사랑했지. 앤드루는 이런 낌새를 채고 분노한 거야. 그리고 나를 해

고했지. 하지만 그랬다 하더라도 맹세하건대 자네 누이는 아직 처녀야. 그리고 자네에 관해 말하자면, 자네는 내가 맘만 먹으면 지금이라도 자네를 완력으로 어떻게 할 수 없을 거라고 생각하나? 하지만 나는 그렇게 하지 않을 거야. 원하지도 않고. 강간에는 나름의 기쁨이 있지. 하지만 그런 기쁨에는 자네의 우정이나 자네 누이의 사랑만 한 가치가 없어."

그는 움켜쥔 손을 놓고는 에브니저에게 등을 돌리고 드러누웠다. 시인은 자신이 알게 된 사실에 상처를 받아 다시금 공격을 시도하거나 심지어 자세를 바꾸기 위해 움직이지도 않았다.

벌링검이 물었다. "나와 안나의 사랑이 무슨 결실을 맺을 수 있겠나? 나는 재산도 지위도 없고 심지어 혈통조차 불분명해. 자네는 내가 안나 쿠크에게 아이를 임신시킬 수 있는데도 나의 씨를 암퇘지에게 낭비할 거라고 생각하나? 자네는 내가 그녀를 아내로 삼을 수 있는데도 온 세상을 정처 없이 나다닐 거라고 생각해? 내 생각에 자네 친구 메키보이가 진실을 말한 것 같군, 에벤. 자네는 이 거대한 세상에 대해 아무것도 몰라!"

사실 계관시인은 곧 친구의 곤경에 대해 안타까움을 느꼈다. 하지만 자신이 어느 정도까지 분노해야 하는지 판단이 서지 않았다. 또한 헨리가 안나와 볼티모어 경에 대해 털어놓은 이야기로 인해 가슴이 쓰리고 우울해져 그의 동정심에도 분노에도 제 목소리를 찾아 줄 수가 없었다. 이 모든 것에 비추어 볼 때 그가 벌링검을 다시 마주하는 것은 견디기 힘든 일이었고 하물며 그와 같은 침대에서 잠을 자는 것은 더더욱 참기 힘든 일이었다. 이제 그들이 서로에게 무엇을 말할 수 있을까? 그는 표현할 수 없을 정도로 기만당하고 놀림 당한 느낌이었다. 그러나 전적으로 불쾌한 느낌만은 아니었다. 그는 얼굴을 베개에 묻고 스스로에 대한 연민으로 눈물을 흘리며 '포세이돈'의 앞갑판 선실에서 의식이 없는 동안에 꿨던 멋진 꿈 하나를 기억해 냈다. 벌링검과 안나가 배 난간에 나란히 서서 잔잔한 녹색의 미지근한 바닷물에서 수영하고 있는 그에게 손을 흔드는 꿈. 그 환상이 너무나도 감미로워 그는 그것에 자신을 완전히 내맡겼다. 그리고 바닷물이 자신의 사타구니와 엉덩이를 비롯해 허벅다리 뒤쪽을 따뜻하게 적시도록 내버려 두었다.

23 계관시인이 사건들의 진상을 규명하려고
노력하는 가운데 몰든이 보이는 곳까지 오다. 하지만
그곳에 도달하기는커녕 별들 속으로 떨어질 뻔하다

계관시인이 잠에서 깨어났을 때는 이미 아침이 완전히 밝아 있었다. 엷은 가을 햇빛이 그의 눈꺼풀에 부딪혀 왔다. 그는 아주 어렸을 때 이후 처음으로 자신이 침대를 적신 것을 깨닫고 비참한 기분이 들었다. 벌링검이 깨서 자신의 부끄러운 모습을 발견할까 봐 섣불리 움직일 수도 없었다. 이걸 어떻게 감춘다? 사고인 듯 물병을 침대에 쏟아 볼까도 생각해 보왔다. 하지만 그 방법은 설득력이 부족했다. 유일한 대안이라고는 현장에서 은밀히 사라지는 것이었다. 어쨌든 더 이상 그의 친구와 우정을 이어 갈 순 없을 테니 누구라도 깨기 전에 혼자서 몰든을 향해 길을 떠나면 될 것이다. 하지만 그는 우선 그렇게 할 용기가 없었다. 또한 음식이며 자신과 버트랜드가 타고 갈 이동 수단을 구할 방법도 없었다.

　이러한 행동 방침들을 떠올리고 또 물리치는 사이 그는 문득 잠이 들었다. 그리고 다시 깨어났을 때에는 해가 중천에 떠 있었다. 벌링검은 그사이에 이미 옷을 입고 방에서 나가고 없었다. 탁자 위에는 물주전자며 대야와 함께 비누와 면도기 그리고 구두, 모자, 칼을 포함한 신사의 완벽한 복장과 놀랍게도 '까마귀의 흔적'에서 벤 브래그로부터 빼앗은 회계장부가 있었다! 계관시인은 그 선물을 보자 매우 기뻤다. 지난밤의 충격과 실망에도 불구하고 자신에게 이런 선물을 준 사람의 따뜻한 마음을 깊이 느낄 수밖에 없었다. 그는 침대에서 내려와 해적들에게 붙잡힌 이래 밤낮으로 입고 있던 꼬질꼬질하고 벌레가 들끓는 누더기를 벗어던지고 머리에서 발끝까지 맹렬하게 북북 문질러 몸을 씻었다. 그리고 면도하기 전에 끌리듯 공책을 집어 들었고 그 안에 있는 시들을 다시 읽어 보았다. 특히 순결에 대한 찬가에 눈이 갈 수밖에 없었다. 수잔 워렌의 말이 거짓말이든 아니든, 조안 토스트에 대한 언급과 계관시인이 최근에 겪은 모험들로 인해 순결의 중요성이 그 어느 때보다 높아졌기 때문이었다. 면도를 하는 동안 육체적이고 정신적인 행복이 자라나는 것을 느끼며 그는 시를 읊조리고 또 읊조렸다. 다시금 시에 헌신하기에 더할 나위 없이 훌륭한 아침이었다. 절기상 가을이었지만 4월처럼 청명하고 상쾌한 아침이었다. 그는 턱수염을 밀어 내고 옷을 입었다. 맞춤복은 아니었지만 적어도 질 좋은 옷감으로 만든 것이었다. 옷을 다 입고 나자 그는 햇볕에 그을린 얼굴과 손 그리고 다소 텁수룩한 머리를 제외하고는 런던을 떠난 이래 그 어느 때보다도 더욱 계관시인답게 보였고 또 그렇게 느껴졌다. 한시라도 빨리 몰든으로 떠나고 싶었다. 조안 토스트가 그곳에서 자신을 기다리고 있을지도 모른다는 생각에 더더욱 그랬다!

갑자기 그의 이마에 주름이 잡히고 얼굴에 경련이 일었다. 그에게는 아직 미첼 선장의 손아귀에서 안전하게 벗어나고 벌링검에 대한 태도를 결정해야 하는 문제가 남아 있었다. 첫 번째 문제는 두 번째보다 훨씬 더 간단한 것처럼 보였다. 친구의 고백에 대해 자신이 어떻게 반응해야 하는지 아직 판단을 내릴 수 없기 때문만이 아니라 침대를 적신 일로 인해 느끼는 민망함(그가 어린애같이 이불에 오줌을 싼 것을 헨리는 분명 목격했을 터인데)과 옷을 선물한 데 대한 고마운 감정 때문에 마음이 더욱 복잡했다. 생각하면 생각할수록 어떤 태도를 취해야 좋을지 혼란스러웠다. 결국 그는 창턱으로 돌아가 저 아래 강둑 옆에 서 있는 두 개의 비석을 초점 없는 눈으로 응시함으로써 고민을 중단했다.

잠시 후 누군가 계단을 올라오는 소리가 들리고 다름 아닌 헨리가 방 안으로 머리를 들이밀었다.

"서두르시오, 계관시인 양반. 안 그러면 아침 식사를 놓칠 거요! 저런, 세인트폴의 한량처럼 멋진 모습인걸!"

에브니저가 얼굴을 붉혔다. "헨리, 고백할 게 있는데요⋯⋯."

벌링검이 경고하듯 말했다. "쉿, 내 이름은 티모시 미첼이오, 선생." 그는 방으로 들어와 문을 닫았다. "그들이 아래층에서 기다리고 있어. 그러니 빨리 말할게. 나는 자네의 시종을 자네 짐을 찾으라고 세인트메리즈로 보냈어. 그는 우리보다 앞서 몰든으로 갈 거야. 그리고 자네를 위해 여러 가지 일들을 안배해 둘 거야. 자, 잘 듣게. 도체스터 카운티에 에드워드 쿡이라는 사람이 있어. 연초 경작자인데 마누라가 바람이 나는 바람에 술주정뱅이가 된 녀석이지. 이 년 전 그는 코플리 총독에게 아내의 간통을 고발하는 탄원서를 냈어. 그 뒤로 사람들의 조롱거리로 전락했고 결국 얼큰하게 취해서는 물에 빠져 죽었지. 나는 빌 미첼에게 자네가 바로 이 가련한 녀석과 동일인이라고 말해 두었네. 취기가 오르면 계관시인 행세를 하는 버릇이 있다고 했지. 그리고 그는 내 말을 믿는 눈치야. 그러니 오늘 아침에 술이 깬 듯 어제 계관시인 흉내를 낸 일을 부끄러워하면 아무 문제 없을 거야. 자, 빨리 서둘러!"

시인이 항의할 사이도 없이 헨리는 그의 팔을 잡고 계단으로 인도했다. 동시에 여전히 다급하고 조용한 목소리로 다음과 같이 말했다.

"자네 친구인 돼지 치는 여자는 도망쳤어. 그리고 미첼은 그녀가 자네가 준 돈을 가지고 케임브리지로 갔을 거라 생각하고 있네. 나는 곧 말을 타고 그녀를 찾으러 갈 거야. 자네가 할 일은 그의 용서를 구하고 자네의 죄를 만회한다는 의미에서 나를 도와주겠다고 나서는 거야. 우리는 몰든으로 가는 길에 일지의 나머지 부분을 가지러 갈 수 있어. 그리고 나는 돌아올 때 그것을 니콜슨에게 건네줄 작정이야." 그들은 거실에 당도했다. "자, 이제 잊지 말게. 나는 팀 미첼이고 자네는 도싯의 에드워드 쿠크야."

돌아가는 상황에 대해 동의도 항의도 할 겨를도 없이 그는 어느 순간 거실 안으로 떠밀려 들어가고 있었다. 그곳에서는 미첼 선장과 전날 밤의 손님들 몇몇이 럼주와, 벌링검이 확인해 준 바에 의하면, 구운 베이컨 조각으로 아침 식사를 하고 있었다. 그들은 에브니저를 쳐다보았다. 일부는 재미있어하는 눈치였고 일부는 모종의 악의적인 눈길을 보내고 있었다. 그러나 그가 티모시의 친구라는 걸 알고 그 악의를 명백하게 드러내지는 않았다. 새로 도착한 두 명이 앉고 음식을 대령하자 벌링검은 식탁에 앉아 있는 사람들에게 자신이 이미 미첼에게 말했던 대로 그들의 저명한 방문객은 시인 에브니저 쿠크가 아니라 바람난 마누라를 둔 에드워드 쿠크라는 사실을 발표했다. 그 소식을 듣고 사람들은 몇 분간 왁자하니 지저분한 농담을 던졌다. 뒤이어 에브니저는 자신의 거짓말과 꼴사나운 행동에 대해 훌륭한 사과의 연설을 했다. 그리고 티모시와 동행하여 달아난 여자를 잡으러 가겠다고 자청했다.

미첼 선장이 마뜩지 않은 얼굴로 대답했다. "당신이 원한다면." 그리고 벌링검에게 마지막으로 몇 가지 당부를 했다. "벤 스퍼딘스의 집을 잘 살펴보거라, 티모시. 그곳은 도둑과 창녀들의 소굴이니까. 어쩌면 그년은 그곳에서 다시 도망쳤을지도 몰라. 지금 케임브리지 법정이 개회 중이니까 자기의 동료 창녀들과 합류할 작정이겠지."

벌링검이 미소를 지으며 말했다. "그럴게요."

"그나저나 우물쭈물하지 말거라. 수잔에게 할 말이 있으니까 일주일 안에 그년을 여기로 데려와. 나는 그년이 아무나 붙잡고 술 주정을 하고 매번 말없이 도망치는 걸 더는 봐줄 수가 없어. 맙소사! 지나가는 모든 바보들이 그년의 뒷모습을 곁눈질하며 2파운드를 지불하고 게다가 그년의 터무니없는 이야기를 곧이곧대로 믿어 버린단 말야. 그리고 그년을 다시 집으로 데려오는 일은 전부 내 몫이지!"

그가 에브니저를 너무나도 매섭게 노려보며 말했기 때문에 시인의 얼굴은 빨갛게 물들었다. 다른 손님들은 이 꼴을 보고 무척 재미있어했고 시인은 티모시와 함께 그 책임을 떠맡겠다고 다시 한번 제안했다. 긴 아침 식사가 끝나자 그는 식탁을 떠날 수 있어서 행복하기까지 했다. 하지만 벌링검과 함께 동부 해안으로 출발할 생각을 하니 다시 마음이 무거워졌다. 일단 그와 단 둘이서 길을 나서면 그날 아침 그를 처음 만났을 때 급하게 서두르느라 해결하지 못한 문제, 즉 앞으로 그들의 관계가 어떻게 될 것인지에 대해 어느 정도 타협을 해 두어야 할 것이다. 그냥 지금까지 지내 왔던 방식으로 지내거나 지난밤에 폭로된 사실들을 서로 논의하지 않고 넘어가는 것은 생각할 수 없는 일이었다.

하지만 정오가 다 되어 그들이 집을 나설 때까지도(에브니저는 미첼 선장 소유의, 밤색에 흰색 털이 섞인 늙은 암말을 타고 벌링검은 자신의 기운 좋은 세 살짜리 말을 탔다.) 그는 이야기를 어떤 식으로 꺼내야 할지 좀처럼 감을 잡을 수가 없었다. 또한 벌링검은 계절에 어울리지 않게 따뜻한 날씨(그는 식민지 거주자들이 그것을 '인디언 섬머'라고 한다고 말해 주었다.), 길에서 이따금씩 마주치는 경작자들이나 인디언들 그리고 그들의 여행 목적 외의 다른 개인적인 문제에 대해서는 얘기할 의향이 없어 보였다.

그가 설명했다. "캘버트 카운티는 도싯에서 볼 때 체서피크 만 바로 맞은편에 있어. 여기서부터 정동쪽으로 항해하면 우리는 쿠크포인트 바로 근처에 닿을 거야. 하지만 지금 우리가 해야 할 일은 약간 북동쪽으로 방향을 틀어 톨벗에 있는 톰 스미스의 집을 방문하는 일일세. 그는 그 일지의 다음 부분을 가지고 있는 사람이지."

에브니저가 대답했다. "무엇이든 당신이 최선이라고 생각하는 대로 하세요." 에브니저는 내심 툭 터놓고 말을 하고 싶었지만 하릴없이 수잔 워렌에 대한 이야기만 꺼내고 말았다. 그는 그녀가 약속을 깬 것에 대해 오히려 고마움을 느낀다고 말했다. 그리고 아버지에게 간 그녀를 잡지 말아 달라고 벌링검에게 간청했다. 벌링검은 그 돼지 치는 여자를 찾지 않겠다고 약속했다. 그리고 역시 지금 시인의 마음을 가장 사로잡고 있는 것과는 전혀 상관없는 내용으로 화제를 바꿨다. 이렇게 해서 그들은 두세 시간 동안 천천히 말을 타고 갔다. 의미 없는 대화가 계속되면서 에브니저가 마음속의 얘기를 끄집어내는 것이 점점 더 어려워졌다. 그리고 그들이 예정된 가장 가까운 목적지인 캘버트 카운티에 면한 체서피크만의 선착장에 도착했을 때쯤엔 그 문제를 지금 꺼내는 것이 자신의 처지를 더욱 우스꽝스럽게 만들 뿐임을 깨달았다. 그는 한숨을 쉬며 다짐했다. 그날 밤 잠자기 전까지 해결하지 못하면 다음 날 아침 일어나자마자 제일 먼저 자신의 전임 가정교사와 그 문제를 철저하게 매듭지으리라고.

벌링검은 자신들과 말을 톨벗까지 태워 줄 함재정을 세냈다. 그리고 그들은 무사히 16킬로미터를 건넜다. 그들이 톨벗 카운티와 도체스터 카운티를 나누는 참탱크강 입구에 들어섰을 때, 벌링검이 우현으로 거의 3킬로미터 정도 떨어진 곳에 보이는 수목이 우거진 좁은 지역을 가리키며 말했다. "내 계산이 그리 많이 틀리지 않다면 저쪽의 저 지점이 바로 자네의 쿠크포인트일세. 그리고 몰든은 저 나무들 사이 어딘가에 있겠지."

에브니저가 외쳤다. "정말인가요? 당신은 우리가 그렇게 가까이 지나갈 거라곤 말하지 않았잖아요! 제발 나를 지금 저 곳에 내려 주고 당신의 볼일이 끝난 후 다시 만나요!"

헨리가 대답했다. "그건 대단히 분별없는 짓이야. 우선 자네는 이 지역 사람들을 다루는 데 나처럼 익숙하지 않아. 그리고 다른 하나는 그들의 주인이자 계관시인이 시종의 호위도 없이 혼자서 도착하는 건 좀 이상하지 않겠어?"

에브니저가 간청했다. "그렇다면 당신이 나와 함께 가요, 헨리." 어느덧 그의 목소리에선 그날 내내 그가 심적 고통을 겪고 있다는 유일한 증거였던 무뚝뚝함이 사라지고 없었다. "그 일지는 나중에 가지러 가도 되잖아요, 안 그래요?"

하지만 벌링검은 고개를 저었다. "그 역시 분별없는 짓이야, 에벤. 아직 찾아야 할 일지가 두 부분이나 남아 있어. 하나는 톨벗에 있는 톰 스미스에게 있고 다른 하나는 도싯에 있는 윌리엄 스미스에게 있어. 톰 스미스는 내가 보면 알아. 그가 어디에 살고 있는지도 알고 있고. 우리는 그가 가지고 있는 부분을 찾아서 케임브리지로 떠날 수 있을 거야. 하지만 도싯의 윌리엄 스미스라는 사람에 대해서는 전혀 아는 바가 없어. 그를 찾는 동안에 쿠드가 그 둘을 죽이거나 그들에게서 원고를 강탈할 수도 있어. 게다가 우리가 하선할 옥스퍼드에는 이발사가 있으니 자네 머리를 손질하거나 가발을 쓸 수 있도록 머리를 밀 수도 있을 거야. 비용은 내가 지불할 거고."

그러한 이유와 친절에 대해서 에브니저는 어떤 반대 의견도 제시할 수 없었다. 하지만 그들이 쿠크포인트를 뒤로하고 더 작은 트레드에이번강을 따라 옥스퍼드, 트레드헤이븐, 윌리엄슈타드 등 다양한 이름으로 불리는 마을을 향해 방향을 북쪽으로 돌렸을 때, 그는 심장이 내려앉는 것 같은 안타까움을 느꼈다. 그들은 그곳에서 하선했고 우선 약속된 이발관을 방문했다. 에브니저는 그에게 동지적 충동에서 가발을 위해 머리를 밀기보다는 자신의 본래 머리를 그 주의 유행에 맞게 다듬어 달라고 지시했다. 그런 다음 부두 근처의 여관으로 들어가 다 식은 물오리 고기 구이와 맥주로 식사를 했다. 역시 비용은 벌링검이 지불했다. 계관시인은 그날 밤 그곳에 묵게 되면 침실에 올라가자마자 헨리에게 안나와의 관계에 대해 차근 차근 캐물어 보기로 결심했다. 처음이자 마지막으로 그 문제에 대한 자신의 입장을 결정하기 위해서였다. 하지만 정작 헨리는 에브니저의 이 결심을 좌절시키고 말았다. 그는 저녁 식사 후, 아직 해가 남아 있으니 한시의 지체도 없이 톰 스미스의 집을 방문해서 그가 가지고 있는 부분을 손에 넣어야 한다고 딱 잘라 말했던 것이다.

그가 외투 소매로 입을 닦으면서 말했다. "이것은 쿠드를 옴짝달싹 못 하게 할 증거야. 따라서 그는 그것을 얻기 위해서 절대로 시간을 낭비하지 않을 걸세. 게다가 그것의 위치에 대한 어떤 실마리도 그는 허투루 넘기지 않을 거야. 자, 빨리 가자고." 그는 테이블에서 일어나 말 쪽으로 가기 시작했다. 하지만 문 쪽으로 반도 가지 않아서 뒤돌아보니, 에브니저가 자신의 뒤를 따라오는 대신 여전히 빈 접시 앞에 웅크리고 앉아 한숨을 쉬며 혀를 차고 있었다.

그가 다시 돌아오면서 말했다. "이제 보니 자네는 정신이 다른 데 가 있는 모양이군. 자네의 영지에 그렇게 가까이 와서 제대로 한번 들러 보지도 않고 지나친 것 때문인가?"

에브니저는 명백히 긍정도 부정도 아닌 방식으로 고개를 저었다. "그건 그저 문제의 일부에 지나지 않아요, 헨리. 당신이 그런 식으로 마구 앞서 가 버리면 나는 그 사안들에 대해 합당한 시간을 투자하여 제대로 생각해 볼 겨를이 없어요! 나는 내가 물어야 할 모든 질문들에 대해서조차 지혜를 모을 수가 없다고요. 당신의 대답들을 곱씹어 보는 건 더더욱 불가능하고요. 내가 무엇을 해야 하고 어떤 입장을 취해야 하는지 어떻게 알 수 있겠어요?"

벌링검이 시인의 어깨 위에 자신의 팔을 올려놓고 미소를 지었다. "그게 바로 인간의 운명 아니겠나? 인간은 무심한 정욕에 의해 잉태되고, 무심한 고통에 의해 자궁이라는 에덴동산에서 복잡하고 무심한 세상으로 추방되지. 인간은 우연의 어릿광대야. 목적 없는 자연의 장난감이지. 혼돈의 바람에 따라 왔다 갔다 하는 하루살이라고!"

에브니저가 눈을 내리깔며 말했다. "당신은 내 말의 의미를 오해하고 있어요."

벌링검은 물러서지 않았다. 그의 눈은 반짝반짝 빛났다. "내 생각에 그리 많이 오해한 건 아닐걸. 오래전 언젠가 우리는 막달레나 대학 근처의 선술집에서 이렇게 앉아 있었지. 기억하나? 그때 내가 말했어. '우리는 공간 속을 질주하는 눈먼 바위에 앉아 무덤으로 달려가고 있다.'고. 탐색하는 것이 우리의 운명이야, 에벤. 그리고 우리가 정말로 우리의 영혼을 탐구하면 우리가 발견하는 것은 바로 똑같이 검은 혼돈의 조각이지. 우리는 바로 그곳으로부터 튀어나왔고 또 그것을 통해 추락하는 거야. 공간에서 부는 무한한 바람을 통해서 말야."

정말로 밤바람이 일어나 여관 건물을 때리고 있었다. 에브니저는 몸을 떨며 테이블 가장자리를 움켜쥐었다. "하지만 너무나도 많은 것이 대답되지 않았고 결정되지 않았어요! 그것 때문에 혼란스러워요!"

헨리가 웃으며 말했다. "저런! 만약 자네가 그것을 분명하게 본다면 그건 자네를 어지럽게 하는 정도에서 그치지 않고 자네를 미치게 만들 거야! 여기 이 여인숙은 광기의 바다에 떠 있는 작은 섬처럼 보여, 그렇지 않나? 눈먼 자연이 밖에서 윙윙거리고 있어. 하지만 이 안은 조용하지. 우리가 어떻게 섣불리 이곳을 나설 수 있겠나? 하지만 마치 하늘이 어머니의 자궁인 것처럼 식사를 하고 카드놀이를 하는 자네 주변의 남자들을 봐! 그들을 보면 언젠가 아프리카에서 거대한 뱀에 먹힌 닭들이 생각나. 뱀이 한 마리를 공격하자 다른 닭들은 모두 꼬꼬댁 울어 대며 퍼덕퍼덕 홰를 쳤지. 하지만 잠시 후 그것들은 땅을 쑤석거리며 옥수수 알갱이를 찾는가 하면 바로 그 뱀의 등 위에 서서 깃털을 다듬었어! 이 사람들이 알 수 없는 소리를 지껄이며 거리로 뛰쳐나가지 않는 것은 이들의 마음이 잠자는 것처럼 평온하기 때문이야." 그는 시인의 팔에 힘을 가했다. "자네는 나만큼 잘 알고 있어. 인간이 하는 일이 장엄할 수 있다는 것을. 하지만 저쪽 밖에 있는 것 앞에서는……." 그는 하늘을 가리키는 몸짓을 했다. "완전히 정신병적 짓거리지! 어느 쪽이 사태를 더욱 분명하게 보겠나? 비단뱀의 등 위에서 깃털을 다듬는 수탉일까, 아니면 정신병동 안에서 떨고 있는 미치광이일까?"

에브니저가 한숨을 쉬었다. "하지만 나는 이게 그것과 무슨 상관이 있는지 도통 모르겠군요. 이것은 내가 마음속에 품고 있는 생각과는 전혀 관련이 없어요."

벌링검이 외쳤다. "관련이 없다고? 이것은 바로 그것의 뿌리이자 줄기야! 두 가지만이 인간을 광기로부터 구원할 수 있어." 그는 여인숙의 또 다른 손님들을 가리켰다. "아둔하든지 아니면 보통 사람을 초월해 버리든지. 사람들을 미치게 만드는 진실을 발견하려면 그 전에 그것을 탐색해야 해. 그런데 그것은 우둔한 사람이나 근시안적인 사냥꾼들을 비껴가지. 하지만 통찰력을 통해서든 교육을 통해서든 일단 그것을 포착해서 관찰했다면 그 사람이 취할 수 있는 행동은 그것이 자신을 파멸시키기 전에 그것에 자신의 의지를 관철시키는 일뿐이야! 자네가 자네의 순결과 시를 짓는 일에 그토록 집착하고 또 내가 내 아버지를 찾는 일과 쿠드와 싸우는 일을 그렇게 중시하는 이유가 뭔가? 사람은 반드시 자신의 영혼을 만들고 꽉 붙든 후 그것과 단단히 결합할 필요가 있어. 아니면 구석에서 실없이 지껄이든지. 사람은 반드시 서둘러 자신의 신들과 악마들을 선택해야 하고 세상 위에 자신의 이름을 적은 뒤 '이것은 나다. 그리고 세상은 그런 방식으로 서 있다!'고 선언해야 해. 그렇게 하지 못하면 고함을 치며 미쳐 가는 거고. 달리 어떤 행동이 남아 있겠나?"

에브니저가 얼굴을 붉히며 말했다. "하나가 또 있지요. 이것은 정말 내가 벗어나고 싶은 것인데……."

"뭐라고? 아, 맙소사, 그렇지! 내가 대학에서 자네를 발견했던 그 상태! 그런 상태는 정신병원에서 정말 많이 봤었지. 퀭한 눈에, 지저분하고, 세상에 대해선 캄캄하고! 어떤 사람들은 자신의 삶을 줄여서 단일한 몸짓으로 만들고는 그 하나의 몸짓만을 계속해서 반복하지. 또 어떤 사람들은 다른 사람이 놓아 둔 그대로 못 박혀 있다네. 그리고 다른 사람들은 거짓 정체성을 가장하기도 하고 말야. 이를테면 알렉산더나 로마의 교황 혹은 심지어 메릴랜드의 계관시인까지."

에브니저가 그것이 자신인지 혹은 벌링검이 지칭하는 사기꾼들인지 확신하지 못한 채 그를 올려다보았다.

그의 친구는 다음과 같이 결론을 내렸다. "그 결과는 말하자면 이런 거야. 만약 자네가 그 운명에서 벗어나려면 자네는 나를 그리고 우리가 맡은 임무를 받아들이거나 거부해야 해. 변화하는 상황 속에서 우리가 어떻게 보이든 상관없이 말야. 그건 자네가 시인이자 숫총각으로서의 자아를 어떤 상황에서든 받아들이거나 아니면 더 나은 어떤 것을 위해 버려야 하는 것과 마찬가지지." 그가 일어섰다. "둘 중 어느 경우라도 완전히 이해하려고 하지 말게. 그러한 탐구는 헛된 거야. 그리고 지금은 그럴 시간도 없고. 자, 나와 함께 가겠어, 아니면 여기 있겠어?"

에브니저는 얼굴을 찌푸리고 눈을 가늘게 떴다. 그리고 마침내 말했다. "가겠어요." 그리고 벌링검과 함께 말을 매어 둔 곳으로 갔다. 날씨는 사나웠다. 하지만 불쾌하지는 않았다. 남서쪽에서 거친 숨을 몰아쉬며 불어오는 따뜻하고 물기 먹은 바람이 강에 거품을 일으켰고 소나무들을 채찍처럼 구부렸으며 비구름을 별들이 있는 곳까지 몰고 갔다. 두 남자는 멋진 밤하늘을 올려다보았다.

벌링검이 말 위에서 몸을 흔들며 무심하게 말했다. "'하늘'이라는 단어는 잊어. 그것은 자네의 눈을 가리거든. 저쪽에는 천상의 둥근 천장 같은 건 없어."

에브니저는 눈을 두세 번 깜박였다. 벌링검의 말을 염두에

두며 그는 생애 처음으로 밤하늘을 보았다. 더 이상 별들은 그의 머리 위 보호막 같은 지붕처럼 매달려 있는 검은 반구 위의 점들이 아니었다. 그들 사이의 관계를 그는 이제 세 차원에서 바라보았다. 그 가운데 가장 가슴에 와닿는 것은 깊이였다. 별들 사이에 존재하는 공간의 거리와 너비는 비교적 하찮은 것처럼 보였다. 지금 그에게 떠오르는 생각은 어떤 것들은 비교적 가까이 있고 또 어떤 것들은 비교적 멀리 있고 다른 것들은 상상할 수 없을 정도로 멀리 떨어져 있다는 사실이었다. 이런 식으로 보니 별자리는 전혀 이치에 맞지 않는 듯 보였다. 천문항법사의 거짓된 가정이 그렇듯 별자리들의 특성이 가짜라는 것이 저절로 드러났고 에브니저는 방향을 잃은 것처럼 느껴졌다. 그는 더 이상 상하고저에 대해 생각할 수 없었다. 별들은 그저 저기 밖에, 그의 위에도 아래에도 있었다. 그리고 바람은 만 쪽에서가 아니라 창공 그 자체, 끝없이 길게 이어진 공간으로부터 세차게 불어오는 것처럼 느껴졌다.

헨리가 속삭였다. "광기!"

에브니저의 머리 위에서 거품이 일었다. 말안장 위에서 그는 몸이 흔들리는 걸 느꼈고 순간 눈앞이 캄캄해졌다. 정신을 다잡기 전 기절할 것 같은 순간 동안, 그는 자신이 행성의 밑바닥에 머리를 두고 거꾸로 서서, 별들을 위로 올려다보는 대신 아래로 내려다보고 있는 것처럼 느꼈다. 그는 다리를 갈색 암말의 몸통에 꽉 붙이고 양손으로 안장의 앞 테를 단단히 붙잡고서야 겨우 그 광대한 공간 속으로 거꾸로 떨어지는 것을 면할 수 있었다.

24 여행자들이 피츠모리스 신부의 남다른 순교에 대해 듣다. 판명된 것보다 관계가 덜 있는 듯 보이는 이야기

바람을 맞으며 말을 타고 간 지 한 시간도 안 되어 에브니저와 벌링검은 목적지에 도착했다. 그들은 옥스퍼드에서 동쪽으로 수 킬로미터를, 그런 다음 남쪽으로 방향을 바꿔 숲과 담배 밭을 가로지르는 길을 지나 아일랜드강 유역에 있는 작은 통나무집으로 갔다. 아일랜드강은 보다 규모가 큰 트레드에이번강과 마찬가지로 찹탱크강으로 흘러들어 가는 강이었다.

통나무집이 가까워지자 벌링검이 말했다. "여기서 만나게 될 사람은 아주 비상한 친구야. 쿠드 같은 사람이지. 우리 편이라는 게 다르지만. 아무튼 유용한 인물이야."

에브니저가 물었다. "토머스 스미스라고요? 찰스 캘버트는 그에 대해서는 한마디도 하지 않았던 걸로 기억하는데요." 그는 걸음을 멈추고 얼굴을 찌푸렸다. "내 말은 그러니까 나는 그에 관해 한 번도 들어 본 적이 없다고요."

헨리가 웃으며 말했다. "아니 맞아. 어쩌면 나는 그의 이야기를 꺼낸 적이 없을지도 몰라. 그는 골수 예수회 교도야. 토머스 스미스라는 이름도 분명 진짜는 아닐 거고. 그렇다 해도 그는 맥주와 말을 사랑하는 아주 괜찮은 친구지. 그는 매주 금요일 밤마다 목사인 릴링스톤과 함께(이 년 전 플리머스 항구에서 내가 쿠드의 편지들을 훔치는 걸 도와줬던 바로 그 사람 말일세.) 술을 마시곤 한다네. 그들이 말을 타고 톨벗 재판소로 들어가서는 그것을 램버스 궁전이라고 불렀던 것은 바로 그렇게 술을 마신 후의 일이었어! 어떤 사람들은 이 스미스가 프랑스의 첩자 노릇을 하기 위해 캐나다에서 내려왔다고도 하지."

"맙소사, 그런데도 볼티모어가 그에게 일지를 맡겼단 말이에요?"

벌링검이 어깨를 으쓱하며 대답했다. "그들은 프랑스와 영국보다 서로에게 더 충성하고 있어. 어쨌든 스미스가 이 부근에서 할 수 있는 일은 작지만 중요한 정보원 노릇이야. 그리고 우리는 그의 활약을 증명하는 증거들을 충분히 가지고 있다네. 작년에 그는 선동적인 연설을 한 죄로 코플리 총독에 의해 기소되었지. 세이어 대령과 함께 말일세. 그리고 가까스로 체포를 면했다네."

'더 충성하고 있다.'라는 말이 미심쩍게 들렸지만 에브니저는 여전히 자신의 문제들에 정신이 팔려 있던 터라 벌링검에게 그들이 내세우는 대의가 정의였는지 아니면 이를테면 그가 언급했던 국제적인 로마 가톨릭이었는지는 굳이 묻지 않았다. 그들은 말을 밧줄로 잡아맸다. 벌링검이 오두막의 문을 세 번 천천히 그리고 세게 두드렸다.

"거기 누구요?"

벌링검이 대답했다. "팀 미첼이오, 친구."

"팀 미첼이라고? 그 이름을 들은 적이 있지." 오두막 안의 남자가 문을 약간 열고는 랜턴을 들어 올렸다. 하지만 걸쇠는 여전히 단단히 걸려 있었다. "이렇게 밤늦게 내 집에 와서 원하는 게 뭐요?"

벌링검이 에브니저에게 한쪽 눈을 찡긋하며 대답했다. "나는 길 잃은 말 한 마리를 주인에게 데려가는 중이라오."

"아, 그렇소? 푼돈을 받고 하기에는 상당히 골치 아픈 일이지, 그렇지 않소?"

"하늘에서 다 계산하고 계실 거요, 신부님. 우선은 '그 남자가 자신의 암말을 다시 갖게 된다.'는 것으로 충분하오."

에브니저는 벌링검이 조심하느라 수잔 워렌의 탈출을 비유적으로 말하고 있다고 짐작했었다. 하지만 마지막 문장을 듣고는 그것이 제임스 2세파들의 암호라는 것을 알아차렸다.

안의 남자가 빗장을 벗기고 문을 활짝 열며 외쳤다. "하! 그는 곧 그렇게 될 거요. 만약 예수회의 솜씨가 녹슬지 않았다면 말이지! 들어오시오, 선생. 들어와요! 두 사람만 아니었어도 내가 그렇게 경계하지는 않았을 거요."

에브니저가 오두막에 들어갈 때 발견한 바로는 토머스 스미스가 깊은 저음의 목소리를 지녔다는 것과 그의 활약상이 암시하던 것처럼 그렇게 무시무시한 모습은 아니라는 점이었다. 150센티미터가 조금 넘는 키에 체격은 호리호리한 편이었고 신부복의 깃 위에 놓여 있는 그의 붉은 얼굴은 골(프랑스)인보다는 튜튼(게르만)인에 가까워 보였으며 쉰이 다 된 나이에도 불구하고 독신주의자들이 종종 그렇듯 소년의 분위기를 풍기고 있었다. 탁자 위의 포도주 병과 벽난로 앞에 늘어선 작은 통들을 제외하면 오두막은 수도사의 독방처럼 간소하게 꾸며져 있었고 대체로 깨끗한 편이었다. 술을 흥청망청 마셔 대는 버릇이 있다고는 하지만 신부는 학자와 같은 분위기를 지니고 있었고 벽에는 엄청나게 많은 책들이 진열되어 있었다. 그렇게 많은 책이 서가에 꽂혀 있는 모습을 본 것은 계관시인이 막달레나를 떠난 이후 처음이었다. 포도주 병 주위에도 책들은 놓여 있었고 그 옆에 상당량의 종이와 필기도구 등이 흩어져 있었다.

벌링검이 말했다. "이 젊은 친구는 런던에서 온 에벤 쿠크 씨입니다. 시인이면서 내 친구이죠."

"그렇군요, 시인!" 스미스는 에브니저의 손을 힘차게 흔들었다. 그는 말을 할 때 발뒤꿈치를 들어 올리고(분명 키가 작아 생긴 버릇이겠지만 여성스러움을 암시하기도 하는) 맑고 파란 눈을 커다랗게 뜨는 버릇이 있었다. "정말 대단히 반갑습니다, 선생! 물론 아드 마조렘 데이 글로리움(ad majorem Dei gloriam, 전능하신 하느님의 영광 가운데서)의 시를 짓겠지요?"

에브니저는 이러한 농담에 걸맞은 재치 있는 대꾸를 생각해 낼 수 없었다. 이때 그를 대신해 벌링검이 대답했다. "그보다 아드 마조렘 볼티모렌시 글로리움(ad majorem Baltimorensi gloriam, 전능하신 볼티모어 경의 영광 가운데서)이겠지요, 신부님. 그는 찰스 캘버트한테서 메릴랜드 계관시인의 지위를 얻었답니다."

"훨씬 더 낫군요!"

"그의 충성심에 대해서는 걱정하지 마십시오."

신부는 벼락 같은 웃음을 터뜨렸다. "이제 그러지 않겠소, 미첼 씨. 그러지 않을 거요. 왜냐하면 사탄 주변에도 악마 같은 충신들이 있으니까! 내가 두려워하는 것은 그의 존재가 아니라 목적이오."

벌링검은 그에게 두려워할 필요가 없음을 재차 강조했다. 그리고 그는 그 소중한 문서들을 모아 오라는 니콜슨 총독의 위임장을 보여 주면서 방문 목적을 밝혔지만 그 예수회 교도는 여전히 유보적인 태도를 보였다. "내 몫의 일지는 잘 감춰 두었소. 그리고 당신이 우리의 대의를 위해 일하고 있는 사람이라는 건 알고 있어요. 하지만 당신 친구가 믿을 만하다는 증거는 없지 않소?"

에브니저가 말했다. "내 생각엔 나의 지위가 충분한 증거가 될 것 같은데요."

"충성심의 증거는 되지요. 하지만 신뢰할 만한 증거는 되지 않아요. 당신은 우리의 대의를 진척시키기 위해 죽을 수도 있소?"

벌링검이 말했다. "그는 이미 그럴 뻔했소." 그리고 집주인에게 계관시인이 해적들의 손에 당한 일들을 짧게 얘기해 주었다.

신부가 말했다. "그는 성자의 얼굴을 가지고 있소. 그건 인정합니다. 하지만 문제는 그가 어떤 대의에 목숨을 바치는 순교자가 될 것인가 하는 거요."

에브니저가 어색하게 웃었다. "그렇다면 나는 볼티모어 경을 위해 죽지는 않을 거라고 고백하겠습니다. 비록 나는 그의 대의가 맘에 들고 존 쿠드의 대의는 혐오하지만 말이오."

신부는 눈썹을 치켜올렸고 벌링검이 곧 말을 받았다. "아주 적절한 대답 아니오? 순교자는 죽었을 때 그 가치가 드러나지요. 살아서는 그가 헌신하는 대의에 종종 성가신 존재가 되니까요." 그가 장난스러운 어조로 덧붙였다. "예수회 쪽에 순교자가 없는 이유는 바로 그 때문 아니겠습니까."

"사실 그렇소. 뭐, 한두 사람 정도야 이름을 댈 수는 있지만 말이오. 아 이런, 나의 무례함을 용서하시오! 앉아서 포도주를 좀 드시지요!" 그는 그들을 테이블 쪽으로 오라고 손짓했다. 그리고 위에 있던 종이들을 치우기 시작했다. 에브니저의 얼굴에 호기심 어린 표정이 떠오르는 것을 보고 그가 설명했다. "예수회에서 온 서신이오." 그리고 그들에게 훌륭하게 쓰인 라틴어 원고를 몇 장 보여 주었다. "나는 취미 삼아 교회의 역사를 연구하고 있어요. 그리고 이제 막 1634년에서 현재까지 메릴랜드에서 벌인 예수회의 선교 활동에 관해 써 내려가고 있었다오. 그것은 그 자체로 육십 년 동안의 '일리아스'인 셈이지. 그리고 아직 무너뜨려야 할 요새[29]이고!"

에브니저가 중얼거렸다. "상당히 흥미롭군요." 그는 앞서 자신의 서툰 말들이 잘못 받아들여졌음을 깨달았다. 그리고 그것을 만회할 방법을 모색했다.

신부는 찬장에서 잔을 두 개 더 가져왔고 테이블 위에 있던 포도주를 각각의 잔에 따랐다. "'헤레즈'라는 술이오. 카디스의 먼지투성이 포도밭에서 온 것이죠." 그는 자신의 잔을 촛

---

29) '일리아스'는 일리움, 즉 트로이의 시가라는 뜻. 트로이는 그리스인들이 무너뜨리려 했던 요새였다.

불 가까이 가져갔다. "유다여, 얼마나 투명한지 보라! 만약 오포르토[30]가 예수의 피라면 여기 바로 스피리투 상티(Spiritu sancti, 성령)의 영액(靈液)이 있다. 자, 당신들의 건강을 위해!"

건배한 술을 다 마신 후 벌링검이 말했다. "자, 신부님. 이제 우리의 충성심을 확인하셨다면……."

신부가 말했다. "그래요, 그래. 그렇죠." 하지만 그는 숨겨진 문서를 가져오는 대신 술을 한 순배 더 돌렸다. 그리고 마치 앞에 있는 종이 뭉치에 정신이 팔린 것처럼 그것들을 다시 뒤섞으며 말했다. "사실 미국의 첫 번째 순교자는 예수회 신부인 조지프 피츠모리스 신부였소. 내가 지금 정리하는 것이 바로 알려지지 않은 그의 일대기라오."

에브니저는 몹시 감명을 받은 체했다. 그리고 집주인의 비위를 좀 더 맞춰 줄 요량으로 다음과 같이 말했다. "당신은 예수회가 성자 및 순교자 분야를 이끌 거라고 생각하시는군요. 성자와 보통 시민은 동일한 도덕적 원칙을 공유하고 있죠. 그러나 성자들이 목숨을 걸고 그 원칙을 지키는 반면 평범한 사람들은 매번 현실과 타협하거나 원칙에 반하는 행동을 합니다. 제 말은 일반적으로 인간은 불합리하다는 겁니다. 그런데 예수회 교도들이 위대한 논리가로 알려져 있는 만큼 그들은 성자의 조건에 접근하는 셈이죠."

신부가 슬프게 미소를 지으며 말했다. "그 주장이 옳았으면

---

30) 포도주로 유명한 지역의 이름이다. 여기서는 이 지역에서 생산된 포도주를 가리킨다.

얼마나 좋겠소! 하지만 제대로 된 예수회 교도라면 누구나 그 것이 불분명하다는 걸 보여 줄 수 있을 거요. 당신은 한편으 로는 합리적이라는 것과 적당하다는 것을 혼동하고 있고 다 른 한편으로는 설교와 실천을 혼동하고 있어요. 사실 안타깝 게도 우리는 명령들을 수행할 때 그에 맞는 적당한 방법을 찾 으려 노력한답니다. 말하자면 우리는 종종 목표에 도달하기 위해 원칙들을 일정 부분 양보한다는 거죠. 예를 들어 이 성 스러운 인물 피츠모리스는……."

벌링검이 끼어들었다. "그는 천국에 있겠지요. 확신해요. 하 지만 그의 이야기를 듣기 전에 먼저 그걸 볼 수 없겠소?"

이번에는 에브니저가 끼어들며 반대했다. "아뇨, 아뇨. 그렇 게 서두를 것 없어요. 지금 우리는 여기에 있고 아직 밤이 많 이 남아 있으니 일지는 천천히 봐도 되잖아요. 그리고 나는 개 인적으로 그 이야기가 무척 듣고 싶어요. 어쩌면 그것은 나의 「메릴랜디아드」에 언급할 만한 가치가 있을지도 모르니까요." 에브니저는 친구의 똥 씹은 듯한 표정을 무시했다. 그는 벌링 검의 조급한 태도가 주인의 반감을 사고 있다고 생각했다. "그 사람은 어떻게 죽었나요?"

신부는 잠시 생각에 잠긴 듯 미소를 지으며 그 둘을 바라보 았다. "사실 피츠모리스 신부는 정식 종교재판에서 이단으로 선고받고 화형되었다오."

"설마!"

스미스 신부가 고개를 끄덕였다. "나는 그의 이야기를, 일부 는 바티칸에 있는 선교 기록을 통해서, 그리고 일부는 이 부근 인디언들의 증언을 통해 알게 되었어요. 나머지는 소문과 추측으로 보완할 수 있었죠. 매우 감동적인 이야기요. 그리고 성자의 힘과 약점을 모두 보여 주죠. 그것에 관해서라면 미첼 씨도 언급한 적이 있다오."

"예수회 교도가 종교재판을 받고 화형을 당하다니! 말해 보세요, 신부님. 나는 처음부터 끝까지 다 들어야겠어요."

밤은 깊어 가고 있었다. 바람은 여전히 긴 휘파람 소리를 남기며 오두막의 처마 주위를 빠르게 지나가고 있었다. 에브니저는 집주인으로부터 담배 파이프를 받아 촛불로 불을 붙였다. 그리고 매우 편안한 모습으로 다시 자리를 잡았다. 그러나 예상했던 대로 벌렁검이 그의 외교적인 몸짓을 모두 망쳐 놓고 있었다. 그는 자신의 잔에 남아 있던 포도주를 모두 마셔 버리더니 집주인의 권유를 기다리지 않고 다시 잔을 채웠다. 그리고 돌아가는 상황에 대한 불만을 숨기지 않았다.

스미스 신부는 손님의 부적절한 행동은 그냥 무시하며 자신의 파이프에도 불을 붙였다. 그리고 이야기를 시작했다.

"로마에 있는 예수회의 기록에서는 메릴랜드 선교에 관한 모든 연례 보고서들을 찾을 수 있어요. 신부 두 명과 보좌 주교 한 명이 최초의 식민지인들과 함께 방주호와 비둘기호를 타고 이곳에 왔다오. 로마에 보내는 첫 번째 연례 편지에서……."

그는 앞에 있던 서류 더미를 뒤졌다.

"아, 여기 사본이 있군. 이렇게 쓰여 있어요. '우리들 가운데 두 명의 신부가 올해 미지의 땅을 탐험하러 가는 어떤 신사의 동반자로 정해졌습니다. 그들은 약 팔 개월 동안의 불편한 여행을 대단히 용기 있게 수행했습니다. 둘 다 몇 차례의 병치레로 몸이 많이 상했습니다. 하지만 광대하고 훌륭한 지역에서 풍부한 수확을 거둬들일 수 있으리라는 희망은 조금도 보이지 않습니다.'"

에브니저가 물었다. "그들이 말한 건 메릴랜드인가요? 그들은 어째서 후원자의 이름을 밝히지 않는 거죠? 그건 은혜를 저버리는 일일 텐데요. 그렇게 생각지 않으십니까?" 그는 찰스 캘버트가, 아니 캘버트로 가장한 벌링검이 레오나르드 캘버트 총독을 언급하면서 그가 바로 그 초기 예수회 교도들과 함께 겪었던 어려움에 대해 묘사했던 것을 떠올렸다.

신부가 그를 안심시켰다. "전혀 그렇지 않아요. 그들은 세실 캘버트가 대단히 관대한 사람이긴 해도 마음속으로는 대단히 독실한 가톨릭 교도라는 걸 잘 알고 있었소. 하지만 매사에 조심 또 조심해야 했죠. 그땐 적그리스도 세력들이 지금보다 훨씬 더 득세하고 있었고 예수회 교도들은 지속적인 위험 속에 살고 있었으니까 말이오. 그들은 익명으로 여행하거나 가명을 사용하여 여행하곤 했다오. 그리고 자신들의 후원자들을 '어떤 신사'와 같은 암호화된 별명으로 지칭하곤 했죠. 여기서 '어떤 신사'는 조지 캘버트였소. 최초의 볼티모어 경이 아니라 세실리우스와 레오나르드의 형제였죠. 같은 방식으로 볼티모어 본인은 메릴랜드가 앙리에타 마리아의 이름을 딴 것이라고 발표했소. 비록 실제로는 그것이 성모 마리아를 위해 지어진 이름이었지만 말이오. 세인트메리즈 시티는 분명 그렇지."

"설마 그럴 리가요?" 에브니저는 볼티모어가(家)와 예수회 교도들 간의 이러한 제휴에 대해 적잖이 당황했다. 버트랜드가 믿고 있었던 그 어두운 음모들이 그의 마음속에도 떠오르기 시작했다. "제가 이해하기로 그것을 메릴랜드라 부른 사람은 찰스 왕이었는데요. 볼티모어가 어떤 이름을 제안한 후에 말입니다." 그는 생각에 잠겨 벽난로를 바라보고 있던 벌링검에게 물었다. "그 이름이 뭐였죠, 헨리? 얼른 생각이 안 나네요."

벌링검이 "크레센시아."라고 대꾸하고는 다음과 같이 덧붙였다. "그것이 모하메드의 신성한 초승달을 의미하는 것인지 아니면 프리아포스[31]가 신성하게 여기는 남성의 육체에 달린 초승달 모양의 물건을 의미하는지는 학자들 사이에서 여전히 논란거리지."

"아, 헨리!" 에브니저는 친구의 무례함에 얼굴을 붉혔다.

신부가 사람 좋은 얼굴로 말했다. "상관없소. 어쨌든 자신의 것보다 왕의 제안을 선택했다고 발표한 것은 캘버트의 입장에서는 그저 인사치레였을 뿐이니까."

"그렇다면 이야기를 계속해 주세요. 더는 당신을 방해하지 않을 테니."

스미스 신부는 그 편지를 서류 더미 위에 다시 올려놓고 말했다. "첫 번째 여행을 했던 그 두 신부들은 존 그레이브너 신부와 앤드루 화이트 신부라고 불렸소. 화이트 신부의 이름은 진짜요. 그는 여기 있는 이 「메리-랜드로의 여행에 관한 짧은 이

---

31) 생식력의 신.

야기」라는 훌륭한 보고서를 쓴 사람이오. 다른 사람은 존 알탐 신부인데 가명을 사용한 거죠. 이들 두 사람 가운데 하나가 방금 내가 이 편지에서 읽은 그 여행에서 조지 캘버트와 함께 간 거요. 여행의 목표는 버지니아를 탐험하는 거였소. 내 생각에 그것은 화이트 신부였던 것 같소. 왜냐하면 그는 지금까지 신부복을 입었던 사람들 가운데 가장 혈기왕성한 사람이었으니까 말이오. 하지만 또 한 사람의 이름은 편지에 등장하지 않는데 그가 사실 내가 아까 말했던 그 성자였소. 조지프 피츠모리스라는 신부였지. 자신을 찰스 피츠제임스 혹은 토머스 피츠시몬스라고 불렀던 그는 사실 여행에서 돌아오지 못했소."

"하지만 당신이 읽은 그 편지에서는……."

"나도 알아요. 그건 편지를 쓴 사람이 부끄러워해야 할 일이죠. 아마도 로마에 있는 상급자들에게 선교가 성공했다는 인상을 심어 주려는 의도였을 겁니다. 피츠모리스 신부는 1634년에 이곳으로 온 신부들 세 명 가운데 마지막 사람이었소. 영혼이 너무 열정적인 사람이라 그러한 혼란기에 런던에서 얌전히 성직에 복무하는 것으로는 성에 차지 않았을 거요. 성직이라는 것은 조심성 있게 하는 것이 최선이었거든. 그런데 그가 메릴랜드로 항해하게 된 것은 상급자의 명령에 의한 것이었소. 하지만 일단 세인트메리즈에 도착하자 피츠모리스 신부는 안타깝게도 자신의 형제들이 날이 갈수록 신에게서 멀어지는 그곳의 경작자들을 대상으로 선교 활동을 벌이려 한다는 것을 알게 되었소. 게다가 그는 그곳의 피스카타웨이족 때문에 더욱 실망하고 말았다오. 그들은 이교도이기는커

넝, 하나의 진정한 믿음에 대해 그들의 영국인 형제들보다 훨씬 더 헌신적인 모습을 보여 주었기 때문이지요.. 화이트 신부는 우리의 정책대로 그들의 타약[32]을 우선 개종시켰소. 그러자 곧 그 야만인 부락 전체가 그들이 가진 로우노크로 묵주를 만들기 시작했어요. 그러니 조지 캘버트가 탐사 여행을 제안했을 때, 피츠모리스가 곧장 그와 동행하겠다고 나선 것은 그리 놀랄 일이 아니지요. 자신의 형이 소유하고 있는 특권령의 서부 경계를 알고 싶다는 것이 캘버트가 표면적으로 내세운 의도였소. 하지만 그의 진짜 의도는 윌리엄 클레이본 대령과 만나 켄트섬 문제에 관해 은밀한 협상을 진행시키는 거였지."

에브니저가 말했다. "그 이름 기억나요. 그는 존 쿠드의 정신적인 아버지죠!"

신부가 동의했다. "사탄이 마틴 루터의 아버지인 것만큼 확실하오. 피츠모리스 신부는 조지 캘버트가 준비한 양식이 턱없이 부족하다는 것을 발견했소. 그래서 본인을 위해 많은 양식을 마련해 두었죠. 원정 기간과는 상관없이 그는 자신이 찾을 수 있는 가장 거친 이교도들 사이에서 몇 달을 지낼 계획이었던 겁니다. 그리고 우리 모두의 최고 영주께 새로운 영혼들을 인도할 계획이었죠."

에브니저가 감탄한 듯 말했다. "좋군요. 아주 좋은 표현입니다."

---

32) Tayac. 우두머리를 뜻한다.

신부는 감사의 미소를 지었다. "그는 상자 하나에 빵과 치즈, 덜 익은 옥수수를 말린 것, 콩 그리고 밀가루를 가득 꾸렸소. 두 번째 상자엔 성찬식 포도주 세 병과 세례를 위한 성수 열다섯 병을 챙겨 넣었죠. 그리고 세 번째 상자에는 제단에 봉헌하기 위한 신성한 그릇과 대리석 판을, 그리고 네 번째 상자에는 묵주, 십자가, 메달 그리고 이교도들을 달래고 설득하기 위한 여러 가지 잡다하고 신기한 물건들을 가득 채워 넣었다오. 그 네 개의 상자는 함재정 비둘기호에 실렸고 그들은 9월 4일에 남쪽으로 항해를 시작했어요. 그러나 해가 지기 전에 함재정은 방향을 바꿔 체서피크만으로 올라갔소. 피츠모리스 신부가 이유를 묻자 그들은 바람 부는 방향으로 항로를 바꿨을 뿐이라고 말했다오. 그는 항법에 대해서는 아무것도 몰랐던 터라 더 이상 아무 말도 할 수 없었죠.

해 질 무렵 그들은 어떤 커다란 섬의 후미진 곳에 정박했소. 피스카타웨이족 안내인은 그 섬을 '모노폰손'이라고 불렀지. 하지만 조지 캘버트는 그것을 켄트섬이라고 불렀소. 피츠모리스 신부는 첫 번째 보트를 타고 뭍으로 올라갔어요. 그리고 다시 한번 크게 실망하고 말았소. 왜냐하면 해안마다 정착촌이 형성되어 있었고 농작물이 자라고 있었으며 백인으로 넘쳐 났기 때문이었죠. 그들은 다분히 야만스럽고 불친절했지만 분명 이교도는 아니었던 거요. 그런데다 캘버트가 일행들에게 이곳이 그들의 실제 목적지이고 자신의 진짜 임무는 클레이본 대령과 볼티모어 경 사이의 분쟁을 협상하는 것이라고 발표했으니 그가 얼마나 열이 받혔겠소!

하지만 그가 자신의 불쾌한 심경을 화이트 신부에게 토로
하자 그 선량한 사람은 그저 묵종할 것을 권유했소. '우리는
불가피한 사태를 유용하게 활용해야 합니다.'라는 것이 그의
충고였죠. '만약 클레이본이 야만인과 거래를 한다면 그것은
논리상 이 섬에 인디언들이 있다는 것을 전제합니다. 그렇다
면 바로 이 야만인들을 계몽시키고 그들에게 진실한 믿음을
전파하기 위해 바로 우리가 이곳에 인도되어 왔다고밖에 볼
수 없지 않겠습니까? 이곳에 머물면서 그 이교도들 사이에서
우리의 열매를 수확하지 않는 것이야말로 사실상 불경이자
신의 지시를 거부하는 것 아니겠습니까?'"

벌링검이 논평했다. "상당히 잘 만들어진 궤변이군."

신부가 동의했다. "그럴듯하게 논리를 편 거죠. 하지만 피츠
모리스 신부는 그 말을 전혀 들으려 하지 않았어요. 그리고
진짜 이교도 인디언들을 찾아 나서기로 했소. 그 섬에 남아
있는 이교도들이 어느 정도 이단적이긴 해도 이미 버지니아
인들에 의해 반쯤 개종된 사람들이라고 본 거죠. 그리고 선교
의 진정한 가치는 한 번도 백인을 본 적이 없는 순수하고 때
묻지 않은 이교도들 사이에서만 시험될 수 있다고 주장했던
거요.

화이트 신부는 다시 설득하려 했지만 피츠모리스 신부가
너무나도 흥분해 있었기 때문에 아무런 소용이 없었소. 그들
은 결국 다른 사람들이 뭍에서 술잔치에 여념이 없는 동안 배
에 탔던 일행 가운데 일부와 함께 배로 물러났소. 다음 날 피
츠모리스 신부의 흔적은 섬 어디에서도 찾을 수가 없었소. 그

리고 그가 싣고 온 작은 상자 네 개와 비둘기호 옆에 묶여 있던 작은 보트도 간 데 없이 사라지고 말았지. 단지 화이트 신부의 성무 일과서 옆에 시 페레오, 페레오, 아드 마조렘 데이 글로리움(Si pereo, pereo, A.M.D.G. 그는 죽었다, 전능하신 하느님의 영광 가운데서.)이라는 하나의 전언만이 남겨져 있었다오. 그 후 그를 다시 본 사람은 아무도 없어요. 그리고 얼마 후 예수회는 그가 죽었다고 공인했고 그의 이름도 기록에서 삭제했다오. 그가 어디로 배를 저어 갔는지 혹은 그의 운명이 어떠했는지에 대해서는 아는 사람이 아무도 없었죠. 십오 년 전쯤 내가 그에 관한 조사를 시작하기 전까지는 말이오. 그때 내가 타코몬이라는 한 늙은 야만인과 이야기를 나눌 수 있었던 건 대단한 행운이었소. 그는 한때 여기서부터 저 참탱크강만 넘어가면 나오는 캐슬헤이븐포인트에 자리 잡은 부락의 왕이었던 인물이오. 그리고 그로부터 다름 아닌 피츠모리스 신부의 이야기를 들을 수 있었지요.

내가 최대한 알아본 바로는 피츠모리스 신부는 켄트에서 배를 저어 틸그맨섬을 지나 동쪽으로 항해하다가 참탱크 어귀로 들어섰소. 거기서 야만인의 부락을 발견하고 육지 쪽으로 향했죠. 노를 젓는 동안 고물을 향해 앉아 있었으므로 인디언들이 먼저 그를 발견했고, 또한 그가 백인임을 알아보았소. 타코몬왕은 자신의 여러 위소(Wisoes, 부하)들과 함께 그를 맞이하기 위해 해안으로 내려갔어요.

그들은 거기서 이상한 검은 겉옷 차림을 한 사람과 새의 형상이 그려진 보트를 보았소. 내가 그 이야기를 듣고 귀가 번쩍 뜨인 것은 바로 이러한 두 가지 묘사 때문이었어요. 왜냐하면 바로 비둘기호 보트의 고물에 그러한 형상이 그려져 있었고 피츠모리스 신부는 잘 때를 제외하고는 신부복을 벗는일이 없었으니까 말이오. 게다가 그 야만인의 말로는 그가 탄배 위에 나무 상자 네 개가 있었다는 거요. 그리고 그는 뭍에오르자마자 무릎을 꿇고 기도를 했다더군요. 분명 안전하게뭍에 다다르게 해 준 데 대해 성모께 감사를 드린 게지. 야만인들은 이 모든 것을 대단히 흥미롭게 지켜보았소. 그리고 피츠모리스 신부가 상자에서 신기한 잡동사니들을 꺼내 자신들에게 나눠 주자 훨씬 더 흥미를 느끼게 되었죠. 타코몬은 곧장 부락에 사람을 보냈고 그는 곧 상당한 양의 모피와 다른야만인들을 데려왔소.

짐작컨대 피츠모리스 신부는 이전에 한 번도 기독교인을본 적이 없어 보이는 야만인들이 구름같이 몰려든 것을 보고분명 대단히 기뻐했을 거요. 그가 왼손으로 잡다한 장신구들을 나눠 주면서 오른손으로는 그것을 받는 사람들을 축복하는 모습을 상상해 보시오. 타코몬은 그가 그러면서 내내 자신들이 알아들을 수 없는 이상한 말을 지껄였던 것으로 기억하더군. 그들은 그의 보트에 모피를 실었소. 그는 그제서야 그들이 자신을 상인으로 여기고 있음을 알게 되었죠. 그래서 그는사람들에게 십자가를 나눠 주면서 몸짓으로 우리 구세주의수난에 대해 분명하게 설명하려고 애썼을 거요.

타코몬은 그 십자가를 면밀히 살펴본 후, 그것을 가리키며그의 위소(부하)들 가운데 한 명에게 명령을 내렸다고 하더군요. 그 남자는 다시 한번 마을로 달려가서 작은 나무 상자 하나를 들고 돌아왔다오. 그런데 그것을 보자 야만인들이 모두 해변 위에 엎드리는 게 아니겠소. 피츠모리스 신부는 당연히 그 상자 안에 그 부족이 신성하게 여기는 이교도의 유물이 들어 있을 거라고 짐작했겠지요. 나는 그가 모세가 시나이 산에서 내려왔을 때 그랬듯이 그들의 우상을 땅에 던져 버리는 어떤 기분 좋은 의식을 마음속에 미리 그려 보며 그 많은 사람들에게 세례를 주려면 얼마나 많은 성수가 필요할까 계산해 봤을 모습이 눈에 선합니다.

하지만 안타깝게도 시련은 아직 끝난 게 아니었소. 사실 그가 방문한 이 마을은 이미 수년 전 이곳을 지나간 어떤 상인에 의해 순결을 잃은 후였던 겁니다. 그리고 더 기막힌 것은 그 사람이 바로 이교도적인 심성으로 악명 높은 버지니아인이었다는 사실이었죠! 타코몬은 그 상자에서 모종의 금송아지가 아니라 놀랍게도 가죽 성경을 꺼냈소. 앞면에 십자가 모양의 목판이 장식되어 있었지. 그리고 (나도 그 책을 직접 봤는데) 바로 맞은편에 다음과 같은 헌사가 쓰여 있더군요. '영국의 교회가 좋은 열매를 수확할 수 있도록…… 가장 높고 강력한 왕 제임스에게……!' 타코몬왕은 그 책을 모든 사람이 볼 수 있도록 높이 쳐들었소. 그러자 모여 있던 인디언들이 일제히 영국성공회의 주기도문을 외우며 노래를 불렀다더군요.

우리는 당신을 찬양합니다.
오 신이여, 우리는 압니다.

당신이 주인이라는 것을.

세상의 모든 것이 당신을 경배합니다

영원한 아버지여……

그 불쌍한 신부는 충격으로 거의 기절할 지경이었을 거요. 어쨌든 그는 타코몬과 그의 코코아소우(cawcawaassoughs, 백성들)로부터 십자가 두세 개를 낚아채어 자신의 보트 안으로 뛰어올랐소. 그러고는 화살의 사정거리를 벗어날 때까지 성호 긋는 일을 멈추지 않았지. 인디언들로 말하자면 그가 자신들을 향해 주먹을 휘두르자 그것을 작별 인사로 받아들였소. 그리고 찬송가를 반복함으로써 그것에 보답했다더군요."

에브니저가 웃으며 말했다. "정말 운이 없는 사람이군요!" 꿍해 있던 벌링검조차도 미소를 지으며 성자의 길은 험하다고 한마디 하지 않을 수 없었다.

신부의 이야기는 계속되었다. "그의 불운에 대해 이만큼 알게 되자 나는 그의 최후를 알게 될 때까지 조사를 멈출 수 없었어요. 나는 메릴랜드주 전역을 탐문하고 다녔소. 특히 남부 도체스터 카운티를 샅샅이 훑었죠. 왜냐하면 내 짐작이 맞다면 첫 번째 시도가 실패로 끝난 후 그는 틀림없이 진짜 이교도를 찾아 더욱 남쪽으로 배를 저어 갔을 테니까요. 오랫동안 나의 노력은 결실을 맺지 못했소. 그런데 그로부터 얼마 후 한 인디언이 백인 가족을 몰살한 죄목으로 케임브리지 법정에 회부된 일이 있었다오. 마침 그 지역에 볼일이 있었던 나는 자청해서 그 불쌍한 사람의 고해를 듣고 죄를 용서해 주러 갔죠. 하지만 그는 나의 호의를 전혀 받아들이려 하지 않았고 곧 교수되고 말았소. 우리의 대화는 성과를 맺지 못했지만 난 그 속에서, 즉 우연히 피츠모리스 신부의 운명을 알게 되었던 거요.

그 야만인의 이름은 찰리 마타신이었소. 그는 이미 오래전에 도체스터의 늪지대에 들어와 지독히 은둔하며 산다는 낸티코크의 호전적인 부족 출신이었소. 찰리라는 녀석은 사실 타약(왕)의 아들이었지. 영국인 창녀와 사랑의 도피까지 했지만 사실 영국인에 대한 증오심이 정말 대단한 청년이었소. 후에 그가 살해한 사람들 가운데 그 창녀도 포함되어 있었다더군. 그는 그러한 증오심을 자신의 아버지인 타약에게서 배운 것이라고 고백했소. 세례를 주고, 고해를 듣고, 죄를 사하기 위해 내가 그에게 성수와 십자가를 가지고 가자 나를 특히 경멸했소. 그는 내 신부복에 침을 뱉더니 자기 부족 사람들이 언젠가 나와 같은 남자를 십자가 위에서 태워 죽인 일이 있다고 외치는 게 아니겠소! 그때 나는 혹 영국인을 의미하는 거냐고 물었다오. 왜냐하면 나는 그런 얘기를 들은 적이 없었기 때문이오. 그러자 그는 대략 이렇게 말을 하더군요. 단순한 영국인이 아니라 나와 같이 십자가와 성무 일과서를 지닌 검은 옷을 입은 신부였다고 말이오. 그러면서 그 신부는 마술적인 물을 지니고 있었지만 자신을 태우는 불을 식히지 못했다고 말했소. 그런데 더욱 이상한 것은 이 신부가 찰리 본인의 할아버지였다는 거요. 아무튼 그의 말이 그랬소. 그리고 그를 태운 사람은 바로 찰리의 아버지였다는 거요."

에브니저가 외쳤다. "말도 안 돼. 믿을 수 없어요!"

신부 역시 동감을 표시했다. "그 말을 듣고 나는 나의 신성한 임무는 제쳐 둔 채 그에게 얘기를 더 해 달라고 간청했소. 맹세코 나는 신에게 그 인디언의 영혼을 책임질 겁니다. 훌륭한 이야기는 가책을 느끼는 양심과 비슷한 가치를 지니고 있거든, 그렇지 않소? 게다가 신께서 나로 하여금 이 이야기를 듣게 하려고 그곳에 보냈다고밖에는 달리 생각할 수가 없었소. 왜냐하면 그 이야기를 통해 피츠모리스 신부의 비극적인 이야기 전말을 모두 알게 되었으니까……

캐슬헤이븐을 떠난 후, 그 거룩한 사람이 얼마나 오랫동안 남쪽으로 표류했는지 혹은 뭍에 닿기 위해 얼마나 노심초사했는지 그 누가 알 수 있겠소? 물살이 거친 체서피크에서 며칠이고 그의 배를 제자리만 맴돌게 하다가 마침내 포악한 악당들인 낸티코크족이 사는 곳으로 휩쓸어 간 것은 기적이 아니고 무엇이었겠소? 찰리가 자신의 아버지인 타약으로부터 들은 바로는 육십 년 전 무시무시한 허리케인이 그 습지를 휩쓸고 지나간 후, 낯선 보트가 그 인디언 마을로 떠밀려 왔소. 그런데 보트 안에는 생전 처음 보는 검은 옷을 입은 영국인이 죽은 듯 기절해 쓰러져 있었고 놋쇠로 테를 장식한 상자들이 실려 있었다는 거요."

"바로 피츠모리스 신부였겠군요!"

신부가 대답했다. "그 말을 듣고 나 역시 그렇게 생각했소. 하지만 그것은 너무나도 경이로운 우연이라 도저히 믿을 수가 없었다오. 하지만 찰리의 다음 말들에 나의 의심은 모두 사라졌소. 그가 말하더군요. 자신의 부족 사이에는 오래된 믿음이 있는데 피부가 하얀 사람들은 물뱀처럼 믿을 수가 없으며 보는 즉시 죽여야 한다는 거요. 하지만 그 방울뱀의 모습은 너무나도 특이해서, 그리고 그가 너무나도 이상한 방식으로 자신들의 마을에 들어와서 몇몇 사람들은 그가 자기들에게 어떤 해악을 끼치려고 결심한 사악한 영혼이라고 두려워했소. 게다가 그의 신부복이 검은 먹구름처럼 보였고 또한 그가 탄 배의 고물에는 새의 형상이 그려져 있었기 때문에 그들의 두려움은 더욱 컸다는 거요!

하지만 그 남자가 무력해 보인 탓에 그들은 곧 두려움을 극복했소. 그리고 그가 계속 기절해 있는 동안 그를 오두막에 데려가 발목을 생가죽 끈으로 결박했소. 그런 다음 그의 상자를 깨서 열고는 자신들의 몸을 묵주 알과 십자가로 장식했다는군요. 포로는 정신이 들자 잠시 동안 머리를 숙이고 무릎을 꿇고 있었소. 그런 다음 그들에게 알아들을 수 없는 이상한 언어로 말을 걸었소. 마을의 연장자들이 그의 처리 문제를 놓고 회의를 하는 동안, 젊은이들은 그에게 음식을 주고 빙 둘러서서는 그의 익살스러운 몸짓을 구경했소. 그들은 무릎을 꿇고 기도하는 모습을 더없이 재미있는 광경이라고 생각했던 거요. 그는 자신의 상자에서 나온 십자가를 바라보며 몇 시간 동안 몸짓으로 하는 의식을 반복했다 하오. 야만인들 중에는 그것을 이해하는 사람이 한 명도 없었지만 워낙 재미있는 광경인지라 번갈아 가며 그 몸짓을 따라했다고 하더군요. 그리고 그것을 다시 후대에게 물려주었지. 심지어 찰리 마타신도 아버지에게서 배운 그 의식의 몸짓을 기억하고 있었소. 내가 아는 한 그의 부족은 여전히 도싯의 습지에서 그 의식을 실행하고 있을 거요. 그가 내게 보여 준 첫 번째 몸짓은 바로 이러했소. 이게 무슨 뜻인지 한번 알아맞혀 보시오."

스미스 신부는 테이블에서 몸을 움직여 나와서는 자신을 가리켰다. 그리고 재빨리 연속하여 자신의 신부복을 잡아당겼고, 십자가를 위로 들고, 성호를 긋고, 기도를 하는 자세로 무릎을 꿇는가 싶더니 벌떡 일어나 팔을 벌리고 십자가 위의 예수처럼 시선을 위로 들어 올렸다.

벌링검이 말했다. "내 생각엔 그가 자신이 신부라는 걸 보여 주려 했던 것 같아."

계관시인이 흥분하여 동의했다. "그래요! 세상에! 이것은 마치 무덤에서 들려오는 목소리 같아요!"

신부가 말했다. "하지만 다음 동작을 보면 더 놀랄 거요."

"어째서요? 그 야만인이 기억한 게 더 있나요?"

스미스 신부가 자랑스럽게 고개를 끄덕였다. "첫 번째 동작은 단순히 자신의 신분을 밝힌 것에 불과했소. 하지만 이것은 기호로 행해진 기독교 교리나 다름없었지! 그는 우선 이런 몸짓을 하더군요." 그는 세 손가락을 들어 올렸고 에브니저는 그 것을 삼위일체라고 제대로 해석했다.

"다음엔 이것." 신부는 세 손가락 가운데 첫 번째를 가리킨 후, 발끝으로 서서 왼손으로는 자신의 생식기 부근을 움켜쥐고 오른손으로는 하늘을 가리켰다.

벌링검이 웃었다. "맙소사! 나는 이것이 하느님 아버지일까 염려되는군!"

신부가 밝게 미소 지었다. 그런 다음 가운뎃손가락 옆에 있
는 집게손가락을 들어 올리고 이어서 자신의 팔 안에 있는 가
상의 아이를 살살 흔들었다. 그리고 십자가를 표시하여 명백
히 성자를 나타냈다. 그리고 다음에는 다른 두 손가락 옆의
무명지를 들어 올린 후, 잠시 동안 바닥에 눈을 감은 채 엎드
려 있다가 이윽고 시선을 천장에 고정시키고는 양팔을 날개처
럼 퍼덕거리면서 천천히 일어섰다. 그것은 바로 승천과 성령을
암시하는 몸짓이었다.

시인이 박수를 쳤다. "놀라워요!"

벌링검이 물었다. "처녀 잉태를 표현하는 건 그의 능력 밖이
었나 보죠?"

스미스 신부는 전혀 동요하지 않고 단언했다. "믿음은 산을
움직인다오. 교리의 어떤 조목에서든 우리가 어떻게 그의 훌
륭한 솜씨를 의심할 수 있겠소? 삼위일체와 같은 그런 포착하
기 어려운 신비를 이와 같이 명쾌하게 표현해 냈는데 말이오."
그는 전과 같이 세 개의 손가락을 내밀더니 그들을 번갈아 가
며 접었다 폈다 했다.

"훌륭해요!"

"물론 이것은 전적으로 재치를 낭비하는 셈이었소. 왜냐하
면 그 오두막 안의 어떤 이교도도 그의 몸짓이 무엇을 의미하
는지 알아듣지 못했으니까. 아마도 그들은 깔깔거리며 데굴데
굴 굴렀을 만큼 무척 재미있어했을 거요. 그리고 이윽고 그 불
쌍한 신부가 지쳐 버리자 그를 막대기로 찔러 댔겠지. 그 우스

꽝스러운 몸짓을 계속하도록 말이오."

벌링검이 회의적으로 말했다. "당신에게 그 정보를 준 인물은 그러한 세부적인 것까지 다 말할 수 없었을 텐데. 이 모든 일들은 그가 태어나기 전에 일어났으니까."

스미스가 대답했다. "그는 그럴 수도 없었고 그럴 필요도 없었소. 인디언이건 터키인이건 혹은 교육받지 못한 영국인이건 모든 야만인들은 대체로 비슷해요. 그리고 나는 야만인들의 방식을 알고 있소. 이러한 이유로 나는 이제부터는 그 순교자의 관점에서 얘기할 거요. 말하자면 찰리 마타신이 내게 말했던 것에 내가 추측할 수 있는 것을 덧붙이는 거죠. 그렇게 해야 더 나은 이야기를 만들어 낼 수 있을 거요. 그리고 현재 내가 가지고 있는 사실 정보가 아무리 부족하다 하더라도 그 자체에 손상을 가하는 일은 없을 겁니다."

그는 테이블로 돌아와 자신의 잔에 헤레즈를 따랐다. 네 번째 잔이었다.

"그 젊은이들이 몇 시간 동안 그의 몸짓을 흉내 내고 막대기로 괴롭히며 그를 조롱했다고 합시다. 그들은 아마 그의 피부 색깔에 대해 상당한 호기심을 느낄 거요. 어떤 사람은 신부의 손을 잡고 자신의 손 색깔을 비교하며 동료들에게 무슨 말인가를 재잘대겠지. 다른 한 사람은 자신의 배를 찰싹 때리고는 피츠모리스의 신부복을 가리킵니다. 어째서 저 이방인은 머리부터 발끝까지 똑같은 기이한 색깔을 가지고 있는지 의아해하면서 말이오. 하지만 그 호기심 많은 사람에겐 분하게도 나머지 사람들은 이런 생각을 비웃을 거요. 그래서 그는 자신의 허리에 두른 사향쥐(머스크랫) 모피로 만든 옷을 들쳐 올리면서 자신의 두 번째 추측을 말합니다. 그러나 그것은 너무나 엉뚱한 생각이라 모두들 즐겁게 웃고 말죠. 그러다 그들은 웜폼피그 네댓 줄을 걸고 내기를 하게 됩니다. 그리고 마침내 증거를 찾는답시고 피츠모리스 신부의 낡은 옷을 벗겨 내겠지. 에케 호모(Ecce homo, 이 사람을 보라)! 그는 매우 비참한 상태로 벌벌 떨면서 서 있소. 그의 배는 볼락[33])처럼 하얗고 그의 음부는 바티칸에 있는 성공회 기도서처럼 한가하게 자리하고 있지만 그래도 갖출 건 다 갖추고 있는 모습이오. 도전자가 자신의 상금을 가지고 거들먹거리며 걸어가면 서른 살을 넘지 않은 젊은 타약이 그 놀이를 끝내라고 명령을 하오."

벌링검이 끼어들었다. "아, 제발, 잠깐만! 이건 새빨간 거짓말이오!(This is made up from the whole cloth!)"

스미스는 벌링검의 조롱에 파란 눈을 크게 뜨며 태연하게 응수했다. "성스러운 옷감[34])으로 만든 말이라고 해 두겠소."

에브니저가 그의 친구에게 조바심치며 말했다. "나는 이대로가 좋아요. 그가 앙상한 사실들에 살을 붙여 이야기를 만들도록 내버려 두세요."

벌링검이 어깨를 으쓱하더니 다시 불 쪽으로 몸을 돌렸다.

신부의 이야기는 계속되었다. "그때 여자들이 저녁 식사를 차려 놓을 거요. 구석에 놓여 있는 풀로 엮은 거적 위에서 벌

---

33) 암초 부근에 서식하는 각종 물고기.
34) 벌링검의 'made up from the whole cloth'에서 'whole cloth'에 'Holy Cloth'를 대비시켜 말장난을 한 것.

거벗은 채 웅크리고 있는 피츠모리스 신부에겐 그 시간이 한없이 지루하게 느껴지지만 이윽고 저녁 식사는 끝이 나오. 여자들이 오두막에 남고 담배가 모두에게 돌아가고 사람들은 모두 술을 마시기 시작하오. 신부는 한편 당황하면서도 호기심에 차서 그들이 하는 모양을 관찰합니다. 그는 예수회 교도이긴 하지만 남자이기도 하니까 말이오. 게다가 만약 자신이 목숨을 구한다면 야만인의 풍습에 관해 논문을 써 보리라 계획도 해 보지요. 사람들은 당분간은 그의 존재를 무시합니다만 그는 그들이 흥겹게 노는 동안 그들과 대화할 수 있는 방법을 생각해 내느라 갖은 지혜를 다 짜냅니다.

어느 정도 시간이 흐른 후 젊은 타약이 모여 있는 모든 사람들에게 몇 마디 말을 하자 그들이 일제히 고개를 돌려 신부를 바라봅니다. 곧 몸에 색칠을 한 백발의 연장자 두 명이 오두막을 떠났다가 약 3미터 길이 되는 막대기를 들고 다시 돌아옵니다. 그것의 밑동은 스컹크 가죽으로 싸여 있고 위에는 조잡하게 붙박은 사향쥐가 올려져 있소. 오두막 안에 있던 모든 사람들이 그 앞에 무릎을 꿇은 가운데 그것을 들고 있던 사람들이 그것을 피츠모리스 신부 쪽으로 들이대오. 타약은 손가락으로 사향쥐를 가리키며 영문 모를 말을 지껄일 거요. 그 거만한 어조의 말들은 번역할 필요도 없소. 즉 신부에게 자기들과 비슷한 의식을 행하라는 요구죠.

피츠모리스 신부는 그 순간이 적절한 때라고 여길 거요. 그는 자신이 벌거벗고 있다는 것도 잊은 채 일어서서 고개를 흔들어 거부를 나타냅니다. 그런 다음 그는 다시 한번 자신의 십자가를 높이 치켜들고 맹렬한 긍정으로 고개를 끄덕이죠. 그리고 그들의 우상을 던져 버리는 듯한 몸짓을 합니다. 그러자 타약은 격노하여 더 큰 목소리로 같은 명령을 되풀이합니다. 다른 사람들은 엎드린 채로 움직이지 않지요. 하지만 피츠모리스 신부는 흔들림 없이 서 있소. 그는 십자가 위의 형상만이 진정하고 유일한 신이라는 것을 나타내기 위해 손가락 하나를 들어 올릴 거요. 그리고 한 걸음 더 나아가 그 신성한 막대기에 침을 뱉소. 타약은 그 자리에서 그를 때려눕힙니다. 그리고 우상을 들고 있던 사람들은 그를 땅바닥에서 꼼짝 못 하도록 단단히 누르기 위해 막대기의 밑둥을 그의 목뒤에 올려놓을 거요. 그리고 타약이 엄숙하게 주문 같은 걸 외우면 다른 사람들이 그에 대해 동의를 외치는 거요."

에브니저가 한숨을 쉬며 말했다. "불행한 사람! 아무래도 그가 순교당할 날이 멀지 않은 것 같군요."

신부가 단언했다. "아직은 아니오. 이윽고 사람들은 모두 그 오두막을 비웁니다. 피츠모리스 신부는 먼지 속에 남겨진 채 떨고 있겠죠. 이윽고 적색 염료로 몸을 얼룩덜룩 꾸민 야만인 처녀 열두 명이 들어와서는 이부자리를 바닥에 까는 등 어느모로 보나 밤을 보내기 위한 잠자리를 준비합니다."

벌링검이 한마디 던졌다. "만약 이 낸티코크인들이 다른 인디언들과 다를 게 없다면 다음 일은 불 보듯 뻔하군."

그러나 그러한 문제들에 대해서는 아무것도 모르는 에브니저는 스미스 신부에게 이야기를 계속해 달라고 간청했다.

신부가 말했다. "피츠모리스 신부는 처녀들의 등장에 열 배는 더 당황하겠지요. 그들이 무언가를 서로 즐겁게 속삭이는 모습을 보고 더욱 그랬을 거요. 그는 미래의 논문을 위해 야만인 처녀들은 모두 함께 방을 쓴다는 사실을 마음에 새겨 둡니다. 마침내 불이 꺼지면 그는 어둠 속에 자신의 부끄러움을 가릴 수 있게 된 것을 기뻐할 거요.

하지만 그의 고독은 오래가지 못하지요. 그가 아베 마리아를 세 번도 다 부르기 전에 한 인디언 처녀가 에덴동산의 이브처럼 벌거벗은 채 곰의 기름 냄새를 풍기며 그에게 몸을 던지고는 그의 목을 잘근잘근 물어 대니까 말이오.”

에브니저가 외쳤다. “세상에!”

“그 선한 사람은 당연히 저항을 하지요. 하지만 그 처녀는 힘이 아주 장사인 데다 그는 발이 묶인 상태요. 그녀는 육체적 미사에 쓰이는 초[35]에 손을 댑니다. 그것은 그녀의 손이 닿으면 닿을수록 더욱더 커지지요! 피츠모리스 신부는 라틴어를 좀처럼 생각할 수 없게 됩니다. 하지만 오직 자신이 죽기 전에 적어도 개종자 한 명은 만들어 내야 한다는 일념하에 가까스로 축복의 말 몇 마디를 더듬거립니다. 그 이교도 처녀는 그에 대한 대답으로 신부의 귀를 핥습니다. 그러자 피츠모리스 신부는 이제 자신의 교구를 설립하는 일보다 자신의 은총을 보존하는 데 더욱 신경을 쓰면서 서둘러 주기도문을 외우기 시작합니다. 하지만 그가 이렇듯 열중하자마자 쯧! 그녀는 그의 초를 신부들이 반드시 멀리해야 할 촛불 끄는 덮개로 씌

---

35) 음경을 가리킨다.

워 버리고 마는군요. 그런데 불은 꺼지기는커녕 오히려 더욱 더 강한 열과 밝기로 타오릅니다. 요컨대 자신이 개종자를 얻기 희망했던 곳에서, 삼단논법을 쓰는 데 필요한 것보다 더 짧은 시간 안에 그 자신이 개종되고 만 거죠. 그리고 세례를 받고, 주거니 받거니 교리문답을 당하고, 성체를 배령받고, 덤으로 성직도 제수받고!"

벌링검은 그 이야기에 흠뻑 빠져 있는 계관시인을 보고 미소를 지으며 말했다. "왜, 남의 일 같지 않나, 에벤?"

시인이 감정이 상한 듯 외쳤다. "야만스러워요! 자신의 의사와는 아무런 상관도 없이 그렇게 맹세를 어기게 되다니! 그의 고귀한 영혼이 얼마나 비참했을까요?"

스미스 신부가 단언했다. "아니오, 선생. 당신은 그가 성자의 자질도 갖추었지만 예수회 교도의 자질 역시 갖추고 있다는 걸 잊고 있소."

에브니저는 이해할 수 없다고 고백했다.

신부가 설명했다. "그는 자신의 경우에 대한 찬반양론을 탐구하오. 그리고 자신의 고통받는 양심을 편안하게 하기 위해 네 가지 훌륭한 논거를 제시하는 거요. 우선 초기 단계에는 언제나 자신들이 개종시키고자 하는 사람들의 이상한 풍속들을 짐짓 묵인하는 것이 신중한 선교사들의 습관이오. 둘째, 그는 개종이 이루어질 수 있기 전에 반드시 성립되어야 하는 자신과 야만인 사이의 관계를 촉진하고 있소. 셋째, 그가 죄를 짓는 것은 궁극적인 선을 위해서요. 예를 들어 저 유명한 아우구스티누스가 육체에 관해 다양하고 정밀한 사고를 하려고 시도하지 않았다면 그만큼 미덕을 더 잘 알고 평가할 수 있었겠소? 그리고 마지막으로 이 모든 주장들이 궤변이 되지 않게 하기 위해 덧붙이자면 그는 머리에서 발끝까지 묶여 있었고 그러므로 그 문제에 대해 선택할 수도 책임질 수도 없었다는 거요. 요컨대 그는 자신의 고난에 대해 한탄하기는커녕 그 안에서 신의 안배를 보게 되고 결국 의지를 가지고 그 역사에 동참하게 되는 겁니다. 그는 이렇게 생각하죠. 만약 그가 자신의 경작에 걸맞은 수확을 얻을 수만 있다면 자기는 로마에 의해 주교의 지위에 오를 수도 있을 거라고 말이오!

피츠모리스 신부가 그 처녀의 밭에 쟁기질과 써레질을 끝내고 나자 곧 다른 여자가 그녀의 자리를 대신합니다. 그리고 그는 첫 번째 여자처럼 그 여자 또한 개종시키기 위해 주저하지 않고 아랫도리에 씨를 장전하지요. 그는 신의 도움으로 새벽이 오기 전에 오두막 안의 모든 여자들에게 믿음의 우월성을 분명히 확인시켰소. 모두 합쳐 약 열 명의 방문자가 있었던 터라 그는 마지막 후보의 교리문답을 끝내고는 기진맥진하여 잠이 듭니다.

오래지 않아 그는 기분이 한껏 고양되어 잠에서 깹니다. 그는 여인들의 개종에 그렇듯 큰 진전이 있었으니 남자들과도 진척이 있을 거라 확신하지요. 그의 희망은 그리 근거 없는 일로 보이지도 않아요. 왜냐하면 곧 타약과 그의 코코아소우들이 나타나 여자들에게 오두막을 나가라고 명령하기 때문이오. 여자들이 나가자 그들은 그의 발을 묶고 있던 끈을 잘라 냅니다. 그러자 그가 이렇게 외치지요. '당신들을 축복합니다, 나의 친구들이여. 당신들은 진실하고 유일한 길을 보았소!' 그리고 그는 그들이 자신을 잔인하게 대우했던 일을 모두 용서합니다. 그들은 그를 일으켜 오두막에서 데리고 나갑니다. 그는 자신 앞에 펼쳐진 광경을 보고 기뻐 어쩔 줄을 모르지요. 허리케인은 지나가고 그 끝자락의 먹구름들 사이로 얼굴을 내민 햇빛이 부락 안마당에 세워진 커다란 나무 십자가와 그 발치에 놓인 신부가 가져온 네 개의 소중한 상자들을 비추고 있소. 타약은 우선 피츠모리스 신부가 지니고 있는 십자가를 가리킨 다음 더 큰 십자가를 가리킵니다.

선교사는 선언하오. '이것은 신의 역사야. 그분은 너희들에게 너희의 잘못을 보여 주었다. 그리고 너희들은 단순한 너희들의 방식으로 그분에게 경의를 표하는구나!' 그는 감동을 받아 무릎을 꿇고 신에게 감사의 기도를 드립니다. 이교도 사람들의 마음속에 신성한 의지를 불어넣어 주신 것과 이교도 처녀들에게도 그의 의지를 관철시킬 수 있도록 이 미천한 신부에게 정력을 허락하신 것에 대해서 말이지요. 하지만 안타깝게도 건장한 남자 둘이 그의 기도를 중간에서 잘라 버리고는 그의 팔을 붙잡고 십자가로 끌고 갑니다. 피츠모리스 신부는 그들의 거친 행동에도 관대하게 미소를 짓지요. 하지만 그들은 순식간에 그의 발목과 발과 목을 십자가에 단단히 묶고, 그의 발치에 놓여 있는 상자들 위에 장작을 쌓는 게 아니겠소. 그는 모여 있는 군중에게 자비를 구하지만 아무 소용이 없소. 지난밤에 그가 세례를 줬던 견습 수녀들에게 말을 걸어도 그들은 혀만 끌끌 찰 뿐 그저 조용히 그 장면을 흥미 있게 지켜봅니다. 이곳의 법에는 어떤 사람이 사형을 선고받으면 그의 처형 전날 밤에 부족의 처녀들을 즐길 수 있도록 규정되어 있었던 거요. 즉 그 여자들은 자신들의 의무를 이행한 셈이었지!

그런 다음 이 위대한 영혼의 가장 고귀한 순간이 옵니다. 타약은 한 손에 신성한 사향쥐를, 그리고 다른 손에는 활활 타오르는 횃불을 들고 마지막으로 그 앞에 서지요. 그리고 최종적으로 그의 복종을 요구합니다. 하지만 피츠모리스 신부는 자신이 실패했다는 걸 알면서도 마지막 남아 있던 용기를 짜내어 다시 한번 그 우상에 침을 뱉는다오."

벌링검이 한마디 했다. "아직도 입에 침이 남아 있었다는 게 놀랍군."

"즉시 고함 소리가 높아지고 타약은 들고 있던 횃불을 장작 위에 던집니다! 야만인들은 그를 향해 자신들의 신성한 막대기를 흔들며 춤을 추지요. 왜냐하면 사실 그들은 그에게 이단자로서의 형을 선고한 것이니까요. 이윽고 화염이 올라와 그의 적색 염료를 태웁니다. 그 선인은 잘 알고 있소. 우리의 고통은 가장된 신의 축복이라는 것을 말이오. 그리고 그는 자신이 선교를 위해 태어난 게 아니라 순교를 위해 태어난 거라고 내심 결론을 내립니다. 그는 눈을 들어 하늘을 보고 마지막 괴로운 숨을 토하며 이렇게 말합니다. '그들을 용서하소서. 그들은 자신들이 무슨 일을 저지르고 있는지 알지 못합니다.'"

에브니저는 비록 종교적인 성향을 가지진 않았지만 그 이야기에 너무도 감동을 받아 자신도 모르게 "아멘."이라고 중얼거렸다.

"만약 자신이 불타고 있는 동안에도 백인 아기 셋이 그의 견습 수녀들의 자궁 속에서 자라고 있다는 사실을 알았다면 피츠모리스 신부는 좀 더 편안한 마음으로 죽을 수 있었을 거요. 물론 그것이 그의 육체적인 고통을 덜어 주지는 않았을 테지만 말이오. 세 여자들 중 하나는 아이를 낳다가 죽었고 또 한 사람은 습지에 버려졌으며 세 번째는 혼기가 찼을 때 그 늙은 타약이 아내로 맞아들여 찰리의 엄마가 되었다오. 예수회 교도의 임무에 관해 말하자면 클레이본과의 협상이 결렬된 후 조지 캘버트가 마침내 세인트메리즈 시티에 돌아왔을 때, 남아 있던 신부들은 동료의 행방에 대해 더 알게 되기 전까지는 그가 실종된 사실을 로마에 보고하지 않기로 맹세했소. 이 때문에 그들은 내가 아까 당신에게 읽어 준 연례 서신에서 두 신부들 모두 원정대와 함께 돌아왔다고 보고했던 거요. 그때 이후 워낙 잡다한 소문이 들려오는지라 그들은 그의 부재를 보고하는 일을 무기한 연기했소. 새로운 신부들이 메릴랜드주에 도착했고 신의 역사는 덜 열정적으로, 하지만 더욱 착실하게 계속되었지. 그리고 곧 피츠모리스라는 이름은 잊혀집니다."

그는 무언가를 더 말하려 했지만 벌링검이 그의 말을 자르며 물었다. "그렇다면 그에 대한 당신의 의견은 무엇이오, 신부님? 그 남자가 바보라고 생각하시오, 아니면 성자라고 생각하시오?"

신부는 파란 눈을 크게 뜨고 질문자를 바라보았다. "그것들은 진정 선택 사항이 아니오, 미첼 씨. 그에 앞선 많은 거룩한 사람들이 그렇듯이 그는 신의 바보였소. 그리고 지금 말할 수 있는 것은 그의 방식이 예수회의 방식은 아니었다는 거요. 죽은 선교사는 누구도 개종시키지 못하지요. 살아 있는 순교자 역시 그렇지."

에브니저가 동의했다. "그것은 사실입니다. '숲으로 가는 길이 하나만 있는 게 아니죠.'"

벌링검이 고집스럽게 말했다. "그렇다면 내가 좀 더 꼬치꼬치 캐묻는 것을 허락해 주시오. 어떤 방식이 당신의 기질에 더 맞는 것 같소?"

스미스 신부는 잠시 동안 질문을 되새겨 보는 듯했다. 그는 파이프의 재를 떨고 테이블 위에 있던 문서들을 만지작거렸다. 그리고 마침내 물었다. "그런 걸 왜 묻는 거요?" 하지만 그의 어조는 이미 그가 그 이유를 알고 있음을 암시했다. "그러한 선택의 순간이 오기 전에는 순교에 대한 자신의 능력을 측정하기 어려운 법이지요."

이에 대해 벌링검은 그저 미소를 지을 뿐이었다. 하지만 그의 뜻은 명백했다. 에브니저는 두려움으로 얼굴을 붉혔다.

신부의 말은 계속되었다. "사실을 말하자면 나는 그 일지를 섣불리 당신의 손에 내어 줄 수 없소. 쿠드의 수단은 무궁무진하고 당신의 위임장은 볼티모어 경이 아니라 니콜슨이 서명한 것이오."

"바로 그게 문제가 된다는 거군." 벌링검이 웃으며 말했다. 하지만 그의 눈은 웃고 있지 않았다. "당신은 니콜슨을 신뢰하

지 않는구려. 그를 그 자리에 임명한 인물이 바로 볼티모어인
데도 말야."

신부가 고개를 저었다. "프랜시스 니콜슨은 누구의 도구도
아니오, 친구. 그는 자신의 상관이었던 앤드로스 총독도 이미
치지 않았소? 게다가 그는 다른 누구도 아닌 그 개신교 왕에
대한 충성을 보이기 위해 수도를 세인트메리즈에서 앤아룬델
타운으로 옮기려 하지 않았소?"

벌링검이 외쳤다. "하지만 빌어먹을! 애초에 그 일지를 훔쳐
서 볼티모어에게 몰래 가져다준 사람은 바로 니콜슨이었소!"

스미스 신부가 설명했다. "그것은 앞서 내가 쿠크 씨에 대
해 말했던 것과 같소. 모든 사람들은 충성스럽소. 하지만 그
충성의 대상은 잘해 봐야 비슷한 정도지. 피츠모리스 신부는
화이트 신부와 알탐 신부가 그랬듯이 메릴랜드주에서 봉사하
는 일에 대해 충성스러운 열정을 보여 주었소. 하지만 일단 이
곳에 오자 그 열정이 그의 이탈을 이끌었지요. 그때까진 아무
도 몰랐소. 그가 도달하려고 애쓴 것이 어떤 다른 목표라는
걸. 내가 어떻게 말하면 좋겠소?" 그는 신경질적으로 미소를
지었다.

벌링검이 의미심장한 목소리로 대답했다. "많은 여행객들이
함께 플리머스행 마차를 타지. 하지만 사람들의 목적지가 모
두 메릴랜드인 것은 아니오."

"여기 있는 우리의 계관시인도 그보다 더 잘 표현하지 못했
을 거요! 만약 내가 지시받은 대로 볼티모어 경이 친필로 작
성하고 서명한 위임장을 볼 수 있다면 존 캘빈에게라도 그 일

지를 넘겨줄 거요. 이제 나는 할 말을 다 했소."

에브니저는 그의 친구가 어떤 위협을 가할지 두려워하며 하마터면 신부에게 니콜슨이나 벌링검을 믿지 못하겠다면 찰스 캘버트의 계관시인으로서 자신을 믿어 달라고 간청할 뻔했다. 하지만 순간 자신이 받은 임명장이 진짜가 아니라는 사실을 적잖은 불쾌한 감정과 함께 새삼 기억해 내고는 스스로를 억제했다. 사실 그것이 진짜였다 하더라도 신부에게 당장은 그것을 내보일 수가 없었다.

벌링검의 얼굴에 새로운 표정이 떠올랐다. 그는 집주인을 향해 테이블 쪽으로 몸을 구부리더니 허리띠에서 손잡이가 가죽으로 된 단검을 꺼냈다. 그리고 촛불 아래서 단도의 날 쪽을 엄지손가락으로 어루만졌다.

그가 말했다. "나는 총독의 편지로 충분히 설득할 수 있다고 생각했소. 하지만 여기 예수회 교도 가운데 가장 견고한 사람도 동요시키기에 충분히 예리한 논리가 있군! 좋은 말 할 때 그 일지를 내놓으시오!"

모종의 위협이 이어질 거라고 예상은 했지만 에브니저는 벌링검의 이러한 행동에 소스라치게 놀라 숨도 제대로 쉬지 못했다.

스미스 신부는 눈을 동그랗게 뜨고 칼을 바라보았다. 그리고 입술을 핥으며 말했다. "예수회를 위해 봉사하다가 죽은 사람이 내가 처음은 아닐 거요."

에브니저에게조차도 이러한 말은 반항하기 위한 것이라기보다 그저 시험 삼아 해 보는 것으로 들렸다. 벌링검이 미소를 지으며 말했다. "칼에 깨끗이 베이는 것을 두려워하다니 정말 겁쟁이로군! 피츠모리스 신부조차도 더 험악한 운명을 겪어야 했어. 심한 고문을 받아야 했던 성 캐서린이나 성 로렌스는 말할 것도 없고. 당신을 그들의 운명에 동참시키는 것이 내게 무슨 소용이 있겠소? 지금과 마찬가지로 일지를 얻을 수 없는 것은 마찬가지일 텐데."

스미스 신부가 중얼거리듯 물었다. "그렇다면 당신은 어떤 고문을 염두에 두고 있는 거요? 우리 기독교인들은 고문엔 일 가견이 있다오."

벌링검이 냉소적으로 말했다. "특히 성 로마 교회가 그렇지. 어떤 사라센인들도 고안해 내지 못했던 유희들을 창조해 왔으니까!" 그는 신부에게서 눈을 떼지 않은 채 아마도 에브니저를 위해서인 듯 계속해서 종교 재판소의 수사관들이 사용했던 다양한 심문 방법들을 묘사했다. 죄인을 묶어 매달아 올렸다가 갑자기 떨어뜨리기, 도르레로 몸 늘리기, 발가락 사이에 쐐기 박기, 힘줄 자르기, 인두로 지지기, 사지를 잡아당기기, 형틀에 넣고 조이기, 뜨거운 벽돌을 몸에 올려놓기, 끓는 물에 넣기 등등. 계관시인은 이러한 자세한 설명에 꽤 깊은 인상을 받았다. 하지만 그렇다고 곧 닥쳐올 일에 마음이 더욱 편해진 것은 아니었다. 스미스 신부는 내내 무표정하게 앉아 있었다.

벌링검이 단언했다. "하지만 감식가들이나 이렇듯 섬세하게 구별하는 거요. 사실 고문하는 사람은 희생자의 고통을 수단으로 여기지 목적으로 즐기지는 않아. 그리고 나는 그러한 게임에는 흥미가 없을뿐더러 그럴 시간도 없어." 그는 여전히 칼날을 엄지손가락으로 만지면서 테이블을 떠나(그의 움직임에 신부는 자신도 모르게 몸을 움찔했다.) 오두막 문에 빗장을 질렀다.

"나는 캐리비언의 해적들을 관찰한 적이 있지. 그들은 장난 삼아 포로에게 자신의 두 귀를 먹게 만들거나 단검으로 위협하여 자기 딸을 범하게 만들기도 하더군. 하지만 그들이 찾는 것이 어떤 정보일 경우, 그들은 더욱 단순하고 놀랍도록 신속한 방편에 의지하지." 그는 칼을 들고 테이블로 다가갔다. "당신은 신부이니 그것을 잃는다 해도 뭐 그리 아쉽지는 않을 거야. 당신 혀의 속박이 풀리는 것은 그것을 잃는 방식 때문이지. 단 한 번에 보물을 강탈당하는 건 대단한 타격일 거야. 하지만 보석을 하나씩 차례차례 잃는 것은 훨씬 더 참기 힘든 법이지! 내가 더 말해야 하나?"

에브니저가 벌떡 일어서며 외쳤다. "세상에, 헨리! 설마 진짜 그 일을 하려는 건 아니겠지요!"

신부가 탁한 목소리로 말했다. "헨리라고? 당신은 결국 사기꾼이었군!"

벌링검은 에브니저를 향해 얼굴을 찌푸려 보였다. "나는 그럴 작정이야. 그리고 자네는 날 도와줘야 해. 내가 밧줄을 찾을 때까지 그를 단단히 붙잡고 있어!"

신부에겐 저항할 기색이 전혀 없어 보였지만 에브니저는 차마 그런 일에 동참할 수가 없었다. 그는 망설이며 서 있었다.

스미스 신부가 단호하게 외쳤다. "당신이 존 쿠드의 사람이라는 걸 알았으니 나는 어떤 고통도 겪을 준비가 되어 있어. 당신은 내 손에서 결코 일지를 얻어 낼 수 없을 거야."

벌링검이 낮고 위협적인 목소리로 한 발짝 다가가자, 신부는 서류 밑에 있던 편지 뜯는 칼을 낚아채더니 벽 쪽으로 멀리 물러났다. 그는 그곳에서 방어의 자세를 취하는 대신 무기의 끝으로 자신의 심장을 겨냥했다. 벌링검이 다가가자 그가 다급한 목소리로 외쳤다. "꼼짝 마! 한 발짝만 더 다가오면 목숨을 끊겠어!"

벌링검이 주춤했다. "허세 부리지 마."

"그렇다면 이리 와 봐. 그러면 내 말이 거짓말인지 확인할 수 있을 테니!"

"당신의 신이 자살을 용서해 줄 거라고 믿는 거요?"

신부가 말했다. "나는 그가 무엇을 용서하는지 모르오. 내가 봉사하는 대상은 교회요. 그리고 나는 그들이 나의 행위를 정당화해 줄 수 있다는 걸 잘 알고 있지."

벌링검은 잠시 가만 있다가 어깨를 으쓱하더니 미소를 지었고 들고 있던 단검을 자신의 허리에 다시 집어넣었다.

"내가 어째서 신성한 대의에 그렇듯 충실한 사람을 죽여야 하오?(원문: 프랑스어)"

신부의 표정은 반항에서 의심으로 바뀌었다. "지금 뭐라고 했소?"

"나는 당신이 당신의 성실성과 지혜를 모두 보여 주었다고 말했소. 나 또한 당신만큼 니콜슨을 믿지 않아. 자, 일지를 어서 내놓으시오!(원문: 프랑스어)"

이러한 책략에 스미스 신부는 물론이고 에브너저도 어리둥절하긴 마찬가지였다. 그는 볼멘소리로 외쳤다. "헨리, 나는 불어를 알아들을 수 없어요!" 하지만 벌링검은 자신의 말을 해석해 주는 대신 그에게 달려들며 단검으로 그를 벽 쪽으로 밀어붙이고는 큰 소리로 외쳤다. "곧 알게 될 거다, 멍청아!" 그러고는 여전히 혼란스러워하는 신부에게 명령했다. "이 남자 몸을 뒤져 무기를 찾아. 그리고 일지를 가져오라고!(원문: 프랑스어)"

시인이 다그쳤다. "도대체 어떻게 된 거 아니에요?" 벌링검에 대해 여러 가지 의심을 품고 있던 터에 사건이 이런 식으로 뜻하지 않게 전개되자 그는 더욱 불안해졌다.

신부가 물었다. "당신은 누구요? 그리고 당신의 신분을 어떻게 증명할 수 있소?"

벌링검이 미소를 지으며 말했다. "좀 더 점잖은 말로 하지. 나는 볼티모어가 준 서면 증명서 따위는 갖고 있지 않아. 그럴 필요도 없고. 당신은 그것이 권위를 증명하는 유일한 근거는 아니라는 걸 인정하겠지. 내 신분증명서에 대해 말하자면 나는 언제나 그것을 몸에 지니고 있소.(원문: 프랑스어)"

그는 셔츠 단추를 풀고 가슴 위에 새겨진 MC라는 글자를 보여 주었다. "토머스 스미스에게 이것이 생판 낯선 표식은 아니겠지?(원문: 프랑스어)"

신부가 외쳤다. "무슈 카스틴! 당신은 카스틴 씨로군요?(원문: 프랑스어)"

헨리가 말했다. "당신이 예수회 교도인 것과 마찬가지지. 이곳을 영국인 개신교도들로부터 해방시키기 위해서 나는 볼티모어가 꿈도 못

꾸는 일도 할 수 있어. 제임스와 루이여, 만세. 이제 그 신성한 일지를 내게 가져오시오!(원문: 프랑스어)"

"물론이죠. 곧 가져오겠습니다! 당신이 누군지만 알았더라도 …….(원문: 프랑스어)"

"나 또한 당신만큼 의심했었지만 지금은 다 사라졌소. 여기 있는 이 허수아비는 볼티모어에게 충성스럽게 보이지만 가톨릭은 아니오. 그래도 걱정된다면 내가 저 녀석을 죽이겠소.(원문: 프랑스어)"

신부가 기뻐하며 말했다. "그렇고말고요! 일지를 곧장 가져다드리겠습니다!(원문: 프랑스어)" 그는 오두막의 한쪽 구석에 있던 철제로 테를 두른 상자로 달려가 그것을 열었다.

의심으로 고통스러워하며 에브니저가 외쳤다. "이게 도대체 무슨 일이죠?"

그의 동행이 말했다. "이것이 의미하는 것은 나는 자네가 생각하듯이 헨리라는 사람도 아니고 이곳 사람들에게 불리듯 티모시 미첼도 아니라는 거야. 나는 카스틴이다!"

"누구요?"

신부가 구석에서 웃으며 말했다. "당신의 명성은 아직 런던까지 퍼지지는 않았죠, 선생." 그는 상자에서 원고 한 뭉치를 꺼냈고 계관시인에게 비웃듯 말했다. "카스틴 씨는 영국의 커다란 적으로서 주 전역에 두루 알려져 있소. 그는 캐나다의 총독이었고 뉴욕에서 앤드로스 및 니콜슨과 싸웠지."

벌링검이 비통하게 말했다. "나의 적들이 루이왕의 신임을 얻어 나를 망칠 때까지 말일세."

스미스가 계속해서 말을 이었다. "그 후 카스틴 씨는 인디언들에게로 도망쳤소. 그는 인디언 여자를 아내로 얻어 그들과 함께 삽니다."

"두 명의 인디언 여인이오, 스미스 신부. 이것은 신께서 용서하실 죄이지요. 스케넥터디 대학살에 대한 답례로."

신부가 말했다. "나는 당신이 세실 카운티의 헤르만 대령의 영지에 있다고 들었습니다. 헤르만 대령 역시 그저 볼티모어 경의 부하로만 볼 수는 없는 겁니까?"

"믿음을 가지고 있으면 모든 것들이 가능하오. 적어도 그는 나의 존재를 부인했소. 그리고 '벌거벗은 인디언들'에 대해서도 아무것도 모른다고 단언했지."

에브니저가 외쳤다. "그렇다면 당신들은 반역자들이군. 당신들 둘 다!" 그는 특히 그의 친구에게 말했다. "당신은 배신자야. 그런데도 나는 당신을 나의 소중한 친구 벌링검이라고 착각하다니! 이러한 모순이 얼마나 많은 것을 설명해 주는지!"

칼을 들고 있는 남자는 조롱하듯 짧게 웃었고 그 일지를 받기 위해 신부에게 손을 내밀었다. "내 목숨을 걸었던 그 멋진 책을 보게 해 주시오.(원문: 프랑스어)"

신부는 그에게 그것을 선뜻 내주었다. 그러자 벌링검은 주저 없이 신부의 뒷목을 세게 쳤고 그는 의식을 잃고 바닥에 쓰러졌다.

"이렇게까지 바보인 줄은 몰랐는데. 그를 묶을 밧줄을 찾아봐, 에벤. 그러면 우리는 이곳에서 벗어나기 전에 이것을 볼 수 있을 거야."

25 존 스미스 선장의 체서피크만 여행에 관한 『비밀 역사』 후편: 도체스터 발견 후 선장이 그곳에 발을 내디뎠을 때의 정황

"이리 와서 그를 묶어." 일지를 테이블 위에 펼쳐 놓으며 벌링검이 반복해서 말했다. "그가 벌써 움직이기 시작했다고." 하지만 에브니저가 여전히 멍한 상태로 선뜻 나서지 못하자 그는 자신이 직접 밧줄을 가져와 신부의 손과 발을 묶었다. "그럼 내가 그를 의자 위로 올리는 것만이라도 도와줘!"

스미스 신부는 정신이 들자 몸을 움츠리고 눈을 깜박거리더니 뚱하게 일지를 응시했다. 그는 시인보다 앞서 말문을 열었다.

"그렇다면 당신은 누구요? 존 쿠드요?"

벌링검이 웃으며 대답했다. "처음에 말한 대로 나는 그저 팀 미첼이라는 사람일 뿐이오. 루이왕이나 교황의 충실한 친구는 아닐지 몰라도 볼티모어의 충실한 친구이긴 하지요. 당신은 믿음도 부족하지만 융통성은 더더욱 없는 사람이구려." 그는 갈피를 못 잡겠다는 표정으로 여전히 의심을 지우지 못하는 에브니저에게 보충 설명을 해 주었다. 1692년부터 메릴랜드에는 펜실베이니아 접경 근처에 전설적인 인물 무슈 카스틴이 살고 있다는 소문이 자자했다. 세실 카운티 소재 보헤이마 장원의 아우구스틴 헤르만 대령은 카스틴의 존재와 소위 스태버노울즈족, 즉 북부의 '벌거벗은 인디언들'의 존재 모두를 부인했지만, 프랑스인들과 그 인디언들이 곧 대대적인 학살을 감행할 것이라는 소문과 그에 대한 공포심은 이미 너무나도 크게 자리 잡은 후여서(특히 포위된 상태였던 뉴욕의 플레처 총독에 대한 원조를 메릴랜드와 버지니아가 줄기차게 거부하고, 모든 주 정부들 사이에 상호적인 불신이 존재한다는 사실에 비추어 볼 때) 그 소문은 잠잠해질 줄을 몰랐다. 덧붙여 카스틴 전설의 가장 이상야릇한 내용, 예를 들어 그의 가슴 위에는 모종의 결합 문자가 새겨져 있다는 것이 널리 믿어졌다는 것이다. 벌링검은 자신의 가슴 위에 새겨진 문신을 촛불 속에 드러내 보이며 이야기를 마무리했다. "이건 오늘 저녁 옥스퍼드에서 칼로 새겨 둔 거네. 봐, 새겨진 지 얼마 안 되었다는 거 알겠지? 벌건 대낮이라면 이 방법을 사용하진 않았을 거야!"

에브니저는 의자에 무기력하게 앉아 있었다. "맙소사, 당신 때문에 얼마나 놀랐는지! 당신은 정말 알다가도 모르겠어요!"

"굳이 알려고 애쓰지 마. 이 훌륭한 포도주를 한 잔 더 들이켜고 몇 시간 전에 내가 선술집에서 했던 얘기나 곰곰이 생각해 보게." 그는 신부의 어깨를 두드렸다. "집주인을 밤새도록 의자에 묶어 두다니 정말 배은망덕한 손님이지. 하지만 그럴 수밖에 없소. 게다가 당신이 죽으려 한 것도 바로 그 대의를 위한 거잖소. 그리고 이것은 거세를 당하는 것에 비하면 절반도 고통스럽지 않은 수난이오, 그렇지 않소?" 신부가 혐오스럽다는 듯한 표정을 짓자 그는 껄껄 웃었다. 손님들은 각자의 잔에 포도주를 따른 후 함께 전리품의 뒷면(사실은 원본의 오른쪽 면)을 읽기 시작했다.

이 『비밀 역사』의 일부분은 이렇게 시작되었다. 아코막과 위

코코모코강 유역의 야만인들에게 그렇듯 환대를 받았던 우리
는 다시 망망대해를 향해 길을 떠났다.

"그가 가리키는 것은 힉토피크의 부락이에요." 에브니저가
나서서 설명했다. 하지만 전임 가정교사에 대한 복잡미묘한
감정 때문인지 그의 목소리에는 다소 거북스러움이 배어 있었
다. "내가 저번에 말했던 그 웃는 왕이죠. 나는 다른 인디언들
에 대해서는 전혀 몰라요."

벌링검이 생각에 잠겨 말했다. "메릴랜드에는 위코미코라
불리는 강이 두 개 있지. 하나는 서부 해안에 있는 세인트메
리즈 카운티 근처에 있고 다른 하나는 도체스터 카운티의 아
래쪽에 있어. 내 생각에 만약 그가 아코막에서 만의 해안을
따라 올라갔다면 여기서 지칭하는 것은 후자인 것 같아."

하지만 신선한 물이 떨어지자 식량과 물을 다시 보충하기 위
해 이틀 동안 육지를 찾아다닐 수밖에 없었다. 그러다 우리는 바
다 쪽으로 절벽을 이루며 높이 솟은 고지와 거기서 떨어져 나온
섬들을 발견했다. 섬들이 꽤 많았고 사람은 살지 않는 듯했다.

에브니저가 일곱 도시의 섬들을 떠올리며 말을 꺼냈다. "그
가 우연히 발견한 것은 어쩌면 캘버트의 절벽일지도 몰라요.
계속 읽어 보자고요."

뭍에 다가가 해안에 내린 우리는 우연히 민물 연못을 발견했

다. 연못의 물은 상당히 뜨거웠고 분명 더러워 보였지만 너무나 목이 말랐던 일행은 나의 만류는 귓등으로도 듣지 않고 수통을 채우고는 배에서 꾸르륵 소리가 날 때까지 물을 마셔 댔다. 그들은 자신들이 탈이 난 걸 알고 몹시 후회했다. 하지만 그에 관한 이야기는 잠시 후에 하기로 하자.

위코코모코에서 이곳까지 모든 해안은 그저 2킬로미터에서 3킬로미터 정도 너비와 15킬로미터에서 20킬로미터 정도 길이의 섬들이 띄엄띄엄 이어지고 있었다. 모두 저습지(低濕地)의 섬이었으므로 고여 있는 물로 인해 더럽고 악취가 났다. 게다가 공기 중에는 인간의 피를 생전 처음 맛보는 듯 맹렬하게 빨아 대는 모기들로 새까맣게 뒤덮여 있었다. 야만인들을 제외하고는 어떤 인간도 살 수 없는 곳이 분명한 것 같았다.

그 문단을 크게 읽은 벌링검이 웃으며 말했다. "이 그림에 부합되는 곳은 오직 한 곳뿐이지. 당신은 알고 있소, 신부?"

신부는 묶여 있는 상황에서도 역사에 대한 호기심이 발동하는 듯 힘차게 고개를 끄덕였다. "도싯 습지지요."

벌링검이 확인했다. "그렇소. 후퍼 군도, 블러즈워스섬 그리고 사우스 습지. 자네의 서사시에 써먹어도 되겠군, 에브니저. 도싯 카운티에 발을 내디딘 최초의 백인."

에브니저는 마지못해 인정했다. 하지만 아직 선장이 상륙하지 않았고 어쩌면 그 카운티를 지나쳤을지도 모른다고 지적했다. 신부에게 대답할 때에는 그의 목소리가 좀 더 부드러워졌다. 신부는 그 기록에 커다란 관심을 보이면서 그것의 존재를 그때까지 모르고 있었다는 사실에 억울해했다. 에브니저는 그를 위해 나머지 부분을 큰 소리로 읽어 나갔다.

　나의 경고에도 불구하고 이렇게 갈증을 해소한 후 다른 섬 쪽으로 이동하는 와중에 우리는 천둥과 번개와 비로 인해 갑자기 불어난 바람과 파도를 만났다. 군인들과 내가 서둘러 돛을 접고 밧줄을 감았지만 결국 돛대와 돛이 날아가 버렸다. 파도의 높이가 엄청났기 때문에 나는 배 안의 물을 퍼내지 않으면 침몰할 거라고 경고하며 신사들을 다그쳐 모자를 이용해 뱃전에 고인 물을 퍼내게 했다. 안전한 항구가 어디에 있는지 짐작도 할 수 없었지만, 일단 운행을 중지하고 머무르는 수밖에 없었다. 그리고 그 자리에서 폭풍이 몰아치는 비참한 이틀을 견뎠다. 배 안에는 양식이 떨어진 지 오래였고 수통에는 더러운 물만 가득할 뿐이었다.

　내 경고를 무시하고 일행이 마신 물은 과연 더러운 물이었음이 밝혀졌다. 그 물을 마시고 갈증은 해소했는지 몰라도 그들은 결국 배를 움켜쥐며 쓰러졌고 자신도 모르게 방광이 헐거워지고 괄약근에 힘이 빠져 몇 번이나 소변과 설사를 반복해야 했던 것이다. 바다 위에 정박하고 있는 동안 일행은 밤낮 구분 않고 끊임없이 바지를 더럽혔다. 하늘은 여전히 잔뜩 찌푸려 있었지만 마침내 날씨는 따뜻해져서 나는 모두에게 도저히 어떻게 할 수 없을 정도로 똥투성이가 된 바지들을 벗어서 물고기에게 던져 주라고 명령했다. 모두 내 말을 따르긴 했지만 불평이 대단했다. 특히 나의 적수 벌링검의 불평은 능가할 자가 없었다. 그는 불만과 내분의 씨앗을 뿌릴 만한 틈이 조금이라도 생길라치면 한 번도 그냥 지나치는 법이 없었다.

벌링검이 외쳤다. "하느님 감사합니다. 그가 여전히 그 무리에 있군! 나는 존이 아코막에서 벗어난 후에 그를 없애 버렸을까 봐 걱정했었는데."

에브니저가 논평했다. "둘 사이에서 선택하는 것은 가벼운 문제가 아니에요. 스미스 선장의 수완이 비상한 건 누구도 부정 못 해요. 그리고 어떤 우두머리도 위험을 무릅쓰면서까지 불화를 용인할 순 없죠."

벌링검이 퉁명스럽게 대답했다. "자네는 충분히 그럴 수 있겠지. 자네의 조상이 아니니까 말야. 하지만 내겐 그 선택에 아무런 문제가 없어."

시인이 지적했다. "그가 확실히 당신의 조상이라는 근거 역시 아직 발견하지 못했어요. 결국 그 가능성은 믿기 어려울 만큼 희박하다고요, 안 그래요?"

벌링검이 이 말에 상처를 입은 게 분명해 보였기 때문에 에브니저는 그런 말을 한 것을 곧 후회했다. 그리고 사과했다.

벌링검은 손사래를 쳐서 사과를 물리쳤다. "상관없어. 계속 읽게."

그들의 아랫도리가 모두 벌거벗은 상태가 되자 나는 그들에게 볼일을 볼 때는 뱃전에 올라가라고 지시했다. 체서피크만은 규모가 엄청나므로 우리의 거룻배보다는 배설물 수용 용량이 훨씬 클 거라 여겼기 때문이다. 하지만 이 새로운 명령에도 우리의 고난은 조금도 줄어들지 않았다. 그들의 배설물은 물고기들에게 떨어졌지만 공기 중에 떠다니는 악취는 그들의 연계(連繼) 노동으로 인해 조금도 호전되지 않았기 때문이다. 의사 역시 속수무책이었다. 우리가 뭍에 있었다면 숲 주위에서 풍부하게 자라는 소합향의 수액과 여러 가지 약초로 그들의 괄약근을 한 이 주 동안은 묶어 둘 탕약을 조제할 수 있었을 것이다. 하지만 사태는 더욱 악화되었다. 그 어리석은 사람들이 갈증을 견디지 못하고 여전히 그 물을 마셨기 때문이다. 그에 발맞추어 설사와 복통은 강도를 더해 갔다. 우리들 가운데 병의 징후를 보이지 않는 사람은 수통의 물을 마시는 대신 날생선을 씹은 나와 세 사람 분량의 물을 마시고도 그 악몽 같던 이틀 내내 바지를 더럽히지 않은 벌링검, 단 두 사람뿐이었다. 그는 놀랄 만한 힘으로 괄약근을 단단히 죄고 있는 게 분명했다.

마침내 폭풍이 가라앉고 날씨가 다시 맑아지자 나는 돛을 최대한 빨리 수선하도록 명령했다. 일행은 각자의 셔츠를 헝겊 조각으로 사용해서 지시받은 대로 열심히 일했다. 모두들 아담만큼이나 벌거벗은 상태였지만, 배 속에 음식과 깨끗한 물을 집어넣고, 그래서 마침내 지긋지긋한 설사와 작별하기 위해 드넓은 바다를 기꺼이 포기하고 뭍을 향해 나아갈 준비가 되어 있었다. 우리는 우리가 그토록 오랫동안 갇혀 있었던 해협을 림보[36]라고 불렀다. 우리에게 엄청난 돌풍, 천둥과 비를 비롯한

---

36) Limbo. 지옥과 천국 사이.

갖가지 궂은 날씨를 겪게 했기 때문이다. 하지만 나는 여기서 경험한 모든 냄새나고 고약한 일들에도 불구하고 이곳을 풀가토리오[37]라 부르는 편이 낫다고 생각했다.

항해는 더디기만 했고 꼴사나운 날은 계속되었다. 사람들이 끊임없이 우현 내지는 좌현에 엉덩이를 내밀어야 했기 때문이다. 그렇게 얼마를 가다가 우리는 동부에 위치한 쿠스카라워크라 불리는 상당히 가까운 강에 도달했다.

이때 스미스 신부가 끼어들었다. "그것은 낸티코크 말에서 온 단어요. 지금의 낸티코크강을 옛날에는 쿠스카라워크라 불렀지."

벌링검이 웃었다. "그렇다면 정말이지 그 고통스러운 나날들에 비해 그는 지독하게도 못 나아간 거로군!" 그는 도체스터 카운티와 서머싯 카운티의 경계가 되는 낸티코크강은 위코미코강과 합류하여 탠저 해협으로 흘러 들어가며 이 기록은 그곳에서부터 스미스가 떠났다는 것을 암시하는 듯하다고 에브니저에게 설명했다. 에브니저는 계속 읽었다.

그날 역시 고약한 냄새로 고생한 점에선 예외가 아니었지만 그래도 꽤나 마음이 흡족했던 건 벌링검이 이제서야 본격적으로 골탕을 먹기 시작한 듯 보였기 때문이다. 그는 얼굴이 노랗게 질려서는 배 안 여기저기를 불안하게 서성거렸고 다리를 꼬

---

37) Purgatorio. 연옥.

왔다 풀었다 도무지 안정을 찾지 못하는 눈치였다. 그가 평정을 잃고 허둥거리는 모습은 정말 가관이었다. 그의 비대한 몸집과 지금까지 항문을 꼭 조이며 참아 왔던 시간으로 볼 때, 마침내 그가 더 이상 어쩌지 못하고 배출할 수밖에 없는 지경에 이르면 그야말로 볼만한 광경이 펼쳐질 거라는 예감이 들었다.

벌링검이 말했다. "잔인한 사람이군. 가련한 사람의 고통을 그렇게 즐기다니! 그리고 자네는 그와 똑같은 비신사적인 흥미를 가지고 읽고 있군, 에벤!"

에브니저가 미소를 지으며 말했다. "용서하세요. 내가 흥미를 느끼는 것은 너무 놀라운 일이기 때문이에요. 나는 그가 곧 도싯에 상륙할 거라고 생각해요."

그러고는 다소 덜 편파적인 어조로 계속 읽어 나갔다.

우리는 곧장 뭍으로 향했다. 그러나 숲에서 야만인의 거대한 무리가 위협적인 몸짓을 하며 나타나는 것을 보고 섣불리 상륙할 수가 없었다. 그들은 우리가 어떤 사람들인지 확인하고는 이전에 우리 같은 사람을 본 적이 없었던지라 놀라서 여기저기로 달려갔다. 몇 사람은 나무 꼭대기 위로 올라가서 화살을 있는 대로 쏘아 댔으며 자신들의 분노를 있는 힘껏 표출했다. 그들이 오랜 시간 화살 세례를 퍼붓는 동안 우리는 화살이 닿을 수 없는 곳에 정박한 채 계속해서 우리가 할 수 있는 모든 우정의 몸짓을 만들어 보였다. 내가 그들에게 아무리 친절하게 손을 흔들어도 내 일행 가운데 몇몇 군인이나 신사는 방귀를 뀔 수밖에 없었고 야만인들은 이것을 모욕으로 받아들이고 더욱 흥분해서 화살을 쏘아 댔다.

다음 날 그들은 모두 무기를 풀어놓고 돌아왔다. 그리고 모든 사람들이 바구니를 들고 원을 만들어 춤을 추었다. 우리를 뭍으로 끌어들이기 위해서인 것 같았다. 하지만 그들에게 악의밖에는 없다고 판단한 우리는 탄환이 장전된 머스킷 총으로 일제히 사격을 가했다. 그러자 그들은 바닥에 고꾸라지듯 넘어져 어떤 이들은 이쪽으로, 다른 이들은 저쪽으로 기어가 자기들의 일행이 매복하고 있던 근처의 갈대숲으로 들어갔다. 그들이 사라진 것을 보고 우리는 뭍으로 다가갔다. 모두들 잠시라도 배를 떠나고 싶어 했기 때문이다. 내 생각은 최대한 조용히 상륙해서, 가능한 대로 음식과 신선한 물을 마련하여 좀 더 안전한 장소로 도망치는 것이었다. 하지만 우리 일행 중 어느 누구도 방귀를 멈출 수 없었기 때문에 우리의 접근이 쉽게 발각될 염려가 있었다. 그래서 나는 누구든 장에서 신호가 오면 뱃전에 엉덩이를 내밀고 가능한 한 물속 깊이 엉덩이를 담근 채 볼 일을 보라고 명령했다. 맨 처음 이를 시도한 아나스 토드킬이라는 군인은 바닷물에 엉덩이를 적시자마자 바다에서 자주 발견되는 하얗고 커다란 해파리에 엉덩이를 잔뜩 쏘이고 말았다. 그의 엉덩이는 빨갛게 부풀어 올랐고 쓰라린 고통이 뒤를 이었다. 그 후 나는 간절히 애원하고 나서야 비로소 다른 사람들도 모두 같은 일을 하게 할 수 있었다. 벌링검의 얼굴은 이미 배변의 임박을 알리고 있었다. 그는 설사가 터질까 봐 말을 뱉어 내지도 못하는 듯했다. 하지만 해파리 사건은 그에게 상당한 두려움을 주어서 일 분이라도 더 참기 위해 자신과 씨름하는 듯했다. 일 분 후면 우리는 뭍에 도달할 예정이었다.

일단 우리 뱃머리가 바닥을 치자(바닥은 온통 갈대와 진흙뿐이었다.), 나는 닻을 내륙 쪽으로 가능한 한 멀리 던졌고 우리는 하선 준비를 했다. 늘 그랬듯 나는 뱃머리의 스프리트 위에 올라섰고 곧 해변 위로 뛰어내릴 예정이었다. 나는 언제나 새로 발견된 땅을 첫 번째로 밟는 특권을 나 자신을 위해 마련해 두고 있었고 이 장소 또한 예외가 아니었기 때문이다. 그런데 벌링검이 배에서 벗어나려는 열망에, 그리고 자신의 더러운 배설물을 바다에 던져 버릴 목적으로 무례하게 나를 밀어젖혔다. 내가 그의 선장이고 이전에 그를 구해 준 적이 있는 은인이었음에도 불구하고 말이다. 그러고는 첫 번째 자리를 나보다 먼저 차지해 버리고 말았다. 나는 그의 주제넘은 태도에 격분했고 상황만 괜찮았다면 그를 손봐 주었을 것이다. 그러나 바로 그때 일단의 야만인들이 가까이 있던 잡목 숲에서 뛰어나와서 닻 밧줄을 낚아챘다. 그들은 우리의 배를 좌초시켜 놓고 우리와 우리 배 모두를 동시에 포획할 목적이었던 것이다. 사건이 전개되자 나는 벌링검이 선봉에 남아 있는 것에 만족했다. 뱃머리의 맨 앞쪽에 선 그의 살진 몸통이 뒤에 남아 있는 우리들에게 방패막이가 되어 줄 테니까.

벌링검이 중얼거렸다. "맙소사, 내 조상이 곤경에 빠지겠는걸!"

이때 사용할 수 있는 적절한 전술은 한바탕 총알 세례를 퍼부어 이교도들을 배에서 물러나게 만드는 것이었다. 하지만 그들은 바로 우리 앞까지 다가와 있었고 게다가 우리는 야만인들이 해안을 비우고 물러났다 여겨서 총알도 장전해 놓지 않은 상태였다. 닻 밧줄을 자르고 그들로부터 벗어날 생각도 하지 않은 건 아니었지만 나는 바로 얼마 전 지나간 폭풍 속에서 제 몫을 해 주었고 언젠가 분명히 우리에게 커다란 소용이 될 닻을 버리고 싶지 않았다. 게다가 야만인들이 너무도 갑작스럽게 나타났기 때문에 나는 제대로 생각할 겨를도 없었다. 결국 나는 총을 쏘는 것도 닻 밧줄을 자르는 것도 포기하고 밧줄의 우리 쪽 끝을 낚아채어 우리 대원들이 모두 그것을 잡아당길 수 있도록 뒤로 넘겨주었다. 그리고 우리는 닻과 자유를 회복하기 위해 야만인들에 대항하여 한 줄로 서서 그것을 잡아당겼다. 다행히 야만인들은 무장을 하지 않은 상태였다. 우리를 별다른 어려움 없이 뭍으로 끌어 올 수 있으리라 생각했던 탓이다. 그래서 우리들은 그들의 화살받이가 되는 것은 면할 수 있었다. 벌링검은 완전히 겁을 집어먹고는 우리에게 전혀 도움이 되지 않는 상태로 뱃머리 위에서 거의 넋을 놓은 채 서 있었고 배 안쪽으로 물러날 방법도 없었다. 왜냐하면 우리 모두가 뒤에 모여서 밧줄을 끌어당기고 있었기 때문이다.

뒤이은 줄다리기는 일종의 운동경기 같은 모습을 띠었다. 다른 변수가 개입되지 않았다면 그 지독한 경기에서의 승자는 우리들이었을 것이다. 하지만 야만인들은 끔찍한 고함과 함께 온 힘을 다 쏟았고 벌링검은 공포에 질려 자신의 괄약근에 대한 장악력을 완전히 상실하고 말았다. 그때까지도 추한 이물 장식처럼 뱃머리에 우두커니 서 있던 그는 며칠 내내 배 속에 저장하고 있던 보물을 모두 쏟아 버렸다. 그런 그의 바로 뒤에 있었던 것이 나의 불운이라면 불운이었다. 게다가 나는 더 잘 끌어당기기 위해 그의 거대한 엉덩이 밑에서 발을 받침대 삼아 비스듬히 뒤로 몸을 젖힌 자세였던 것이다. 그리고 바로 그 순간 벌링검이 아직 우리와 함께 있는지 보려고 위를 올려다보다가 나는 순식간에 똥 벼락을 맞고 말았다. 그 양은 실로 너무도 엄청나서 나는 눈을 뜰 수도, 입을 열어 말할 수도 없었다. 그 순간을 놓치지 않고 야만인들이 밧줄을 있는 힘껏 잡아당겼고 나는 진흙투성이가 된 갑판 위에서 발붙일 곳을 잃고 벌링검의 다리 사이에서 버둥거리며 미끄러져 나아가 결국 해안의 진흙 속에 볼썽사납게 머리를 처박고 말았다. 그리고 이때 역시 균형을 잃고 뒤이어 떨어진 벌링검이 정확히 내 머리를 깔고 앉는 것으로 상황은 일단락되었다.

나는 입에서 똥 덩어리와 진흙을 뱉어 내면서 군인들에게 총을 장전하고 야만인들을 향해 사격하라고 고함쳤다. 하지만 야만인들은 곧장 내게 달려들었고 벌링검에게도 마찬가지였다. 그리고 우리를 그들의 방패막이이자 인질로 이용하여 몸짓으로 우리 일행의 항복을 요구했다. 나는 그들에게 빌어먹을 것 쏘아 버리라고 명령했지만 그들은 혹 나를 맞히게 될까 두려워 쏘려 하지 않았다. 결국 우리는 야만인들에게 항복했고 포로가 되어 그들의 마을로 끌려갔다.

이렇게 나는 내 습관과는 전혀 다른 방식으로 이 천박한 곳의 해안에 발을 올려놓게 되었다. 그에 대해서는 좀 더 풍부한 이야기가 계속 이어진다.

에브니저는 마지막 문단에 와서는 정신없이 웃느라고 거의 읽을 수가 없었다. 심지어 포로로 잡혀 있는 신부조차도 즐거움을 억제하지 못했다. 벌링검은 한동안 낭독이 끝났다는 것을 깨닫지 못하는 듯했다. 하지만 곧 재빨리 허리를 곧추세우고 앉았다.

"그게 끝이야?"

에브니저가 눈가를 훔치며 한숨을 쉬었다. "일단 지금 가지고 있는 부분에서는 끝이에요. 정말 이렇게 대담하다니! 이렇게 경이로운 방식으로 나의 카운티가 발견되었다니!"

벌링검이 외쳤다. "하지만 빌어먹을, 여기서 이야기가 중단되면 곤란해!" 그는 일지를 낚아채서 직접 보았다. "가련하고 불운한 사람. 내가 그 때문에 얼마나 고통스러운지! 내 자네에게 말하지만, 에벤, 비록 나는 그의 체형을 닮지는 않았지만 모든 새로운 에피소드를 접할 때마다 점점 더 헨리 경이 나의 선조임을 확신하게 되네. 내가 구해 준 그 여자들로부터 그에 대해 처음 듣게 되었을 때부터 그것을 느꼈어. 일지에서 그가 현재 도체스터에 있다니 그렇다면 더 확실해진 셈 아닌가! 그는 체서피크까지 반 정도 올라왔어, 그렇지? 그리고 새먼 선장이 나를 낚아 올린 곳이 바로 그곳이야!"

에브니저가 인정했다. "정말 이상하리만큼 가까운 곳이네요. 하지만 내 짐작이 맞다면 그 두 사건 사이에는 거의 오십 년이라는 격차가 있어요. 그리고 우리는 존 스미스가 곧 제임스 타운으로 돌아갔다는 걸 알고 있으니 헨리 경이 뒤에 버려졌다는 증거는 전혀 가지고 있지 않은 셈이에요."

벌링검이 웃으며 말했다. "자네는 성 요셉이 아내를 빼앗긴 남편이라는 사실을 이 예수회 교도에게 증명하는 게 나을 거야. 그가 예수에 대해 확신하는 것만큼 나는 나의 선조에 대해 확신하네. 비록 그 정확한 가계(家系)에 대해서는 아직 알지 못하지만. 제기랄, 그 이야기의 결말을 들을 수 있다면 팔 한쪽이라도 기꺼이 내놓을 텐데!"

이러한 말들은 스미스 신부의 호기심을 불러일으켰다. 그는 떠나기 전에 그 수수께끼를 설명해 달라고 벌링검에게 간청했다.

헨리가 대답했다. "우리가 그렇게 빨리 가 버릴 거라고 생각지는 마시오!" 하지만 그 이야기에 대한 관심은 그들 세 명 사이의 전반적인 악감정을 묽게 만들었다. 그는 계속해서 비록 자신의 이름은 티모시 미첼이지만 윌리엄 미첼 선장의 입양한 자식일 뿐이다, 그리고 어떤 식으로든 헨리 벌링검 경이 자신의 조상이라고 짐작할 만한 이유가 있다고 말했다. 그런 다음 그는 신부에게 자신이 지금까지 조사한 모든 것을 얘기해 주고 그때까지 그들이 수확한 결실을 보여 주는 호의를 베풀었다. 하지만 이러한 친절함 속에서도 그는 신부를 철저하게 감시했고 용변을 볼 때 외에는 밧줄을 풀어 주지 않았다. 그 후 두 명의 방문객이 그의 침대를 나눠 쓰는 동안에도, 그 불행한 신부는 의자에 꼿꼿이 앉은 자세로 묶인 채 밤을 보내야만 했다.

어쨌든 반 시간에 걸쳐 초가 다 녹아 없어지기도 전에 두
사람은 모두 잠들었고 그 오두막에서 홀로 깨어 있는 사람은
에브니저뿐이었다. 언제나 쉽게 잠들지 못했던 그는 이날 밤에
는 자신의 친구와 반항적인 집주인 때문에 더더욱 마음이 산
란했다. 게다가 (잠들어 있는 것으로 추정되는) 벌링검은 자신의
손을 뿌리치지 못할 정도로 꼭 잡고 있었고 신부는 코를 골았
기 때문에 특히 그러했다. 하지만 대체로 말하자면 그는 아직
벌링검 성격의 모든 측면들을 그가 지금까지 알고 있던 그의
모습들과 화해하고 동화시킬 수 없었을뿐더러 스미스 신부의
프랑스인들 및 인디언들과의 명백한 연계가 비록 그 자체로
는 볼티모어 경에 대한 의혹을 불러일으키지는 않는다 하더라
도 분명 그 신사의 노력에 새롭고 복잡한 빛을 던졌기 때문이
다. 그리고 그의 복잡한 마음속에는 이러한 골치 아픈 생각만
자리 잡고 있었던 것이 아니었다. 조안 토스트의 영상이 그의
마음을 떠나지 않았다. 벌링검의 냉소에도 불구하고 에브니저
는 수잔 워렌의 말이 사실이라고 확신했다. 그는 몰든에 도착
하는 순간 자신을 기다리고 있는 그녀를 만날 수 있을 거라고
기대했다. 그가 겪었던 것과 같은 비참한 장기간의 방랑 후에
(그리고 가련한 조안이 어떤 일들을 겪었는지 누가 알겠는가?) 그들
이 마침내 자신의 미래의 영지에서 재회했을 때 과연 무슨 일
이 일어날 것인가? 시인의 공상에 불을 붙일 연료는 밤새 떨
어지지 않았다!

간단히 말해 그는 잠을 잘 수가 없었다. 한 시간 동안 불쾌

하게 뒤척인 후, 그는 결국 용기를 내어 침대에서 벗어났다. 그는 난로에 있던 숯으로 새로운 초에 불을 붙였다. 그리고 자신의 장부책을 펼치고는 자고 있는 예수회 신부의 허락을 구하지 않고 잉크와 깃펜을 가져와서 편안하게 시를 써 보았다.

하지만 머릿속을 채운 심각한 생각들은 숭고하고 적절한 시로 표현되는 행운을 누리지 못했다. 그가 지은 것은 기껏해야 미국의 야만인 인디언들에 관한 스무 개 정도의 2행 연구였다. 그것은 순전히 그가 언젠가 맞은편 지면에 그 주제에 관해 기록한 적이 있었다는 이유 때문이었다. 장문의 시를 짓는 일은 그에게 아무런 위안도 주지 않았다. 하지만 그를 완전히 지치게 만들기에는 충분했다. 더 이상 눈을 뜨고 있을 수 없게 되자 그는 촛불을 불어 껐고 침대는 벌링검에게 온전히 맡겨 둔 채 머리를 장부책 위에 얹고 잠이 들었다.

26 케임브리지로의 여행,
도중에 벌어진 계관시인의 대화

아침이 밝자 벌링검은 스미스 신부를 묶어 두었던 밧줄을 풀어 주었고 신부가 쑤시는 사지를 이리저리 움직여 보는 동안 자청해서 아침 식사를 준비했다. 그는 그동안에도 내내 일지를 옆에 두고 있었다. 그리고 예수회 교도가 더 이상 그들을 막지 않겠다고 선언했음에도 불구하고 식사가 끝나고 떠날 준비를 마친 후에는 신부를 다시 묶어야 한다고 고집했다. 에브니저가 자비를 간청했지만 그는 완강했다.

그가 나무라듯 말했다. "자네는 다른 사람들의 마음이 자네와 같을 거라고 추측하지. 만약 자네가 그의 입장이라면 자네는 더 이상 나를 방해하지 않을 것이기 때문에 그 역시 그렇게 하지 않을 거라고 믿는 거야. 그렇다면 나도 대답해 주지. 나 역시 자네와 똑같은 생각이야. 그리고 나라면 자네가 찹탱크강에 도달하기도 전에 그 일지를 되찾아 올 걸세."

"하지만 그는 죽을 거예요! 이건 그를 죽이는 거나 마찬가지라고요!"

벌링검이 코웃음을 치며 말했다. "그런 일은 일어나지 않아. 만약 그가 건실한 신부라면 곧 그의 교구민들이 그를 그리워할 거야. 그래서 그를 곧 찾을 거고 정오가 되기 전에 그를 풀어 주겠지. 만약 그가 그렇게 훌륭한 신부가 아니라면 그들은 그러한 불성실에 불성실로 보답할 거야. 그의 신이, 아니 그보다 그의 교단이 그렇게 하듯이 말일세."

그가 미소를 지으며 한 이 마지막 말은 의자에 무표정하게 앉아 있는 스미스 신부를 겨냥한 것이었다. 이어서 그는 이렇게 덧붙였다. "우리는 당신에게 침대와 식사 그리고 나무랄 데 없이 훌륭한 헤레즈주를 빚졌소. 당신은 곧 존 쿠드가 곤경에 처하는 꼴을 보게 될 거요. 그리고 비록 어찌 못해서였지만 당신은 당신의 역할을 다 했다는 것을 알게 될 것이오." 그는 에브니저를 문으로 이끌었다. "안녕히 계시오, 신부님. 성전(聖戰)을 시작할 생각이라면 여기 이 친구는 좀 봐주시오. 그는 당신을 위해 간청했으니까. 하지만 무슈 카스틴이라 해도 결코 나를 찾아내지 못할 거요. 성 이그나티우스께서 당신과 함께하기를(*Ignatius vobiscum*)!"[38]

신부가 대답했다. "그리고 악마가 당신과 함께하기를(*Et vobiscum diabolus*)!"[39]

이렇게 해서 그들은 신부의 오두막을 나섰다. 에브니저는 집주인에게 작별 인사를 고할 수 없을 정도로 부끄러웠다. 그들은 말에 안장을 얹고 길을 따라 나섰다. 벌링검은 그 길이 둥근 원을 그리며 남쪽으로 구부러져 찹탱크강의 나루터로 이어진다고 설명했다. 그들은 그곳에서 케임브리지로 건너가 윌리엄 스미스의 행방을 탐문한 뒤 곧장 몰든으로 갈 계획이었다. 상쾌하고 화창한 날씨가 그만인 너무나도 멋진 가을날이었다. 계관시인의 기분과는 상관없이 벌링검의 기분은 확실히 가벼워 보였다.

그들의 말들이 길을 따라 느릿느릿 걸어 내려가는 동안 벌링검이 말했다. "스미스의 『비밀 역사』한 부분만 더 찾는다면! 생각해 보게, 나는 곧 내가 누구인지 알게 될 거야!"

시인이 대답했다. "윌리엄 스미스라는 사람은 제발 다루기 수월한 사람이었으면 좋겠군요. 사람은 자기가 누군지 알아 가는 과정에서 그 답이 보상해 줄 수 있는 것보다 더 많은 죄를 지을 수도 있으니까요."

---

38) 여기서 이그나티우스는 가톨릭 수도회인 예수회를 창립한 스페인의 수도사 이그나티우스 데 로욜라를 가리킨다. 스미스 신부는 예수회 소속이다.
39) 벌링검과 스미스 신부는 가톨릭의 미사 형식을 본떠 서로를 조롱하고 있다.

벌링검은 한동안 말없이 말을 타고 가다가 다시 말문을 열었다.

"내 생각엔 볼티모어 경이 그 예수회 교도의 성격을 잘못 파악하고 있었던 것 같아. 하지만 장군이라고 해서 자신의 부관 모두에 대해 다 알 수는 없는 거겠지. 구교도들 사이에는 이런 속담도 있으니까. '신부 한 사람을 보고 성직자 전체를 판단하지 말라.'"

에브니저가 말했다. "복음서에는 이런 속담도 있어요. '그들이 수확한 열매를 보고 그들을 알리라…….'"

"자네 너무 각박하게 구는군, 친구!" 벌링검이 다소 조바심을 보였다. "지난밤 잠을 충분히 자지 못해서 그러는 건가?"

계관시인이 얼굴을 붉혔다. "어젯밤 마음속에 시상이 떠올라 잊기 전에 적어 두느라고요."

"그렇군! 그 얘기를 들으니 기쁘네. 자네는 자네의 뮤즈로부터 너무 오랫동안 멀어져 있었지."

친구의 목소리에 배어 있는 염려는 비록 잠시 동안이기는 해도 에브니저의 마음속 근심을 덜어 주었다. 벌링검이 자신의 비위를 맞추고 있다는 의심이 들기는 했지만 그는 미소를 지으며 다소 수줍은 듯 말했다. "이 시의 주제는 내게 깊은 인상을 심어 준 야만인 인디언이에요."

"그렇다면 털어놓아 봐. 나는 꼭 들어 봐야겠어!"

잠시 망설이다가 에브니저가 동의했다. 벌링검의 열성이 진심이라고 생각해서라기보다는 친구에 대해 느끼는 모순되는 감정의 혼란 속에서 자신의 시적 재능만이 자신과 전임 가정교사와의 관계를 불편하지 않게 해 주는 유일한 발판이라고 생각했기 때문이다. 그는 외투의 커다란 주머니를 뒤져 공책을 꺼냈다. 그리고 자신의 암말이 방향 없이 걸어가도록 내버려 두고 새롭게 쓴 부분을 펼쳤다.

"어제 아침에 한 야만인을 보고 떠오른 거예요." 그는 이렇게 설명한 후 읽기 시작했다. 그의 목소리는 말의 걸음걸이에 따라 규칙적으로 흔들렸다.

선장의 식사 대접을 받은 후,
말에 올라 체서피크만으로
방향을 잡자마자 달아나는 사슴을 쫓는
무시무시한 얼굴이
시야에 들어왔다. 그것은 야만인이었다.
우리는 발걸음을 멈췄고 그 역시 멈춰 섰다.
우리는 그를 보기 위해, 그는 우리를 보기 위해.
나는 처음의 놀란 감정을 곧 극복하고
유심히 보기 시작했다.
그의 사나운 얼굴, 그의 이국적인 형상,
야만스러운 분위기, 성욕을 자극하는 차림새,
기름을 칠해 번들거리는 벌거벗은 근육질의 어깨,
주위의 털을 모두 깎아 버려 자유롭게 흔들리는
아랫도리, 채색된 피부
그리고 여인들을 죄악으로 이끄는 벌거벗은 가슴팍.
미모가 바래거나

남편들이 죽거나 쾌락에 물린 여인들이
정조라는 좁은 길에서 달아나
숲속으로 들어가고 그곳에서 야만인들과 함께 눕는다.
그들은 성교와 음탕함과 정욕 그리고 간음의 죄를
모두 한꺼번에 저지름으로써
지옥을 예약한다.

벌링검이 외쳤다. "잘 썼군! 마지막의 장황한 훈계를 제외하고는 내 감정과도 많이 흡사해." 그가 웃었다. "나는 자네가 지난밤 마음속으로 그저 이교도 생각만 했다고는 믿지 않네. 그 모든 사랑 이야기들을 듣고 보니 나의 다정한 포샤가 무척 보고 싶어지는군!"

시인이 즉시 경고했다. "그만 하세요. 전체를 알기도 전에 작품을 판단하는 비평가들의 통속적인 실수는 저지르지 마시라고요. 인디언이 등장한 부분에서 나의 사색은 계속되거든요."

벌링검이 말했다. "용서하게. 만약 그 나머지가 첫 부분만큼 훌륭하다면 자네는 정말로 시인이야."

에브니저는 기뻐하며 얼굴을 붉혔고 이번에는 좀 더 강한 어조로 읽어 나갔다.

지금도 메릴랜드의 대지 위를 방황하는
이 미개한 야만인 종족은 어디에서 왔는가?
그들은 모두 플라톤과 그와 비슷한 거짓말쟁이들이 얘기

하던,

아직도 바다 밑에서 차갑게 젖은 채

가라앉아 있는 잊힌 아틀란티스에서 온

옛 조상들의 후손인가?

아니면 그들의 기원을

이스라엘에서 도망쳐서

이날까지 아무런 흔적도, 표지도, 실마리도 남기지 않은

불운한 유태인들의 열 개 지파에서 찾는 사람이

더 현명한 것일까.

야만인은 과연 수염 없는 유태인일까?

아니면 혹자들이 주장하듯이

자신의 쌍둥이 누이와 기꺼이 잠자리를 함께하고

이내 자신의 친동생을 살해한

바로 그 질투심 많고, 근친상간의 죄를 저지른 카인으로부터

배태된 것일까?

그런 다음 여호와의 분노를 피해

저주받은 구불구불한 길을 걸어가다가

메릴랜드의 문턱에 도달했고 그곳에 숨어

형제 살해에 대한 참회로,

크고 작은 이교도들을 낳는 것 외에는

다른 즐거운 일은 찾지 못한 것일까?

또 다른 사람들은 주장한다. 이 검은 피부의 사람들(folk)은

노아의 방주를 힘든 물길에 오랫동안 휩쓸리게 하고

모든 유형의 인간들 가운데 두 부류를 제외하고 물에 빠져

죽게 한

대홍수에서 몸에 물 한 방울 묻히지 않은 채(unsoak'd) 탈출
했다고.

노아의 방주에 오른 무리들 가운데 선원들

(선원이래 봤자 결국 얼마 되지도 않았지만)

그리고 바로 이 근육질의 야만인 무리는

아름다운 메릴랜드의 해안에 안전하게 남아

자신들은 뭍에서 물에 젖지 않은 상태로

다른 사람들이 가라앉아 죽어 가는 모습을 바라보았을지도
모른다.

또 다른 부류의 사람들은 주장한다.

이들 엉덩이를 드러내고 다니는 종족의 역사는

친절한 새턴[40]이 침실을 관장했던,

오비드가 황금시대라고 부른 바 있는

인류의 처녀기로 거슬러 올라간다고.

그들의 박식한 동료들은 야만인들의 고향이

헤라의 황금 과수원이 있던 그 정원일 거라 추론했다.

헤라의 과수원은 세 명의 자매들이 관리했는데

그곳의 사과는 누구나 탐내는 것이었다.

헤라클레스가 과일 서리를 한 적이 있는 이 과수원은

헤스페리데스[41]의 정원이다.

---

40) 주피터 이전 황금 시대의 주신.
41) 황금 사과밭을 가진 자매 여신들.

반면 못지않게 현명한 다른 학자들은

아담의 고향인 동시에 이브의 고향이자

그들이 금지된 과실을 포식한 바 있는

에덴동산을

야만의 원천이자 근원으로서 지지한다.

아서 이야기에 대해 일가견이 있는

일부 사람들은 축복의 섬인 아발론으로 입장을 정리하고,

다른 사람들은 말한다.

기본적으로 동양인이라고.

혹은 어쩌면 고대 바이킹이

메릴랜드를 마음에 들어하여

이곳에 머물러 붉은 피부의 기수(騎手)를 낳았는데

일부는 야만인이고 일부는 바이킹이라고.

다른 사람들은 말한다.

위대한 야심가들인

지칠 줄 모르는 고대 페니키아인들이

배짱 좋은 선원들 일단을

메릴랜드의 해안으로 이끌었다고,

사람과 짐승으로 빽빽이 들어차

　판사나 성직자를 위한 공간은 전혀 남아 있지 않은 배를
타고.

　그곳에서 젊은 여자들 및 양식과 함께

　남자들은 잡다한 방식으로 이 낯선 해안을 개척하기 시작
했고

그들 모두의 후손은 사생아였다.

마지막으로 혹 야만인의 혈통에 대한

여기 있는 모든 해석(versions)으로는

여전히 만족하지 못하는 사람들(persons)이

그들의 기원에 관한 진실에 대해 다시 물어본다면

그야 이와 같은 것들은 만족시키기에 지독히 어려우므로

나는 지옥불 속에서 태어난

메피스토펠레스에게 인디언들을 보내 버리겠다.

그리고 질문한 사람들 역시!

벌링검이 감탄했다. "아주 교묘하게 잘 썼는걸! 이곳으로 건너오면서 고생을 한 탓인지 아니면 반년이라는 나이를 더 먹어서인지는 모르겠지만 내 장담하네. 자네는 플리머스에 있을 때보다 두 배는 더 시인이 되었어. 특히 카인에 대한 시행이 멋지군."

에브니저가 말했다. "이 시를 칭찬해 주다니 정말 친절하군요. 어쩌면 이것은 「메릴랜디아드」의 일부분이 될지도 몰라요."

"나도 그렇게 시구를 잘 표현할 수 있으면 좋겠네. 하지만 여보게, 기왕 생각난 김에 말하는 건데 'persons(퍼슨스)'가 정말 'versions(버전스)'와 압운을 이룰 수 있는 건가? 그리고 'folk(포크)'와 'soak'd(소크드)'도?"

시인이 대답했다. "그럼요, 물론이죠."

벌링검이 정말로 궁금한 듯 다그쳐 물었다. "하지만

'versions(버전스)'와 'dispersions(더스퍼전스)' 그리고 'folk(포크)'와 'soak(소크)'로 운을 맞추는 것이 더 낫지 않겠나? 물론 나는 시인은 아니네만."

에브니저가 수긍했다. "달걀을 판단하기 위해 닭이 될 필요는 없죠. 사실 당신이 지정한 압운들은 나의 것보다 더 좋기도 하고 더 나쁘기도 해요. 좋은 이유는 그들이 서로 대구를 이루는 단어들과 발음이 더욱 비슷하기 때문이고 나쁜 이유는 그렇게 유사한 발음을 사용하는 것은 지금의 유행이 아니기 때문이에요. 'dispersion(더스퍼전)'과 'version(버전)'은 별로 특색이 없어요, 안 그래요? 하지만 'person(퍼슨)'과 'version(버전)'은 놀라움이 있죠. 색깔이 있고 재치가 있어요! 요컨대 완벽한 휴디브라스풍이죠."

"휴디브라스풍이라고? 나는 로케츠에서 사람들이 휴디브라스를 높게 평가하는 얘기를 들은 적이 있어. 하지만 개인적으로는 언제나 그것이 진부하다고 느꼈지. 자네가 말하는 이 휴디브라스풍이라는 건 무엇을 의미하는 건가?"

벌링검이 정말로 휴디브라스풍의 압운이나 그 밖의 것에 대해 모르고 있을 리 없다는 생각이 들긴 했지만, 그들의 평소 역할이 바뀐 것이 너무도 즐거워진 에브니저는 선뜻 마음속 의심을 무시했다.

그가 설명했다. "휴디브라스풍의 압운이란 비슷하지만 그저 조화롭기만 한 것은 아닌 압운이에요. 'wagon(웨건)'이라는 명사를 들어 보죠. 당신이라면 어떤 단어로 압운을 맞추겠어요?"

"글쎄, 자, 보자……." 벌링검은 잠시 생각에 잠겼다. "내 생각엔 'flagon(플래건)'이나 'dragon(드래건)'이 괜찮을 것 같은데, 안 그래?"

에브니저가 미소를 지으며 말했다. "전혀요. 그건 너무 뻔해요. 그건 삼류 문사라도 생각할 수 있을 거예요. 악의는 없었어요, 이해하시죠?"

"뭐 아무튼."

"아뇨. 'wagon(웨건)'에 대해서라면 'bag in(배그인)'으로 압운을 맞춰야 해요. 아니면 'sagging(새깅)'이던가요. 보시다시피 거의 비슷하지만 완전히 똑같지는 않지요.

인디언들은 수상 마차를
그리 자랑거리가 못 되는 배인 카누라고 부른다.
The Indians call their wat'ry Wagon
Canoe, a Vessel none can brag on.

'wagon(웨건),' 'brag on(브래그온)', 내 말이 이해되나요?"

벌링검이 대답했다. "원칙은 파악했네. 그러고 보니 그와 같은 압운이 '휴디브라스'에 있었던 게 기억나는군. 하지만 내가 과연 그것을 실제로 적용할 수 있을지는 모르겠네."

"그야 물론 할 수 있고말고요! 그저 용기만 있으면 된다고요, 헨리. 자, 이번엔 'quarre(쿼릴)'을 예로 들어 보죠. '그 남자와 나는 싸우기 시작했다.' 우리는 무엇으로 압운을 맞춰야 할까요?"

벌링검은 잠시 그 문제를 골똘히 생각해 보더니 마침내 과감히 운을 떼었다. "'snarl(스나알)'을 쓰는 건 어때?

그 남자와 나는 싸우기 시작했다.
나는 투덜대고, 그는 으르렁댔다.
The Man and I commenc'd to quarrel
I to grumble, he to snarl."

계관시인이 대답했다. "시구는 좋아요. 약간의 재치도 있고요. 하지만 압운은 멋이 없네요. 'quarrel(쿼럴)', 'snarl(스나알)'. 아뇨, 너무 가까워요."

벌링검이 그 게임에 사뭇 재미가 붙었다는 듯 물었다. "그렇다면 'sorrel(소렐)'은 어때?

그 남자와 나는 싸우기 시작했다.
그는 밤회색 말을 타고, 나는 밤색 말을 타고.
The Man and I commenc'd to quarrel
Who'd ride the Roan, and who the Sorrel."

시인이 칭찬했다. "더욱 재치가 있네요! 이것은 톰 트렌트가 딕 메리웨더의 도움을 받아 지을 수 있는 수준보다 더 나아요! 하지만 당신은 여전히 휴디브라스풍을 적용하지 못하고 있어요. 쿼럴과 스나알이든 쿼럴과 소렐이든."

벌링검이 말했다. "내가 졌네."

"그렇다면 이걸 한번 고려해 보세요.

　　그 남자와 나는 싸우기 시작했다.
　　우리가 입고 있는 의복의 양식에 대하여.
　　The Man and I commenc'd to quarrel
　　Anent the Style of our Apparel.

'quarrel(쿼럴)', 'apparel(어패럴)' 이것이 휴디브라스풍이에요."
벌링검이 심술궂은 표정을 지으며 말했다. "서로 충돌하고
덜그럭거려!"
"바로 그거예요. 서로 충돌할수록 더 나은 2행 연구가 되죠."
가정교사가 외쳤다. "아하, 그렇다면! 우리 계관시인께서는
이것에 대해 뭐라고 하실 텐가?

　　그 남자와 나는 싸우기 시작했다.
　　그는 밤회색 말을 타고, 나는 얼룩배기 말을 타고.
　　The Man and I commenc'd to quarrel
　　Who'd ride the Roan and who the Dapple."

에브니저가 소리쳤다. "'quarrel(쿼럴)'과 'dapple(대플)'이라
고요?"
"어때? 하데스[42]의 놋쇠 종처럼 쨍그랑거리지 않나?"

---

42) 그리스 신화에서 명부의 신.

에브니저가 단호하게 고개를 저었다. "아뇨, 결코 그렇지 않아요! 당신이 그것의 본질을 파악한 줄 알았는데요. 서로 부딪혀 소리가 나려면 적어도 단어들 사이에 반드시 어떤 근접성이 있어야 해요. 쿼럴과 대플은 각기 다른 바다 위에 떠 있는 배들이에요. 그들은 충돌할 가능성이 전혀 없다고요. 하지만 우리가 추구하는 건 바로 충돌이죠."

벌링검이 제안했다. "그렇다면 이건 어때?

그 남자와 나는 싸우기 시작했다.
누가 통을 얻을 차례인지를 놓고.
The Man and I commenc'd to quarrel
Whose turn it was to woo the Barrel."

"'barrel(배럴)'! 배럴이라고 했어요?" 에브니저의 얼굴이 상기되었다. "배럴이 도대체 뭐예요? 어떻게 그런 단어를 사용할 수 있죠?"

벌링검이 미소를 지으며 대답했다. "휴디브라스풍이잖아. 나는 그걸 오줌 싸는 데 사용하겠어."

에브니저가 거북하게 웃었다. "세상에! 그건 내가 들어 본 것 가운데 가장 오줌 같은 휴디브라스풍이군요!"

벌링검이 물었다. "더 들어 보겠어? 나는 쨍그랑거리는 압운을 열심히 공부하는 학생이야."

시인이 볼멘소리로 대답했다. "관두세요. 이제 수업은 끝났어요!"

"아냐, 나는 이제 막 그 참뜻을 파악하기 시작했는걸! 어쩌면 언젠가 나 스스로 시를 짓기 시작할지도 몰라. 왜냐하면 그건 등이 휘어질 만큼 고된 노동은 아닌 듯 보이니까."

"하지만 이런 속담을 알고 있겠죠, 헨리. '시인은 만들어지는 것이 아니라 타고나는 것이다.'"

벌링검이 코웃음 쳤다. "집어치워! 자네는 제대로 된 시를 짓기도 전에 계관시인이 되지 않았나? 장담컨대 내가 만약 어쩌다 시인의 길을 선택했었다면 아마 가장 교묘하게 압운을 맞출 수 있었을 걸세."

에브니저가 상처 입은 어조로 말했다. "나만큼 당신의 다양한 재능을 아는 사람도 없지요. 하지만 진정한 시인은 시 짓는 재능 외에 다른 것은 가질 수 없는 법이라고요."

벌링검이 도전적으로 말했다. "그럼 나를 한번 시험해 보게. 아무 단어나 던져 보라고. 그럼 내가 압운을 맞춰 볼 테니까."

"좋아요. 하지만 단어만 맞추는 것이 아니라 제대로 된 시행을 만드는 것이 중요해요. 당신은 내가 제시하는 시행에 짝이 되는 시행을 지어야 해요."

"자네의 시행을 던져 보게. 그리고 거기에 어떤 물고기가 낚이는지 보라고!"

에브니저가 경고했다. "마음의 준비를 단단히 하세요. 아주 어려운 걸로 당신을 놀라게 할 테니까. '그러다 기사는 살던 집을 포기했다(Then did Sir Knight abandon Dwelling).'"

벌링검이 말했다. "'휴디브라스'에 나오는 거로군. 하지만 버틀러가 무엇으로 그것과 압운을 맞췄는지는 잊어버렸어.

dwelling(드웰링), 드웰링 ……. 아, 뭐 그리 힘든 것도 아니네.

그러다 기사는 살던 집을 포기했다.

그것을 팔아 보았자 들어오는 돈에 비해 성가시기만 했으므로.

Then did Sir Knight abandon Dwelling,

Which scarce repay'd the Work of Selling."

에브니저가 말했다. "너무 가까워요. 휴디브라스풍으로 해 주세요."

"자네의 그 휴디브라스풍이 내 턱을 망가뜨리겠군! 하지만 만약 자네가 원하는 것이 쨍그랑거리는 거라면 나는 자네가 아예 시끄러워 진저리를 치도록 만들어 주겠어.

그러다 기사는 살던 집을 포기했다.

악귀 같은 불한당처럼 말을 몰고 가며.

Then did Sir Knight abandon Dwelling,

Riding like a demon'd Hellion.

자, 이제 귀에서 쨍그랑 소리가 좀 나나?"

에브니저가 인정했다. "틈을 채워 주긴 하네요. 하지만 시인과 삼류 문사의 차이는 바로 후자가 단순히 배를 물위에 계속 떠 있게 하려고 정비공처럼 선체의 틈에 뱃밥을 채우는 반면, 전자는 마치 하녀를 데리고 있는 남자처럼 자신의 일을 활력과 기교와 관심을 가지고 한다는 거예요. 그가 메워 놓은 것에는 유용성뿐만 아니라 아름다움과 즐거움이 있죠."

벌링검이 말했다. "맙소사, 친구. 자네 잘하면 신이라도 되겠군! 어디, 계관시인께서는 지옥의 불구덩이처럼 입을 크게 벌리고 있는 이 틈을 어떻게 메우려나?"

에브니저가 대답했다. "샘 버틀러는 그것을 이런 식으로 메웠어요. 이 기교, 충돌을 잘 느껴 보세요.

그러다 기사는 살던 집을 포기했다.
그리고 나가서 코넬링을 탔다.
Then did Sir Knight abandon Dwelling,
And out he rode a Colonelling."

벌링검이 외쳤다. "아, 잠깐! 이건 너무 지나치잖아! 코넬링이라니! 이건 조작이야. 그래, 키메라라구! 코넬링이라니! 버틀러 씨가 만약 부자연스러운 말을 그리도 사랑했다면 그는 어째서 그것을 커넬링(kernelling)이라고 부르지 않았을까? 응당 그렇게 불려야 하는데 말야. 그리고 어째서 그것으로 압운을 맞추지 않았을까?"

"정말로 왜 그렇게 하지 않았을까요? 당신이라면 무엇으로 커넬링과 압운을 맞추겠어요, 헨리?"

벌링검이 코웃음 쳤다. "그건 내겐 그리 힘든 일이 아냐. 커넬링과 압운을 맞춘다. 자, 커넬링……." 그가 머뭇거렸다.

에브니저가 미소를 지으며 말했다. "그것 봐요. 시인은 자신의 영감 속에서 'dwelling(드웰링)'을 위한 압운을 선택했어요. 압운이면서 동시에 휴디브라스풍인. 그래서 지금 당신이 당면한 것과 같은 어려움을 피했던 거죠. 이제 항복하세요. 'kernelling(커넬링)'을 위한 압운은 없어요."

벌링검이 짐짓 겸손한 어조로 말했다. "항복할게. 나는 첫 행은 지을 수 있어. 이렇게. '그리고 기사는 하나의 정수가 되어 갔다(Then went Sir Knight a kernelling).' 하지만 그 악마 같은 것(infernal thing)에 압운을 맞추지는 못하겠어."

두 여행자는 시선을 교환했다.

에브니저가 투덜거렸다. "관두세요. 수업은 끝났어요."

그러나 벌링검은 자신이 의도하지 않았던 대단한 솜씨를 확인하며 즐거워했다. 그는 말 위에서 계속 연극조로 낭독했다.

그리고 기사는 하나의 정수가 되어 갔다.
겨울을 나고 봄을 지나
희망의 영원한 봄에 자극되어
모든 악마 같은 것들을 추구하며.
(밤의 활동은 말할 것도 없고
그의 일기 쓰기와
비슷한 낮의 활동이 입증하듯이)…….
Then went Sir Knight a kernelling,
Pursuing all infernal Things,
Inflam'd by Hopes eternal Springs
Through Winterings and Vernallings
(As testify his Journallings

And similar Diurnallings,

Not mentioning Nocturnallings) ······.[43]

에브니저가 화난 목소리로 외쳤다. "그만두세요! 졸렬한 엉터리 시로 나를 더 이상 어지럽게 만들지 말아요, 헨리. 아침 먹은 게 모두 넘어올 것 같으니까요!"

벌링검이 웃으며 말했다. "용서하게. 지금 내가 좀 영감을 받아서 말야."

계관시인이 분개하여 말했다. "당신은 나를 괴롭히고 있어요. 그런 하찮은 성과를 놓고 우쭐해하지 말아요. 우리 시인들은 그보다 오십 배는 더 잘 쓸 수 있다고요! 당신에겐 분명 시를 짓는 재능이 있어요. 하지만 당신이 영어로 된 모든 단어의 압운을 다 맞출 수 있다고는 생각하지 말아요. 왜냐하면 시인은 당신에게 그 언어 내에서 전혀 비슷하지도 않은 단어를 제시할 수 있으니까요."

벌링검이 갑자기 몹시 기뻐하며 외쳤다. "하! 오! 하! 나는 또 생각해 냈어! 세상에, 마치 새끼 돼지들이 포샤의 젖꼭지에 몰려들 듯이 그들이 나의 상상 속에 꽉 들어찼는걸!

자, 내게 빌려주시오, 뮤즈여, 천상의 날개를.
기사의 겨울나기와

---

43) 벌링검은 소위 압운을 맞춘답시고 'kernel, winter, vernal, journal, diurnal, nocturnal' 등의 단어에 '-ing'를 붙여 엉터리로 시를 짓고 있다.

그의 이중생활과 삼중생활

그리고 그의 앞장서기와 가슴뼈를 노래할 수 있도록.

그의 어제와 오늘,

내적인 면과 외적인 면들,

짧고 긴 것들,

심지어 영원한 것들과,

그의 밝고 어두운 면들,

그의 어머니와 아버지에 관한 것들,

그의 여자 형제와 남자 형제들에 관한 것들,

그의 파랗고 빨간 별봄맞이꽃들,

그리고 그 외 잡다한 것들에 대해 노래할 수 있도록……

Now lend me, Muse, supernal Wings

To sing Sir Knights Hibernallings,

His Doublings and his Ternallings,

His Forwardings and Sternallings;

To sing of his Hesternallings,

And also Hodiernallings,

Internal and external Things,

Both brief and diuturnal Things,

And even sempiternal Things,

His dark and his lucernal Things,

Maternal and Paternallings,

Sororal and Fraternal Things,

His blue and red Pimpernellings,

And sundry paraphernal Things……."

에브니저가 화가 나서 말했다. "당신은 나를 사랑하지 않는 군요! 더 이상은 듣지 않겠어요!"

"아냐, 부탁이야." 벌링검이 웃었다. "나를 회피하려 애쓰지 말게!"

시인이 다소 평정을 회복한 뒤 비난했다. "언젠가 그 교만 때문에 벌받을 날이 있을 거예요!"

"그저 장난이었어, 에벤. 만약 그것 때문에 화가 났다면 용서하게. 지금 선생은 내가 아니라 바로 자네야. 그러니 자네가 원하는 대로 무슨 조치든 취하게. 정말이지 자네는 내가 전에 알고 있던 것보다 더 많은 것을 내게 가르쳐 주었어."

에브니저가 말했다. "당신의 재능이 채찍 대신 재갈과 고삐를 필요로 한다는 건 분명해요."

"그렇다면 계속하겠나?"

에브니저는 잠시 생각해 본 후 동의했다. "뭐, 할 수 없죠. 하지만 더 이상의 장난은 안 돼요. 나는 당신의 시 짓는 기술을 알아보기 위해 가장 엄격한 시험을 부과하겠어요. 파르나소스 산의 표면처럼 가장 미끄럽고 험한 암벽 같은 시험이요!"

벌링검이 말했다. "마음대로 하게나. 압운에 관해서라면 내 장담컨대 나를 능가하는 사람은 아무도 없을 거야. 왜냐하면 나는 모국어인 영어를 가장 내밀하게 공부한 사람이거든. 하지만 여보게, 괜찮다면 그것으로 게임을 한번 해 보지 않겠나? 그렇게 하지 않으면 이기나 지나 별반 다를 게 없을 테니까."

에브니저가 말했다. "나는 내기로 걸 만한 게 아무것도 없는데요. 하지만 설사 있다 해도 당신은 내기를 걸면 안 될걸요. 당신은 아마 내가 제시하는 단어와 비슷한 것을 대지 못할 테니까요." 그때 그에게 더욱 재미있는 생각이 떠올랐다. "잠깐만요. 당신이 말했던 나루터까지 얼마나 남았죠?"

"아마 여기서부터 8, 9킬로미터 정도 남았을 거야."

"그럼 당신이 혹 그럴 마음이 있다면 말타기를 내기로 걸어요. 만약 내가 당신에게 제시한 시행에 압운을 맞추지 못한다면 당신은 여기서부터 케임브리지 나루터까지 걸어가야만 해요. 만약 당신이 이기면 내가 걷는 거고요. 어때요?"

벌링검이 유쾌하게 말했다. "괜찮은 내기로군. 거기에 덧붙이지. 진 사람은 그저 걷기만 하는 게 아니라 지금껏 계속 방귀를 뀌어 대고 있는 늙은 암말 뒤에서 걸어야 해. 그것은 이긴 사람의 승리감에 풍취를 더해 줄 거야!"

시인이 동의했다. "좋아요. 시험해 보자고요. 당신에게 시행하나를 지어 줄게요. 그러면 당신은 압운을 맞춰야 해요. 명심하세요, 휴디브라스풍이 아니라 완벽한 짝이어야 해요."

벌링검이 물었다. "'모기'야? 그렇다면 나는 '사기'라고 말하겠어."

계관시인이 미소를 지으며 말했다. "아니에요. '문학'도 아니에요."

그의 가정교사가 웃으며 말했다. "그렇다면 '자학'이겠군."

"'부정행위'도 아니에요."

"'천하제위'께 감사하라고!"

"'편집증'도 아니에요."

"그건 '광증'이야!"

"'불침번'도 아니에요."

"'몇 번' 해도 자네가 그걸로 얻는 건 별로 없어!"

"'이음새'도 아니에요."

"'틈새'를 노릴 생각은 없다고."

"'돌팔이'도 아니에요."

"'색종이'처럼 지식이 얇지!"

"'바나나'도 아니에요."

"미끄러워서 '어쩌나'!"

"'자동기술'도 아니에요."

"그렇다면 '속기술' 정도는 되어야겠군!"

"'반사작용'도 아니에요."

"그것은 그렇게 '활용'될 순 없어!"

"'견강부회'도 아니에요."

"'친목회' 하나쯤은 만들어 줄 수 있는데!"

"'무시무시한 태풍'도 아니에요."

"자네는 '어마어마한 허풍'을 치고 있잖아!"

"'비밀 연가'도 아니에요."

"그렇다면 이봐, 도대체 그게 '뭔가'?"

에브니저가 말했다. "'month(먼스)'예요."

벌링검이 외쳤다. "먼스라고?"

계관시인이 반복했다. "먼스요. 먼스와 압운이 맞는 단어를 사용해서 시를 지어 보세요. 'August is the Year's eighth Month(8월은 일 년 중 여덟 번째 달이다).'"

벌링검이 다시 말했다. "먼스라니! 하지만 이건 1음절이 잖아!"

에브니저가 미소를 지으며 대꾸했다. "저런, 그렇다면 쉽겠네요. 'August is the Year's eighth Month.'"

"'August is the Year's eighth Month.'" 자신의 언어 저장고를 탐색하던 벌링검이 다소 초조한 기색을 보이기 시작했다.

에브니저가 경고했다. "하지만 혀짤배기 말은 안 돼요. 'Whoever denieth it ith a Dunth(누가 그것이 저능아라는 것을 부정한다 해도)'라든지 'Athent thee not, then count it oneth (계산이 맞지 않으면 한번 세어 보시오)'라고[44] 하지 말아요. 그건 무효니까."

벌링검이 한숨을 쉬었다. "게다가 휴디브라스풍은 안 된다고?"

에브니저가 다시 한번 다짐을 두었다. "그래요. 또한 'August is the Year's eighth Month, And not the tenth or millionth(8월은 일 년 중 여덟 번째 달이지, 열 번째나 백만 번째가 아니다).'라고 말해서도 안 돼요. 벤 올리버가 로케츠에서 그렇게 하려 했다가 불합격된 적이 있죠. 나는 분명하고 자연스러운 압운을 원해요."

---

44) 'Whoever denies it is a dunce'와 'Assent thee not, then count it once' 라는 문장에서 단어에 일부러 'th'를 붙여 'month'와 압운을 맞춘 것.

벌링검이 외쳤다. "그런 게 언어에 있기는 해?"

시인이 단언했다. "없어요. 당신이 이 내기를 수락하기 전에 내가 미리 경고했잖아요."

벌링검은 이마에 땀이 배어 나올 정도로 열심히 기억을 더듬었다. 그러나 이십 분 후, 그는 결국 포기하고 말았다.

"항복이야, 에벤. 자네 덕분에 나는 걷는 신세가 되겠군." 자신이 보호해야 할 상대의 의기양양한 미소 속에서 그는 마지못해 말에서 내려 도박의 불유쾌한 결과를 감수할 준비를 하며 늙은 암말의 뒤쪽에 자리를 잡고 섰다.

에브니저가 대담하게 충고했다. "앞으로는요, 헨리. 시인들과는 내기를 하지 말아요. 솔직히 말하자면 언어의 재능은 단지 소수에게만 허락되는 거예요. 그것이 없다고 부끄러워할 일은 아니지만 있지도 않으면서 있는 척하는 것은 어리석은 짓이에요."

평소와 다르게 이렇듯 한바탕 훈계를 늘어놓은 후, 에브니저는 만족에 겨워 콧노래를 흥얼거리기 시작했다. 그들이 여행하는 길이 처음으로 다소 오르막이 되자 이미 지쳐 있던 암말은 올라가려고 낑낑대는 와중에 커다랗게 방귀를 뀌었다. 벌링검은 엄청난 욕설을 퍼부으며 투덜거렸고 혐오감에 치를 떨며 외쳤다. "이렇게 어휘가 빈약할 수 있나. 'August is the Year's eighth Month.'에서 'onth(언스)'에 맞는 명사나 동사가 단 한 개도 없다니!"

에브니저가 대꾸했다. "언어에 대한 불평은 하지 말아요. 그것은 정말이지 가장 우수한 언어……."

벌링검과 암말이 멈추자 그도 하던 말을 멈췄다. 두 남자는 서로를 탐색하듯 바라보았다.

에브니저가 과감히 말했다. "상관없어요. 시험은 이미 끝났어요."

벌링검이 웃으며 말했다. "아, 아니지요, 계관시인 나리! 내 시련은 끝났지만 당신의 시련은 이제 시작인걸요! 당장 내려오게!"

에브니저가 볼멘소리로(하지만 말에서는 내려오며) 항의했다. "하지만 '언스(onth)'는 영어 단어가 아니잖아요, 안 그래요? 그게 도대체 무슨 뜻이죠?"

벌링검이 자신의 젊은 말에 다시 오르며 말했다. "쯧, 내가 기억하기로 우리는 의미에 대한 기준은 정하지 않았어. 나는 '언스'에 맞는 동사나 명사가 단 한 개도 없다니(that possesses nary noun or verb to match the onth)라고 말했어. '언스'는 'match'의 목적어야. 동사의 목적어는 명사야. 명사는 단어지. 암말 뒤에 가서 서라고!"

에브니저는 한숨을 쉬었고 벌링검은 큰 소리로 웃었다. 암말이 다시 한번 방귀를 뀌었다. 그리고 여행자들은 계속해서 케임브리지를 향해 전진했다. 벌링검은 기분 좋게 노래를 불렀다.

> "얼마나 경이로운가, 어휘는.
> 압운이 될 만한
> 명사나 동사가 단 하나도 없어

미첼 선장의 아들을 난처하게 만들다니!"

27 계관시인이 정의가 눈멀었다고 강력히 주장하고
이 원칙으로 무장하여 소송을 해결하다

챕탱크강의 나루터에 도착해서야 에브니저의 시련은 끝이 났다. 벌링검은 그들의 요금으로 각각 1실링을 지불했고 말 두 마리를 태우기 위해 1실링을 더 지불했다. 여행자들은 대형 나룻배에 자리를 잡고 케임브리지를 향해 3킬로미터의 항해를 시작했다.

벌링검은 운하 맞은편에 산재한 몇 채의 건물들을 가리켰다. 좀 더 멀리 떨어진 해안에서는 좀처럼 보이지 않던 것들이었다. "저쪽에 도싯 카운티의 영지가 있네. 자네 부친이 저곳을 마지막으로 보았을 때는 그저 어느 농장주의 선착장에 불과했었지."

온갖 시련에 지칠 대로 지쳐 있던 터라 에브니저는 굳이 실망감을 감추려고 애쓰지 않았다. "영국의 케임브리지 수준은 아닐 거라 짐작은 하고 있었어요. 하지만 솔직히 저렇게 조잡하리라고는 생각지 못했군요. 저런 곳에 과연 서사시의 소재가 있을까요?"

친구가 대답했다. "누가 알아? 진짜 트로이는 지저분한 오두막들로 이루어져 있었을지? 그렇더라도 누가 그런 걸 알고 싶어하겠어? 자신이 가지고 있는 재료를 초월하는 것이 바로 시

328

인의 특수한 재능이야. 그리고 주제가 초라하면 초라할수록 그 초월의 정도도 더욱 커져야 한다는 건 달변이 아니더라도 논증할 수 있지."

이 말에 계관시인이 혀를 차며 말했다. "내 생각엔 결국 그 예수회 교도가 당신을 이긴 것 같군요. 당신은 그의 몸을 속박했지만 그는 당신의 이성을 개종시켰어요."

벌링검은 그 조롱에 심사가 몹시 뒤틀렸다. 그날 에브니저가 그에게 어깃장을 놓은 것은 이번이 처음이 아니었기 때문이다. 그는 사공이 들을 수 없도록 차갑고 낮은 목소리로 말했다. "자네가 그 신부를 옹호하는 건 적절한 일이 아냐. 우리가 봉사하는 건 교황의 대의가 아니라 볼티모어의 대의란 말일세. 정의라는 대의."

시인이 동의했다. "맞는 말씀이에요. 하지만 어떤 대의가 정의인지 그 누가 알 수 있겠어요? 정의는 눈이 멀었는데."

"하지만 사람들은 장님이 아냐. 그리고 정의 말인데, 정의의 여신이 눈을 가리고 있는 것은 사심이 없다는 의미지 아무것도 모른다는 의미가 아냐."

에브니저가 명랑하게 말했다. "믿을 수 없군요."

"자네, 완전히 말꼬리 잡고 늘어지는군!"

계관시인이 말했다. "당신은 마흔에 가까운 나이고 나는 이제 스물여덟밖에 안 되었는데요. 그리고 경험으로 말하자면 당신은 적어도 내 나이의 세 배는 될걸요. 비록 나는 순진(innocence)하지만, 아니 바로 그렇기 때문에 정의, 진실 그리고 아름다움의 문제들에 관한 한 내 자신이 당신 못지않은 권위자라고 여겨요."

그의 친구가 외쳤다. "말도 안 돼! 정의의 첫 번째 구성 요소는 세상 물정에 대해 잘 아는 것이라네. 때문에 사람들이 일원들 중 가장 나이가 많고 지식이 풍부한 사람을 판사로 뽑는 것 아니겠나?"

하지만 에브니저도 지지 않고 응수했다. "그것도 그저 흔히들 저지르는 잘못이죠. 다른 많은 것들이 그렇듯이."

시간이 갈수록 벌링검의 표정에서 짜증이 배어났다. "도대체 순수(innocence)와 무지(ignorance)의 차이가 뭔가? 하나는 라틴어에서 온 말이고 다른 하나는 그리스어에서 온 말이라는 걸 제외한다면 본질상 같은 말이야. 순수하다는 건 곧 무지하다는 거라고."

에브니저가 즉시 맞받아 응수했다. "그 말은 곧 세상에 때 묻지 않았다는 것은 세상에 대해 무지하다는 뜻이죠. 누구도 거기에 이의를 제기할 수 없어요. 하지만 정의, 진실, 아름다움에 관한 한 가장 분명한 것은 그들은 세상 속에서 살지 않으며 본질적이고 순수한 초월적 실체들로 존재한다는 거예요. 어른들이 복잡하게 머리를 굴리다가 길을 잘못 들어서곤 하는 반면, 어린아이들은 종종 진리를 직관적으로 지각한다는 말이 있어요. 이것이 바로 순수는 경험이 보지 못하는 것을 볼 수 있는 눈을 가지고 있다는 사실을 증명하는 거라고요."

벌링검이 코웃음을 쳤다. "쳇! 그런 건 학자들이 멋이나 부리려고 하는 말이야. 친애하는 헨리 모어 같은 양반도 그런 견해를 늘 신봉했었지. 나는 그 애송이들이 사회에서 무력한 데 대해 하늘에 감사하고 있어. 그 녀석들이 자네를 판단한다고 생각해 보게!"

에브니저가 말했다. "어쩌면 정의가 생전 처음으로 자신의 좌우명에 맞는 삶을 살지도 모르겠군요."

헨리가 비꼬듯 말했다. "참 그렇기도 하겠군! 그녀는 저울 대신에 주사위를 들고 있는 모습으로 그려질 수 있을 거야. 왜냐하면 판사가 눈먼 '순수'라면 배심원들은 눈먼 '우연 (Chance)'일 테니까 말야." 그가 계속해서 덧붙였다. "자네가 자네의 순결을 간직하는 것이 이와 같은 견해를 가지고 있어서인지 아니면 자네의 순결을 정당화하기 위해 그러한 견해를 고집하는 것인지 판단을 내릴 수가 없군."

에브니저는 마치 점점 가까워지는 부두를 바라보기 위해서인 것처럼 고개를 돌리고 얼굴을 찌푸렸다. 부두는 사람들의 움직임으로 상당히 부산스러워 보였다. "내 생각엔 그런 질문은 당신 스스로에게 던지는 것이 더 적당할 것 같아요, 헨리. 사람은 원한다면 자신의 순수함을 벗어던질 수 있지만 이미 세상에 닳고 닳은 사람은 세상에 대한 지식을 벗어던질 수 없는 법이죠."

마침 나룻배가 목적지에 다다랐기 때문에 이 옹졸한 말로 논쟁은 끝났다. 여행자들은 서로 기분이 잔뜩 상해서는, 참탱크강과 커다란 지류들이 만나는 지점에 세워져 있는 부두 위로 올라섰다. 썰물 때라 말들을 가파른 배다리 위로 끌어올리기가 쉽지 않았다.

멀리서 봤을 때도 별로 호감이 가지 않았던 케임브리지 시

(市)는 가까이서 보니 훨씬 더 밋밋했다. 사실 도시라고 부를 만한 것도 없었다. 내륙 쪽으로 더 들어간 곳에 벌링검이 도체스터 카운티 법정이라고 확인해 준, 지어진 지 칠 년밖에 되지 않는 작은 통나무 구조물이 보였다. 강 쪽으로 더 가까운 곳에는 그보다 더 최근에 세워진 건물인 일종의 선술집 혹은 여관이 자리 잡고 있었으며 부두 발치에는 도시와 카운티보다 더 역사가 오래되어 보이는 비교적 커다란 창고와 잡화점이 결합된 듯 보이는 건물이 서 있었다. 1665년경엔 에브니저의 아버지도 그 건물을 알고 있었을 것이었다. 주변의 건물들이라곤 이것들뿐이었으며 분명 가정집은 보이지 않았다.

하지만 적어도 스무 명 정도 되는 사람들이 부두와 창고 주위를 한가로이 거닐고 있었다. 선술집으로부터는 술을 마시며 왁자하게 떠드는 소리가 길까지 들려왔다. 그리고 해안을 따라 여기저기에 수많은 소형 선박들이 정박해 있었고 그 외에 바다로 나가는 두 척의 큰 선박들(바크 선과 완전 장구를 갖춘 배)도 참탱크 운하에 정박해 있었다. 에브니저가 알아보니 이 도시의 규모며 모습과는 어울리지 않게 사람들이 북적대는 이유는 이곳의 부두와 창고가 주변 농장들에 상당히 유용하고, 또 특히 이맘때가 전체 주민에게 보기 드문 기분 전환거리를 제공하는 법정의 가을 개정 기간이기 때문이었다. 법정은 현재 개정 중이었다.

그들은 암말과 수말을 작은 지류 근처의 어린 나무에 묶어 놓고 여관에서 가볍게 저녁 식사를 한 후 각자 볼일을 보기 위해 헤어졌다. 계관시인의 마음도 다소 가벼워졌다. 벌링검은 그날 밤 묵을 곳을 정하고 갈증을 해소하는 한편, 윌리엄 스미스의 행방을 탐문하기 위해 선술집에 남았다. 에브니저는 생각에 잠겨 법정을 향해 홀로 한가로이 걸어 올라갔다. 날씨가 따뜻했고 법정의 규모에 비해 소송은 식민지인들 사이에서 대단히 인기 있는 여흥이었으므로 재판은 실내가 아닌 야외에서, 법정 건물 바로 인접한 작은 골짜기에서 열리고 있었다. 재판은 아직 시작되지 않았지만 거의 100명에 가까운 청중들이 이미 자리를 잡고 앉아 있었다. 그들은 먹고, 마시고, 골짜기에 의해 형성된 천연 원형극장을 가로질러 서로를 부르고 손짓하고, 잔디 위에서 장난스럽게 씨름하고, 떠들썩하게 노래를 부르는 등 시인이 생각하기에 법정의 위엄에 전혀 걸맞지 않은 방식으로 즐기는 데 열중하고 있었다. 담배-어음이 사방에서 교환되고 있었다. 사실상 모든 사람들이 그 재판의 결과를 놓고 내기를 걸고 있음을 곧 알게 되자, 놀라움과 함께 에브니저의 마음속에는 희미하게나마 불길한 예감마저 자리했다. 하지만 그럼에도 그는 그 재판을 지켜보기 위해 원형극장 꼭대기 쪽에 자리를 잡고 앉았다. 벌링검과의 최근 논쟁으로 인해 재판에 대해 흥미가 일기도 했고 또 잘하면 메릴랜드 법의 위엄에 관한 시를 지을 수 있을지도 모른다는 생각에서였다. 볼티모어 경이 제안했던 대로.

"빌어먹을!" 갑자기 잊고 있던 사실이 떠올라 그는 어깨를 움츠리며 한숨을 쉬었다. 그에게 위임장을 발부한 사람은 찰스 캘버트가 아니라 벌링검이지 않은가. 그것은 그의 인식 속에 붙잡아 두기에는 너무도 고통스러운 기억이었다.

    몇 분 후, 법정 문으로부터 정리(廷吏)가 나타나 소리쳤다. "조용히! 조용히! 조용히!" 하지만 첫 번째 줄까지 나아가기도 전에 빗발치듯 쏟아지는 잔가지들과 조약돌들로 인해 이내 뒤로 물러서고 말았다. 사람들이 장난 삼아 그런 것들을 던지고 있었다. 곧 가발도 쓰지 않고 법복도 입지 않은 판사가 입장했다. 그가 판사임을 알아볼 수 있었던 것은 단지 그가 잠시 멈춰 서서 청중 몇몇과 환담을 나누고 그들이 담배-어음을 교환하는 것에 대해 고개를 끄덕인 뒤 옥외 벤치 위에 자리를 잡았기 때문이었다. 다음에는 배심원들이 들어왔다.(확신할 순 없었지만 에브니저는 그들 역시 자기들끼리 내기를 걸었을 거라 짐작했다.) 그리고 마지막으로 고발과 변호를 담당하는 각 당사자들의 변호사들이 판사와 큰 포도주 병의 포도주를 나눠 마시며 입장했다. 아직 자리하지 않은 유일한 주요 인물은 원고와 피고였다. 원고와 피고는 과연 누구일까 궁금해하며 군중들을 대충 훑어 가던 에브니저의 시선에 나이가 꽤 들어 보이는 낯선 인물과 함께 앞줄 가까이 앉아 있는 수잔 워렌이 포착되었다! 겉으로 보기에 그녀는 어느 정도 말끔해진 것 같았다. 지난번 보았을 때 더럽던 얼굴에는 진한 연지와 분이 발라져 있었고 산발이던 갈색 머리는 이제 매춘부처럼 손질되어 있었다. 그녀는 스카치 옷감으로 된 낡고 해진 옷 대신 저속하고 화려하게 날염된 얇은 새틴으로 된, 앞가슴이 깊이 팬 옷을 입고 있었다. 그녀는 입고 있는 옷에 어울리는 태도로 별것 아닌 것에 자주 그리고 크게 웃음소리를 높이고 있었다. 자신의 남성 동행인에게 이야기하는 동안에도 감상이라도 하듯 그녀는 이 남자에서 저 남자로 시선을 옮겼다. 또 한 손을 동행인의 팔에 얹었다가 다음 순간 그의 어깨에 그리고 무릎에 올려놓으며 자신의 말을 강조했다.

에브니저는 복잡하고 강렬한 감정으로 얼마간 그녀를 지켜보았다. 벌링검에게 했던 말과 반대로 사실 그녀가 미첼 선장의 헛간에서 자신을 바람맞혔을 때, 그는 고맙기도 했지만 무척 화가 났다. 그는 무엇 때문에 그녀가 마음을 바꿨는지, 아버지와 재회는 했는지(만약 그렇다면 어째서 매춘 행위를 계속하는지), 그리고 아마도 가장 절박한 것은 그녀가 조안 토스트에 관한 소식을 가지고 있는지, 그리고 어째서 그녀의 이야기가 벌링검의 이야기와 상당히 어긋나는지 몹시 알고 싶었다. 게다가 그녀의 그 천박한 외양에 대한 혐오감과 조안 토스트에 대한 염려에도 불구하고 그는 수잔이 남자와 동행하고 있다는 사실에 명백한 질투의 고통을 느꼈다. 그러나 그 동행인은 그녀의 애교를 무시하고 있었다. 에브니저는 그녀의 시선을 잡아 대화를 시도할 것인지를 두고 갈등했다. 무엇보다도 그는 그녀에 대해서는 염려할 것 없다는 벌링검의 장담을 전적으로 신뢰하지 못했다. 하지만 결국은 그렇게 하지 않기로 결정했다.

그가 스스로를 다독였다. "그녀에게서 벗어난 건 잘한 일이야. 내가 그녀에게 접근했던 일이 내 양심을 괴롭힌 것같이 그녀는 나를 버린 일로 가책을 느낄 거야. 그녀가 도망간 일에 대해서도, 그녀를 잡아오는 일에 대해서도 더 이상 관여하지 않는 게 좋겠어. 그리고 그걸로 된 거야."

이러한 생각들에 너무도 몰두해 있던 나머지 계관시인은 이미 재판이 시작되어 논쟁이 열기를 띠어 가고 있는 사실을 깨닫지 못했다. 관중들의 커다란 고함 소리가 비로소 그의 관심을 다시 재판으로 돌려 놓았다. 켄트 카운티로부터 재판지를 변경한 소송이 진행 중이었다. 증언은 명백히 고소인에게 불리하게 되어 가고 있었지만 그의 승리를 두고 도체스터의 돈이 상당히 흘러들어 가고 있음이 분명했다. 청중들이 피고 측, 즉 중년 부부의 변호인에게 고함을 치고 있었기 때문이다.

변호사가 웅변조로 낭독했다. "다시 말하자면 피고인, 즉 그 자신이 치안판사인 본인의 고객 브래녹스 씨는 문제의 밤에 아내인 메리 브래녹스 부인과 함께 집에서 정당하고 평화롭게 앉아 있었습니다. 그때 원고인 솔터 씨가 럼주와 카드를 들고 그의 현관에 등장해서는 두 피고에게 술을 마시며 카드 놀이를 하자고 제안했습니다. 때는 이미 자정에 가까웠던지라 브래녹스 부인은 남자들에게 밤 인사를 한 후 그녀의 방으로 돌아갔는데……."

"그녀가 달려간 곳은 침실용 변기였소!" 원고가 뜰 맞은편에서 고함쳤다. 청중은 고함을 쳐서 그의 말을 지지했다. 피고 측 변호인은 자신의 의뢰인과 무언가를 속삭였다.

"저는 여기서 브래녹스 부인의 말에 따라 저의 진술을 수정합니다. 그녀는 정말로 요의(尿意)를 느꼈습니다. 하지만 용변을 본 후 곧장 침대로 갔습니다."

원고가 다시 소리쳤다. "거짓말이오!" 보기 드물게 키가 큰 사십대의 가무잡잡하고 야윈 친구였다. 그리고 그 옆에는 물이 담긴 작은 물병이 놓여 있었다. "내가 그녀를 꼬셔 보려고 곧 2층에 올라갔을 때, 그녀는 배 속에 나의 질 좋은 술을 한 가득 담은 채 창가 의자에서 다리를 꼬고 앉아 노래를 흥얼거리며 이지러지는 달을 향해 방귀를 뀌어 대고 있었소."

피고 측 변호인이 영리하게 계속 말을 이었다. "원고인 솔터 씨가 고백했듯이 그는 나중에 술자리를 떠났습니다. 나의 의뢰인을 술 취하게 만들어 놓고 말이죠. 그리고 층계를 올라가 브래녹스 부인의 침실로 갔습니다. 그는 그곳으로 허락 없이 들어가 나의 고객을 비열하게 강간했습니다. 그는 메리 부인을 엉덩이에서부터 성 미카엘 축일까지 즐겼고 그럼으로써 판사인 그녀의 배우자를 오쟁이 지게 만든 것입니다!"

관중들이 소리쳤다. "옳소!"

피고 측 변호인의 변론은 계속되었다. "이 솔터라는 사람은 사악한 일을 마친 후 거실로 돌아갔습니다. 그곳에서 그는 집주인이 술에 취한 것을 이용하여 카드 게임에서 속여 먹었죠. 자그마치 몇백 킬로그램의 담배를 말입니다. 그러면서 내내 자신이 사기를 치고 있다는 사실을 숨기기 위해 그에게 억지로 럼주를 권했습니다. 저의 가엾은 의뢰인은 과음으로 머리가 핑 돌아 결국 마룻바닥에 굴러떨어졌고 그로 인해 코피가 많이 흘렀습니다. 그런데도 존 솔터라는 인간은 그에게 침을 뱉고 그 위에 오줌을 누었으며 그걸로도 모자라 그에게 자신이 그의 아내와 관계한 지 두 시간도 안 되었다고 말함으로써 손님으로서 최소한의 도리마저 어기고 말았습니다. 그 말을 듣자 저의 의뢰인은 놀랍게도 그 즉시 술이 깼고 여기 있는 솔터를 신성모독자이자 똥 같은 불한당이라고 욕을 하는 동시에 무시무시한 분노 속에서 아내의 침실로 올라갔습니다. 그리고 안에 들어서자마자 그녀를 창녀니 아랫도리를 함부로 내돌리는 년이니 하는 다양한 욕설을 퍼부으면서 몹시 비난하기 시작했습니다. 그리고 곧 그녀의 음부를 잡고 이렇게 침대에서 바닥으로 잔인하게 끌어내렸습니다."

군중이 고함쳤다. "부끄러운 줄 알아! 그를 말뚝에 묶어 버려!" 충격을 받은 건 에브니저 역시 마찬가지였다. 그는 지금껏 그런 뻔뻔스러운 행위는 단 한 번도 들어 본 적이 없었다. 게다가 어떻게 솔터가 이 소송에서 피고가 아니라 원고일 수 있는지도 도무지 이해할 수 없었다.

피고 측 변호인의 변론은 계속되었다. "그러한 부부간의 말싸움 과정에서 원고 솔터 씨가 들어왔고 저의 의뢰인들인 남편과 아내 사이에 끼어들어서는 메리 부인의 편을 들며 그녀의 배우자에 대항했습니다. 그는 브래녹스 판사의 눈이 광채를 잃고 눈(雪) 위에 생긴 소변 구멍들처럼 멍하니 모두를 응시할 때까지 그의 목을 졸랐습니다."

"잘했다!"

"그 때문에 브래녹스 판사는 메리 부인의 음부를 쥐었던 손을 놓았고 솔터에게 따지기 시작했습니다. 말인즉슨 그는 메리 부인을 요강에서부터 침상까지 즐김으로써 자신의 존중을 받을 자격을 완전히 상실했으며 또한 그는 정직한 손님이 아니라 기둥서방이자 빌어먹을 위선자라는 것이었습니다. 그러한 묘사에 원고는 즉각 치안판사의 두 눈에 멍을 내고 그의 머리통에 오리 알만 한 혹을 솟게 하는 것으로 보복했습니다. 또한 그렇게 폭행하는 내내 브래녹스 판사가 정력이 부족하다고 비웃었습니다."

솔터가 포도주 주전자의 입을 소매로 닦아 내며 부연 설명했다. "나는 그에게 거세한 황소만큼이나 남자답고 교회의 창녀만큼이나 쓸모 있다고 말했지."

에브니저 옆에 있던 남자가 논평했다. "말 한번 잘했군."

변호인이 계속했다. "그리고 그는 이야기를 계속했습니다. 메리 부인의 겉옷을 들어 올리는 수고를 할 가치도 없었다고……."

솔터가 불평했다. "마치 대문과 성교하는 것 같았지."

"그러자 치안판사가 대답했습니다. 솔터가 그 썩은 내 나는 입을 닫지 않으면 치안판사인 자신이 직접 그 입을 닫아 버릴 것이고 그에게 총을 쏘고 머리를 때린 후 덤으로 두 다리를 부러뜨릴 거라고요. 그러자 원고가 대꾸하기를……."

이때 판사가 "그만 됐소!"라고 외치며 그의 말을 자르더니 다음과 같이 덧붙였다. "당신의 그 어리석은 소리를 계속 듣다간 일 분도 안 되어 코를 골 것 같소. 도대체 혐의가 뭐요?"

그 즉시 솔터가 벌떡 일어나 말했다. "혐의는 이 악당 브래녹스 놈이 제게 전부 해서 1런들릿, 즉 1드램[45] 안팎의 술값을 지불하지 않았다는 겁니다. 게다가 제가 메리 브래녹스와 앞돛대에서 뒷돛대까지 관계하는 동안, 의자 위에 놓여 있던 제

---

45) 무게의 단위. 보통 1.772g으로 아주 소량을 의미한다.

바지에서 동전 몇 개가 떨어졌는데도 저 년놈들이 그 동전을 제게 돌려주지 않았습니다."

계관시인이 속삭였다. "하느님 맙소사!"

판사가 물었다. "배심원들, 어떻게 결정했소? 피고인이 유죄요, 아니면 저 악당을 그냥 걸어 나가도록 내버려 두겠소?"

배심원이 토의를 하는 몇 분 동안 에브니저는 그저 그들 사이에서 교환되고 있는 종이들이 담배-어음이 아니라 의견을 적은 쪽지이기를 바랄 뿐이었다. 이 기막힌 법정의 행태로 보아서는 정직한 판결은 아예 기대하지 않는 게 나을 듯했다. 그래서 배심장이 "존경하는 재판장님, 우리는 피고가 무죄라는 결론을 내렸습니다."라고 말했을 때, 그것은 사실 그에게 충격으로 다가왔다.

판사가 으르렁거리듯 말했다. "무죄라고!" 그리고 청중 역시 판사와 마찬가지로 목소리를 높여 항의했다. "보안관, 저 열두 명의 악당들을 체포하고 그들을 모두 법정 모독죄로 기소하시오! 무죄라니! 저런, 저자의 영혼은 스페이드 에이스만큼이나 시커멓고 헤픈 그의 마누라도 별반 다르지 않아! 세상에 이보게들, 당신들은 아름다운 도싯을 망칠 셈인가!"

에브니저는 분개하여 벌떡 일어서서 항의했지만 그의 목소리는 군중들의 박수 소리에 묻혀 버리고 말았다.

"본 법정은 다음과 같이 명령한다. 톰 브래녹스는 솔터에게 온전한 술값을 지불하고 다음 해가 뜰 때까지 본 법정에 같은 금액을 인도한다. 그렇지 않으면 이 법정이 폐회할 때까지 칼을 씌워 구경거리로 만들 것이다. 더 나아가 메리 브래녹스는 원고에게 그가 그녀와 관계하는 동안 잃어버린 동전의 두 배를 돌려주어야 한다. 그렇지 않으면 그녀의 손바닥에 도둑질(thievery)을 의미하는 'T'의 낙인이 찍히게 될 것이다. 다음 사건!"

관중은 휘파람을 불며 서로의 어깨를 쳤고 서로의 아내를 꼬집으며 자신들의 내깃돈을 받아 내거나 지불했다. 에브니저는 법정의 행태에 놀라서 다시 앉을 생각을 못하고 있었다. 공모자임이 분명한 원고와 판사뿐만 아니라 대중들을 힐책하기 위해 그는 자신이 알고 있는 어휘에서 가장 통렬한 용어를 찾아보았다. 하지만 그가 비난의 말들을 다 생각해 내기도 전에 다음 소송 당사자들이 증인석을 차지했다. 그리고 그들 가운데 한 명이(명백히 피고 측이) 수잔 워렌과 동행한 남자라는 사실에 그의 주의력은 분산되었다. 판사는 그와 친숙한 관계인 듯 보였다.

판사가 물었다. "여기서 원하는 게 뭔가, 벤 스퍼딘스?" 에브니저는 깜짝 놀랐다. 언젠가 수잔으로부터 들어 본 이름인 것 같았다. 하지만 어떤 관계였는지는 기억나지가 않았다.

스퍼딘스가 원고석에 앉은 건장한 노인을 가리키며 투덜거리듯 대답했다. "저 사람에게 묻는 게 나을 겁니다."

판사가 그에게 물었다. "당신은 누구요?"

노인이 대답했다. "윌리엄 스미스입니다, 판사님." 에브니저는 다시 한번 깜짝 놀랐다.

판사가 물었다. "당신의 벤 스퍼딘스에 대한 근거 없는 불평은 뭐요?" 두 번째로 그의 이름이 언급되고 나서야 에브니저는 그 이름을 어디에서 들었었는지 기억해 냈다. 그들이 떠날 때 미첼 선장은 그의 '아들'에게 수잔 워렌을 벤 스퍼던스의 집에서 찾으라고 지시하면서 그곳을 '도둑과 창녀 들의 소굴'이라고 불렀다.

놀랄 일은 여기서 그치지 않았다. 왜냐하면 판사의 질문에 대한 대답으로 스미스는 약 사 년 전 이 주에 도착할 당시 갖고 있던 돈을 도중에 아픈 딸을 위해 약을 사느라 다 써 버린 탓에 자신이 부득이하게 피고의 기한부 노역 노예가 되었고, 자신의 계약 기간이 최근에 만료되었다고 대답했기 때문이었다.

계관시인이 놀라 외쳤다. "세상에! 이 사람은 우리가 찾던 사람이 아니라 수잔 워렌이 말했던 그 가련한 성자 같은 아버지잖아!" 그는 화가 나는 한편 어째서 수잔이 피고와 어울리고 있는지 궁금해졌다. 그동안 윌리엄 스미스는 자신의 불평거리가 무엇인지를 조목조목 열거했다. 자기는 통을 수선하고 대장장이 일을 하면서 계약 기간 사 년 동안 충실하게 봉사했다. 그런데 자신의 계약이 만료되자 스퍼던스가 원래 약속했던 것을 어겼다는 것이다. 자세히 말하자면 스퍼던스는 자신에게 애초에 약속한 20에이커 대신 단지 1과 2분의 1에이커의 땅, 그것도 돌과 도랑으로 가득 찬 척박한 땅만을 넘겨주었다. 그러면서 자기더러는 얻을 만큼 얻었으니 나가떨어지라고 말했다는 것이다.

"불쌍한 사람!" 에브니저는 동정심이 일었다. 이제는 열변을 토할 때인 듯했지만 우선은 스미스의 불행한 이야기를 전부

들어 보기로 했다.

그러자 피고 측 스퍼던스가 원고의 말이 대체로 맞지만 자기는 스미스에게 "이것만 먹고 나가떨어져라!"라고 말하지 않았다고 반박했다.

그가 단호하게 말했다. "나는 저 늙은 염소에게 받은 땅이나 엉덩이에 쑤셔 넣고 나는 내버려 두라고 말했소."

에브니저가 생각했다. "세상에, 아주 자신의 죄를 찾아 보여 주는군!"

판사는 원고 측이 못마땅한 듯 얼굴을 찌푸렸다. "당신은 법정에서 거짓말을 하려는 거요?"

스미스가 인정했다. "어쩌면 그가 말한 대로일지도 모릅니다. 비록 저는 그가 '먹을 만큼 먹었으니 나가떨어져라!'라고 말했던 것으로 기억합니다만."

판사가 다그쳤다. "자, 어느 말이 맞소?"

스퍼던스가 고집했다. "'쑤셔 넣어라!'였소."

스미스가 주장했다. "'나가떨어져라!'였소."

스퍼던스가 소리쳤다. "쑤셔 넣어라!"

스미스가 외쳤다. "나가떨어져라!"

판사가 망치를 두드려 정숙을 요구한 뒤 "'쑤셔 넣어라!'요."라고 결론을 내렸다. 그리고 피고 측을 향해 말했다. "여기 있는 당신 친구는 아주 수완이 좋은 변호사를 대동하고 있군, 벤. 당신의 변호사는 어디 있소?"

스퍼던스는 퀘이커 교도들이 종종 입는 것과 같은 검은색 옷을 입은 작고 통통한 체구의 원고 측 변호인이 있는 방향으로 콧방귀를 꿰었다. "나는 나를 방어하기 위해 리처드 소터와 같은 거짓말쟁이는 필요 없소."

"그렇다면 당신의 첫 번째 증인을 부르시오. 그리고 계속 진행합시다."

고발 사항을 듣기 전에 변호를 듣는 것이 절차에 어긋난다고 생각하는 사람이 에브니저 외에는 아무도 없는 모양이었다. 그리고 수잔 워렌이 스퍼던스를 위해 증언대에 섰을 때 그의 놀라움은 완전히 경악으로 바뀌었다.

수잔의 증언은 그가 그날 오후 들었던 다른 어떤 이야기들보다도 한층 더 믿을 수 없는 내용으로 가득 차 있었다. 그녀가 단언하기를, 자기는 숫염소처럼 자신을 탐하는 아버지의 패륜적인 욕망으로부터 벗어나기 위해 캘버트 카운티의 친절한 미첼 선장이라는 사람의 보호 아래 메릴랜드로 도망쳤다는 것이다! 그녀의 말은 계속되었다. "그러자 그는 은밀하게 저를 쫓아 그 배에 탔어요. 그리고 자기가 가진 돈을 모두 쏟아부어 미첼 선장을 매수하려 했죠. 선장으로 하여금 포주 노릇을 하게 하여 나를 자신의 사악한 손에 넘겨주도록 만드는 것이 그의 목표였어요. 나를 앞갑판에서부터 선미루 갑판까지 강간할 수 있도록 말이에요!"

수잔이 증언대 위에 올라가자 음탕한 말들을 던지며 맞이했던 관중들도 이제는 그녀의 불행에 대해 동정하는 분위기가 역력했다. 그들은 그녀가 자신의 보호자를 타락시키려는 아버지의 시도가 실패로 끝났고 그 결과 그는 스퍼던스와 노역 계약을 맺을 수밖에 없게 되었다고 증언하자 다행이라는 등 안도의 말을 중얼거렸다.

그녀가 단언했다. "여기 있는 벤이 그를 받아 준 것은 단지 나에 대한 호의에서였어요. 그리고 결국 저 때문에 손해 보는 장사를 한 셈이 되었죠. 왜냐하면 나의 아버지는 그의 호의를 철저히 비웃었으니까요. 아버지는 내가 염려했던 것보다 훨씬 더 게으르고 어처구니없는 거짓말쟁이임이 밝혀졌어요. 스퍼던스 씨가 그에게 1과 2분의 1에이커를 준 것은 순전히 기독교적 자비심에서였어요. 왜냐하면 스퍼던스 씨는 그에게 선박 정비공의 방귀만큼도 빚진 게 없었으니까요. 그는 나의 아버지예요. 내겐 정말 불행한 일이죠. 하지만 저 악당이 말뚝에 묶이고 그의 가증스러운 몸뚱어리에 채찍이 닿을 때마다 그의 추잡함이 떨어져 나오는 광경을 본다면 나는 정말 기쁠 거예요!"

판사는 수잔에게 따뜻한 격려의 말을 건넸다. 그리고 더 이상 부산 떨 것 없이 믿을 수 없는 배심원들을 퇴장시킨 뒤, 자신이 직접 원고가 거짓말과 게으름의 죄가 있음을 선언하겠다고 선포했다. 그러나 그가 공식적인 판결을 내리기 전에 수잔의 증언 후반부에 이르러 용수철처럼 튀어 일어나 분노로 몸을 떨던 에브니저가 풀로 덮인 둑에서 똑바로 서서 큰 소리로 외쳤다. "잠깐! 나는 이 부당한 소송을 멈출 것을 요구하오!"

수잔이 숨을 헐떡이며 고개를 돌렸다. 군중이 야유를 퍼붓고 잔가지를 던졌다. 하지만 판사는 더 크게 고함을 치며 의사봉을 두드렸다.

"정숙! 정숙! 빌어먹을! 도대체 당신은 누구요? 그리고 어째서 본 법정이 정의를 집행하는 것을 막는 거요?"

잔가지를 피하기 위해 몸을 돌리는 순간 에브니저는, 원형 극장 꼭대기 가장자리 주변에서 자신을 향해 달려오면서 다급하게 조용히 하라고 신호를 보내는 벌링검의 모습을 보았다. 하지만 계관시인의 분노는 그렇게 가볍게 가라앉을 수 있는 것이 아니었다. 사실 그는 자신의 전임 가정교사를 청중들 가운데서 보았을 때, 현재의 상황이 얼마 전 벌링검과 논쟁했던 주제와 연관이 있다는 사실이 생각났고 그것이 그의 말하고자 하는 열망을 더욱더 부추겼다.

"재판장님, 저는 에브니저 쿠크입니다. 찰스 볼티모어 경이 임명한 이 주의 계관시인이죠. 저는 방금 전 판결을 격렬하게 반대합니다. 그것은 정의를 우스꽝스럽게 만드는 처사일 뿐만 아니라 메릴랜드 법의 정당한 수호에도 커다란 오점이 될 것이기 때문입니다."

"옳소!" 청중의 일부가 외쳤다. 하지만 다른 사람들은 "저 구교도를 쫓아내라!"라고 소리쳤다. 에브니저는 자신이 결국 그 말을 입 밖에 내자 전속력으로 달려오던 벌링검이 갑자기 멈춰 서서 한 손으로 이마를 두드리더니 어깨를 으쓱하고 마침 우연히 멈춰 선 곳에 앉는 것을 보았다.

판사가 콧방귀를 뀌었다. "오, 저런, '그렇게' 나쁘진 않았는데." 그는 대범하게 회중에게 한쪽 눈을 찡긋했다. "그것은 벤 스퍼던스가 용인할 수 있는 최고의 판결이었는데 말이오."

파랗게 질린 벌링검의 모습에 계관시인은 다소 자신감을 잃었다. 하지만 발을 빼기에는 이제 너무 늦은 상황이었다. 불

확실성이 그의 목소리에 새로운 분노를 집어넣었다.

"당신은 지금 당신이 누구를 조롱하고 있는지 모르고 있소! 당신보다 더 거대하고 사악한 비겁자들도 휴디브라스풍의 신랄한 독침을 맞았고 결국 몰락하고 말았소! 당신은 이 불공정한 사례를 하늘의 자비로 곧장 고쳐 주기를 바라는 저 불쌍한 원고에게 정의를 돌려주고, 피고와 저 신의 없는 매춘부 증인으로 하여금 남을 근거 없이 중상한 죄로 고통을 겪도록 만드시겠소, 아니면 당신 스스로 계관시인의 분노와 함께 성난 대중의 분노를 온몸으로 맞겠소?"

그사이 스퍼던스는 얼굴이 창백해지더니 이 마지막 도발적인 질문이 이루어지는 동안 낮은 목소리로 웅성거리는 군중을 뒤로하고 판사석으로 가서는 판사의 귀에 무슨 말인가를 속삭였다.

판사가 스퍼던스에게 맹세했다. "나는 그가 누구인지 땜장이의 똥만큼도 신경 쓰지 않아! 이곳은 나의 법정이오. 그리고 나는 그것을 정직하게 관장할 거요. 상응하는 대가를 지불하지 않고는 어느 누구도 판결을 얻을 수 없어!"

시인이 군중의 웃음소리 너머로 외쳤다. "그렇다면 할 수 없지! 만약 이 주의 정의가 당분간 그녀[46]를 산 사람에게 속한다면 지금 즉시 나는 그 매춘부의 요금을 치르겠소." 그는 수잔을 의미심장하게 노려보았다. "이 사악한 스퍼던스가 당신을 무엇으로 매수했는지는 모르지만 나는 판결과 선고 모두

---

46) 정의의 여신을 가리킨다. '정의'를 여성으로 받는다.

를 내리는 특권을 얻는 대신 그것의 반을 더 올려서 주겠소."

판사가 말했다. "연초 90킬로그램이요."

계관시인이 대답했다. "그렇다면 135킬로그램을 주겠소."

스퍼던스가 놀라서 외쳤다. "이의 있습니다!"

수잔이 노래하듯 되풀이했다. "그리고 저도요!" 그녀의 겁에 질린 표정을 보자 시인의 입가에 자랑스러운 미소가 떠올랐다. 이때 마치 세 번째로 이의 신청을 덧붙이려는 듯 윌리엄 스미스가 자리에서 일어났다. 하지만 검은 옷을 입은 그의 키 작은 변호사가 재빨리 그를 제지했고 그의 귀에 무언가를 속삭였다.

판사가 날카롭게 말했다. "이의는 기각되었소. 이 사건은 당신의 손에 달려 있소, 시인 나리. 하지만 생명이나 사지를 빼앗는 것은 허락되지 않는다는 것을 명심하시오."

피고와 수잔은 사건이 진행되는 양상에 정신을 잃을 정도로 놀란 듯했다. 그것은 벌링검도 마찬가지였다. 그는 판사의 판결에 벌떡 일어나 다시 한번 에브니저 쪽으로 급히 달려왔다. 하지만 그는 여전히 몇십 미터나 떨어져 있었고 그래서 계관시인은 방해받지 않고 앞으로 나아갈 수 있었다.

그가 입을 열었다. "나 역시 처벌을 바라지는 않소. 내가 원하는 것은 정의요. 스퍼던스는 원고에게 어떤 신체적인 상해도 입히지 않았던 것으로 보이므로 스퍼던스 역시 신체적인 상해는 입지 않을 것이오. 사실 이것은 땅의 양도 문제요. 그리고 나는 죄의 본질에 따라 그에 상응하는 벌을 내릴 것이오. 나는 피고가 기소된 그대로 유죄라고 판결하오. 그리고 나는 원고가 현재 보유하고 있는 1과 2분의 1에이커의 땅을 제외하고 그가 응당 받아야 할 20에이커뿐만 아니라 그 땅의 소출량에 상당하는 모든 재산상의 손실을 보상받아야 한다고 선고하는 바이오. 바꿔 말하면 피고는 그가 그렇듯 포기하기를 꺼려했던 약간의 수입을 갖게 될 것이고, 원고는 그 수입을 내는 수확물을 소유하게 될 것이오! 수잔 워렌 양에 관해서는, 이 법정에서는 재판 당사자가 아닌 사람들에게도 선고를 내리는 것이 전혀 드문 일은 아닌 모양이니까 나는 그녀를 사기, 중상, 명예 훼손, 매춘 그리고 자식으로서의 비정함의 죄가 있다고 판단합니다. 그리고 그녀는 그녀의 미첼 선장에 대한 노역 계약의 합법성에 대한 심리가 이루어지는 동안, 원고인 아버지의 보호 아래 남아 있어야 한다고 판결하는 바이오. 더 나아가 가능한 한 빨리 그녀의 아버지는 그녀를 위해 적합한 상대를 골라 짝을 지어 줌으로써 결혼이라는 굴레 아래 그녀가 스스로 도덕적이고 경건하게 사는 법을 배울 수 있도록 해야 하오. 이러한 구속과 위약금과 판결들은 이 주 안에 집행되어야 하고 만약 이를 어길 시에는 형벌이 늘어나고 구속될 것이오!"

안마당 맞은편에서 거의 신경질에 가까운 조롱하는 듯한 웃음소리가 들려왔다. 그리고 벌링검, 스퍼딘스 그리고 수잔 워렌이 동시에 모두 고함을 쳤다. 하지만 판사는 "법정은 그렇게 판결하겠소."라고 말하며 의사봉으로 탁자를 두드렸다. "그리고 한마디만 덧붙이자면 선생, 내가 판사석에 앉았던 세월 동안 이렇게 어리석은 관대함은 본 적이 없소!"

에브니저가 허리를 굽혀 절했다. "고맙습니다. 하지만 선고의 관대함보다 그것의 정당함으로 칭찬받는 것이 더 나을 겁니다. 다른 사람의 재산을 가지고 후하게 구는 거야 쉬운 일이지요."

판사는 그에 대해 뭐라고 답변했지만 군중의 떠들썩한 소리에 묻혀 버렸다. 그들은 이제 에브니저를 자신들의 어깨 위에 올리더니 선술집을 향해 길을 따라 내려갔다.

시인이 누구에게라고 할 것도 없이 말했다. "당신들이 예우해 주어야 할 대상은 내가 아니라 눈먼 정의의 여신이오." 그러면서 다음과 같이 덧붙였다. "그러나 내가 내 지위의 위엄에 반소경이 되지 않고 마침내 사람들 사이에 있는 것을 발견하니 기쁘군요. 이곳 케임브리지에 대한 나의 존경심은 완전히 회복되었소."

아닌 게 아니라 군중들 가운데 쉽게 감동을 받는 사람들 사이에서는 성자 운운하는 소리까지 들려왔다. 그에게 키스를 받기 위해 어린 아기를 들어 올리는 어머니도 있었다. 하지만 계관시인은 겸손하게 그 부인을 물리쳤다. 그는 이 승리에 대한 벌링검의 반응을 감상하기 위해 고개를 돌려 그를 찾아보았지만 그는 보이지 않았다.

그들이 도착했을 때, 방금 전까지 원고였던 윌리엄 스미스가 이미 여인숙에 와 있었다. 그는 자신의 은인을 보자 모두를 위해 맥주를 주문했다.

그가 에브니저를 포옹하며 외쳤다. "당신에게 어떻게 감사드려야 할지 모르겠소. 장담하건대 당신은 메릴랜드주에서 가장 기독교인다운 사람이오."

계관시인이 대답했다. "쯧, 자, 나는 그저 그들이 당신을 속이지 않길 바랄 뿐입니다."

스미스가 동의했다. "나 역시 그 점을 염려하고 있소." 그리고 셔츠 속에서 서류 한 장을 꺼냈다. "나의 변호사가 방금 이 서류를 작성했소이다. 당신이 여기에 서명만 해 주시면 어느 법정에서든 당신의 판결을 보증할 거요."

에브니저가 호탕하게 웃으며 대답했다. "그렇다면 빨리 해치우고 맥주나 마십시다." 그는 바텐더로부터 깃펜과 잉크를 받아서 그 서류에 화려한 필체로 서명한 후 스미스에게 돌려주었다. 그는 지금 이곳에 벌링검과 안나 그리고 그의 런던 친구들이 있어 자신의 삶에서 가장 영광스러운 순간을 목격할 수 있다면 얼마나 좋을까 하고 생각했다.

스미스가 맥주를 가득 채운 그의 잔을 들고 건배를 제의하며 말했다. "자, 이제 도싯 카운티를 빛낸 가장 위대한 신사인 우리의 계관시인 쿠크 나리를 위해!"

다른 사람들이 외쳤다. "옳소!"

에브니저가 공손하게 답례했다. "그리고 지금까지의 모든 시련에 대해 이제 막 보답을 받은 스미스 씨를 위해!"

"옳소!"

누군가가 군중 속에서 소리쳤다. "이번엔 요란스럽게 화장을 한 그의 딸을 위해. 하늘이 우리를 그녀로부터 보호하기를."

수잔이 언급되자 당황한 계관시인이 끼어들었다. "아니오. 차라리 정의를 위해, 정의와 시와 메릴랜드를 위해, 그리고 여러분이 괜찮다면 나의 목적지인 몰든을 위해!"

스미스가 지지했다. "그래요, 몰든을 위해. 알아 두시오. 일단 내가 그 악당 스퍼던스를 제거한 이상, 당신은 언제든지 그곳을 방문해도 좋소. 얼마를 머물든지 간에 나는 당신이 나의 영광스러운 손님이 되는 것을 환영하오." 그가 웃으며 한쪽 눈을 찡긋했다. "맹세코, 선생, 만약 캘버트 경의 가짜 위임장만으론 밥벌이가 되지 않는다면 내가 당신을 고용하여 스퍼던스 대신 몰든을 관리하게 하겠소. 당신은 그 인간보다 더 형편없는 관리인이 되지는 않겠지. 그는 당신이 아무것도 모르는 사이에 당신의 눈을 속였거든."

에브니저는 갑작스러운 공포감에 얼굴을 찌푸렸다. "선생, 나는 당신이 무슨 말을 하는지 조금도 알아들을 수가 없소!"

"아, 글쎄, 그런 건 이젠 상관없소, 젊은이." 스미스가 히죽 웃으며 바텐더로부터 새 잔을 받았다. "많은 진실이 알지 못하는 사이에 발언되고 많은 잘못이 우연에 의해 바로잡히지. 몰든을 위해!" 그는 군중에게 말했다. 그리고 분명 계관시인을 겨냥하고 계속해서 말을 이었다. "이제 그것은 권리상 나의 것이고 나는 그것을 벤 스퍼던스가 감히 엄두도 못 냈던 방식으로 경영할 거요!"

사람들이 모두 외쳤다. "옳소, 옳소, 옳소!" 그들 가운데 대부분은 맥주와 열광을 너무나 깊이 그리고 단숨에 들이켠 나머지 영광의 손님이 톱밥이 깔린 바닥 위에 기절해 넘어지는 모습을 미처 보지 못했다.

28 계관시인이 아담이라면 벌링검은 뱀이다

정신이 들자, 에브니저는 선술집 한쪽 구석에 놓인 벤치 위에 누워 있는 자신을 발견했다. 그의 발은 나무상자 위에 올려져 있었고, 이마에는 젖은 천이 올려져 있었다. 순간 자신이 기절했던 이유를 기억해 낸 그는 다시 정신이 아득해지는 것을 느꼈다. 그는 눈을 질끈 감았다. 하루아침에 재산을 날린 자신의 어리석음에 대한 군중의 조소와 스스로 느끼는 부끄러움을 대면하느니 차라리 지금 누워 있는 곳에서 그대로 죽어 버리고 싶었다. 마침내 조심스레 눈을 떠서 주위를 둘러보니, 가장 가까운 테이블에서 담배를 물고 술꾼들을 바라보며 앉아 있는 헨리 벌링검이 시야에 들어왔다.

시인이 비탄에 잠긴 목소리로 그의 이름을 불렀다. "헨리!"

벌링검이 즉시 몸을 돌렸다. "헨리가 아냐, 에벤. 내 이름은 팀 미첼이야. 와 보니 자네가 바닥에 누워 있더군."

에브니저는 일어나 앉으며 고개를 저었다. "아, 주여, 헨리, 내가 무슨 일을 저지른 거죠? 그것도 눈앞에서 당신의 경고를 무시하고!"

벌링검이 미소를 지었다. "순수하게 정의를 집행한 거라고 말해야겠지."

"제발 비꼬지 말아요!" 그가 얼굴을 손에 묻었다. "그냥 런던에 있었다면 얼마나 좋을까요!"

"앤드루가 자네에게 법적 대리인의 권한도 넘겨주었나? 만약 그러지 않았다면, 자네에겐 몰든을 선물할 권리가 없어."

에브니저가 대답했다. "안 그랬다면 얼마나 좋겠어요. 하지만 나는 그 권한도 받았어요. 내 재산과 전 유산을 그 통 수선공 도둑놈에게 서명 하나로 넘긴 거라고요!"

벌링검이 파이프를 빼며 말했다. "그건 바보 같은 양도였어. 하지만 이미 일은 벌어졌네. 그래, 나처럼 가난뱅이가 된 기분이 어떤가?"

에브니저는 선뜻 대답을 할 수가 없었다. 그의 눈에서 눈물이 솟아났다. 그는 고개를 숙이며 힘없이 말했다. "그것의 반은 안나의 지참금이기도 해요. 플럼트리가(街)에 있는 집의 내 몫을 그 애에게 양도하고 용서를 빌어야겠어요. 하지만 아버지는 뭐라고 말씀하실까요?"

벌링검이 말했다. "잠깐, 기다려. 병자가 확실히 죽지도 않았는데 장례식 연설부터 할 필요는 없어. 우리가 이 윌리엄 스미스에 대해 알고 있는 게 뭐지? 그자는 자네가 기절해서 쓰러진 사이에 사라져 버렸더군."

"그는 악당이에요. 그렇지 않고서야 나의 순진함을 이용했을 리가 없죠."

"자네도 곧 알게 되겠지만, 그건 그가 그저 인간이라는 걸 증명할 뿐이야. 자네는 그가 우리가 찾던 윌리엄 스미스라고 생각하나?"

"일개 통 수선공이 그럴 리가요. 나는 미첼의 집에 있을 때 수잔으로부터 그의 내력에 대해 들었다고요."

순간 벌링검은 얼굴을 찌푸렸다. "그에겐 그 이상의 무언가가 있어. 그녀도 마찬가지고. 하지만 그게 뭔지는 신만이 아시겠지. 모사꾼은 모사꾼을 알아보는 법이야. 어쩌면 그는 우리 쪽 사람, 즉 볼티모어 경의 비밀 첩자일 수도 있어."

에브니저가 우울하게 말했다. "그가 이 주의 총독이라 한들 무슨 소용이 있겠어요? 어쨌든 몰든은 이제 그에게 넘어갔는데요."

"그래, 그럴지도 몰라, 그럴지도 모르지. 하지만 혹시 그가 우리의 임무를 알게 되면 좀 더 말이 통할지도 몰라."

에브니저의 얼굴이 곧 밝아졌다. "세상에, 헨리, 그럴 수도 있을까요?"

벌링검이 어깨를 으쓱했다. "이 세상에 불가능한 일은 없다네. 내게 맡겨. 그러면 내가 할 수 있는 일이 무엇인지 알아보겠네. 자네는 당분간 수중에 땡전 한 푼 없다고 생각하는 게 나을 거야. 실제로 그럴지도 모르고. 그리고 우리의 희망에 대해서는 아무 말도 하지 말게. 대부분의 남자들이 그렇게 하듯이, 자네 역시 재산을 잃은 억울함을 술로 푸는 척하라고."

이때쯤 술집의 다른 손님들이 정신을 차린 계관시인을 보았다. 그들은 그를 조롱하기는커녕, 그에게 술을 사겠다고 초대했다.

그가 벌링검에게 물었다. "그들은 아직 내가 전 재산을 잃은 사실을 모르나요?"

"아니, 알고 있어. 몇몇은 처음부터 알고 있었지. 나중에야 그것이 자네의 의도가 아니었다는 걸 알았지만 말야."

"나를 얼마나 멍청이라고 생각할까요!"

벌링검은 다시 어깨를 으쓱했다. "성자는 안 되지만 인간 이상이라고는 생각하겠지. 자네는 그들에게도 은혜를 베푸는 게 좋을 거야, 그렇게 생각하지 않나?"

에브니저는 벤치에서 일어나다가, 다시 절망감에 빠져 주저앉고 말했다. "아뇨, 맙소사, 지금 몰든이 날아가게 생긴 판에 내가 어떻게 술이나 먹고 돌아다닐 수 있겠어요? 내가 의지해야 하는 건 맥주 잔이 아니라 권총이라고요!"

그의 친구가 대답했다. "자네의 상실에는 교훈이 있어. 하지만 그것을 가르쳐 줄 사람은 내가 아닐세." 그는 의자에서 일어났다. "자, 이제 자네는 나와 마찬가지로 땅이 없어. 내 말대로 술에 취해 보겠나?"

시인은 여전히 주저했다. "나는 열과 약, 그리고 꿈도 두렵지만 술 역시 두려워요. 그것들은 인간의 지각을 마비시키죠. 인간은 좋건 나쁘건 세상을 있는 그대로 봐야 해요."

"자네는 아직 그런 혜택을 누려 본 적이 없는 것 같은데. 오늘 저녁에 그것을 기대해 보는 건 어때?"

에브니저가 볼멘소리로 항의했다. "너무해요! 내 말은, 이전에 한 번도 취해 본 적이 없다는 뜻일 뿐이었어요."

헨리가 쏘아붙였다. "그리고 갈 곳 없는 가난뱅이가 된 적도 없었지. 뭐, 자네가 원하는 대로 하라고." 그는 에브니저에게서 등을 돌리고, 혼자서 바(bar)로 갔다. 다른 단골 손님들이 그를 친숙하게 팀 미첼이라고 부르며 환영했다. 그리고 걱정 때문에 술 마시길 거부했던 에브니저 역시 곧 그 자리에 합류했다. 자신이 당한 일이 맨 정신으로 대면하기에는 너무도 엄청난 사건이기도 했지만, 사실 그는 몸이 상당히 좋지 않았다.

암말의 방귀 냄새를 맡은 일이나, 헨리가 스미스 신부를 거칠게 다루는 것을 보고 놀란 탓인지, 아니면 (가장 가능성이 높은) 식민지에 처음 도착한 사람들이 으레 겪는 풍토병 때문인지는 모르지만, 그의 위장은 아침부터 편하지가 않았다. 풍토병은 그의 어머니의 목숨도 앗아 가지 않았던가. 오후가 되면서 이마에 열도 느껴졌다.

그가 다가오자 경작자 한 사람이 외쳤다. "안녕하쇼! 여기 예수처럼 자비로운 우리의 계관시인이 오시는군!" 그의 어조에는 악의라곤 전혀 없었다. 다른 사람들도 그에게 앞다투어 인사를 했다. 그들은 그에게 자리를 만들어 주었고, 새로운 친구에게 즉시 공짜 럼주를 내주지 않으면 모두 그 자리를 떠나겠다고 바텐더를 협박하기까지 했다.

그들의 친절에 시인의 눈시울이 젖어 들었다. 그는 다소 어렵게 말문을 열었다. "당신들 눈앞에 있는 사람은 제대로 된 계관시인이라고 할 수 없습니다. 아니, 차라리 바보 중의 바보라고 해야겠죠. 그런데도 여러분들은 저를 지각 있는 인간이라도 대하듯 친절하게 대해 주시는군요. 나는 그것을 잊지 않겠습니다."

그의 첫마디에 흥미를 드러내며 올려다보던 벌링검은 마지막에 가서는 실망한 듯한 표정을 지었다.

누군가가 대답했다. "어리석은 행동 한 번 했다고 바보가 되는 건 아니지."

다른 사람이 말했다. "그것은 고귀하게 어리석은 증여였소. 그리고 그 대신 당신은 고귀하게 비참해졌지. 내 생각엔 피장

파장이오."

에브니저가 럼주를 단숨에 비우고 다른 잔을 받았다. "가진 재산을 다 잃고 그것으로 눈곱만큼 현명해진 걸 가지고요?" 그는 고개를 저었다. "내 생각엔 전혀 좋은 거래가 아닌 것 같은데요."

벌링검이 티모시 미첼의 말투로 말했다. "그게 다 세상 돌아가는 이치야. 제때 대학을 다니지 않으면, 삶이라는 대학에 치러야 하는 학비는 아주 비싸다네. 게다가 자네는 존경받을 만한 위치에 있어."

계관시인이 자조적인 목소리로 말했다. "존경받을 만하다고요! 당신의 말이 내가 이 세상 최초의 바보는 아니라는 의미라면, 동의하겠어요. 하지만 뭐가 존경받을 만하다는 건지 모르겠군요!"

"잔을 비우게. 그러면 내가 설명해 주지." 그의 가정교사는 미소를 지었다. 그리고 에브니저가 잔을 비우자 다음과 같이 말했다. "자네의 운명이 바로 인간의 운명이 아니고 무엇이겠는가?"

에브니저가 끼어들었다. "럼주 때문에 정신이 없어서 그런지는 몰라도, 당신의 말에서 어떤 의미도 어떤 압운도 알아차리지 못하겠는데요." 그는 이 말을 트림으로 끝냈고, 새로운 친구들은 이런 모습을 재미있다는 듯 바라보았다. 그는 술을 한 잔 더 청했다.

헨리의 말은 계속되었다. "내 말은 자네가 아담의 이야기를 재연하고 있다는 거야. 자네는 자신의 순수함을 중시하지.

그리고 바로 그 때문에 자네의 지상 낙원을 잃어버렸어. 아니, 비유를 좀 더 심화시켜 보겠네. 자네는 모험으로 인해 집을 날렸을 뿐만 아니라, 아담처럼 최초로 배 속 가득히 지식과 경험을 갖게 되었어. 자네는 더 이상 손쉽게 배를 채울 수가 없네. 앞으로는 죄의 결과인 땀으로 벌어먹게 될 거야. 대부분의 사람들이 그렇듯이 말일세. 내가 아는 한, 자네의 아버지는 이 기회를 놓치지 않고 자네를 에덴동산에서 쫓아낼 거고!"

이 비유를 듣고 에브니저는 그리 진심에서 우러난 것은 아니었지만 다른 사람들과 마찬가지로 기꺼이 웃었다. 그리고 잔을 손에 든 채 대답했다. "그러한 기발한 비유는 혈기 넘치는 말과 같아서, 기술적으로 타지 않으면 기수를 멀리 내동댕이칠 거예요."

"왜, 마음에 안 드나?"

"그게 아니라 문제는…… 이봐요, 거기!" 이의를 제기하기 위해 움직이다가 에브니저는 셔츠 위에 많은 양의 럼주를 쏟았다. "이런! 아까운 술을 낭비하다니! 선생, 다시 채워 주세요. 그래야 기독교도다운 도싯 사람이죠!" 다시 잔의 반을 비우고 그가 말을 계속했다. "자, 내가 무슨 말을 하고 있었죠, 친구?" 그는 자신의 흠뻑 젖은 옷을 보며 얼굴을 찌푸렸다. "물이 쏟아진[47] 방식으로 볼 때, 어떤 거대한 생각이 진통 중에 있었던 것 같은데. 가령 '인간은 실수하게 마련이다.(*Errare*

---

47) 산모가 진통할 때 양수가 터지는 것에 빗댄 표현이다.

humanum ést.)'라든지 '하늘이 무너져도 정의는 세워라.(*Fiat justitia ruat caelum.*)' 같은 거요."

기분이 좋아진 손님들 가운데 한 명이 말했다. "말[馬]과 관계 있는 이야기였소!"

"말이라고요!"

다른 사람이 웃으며 대답했다. "그래, 자네는 여기 있는 팀 미첼과 논쟁 중이었네."

에브니저가 말했다. "그렇다면 그 쇠약한 말이 이미 숨이 찬 상태이기를 하늘에 기도해야겠군요. 지난번 재치 경쟁 후엔 구역질로 고생 좀 했거든!"

벌링검을 제외하고는 어느 누구도 이 말을 제대로 이해하지 못했지만, 경작자들은 유쾌하게 웃었다. 그들은 이제 서로 앞을 다투어 계관시인에게 술을 샀다.

한 사람이 말했다. "자네는 팀 나리의 비유에 불만을 제기하고 있었다네."

"그랬나요? 그렇다면 얼마든지 그러라고 하세요. 카드놀이를 할 줄 모르는 사람들도 카드를 모을 수 있듯이, 시인이 아닌 사람도 압운을 맞출 수 있으니까. 이렇게 말해도 될지 모르겠지만, 좋은 압운이 뮤즈의 속바지 위에 놓인 자수 장식이라면 비유는 바로 그것의 씨실이자 날실이죠."

벌링검이 말했다. "자넨 오늘 밤이 가기 전까지 그런 비유를 결코 생각해 내지 못할 거야." 그는 그다지 기분이 좋아 보이지 않았다.

에브니저가 외쳤다. "나는 지금이라도 말할 수 있어요!" 사람들은·미소를 지으며, 먼저 잔부터 완전히 비우라고 그를 재촉했다.

"문제는 나를 아담에 비유했다는 거예요." 그는 입가를 소매로 훔치고는 팔꿈치를 바의 움푹 패인 곳에 기댔다. "내 친구 티모시는 아담이 죄인이라는 것, 그리고 그의 원죄는 지식과 경험이라는 사실을 잊은 것 같군요. 죄악의 근원인 선악과를 베어 물기 전, 아담은 경험에서 배운 것도 없고 죽음도 몰랐던 다른 짐승들처럼 영생을 보장받았어요. 그런데 일단 지식의 과수원에서 과실을 배불리 먹고 난 후에는 절망의 가슴앓이로 신음하고, 죽음의 검은 그림자 속에서 좁은 길을 더듬어 나가야 하는 벌을 받게 되었죠."

벌링검이 어깨를 으쓱했다. "그것은 내가……."

계관시인이 그의 말을 막았다. "잠깐만요. 내 말 아직 안 끝났어요!" 에브니저에게 술을 마시라고 권했던 것은 바로 벌링검 자신이었지만, 그는 이제 분명 에브니저의 주정 섞인 달변을 성가셔하는 듯 보였다. 그는 자신의 잔으로 고개를 돌렸고, 손님들은 다 이해한다는 듯 재미있어하며 서로를 팔꿈치로 찔러 댔다.

에브니저가 단언했다. "당신의 성급한 비유가 간과한 것은, 아버지 아담이 깨물어 먹은 사과의 유형이에요. 모든 것의 뿌리이자 줄기인 것은 어떤 지식이죠, 티미? 도대체 어떤 사악한 경험이 인간에게 죽음의 씨앗을 뿌릴까요? 정말이지, 어떻게 그것이 당신의 마음속을 비껴갈 수 있는 거죠? 당신 자신이 그런 씨로 가득 차 있고 온 세상의 밭고랑이란 밭고랑에 그것들을 뿌렸을 텐데요. 이봐요 팀, 인간을 타락시킨 건 바로 육욕에 대한 지식, 육체의 경험이에요! 설사 내가 아담이라 해도 내게는 이브가 없어요. 그리고 이브가 없는 아담은 영원히 죽지도 않고 타락하지도 않는 법이죠. 요컨대, 선생, 나는 재산은 잃었지만 나 자신은 잃지 않았어요. 그리고 그걸로 된 거고요!"

벌링검이 낮게 으르렁거렸다. "자네 혀가 너무 막 나가는데."

시인이 외쳤다. "이 사람을 보세요, 도싯의 시민 여러분!" 그리고 한 손으로 럼주 잔을 다시 비우는 동안, 다른 손으로 얼마간 벌링검을 가리켰다. "에케 시그눔! 피넴 레스피스!(*Ecce signum! Finem respice!*, 자, 증거가 나왔다! 결말을 생각하라!) 만약 성경에서 말한 대로 지식이 죄이자 죽음이라면, 육체의 파우스트가 여기 서 있네요. 루시퍼 그 자체인 인물이요!"

누군가가 경고했다. "아냐, 시인, 도를 넘어서고 있어. 자네가 매도하고 있는 대상은 힘없는 퀘이커 교도가 아니라네." 다른 몇몇 사람들도 불안한 듯 그의 말에 동조했다. 일부는 심지어 근처의 탁자로 조용히 자리를 이동하기도 했다. 그곳에서 현재 상황에 연루되지 않고 지켜보기 위해서였다.

그들의 태도 변화를 인지했든 안 했든, 에브니저는 굴하지 않고 계속 말을 이었다. "당신들이 지금 보고 있는 이 사람은 옥스퍼드 대학의 교수들보다 더 아는 것이 많답니다. 그리고 육체에 관한 지식에 있어선 아레티노보다 한수 위예요! 그와 비교하면 데카르트도 돌대가리이고, 발렌슈타인[48]은 젖먹

---

48) 알브레히트 벤첼 오이제비우스 폰 발렌슈타인(Abrecht Wenzel

이이며, 라블레는 그저 점잔 빼는 청교도에 불과하죠. 혼돈의
잿빛 색깔을 입고 있는 그의 볼을 좀 보세요! 인류의 역사에
의해 깊게 파인 그의 이마를 좀 보시라고요!"

누군가 그에게 달래듯 말했다. "제발 그만 하지!"

"그의 눈을 보세요, 여러분! 인간의 비틀린 마음이 언제나
꿈꿨던 모든 불경한 행동들을 책을 통해 습득하고, 또한 그것
들이 직접 육체적으로 행해지는 것을 보아 온 이 두 눈을요!
오, 특히 저 눈을 보세요! 여기를 돌아봐요, 헨리 …… 아니,
내 말은, 티모시! 우리를 위해 돌아보세요, 티미. 그리고 그 눈
으로 우리를 오싹하게 해 주세요! 그들은 뱀처럼 차갑고, 오래
되었습니다, 친구들. 정말로, 정말로, 그들은 에덴동산에 나타
난 그 뱀의 눈이라고요! 그것은 선악과나무 위에서 똬리를 틀
고 있다가 그 깜박임 없는 눈으로 인류 최초의 여인을 매혹시
켰죠!"

벌링검이 경고했다. "혀를 함부로 놀리지 않는 게 좋을 거
야. 자네는 지금 말도 안 되는 헛소리를 지껄이고 있어!"

하지만 럼주와 분노로 인해 자제력을 완전히 잃은 에브니저
는 이왕 시작한 장광설을 접으려 하지 않았다. "오, 주여, 훌륭
한 여러분, 저 눈을 보세요! 얼마나 많은 처녀들이 저 시선을
받고 힘이 빠진 후, 곧 순결을 잃게 되었을까요! 저 두 손이 얼
마나 많은 순진한 처녀들을 타락시켰을까요!"

Eusebius von Wallenstein, 1583~1634년)보헤미아의 군인이자 정치가. 30
년전쟁 때 신성로마제국 황제 페르디난트 2세의 군대 총사령관으로 활약했
으며, 황제가 등을 돌리자 반역을 꾀하다 암살당했다.

일행 중 하나가 겁에 질린 목소리로 말했다. "자네는 지금 팀 미첼에 대해 말하고 있어! 어떻게 감히 그를 그렇게 매도하는 건가?"

시인이 그의 말을 되풀이했다. "어떻게 감히 그러느냐고요?" 그의 시선은 벌링검을 떠날 줄 몰랐다. 벌링검의 표정에는 점점 더 짜증이 짙어지고 있었다. 에브니저는 눈물이 그렁그렁한 얼굴로 들고 있던 잔을 내려놓았다. "왜냐하면 그는 그 악명 높은 음흉함으로 내 마음속에 누구보다도 소중한, 상냥함과 청순함의 전형인 순결한 꽃을 홀렸고, 그녀를 차지하기 위해 갖은 더러운 방법을 시도했기 때문이에요!"

벌링검이 명령했다. "그만 해!"

"그가 나의 친구인 척하고, 나의 순결을 비웃고, 나의 욕설에도 분노하지 않는 것은 바로 그것 하나 때문이에요. 그는 여전히 자신의 사악한 목표를 추구하고 있죠. 하지만 다행히도 그의 잔재주는 열매를 맺지 못했어요. 이 꽃의 미덕은 튼튼한 줄기죠. 그리고 아직도 그의 사악한 감언에 굴복하지 않았어요. 보세요, 얼마나 진실이 그를 분노하게 하는지! 이 정욕의 화신은 그 꽃이 여전히 꺾이지 않는 것을 보면서 얼마나 초조했을까요!"

벌링검이 한숨을 쉬더니, 험악한 얼굴로 일행을 돌아보았다. "이러한 은밀한 문제들을 공공장소에서 떠들어 대고, 또 이 신사분들에게 나의 재능을 그렇게 자랑하는 게 즐거운 모양이니, 젊은이, 아무래도 나는 자네에게 이 꽃에 관해 있는 그대로의 진실을 말해야겠군."

계관시인은 다소 불안한 마음을 숨긴 채 냉소적으로 물었다. "그래서, 그게 뭐죠? 당신은 내가 그녀에 대해 알고 있는 것의 10분의 1도 몰라요."

"그에 대해서는 나도 전혀 의심하지 않네, 계관시인 나리. 하지만 자네가 그녀에 대해 말하는 것을 들으면, 이 신사분들께서는 자네의 꽃이 들장미처럼 가시가 있거나 에델바이스처럼 매우 높은 곳에 자라서 가까이하기 어렵다고 생각할 게 틀림없어. 하지만 십 년도 더 전에, 아직 꽃봉오리였던 그녀가 나를 찾아와서는 나더러 자기를 꺾어 자신의 달콤한 과즙을 맛보는 첫 번째 남자가 되어 달라고 요구했다네. 자네가 그렇게 높이 평가하는 나의 눈에 대해 말하자면, 그녀는 이 눈을 즐겁게 하기 위해 얼마나 자주 자신의 모든 꽃잎들을 펼쳤는지 몰라! 그리고 바로 이 손과 입술로 얼마나 많이 그녀를 금방이라도 미칠 것 같은 순간으로 이끌었는지……. 그래, 그래서 그녀를 쾌락으로 기절하게 만들었는지 말이야! 그녀에게 있는 작은 사마귀는 말일세, 자네는 그녀를 잘 알고 있으니, 그게 어디에 있는지는 내가 언급할 필요가 없겠지만, 그런 식으로 만지면……."

에브니저의 얼굴이 하얗게 질렸다. 그의 얼굴 표정이 갈피를 못 잡고 흔들렸다. 그가 숨을 헐떡이며 소리쳤다. "그만!"

"그리고 그녀의 정숙한 표정은, 자네는 나보다 훨씬 더 잘 알고 있겠지만, 그것이 얼마나 달콤한 성적 타락을 숨기고 있는지! 그녀가 입을 벌리지 않고도 말하는 작은 언어, 그리고 남성성을 자극하는 끝없는 기교……."

일행은 웃었고, 서로를 바라보며 눈을 굴렸다. 에브니저는 목소리가 나오지 않아 자신의 목을 꽉 잡았다. 그리고 얼굴을 바 위에 얹은 팔에 묻었다. 그는 더 이상 술을 마시지 않았지만 술기운은 여전히 그의 머리로 올라왔다. 손바닥과 이마에서는 땀이 났고, 입 안에서는 자꾸만 침이 고였다. 그리고 위장은 요동을 쳤다.

벌링검이 냉혹한 목소리로 계속했다. "이 모든 것 가운데 가장 매혹적인 놀이는 뭐, 굳이 언급할 필요도 없겠지. 다른 오락거리에 물렸을 때 그녀가 하는 놀이 말일세. 자네 그거 알고 있었나? 그녀는 '천상의 쌍둥이' 혹은 '아벨과 주멜라'라고 부르지만 나는 그것을 '고모라행 말타기'라고 부른다네."

"비열한 놈!" 에브니저가 비명을 지르듯 소리쳤다. 그리고 그의 전임 가정교사에게 달려들었다. 하지만 곧 경작자들에게 붙들렸고, 그들로부터 분노를 자제하라는 충고를 들어야 했다. 눈앞이 빙빙 돌았다. 그는 평정심을 잃고, 자신이 방금 들은 이야기를 떠올리며 발작적으로 헛구역질을 하기 시작했다. 이때 마치 다른 방에서인 것처럼 벌링검의 목소리가 들려왔다. "파이프를 채울 시간이군. 그를 데려가서 술이 깰 때까지 재우게. 전리품이니까 잘 다뤄야 해. 명심하게." 곧 두 명의 경작자가 그를 들쳐 업고 방에서 나갔다. "지금은 좀 자 둬, 나의 계관시인. 자네의 모든 상처들 속에서 나의 죄가 기억되기를!"

29 도싯의 떠돌이 창녀 메리 멍고모리가 계관시인에게 들려준 빌헬름 티크 씨의 불행한 종말

에브니저가 오랜 수면으로 럼주 기운을 없앴을 무렵, 이미 메릴랜드의 하늘은 밝아오고 있었다. 밤사이에(그날은 우연히도 9월의 마지막 날이었다.) 인디언 섬머가 특유의 가을 날씨에게 자리를 내주었는지, 아침 공기가 대단히 차가웠다. 계관시인이 잠에서 깬 것도 이빨이 딱딱 부딪치고 몸이 덜덜 떨리는 한기를 느꼈기 때문이었다.

"맙소사!" 그가 외치며, 벌떡 일어나 앉았다. 그는 옥수수 창고에 있는 자신을 발견했다. 분명 여관 뒤에 있는 마구간의 한쪽 끝에 자리 잡고 있는 장소인 듯했다. 그의 다리와 몸통은 결이 거친 옥수수 알갱이에 묻혀 있었다. 불행한 기억이 한꺼번에 밀려왔다. 그는 몰든을 영원히 잃어버렸고, 벌링검과도 분명 척을 지게 되었다. 시인은 벌링검의 충격적인 고백들이 사실은 자신에게 앙갚음을 하는 한편 술을 깨게 하기 위해 날조된 것들이라는 사실을 이제야 확실히 깨달았다.

"정말이지 난 당해도 싸!"

게다가 그의 몸 상태도 완전히 말이 아니었다. 머리는 럼주 기운으로 욱신욱신 쑤셨고, 아침 햇빛으로 인해 눈이 따가웠으며, 위장은 여전히 불편한 상태였다. 게다가 한기는 가벼운 감기 기운을 진짜 독감으로 바꿔 놓은 모양이었다. 재채기가 나오면서 오한이 들고 콧물이 흘러내렸다. 그리고 모든 관절이 여기저기 쑤시는 듯 아팠다.

"자기들의 계관시인을 참 잘도 대우하는군!" 그는 여관 주인을 혼내 준 뒤, 만약 정당한 근거를 찾을 수 있다면 고소도 불사하리라 결심했다. 결심을 실행에 옮기기 위해 몸을 움직이기 시작하고 나서야 그는 자신이 느끼는 오한의 주요 원인을 깨달았다. 그의 외투, 모자, 그리고 바지가 어디론가 사라지고 없었다. 그는 긴 양말과 속바지만을 걸친 채 누워 있었던 것이다. 지금으로서는 말을 마구간으로 끌고 오는 첫 번째 사람에게 도움을 청하는 것 외엔 당장 할 수 있는 일이 아무것도 없는 듯했다. 그는 할 수 없이 옥수수 속대 속에 구덩이를 파고, 그 안에 들어간 뒤 주변을 거친 옥수수로 감싸 바람을 막았다.

그렇게 한 시간 정도가 지나자 입에서 욕이 튀어나왔다. "이런 제기랄! 도대체 그 작자의 손님들은 어디 있는 거야?"

요셉과 마리아를 베들레헴의 마구간에 집어넣었던 사람에서부터 메릴랜드의 계관시인을 옥수수 이삭 속에서 자도록 내버려 둔 사람까지, 모든 여관 주인들을 혹평하는 시를 지으며 시간을 보낼까도 생각해 보았지만 도무지 집중이 되지 않았다. 그리고 자신이 그런 악마 같은 것을 위해서는 시 한 줄도 불러낼 수 없는 사람이라는 걸 깨닫고는 시를 지으려던 결심을 포기했다. 그는 전날 정오 이후로 아무것도 먹은 것이 없었다. 해가 뜨자 배 속에서 꼬르륵 소리가 나기 시작했다. 재채기는 점차 심해지는데, 코를 닦을 만한 것이라곤 거친 옥수수 속대밖엔 없었다. 이러다간 누군가가 자신을 구하러 오기도 전에 떨다가 죽을지도 모른다는 두려움에 사로잡혀 그는 도와 달라고 고함을 쳤다. 한참을 반복해서 불렀지만 소용이 없었다. 그런데 얼마 후 몸집이 크고 옷차림이 부스스한 중년 여자가 마침 마당 안으로 마차를 몰고 들어오다가, 그의 고함 소리에 고삐를 당겨 말을 세운 후, 마구간 쪽으로 건너왔다.

그녀가 물었다. "거기 누구예요? 대관절 무슨 일이죠?" 크고 쉰 목소리였다. 그리고 그녀의 덩치는(그녀가 서 있었던 탓에 더욱 제대로 볼 수 있었다.) 엄청나게 컸다. 그녀는 메릴랜드 어디에서나 볼 수 있는 스카치 옷감으로 만들어진 옷을 입고 있었다. 그녀의 얼굴은 적갈색에 주름 져 있었으며, 회색 머리칼은 오랫동안 방치된 찔레 잡목 숲처럼 엉켜 있었다. 그녀는 에브니저의 고함 소리에도 전혀 놀란 기색이 없었고, 오히려 즐거움을 예상하는 듯 눈을 가늘게 뜨기까지 했다. 이가 반밖에 남아 있지 않은 입가에는 이미 미소가 떠올라 있었다.

에브니저가 외쳤다. "거기 그대로 있어요! 제발 내 설명이 끝날 때까지 더는 다가오지 말아요! 나는 에브니저 쿠크입니다. 이 주의 계관시인이죠."

"설마! 아무튼 나는 메리 멍고모리죠. 한때는 도싯의 순회 창녀라고 불렸다우. 뭐, 자랑은 아니지만요. 그런데 당신은 어째서 옥수수 이삭 안에서 꾸물거리고 있는 거죠, 시인 나리? 시를 짓고 있는 건가요, 아니면 오줌을 누고 있는 건가요?"

시인이 대답했다. "내가 오줌을 눌 장소로 이런 신성한 장소를 선택한다면 신이 노하실 거요. 그리고 옥수수 이삭을 예술로 승화시키기 위해서는 나보다 더 영리한 사람이 필요할 겁니다."

여자가 킬킬대고 웃었다. "그렇다면 당신은 아마도 요상한 놀이를 하고 있나 보죠?"

"메릴랜드인들을 겪어 보니, 당신이 그렇게 생각하는 것도 무리는 아니더군요. 그러나 내가 원하는 건 그저 당신의 도움입니다."

"어머, 저런!" 메리는 재미있다는 듯 배를 잡고 웃더니 옥수수 이삭 더미로 다가왔다.

에브니저가 놀라 다급하게 외쳤다. "아뇨, 부인! 당신은 내 말을 오해했어요. 내 수중엔 동전 한 푼도 없어 당신을 살 수가 없소."

그 커다란 몸집의 여자가 말했다. "당신의 동전은 개한테나 던져 줘요. 나는 해 지기 전에는 돈을 받지 않아요. 시인이 어떻게 생겼는지 보는 것으로도 충분해요." 그녀는 유쾌하게 킬킬대며 옥수수 이삭 더미로 기어 올라왔다.

에브니저는 자신의 부끄러운 모습을 가리기 위해 필사적으로 주변의 옥수수 이삭을 긁어모으며 외쳤다. "거기 그대로 있어요! 내가 당신에게 간청하는 것은 그저 기독교적인 봉사일 뿐입니다, 부인." 그는 메리에게 자신이 처해 있는 곤경을 짧게 설명했다. 그리고 자신이 감기 몸살로 죽기 전에 즉시 입을 만한 옷가지를 찾아봐 달라고 간청했다.

그 이야기에 그녀는 상당히 즐거워했다. 그리고 다행히 이렇게 대답했다. "전혀 어려운 일이 아니군요, 젊은 양반. 분명 내 마차 안에 바지가 두 벌 정도 있을 테니까요." 그녀는 자신의 별명은 젊었을 적 장사를 하기 위해 이 농장에서 저 농장으로 마차를 타고 여행했던 전성기에 얻은 것이라고 설명했다. 나이를 먹은 후론, 먹고살기 위해 포주 노릇을 해야 했다. 그녀와 그녀가 데리고 있는 여자들은 이 카운티에 있는 모든 정착촌과 커다란 농장들을 다달이 순회했다. 일 년에 두 번, 법정이 개회할 때와 같은 큰 행사 기간에만 일정을 취소할 뿐이었다.

그녀는 마차에서 수사슴 가죽 바지 한 벌과, 같은 재료로 만든 셔츠, 그리고 인디언 가죽신을 가져와서 에브니저에게 던져 주었다.

그녀가 킬킬 웃으며 말했다. "자, 여기 있어요." 그러고는 다시 이삭 더미 위로 기어 올라왔다. "이건 검(Gum) 늪에 사는 톰 로카호미니라는 이름의 젊은 아바코 멋쟁이의 것이에요. 어젯밤 위와시 용사들의 군대가 이동해 들어오는 바람에 그는 서둘러 작별인사를 하고 떠나야 했죠. 이 옷들을 입어요."

에브니저는 그녀가 자리를 비키기를 기다리며 말했다. "어떻게 감사의 마음을 표현해야 할지 모르겠습니다. 당신은 내가 메릴랜드에서 처음으로 만난 친절한 사람이에요."

여자가 재촉했다. "서둘러요. 나는 당신같이 시마다 사랑을 노래하는 멋진 사내는 도대체 어떻게 생겼는지 보고싶어 죽겠으니까."

자신이 옷을 입을 수 있도록 자리를 비켜 달라고 그녀를 설득하는 일은 상당히 어려운 작업이었다. 정말이지 호기심을 만족시키려는 그녀의 의지가 너무도 확고해서, 유별나게 수줍어하는 그의 태도가 그녀를 더욱 즐겁게 만들지 않았다면 그의 노력은 전적으로 허사로 끝났을 것이다.

"사실을 말씀드리자면, 부인, 저는 숫총각입니다. 앞으로도 그럴 거고요. 내 기억에 어떤 여자도 나의 몸을 본 적이 없답니다."

멍고모리가 외쳤다. "어머나 세상에! 내가 그 첫 번째 여자가 될 수 있다면, 당신에게 담배 200웨이트를 지불하겠어요. 그것은 내가 데리고 있는 여자 애들 한 명의 하룻밤 화대라우!"

하지만 시인은 그녀의 제안을 거절했다. 그리고 결국 그녀는 경외감과 즐거움을 느끼며 옥수수 창고 밖으로 나갔다.

"적어도 내게 그에 관해 어느 정도는 이야기해 줄 수는 있겠죠. 나도 당신에게 한 가지 봉사를 했으니 말이에요. 혹 자연이 당신에게 인색하게 군 건 아닌가요? 그래서 당신이 부끄러워하는 건 아닌가요?"

에브니저가 단호하게 말했다. "저는 다른 남자들과 똑같은 남자입니다. 그리고 저는 당신에게 신세 진 것에 대해 대단히 감사하고 있습니다, 멍고모리 부인. 이건 그저 내 개인적인 맹세를 지키려는 것뿐입니다. 그렇지 않았다면 감사하는 마음으로 당신의 직업적인 역량을 마음껏 발휘하게 했을 겁니다."

"자, 자, 선생. 그런 허풍은 당신에게 어울리지 않아요! 당신은 다른 남자들과 마찬가지일지도 모르죠. 하지만 당신이 내 직업적인 능력에서 나와 호적수라고 생각하다니!" 그녀는 온몸을 흔들며 정신없이 웃다가 결국 힘이 다 빠졌는지 마구간의 흙바닥에 주저앉았다. "나는 한때 카운티 남부의 한 야만인을 알았고, 당신은 상상해 본 적도 없을 무시무시한 방법으로 그와 관계를 가졌어요. 그 남자야말로 나의 직업적인 역량에 걸맞은 사람이었죠! 당신도 그들이 그를 목매달았을 때 그에게 어떤 일이 벌어졌는지 들었겠죠? 글쎄요, 선생, 그들이 내 여동생을 살해한 죄목으로 그 가련한 찰리를 목매단 날…… 그날의 정경을 떠올리면 아직도 눈물이 나네요."

"잠깐만요, 멍고모리 부인, 그거 이상하군요!" 에브니저는 옷을 다 입고 옥수수 창고에서 기어 나왔다. "그 인디언 이름이 뭐라고요?"

하지만 메리는 대답을 하지 못했다. 시인의 모습을 보고 예의 그 발작적인 웃음을 다시 터뜨리고 말았기 때문이다. 그의 모습은 정말이지 가관이었다. 인디언의 옷은 그의 엄청난 키에 비해 너무 작았고, 그가 신고 있던 영국산 긴 양말과 대조되어 두 배는 더 기이하게 보였던 것이다.

에브니저는 할 수 있는 한 최대한의 위엄을 가장하며 말했다. "방금 전 찰리라고 한 것 같은데, 내가 그에 대해 전에 들은 적이 있는지 모르겠군요."

메리가 겨우 숨을 돌리고는 대답했다. "오, 모든 사람들이 찰리 마타신에 대해 알고 있어요. 그가 살해한 사람들 가운데 한 명은 나의 여동생인 일명 도싯의 순항 창녀, 케이티였죠."

"저런, 정말 이상하군요! 그놈이 당신의 여동생을 살해했는데, 당신은 그를 마치 사모하는 듯이 말하다니! 그리고 순항 창녀는 또 뭔가요? 맙소사!"

"다들 그녀를 그렇게 불렀어요. 신께서 그 애의 질투심 많은 영혼에 안식을 주시기를! 비록 그 애가 찰리의 머리를 이상하게 만들었지만, 나는 그 애에게 아무런 악감정도 없어요."

그런 다음엔 자연스럽게 여동생이 찰리 마타신의 손에 살해당한 이야기가 이어졌다. 에브니저는 벌링검의 행방을 몰라 조바심이 났지만 일단은 그녀의 이야기를 들어 보기로 동의했다. 그녀의 도움을 받았기 때문이기도 했지만, 그 살인자가 바로 토머스 신부에게 조지프 피츠모리스의 순교에 대해 말해 주었던 개심하지 않은 인디언과 동일인이라는 것을 알아차렸기 때문이다. 그는 나무상자를 끌어다 놓고 그 위에 걸터앉았다. 그리고 셔츠 소매 길이를 몸에 맞추려는 듯 의식적으로 끌어 내렸다. 메리 멍고모리는 그냥 바닥 위에 앉아 있기로 했다. 하지만 이야기를 시작하기 전에 자신의 커다란 등을 마구간 벽에 기대는 수고는 마다하지 않았다.

"자신에게 금지된 것을 얻기 위해서라면 하늘과 땅도 움직일 거라는 건 비단 고양이에게만 해당되는 이야기가 아니에요. 여자들도 마찬가지예요. 특히 사랑과 관련해서는 더욱 그렇죠. 아내가 부리는 최소한의 변덕도 들어주지 못하는 남편을 신이 도우시기를! 그는 결혼생활 이 년이 채 다하기도 전에 아내의 부정을 묵인하는 바보가 될 겁니다. 당신들 시인 가운데 한 명이 이렇게 쓴 적이 있죠.

늙은 남자가 자신의 침실을 데우기 위해 젊은 아내를 취한다면,
그는 그녀의 지참금 가운데서 불륜의 씨앗을 발견할 것이다."

에브니저가 말했다. "멋진 표현이군요. 그것이 당신의 이야기와 어떤 관련이 있는지는 모르겠지만."

"나의 여동생 케이티의 남편이 바로 그런 사람이었죠. 그래서 그녀는 그를 제거할 음모를 꾸몄어요. 하지만 제 꾀에 제가 넘어가고 말았죠." 메리는 한숨을 쉬었다. "케이티는 내게 동생이라기보다 딸 같은 아이였어요. 우리 어머니는 뉴게이트 시장 근처의 거리들을 배회했었죠. 그녀는 삼십 년간의 매춘부 생활 동안 딱 두 가지 실수를 했더랬어요. 첫 번째는 목사를 믿었던 거고, 두 번째는 의사를 믿었던 거죠."

에브니저는 자신의 은인과 같이 자비로운 사람이 그렇듯 냉소적인 태도를 보이자 놀라움을 표현했다. "당신이 믿는 사람은 아무도 없나요?"

메리가 어깨를 으쓱하고 대답했다. "그것은 당신이 무엇으로 그들을 믿느냐의 문제예요, 안 그래요? 어쨌든 나는 그들에게 아무 원한도 없어요. 여우의 공격권 안에 암탉이 있으면, 그 여우는 그 암탉을 잡아먹겠지요. 그리고 남자가 어떤 여자를 자신의 영향력 안에 두고 있으면, 그녀를 범하기 마련이고요. 어머니는 거리에서 음식을 구걸하던 배고픈 고아였어요. 열세 살이 되기도 전에, 너무도 많은 남자들이 자기를 강제로 어떻게 해 보려고 하자, 그녀는 교구목사에게 피신처를 부탁했죠. 그러자 그는 그녀를 받아들이고, 부엌의 허드렛일을 맡겼어요. 독실한 청교도였던 이 목사는 하룻저녁이 지나지 않아서 그녀를 방으로 불러들이더니, 그녀에게 마음의 미로, 원죄, 그리고 육욕의 해악에 대해 장시간의 설교를 했어요. 그는 그녀에게 남자들의 엉큼한 육체적인 수단들에 대항할 수 있는 내성을 길러 주기 위해 일련의 정신적인 단련법을 고안했지요. 그것들 가운데 하나는 그녀 앞에서 자신의 옷을 다 벗고 그녀에게 자신의 아랫도리를 마치 신성한 유물이라도 되듯이 꼭 쥐고 있게 만드는 거였어요. 그러면서 동시에 육체의 유혹에 대항하는 기도를 암송했죠. 그는 그녀의 처녀성에 대해 대단히 염려했고, 동시에 그녀의 힘과 정절을 의심했어요. 이러한 이유로 일요일 밤이 되면, 그녀는 그에게 한 주 동안 마음속을 드나든 모든 성욕에 관한 생각들을 고백해야만 했죠. 그러면 그는 그녀가 주장하는 대로 여전히 처녀막을 가지고 있는지 검사하곤 했어요."

시인이 역겹다는 듯이 말했다. "위선적이고 비열한 놈이군요!"

메리는 담담하게 이야기를 계속했다. "어쩌면 그럴지도 모르죠. 그는 놀랄 만큼 친절하고 부드러운 목사였어요. 그 교구의 자부심이었죠. 그리고 어머니를 진실로 가족처럼 대했어요. 내 생각에 그는 자신의 행동을 전혀 사악한 일이라고 여기지 않은 듯해요. 어머니가 여전히 숫처녀의 몸으로 열다섯이 되었을 무렵엔, 그가 얼마나 정욕의 불에 저항하는 수련을 시켜 댔는지, 마침내 그들은 소파 위에서 몇 시간이고 벌거벗고 앉아서 입으로는 가장 고상하고 교훈적인 문제들에 대해 이야기하면서 모든 방식의 애무를 나눌 수 있을 정도가 되었죠. 이런 행위는 그의 자부심이자 즐거움이었다고 어머니는 말했어요. 그리고 성스러운 일주일의 고결한 절정이었죠."

에브니저가 고개를 저으며 말했다. "그야말로 마음의 미로군요!"

메리가 웃으며 동의했다. "정말 그래요. 그리고 곧 그 작자는 그 안에서 길을 잃었죠! 자신이 맡은 아이가 더욱 성숙해지자, 그는 그녀의 정조를 더욱 염려하게 되었어요. 그녀는 대단히 열정적이고 뛰어난 학생이었던 데다, 자신이 그녀에게 놀랍도록 많은 것들을 가르쳤기 때문이었죠. 만약 어떤 악당이 그녀의 의지와는 상관없이 그녀를 강제로 범한다면, 그리고 성교의 즐거움이 그녀를 미덕으로부터 등돌리게 한다면 얼마나 낭비겠어요! 이러한 생각에 너무도 사로잡혀 있던 그는 다른 것에 대해서는 아무 말도 하지 않고 오직 그 얘기만 했어요. 그리고 간음에 대한 생각을 가장 혐오한다는 어머니의 거듭된 맹세에도 불구하고 결코 마음의 평정을 얻지 못했죠. 가장 호된 정신 훈련을 고안해 낼 때까지는……."

"맙소사, 말하지 말아요!"

메리가 유쾌하게 몸을 흔들며 고개를 끄덕였다. "그것은 앞선 모든 일들의 자연스러운 결론에 지나지 않아요. 어느 안식일 밤 그들은 무릎을 꿇고 기도를 했는데, 갑자기 그가 그녀의 뒤로 돌아가더니 자신의 몸으로 그녀를 사정없이 찔러 댔어요. 그녀가 비명을 지르자, 그는 그것이 그저 육체적인 열정에 족쇄를 채우기 위한 마지막 수업일 뿐이라고 설명하면서, 그녀더러는 마치 교회에서처럼 기도를 계속하라고 명령했어요. 그녀는 비록 정신적으로 무척 혼란스러웠고, 또한 처녀의 몸일지는 몰라도 아무것도 모르는 어린아이는 아니었지만, 그에게 복종하는 것이 그의 지난 모든 친절을 배신하는 것보다는 낫다고 생각했죠. 그래서 더 이상 반항하지 않았고, 그가 모종의 결과를 피하기 위한 조치를 취하기만을 바랐어요. 그리고 다시 기도를 하기 시작했죠. 그건 정말 눈 깜빡할 사이에 벌어진 일이었어요. 그는 '하늘에 계신'이라는 말에서 그녀의 처녀막을 찢어 놓았고, 그가 정말 그녀를 보호하기 위해 오난의 죄를 저지를 마음이 있었다 하더라도, 아마 그럴 시간이 없었을 거예요. 왜냐하면 '나라에 임하옵시며'에서 어머니는 나를 임신하고 말았으니까요."

"세상에!"

"기도는 더 이상 계속되지 않았어요. 왜냐하면 남자들은 성교가 끝나면 냉정을 찾기 마련이고, 냉정을 찾은 목사는 자신의 방법이 잘못되었다는 것을 깨닫고는 어머니를 내쫓았던 거죠. 그곳에서 매춘까지는 그리 멀지 않은 길이었어요. 그녀는 이미 마음의 혼란 없이 집사가 촛불 심지 자르듯 가볍게 사랑의 기교들을 발휘할 수 있도록 훈련을 받았으니까요. 내가 태어났고, 뉴게이트 골목에서 길러졌어요. 그리고 내가 열세 살이 되기도 전에 나는 나의 첫 번째 열매를 세인트앤드루 언더샤프트의 한 신사에게 2파운드를 받고 팔았죠. 그리고 그 거리들을 어머니와 함께 배회했어요. 이것이 그녀를 두 번째 실수로 이끌죠. 그 의사하고 말이에요."

에브니저가 끼어들었다. "나는 그것이 충분히 들을 만한 이야기라는 걸 믿어 의심치 않습니다만, 내 생각엔 서둘러 본론으로 들어가는 게 나을 듯싶습니다. 그렇지 않으면 당신의 말을 다 들을 시간이 없을 것 같거든요."

메리가 킬킬 웃으며 말했다. "당신이 원하는 대로 하죠. 내가 내 어머니의 첫 번째 실수의 결과였듯이, 내 여동생이 그두 번째 실수의 결과라는 것만 말해 두죠. 어머니는 그 애를 낳다가 죽었어요. 그때 내 나이 열다섯밖에 되지 않았죠. 둘이 먹고살기 위해서 나는 밤새도록 일을 해야 했어요. 하지만 나는 케이티를 내 속으로 낳은 딸처럼 길렀죠. 그리고 그녀가 곤경을 견딜 만큼은 성숙해진 한편 부자들의 시들해진 정욕을 자극시킬 수 있을 만큼은 풋풋했을 때, 런던에 머무르고 있던 스코틀랜드 백작과 처음으로 짝을 지어 주었어요 그리고 본격적인 장사를 위해 그녀를 훈련시켰죠. 식민지 농장에서 여자들에게 얼마나 비싼 가격이 매겨지는지 알고 메릴랜드로 건너와 이곳에서 자리를 잡게 된 것도 다 내 덕분이었어요. 이곳에서 우리는 수년간 부지런히 사업에 열중해서 돈을 벌었죠. 하지만 케이티는 나의 배려를 고마워하기는커녕, 언제나나를 매도하고 경멸했답니다. 그녀는 기회가 있을 때마다 귀부인 노릇을 하는 버릇이 있었죠. 그리고 나의 수고는 당연하게 여기면서, 자신이 창녀가 된 것은 내 탓이라고 비난하곤 했죠. 케이티의 마음에 차는 남자는 없었어요. 그리고 이런 까다로운 태도가 케이티의 몸값을 올린 건 사실이에요. 그녀는 틀림없이 침대에서는 꽤 순종적이었을 거예요. 하지만 가끔 변덕을 부릴 때면 자신을 사도록 남자를 유혹하고는 그의 얼굴에 화대를 던져 버리기도 했죠!

그런데 그 당시 리틀찹탱크강 유역에 빌헬름 티크라는 부유한 네덜란드인이 살았어요. 그는 공처럼 둥글고 유태인처럼 알뜰한, 유쾌한 늙은 홀아비였죠. 그는 연초 대신에 가축을 길러서 꽤 많은 돈을 마련했어요. 이 빌헬름이라는 사람에게는 윌리와 피터라는 장성한 두 아들이 있었어요. 한 사람은 동전한 잎의 가치도 없었고, 다른 하나는 방귀만큼의 가치도 없는 작자였죠. 그들이 하는 일이라곤 바베이도스 럼주를 마시거나 길이 잘 든 말을 타고 도싯을 오르락내리락하며 빈둥거리는 게 다였죠. 그들은 금발의 몸집 큰 사내들로, 둘 다 총명하기보다는 교활했어요. 자기들이 빌헬름 영감의 유일한 상속자들이라는 걸 알고 있었기 때문에, 앞으로 물려받을 유산의 일부분을 미리 탕진하며, 아버지가 죽어라 일을 하다 일찍 무덤에 가기만을 기다리고 있었던 거죠. 케이티가 이 신사들에게 인기가 있다는 소문을 들었을 때 난 그리 놀라지 않았어요. 그녀는 그들의 기질에 딱 맞아떨어졌으니까. 그 잔인하고 의뭉스러운 놈들이 네가 1페니를 손에 쥐기도 전에 네 화대를 다 마셔 없애 버릴 거라고 내가 경고했지만, 그 애는 내 충고를 전혀 귀담아듣지 않았어요. 그리고 그들이 원할 때마다 그들의 뜻대로 자신을 내맡겼죠.

내가 그 애의 진짜 계획을 알게 된 것은 그 후 일 년도 지나지 않아서예요. 사실 빌헬름 영감은 자기 아들들이 자신이 그들을 위해 했던 모든 일들을 발톱의 때만큼도 고맙게 여기지 않는 게으른 건달들이라는 걸 잘 알고 있었어요. 그리고 상당한 고민 끝에 삶의 방식을 완전히 바꾸기로 결심했던 거죠. 그는 이제 재산을 늘려 보겠다고 아등바등하며 살 것이 아니라, 죽기 전에 마음껏 즐기기로, 그리고 남은 생을 보통 남자들처럼 즐기면서 보내기로 결심했던 거예요.

　바로 이 무렵 윌리와 피터는 케이티가 자신들을 더 이상 상대하려 하지 않는다는 걸 알았어요. 돈으로 달래 봐도, 위협을 해도 모두 소용이 없었죠. 그리고 비록 지금까지도 그녀가 어떻게 용케 그 일을 해냈는지 아는 사람은 아무도 없지만, 아무튼 그녀는 한 달이 지나지 않아 빌헬름 티크 씨의 신부가 되어 있었답니다. 그가 결혼하리라고 예상했던 사람은 거의 없었어요! 그 형제들이 그 사실을 알게 된 것은 자기들 집에서 그녀가 빌헬름의 곁에 있는 모습을 보았을 때였죠. 게다가 그들의 아버지는 이렇게 말했던 거예요. '윌리, 피터, 이 작은 소녀가 너희들의 새어머니다. 우리는 서로를 진심으로 사랑한단다. 그러니 너희들은 그녀가 살아 있는 동안 너희들의 친어머니에게 하듯 그녀를 소중히 여기고 존경해야 한다.'

　그들은 케이티에게 인사를 하고 그녀의 손에 입을 맞춰야 했죠. 하지만 빌헬름이 자리를 비우자마자 그녀에게 달려들어서는 팔을 움켜쥐고 말했어요. '우리 아버지에게 무슨 짓을 했기에 그의 약한 머리가 완전히 돌아 버린 거지? 네년이 재산을 빼돌리고 우리에겐 아무것도 남기지 않을 생각인가 본데, 네가 등에 채찍 자국이 있는 유치장 출신 창녀이고, 도싯에 있는 모든 남자들과 잤다는 걸 알면 아버지가 뭐라고 할까?' 하지만 케이티는 그들의 위협에 코웃음을 쳤어요. 왜냐하면 그녀는 이미 빌헬름에게 자기는 고아이자 숫처녀인데, 자신의 무정한 언니가 매춘 일을 하지 않는다고 채찍으로 때렸다고 말해 두었기 때문이었죠. 그리고 혹시나 그들이 자신에게 해코지를 할까 봐, 미리 역으로 협박했죠. 만약 그들이 자신을 해치거나 헐뜯을 기미를 보인다면, 자기는 곧장 빌헬름에게 그들이 자신을 강간하려 했다고 고자질하겠다면서 말이에요. 그렇게 해서 그들은 자기들의 아버지가 케이티에게 홀딱 빠져서 그녀의 아주 사소한 변덕에도 장단을 맞추는 동안 조용히 분을 삭여야 했죠. 마침내 결혼식 날 밤 그녀는 내가 가르쳐 준 모든 기술을 동원하여 빌헬름 씨를 남자로 만들려고 했어요. 하지만 성과는 별로 없었죠. 왜냐하면 보카치오의 파 (leek)와는 달리……."

계관시인이 놀라 끼어들었다. "보카치오라고! 당신이 어떻게 보카치오를 다 알죠? 정말 놀라운데요!"

메리가 웃으며 말했다. "내가 지금부터 하는 말은 당신이 생각하는 것보다 훨씬 더 놀라울걸요. 나는 이렇게 말하려던 참이었죠. 흰머리와 녹색 꼬리를 가지고 있는 보카치오의 파와는 달리, 가엾은 빌헬름은 그가 닥스훈트라고 부르던 사냥개와 더욱 유사했다고요. 그놈의 꼬리는 머리보다 많이 뒤로 축 늘어져 있어서 아무리 노력해도 머리만큼 세울 수가 없었죠. 하지만 케이티는 이 수단 저 수단을 사용하여 잠시나마 그의 물건을 딱딱하게 세웠어요. 그러고는 마치 자신이 황소에게 당하는 파시파에라도 되는 양 비명을 질러 댔죠."

"세상에, 부인! 아까는 보카치오를 언급하더니 이제는 파시파에군요!"

"늙은 빌헬름은 자신이 그녀의 처녀막을 찢어 놓았다고 생각했어요. 그리고 그녀가 고통을 가장할수록, 더욱더 자부심에 벅차올랐죠. 일주일이 지나지 않아 그는 윌리와 피터에게, 자신에게 수년 만에 처음으로 기쁨을 가져다준 케이티를 위해 유서의 내용을 바꿨다고 선언했어요. 즉 자기 재산의 반은 케이티에게, 그리고 나머지는 아들들에게 분배하는 것으로요.

건달들은 참을 수가 없었죠. 특히 자신들의 아버지가 침대에서 너무 격렬하게 수고를 하느라 건강이 빠른 속도로 나빠지고 있었기 때문에 더욱 그랬어요. 그가 그 노동으로 죽는 데는 그리 오랜 시간이 걸리지 않을 터였고, 그들은 자기들 몫의 유산을 곧 탕진할 처지였기 때문이죠. 하지만 케이티 역시 교활함에 있어선 그들에게 뒤지지 않았기 때문에, 그들이 무슨 음모를 꾸미려는지 잘 알고 있었어요. 그리고 그들을 최대한 이용하기 위해 자신만의 계획을 세웠죠."

이야기가 여기까지 이르자, 내내 밝은 표정을 짓고 있던 그녀의 얼굴빛이 갑자기 어두워졌다. 그녀는 머리를 숙이고는 귀리 짚으로 땅 위에 있는 조약돌을 툭툭 쳤다.

그녀가 말했다. "찰리 마타신이 등장하는 것이 바로 이 시점이에요."

에브니저의 얼굴이 밝아졌다. "아, 그 잔인한 야만인 인디언."

메리가 날카롭게 쏘아붙였다. "잘 모르는 말씀이에요. 사실을 제대로 알기도 전에 성급하게 판단을 내리는 것이 얼마나 어리석은 일인지 지금쯤은 배웠어야 하는 거 아닌가요? 찰리 마타신은 나의 연인이었어요. 그리고 여자가 만날 수 있는 가장 훌륭한 연인이었죠."

에브니저는 얼굴을 붉히며 사과했다.

"찰리 마타신!" 그녀는 한숨을 쉬었다. 그리고 시선을 내리깔고 눈을 가늘게 떴다. "내가 어떻게 설명하면 당신이 그를 제대로 이해할 수 있을까요."

시인이 말을 꺼냈다. "나는 이미 그가 야만인 왕의 아들이라는 것을 들었어요. 그리고 영국인을 끔찍하게 싫어한다는 것도."

메리가 고개를 끄덕였다. "그는 시카멕의 아들이었어요. 그를 보았던 백인은 아무도 살아남지 못했기 때문에 그에 대해서는 알려진 바가 없죠. 그의 백성들은 스스로를 아하치후프라고 부르는 일종의 낸티코크족이었어요. 그들은 도싯 습지의 가장 황량한 지역에 떨어져 살면서 이리저리 부락을 옮겨 다니죠."

"저런! 어째서 총독은 그들을 진압하지 않죠?"

"우선 그들을 찾지 못하기 때문이죠. 게다가 그들의 수는 적어요. 그리고 오로지 자기들끼리만 살죠. 그러니 목숨이나 사지를 잃을 위험을 감수하면서까지 그들을 찾아내 죽이는 것보다는 차라리 잊어버리고 사는 게 더 쉽지 않겠어요? 이들 아하치후프족은 결코 먼저 일을 만들지는 않아요. 하지만 영국인이 그들의 손에 떨어지는 날엔, 그는 죽거나 환관보다 더 비참한 운명을 맞게 되죠."

에브니저는 몸을 떨었다. "그런 사람을 연인으로 삼는 것은 위험한 일이었겠어요, 안 그래요?"

그러자 메리의 눈에 눈물이 고였다. "그는, 찰리 마타신은 나의 첫사랑이자 유일한 사랑이었어요. 그를 처음 만났을 때

나는 마흔 살이었죠. 그의 나이 또한 나보다 적지는 않았어요. 하지만 우리 둘은 처음 관계를 맺자마자 사랑에 빠졌죠. 그는 아버지 시카멕의 명령으로 또 다른 야만인 왕인 퀴사펠라에게 사절로 가는 길이었어요…….”

계관시인은 자신도 모르게 “퀴사펠라라고요!”라고 외쳤고, 하마터면 그 도망자 추장과 자신과의 관계를 입 밖에 낼 뻔했다. 하지만 그는 즉시 자신을 자제했다.

“그래요, 최근에 탈옥한 그 유명한 아나코스틴왕이죠. 그 심부름의 배후에 어떤 음모가 있었는지는 오직 신만이 아시겠지요. 하지만 그것은 마타신이 영국인들 사이에서 겪는 최초의 모험이었어요. 그의 계획은 카누를 타고 만을 곧장 가로지르는 것이었죠. 하지만 그가 탠저 해협을 막 벗어나는 순간 갑자기 돌풍이 불어 닥치는 바람에 도싯 본토로 밀려오고 만 거예요. 그때 마침 내가 우연히 마차를 타고 해협 옆의 길을 지나갔던 것은 행운이었죠. 마타신은(물론 그는 그때 영어 이름을 가지고 있지는 않았지만요.) 폭풍 속에서 카누를 잃어버렸고, 자신이 영국인의 나라에 들어와 있는 것을 깨닫고는, 지나가는 첫 번째 백인을 죽인 뒤 그의 말을 훔치리라 결심했어요. 그래서 길 옆 덤불숲에 몸을 숨기고 있다가, 내 마차가 지나갈 때 갑자기 마차 위로 뛰어올라 나를 좌석에서 끌어 내렸죠.

그는 처음엔 나의 머리 가죽을 벗기려고 했어요. 하지만 곰곰이 생각하다가 우선 나를 강간하기로 마음을 고쳐먹었죠.” 메리의 눈이 빛났다. “이해하시겠어요, 시인 나리? 나는 모두 합쳐 이십팔 년 동안 창녀 노릇을 했어요. 약 이만 번쯤이나 관계를 가졌을걸요. 뭐, 천 번 정도의 오차가 있겠지만 말이에요. 그것도 그와 비슷한 만큼의 각기 다른 남자들과요. 그러니이 세상에 내가 모르는 유형이나 크기의 물건은 없다고 봐야해요. 어쨌든 나는 그렇게 자부하고 있었어요. 또한 나는 모든 유형의 육체적인 유희에 훤했죠. 나는 거지 같은 작자들과 비열한 놈들에게 셀 수 없이 많이 당했고, 내 스스로 젊은 남자를 강간한 것도 한두 번이 아니었으니까요."

에브니저가 외쳤다. "잠깐, 그건 불가능해요!"

메리가 미소를 지으며 경고했다. "나를 부추기지 말아요, 이쁜이. 당신이 무슨 생각을 하는지 알아요. 하지만 총구를 겨누는 데야 불가능한 일은 없어요." 그녀는 한편으론 웃고 한편으론 눈물을 흘리며 말했다. "가장 중요한 부분은 아직 말하지 않았어요. 그는, 즉 찰리는 몸집이 크지 않았어요. 하지만 근육질에 아주 억센 사내였죠. 하지만 그가 작업을 시작했을때, 나는 그가 어느 가엾은 강아지보다 부실한 물건을 달고있다는 것을 알았어요! 내 장담컨대 그는 요람에 있는 대부분의 소년들의 반밖에 축복을 받지 못했을 거예요. 그런데 그런물건을 가지고 멍고모리의 체면을 더럽히려 하다니! 마치 뜨개바늘로 프리깃 함(艦)에 구멍을 내려는 것과 마찬가지였죠!

그 모습이 하도 기가 막혀서 나는 웃음을 터뜨렸고, 그가내게 토마호크를 들이대고 나서야 가까스로 웃음을 진정시킬 수 있었죠. 그러고는 이제 밭 가는 말이 벼룩의 공격에 저항하는 것만큼도 저항하려 하지 않았어요. 그리고 장난삼아이름을 지어내며 말했죠. '빨리 끝내요, 찰리. 저 길을 올라가면 사냥꾼 두 명과 연초 도매상 한 명이 나를 기다리고 있으니까.' 그러자 그는 작업을 시작했어요. 그런데 세상에, 무엇에 찔렸는지 채 알아차리기도 전에 나는 기뻐서 비명을 질러 대고 있었지 뭐예요!"

계관시인이 얼굴을 찌푸리며 말했다. "나는 그러한 문제들에 대해서는 별로 아는 바가 없지만, 어째 결론이 잘못된 것 같은 생각이 드네요. 아니면 다른 학문적 오류가 있는지."

메리는 과거를 회상하는 듯 한숨을 쉬었다. "나는 많은 학생들을 알고 있었지만 이런 남근을 가진 학생은 만나 본 적이 없었어요!"

"아뇨, 멍고모리 양, 당신은 내 말을 오해하고 있어요!"

"그리고 당신은 내 말을 오해하고 있고요." 메리가 웃었다. "왜냐하면 당신은 알아야 해요. 이만 번 동안 창녀 노릇을 했던 여자는 더 이상 어린애가 아니라는 걸 말이지요. 그런 여자는 에우로파[49] 놀이를 할 수도 있고, 그런 일에 아주 태연할 수도 있죠. 하지만 장님의 코와 귀가 놀랄 만큼 예민해지듯이, 귀머거리에 벙어리가 눈으로 듣고 손으로 말하듯이, 나의 찰리도 나는 알 수 없는, 자신의 목표에 도달하기 위한 신비하고 경이로운 수단을 배웠던 거예요! 그렇게 해서 어머니 자연은 그에게 진 빚을 완전히 청산한 셈이죠. 이런 속담도 있잖아요. '그녀는 피터에게서 빼앗은 것을 폴에게 준다.'"

---

49) 여기서는 전혀 기대에 못 미쳐도 마치 황소와 관계를 하는 것처럼 대단히 만족스러운 척 가장할 수 있다는 의미다.

에브니저는 그 속담이 과연 이 상황에 어울리는지 의문스러웠지만, 그녀가 본질적으로 무슨 말을 하려는 것인지는 이해했다.

"그가 발휘한 기술은 내 상식을 뛰어넘는 것이었어요. 그리고 그 환희를 말로 표현하는 것은 내 능력 밖의 일이고요. 지금은 그저 내 안에 어머니의 피가 충분히 흐르고 있었다고 말하는 걸로 충분할 거예요. 내 마음은 성(城)이었고 200명의 남자들 가운데 한 사람도 그 안에 들어와 보지 못했죠. 그런데 성문을 부술 창조차도 제대로 갖추고 있지 않았던 나의 찰리가 단 이 분 만에 흉벽을 넘어섰고, 해자에 다리를 놓았으며, 성곽의 격자문을 끌어올리더니, 모든 총구멍과 활구멍을 장악한 뒤, 내가 사수하고 있던 요새 위에 열정의 깃발을 올렸던 거예요!"

시인이 감탄한 듯 속삭였다. "세상에!"

"얼마가 지나서야 나는 정신을 차렸어요. 하지만 정신이 들자마자 나는 그의 음모를 쥐고는 수년간의 매춘 경험이 내게 가르쳐 준 모든 성적인 지식을 총동원하여 그에게 되갚아 줬죠. 그 결과 그는 반 시간 동안 거의 실신한 상태로 뻗어 버리고 말았어요. 그렇게 해서 그는 다시는 자신의 마을도, 아버지도 보지 못하게 되었어요. 그리고 내 마차와 마찬가지로 그 역시 쿼사펠라에 접근하지 못했죠. 그 후 우리는 마차 안에서 영혼이 달아오른 집시들처럼 살았어요. 나는 더 이상 창녀 노릇을 하지 않았고, 다른 여자 애들을 고용해서 나 대신 순회를 시켰어요. 그리고 주책없는 신부처럼 찰리에게 꼭 들러붙어 있었죠."

"그런데 어떻게 해서 그는 영국인에 대한 증오심을 잃지 않은 건가요?"

메리가 킬킬 웃으며 고개를 저었다. "글쎄, 그걸 설명하는 건 내 능력 밖의 일이네요. 그는 놀랄 만큼 머리가 비상하고 예리했어요. 한 달 안에 여느 보통 신사들처럼 우리의 언어를 읽고 쓰는 것을 배웠죠. 그는 나를 시켜 책을 찾아 주 곳곳을 돌아다니게 했어요. 나는 그것들의 반도 이해하지 못했지만, 그는 언제나 단번에 의미를 이해했어요. 마치 글을 쓴 사람과 똑같은 생각을 하거나 더 나은 생각을 하는 것 같았죠. 그는 그들에게 흥미를 느끼기는 했지만 스스로 읽으려 하지 않고 내게 큰 소리로 읽게 만들었어요. 비록 얼마 읽다가는 도중에 멈추고 그에게 거기에 나온 말이 무슨 뜻인지 물어야 했지만 말이에요."

에브니저가 놀랐다. "과연! 그렇게 해서 당신이 보카치오와 그리스인들에 대해 배웠군요?"

"그래요. 그가 얼마나 그들의 운명을 사랑하고 또 증오했는지! 그리고 나도 마찬가지였고요. 그에게 유클리드의 한 챕터를 골라 반 정도 읽어 줘 보세요. 그러면 그는 당신에게 그 나머지를 외워서 이야기해 줄 수 있을 거예요. 그리고 만약 그것이 원본과 다르다면, 십중팔구 그 저자가 잘못된 거죠. 나는 종종 그의 상상력이 가지각색의 세상들을 낳는다고 느꼈어요. 하지만 이런 책들이 묘사했던 세상은 하나였던 거죠."

계관시인이 끼어들었다. "그것은 여기저기 훌륭할지 몰라도, 자신이 그런 사례가 되었었다는 것이 몹시 싫을 수밖에 없겠죠."

메리가 눈동자를 빛내며 외쳤다. "바로 그거예요! 당신은 바로 그것의 뿌리와 토대를 정확히 지적했어요!"

에브니저는 벌링검을 떠올리며 한숨을 쉬었다. "나도 그런 비범한 재능과 태도를 가지고 있는 남자를 알고 있어요. 그는 세상을 사랑하죠. 그리고 그것을 한눈에 이해합니다. 때로는 보지 않고도 말이지요. 하지만 똑같은 이유로 그의 사랑에는 경멸이 가미되어 있어요. 그것은 그에게 자신이 사랑하는 것을 경멸하게 만들죠."

매춘부의 발그레한 볼에 눈물이 거침없이 흘러내렸다. "그가 나를 보는 방식도 마찬가지였어요. 그는 나를 사랑했죠. 난 그걸 확신해요. 하지만 아무리 수많은 기교를 부릴 수 있어도 나는 그저 여자, 한 여자일 뿐이었죠. 찰리의 호기심과 상상력에는 그런 한계가 없었어요. 나는 그를 즐겁게 할 수는 있었지만 결코 그를 놀라게 하지는 못했어요. 내가 하는 일은 언제나 그가 이미 예상하거나 알고 있는 일이었던 거죠."

시인이 몹시 흥분해서 다그쳤다. "그렇다면 당신의 말은 내가 말했던 이 우주에 대한 사랑이 그의 상상력에서만큼이나 그의 육체에서도 강했다는 건가요? 내 말이 무슨 뜻인가 하면, 그가 남자이건, 하녀이건, 혹은 맨드레이크 뿌리이건, 아무튼 눈에 보이는 게 무엇이건 그것에 대해 정욕을 느꼈느냐는 말입니다. 그리고 그걸로도 잠자리 상대가 부족하다고 세상을 경멸했냐는 겁니다."

메리가 대답했다. "그 이상이었죠. 그는 이 같은 갈망과 상상에 너무나도 사로잡혀서, 심지어 더 많이 상상할 수 없다는 것 때문에 스스로를 경멸했어요! 정말이지, 인류 역사상 그와 같은 사람은 다신 없을 거예요!"

하지만 에브니저는 손으로 얼굴을 가리고 고개를 저었다. "정말 놀라운 일이지만 그런 사람이 있었고, 또 지금도 있어요. 나의 친구이자 전임 가정교사가 이 그림에 놀랄 만큼 잘 맞아떨어지죠! 나는 지금까지 한 번도 그를 제대로 간파했다고 생각한 적이 없어요. 당신은 팀 미첼이라는 남자를 알고 있나요?"

메리의 얼굴이 두려움으로 가득 찼다. "당신은 미첼이 나를 찾아내기 위해 여기에 심어 둔 첩자인가요?"

에브니저는 놀라서 아니라고 부인하며 그녀를 안심시켰다. 그리고 그녀가 여전히 걱정스러운 표정을 거두지 못하자 다음과 같이 말했다. "미첼이 나의 친구이자 가정교사라는 말은 아니었어요. 단지 이 찰리라는 사람이 모든 면에서 나의 친구와 너무나 닮았다는 말이었죠. 피부색과 당신이 말했던 그의 신체적인 결함을 제외하면 말입니다. 그런데 만난 지 사흘도 되지 않은 이 팀 미첼이라는 사람이 어떤 면에서는 내 친구를 떠올리게 하거든요. 이 남자에 대해서라면 그 이상은 아는 바가 없지만서도."

"당신은 그의 첩자가 아니라는 거죠?"

"맹세해요. 어째서 당신은 그를 그렇게 두려워하죠?"

메리는 코를 쿵쿵거리며 주위를 둘러보았다. "왜 그런지는 상관없어요. 만약 당신이 그를 친구로 착각하고 있다 해도, 곧 그의 진면목을 충분히 알게 될 테니까." 그녀는 그에 관해 더 이상은 말하려 하지 않았다. 팀 미첼이라는 이름이 그녀를 몹시 불안하게 만들었던지, 방금 전 하던 얘기를 다시 시작하도록 그녀를 설득하는 데 상당한 시간이 걸렸다.

그가 물었다. "당신의 연인 찰리는 케이티 및 티크 씨와 무슨 관계가 있죠? 그렇게 훌륭한 이야기를 도중에 그만 두는 것은 잔인한 짓이에요."

메리가 떨떠름한 표정으로 대답했다. "결말은 그리 멀지 않았어요." 그리고 마지못해서 끊겼던 이야기의 맥락을 다시 이어 갔다. "케이티는 내 삶이 어떻게 변했는지 곧 소문을 들어 알게 되었어요. 그리고 지체 없이 그 원인을 찾아냈죠. 나는 그녀가 찰리를 보는 순간 곧 그에게 추파를 보낼 거라는 걸 알았어요. 그래서 갖은 노력을 동원하여 그녀를 피했죠. 그런데 사실을 말하자면, 나는 그가 그녀를 죽이고 나서야 알게 되었지요. 그가 두 달 동안 그녀의 연인이었다는 사실을 말이에요."

"설마!"

"사람들이 그를 감옥으로 끌고 가기 전에 그가 내게 말해 주었어요. 다른 많은 것들과 함께요. 어쨌든 케이티는 그를 찾아냈어요. 그리고 자기가 내 여동생이라고 말했죠. 그녀는 얼굴이 아름다웠고, 나는 그렇지 못했어요. 그리고 그녀의 몸은 탐스러웠지만, 내 몸은 한물간 지 오래였죠. 하지만 그녀가 아무리 부인해도, 그녀는 단조롭고, 재미없고, 침대에서

게을렀어요. 그리고 성질이 사나운 데다 버릇이 없었죠. 찰리는 나를 사랑하기도 하고 증오하기도 했지만, 케이티 같은 나쁜 년은 그저 싫어할 수밖에 없었죠. 심지어 그가 자기 입으로 그렇게 고백했고요. 사실, 그것이 그의 살인 동기를 설명해 주죠."

에브니저가 고개를 끄덕이며 말했다. "한 시간 전만 해도 나는 당신의 말을 이해하지 못했어요. 하지만 이제는 그것이 전혀 모순으로 보이지 않는군요. 그는 어쩌다 그렇게 끔찍스러운 살인을 저지른 거죠?"

메리가 말했다. "사람들은 그가 그들 모두를 살해했다고 여기고 그의 목을 매달았어요. 하지만 그가 죽인 사람은 케이티뿐이에요. 나머지는 서로가 서로를 죽인 거죠. 일을 교묘하게 꾸민 것은 찰리였지만 말이에요."

그녀의 설명은 다음과 같았다. 케이티의 정부가 된 후, 찰리는 곧 티크 씨의 집안 상황을 알게 되었다. 그런데 그 이유들은 금방 명확히 알 수 있는 것이 아니었기 때문에 수를 써서 티크 형제들의 신임을 얻어 냈다. 그들이 메리의 순회 창녀촌의 정기적인 고객이었고 그와 케이티의 관계에 대해 그곳의 주인만큼이나 아는 게 없었기 때문에, 그리 어려운 일이 아니었다. 그는 윌리와 피터에게 사냥 길을 안내했고, 그들과 함께 말을 달렸다. 그러다 그들의 초대로 티크의 영지를 자주 방문하게 되었고, 그곳에서 그들과 함께 술을 마시고 여흥을 즐기는 관계로 발전했다. 이따금씩 빠져나가 케이티와 놀아남으로써 빌헬름 씨의 뒤통수를 치기도 했지만. 오래지 않아 형제들은 그에게 의붓어머니에 대한 두려움과 증오심을 털어놓게 되었다. 그러자 찰리는 즉시 웃으면서 이중 살해 계획을 제안했다.

월리가 놀라 외쳤다. "당신 농담하는 거죠!"

그러자 찰리가 대답했다. "뭐, 상당히 쉬운 일이오. 피터는 집 뒤에 있는 숲으로 이어지는 길 끝까지 내려가는 거요. 그리고 당신들이 옛날에 케이티 양과 관계를 갖던 곱향나무 뒤에 몸을 숨기는 거지. 그런 다음 월리는 아무렇게나 구실을 대 케이티를 그곳으로 보내는 거요. 그때 피터가 뛰어나와 그녀를 죽이면 돼요. 그동안 월리가 집에 혼자 남아 있는 늙은 빌헬름을 죽이는 건 간단한 문제 아니겠소. 칼이나 토마호크로 해치운 다음 인디언들에게 책임을 돌리는 거지."

월리는 즉시 그 계획에 찬동했다. 하지만 피터는 케이티의 머리 가죽을 벗기는 일에는 기꺼이 찬성했지만, 아버지를 죽이는 문제에 대해서는 다소 망설이는 기색을 보였다. "흔한 창녀 하나 죽이는 거야 뭐 그리 대수겠소. 하지만 아버지는 자연스럽게 늙어 죽거나 슬픔으로 죽게 내버려 둘 수 없을까? 그는 늙었고, 조금만 기다리면 우리가 재산을 손에 넣을 수 있을 텐데."

그러자 찰리 마타신이 대답했다, "당신들이 원하는 대로 하시오. 이건 당신들의 문제니까. 하지만 내 생각엔 케이티가 죽고 나면 그는 자신을 바보로 만들기에 충분한 기술을 가진 다른 계집과 다시 결혼할 것 같은데."

월리가 동의했다. "그래. 그를 지금 죽여 버리자고. 아버지는 우리에게 조금도 애정이 없어."

마침내 피터는 내키지 않는 마음을 극복하고 사냥용 칼을 몸에 지닌 채 술자리를 떠나 길 끝에 있는 그의 자리로 갔다. 하지만 그가 자리를 뜨자마자 그 둘 가운데 더 영리한 윌리가 책임의 분담에 대해 의문을 제기했다.

그가 찰리에게 불평했다. "이것은 전혀 공평치 않소. 피터에 겐 케이티를 맡기고, 내겐 아버지를 죽이는 껄끄러운 일을 맡기다니. 피터는 그녀를 죽이기 전에 재미를 볼 수도 있지 않소." 아무리 생각해도 그에게는 자신의 몫이 더욱 불공평해 보였다. 결국 그는 누가 그 계획을 제안했는지는 잊어버린 채 피터를 탓하게 되었다.

그러자 찰리가 그를 달랬다. "진정하시오. 내가 그런 계획을 세운 데는 다 이유가 있어요. 케이티를 피터에게 보내시오. 그런 다음 빌헬름에게 그들이 곱향나무 아래서 놀아나고 있다고 말하시오. 분명 세 명 가운데 두 명은 곧 죽겠지. 그런 뒤 마지막으로 남은 한 명만 처리하면, 전 재산이 당신 것이 되는 거요."

윌리가 이 계획의 장점을 깨닫는 데는 그리 오랜 시간이 걸리지 않았다. 그러나 허둥지둥 급하게 서두르느라 자신의 의붓어머니를 발견하는 데 실패하자, 그는 기꺼이 인디언의 다음 충고에 따랐다. "어쨌든 빌헬름에게 말하시오. 그러면 나는 피터에게 달려가 그의 아버지가 그를 쏘아 죽이기 위해 오고 있다고 경고할 거요. 그러면 결과는 같겠지. 그동안 당신은 그 창녀를 더 찾아볼 수 있고, 그녀와 재미를 볼 수도 있을 거요."

월리는 얼굴이 환해지더니 자기 아버지의 회계실로 향했다. 한편 찰리는 손에 칼을 들고 습지를 지나는 지름길을 통해 피터가 기다리고 있는 곱향나무 숲으로 갔다. 하지만 그 인디언은 그에게 빌헬름이 오고 있다고 경고하기는커녕, 이렇게 말했다. "케이티 양이 이리로 서둘러 오고 있소. 오늘은 유난히 매혹적으로 보이더군. 그녀를 죽일 작정이라면, 그 전에 그녀를 어떻게 해 보는 건 어떻소? 바지를 벗고, 매복하고 있으시오."

"피터를 부추길 필요는 없었어요." 메리 멍고모리가 웃으며 말했다. "머리가 둔하다고 욕망까지 둔한 건 아니니까. 그리고 교실의 얼간이가 침대에서는 영리할 수도 있는 법이죠. 찰리가 떠나자 그 녀석은 바지를 내리고 자기 물건을 손에 쥔 채 희생자가 도착하기만을 기다렸어요."

에브니저가 물었다. "이런 음모가 진행되는 동안 당신의 여동생은 어디 있었던 거죠?"

메리가 혀를 찼다. "당신도 짐작하겠지만, 그녀는 순진하지도 한가하지도 않았어요." 메리의 설명은 계속되었다. 사실, 이 계획을 처음 세운 것은 찰리가 아니라 케이티였다. 그녀는 그에게 티크 형제에 대한 두려움과 빌헬름과 함께하는 자신의 삶에 대한 불평을 자세하게 늘어놓았다. 자연스러운 삽입이 불가능한 빌헬름이 매일 밤 그녀에게 담배-어음과 서류들이 즐비한 회계실에서 음탕한 춤을 추게 한다는 것이었다. 또한 그녀는 만약 찰리가 다른 상속자들을 제거하는 일을 도와주면, 그와 결혼해서 티크 영지의 주인으로 만들어 주겠다고 맹세했다. 그들의 밀회 장소는 집 뒤의 길을 얼마간 내려가면 나타나는 울창한 은매화 숲이었다. 그녀는 정부(情夫)의 신호(여우나 인디언 개의 울음 같은 높은 음조의 짖는 소리)가 들리면 낮이건 밤이건 어느 때든지 몰래 빠져나와 이리로 오곤 했었다. 또한 찰리가 티크 형제들과 흥청망청 술을 마실 때마다, 그가 구실을 대고 자신을 만나러 올 때까지 이곳에서 기다리곤 했었다. 그 운명의 밤에도 그녀는 이곳에 있었고, 그 계획이 진행되는 과정을 지켜보았으며, 피터가 곱향나무들이 있는 방향으로 길을 따라 내려가는 것 역시 보았다. 그리고 찰리가 그에게 죽이기 전에 강간하라고 부추기는 말을 듣기까지 했다. 찰리는 그녀에게 따로 말할 필요가 없었다. 이윽고 그가 은매화 숲에 숨어 있던 그녀와 합류했을 때, 그들의 음모는 순조롭게 진행되고 있었다. 게다가 그들의 희망은 더더욱 확실해졌다. 왜냐하면 얼마 후, 빌헬름이 양손에 권총을 들고 얼굴엔 노기를 띤 채 길을 따라 가만히 내려오고 있었기 때문이다. 윌리의 보고를 들은 것이 분명했다. 그리고 잠시 후 그가 바지를 벗어던진 아들을 만났을 때, 그들은 그가 쏘아 대는 일련의 네덜란드어 욕설을 꽤 분명히 들을 수 있었다.

피터의 외침이 들려왔다. "잠깐만요! 제발 쏘지 마세요!"

그런데 실망스럽게도 빌헬름은 즉시 총을 쏘는 대신 이렇게 물었다. "너의 어머니는 어디 있느냐, 피터?"

"저는 몰라요!"

그러자 빌헬름이 다그쳤다. "그렇다면 너는 왜 그러고 서 있는 거냐? 한 손에는 바지를 들고 다른 손엔 부끄러움을 들고?"

빌헬름은 말을 하면서 점점 더 가까이 다가왔고, 권총으로 위협하는 게 틀림없었다. 피터가 거칠게 대꾸했기 때문이다. "보시다시피, 제가 여기로 온 것은 용변을 보기 위해서였어요!"

빌헬름이 말했다. "윌리가 내게 그러더라. 네가 그루터기에서 그루터기로 다니며 케이티와 놀아나고 있다고."

피터가 말했다. "아, 하지만 보시다시피 저는 그러고 있지 않은걸요."

그의 아버지가 다그쳤다. "그렇다면 어째서 윌리는 내가 이리로 달려오도록 만든 거냐?" 피터는 케이티를 노리고 있는 것은 자기가 아니라 윌리라고 우겼다. 그리고 혼자 있는 그녀를 잡아서는 강제로 범하기 위해 빌헬름을 따돌린 거라고 덧붙였다.

빌헬름은 "아하!"라고 외치더니 무서운 기세로 왔던 길을 되짚어 돌아갔다.

이 모든 것을 두 모사꾼들은 똑똑히 들었다. 그리고 빌헬름 부자의 대화가 끝나갈 무렵 집 쪽에서는 케이티의 이름을 부르는 윌리의 목소리가 들려왔다.

케이티가 찰리에게 속삭였다. "이제 어떻게 될까?"

인디언이 대답했다. "이제 윌리는 당신을 찾는 걸 단념할 거야. 만약 모든 일이 잘된다면 그는 남아 있는 누구든 죽이기 위해 길을 내려오겠지. 피터도 마찬가지일 거고."

그의 설명은 더 이상 이어지지 않았다. 마침 그때 빌헬름이 권총을 휘두르며 은매화 숲 근처까지 다가왔기 때문이었다. 그는 숨을 헐떡이고 있었다. 감정적으로나 육체적으로 너무 무리를 했던 탓인지, 그는 갑자기 우뚝 서서 가슴을 부여잡더니 길 중간에 있던 고무나무 그루터기 위에 털썩 주저앉았다.

케이티가 속삭였다. "그가 쓰러지는 건 약한 심장 탓이군!" 재빨리 찰리가 그녀의 입을 손바닥으로 틀어막지 않았다면, 그들은 윌리에게 발각되었을지도 모른다. 바로 그 순간 윌리가 장전된 머스킷 총을 들고 길을 따라 달려 내려왔기 때문이다.

그가 그의 아버지에게 물었다. "무슨 일이에요?"

빌헬름은 아들의 팔을 붙잡고 고개를 저었다. "어째서 너는 나를 아무 문제도 없는 곳에 보낸 거냐? 네 형은 오줌을 누고 있었어. 단지 그뿐이었다."

윌리가 코웃음을 치며 대꾸했다. "쳇, 형이 무엇 때문에 숲속으로 1.6킬로미터나 걸어 들어가서 오줌을 누겠어요? 지난 수년간 장미 덤불에서 용변을 해결해 왔는데."

빌헬름의 말은 계속되었다. "너는 나를 보내 피터를 죽이게 하고, 그리고 피터는 너를 죽이게 만드는구나. 그리고 둘 다 나의 귀여운 케이티에게 흑심을 품고 있으니, 어느 쪽이 되었든, 나는 아들 하나를 잃고, 어쩌면 아내도 잃겠군!"

윌리가 소리쳤다. "그녀는 창녀고, 아버지는 바보예요." 그리고 들고 있던 머스킷 총으로 자기 아버지의 가슴을 정면으로 쏘아 죽였다.

그러자 케이티가 치마 속에서 장전된 권총을 꺼내 들며 속삭였다. "네 녀석에게도 똑같이 해 주마." 그리고 윌리를 겨눴다. 그러나 찰리가 그녀를 다시 제지했다. 마침 총소리를 들은 피터가 곱향나무 숲에서 서둘러 달려왔고, 윌리가 총 속에 화약과 총알을 채 집어넣기도 전에 칼을 들고 그에게 달려들었기 때문이었다. 그들은 먼지 속에서 엎치락뒤치락했다. 그리고 일 분 안에 윌리는 그의 아버지 곁에 목이 뚫린 채 누워 있는 신세가 되고 말았다.

피터는 일어나서 칼날을 나뭇잎으로 닦았다. 그러나 "자, 이제……."라는 말을 입 밖에 내고는 침묵에 빠져들고 말았다. 그 순간 케이티가 그의 가슴에 총알을 박아 넣었기 때문이었다.

일을 마친 후 그녀는 크게 외쳤다. "신을 찬양하라! 나는 마침내 이 악당들로부터 자유로워졌다!" 그리고 길 위에 많은 네덜란드인이 죽어 있는 광경에 신이 나서는, 그들이 누워 있는 고무나무 그루터기 위에 올라, 관계를 갖기 전 불쌍한 빌헬름을 위해 추었던 춤을 찰리에게도 보여 주려 했다.

찰리가 말했다. "이제 당신이 원하던 것을 모두 가졌군."

케이티가 그루터기 위에서 춤을 추며 대답했다. "그리고 당신도 그렇게 될 거예요. 자, 이리 오세요. 그리고 우리가 부자가 된 것을 축하하자고요!"

그녀는 난잡한 춤으로 죽은 사람을 욕되게 하는 것으로도 모자라, 은매화 숲에 숨어서 하던 짓을 그 고무나무 그루터기 위에서 당장 해야 한다고 고집했다. 그리고 관계를 갖는 내내 인디언식으로 함성을 질러 댔다.

에브니저가 외쳤다. "잠깐만요! 지금 당신이 하려는 말이

설마……."

메리가 대답했다. "바로 그거예요. 게다가, 그는 그녀에게 절정에 오르면 자신들의 비밀스러운 신호를 외치라고 부탁했어요. 그리고 그는 나와 함께 배웠던 것을 했죠. 다른 어떤 사람도 공유해서는 안 된다고 우리끼리 맹세했던 것을……."

"이봐요……." 시인이 몹시 당황해서 항의했다. 하지만 메리는 손을 들어 그의 말문을 막았다.

"그리고 그녀가 그 신호를 입 밖에 내자마자, 그는 칼을 꺼내 들었어요."

"설마! 그 자리에서 그녀를 살해했다고요?"

메리가 고개를 끄덕였다. "이 이상은 말하지 않겠어요. 그가 했던 일은 기독교인이나 이교도나 마찬가지로 전 세계 군인들이 적의 여자들에게 쓰는 유명한 속임수예요."

에브니저가 경고하듯 말했다. "당신의 말을 계속 듣다간 구토가 날 것 같군요."

메리가 말했다. "더 말하고 자시고 할 것도 없어요. 그는 그냥 걸어가 버렸고, 그들은 그들이 누워 있던 곳에 그대로 남겨졌죠. 네 명 모두 함께요. 상속자가 없어진 영지는 왕의 손으로 넘어가고 말았고요. 웃긴 건, 메릴랜드 의회의 다음 회기 때가 되어야 빌헬름의 공민권에 대한 청원이 승인될 예정이었다는 뜻이죠. 찰리는 이 사실을 처음부터 알고 있었지만, 케이티에게건, 그 형제들에게건 아무 말도 하지 않았던 거예요."

"무슨 말인지 모르겠군요."

메리가 설명했다. "그것은 그가 네덜란드인으로 죽었다는 걸 의미해요. 그리고 외국인들은 애초에 재산을 물려주지 못하게 되어 있었어요. 어떤 경우든 그의 재산은 왕의 차지가 되었을 거라는 거죠!" 그녀는 웃으면서 마구간 바닥에서 일어났다. "찰리가 신세를 망친 건 바로 그 한 편의 코미디 같은 사건을 너무 즐거워했기 때문이었죠. 바로 그날 밤, 아무것도 모르는 내가 그에게 우리의 작은 비밀스러운 일을 하자고 제안했어요. 그런데 한참 그 짓을 하는 도중 그가 아주 발작적으로 웃어 대는 거예요. 난 생전 처음으로 새색시처럼 울었다니까요! 그러자 그가 미안하다고 용서를 빌더군요. 그리고 사과하는 뜻에서 방금 내가 당신에게 해 준 이야기를 시종일관 웃으면서 하나도 빠뜨리지 않고 전부 말해 주었어요. 그는 나에 대해 너무나 잘 알고 있었어요. 내 소중한 야만인은 정말 그랬죠. 그는 자신이 바람을 피웠다는 사실이 내 심장을 찢어 놓을 거라는 걸 알고 있었어요. 게다가 그 상대가 케이티라는 걸 알면 두 배로, 그리고 바로 자신이 그녀를 죽음으로 몰고 갔다는 사실을 알게 되면 세 배로 상심할 거라는 것도 잘 알고 있었죠. 하지만 그는 또한 알고 있었어요. 내가 그를 용서해야 하고, 또 용서하리라는 것을. 아니, 일단 최초의 충격이 지나가면, 내심으로는 내가 그 일로 인해 그를 더욱 사랑하리라는 걸 알고 있었죠. 그는 옳았어요! 하지만 그가 미처 몰랐던 것은, 내가 우리의 작은 기교를 얼마나 소중히 여기고 있는가 하는 거였어요. 그것은 우리가 함께 발견한 비밀이었을 뿐만 아니라, 불리한 성기를 부여받은 그와 남자들에 대해 너무나 통달해서 그 물건이 어떻든 그것에 아무런 감명도 받지 않는 나 사이에서는, 우리가 발견한 것과 같은 그러한 기교가 우리 사랑의 전부였기 때문이었죠. 이것은 마치 당신과 당신의 연인이 함께 지구상의 어떤 다른 사람도 생각해 본 적이 없는 성교 방법을 발명한 것과 마찬가지인 거예요. 그런데 만약 그녀가 당신에게 다른 남자와 입을 맞추었을 뿐만 아니라, 그에게 당신과 공유하는 그 모든 영광스러운 비밀을 가르쳐 주었다고 말하면, 당신은 어떤 느낌이 들겠어요!"

에브니저가 말했다. "글쎄요, 나는……."

메리가 한숨을 쉬며 말했다. "그래요, 당신은 아직 동정의 몸이니 알 수가 없겠지요. 하지만 명심하세요. 언젠가는 당신도 분명히 알게 될 거예요. 지금은 이 정도로만 말해 두죠. 찰리의 잘못은 그것을 케이티와 나누었다고 내게 말한 것이었어요. 맙소사, 나는 아무런 대꾸도 할 수 없었고, 눈물조차 흘릴 수 없었죠! 나는 마차에서 기어 내려와 길을 따라 달려갔어요. 케임브리지에 도착할 때까지 하루 반나절 동안 조금도 쉬지 않았죠. 그리고 보안관에게 말했어요. 티크 일가가 살해되었고, 그들을 살해한 사람은 바로 찰리 마타신이라고!"

눈물이 다시 그녀의 볼을 타고 흘러내렸다.

"그는 내가 무슨 짓을 저질렀는지 꿈에도 생각하지 못한 채 마차 안에서 기다리고 있더군요. 그리고 그 길로 감옥에 끌려 갔죠. 나는 그 후 한 번도 그와 얘기를 나눈 적이 없어요. 하지만 그는 내가 자기를 배신했다는 사실을 심한 농담 정도로 받아들였고, 그 일을 생각할 때마다 껄껄 웃더니, 교수대로 끌려갈 때도 여전히 싱글싱글 웃고 있었다고 하더군요. 그리고 나는 직접 봤어요. 올가미가 그의 목을 단단히 조였을 때 두 가지 놀라운 일이 벌어지는 것을요. 하나는 내가 이야기를 시작하면서 당신에게 말했던 건데, 즉 종종 그런 일이 일어나듯이 살아 있을 때는 작았던 물건이 죽고 나니 보기 드물게 커졌다는 거고요, 또 한 가지는 그가 얼굴에 기괴한 웃음을 띤 채 죽었고, 또 그 표정을 무덤까지 가져갔다는 거예요! 소문이 그래요."

에브니저가 말했다. "나는 이런 이야기는 한 번도 들은 적이 없어요. 참으로 슬프고도 무시무시한 이야기군요. 그리고 나는 여전히 이 인디언이 나의 친구이자 전임 가정교사와 비슷하다는 사실에 놀라고 있어요! 단언컨대, 만약 당신의 찰리가 영국인으로 태어났다면 그는 이 세상을 하프시코드처럼 연주할 수 있었을 겁니다. 내 친구가 그런 것처럼요. 그리고 만약 내 친구가 야만인 인디언으로 태어났다면, 그 역시 그런 웃음을 띠고 죽을 수 있을 거예요." 그는 고개를 설레설레 흔들었다. "그 이면엔 무엇이 숨어 있을까요? 당신의 찰리와 나의 친구는 각자 자신의 방식대로 우리가 알고 있는 이 세상에 뿌리 없이 왔어요. 두 사람 모두 세상을 파악하는 놀라운 재능을 지니고 있고요. 심지어 그것에 대한 갈망도 가지고 있어요. 그리고 세상 사람들을 마치 꼭두각시 부리듯 조종하죠. 내 친구는 아직 찰리의 방식을 따라 웃지는 않았어요. 그리고 그런 일이 결코 일어나지 않기를 신에게 기도하지만 그럴 가능성은 존재하죠. 나는 당신의 이야기에서 그것을 분명히 봅니다. 특이하게 어깨를 으쓱거리는 모습, 그리고 즐거움이 없는 독특한 미소. 그는 마치 야곱처럼 사막에서 검은 천사와 드잡이를 하는 것 같아요. 그 녀석은 당신의 찰리를 이겼죠. 그리고 이러한 웃음을 낙인으로 가지고 있는 사람들은 결코 주님의 천사를 숭배하는 자들이 아니죠. 그렇게 생각지 않나요?"

메리는 마구간 문에서 생각에 잠겼다. "찰리가 비웃었던 것은 신의 창조물 전체였어요! 나는 그가 우리의 비밀 의식을 치를 때, 케이티가 기이한 소리를 질렀을 때, 그리고 그가 그녀를 칼로 찔렀을 때 그가 케이티를 비웃는 소리를 들을 수 있어요. 이 주를 순회할 때나, 음식을 먹을 때도 나는 그 웃음소리를 듣죠. 그것은 내가 바라보는 세상을 색칠해요. 그리고 내 배 속의 음식을 시게 만들죠! 빌헬름 티크에게는 그의 가련한 유령 외엔 아무것도 남지 않았어요. 사람들은 밤이 되면 그가 티크의 길을 배회한다고 그러더군요. 그리고 찰리에게는 그 웃음 외에는 아무것도 남아 있지 않죠. 이 이야기를 당신에게 하는 동안에도 내 귀에는 그 웃음소리가 들리는 것 같아요. 매일 밤 나는 그가 교수대의 올가미 안에서 웃고 있는 모습을 본답니다. 잠들기 위해서는 술에 취해야만 해요. 하지만 소용없는 일이죠. 잠이 들면 온통 찰리에 대한 강렬한 꿈만 꾸니까요. 그리고 나는 여전히 귓가에서 맴도는 그의 소리 없는 웃음과 함께 잠에서 깨죠. 오 주여! 오 주여!"

그녀는 더 이상 말을 잇지 못했다. 에브니저는 마차까지 그녀와 동행해서 그녀가 좌석에 올라앉는 것을 도와주었다. 그리고 다시 한번 그녀의 관대함과 자신에게 이야기를 해 준 것에 감사했다.

그가 슬픈 미소를 지으며 말했다. "나를 괴롭히는 것은 호기심뿐이었어요. 톨벗에서 스미스 신부로부터 찰리에 대한 이야기를 들었을 때, 그에게 흥미를 느꼈죠. 그리고 무엇 때문인지는 말할 수 없지만, 당신의 이야기는 나를 예상치 못한 방식으로 감동시켰습니다."

메리는 고삐를 쥐고 채찍을 들었다. "그렇다면 그것이 당신을 더 이상 감동시키지 않도록 기도하세요. 당신은 아직까지 그 웃음소리를 듣는 사람이니까요."

"그게 무슨 뜻이죠?"

그녀는 그쪽으로 몸을 숙였다. 그녀의 얼굴이 즐거움으로 부풀어 오르며 주름이 졌다. 그리고 쉰 목소리로 속삭이듯 대답했다. "어제 법정에서 당신이 불쌍한 벤 스퍼던스를 호되게 꾸짖고, 당신의 농장 전체를 그 악마 윌리엄 스미스에게 서명해서 넘겼을 때……."

에브니저는 그 일을 떠올리고 몸을 움찔했다. "세상에, 그렇다면 당신도 그곳에서 내 어리석은 행동을 목격했다는 겁니까?"

"나는 거기 있었어요. 게다가, 쿠크포인트는 전부터 내가 자주 들르던 곳이에요. 벤 스퍼던스는 나의 오랜 친구이자 좋은 고객이었죠. 그리고 당신의 아버지를 위해 최선을 다해 감독관 일을 수행해 왔어요. 나는 벤이 빌 스미스를 파멸시키는 모습을 보고 싶었죠."

계관시인은 깜짝 놀랐다. "당신은 내가 무슨 짓을 하고 있는지 보았고, 또 그것이 아무것도 모르는 상태에서 이루어진 일이라는 걸 알고 있었다는 말인가요? 맙소사, 어째서 당신은 고함을 치지도, 내가 스미스의 그 가증스러운 서류에 서명하는 것을 말리지도 않았죠?"

메리가 대답했다. "당신이 신분을 밝히는 순간 나는 이미 일이 벌어질 줄 알았어요. 나는 당신의 연설에 불쌍한 벤이 창백해지는 걸 보았죠. 그리고 그 악당 빌 스미스가 흡족해하며 손을 비비는 것도요. 나는 그 순간 당신의 어리석은 행동을 제지할 수도 있었어요."

에브니저가 쓸쓸하게 말했다. "하지만 나는 어떤 경고도 듣지 못했는걸요. 당신이든 혹은 다른 어느 누구로부터든. 스퍼던스의 증인으로 나선 그 창녀와 나의 친구 헨리, 아니 내 말은 티모시 미첼을 제외하고는 말이지요. 하지만 그들은 각기 걱정할 만한 다른 이유들을 가지고 있었으니까요. 나머지 군중들은 그저 자기들끼리 속삭이기만 했죠. 그리고 나는 심지어 냉혹한 악마의 웃음소리도 들었는데요." 그는 감정을 억제하며, 그의 은인을 향해 믿지 못하겠다는 듯 얼굴을 찌푸렸다. "분명 당신은 아니었겠죠!"

"내가 비웃은 것은 당신의 파멸뿐만 아니라 나의 파멸이기도 했어요. 팀 미첼에게 물어보면 그가 설명해 줄 테지만 말이에요. 이것은 질병이에요, 작은 시인, 매독이나 임질 같은! 찰리가 어디에서 그것에 감염되었는지는 신만이 아시겠죠. 하지만 어제 나는 처음으로 알게 되었어요. 나도 찰리에게서 옮았다는 것을!" 그녀는 말이 출발하도록 고삐를 확 잡았다. 그리고 불쾌하게 킬킬거렸다. "할 수만 있다면 숫총각으로 남아요. 당신의 동정을 무덤까지 가져가라고요. 그러면 당신은 결코 감염되지 않을 테니까!" 그녀는 말을 채찍질해서 마차를 몰고 갔다. 소리 없이 웃고 있는지 그녀의 고개는 뒤로 젖혀져 있었다.

30 '의뢰인이 원하는 대로 만들어 주는 것이 곧 법'이라고 말할 수는 없지만, 사람들에게는 배신 외에는 없다는 데 동의하다. 계관시인이 마침내 자신의 영지를 보다

많은 감동을 받은 한편 혼란스럽기도 해서, 에브니저는 한동안 마당에 그대로 서 있었다. 티크 씨의 이야기를 통해 벌링검의 내면을 들여다보게 된 것만으로도 충분히 마음이 어지럽던 차에, 그녀가 마지막에 남긴 말은 거의 소화할 수 없는 정도의 것이었다.

그는 마음을 정했다. "헨리를 얼른 찾아야겠어. 그가 자신과 안나에 대해 했던 말들은 잠시 잊어 두자."

그러나 지난밤 벌링검의 비아냥거리는 듯한 고백을 떠올리자 온몸에서 땀이 나고 다리가 풀려서, 그는 한동안 이를 딱딱 부딪치면서 먼지 속에 앉아 있어야 했다. 발작적으로 재채기까지 나왔다. 그를 괴롭히는 것이 전적으로 마음의 근심만은 아니었기 때문이다. 그는 분명 열이 있었고, 옥수수 창고에서 노숙을 한 탓에 심한 감기까지 걸려 있었다. 게다가 마지막으로 식사를 한 이후 많은 시간이 흘러 있었다. 하지만 그는 전혀 식욕을 느끼지 못했다. 벌링검을 찾기 위해, 그리고 자신의 옷을 도둑맞은 일로 여관 주인에게 항의하기 위해 일어섰을 때, 그는 발 아래서 땅이 흔들리는 것을 느꼈고, 머리는 마치 망치로 두드려 맞은 듯 아팠다. 그는 여관으로 들어갔다. 그리고 자신의 평범하지 않은 복장이 사람들의 시선을 끈다는 사실도 잊은 채, 곧장 바텐더에게 다가갔다. 전날 저녁에 그에게 술을 주던 사람은 아니었다.

에브니저가 외쳤다. "맙소사! 사람이 심지어 옥수수 창고에서조차도 안전하게 잘 수 없다니, 정말 말세가 아니오! 당신이 운영하는 것은 도둑들의 소굴이오? 영주께 그분의 주에 있는 여관에서 그러한 죄가 바로잡히지 않은 채 횡행한다는 사실을 알릴까요?"

바텐더가 말했다. "입 조심하게, 젊은이. 요즘 세상에 영주에 대해 그렇게 떠들어 대는 것은 현명하지 않아."

에브니저는 당황하여 못마땅한 얼굴로 노려보았다. 현기증 때문인지 그는 볼티모어 경이 그 주에 대해 아무런 권한도 갖고 있지 않으며, 자기 역시 그 신사를 한 번도 만난 적이 없다는 사실을 잠시 망각했다. 이런 증상은 요즘 들어 점점 더 자주 나타나고 있었다.

그가 잔뜩 부은 얼굴로 투덜거렸다. "어떤 비열한 놈이 내 옷을 훔쳐갔소." 술집의 다른 손님들이 웃었다. 그들 가운데, 검은 옷을 입은 포동포동하고 가무잡잡한 작은 남자는 낯이 익었다.

바텐더가 대꾸했다. "아, 글쎄, 그건 그리 드문 일이 아냐. 어떤 웃기는 녀석이 당신의 옷을 장난삼아 불 속에 던져 버렸는지도 모르지. 아니면 당신 옷으로 타 버린 자기 옷을 대신했든지. 해를 입힐 의도는 없었을 거야."

"'장난삼아'라니! 이제 보니 당신 같은 불한당들은 재치가 넘치는군!"

"그게 그렇게 배아프다면, 자네의 지난밤 숙박료를 받지 않겠네. 꽤 공평하지?"

"당신은 쥐의 소굴에서 자는 사람에게도 돈을 요구합니까? 내 옷을 돌려주거나, 그것을 다른 옷으로 바꿔 주시오, 그것도 지금 당장! 그렇지 않으면 계관시인이고 나발이고 메릴랜드 전역은 내 시의 가시에 찔리게 될 거요!"

바텐더의 표정이 변했다. 그는 에브니저를 새삼 흥미로운 얼굴로 바라보았다. "그렇다면 당신이 바로 메릴랜드의 계관시인인 쿠크 씨요?"

에브니저가 말했다. "바로 그렇소."

"자기 재산을 서명 한 번으로 날려 버린 바로 그 사람?" 바텐더가 검은 옷을 입은 남자를 흘끗 보자, 그가 고개를 끄덕여 확인해 주었다.

"그렇다면 나는 티모시 미첼이 당신에게 주는 전언을 가지고 있소."

"티모시? 그는 어디 있소? 그가 뭐라고 말합디까?"

바텐더는 자신의 바지에서 접혀진 종이 뭉치를 꺼냈다. "나는 그가 어젯밤 늦게 여기를 떠난 걸로 알고 있소. 하지만 당신에게 이 시를 남겨 두었지."

에브니저는 깜짝 놀라 그 종이를 낚아채어 읽었다.

메릴랜드주의 계관시인인 신사 에브니저 쿠크에게

옥수수 더미에서 엉덩이를 들어 올려

10월의 냉기로 온몸이 굳은 채,

연신 코를 훌쩍이고, 콧물을 흘리고, 재채기를 해 대며,

어쩌다 선술집으로 들어오게 되더라도,

끊임없이 한숨 쉬고 걱정하면서,

망아지와 뒤로 향기를 내뿜어 대던 밤색 말을 찾아 나서지
는 말게.

왜냐하면 좀처럼 주춤하는 법이 없던 밤색 말은

지금쯤 목에 매여 있던 밧줄에서 완전히 빠져나갔을 것이고,

망아지도 밤색 말과 함께 가 버렸을 것이며, 그리고 나 역시,

자네가 모든 겉치레와 익살과 함께

지옥 불에 타도록 남겨 두고 떠났을 테니까.

어쩌면 이 훌륭한 비겁함의 시가

자네에게 가르쳐 줄 걸세. 언젠가는 죽을 인간들에게는

어떤 이에게 친구라고 부르는 것이 어리석은 일이라는 것을.

왜냐하면 우정이란 인간과 인간 사이의

덧없는 소극(笑劇)에 불과하니까. 그러니 내 엉덩이에 입이
나 맞추게,

가엾은 에브니저, 어리석은 시인이여.

그리고 앞으로는 경계를 소홀히 하지 말게나!

향사(鄕士) 티모시 미첼

에브니저는 헨리가 남긴 모욕적인 시를 읽고 놀라서 얼마 동안은 아무 말도 할 수가 없었다.

그가 마침내 외쳤다. "우정은 인간과 인간 사이의 소극이라니! 당신과 나 사이에, 라고 말해야겠죠, 헨리. 왜냐하면 나와 당신 사이에서 그것은 소극이 아니었으니까요! 아, 신이여, 그와 같은 친구는 다신 만나지 않게 해 주소서!"

검은 옷을 입은 그 가무잡잡한 사람이 그가 탄식하는 양을 재미있다는 듯이 바라보다가 말을 걸었다. "나쁜 소식인가 보죠, 쿠크 씨?"

계관시인이 신음하듯 대답했다. "정말로 나쁜 소식이오! 어제는 나의 전 재산, 오늘은 나의 옷, 말, 그리고 친구를 단숨에 다 잃었소! 이제 권총으로 자살하는 것 외엔 할 일이 없는 것 같소." 심란한 와중에도 그는 그 남자가 법정에서 윌리엄 스미스를 변호했던 변호사라는 걸 알아보았다.

그 남자가 말했다. "블레이즈의 양털 빗에 걸고 말하지만, 정말 사악한 세상이오."

시인이 말했다. "당신이야말로 세상의 악에 대해 통달한 걸로 알고 있소만!"

"아, 자, 자, 내게 성내지 마시오, 친구. 성 윈돌린의 지팡이에 걸고 말하지만, 당신을 파멸시킨 것은 내가 아니라 당신 자신이었소! 나는 그저 내 의뢰인의 이익을 위해 일했을 뿐이오.

변호사라면 누구든 그래야 하듯이 말이오. 내 이름은 소터요, 리처드 소터. 카운티 남부에서 왔죠. 내 말이 무슨 뜻인고 하니, 본 변호인은 매우 실리적인 사람이라는 뜻이오. 내게는 의뢰인의 행위가 곧 정의일 뿐이오. 나는 유스티니아누스[50]의 턱수염을 비틀며 '의뢰인이 원하는 대로 만들어 주는 것이 곧 법(jus est id quod cliens fecit)'이라고 선언하죠. 게다가, 법은 나의 관심사들 가운데 하나일 뿐이오. 나와 맥주 한잔 하겠소?"

에브니저는 한숨을 쉬며, 고맙지만 지난밤의 과음으로 아직도 머릿속이 말이 아니라며 거절했다. "나의 무례를 용서하시오, 선생. 나는 지금 제정신이 아닌 데다 아예 자포자기 상태랍니다."

"성 아가타의 잘려진 젖가슴에 걸고 말하지만, 그럴 만도 하지요! 정말 사악한 세상이오. 그리고 그 안에서 어떤 좋은 것을 찾는다는 건 쉬운 일이 아니지요."

"이곳은 사악한 주요. 그건 내가 보장합니다."

소터가 말을 이었다. "글쎄, 바로 지난달만 해도, 아니 지지난달인가, 어떤 할 일 없는 놈이 나를 만나러 왔습다. 다운 카운티에서 온 젊은 친구였소. 그는 내 사무실이 있는 대장간으로 들어오더군요. 아시다시피 나는 부업으로 대장간을 운영합니다. 아무튼 그 녀석이 들어와서는 내게 이렇게 말합디다. '소터 씨, 저는 변호사가 필요합니다.' 그래 내가 이랬죠. '성

---

50) Justinianus(483~565년). 비잔틴 제국의 황제(재위 기간 527~565년)로 『로마법 대전』을 편찬했다.

헐드릭의 사면발이에 걸고 말하건대, 무슨 일을 저질렀길래 변호사가 필요하다는 건가?' 그가 말합디다. '소터 씨, 저는 바봅니다. 정말 그래요. 전 돈을 헤프게 쓰며 살았죠. 그래서 빚을 지게 되었고요.' 내가 말했소. '아 글쎄, 자일스의 텅 빈 지갑에 걸고 말하는데, 나는 돈을 빌려주는 사람이 아니라네, 젊은이.' 그러자 그가 말합디다. '아니오, 선생. 사실은 빚쟁이들이 저를 거세게 압박하고 있었습니다. 그리고 저는 그것이 제게 오점을 남기게 될까 봐 두려웠죠. 그래서 제가 무슨 일을 했냐고요? 저는 서둘러 모리스 분에게 갔어요. 그 고리대금업을 하는 소돔의 아들 말입니다.' 내가 말했소. '피터의 손가락에 걸고 말하건대, 젊은이, 자네 설마?' 그가 말합디다. '그렇습니다. 저는 모리스 분에게 돈이 필요하다고 말했어요. 그리고 모리스는 언제나 그러했듯이 조건을 걸고 돈을 빌려주었죠. 이제 저는 빚을 청산하는 즉시 제 몸을 그놈의 짐승 같은 쾌락에 맡겨야 합니다.' 나는 소리쳤소. '자네는 마투린의 바보로군!' 그 젊은이가 그럽디다. '예, 그렇습니다. 이제 저는 제 모든 빚을 청산했습니다. 그리고 모리스는 쾌락을 기다리고 있습니다.' 내가 말했소. '이보게, 성 길다스에게나 기도하게. 나는 자네를 도울 수 없으니까.' 그가 말합디다. '도와주셔야 합니다. 저는 당신을 믿고 있습니다.' 내가 말했소. '그렇게 하려면 믿음 이상의 것이 필요하다네.' 그가 말합디다. '저는 믿음 이상의 것을 가지고 있습니다. 제가 당신에게 돈을 걸었거든요.' 그래서 나는 그에게 물었소. '어떻게 된 거지?' 그러자 그가 대답했죠. '저는 모리스에게 당신이 저를 곤경에서 빼내 줄 거라고 장담했거든요.' 내가 말했소. '성 딤프나가 자네를 보호하기를. 도대체 무엇을 내기로 건 건가?' 그가 말합니다. '만약 당신이 저를 보기 좋게 빼내 주면 모리스가 전에 제게 빌려 주었던 금액을 그대로 지불해 주기로요. 그러면 그것은 저를 구해 준 대가로 당신의 것이 되죠. 모리스는 만약 제가 내기에서 질 경우, 우리 둘 모두를 그루터기에서 구멍마개까지 강간하겠다고 맹세하더군요.' 내가 말했소. '비열한 놈! 이런 식으로 나를 너의 불결한 흥정에 끌어들여야 했어?'라고요."

소터가 한숨을 쉬었다. "하지만 피할 도리가 없었소. 그다음 날 그 녀석이 다시 나를 찾아왔더군요. 그런데 그 뒤를 고리대금업자인 모리스가 바로 뒤쫓아오지 않았겠소. 그 젊은이가 말합디다. '저를 지켜 주세요!' 그러자 모리스가 나를 아래위로 훑어보며 말했소. '자네 앞가림이나 하라구. 나는 우리가 합의했던 것을 지불받아야겠네.' 하지만 나라고 그 전날부터 놀고만 있었던 건 아니었소. 그래서 내가 말했죠. '아폴로니아의 송곳니에 맹세코, 진정하시오, 선생! 진정해요! 당신은 여기 있는 이 쓸모없는 인간에게 얼마를 빌려주었소?' 모리스가 대답했소. '연초 1,200웨이트요.' '그렇다면 어떤 조건으로 빌려준 거요?' '그가 일단 빚을 청산하면, 이달에 내가 그를 원할 때마다 나의 것이 되기로 했소.' 나는 두려움에 바지라도 더럽힐 것 같은 표정으로 서 있던 그 젊은이에게 말했소. '자, 그렇다면 루시의 음부에 맹세코 사건은 종결되었네. 그에게서 빌린 연초 1,200웨이트를 절대로 돌려주지 않도록 주의하게.'

그 젊은이가 물었소. '어째서요?' 모리스 역시 의아해하더군요. 그래, 내가 대답했소. '프리돌린의 안경에 걸고 말하건대, 모르겠나? 만약 자네가 그에게 되갚지 않으면, 자네의 빚은 아직 청산되지 않은 거야. 그리고 자네가 빚을 지고 있는 한, 자네는 모리스에게 갈 필요가 없어. 말하자면, 자네가 빚을 지고 있는 한 자네는 자유인 거지!'

성 볼프강의 통풍에 맹세코, 나는 당신에게 말할 수 있소. 이때 모리스가 고함을 지르기 시작했다는 것을 말이오. 왜냐하면 나는 그를 보기 좋게 엿먹였고, 그 역시 자기가 한 말에 책임을 지는 녀석이거든. 그는 그 젊은 망나니에게 연초 1,200웨이트를 더 지불했고, 욕을 퍼부으며 그 녀석을 쫓아 버렸소. 하지만 그는 나의 계략에 대해 생각하면 생각할수록 재미가 있는 모양이었소. 결국 우리는 눈물이 날 정도로 웃어 댔다오. 자, 그렇다면 켄티전의 연어에 걸고 말하건대, 내가 무엇을 증명하려 했겠소?"

에브니저가 대답했다. "인간에게는 배반 외에는 아무것도 없다는 것을요. 하지만 그 젊은이는 사악하지 않았고, 그를 구해 주는 데 있어서는 당신도 그랬어요."

소터가 웃으며 말했다. "하, 그건 모르는 소리요. 나의 실질적인 목적은 그 젊은이를 구하는 것이 아니라 모리스를 골탕먹이는 거였소. 그는 나를 여러 번 이겼었거든. 울스탄의 홀장(笏杖)에 맹세코 그 젊은 녀석에 대해 말하자면, 그는 내게 돈을 한 푼도 지불하지 않았소. 틀림없이 그 담배-어음을 홀랑 가져다가 창녀를 찾아갔을 거요. 사람들에게는 선한 구석이 별로 없다오." 그가 한숨을 쉬었다. "글쎄, 지금 이 순간에도 나의 배 안에는 무임 도항자(redemptioner)[51]가 있다니까."

에브니저가 자신의 머리를 손으로 움켜쥐며 외쳤다. "이제 됐어요! 당신의 이야기를 더 들어 봐야 무슨 소용이 있겠어요? 지금 내가 원하는 건 오로지 내 이 고통을 끝내 줄 권총뿐이오."

소터가 코웃음을 치며 말했다. "오 저런, 성 로크의 암사냥개를 걸고 말하지만! 그것은 그저 정처 없는 인생의 과정일 뿐이오. 인생은 당신을 오늘은 안락한 곳에서 재우다가, 또 내일은 엉겅퀴 덤불에서 재우지. 하루에 이것저것을 다 겪어 보시오. 그러면 향후 십 년 안에 당신은 여전히 어디에선가 잠을 자고, 저녁 식사로 당신의 창자를 채우고, 또 어떤 계집이랑 아드리안에서 세인트이브즈까지 재미를 보고 있을 거요."

시인이 말했다. "충고하기는 쉽지요. 하지만 당신은 바로 오늘 내가 굶어 죽는 꼴을 보게 될 겁니다. 난 지금 음식을 살 돈도, 갈 곳도 없으니까요."

"하류 쪽으로 몇 시간만 항해하면 쿠크포인트가 나오는데, 만약 내가 어떤 장소를 찾아 지구를 반 바퀴나 돌아 왔다면, 성 에셀버트에 맹세코 그것을 보기 전엔 내 머리통을 박살 내지는 않을 거요!"

이러한 암시에 에브니저는 상당히 놀랐다. 그는 생각에 잠

---

51) 일정 기간 노역을 뱃삯을 지불하지 않고 미국으로 이주해 온 사람을 가리킨다.

겨 말했다. "나의 시종이 그곳에서 날 기다리고 있지. 그리고 희망 사항이지만 나의…… 나의 약혼녀도. 가엾은 조안, 그리고 충실한 버트랜드! 그들은 나를 어떻게 생각할까!" 그는 소터의 팔을 잡았다. "당신은 그 악당 스미스가 그들을 쫓아냈을 거라 생각하시오?"

소터가 말했다. "자, 자, 피어랜의 맷돌에 맹세코, 당신은 화가 났군. 그리고 분노는 언제나 절망을 치유해 주지. 나는 당신이 말하는 이 사람들에 대해서는 전혀 아는 바가 없지만, 그들이 몰든에서 형편없는 대우를 받고 있지는 않을 거라 확신하오. 빌 스미스는 결점도 많지만 결코 당신의 손님들을 굶도록 내쫓을 사람은 아니오. 계관시인은 말할 것도 없고. 그야, 어쩌면 당신의 친구 팀 미첼도 그곳에 있을지 모르겠군. 그리고 그들은 모두 물수제비뜨기 놀이를 하거나 모리스 춤을 추고 있을지도 모르오!"

에브니저가 고개를 저었다. "하지만 이 마지막 기쁨마저도 내게는 거부될 겁니다. 배를 구하지 못했거든요."

변호사가 말했다. "글쎄 그렇다면 구둘의 랜턴에 대고 맹세하건대, 당신은 나와 함께 가야겠군." 그는 그렇지 않아도 바로 그날 아침 몰든으로 갈 작정이었다고 설명했다. 그리고 계관시인이 바닥짐이 되어 자기와 함께 가는 것을 환영한다고 덧붙였다. "나는 그곳에서 스미스 씨와 볼일이 있소. 그리고 오늘 아침에 아주 헐값으로 산 하인을 그에게 넘겨주어야 하오."

에브니저는 감사의 말을 몇 마디 중얼거렸다. 사실 그는 소터의 말에 거의 집중할 수가 없었다. 시간이 지날수록 온몸의 열이 더 심해지는 탓이었다. 여관을 떠나 부두를 향해 걸어가는 동안에도 술에 취한 듯 머리가 어질어질하고 눈앞이 빙빙 돌았다.

부두에 도착하자 소터가 말했다. "······ 당신이 지금까지 본 중에 가장 다루기 힘든 녀석일 거요. 게르트루드의 쥐덫에 대고 맹세하건대, 그는 무임 도항자가 아니라, 톨벗에서 하인들을 팔던 녀석이오. 끔찍한 운명의 희생자지."

계관시인이 말했다. "나는 지금 몸이 좋지 않아요. 정말로, 몸이 전혀 좋지가 않아요."

소터의 말은 계속되었다. "무임 도항자들로부터 가지각색의 사연을 들어봤소만 성 토마의 노끈에 맹세코, 이놈 이야기가 그중 으뜸이지! 글쎄, 당신은 믿을 수 있겠소······."

에브니저가 끼어들었다. "어쩌면 풍토병인지도 모르겠어요." 하지만 자신이 소터에게 말을 하는 건지 혼자 중얼거리는 것인지조차 구분할 수가 없었다.

변호사가 말했다. "하룻밤 침대에서 푹 쉬고 나면 괜찮아질 거요. 내가 말하려던 것은, 아니, 거기가 아니오. 내 보트는 저기 저 말뚝 옆에 있는 조그만 슬루프 선이라오. 내가 말하려던 것은, 이 커다란 촌뜨기가 우기기를 자기 이름이······."

슬루프 선으로부터 고함 소리가 들려왔다. "톰 테일러요! 톨벗 카운티의 톰 테일러 말요, 빌어먹을. 당신도 나만큼 그 사실을 잘 알고 있잖아, 딕 소터!"

소터가 킬킬거리며 말했다. "성 세바스티앙의 바늘겨레에 대고 말하지만, 그의 헛소리를 들어 보시오! 하지만 그의 이름은 누구나 볼 수 있는 노역 계약서에 명명백백하게 쓰여 있소. 런던 푸들덕에서 온 존 메키보이라고 말이오."

에브니저는 순간 몸을 지탱하기 위해 말뚝을 움켜쥐었다. "난 지금 정상이 아냐!"

변호사가 인정했다. "그래요, 성 퍼넬의 학질에 대고 맹세하건대, 당신은 지금 제정신이 아니오."

보트 안에 있는 남자가 다시 소리쳤다. "당신은 내가 메키보이가 아니라는 걸 아주 잘 알고 있어! 메키보이는 나를 속인 그 비열한 놈이라고!"

에브니저가 애써 슬루프 선에 초점을 맞추고 보니, 그 불평꾼은 한쪽 팔목에 수갑이 채워져 뱃전에 묶여 있었다. 그의 머리카락은 붉은색이었고, 턱수염 또한 그랬다. 하지만 열 때문에 눈의 초점이 흐려졌다 하더라도, 에브니저는 그가 자신이 두려워했던 대로 존 메키보이는 아니라는 것을 알아볼 수 있었다. 우선 그는 너무 나이가 들어 있었고(적어도 사십대는 되어 보였다.) 너무 뚱뚱했다. 몸집이 비대한 벤 올리버보다 덩치가 두 배는 더 큰 산 같은 살덩이를 지닌 사내였다. 지금까지 시인이 봤던 사람들 가운데 가장 뚱뚱한 사람이라고 할 수 있었다.

슬루프 선으로 올라타는 것을 도와주는 소터에게 그가 단언했다. "그는 존 메키보이가 아닙니다."

죄수가 외쳤다. "자, 들었지, 이 악당! 네가 거짓 맹세를 하도록 매수한 게 틀림없는 이 말라깽이 녀석마저도 그것을 인정했어!" 그가 애원하듯 에브니저를 바라보았다. "나는 이중으로 손해를 보았소, 선생. 소터는 내가 메키보이가 아니라는 걸 잘 알고 있소. 하지만 그는 저 문서들을 헐값에 얻었고, 그 사기를 실행에 옮기려 하고 있소!"

소터는 "쳇!" 하고 혀를 차더니, 자신의 승무원들 가운데 두 명에게 슬루프 선을 출항시키라고 명령했다. 그리고 에브니저에게 말했다. "나는 밑에 내려가 서류 몇 건을 작성할 거요. 당신은 쿠크포인트가 보일 때까지 선실에서 편하게 쉬어도 좋소."

하인이 간청했다. "제발 내 말을 다 들어 주시오. 당신은 이미 내가 메키보이가 아니라는 걸 알지 않소. 부당한 일이라 생각지 않으시오?"

에브니저가 선실을 향해 움직이며 중얼거렸다. "그것은 드문 이름이 아니오. 솔직히 말해 내가 한때 알았던 존 메키보이도 당신처럼 붉은 머리를 가지고 있었소. 하지만 그는 마른 체구에 얼굴은 온통 주근깨투성이였소. 그리고 나보다도 더 젊었지."

"바로 그 사람이오! 오, 주여, 소터, 이런데도 당신의 그 극악무도한 계략을 계속 진행시킬 수 있을 것 같나? 이 사람은 나를 판 그놈을 아주 정확하게 그려 냈어!"

소터가 퉁명스럽게 대꾸했다. "데이비드의 피를 걸고 말하는데, 이봐, 당신은 당신이 쿠크포인트에 자리를 잡은 그날, 나와는 상관없이 법정에 이의를 제기할 수 있어. 그때까지 당신은 존 메키보이야. 나는 당신의 문서를 정직하게 샀으니까. 쿠크 씨에게나 당신의 고충을 말해 봐. 만약 그가 듣고 싶어 한 다면 말야."

그 말과 함께 그는 밑으로 내려갔고, 죄수는 그 뒤에다 대고 욕설을 퍼부었다. 하지만 배가 처음으로 기우는 순간, 에브니저는 '포세이돈'을 타고 카나리아 제도 먼바다에서 폭풍우를 만났을 때만큼이나 심한 뱃멀미를 느꼈다. 그는 비참하게 바람이 불어 가는 쪽 난간을 붙들고 있어야 했다.

그가 가까스로 말했다. "이 메키보이라는 사람이 내가 알던 바로 그 사람이라는 것은 거의 불가능한 일이오. 왜냐하면 내가 알고 있는 메키보이는 런던에 있거든요."

뚱뚱한 사람이 말했다. "내가 알고 있는 메키보이도 그랬소. 육 주 전까지는."

"하지만 내가 알고 있는 메키보이는 하인 판매상이 아니오!"

"내 쪽도 아니었소, 지난 늦은 밤까지는. 생계를 위해 무임 도항자들을 파는 것은 나요. 하지만 이 저주받을 젊은 아일랜드 놈이 소터와 짜고 나를 망쳤소!"

에브니저가 고개를 저으며 말했다. "생각할 수도 없는 일이오!" 하지만 그는 알았다, 아니 믿었다고 해야 할까. 조안 토스트가 메릴랜드에 왔고(그 이유에 대해는 그저 지레짐작만 할 뿐이지만) 또한 자신이 런던을 떠날 무렵 존 메키보이가 며칠 동안 그의 애인과 소식이 두절됐다는 사실을. "신이 내 머리를 맑게 해 주기를. 그것이 무엇을 의미하는지를 생각해 봐야 할 텐데!"

상대방은 이것을 하고 싶은 말을 하라는 응대로 해석한 듯

이야기를 시작했다.

"내 이름은 메키보이가 아니라 톨벗 카운티의 옥스퍼드에서 온 토머스 테일러요. 톨벗의 경작자들은 모두 나를 알지요."

시인이 탁한 목소리로 끼어들었다. "그렇다면 어째서 당신은 법정에서 불평하지 않는 거요? 그들을 증인으로 부르면 되지 않소?" 이제는 서 있기조차 너무 어지러워진 그가 갑판 위에 주저앉았다.

테일러가 말했다. "소터가 피고일 때는 소용없소. 그는 비록 성자의 이름을 들먹이면서 맹세를 해 대는 버릇이 있지만 법정 그 자체만큼이나 사악한 인간이오. 게다가 그 비열한 녀석들은 내게 앙갚음하기 위해 거짓말을 마다하지 않을 거요." 그는 자신이 무임 도항자들을 파는 일을 하고 있다고 설명했다. 식민지로 여행하기를 갈망하는 영국의 가난한 사람들은 뱃삯 대신 기업가형 선장과 노역 계약을 맺는다. 그리고 그 선장은 그들의 계약서들을 항구에서 가장 높은 입찰 가격을 부르는 사람들에게 팔아 뱃삯을 회수한다는 것이다. 그것은 수익성이 좋은 사업이었다. 왜냐하면 하인들을 위한 표준 승객 요금은 겨우 5파운드 정도인데, 직공이나 미혼 여성들, 그리고 건강한 노동자들의 노역 계약서는 그 가격의 세 배에서 다섯 배에 팔아 치울 수 있었기 때문이다. 선장이 직접 팔기 불편하거나 이익이 충분히 남지 않는 사람들은 테일러 같은 도매상들에게 대량으로 넘겨졌다. 그러면 그는 그 일손들을 입찰이 이루어지는 항구에서 좀 더 멀리 떨어진 경작자들에게 되팔기를 시도하는 것이다. 테일러의 전문 분야는 늙거나, 병들거나, 기술이 없거나, 까다롭거나, 그렇지 않으면 선장이 처분하기 특히 어려운 하인들을 유별나게 낮은 가격에 사서, 그들을 먹이는 데 돈이 많이 들어가기 전에 소매 가격으로 되파는 것이었다.

그가 인정했다. "별로 보람은 없는 직업이지요. 만약 내가 없다면 50에이커의 땅뙈기를 가지고 있는 인색한 경작자들은 전혀 일손을 구하지 못할 거요. 그런데도 그들은 중풍에 걸린 늙은 허수아비에게 6파운드를 지불하고는 그가 삼손이 아니라는 이유로 나더러 책임을 지라고 하죠. 그리고 그 비열한 무임 도항자들은 내가 자신들을 굶긴다고 투정을 부리지요. 내가 자기들의 가치 없는 목숨을 구해 주었다는 걸 뻔히 알면서 말이오. 그들은 런던 부두를 배회하던 인간 쓰레기들이오. 그들 가운데 반은 술에 취해 얼쩡거리다가 선장에 의해 납치되었지. 만약 내가 옥스퍼드에서 그들을 빼내지 않았다면, 선장은 그들을 영국으로 돌아가는 항해를 위한 선원들로 서명시켜 고용했을 거요. 그런 뒤엔 출항한 지 사흘도 되지 않아 물고기 밥 신세가 되었겠지."

에브니저가 비통한 목소리로 말했다. "당신은 자선사업을 하고 있군요. 잘 알겠소."

그가 단언했다. "그런데, 선생, 바로 어제 모페이데스호가 일단의 무임 도항자들을 싣고 옥스퍼드에 정박했다오."

"모페이데스호라고! 슬라이와 스커리의 배 아니오?"

테일러가 말했다. "바로 그렇소. 제라드 슬라이는 이 노예 무역에서 가장 큰 손이라고 할 수 있소. 스커리도 그에 필적하는 사람이지. 그들은 이 주에서 유일한 주문 선장들이오. 자,

당신이 경작자라 치고, 사 년 동안 일할 석수가 필요하다고 가정해 보시오. 슬라이와 스커리에게 주문장을 제출하면, 다음 항해에는 그들이 당신에게 석수를 데려올 것이오."

"됐습니다. 대충 어떻게 돌아가는지 알겠네요."

"그렇다면 좋소. '모페이데스'가 입항한 것은 어제였소. 그리고 우리는 모두 무임 도항자들의 입찰에 응모하기 위해 나갔소. 슬라이와 스커리는 내가 승선했을 때 그들을 데리고 올라오고 있었어요. 그리고 승무원들은 우리 구매자들에게 럼주를 돌리고 있었지. 그때 이 빨간 머리의 녀석이 갑판 위로 끌려 올라왔고, 뭍을 흘끗 보더니 갑판원들로부터 도망을 치는 게 아니겠소. 그리고 사람들이 그를 저지하기도 전에 뱃전을 뛰어 넘어갔소. 하지만 불행히도 그가 뛰어내린 곳은 바로 '모페이데스'의 보트 옆이었지. 항해사와 세 명의 다른 사람들이 그를 다시 배 위로 끌어올린 후, 채찍질하겠다는 으름장과 함께 족쇄를 채웠소. 그리고 나는 그때 알았지. 날이 저물기 전에 내가 그놈을 갖게 되리라는 것을 말이오."

계관시인이 중얼거렸다. "불쌍한 메키보이!"

테일러가 말했다. "그건 그놈이 자초한 거요. 그들이 그 빌어먹을 녀석을 익사하게 내버려 두었다면 얼마나 좋았을까. 그랬다면 내가 이렇게 그놈 대신 족쇄를 차는 일은 없었을 텐데!" 그는 코웃음을 치며 뱃전 너머로 침을 뱉었다. "어쨌든 선장들은 벽돌장이, 구두 수선공, 보트 제조인 등등에 대한 구매자들의 주문을 충족시켰고, 열서너 명의 가구 제작자, 목수, 돛 수선공을 경매에 붙여 23파운드를 벌어들였소. 일반적으로 그들은 그다음엔 여자들을 팔아 치우곤 했었지만, 이번 항해에서 여자들이라곤 신랑감을 물색하러 나온 마흔 살 노처녀 둘뿐이었소. 그래서 그들은 대신 농장 노동자들을 내놓았고, 그들 열두 명을 16파운드의 입찰가에 팔았소. 농장 노동자들 다음으로 그 여자들이 나왔고, 그들은 각각 14파운드에 요리사로 갔소. 그들이 팔린 다음엔 그 빨간 머리 외에 오직 네 명만이 남아 있었소. 세 명은 농장에서 노동을 하기에는 너무 허약했고, 다른 일을 하기에는 너무 멍청해 보였지. 그리고 네 번째 녀석은 천연두로 아주 엉망이어서 보기만 해도 욕지기가 납디다. 그날은 어째 수확이 적은 편이었소. 보통은 열둘이나 그 이상을 사곤 했었는데 말이오. 하지만 나는 그 다섯 명을 두고 슬라이 및 스커리와 흥정을 시작했고, 결국 20파운드에 그들을 차지했소. 그것은 만약 그들에게 하루 두 끼를 먹였다면 그들을 데리고 오는 데 드는 비용보다 한 사람 몫이 더 적은 돈이었지만, 슬라이와 스커리가 그들을 너무 굶기는 바람에, 그들은 허수아비 노릇 외에는 아무것도 적합하지 않은 꼬락서니를 하고 있었소. 그러니 20파운드에 팔았어도 약간은 이익이 남는 장사였을 거요.

그들은 그 빨간 머리 녀석의 족쇄를 풀어 주고는 나와 함께 얌전히 갈 건지, 아니면 그 자리에서 당장 아홉 개의 끈을 단 채찍맛을 볼 건지 알아서 하라고 말했소. 내가 그들 다섯 명을 뭍으로 데리고 나와, 발목에 밧줄을 묶어 마차에 태웠을 때에는 이미 늦은 오후였소. 그러니 해가 지기 전에 한 명만 팔아 치워도 다행이겠다 싶었지. 나는 우선 옥스퍼드의 선술집에 들를 예정이었소. 그곳에서 아무 술주정뱅이에게나 그가 제정신일 때는 결코 사지 않는 것을 팔 수 있을지 시험해 볼 작정이었지. 그런 다음 남은 최악의 것들과 함께 도싯으로 이동할 생각이었소. 그곳에는 하인을 실은 배들이 상륙하는 일이 드물거든. 그리고 경작자들은 종종 일손이 부족하니까. 그런데 그 아일랜드 놈이 음식을 달라고 소리를 지르기 시작했소. 그래서 나는 그의 턱을 한 대 갈겨 주었소. 하지만 그들이 한데 뭉쳐서 내게 달려들까 두려워 이렇게 말했소. 내가 선술집에 들르는 것은 그들에게 먹을 만한 것을 가져다주기 위해서라고 말이오. 그리고 내가 그들을 위해 주인을 찾는 일을 끝내면 그들은 곧장 배를 채울 수 있을 거라고 말해 두었지. 술집 안에서는 신사 두 명이 얼근하게 취해서 일행에게 자신의 재산을 자랑하고 있습디다. 내 상품을 선전할 기회를 잡은 셈이었지. 내가 그들의 허영심을 만족시켜 주자, 그들은 자신들이 얼마나 대수롭지 않게 하인들을 살 수 있는지 보여 주는 데 열을 올렸소. 그리고 나는 그들을 빙 둘러선 사람들을 부추기는 일에도 역시 주의를 기울였지. 결국 프린 씨가 천연두로 엉망이 된 촌뜨기를 샀을 때, 퍼프 씨는 체면치레를 하느라 노망든 늙은이 두 명을 사야 했다오. 게다가 그들은 내가 부르는 값에 감히 눈 하나 깜짝할 수도 없었지. 내 장담하건대 그 가격을 듣고 즉시 술이 깼을 테지만 말이오.

그런 다음 나는 그 신사들이 자신들의 어리석음을 후회하고 거래를 무르기 전에 서둘러 다른 두 명과 함께 나갔소. 그리고 방향을 바꿔 케임브리지로 향했지. 메키보이는 먹을 것

을 주지 않는다고 이전보다 더 난리를 쳤소. 슬라이와 스커리
조차도 가끔씩은 빵과 물을 주었다고 고래고래 소리를 지릅니
다. 나는 이번에는 말채찍으로 다시 한번 한 대를 먹였소. 그
리고 내가 그를 구하지 않았다면 그는 먹는 대신 먹혔을 거라
고 말해 주었지. 아무래도 그날 밤 안으론 남은 둘 중 어느 누
구도 팔기 힘들 것 같았소. 메키보이는 젊고 상당히 튼튼한 녀
석이지만 너무도 명백한 말썽꾼이라 제정신인 경작자라면 어
느 누구도 그를 위해 단돈 1실링도 내놓지 않을 것이고, 등이
굽은 작은 요크셔인은 후두염을 앓고 있는 데다 이빨이 하나
도 없어 봄 작물의 싹이 나기도 전에 죽을 것처럼 보였으니까
말이오. 하지만 참탱크 나루터에서 나는 뜻밖에 또 하나의 행
운을 만났다오. 이미 해가 진 후여서 나룻배는 나가고 없었지.
그래서 나는 나의 전리품들을 마차에서 데리고 나와 볼링브
룩크릭을 향해 작은 길을 따라 해변으로 내려갔소. 강을 건너
기 전에 그곳에서 필요한 일을 할 생각이었지. 그런데 65킬로
미터도 가기 전에, 바로 앞 쓰러진 나무 뒤에서 요상한 소리가
들리는 거요. 그래 내가 가만히 살펴보니, 케임브리지 법정의
헤메이커 판사가 모래 위에서 어떤 여자와 붙어먹고[52] 있는

---

52) 원문은 "(…) playing the two-backed beast with a wench (…)"로 이것
은 원래 셰익스피어의 『오셀로(Othello)』 중 이아고(Iago)의 대사에 등장하
는 표현이다.

Iago   I am one, sir, that come to tell you, your daughter,

       and the Moor, are now making the beast with two backs.

       (I, i, 115~116)

게 아니겠소! 현장을 들키자 그는 대단히 분노한 듯 날뛰더니, 물러나라고 명령하더군. 하지만 일단 내가 그의 이름을 부른 뒤 아내의 안부를 묻자, 그는 좀 더 합리적이 되었소. 그러더니 얼마 안 가서 자기가 마침 하인이 굉장히 필요하던 참이라고 고백을 하지 뭐겠소. 그는 메키보이를 맘에 들어했지만, 나는 그에게 요크셔인을 사라고 설득했소. 게다가 그는 늙은 하인 한 명이 젊은이 두 명의 가치가 있다는 데 동의하더군. 그래서 나는 곱사등이의 가격으로 24파운드를 불렀소. 보통은 튼튼한 농장 일꾼의 거의 두 배가 되는 가격이었소. 비록 그렇다 하더라도 그는 운이 좋은 편이었지. 그와 붙어먹고 있던 여자는 내겐 전혀 낯선 여자가 아니었거든. 비록 어둠과 그녀의 상황 때문에 당시에는 언뜻 기억이 안 났지만, 일단 내가 메키보이와 함께 케임브리지로 건너온 뒤 여관에서 술을 마시던 사람들로부터 그날의 소송에 대해 듣고 나니, 내가 그 매춘부를 전에 어디에서 보았는지가 생각이 났던 거요. 그녀는 엘리 솔터로, 남편이 톨벗 카운터에서 선술집을 운영하고 있소. 저 스티스 브래녹스와의 소송에서 케임브리지 법정으로의 재판지 변경을 얻어 냈던 바로 그 존 솔터 말이오. 그리고 그는 바로 그날 오후 헤메이커로부터 승소 판결을 얻어 냈다오! 내가 그 이야기를 제때 들었다면, 헤메이커는 한 명이 아닌 두 명의 하인을 새로 사야 했을 것이고, 그 두 명에 대해 60파운드라는 어마어마한 거금을 지불해야 했을 거라는 건 당신에게 굳이 말할 필요가 없겠죠!

하지만 그 정도로도 그날의 수입은 아주 짭짤했소. 하룻저녁에 아무짝에도 쓸모 없는 하인을 넷이나 팔아 치웠으니까. 사실 기껏해야 한 명 정도나 팔 수 있을까 기대했었는데 말이오. 그리고 그들을 판 값으로 1,500웨이트 이상의 연초, 즉 63파운드를 얻었고, 그 가운데 47파운드는 온전하게 남겨 먹었지. 정말 축하할 일이었소. 술 마시는 사람들 가운데서 메키보이를 살 만한 사람을 찾아봐야겠다는 생각을 안 한 건 아니지만, 나는 들뜬 기분에 평소보다 훨씬 많은 럼주를 마셔 버렸고, 결국 메리 멍고모리의 여자들 가운데 한 명을 찾아 위층으로 올라가고 말았소."

에브니저가 말했다. "이제 보니 당신의 얼굴을 본 적이 있는 것 같군요. 나는 쿠크포인트의 에벤 쿠크요. 어제 법정에서 자기 재산을 넘겨 버린 바로 그 사람이죠. 나도 간밤에 과음을 했어요. 그 럼주는 좋은 사람들이 사 준 거요. 하지만 안타깝게도 그걸 마시고 난 다음에 일어난 일을 감당하는 건 내 몫이었죠."

테일러가 외쳤다. "이제야 당신이 기억나는군! 옷을 바꿔 입어서 못 알아봤소."

에브니저는 옥수수 창고에서 옷을 도둑맞은 일이며 메리 멍고모리에 의해 구출된 일 등을 가능한 한 짧게 설명했다. 명확하고 일관되게 말하는 것이 어느 때보다 힘들다는 것을 깨달았기 때문이다. 그는 자신이 이 주에 오게 된 일과 메키보이의 연관관계에 대한 상세한 설명은 생략한 채, 그 아일랜드인이 우연히도 그날 밤 내내 자신과 가까운 곳에 있었다는 사실에 놀라움을 표시했다.

테일러가 말했다. "저런, 그가 당신의 옷을 훔쳤다고 해도 내겐 그리 놀라운 일이 아니오. 충분히 그러고도 남을 놈이지! 나는 걸을 수도 없을 정도로 만취한 채 선술집에서 나왔소. 그리고 당신이 옥수수 창고로 장소를 옮겼던 것처럼, 메키보이와 함께 잠을 자기 위해 마차로 올라갔지. 그리고 마차에서 노숙하는 경우를 대비해서 가지고 다니는 담요를 덮기 전에 단도를 꺼내어 그놈을 위협했소. 만약 내 몸에 손가락 하나라도 까딱하는 날엔 그를 고기 조각으로 만들어 주겠다고 말이오. 나는 곧 잠이 들었소. 그리고 내가 오늘 아침 새벽에 소터의 하인으로서 잠을 깰 때까지 세상 모르고 곯아떨어졌다오!"

"세상에! 어떻게 된 거요?"

테일러는 입맛을 쓰게 다시며 고개를 저었다. "럼주가 문제였죠. 내 실수라면 그가 내게 달려들 것을 대비하여 단도를 내 머리맡에 둔 거요. 너무 취해서 그것을 그의 손에 닿지 않게 놓는다는 걸 신경 쓰지 못했지. 물론 나는 그를 묶어 놓았지만 그는 어떤 방법을 썼는지 나를 깨우지 않고 몸을 꿈틀거려서는 그 칼로 밧줄을 자른 거요. 그가 나를 그 자리에서 죽여 버리지 않은 것이 놀라울 따름이지. 하지만 나는 어미 배속의 새끼 강아지처럼 잠을 자고 있었고, 메키보이는 나를 죽이는 대신 깨끗하게 털어먹었소. 내 63파운드를 꺼내고, 하늘에 감사하게도 그 대부분은 그가 톨벗이나 도싯에서 함부로 교환을 시도할 수 없는 담배-어음으로 되어 있었소. 하지만 5, 6파운드는 그 지역의 동전으로 되어 있었지. 그런 다음 가장 만족스러운 전리품을 빼어 들었소. 내가 가지고 있던 그의 노역 계약서 말이오! 내가 추측하건대, 그는 이것들로 무장을 하고 아주 뻔뻔스럽게 선술집 안으로 네 활개를 치며 걸어 들어갔을 거요. 음식을 시켜 먹고, 메리 멍고모리의 여자들을 억지로 깨워 한바탕 놀았겠지. 양손에 내 돈을 쥐고 말이오. 그리고 새벽이 되어, 내가 여전히 럼주로 인해 죽은 듯 곯아떨어져 있는 동안 소터를 만났고, 그걸로 나는 끝장이었소! 만약 그가 다른 사람과 이 더러운 거래를 했더라면, 아무리 가장을 했어도 상대방의 이름을 부르는 것 이상 나아가지 못했겠지만, 소터는 나를 잘 알고 있으면서도 돈 한 푼에 윌리엄왕을 교황이라고 부를 사람이거든. 그들은 나를 메키보이로 만들어 버렸고, 소터는 2파운드에 그 노역 계약서를 샀소. 나는 깡패들이 나를 밧줄로 묶어 끌고 와서는 여기 뱃전에 족쇄를 채워 놓았을 때에야 비로소 어떤 일이 벌어졌는지 알게 되었소. 나는 내가 소터의 친구라고 들은 몰든의 주인에게 사년 동안 노동력을 제공하도록 계약이 되어 있소. 그리고 진짜 메키보이는 내가 끌려갈 때까지 들키지 않게 숨어 있다가, 틀림없이 내 마차와 말을 가지고 도망쳤을 거요. 나는 이런 억울한 상황을 법정에 제소할 수도 없소. 왜냐하면 그 계약서에는 메키보이가 그저 빨간 머리에 턱수염이 있고 마른 체형이라고만 적혀 있기 때문이오. 주인은 내 체구가 큰 것은 자신이 나를 잘 돌봐 준 증거라고 주장하겠지. 게다가 내가 고소해야 할 사람은 소터인데, 그는 법정에서 뱀장어같이 요리조리 잘 빠져나가는 인물이오. 내가 톰 테일러라고 맹세할 친구들을 들이대면 그는 나를 존 메키보이라고 증언해 줄 배은망덕한 놈 셋은 찾아낼 거요. 하지만 이런 것들이 아니라도, 내 사건에 관한 심리는 여전히 케임브리지 법정에서 이루어질 텐데, 법정 판사석에는 헤메이커 판사가 앉지 않겠소! 간단히 말해, 나는 당신과 마찬가지로 어처구니없는 곤경에 빠져 몰든으로 가게 되는 거요. 리처드 소터에게 철저하게 당한 거지!"

에브니저가 한숨을 쉬며 말했다. "정말 안됐군요." 하지만 그는 사실 오히려 메키보이에게 동정심을 느꼈고, 이 하인 거래상이 응분의 대가를 받았다고 생각하는 편이었다. "하지만 그래도 당신의 경우는 나보다 낫소." 그는 다시 한번 뱃멀미의 발작에 사로잡혔다. 그리고는 힘없이 뱃전에 달라붙었다. "나는 심지어 내 운명을 애통해할 수 있을 만큼 건강하지도 않아요."

그때 슬루프 선의 선실에서 나타난 리처드 소터가 말했다. "크리스핀의 구두 골에 대고 맹세코 그럴 시간도 없소." 그는 에브니저의 마지막 말을 들은 모양이었다. "왜냐하면 저쪽 좌현으로 캐슬헤이븐 포인트가 있고, 두 포인트를 더 내려가면 쿠크포인트니까."

에브니저는 신음하듯 말했다. "이런 상황이 아니었다면 얼마나 좋은 소식이었을까! 하지만 이제는 마치 죽음의 종소리 같구나. 나는 지금 조금도 내 집을 보고 싶지 않아. 그것은 더이상 나의 것이 아니니까. 그걸 보면 나의 삶도 끝이겠지."

소터가 말했다. "저런, 언제나 방편은 있기 마련이오. 당신은 적어도 당신이 몰락하게 된 건 럼주나, 그릇된 생각이나,

혹은 군중의 분노가 아니라, 순전히 자부심과 순수함 때문이 었다고 스스로를 위로할 순 있지 않소. 이전에 수많은 고귀한 사람들이 파멸한 것도 바로 그러한 자부심과 순수함 때문이 었지. 저기 저 포플러 나무들 사이로 집이 보이죠?"

슬루프 선은 케슬헤이븐 포인트를 떠나 이제 만에서부터 불어오는 신선한 바람 속에서 우현으로 비스듬히 방향을 잡 으며 서쪽으로 나아가고 있었다. 이때 좌현 갑판보 너머로 하 얀 참나무 판자 저택이 나타났다.

시인이 외쳤다. "설마 몰든이 이렇게 빨리!"

"아니오, 성 클레멘트의 닻을 걸고 맹세하건대 이것은 캐슬 헤이븐이오. 저곳에는 한때 에두아르딘이라 불렸던 성 같은 저택이 있었소. 그걸 세울 때는 이 세상 끝날 때까지 영원하리 라고 믿었지. 알려진 대로라면, 거기에는 엄청난 희생을 부른 자부심에 관한 이야기가 있소."

에브니저는 아버지에 의해 물에서 건져진 뒤, 가족들이 영 국으로 돌아오기 전까지 자신과 안나의 유모 노릇을 했던 젊 은 여자의 이야기를 기억했다. 그가 침울하게 말했다. "나도 그 이름을 들었던 것 같소. 하지만 몸이 너무 안 좋아서 더 이 상은 들을 수 없겠군요."

소터가 대답했다. "얘기해 줄 시간도 없소." 그는 강의 입구 의 넓게 퍼진 공간을 가로질러 서쪽으로 8, 9킬로미터 너머 수 목이 우거진 땅을 가리켰다. "저 앞에 쿠크포인트가 있소. 좀 더 가까이 가면 곧 몰든을 보게 될 거요."

톰 테일러가 외쳤다. "신이 너의 거짓말하는 영혼을 저주할 거다, 딕 소터! 이런 사기 행각을 언제까지 계속할 거야?"

소터는 마치 놀란 듯 미소를 지으며 말했다. "성 커스버트의 묵주에 걸고 말하건대, 선생, 나는 무슨 사기를 말하는 건지 모르겠군. 나는 스미스 씨를 위한 서류를 준비해야 하니 이만 실례하겠소."

그가 다시 선실 안으로 들어가 버리자, 테일러는 에브니저의 사슴 가죽 셔츠를 붙잡았다. "당신은 지금 아프지요, 그렇지 않소? 그리고 다시 건강해지려면 병구완이 필요할 거요."

에브니저가 대답했다. "내가 아픈 건 분명하오. 하지만 파멸한 사람에게 건강이 무슨 소용이겠소? 나는 몰든이나 한 번 본 뒤 내 삶을 끝낼 작정이오."

"아뇨, 이봐요, 그건 어리석은 짓이오! 당신은 내가 그랬던 것처럼 당신의 정당한 지위를 빼앗겼소. 하지만 대중과 법정은 당신을 싫어하지 않소. 스미스와 소터는 지금 당장은 당신을 몰락시키는 데 성공했지만, 내 생각엔 시간을 두고 신중히 생각하면 영지를 되찾을 방법이 있을 거요."

에브니저는 고개를 저었다. "그것은 허황한 꿈이오. 그런 꿈을 꾼다는 건 잔인한 일이지."

테일러가 고집했다. "전혀 그렇지 않아요. 총독에게 청원하는 방법도 있고, 아마도 당신의 아버지 역시 법정에 얼마간의 영향력을 행사할 수 있을 거요. 시간과 인내심만 충분하다면, 분명 방법을 찾을 수 있을 거란 말이오. 물론 나는 당신이 아직까지 소터에 필적할 만한 재주를 가진 법정 변호사를 본 적이 없을 거라 장담하오만."

에브니저도 그것을 인정했다. 그리고 한숨을 쉬며 말했다. "하지만 어쨌든 재판에 질 건 뻔하오. 나는 먹고사는 데 필요한 땡전 한 푼도 없소. 그리고 돈을 빌릴 만한 친구도 없고. 그리고 지금은 열이 나서 걷기조차 힘든 상황이오."

테일러가 말했다. "내 말이 바로 그 말이오. 당신은 내가 메키보이가 아니며, 착오로 인해 하인으로 묶여 있다는 걸 알고 있소. 그리고 나는 당신에게 내가 소송을 건다 해도 희망이 없다는 것을 보여 주었소. 쿠크포인트에 발을 내딛는 순간, 나는 사 년간의 삶을 잃게 될 거요. 아니, 어떤 구실이든 갖다 붙여 기간을 연장하는 것은 소터에게는 일도 아닐 것이오. 그는 헤메이커 판사가 자기 편을 들 거라는 걸 잘 알고 있으니까."

에브니저가 말했다. "내가 몸이 안 좋아서 그런지 모르겠지만, 나는 그게 나와 무슨 상관이 있는지 모르겠군요."

테일러가 절망적으로 말했다. "만약 이 스미스라는 놈이 나의 노역 계약서에 서명하면, 나는 망하는 거요. 하지만 그가 하인으로 삼는 사람이 당신이라면⋯⋯."

"나라니!"

뚱보가 간청했다. "제발 내 말을 끝까지 들어요! 만약 당신이 나 대신 하인 노릇을 한다면, 그것은 우리 둘의 문제에 모두 해결책이 될 거요. 나는 소터의 마수에서 벗어날 수 있을 테고, 하인들을 먹이고, 입히고, 아플 때 간호하는 것은 주인의 의무니까."

에브니저가 그 제안을 이해하려 애쓰는 듯 얼굴을 찌푸렸다. "하지만 내 소유지에서 내가 하인 노릇을 하다니!"

"그럴수록 더 좋죠. 당신은 눈을 크게 뜨고 당신의 당연한 권리를 찾을 방법을 생각해 볼 수 있소. 그리고 일단 내가 자유의 몸이 되면, 당신의 친절함을 그냥 잊어버리고 말 것 같소? 나는 당신을 위해서라면 하늘과 땅이라도 움직일 거요. 당신의 아버지에게 통지하고……."

에브니저가 하얗게 질렸다. "아니, 그건 안 돼요!"

테일러는 서둘러 말을 고쳤다. "그렇다면 니콜슨 총독에게요. 나는 니콜슨에게 청원서를 제출하고, 도싯의 사람들을 당신을 위해 분기시킬 거요! 그들은 그들의 계관시인이 하인의 삶을 살아가는 동안 결코 한가하게 앉아 있지 않을 거요!"

"하지만 사 년 동안의 천한……."

"쳇! 일단 내가 일을 벌이면, 넉 주도 안 걸릴 거요. 당신이 노역 계약을 맺는 것은 몰든의 주인이지, 스미스가 아니오. 일단 몰든만 다시 손에 넣으면, 당신은 그 계약서를 밑 닦는 데 사용하면 돼요."

에브니저가 불안하게 웃었다. "당신의 계획에 전혀 매력이 없다고는 할 수 없지만……."

"당신의 목숨을 구하고, 나의 목숨을 구하는 일이오!"

"하지만 소터가 당신의 말에 동의는커녕 들어줄는지나 모르겠소."

테일러가 다급하게 속삭였다. "그게 바로 핵심이오!" 그리고 계관시인을 가까이 끌어당겼다. "당신이 직접 탄원하는 것이 더욱 현명할 거요. 소터가 아니라 스미스에게요. 스미스는 나의 적이 될 이유가 전혀 없으니까. 하인이 누가 되건 그로서는 상관없는 일 아니겠소."

에브니저가 자신의 유모 이야기를 다시 한번 떠올리며 곰곰이 생각했다. "하지만 나라면, 아픈 하인보다 건강한 하인을 선호할 거요."

테일러가 정정했다. "만약 건강한 쪽이 분란을 일으킬 모든 징후를 보이는 반면, 아픈 하인이 기꺼이 일을 할 자세가 돼 있다면 꼭 그렇지는 않을 거요. 스미스와 흥정해 보시오. 마치 당신의 건강을 회복하고 내 일의 커다란 부당함을 바로잡는 것이 당신의 유일한 동기인 것처럼 말이오."

에브니저가 씁쓸하게 미소를 지으며 말했다. "그는 나를 이미 정의에 가장 관심을 가지고 있는 사람으로 알고 있소! 그리고 어쩌면 자신의 이전 주인을 하찮은 하인으로 삼는 것이 그를 기쁘게 할지도 모르겠군."

테일러가 포옹이라도 하려는 듯 몸을 움직였다. "신의 가호가 있기를, 선생! 그렇다면 그렇게 하겠소?"

에브니저는 뒤로 물러나며 말했다. "나는 아직 동의하지 않았소, 명심하시오. 하지만 그렇게 하지 않는다 해도 남은 건 자살뿐이니, 생각해 볼 가치는 있겠군."

테일러는 그의 손을 잡고 손등에 입을 맞췄다. "세상에, 선생. 당신은 정말이지 기독교의 성인 그 자체요!"

계관시인이 대답했다. "말하자면 순교를 하기에 적당한 고기죠. 넓은 세상의 사자들에게 던져 줄 한 조각 고깃덩어리."

소터가 갑판 위에 다시 나타나면서 그들의 대화는 끝이 났다. 그는 정확히 어떤 것을 가리키는지 명시하지 않은 채 말했다. "당신이 원하는 것을 말하시오. 마틴의 술 단지에 걸고 말하건대, 그냥 잃기에는 너무도 훌륭한 재산이오. 내가 당신이라면, 나는 내 것을 되찾기 위해서 무슨 일이든 할 거요. 그것이 비록 잃어버린 재산을 회복하는 자인 성 엘리언에게 기도하는 것 이상은 아니라 하더라도 말이오."

이 말을 하는 동안 그는 눈을 가늘게 뜨고 바다를 응시했다. 잠시 동안 에브니저는 그가 그들의 계획을 엿듣고는 모종의 보복을 꾸미고 있는 것이 아닌가 두려웠다. 하지만 그때 그가 말했다. "저기를 보시오, 젊은 양반." 그리고 둥글게 만 서류 뭉치로 그의 시선 방향에서 서쪽을 가리켰다. 여전히 뭍에서 3, 4킬로미터는 떨어져 있었지만, 우현으로 갈지자 항해를 하던 슬루프 선은 나무 한 그루 한 그루를 구분할 수 있을 정도로 충분히 뭍에 가까워져 있었다. 좀 더 안쪽으로는 단풍나무와 떡갈나무가, 해변 가까이는 미송들이 보였고, 우아하게 설계된 거대한 크기의 하얀 목재 저택으로 이어지는 잔디밭에서부터 그들 쪽을 향해 보트 선착장이 펼쳐져 있었다.

에브니저가 무심하게 물었다. "저 집도 역시 사연이 있는 집인가요?"

변호사가 웃으며 말했다. "성 베로니카의 신성한 손수건을 걸고 말하지만, 당신이 나보다 더 잘 알지 않소. 바로 몰든이오."

31 계관시인이 자신의 순결을 희생하지 않고
남편의 자격을 얻다

소터의 슬루프 선이 뭍에 가까워지면서, 영지의 세부적인 부분이 눈에 들어왔다. 에브니저는 조금 전보다도 훨씬 더 속이 울렁거리는 것을 느끼며 그것을 응시했다. 그 집은 분명 그가 기대했던 것보다 다소 작아 보였다. 그리고 누구나 바랄 만한 자연석이 아니라 하얗게 칠한 썩기 쉬운 참나무 판자로 지어져 있었다. 정원 역시, 그의 아버지 편에서는 예술적인 경관에 거의 주의를 기울이지 않았고, 거주자들 편에서는 관심을 거의 기울이지 않았다는 것을 증명하는 듯했다. 하지만 열, 상실감, 그리고 아주 어릴 때의 기억이라는 세 겹의 렌즈를 통해 보여지는 그것은 웅장한 외관을 자랑하고 있었다.

이상하게도 누이 안나가 제일 먼저 떠올랐다. 그는 우울하게 중얼거렸다. "하느님 맙소사!" 눈물이 그의 시야를 뿌옇게 흐렸다. "나는 내 옛집을 속수무책으로 잃어버리고 말았어! 신께서 그러한 순진함(innocence)을 저주할지어다!"

이렇게 탄식하고 나자 앤드루가 떠올랐다. 이 소식이 영국에 닿았을 때 아버지가 격노할 일을 생각하면 겁이 덜컥 났지만, 한편으론 그 분노와 처벌이 자신에게 떨어지기를, 그래서 현재의 자기 경멸이 더욱 비참하고 부질없는 것이 되기를 소망하지 않을 수 없었다. 이렇게 생각하자 테일러의 놀라운 제안에 더욱 구미가 당겼다. 그것은 그에게 그가 필요로 하는 양식과 의학적인 관심, 그리고 비록 그 가능성은 희박할지 몰라도 재산을 되찾을 수 있는 기회를 제공할지도 모르는 일이었다. 게다가 스스로를 '몰든의 주인'에게 속박시키는 것은 스스로의 잘못에 대한 처벌(실로, 그의 본질적으로 시적이며 현재열에 들뜬 공상 속에서, 일종의 속죄까지도)이 될 수도 있었다. 나는 나 자신의 무지(innocence)로 인해 전 재산을 잃었다. 그렇다면 좋다. 나는 그 무지의 하인이 되리라. 그리고 아마도, '구원자'[53]라는 용어가 암시하듯이, 통 수선공 윌리엄 스미스를 파멸시킴으로써 나의 어리석음을 속죄할 수 있을 것이다.

슬루프 선이 선착장에 고정되자, 소터는 족쇄를 찬 테일러를 뱃전에 그대로 남겨 둔 채 에브니저에게 집까지 동행하자고 청했다.

"당신이 얼마나 환영을 받을지는 내가 말할 입장이 아니지만, 적어도 당신의 하인과 여자 친구에 대해 물어볼 수는 있을 거요. 그리고 이리저리 둘러볼 수도 있겠지."

계관시인이 힘없이 말했다. "그래요. 그리고 나는 스미스 역시 만나야 하오. 그에게 할 말이 있소."

"아, 글쎄, 그와 나는 처리해야 할 용건이 있어서. 하지만 그 후라면 뭐……. 굿맨의 바늘을 걸고 말하지만, 저기 보시오! 저기 그가 우리를 맞으러 오는군. 저기, 안녕하시오!"

통 수선공이 현관에서 손을 흔들어 답례했다. 그리고 그들이 오는 방향으로 잔디를 걸어 내려왔다. 그는 스카치 옷감으

---

53) redemptioner. '무임 도항자'라는 뜻 외에 구원자, 구속자(救贖者)의 의미가 있다.

로 된 가운을 입은 여자와 동행하고 있었다.

에브니저가 외쳤다. "이럴 수가! 저 매춘부는 수잔 워렌 아니오?"

소터가 그에게 상기시켰다. "스미스 씨의 딸이죠."

그들이 가까이 다가오자 수잔은 계관시인을 골똘히 바라보았다. 에브니저는 분노와 수치심으로 가득 차, 그녀의 눈을 피했다.

스미스가 외쳤다. "이런, 이런. 이제 보니 쿠크 씨로군! 옷이 달라져서 첫눈에 알아보지 못했소, 선생. 하지만 나는 분명 당신이 몰든에 왕림한 것을 환영하고, 이곳에서 저녁 식사를 하길 바라오!"

수잔이 다소 걱정스러운 말투로 말했다. "내가 보기엔 몸이 안 좋은 것 같은데요."

에브니저가 말했다. "나는 죽을 것처럼 아프오." 그리고 현기증 때문에 몸이 흔들려 더 이상 말을 이을 수가 없었다. 그는 쓰러지지 않기 위해 소터의 팔을 잡아야 했다.

스미스가 수잔에게 명령했다. "그를 안으로 데려가거라. 우리의 용무가 끝나고 나면 소터 박사가 그에게 약을 처방해 줄 수도 있을 거야."

여자는 고분고분하게 계관시인의 팔을 자기 어깨에 두르더니 그를 집 쪽으로 이끌었다. 여자의 행동에 계관시인은 내심 당황했지만, 그녀의 팔을 뿌리치기엔 너무 지쳐 있었다. 그녀는 여전히 미첼 선장의 돼지를 몰던 때만큼이나 남루하고 너저분했다. 또한 수치심이 허락하는 한에서 잠깐 보았을 뿐인데도, 그녀의 얼굴과 목은 흠집과 구타 흔적에 의해 이전보다 훨씬 볼썽사납게 변해 있었다.

그는 겨우 입을 열어 물었다. "조안 토스트는 어디 있소? 당신의 그 비열한 아버지가 그녀를 학대한 건 아니오?"

수잔이 짧게 대답했다. "그녀는 이곳에 오지 않았어요. 어쩌면 당신의 의도를 미심쩍어했는지도 모르죠. 창녀는 좀처럼 남자들을 믿지 못하죠."

"그리고 남자는 좀처럼 창녀들을 믿지 못하지! 나는 당신에게 이것을 맹세하오, 수잔 워렌. 만약 당신이 그 여자에게 어떤 해를 입히는 데 관여했다면, 당신은 반드시 그 대가를 치를 것이오!" 그는 그녀를 더욱 닦아세우고 싶었다. 하지만 허약한 몸 상태와는 별도로 불현듯 떠오르는 두 가지 불유쾌한 생각 때문에 그 주제에 대해 더 이상 이야기를 계속할 수 없었다. 우선 조안은 그녀가 찾아온 남자가 갑자기 빈털터리가 되었다는 사실을 알고 이제 더 이상 애써 만나 볼 가치가 없다고 여겼는지도 모른다. 둘째, 그녀는 메키보이가 자신의 뒤를 쫓아 메릴랜드로 왔다는 소문을 듣고, 에브니저를 찾는 대신 그를 만나러 갔는지도 모른다. 그래서 수잔이 조안 토스트에게 무슨 일이 생겼다 해도 그것은 자기 때문은 아닐 거라고 그에게 거듭 맹세를 하자, 그는 계관시인의 짐을 찾아오라고 벌링검이 세인트메리즈 시티로 보냈던 버트랜드의 소식을 묻는 것으로 만족했다.

여자가 대답했다. "당신이 그에게 가져오라고 한 짐은 여기 있어요. 세인트메리즈에서 소포로 부쳤더군요. 하지만 그에 관해서는 한마디도 들은 적이 없어요. 그 사람 본인을 코빼기도 못 본 건 물론이고요."

에브니저가 한숨을 쉬며 말했다. "'운명이 괴롭힌 사람을 이제 온 세상 사람들이 때려눕히는구나.' 그들이 방목할 새로운 터전을 발견했다면 그 둘을 위해 최선이겠지. 나는 이제 아내나 하인을 거느릴 입장도 못 되니까. 하지만 그래도 그렇듯 신의를 저버리다니, 정말이지 뼛속까지 상처만 주는군!"

그들은 집으로 들어갔다. 내부 역시 외관과 마찬가지로 관리 부족의 흔적을 여실히 드러내고 있었지만, 방들은 넓고 적당하게 가구가 들어서 있었다. 계관시인이 그 모습을 보며 눈물을 흘리기 시작했다.

"몰든은 정말 내겐 낙원처럼 보이는군. 하지만 이제는 모든 걸 잃었어!" 그는 다리에 힘이 빠져 금방이라도 주저앉을 것만 같았다. 하지만 수잔이 그를 부축하려 하자 그는 와락 성을 내며 손을 흔들어 그녀의 도움을 물리쳤다. "어째서 병들고 무능력한 빈털터리를 염려하는 척하는 거요? 나는 당신이 아버지와 화해했다는 것을 의심치 않소. 이제 그는 신사가 되었으니, 이 방을 나가 내 영지 위에서 대단한 숙녀 노릇이나 하란 말이오! 아니, 당신이 날 위해 흘릴 눈물씩이나 가지고 있단 말이오, 그런 거요? '모든 것을 다 써 버리고 난 후, 후회는 너무 늦게 오는 법이지.'"

수잔은 자신의 너덜너덜한 옷단으로 아무렇게나 눈두덩을 두드렸다. "법정에서 당신이 개입한 일로 해를 입은 사람은 당신만이 아니에요."

"하! 당신의 아버지가 당신을 채찍으로 때렸나 보군, 그렇지? 자기에게 불리한 증언을 했다고?"

수잔이 슬프게 고개를 저으며 말했다. "보이는 게 다가 아니에요, 쿠크 씨."

에브니저가 자신의 머리를 움켜쥐며 짜증스럽게 대꾸했다. "맙소사! 또 그 소리군! 나의 재산과 안나의 지참금이 사라졌소. 나의 가장 친한 친구는 나를 배신하고 나를 굶도록 내버려 두고 떠났고 내가 사랑하는 여자는 비열한 짓을 당했거나 나를 가난뱅이라고 경멸하고 있소. 나는 아버지에게 절연당한 것이나 마찬가지고, 풍토병 때문에 거의 죽을 지경이오. 그런데 이 세상에서의 마지막 시간을 은혜도 모르는 매춘부의 충고나 듣고 있어야 하다니!"

수잔이 말했다. "언젠가는 당신도 이해하게 될 거예요. 당신은 스스로의 잘못으로 인해 충분히 불행해졌어요. 그런 당신에게 해를 끼치고 싶은 마음은 전혀 없다고요!"

이 말과 함께 그 여자는 울면서 방에서 달려 나갔다.

계관시인이 간청했다. "아니, 기다려요!" 그는 몸이 아팠지만 잔인하게 말한 걸 사과하기 위해 그녀를 뒤쫓아 나갔다. 그러나 그는 몸을 재빨리, 혹은 효율적으로 움직일 수가 없었고, 이내 그녀를 놓치고 말았다. 자신의 목표물이 어느 곳으로 갔는지 확신하지 못한 채 그는 수많은 빈방들을 배회하다, 마침내 부엌으로 보이는 방으로 들어섰다. 세 명의 여자들이 모두 하녀의 복장을 하고 탁자에 앉아 카드놀이를 하고 있었다. 그들은 뜨악한 얼굴로 그를 쳐다보았다.

그가 문틀에 몸을 지탱하며 말했다. "실례하오, 숙녀분들. 나는 수잔 워렌 부인을 찾고 있소."

카드 패를 고르던 여자가 빈정대듯 대꾸했다. "그렇다면 당신은 일찌감치 묏자리를 알아봐야 될 거예요." 그러자 다른 여자들이 즐겁게 웃었다. "저리 가요. 지금은 수지나 우리들 중 어느 누구라도 귀찮게 하기에는 너무 이른 시간이니까."

에브니저가 서둘러 말했다. "용서하시오. 당신들의 놀이를 방해할 마음은 없었소."

카드를 가진 여자가 말했다. "이건 그저 간단한 카드놀이일 뿐이에요."

다른 여자가 프랑스어 억양으로 말했다. "속이기에 간단하다는 거겠지! 도대체 뭐하고 있는 거야? 사기 치려는 거야?"

첫 번째 여자가 대답했다. "감히 나더러 사기를 친다고 해! 하긴, 넌 하녀 신분에서 벗어난 지 이 주일도 안 된 년치고는 꽤 훌륭하지!"

프랑스 여자가 위협하듯 말했다. "입 닥쳐, 이 싸가지 없는 것! 스커리 선장이 거리를 배회하던 너를 배에 태워 이리로 데려왔을 때 뱃삯 대신 네 몸뚱어리를 요구한 걸 잘 알고 있어!"

카드 패를 섞던 여자가 외쳤다. "슬라이가 네게 한 짓은 뭐 어떻고. 도대체 어째서 인간이 암퇘지랑 몸을 섞으려 했는지는 신만이 아시겠지만 말야!"

에브니저가 끼어들었다. "실례합니다만, 만약 당신들이 이 집의 하녀들이라면……."

"농, 세르텐느멍.(Non, certainement, 분명히 아니에요.) 나는 하녀가 아니라고요!"

카드 패를 섞던 여자가 말했다. "사실은 여기 있는 그레이스는 매춘부죠."

시인이 물었다. "뭐라고요?"

여자가 한쪽 눈을 찡긋하며 반복했다. "매춘부라고요. 메추라기요, 모르세요?"[54]

그레이스라는 이름의 여자가 비명을 지르듯 외쳤다. "메추라기라니! 감히 나를 메추라기라고 불러? 이 박쥐 같은 계집!"

첫 번째 여자가 고함쳤다. "창녀!"

상대방이 응수했다. "Bas-cul(바쿨)!"

"화냥년!"

"Consoeur(콩쇠르)!"

"창부!"

"Friquenelle(프리크넬)!"

"암돼지!"

"Usagère(위사제르)!"

"뚜쟁이!"

---

54) 여기서 카드 섞는 여자와 그레이스가 각각 영어와 프랑스어로 일종의 '성(性)'과 관련된 욕 대결을 벌이는데, 기본적으로 '창녀' 혹은 '성적으로 문란하거나 쉽게 범할 수 있는 여자'를 뜻한다. 성적인 정복의 대상으로서 여성을 연약한 짐승 혹은 가축과 연결시키거나, 남성의 성기를 받아들이거나 분비물을 받아 내는 구멍 혹은 '오물통'과 연결시키기도 하며, 남성이 먹기 좋은 '선물'이나 '음식'과 연결시키기도 한다. 그러나 여기서 정작 중요한 것은 '창녀'와 비슷한 의미의 단어들을 10페이지에 걸쳐 쏟아 놓는다는 사실이다.

"Viagère(비아제르)!"

"빨대!"

"Sérane(세란느)!"

"다리 벌리기 선수!"

"Poupinette(푸피네트)!"

"침대보!"

"Brimballeuse(브렝발뢰즈)!"

"암염소!"

"Chouette(슈에트)!"

"고깃덩어리!

"Wauve(워브)!"

"헤픈 년!"

"Peaultre(폴트르)!"

"논다니!"

"Baque(바크)!"

"매춘부!"

"Villotière(비요티에)!"

"불여우"

"Gaure(고르)!"

"걸레!"

"Brinque(브랭크)!"

"남자에 환장한 계집!"

"Ancelle(앙셀)!"

"음란한 계집!"

"Gallière(가이에르)!"

"남자 낚시꾼!"

"Chèvre(셰브르)!"

"밤의 여왕!"

"Paillasse(파야세)!"

"넝마!"

"Capre(카프르)!"

"호색녀!"

"Paillarde(파야드)!"

"탕녀!"

"Image(이마주)!"

"오리 궁둥이!"

"Voyagère(브와야제르)!"

"요강!"

"Femme de vie(팜므 드 비)!"

"발정 난 암소!"

"Fellatrice(펠라트리스)!"

"숙녀분들! 숙녀분들!" 하고 계관시인이 외쳐 보았지만, 이 때쯤엔 두 논쟁자들을 포함하여 카드놀이를 하던 다른 여자들도 새로운 놀이에 정신이 팔려 아무도 그에게 주의를 기울이지 않았다.

게임을 할 차례였던 여자가 외쳤다. "키잡이!"

그레이스가 대답했다. "Trottière(트로티에르)!"

"남자 사냥꾼!"

"Gourgandine(구어강덴)!"

"갈보!"

"Coquatrice(코카트리스)!"

"더듬이!"

"Coignée(코이네)!"

"짝눈!"

"Pelerine(펠레린)!"

"왜가리!"

"Drôllesse(드롤레스)!"

"암말!"

"Pellice(펠리스)!"

"매음부!"

"Toupie(투피)!"

"작부!"

"Saffrette(사프레트)!"

"움직이는 침대!"

"Reveleuse(레블뢰즈)!"

"유녀(遊女)!"

"Postiqueuse(포스티퀘즈)!"

"엉덩이 행상꾼!"

"Tireuse de vinaigre(티뢰즈 드 비네그르)!"

"날라리!"

"Rigobette(리고베트)!"

"암캐!"

"Prêtresse du membre(프레트레스 뒤 멍베)!"

"정자 받이!"

"Sourdite(수르디트)!"

"뜨내기!"

"Redresseuse(레드레쇠즈)!"

"아랫도리 헤픈 계집!"

"Personnière(페르소니에르)!"

"시궁창!"

"Ribaulde(리볼드)!"

"빈대!"

"Posoera(포쇠라)!"

"전당포!"

"Ricaldex(리칼드)!"

"하수구!"

"Sac-de-nuit(삭드뉘)!"

"바지 벗기기 전문가!"

"Roussecaigne(루스카이녜)!"

"선물상자!"

"Scaldrine(스칼드린)!"

"분화구!"

"Tendrière de reins(텅드리에르 드 렝)!"

"공중변소!"

"Presentière(프레정티에르)!"

"쉬운 계집!"

"Femme de mal recapte(팜 드 말 르캅트)!"

"임질 여왕!"

"Touse(투스)!"

"매소부(賣笑婦)!"

"Rafatière(라파티에르)!"

"행주!"

"Courieuse(쿠리외즈)!"

"인간 받침대!"

"Gondinette(공디네트)!"

"꽃뱀!"

"Esquoceresse(에스쿼세레스)!"

"아랫도리 행상꾼!"

"Folieuse(폴리외즈)!"

"색녀!"

"Gondine(공딘)!"

"바람둥이!"

"Drue(드루)!"

"잡년!"

"Galloise(갈루와즈)!"

"하느님 맙소사, 그만둬요!" 에브니저가 명령했다.

카드 섞던 여자가 외쳤다. "아뇨, 빌어먹을, 이건 끝장을 봐야 하는 전쟁이라고요! 당신이라면 프랑스인에게 굴복하겠어요? 어째서요, 저 여자는 하찮은 고깃덩어리일 뿐인걸요!"

상대방이 명랑하게 대꾸했다. "그러는 너는 햄(jambon)이라고!"

"짝궁둥이!"

"Fillette de pis(피예트 드 피)!"

"들오리!"

"Demoiselle de morais(드무아젤 드 모래)!"

"베이컨!"

"Gaultière(골티에르)!"

"출장 매춘부!"

"Ensaignante(엉세넝트)!"

"뒷구멍!"

"Gast(가스트)!"

"들소!"

"Court talon(쿠르 탈롱)!"

"돼지랑 붙어먹는 계집!"

"Folle de corps(폴 드 코르)!"

"변기!"

"Gouine(구엔)!"

"몸 파는 계집!"

"Fille de joie(피에 드 주아)!"

"밑닦개!"

"Drouine(드루엔)!"

"싼 계집!"

"Gaupe(고프)!"

"생갈보!"

"Entaille d'amour(엉타이에 다무르)!"

"먹다 남은 음식!"

"Accrocheuse(아크로셰즈)!"

"싸구려 계집!"

"Cloistrière(클루아스트리에르)!"

"노는 계집!"

"Bagasser(바가세)!"

"첩년!"

"Caignardière(케냐디에르)!"

"거푸집!"

"Barathre(바라트르)!"

"쓰레기통!"

"Cambrouse(캉브루즈)!"

"조갯살!"

"Alicaire(알리케르)!"

"뒤로 붙어먹는 계집!"

"Champisse(샹피스)!"

"꼬막!"

"Cantonnière(캉토니에르)!"

"몸뚱어리 임대업자!"

"Ambubaye(엉부바예)!"

"벌러덩!"

"Bassara(바사라)!"

"발정 난 계집!"

"Bezoche(베조쉬)!"

"요부!"

"Caille(카이예)!"

"소시지 분쇄기!"

"Bourbeteuse(부르베퇴즈)!"

"거리의 여자!"

"Braydone(브라돈)!"

"음경 덮개!"

"Bonsoir(봉수아르)!"

"호두까기!"

"Balances de boucher(발랑스 드 부셰)!"

"고기 판매상!"

"Femme de péché(팜므 드 페셰)!"

"간부(姦婦)!"

"Lecheresse(레셰레스)!"

"구멍 임대상!"

"Hollière(올리에르)!"

"레즈비언!"

"Pantonière(팡토니에르)!"

"헌 계집!"

"Grue(그루)!"

"누더기!"

"Musequine(뮈제켄)!"

"고기 냄비!"

"Louve(루브)!"

"색광!"

"Martingale(마르티날)!"

"밝힘증 환자!"

"Harrebane(아르반)!"

"뒤로 호박씨 까는 계집!"

"Marane(마란)!"

"실내 변기!"

"Levrière d'amour(르브리에르 다무르)!"

"돼지 여물통!"

"Pannanesse(파나네스)!"

"음경 핥기!"

"Linatte coiffée(리나트 쿠아페)!"

"오줌통!"

"Hourieuse(우리외즈)!"

"난로!"

"Moché(모셰)!"

"씨암탉!"

"Maxima(막시마)!"

"메살리나 같은 년!"

"Loudière(루디에르)!"

"찌꺼기!"

"Manafle(마나플)!"

"가벼운 계집!"

"Lesbine(레즈벵)!"

"서방질하는 계집!"

"Hore(오르)!"

"마귀할멈!"

"Mandrauna(망드로나)!"

"구정물통!"

"Maraude(마로드)!"

"이 더러운 입의 마귀할멈들!" 에브니저가 빽하고 소리를 지르고는 그가 마주친 첫 번째 문을 통해 달려 나갔다. 그러자 얼마 안 가 처음 출발했던 지점이 나왔다. 그곳에서 윌리엄 스미스가 벽난로 옆에서 담배를 피우며 홀로 앉아 있었다. "도대체 몰든이 얼마나 사악한 곳으로 몰락했길래 저런 끔찍한 여자들이 자릴 잡고 있는 걸까!"

스미스가 안됐다는 듯 고개를 저었다. "벤 스퍼던스 덕분에 상황이 아주 유감스러운 형편이오. 내 사업을 정비하는 데는 얼마간의 작업이 필요하다오."

"당신의 사업이라고! 이보시오, 내 곤경이 보이지 않소? 나는 몰락했소. 빈털터리요. 그리고 열로 인해 죽을 만큼 아프단 말이오. 내가 당신에게 쿠크포인트를 넘긴 것은 순전히 운이 나빠서였소. 나는 자비를 베풀었건만, 결과는 이렇듯 처참하지! 당신에게 20에이커를 주리다. 그것이 원래 당신의 몫이오. 아니, 30에이커. 어쨌든 나는 당신을 재판에서 구해 주지 않았소! 당신에게 이렇게 간절히 요구하오. 이제 몰든을 돌려주시오. 나를 구해 주시오!"

스미스가 끼어들었다. "잠깐, 잠깐. 당신은 몰든을 되돌려 받을 수 없소, 그리고 그걸로 끝이야. 뭐야, 그렇다면 내가 부자에서 다시 가난뱅이가 되어야 한단 말인가?"

에브니저가 애원하듯 말했다. "그렇다면 40에이커! 당신이 합법적으로 받을 수 있는 몫의 두 배요. 그렇지 않으면 나는 강에 투신하는 수밖에 없소!"

"쿠크포인트 전체가 합법적인 나의 몫이오. 우리의 양도증서가 그렇게 명백히 말하고 있지 않소."

에브니저는 쓰러지듯 의자에 앉았다. "아, 주여, 내가 건강하기만 했어도! 아니, 내가 이 사기꾼을 영국 법정에 세울 수만 있어도!"

스미스가 응수했다. "그렇더라도 결과는 똑같을 거요. 이만 실례하오, 쿠크 형제여. 나는 딕 소터가 내게 하인으로 넘기기로 한 남자를 살펴봐야 하니까." 그가 앞문을 통해 나가려 하였다.

계관시인이 외쳤다. "잠깐! 그 남자의 노역 계약은 잘못 된 거요. 나처럼 그 역시 동료를 신뢰하다 배신당했지! 그의 이름은 메키보이가 아니라 톨벗의 토머스 테일러요!"

스미스가 어깨를 으쓱하며 대꾸했다. "그가 튼튼한 허리와 시원찮은 식욕을 가지고 있다면 그가 자기를 로마의 교황으로 부른다 해도 상관없소."

에브니저가 단언했다. "그는 그 두 가지 조건에 모두 해당되지 않소." 그리고 테일러의 노역 계약 상황을 짧게 설명했다.

스미스가 인정했다. "만약 당신이 말한 것이 사실이라면, 그것은 그에겐 대단히 불행한 일이오. 하지만 한탄해야 할 것은 그의 운명이지, 내 운명은 아니니까. 자, 그러면 이제 그만 실례하오."

"잠깐만!" 에브니저는 통 수선공과 마주하기 위해 힘겹게 방을 가로질러 나갔다. "만약 당신이 스스로 손해를 보면서까지 정의를 행사하고 싶진 않다 해도, 나를 희생시키는 건 적절하다고 볼 수도 있지 않겠소. 테일러를 풀어 주고, 나를 그자 대신 하인으로 삼으시오."

통 수선공이 외쳤다. "이게 무슨 어리석은 짓이오?"

에브니저는 할 수 있는 한 조리 있게 자신은 지금 병이 나서 며칠간의 휴식과 회복기간이 필요하며, 그것에 대해 그리고 자신을 몰든에 있게 해 주는 대가로 자신은 스미스가 요구하는 고용 조건에 적합하다고 보는 어떤 능력에서든 준비된 하인이, 그것도 기꺼이 될 생각이라고 말했다. 그는 자신이 특히 서기 일이나 회계장부를 기록하는 일에 대해 충분한 경험이 있는 반면, 테일러는 사실상 자유인일 뿐만 아니라 분명 주인에 대해 비록 정당하지만 위험한 원한을 품을 수 있으며 게다가 식욕이 왕성한 게으름뱅이라고 덧붙였다.

윌리엄 스미스가 곰곰이 생각하며 말했다. "모두 일리가 있는 말이군. 하지만 나는 어쨌든 아무런 대가를 치르지 않고도 대식가를 굶길 수도, 말썽꾼에게 채찍을 휘두를 수도 있소. 반면 아픈 사람이라면……."

시인이 신음하듯 말했다. "세상에! 내가 내 영지에서 제발 하인 노릇을 하게 해 달라고 간청이라도 해야 속이 시원하겠소? 그렇다면 좋소." 그는 바닥에 간청하는 자세로 무릎을 꿇었다. "당신이 원하는 어떤 조건으로든 나를 하인으로 고용해 주시오. 부탁이오! 만약 당신이 거절한다면, 그것은 나를 당장 죽이는 거나 마찬가지요!"

스미스는 들고 있던 파이프를 빨았다. 그리고 그것이 식어 버린 것을 발견하고는, 벽난로의 깜부기불로 다시 불을 붙였다.

그가 마침내 말했다. "나는 시인도 신사도 아니오. 자신의 재산을 잃고 싶은 생각이 전혀 없는 단순한 통 수선공일 뿐이지. 나는 바보도 아니고, 세상 물정 모르는 풋내기도 아니오. 그리고 나는 당신이 어떤 고결한 동기 때문이 아니라 단지 당신이 이곳 풍토에 적응하는 동안 간호를 받은 다음 나를 파멸시킬 수단과 방법을 찾을 마음으로 내 하인이 되려 한다는 것쯤은 잘 알고 있소."

"당신에게 맹세컨대……."

"잠깐, 아직 끝나지 않았소. 나는 당신을 고용하지는 않을 거요. 하지만 나는 당신이 이곳 풍토에 적응하는 동안 간호를 받을 수 있도록 조치하겠소. 단 한 가지 조건이 있소."

에브니저가 말했다. "당신의 조건을 말하시오. 나는 지금 너무 아파서 흥정할 여력이 없소."

"사실 나는 나의 딸 수잔을 위해 적합한 배우자를 찾고 있소. 그 애의 전남편은 몇 년 전 런던에서 죽었지. 만약 당신이 그 애와 바로 오늘밤에 결혼한다고 계약하면, 나는 그 애의 지참금으로 반년간 몰든에서 먹고 잘 수 있도록 해 주겠소. 그리고 딕 소터가 당신이 필요로 하는 모든 의학적인 조치를 해 줄 거요. 그는 도싯 최고의 의사지. 만약 당신이 내일 결혼하겠다고 한다면, 지참금은 오 개월간의 숙식이 될 거요. 그리고 하루가 지날수록 날짜는 한 달씩 줄어들지, 됐소?"

계관시인이 숨을 헐떡이며 말했다. "세상에, 이보시오! 너무 터무니없는 조건이오!"

스미스가 가볍게 목례를 하며 말했다. "그렇다면 우리의 용건은 이것으로 끝난 거요. 그럼, 하룻밤 잘 보내시오."

"잠깐, 가지 마시오! 세상에, 이건, 단지, 난 생각해 볼 시간이 필요하오!"

스미스가 미소를 지으며 말했다. "내가 이 담배를 다 피울 때까지 생각해 보시오. 그 후에는 내 제안을 철회하겠소."

에브니저가 울부짖었다. "당신은 나를 선택으로 미치게 만드는군!" 하지만 스미스가 그저 담배를 피우기만 하고 아무런 대답을 하지 않자, 그는 미친 듯이 두 가지 선택 사항들의 무게를 가늠하기 시작했다. 하지만 두 가지 모두 선뜻 내키지가 않았다.

이윽고 스미스가 파이프의 재를 난로 안의 장작 받침쇠 위에 두드려 털며 물었다. "당신의 선택은 뭐요?"

에브니저가 한숨을 쉬며 말했다. "결정했소. 나는 내 목숨을 구하기 위해 당신의 딸인 타락한 매춘부와 결혼하기로 했소. 신께서 나를 그녀의 매독과 배신으로부터 지켜 주기를! 하지만 나는 우리의 거래가 우리들의 이름이 첨부된 계약서로 작성되는 것을 보아야겠소."

통 수선공이 동의했다. "당연히 그래야겠지." 그리고 깃과 잉크병, 그리고 리처드 소터가 슬루프 선에서 몰든을 가리켰던 것들과 매우 비슷한 서류 다발들이 놓여 있는 탁자를 계관시인 앞에 놓았다. "여기에 내가 수잔을 위한 배우자를 찾기에 앞서 딕 소터로 하여금 작성하게 한 결혼 계약서 두 장이 있소. 나는 교회에 결혼을 예고하지 않은 데 대해 벌금을 감수할 생각이오. 두 장 모두 서명하시오. 그러면 그것은 봉인될 거고, 소터 목사가 매듭을 묶은 뒤, 당신에게 즉시 약을 가져다줄 거요."

에브니저가 놀라 말했다. "목사이기도 하다니!" 게다가 어떻게 그렇게 신속하게 스미스가 결혼을 계약할 뿐만 아니라, 방금 전에 제안했던 바로 그러한 조건들로 신랑의 간호와 회복을 보장하는 서류들을 내놓을 수 있는지 의아한 생각이 들었다. 하지만 그때는 이미 그가 정신착란에 가까운 상태에서 들은 이 소식에 너무 기뻐 계약서 한 장에 서명하고, 두 번째 장에도 서명을 반쯤 끝낸 참이었다. 마침내 이것이 함정일지도 모른다는 사실에 충격을 받아 그가 펜을 들어 올렸을 때, 리처드 소터, 수잔 워렌, 그리고 토머스 테일러가 밖에서 안으로 들어왔다. 게다가 그들은 다름 아닌 헨리 벌링검과 동행하고 있었다.

무슨 일이 진행되고 있는지 파악한 수잔이 외쳤다. "멈춰요! 그 서류에 서명하지 말아요!" 그녀는 탁자를 향해 달려왔다. 하지만 그녀가 그곳에 도달하기 전에 스미스가 서류들을 잡아챘다.

"너무 늦었다, 얘야. 그는 이미 4분의 3을 서명했고, 여기 있는 티모시가 나머지를 위조하는 건 일도 아닐 거다."

에브니저는 사람들을 차례차례 바라보았다. 그의 얼굴은 경련을 일으키고 있었다. "헨리! 이게 도대체 무슨 꿍꿍이죠? 이 인디언의 누더기 옷마저 훔쳐 가려고 돌아왔나요, 아니면 압운으로 나를 좀 더 희롱하러 왔나요?"

소터가 말했다. "당신의 법정 명령에는 약점이 있었소, 쿠크 씨." 그는 스미스가 가지고 있던 몇 장의 서류들 가운데 하나를 집어들었다. "여기 이렇게 써 있지. 윌리엄 스미스는 그의 딸의 결혼을 가장 빠른 기회에 성사되도록 할 것이다, 등등. 성 윈프레드의 체리를 걸고 말하지만, 선생! 제정신이 있는 남자라면 누구도 매독과 아편에 찌든 매춘부와 결혼하려 하지 않을 거요. 그리고 아마도 어떤 빌어먹을 판사 놈이 그 조항 때문에 그 명령대로 결정하지 못할지도 모르니까!"

스미스가 자신의 손에 있는 계약서를 휘두르며 덧붙였다. "하지만, 여기 이 서류가 그 구멍을 메워 줄 테지."

소터가 동의했다. "이것은 성 윈프레드가 기웠던 어떤 것보다 훌륭한 천 조각이지."

토머스 테일러가 말했다. "나는 감히 당신의 용서를 바랍니다, 쿠크 씨. 당신에게 내 자리를 대신해 달라고 부탁하는 일은 처음부터 소터의 생각이었소. 그것이 자기가 나를 위해 할 수 있는 유일한 배려라고 말하더군요."

에브니저가 음침한 미소를 지으며 말했다. "당신을 용서하오. 메키보이가 자신의 자유를 위해 당신을 희생시켰고, 당신은 당신 자신의 자유를 위해 나를 희생시켰소. 나는 나의 자유를 위해 누구와 교환해야 할까? 하지만 친구, 이들은 당신을 두 번이나 엿먹였소. 당신은 아직 자유인이 아니오."

테일러가 물었다. "그게 무슨 말이오?"

스미스가 차갑게 말했다. "쿠크 씨와 노역 계약을 맺을 필요는 없었지. 수잔, 너는 티모시와 함께 부엌에서 증인들을 데려오고, 신랑을 준비시켜. 메키보이를 하인들의 숙소에 데려다 놓은 뒤, 곧 소터 목사가 너희들을 결혼시켜 줄 거야."

테일러가 즉시 격렬하게 항의하기 시작했다. 하지만 두 남자는 그를 강제로 끌고 나갔다. 대화 내내 벌링검은 아무 말이 없었고, 에브니저가 그를 티모시가 아니라 헨리라고 불렀을 때도 무표정하게 서 있을 뿐이었다. 그러나 스미스와 소터가 시야에서 사라지자 그의 태도는 돌변했다. 그는 에브니저가 기절한 듯 앉아 있는 의자로 달려와 그의 어깨를 붙잡고 흔들었다.

"에벤! 에벤! 오 주여, 일어나 내 말을 들어!"

에브니저는 그를 흘끗 보더니 시선을 돌렸다. "나는 당신을 보고 있을 수가 없어요."

"아냐, 에벤, 들어 봐! 시간이 별로 없어. 그들이 돌아오기 전에 서둘러 말해야 해. 스미스는 평범한 통 수선공이 아냐. 미첼 선장이 심어 놓은 인물이라고. 그리고 미첼 선장은 쿠드의 심복이지! 메릴랜드를 매독과 아편으로 파멸시키고, 더 나아가 이 주를 전복시키려는 놀랄 만큼 사악한 음모가 진행 중일세. 커다란 매음굴과 아편굴이 세워졌어. 그리고 몰든이 이카운티에서 가장 중심이 될 거야. 나는 팀 미첼로 가장하고 이 모든 것을 알아냈다네. 팀 미첼의 임무는 어떤 구실로든 신선한 아편을 가지고 카운티들을 다니면서 매음굴을 감독하는 거지." 에브니저가 선뜻 관심이나 믿는 기색을 보이지 않자, 벌링검이 다급한 목소리로 계속해서 설명했다. 미첼 선장과 스미스는 정부와 고용인에게 충성스러운 벤 스퍼던스를 파멸시킬 계략을 한동안 꾸며 왔다. 전략적 요충지에 세워져 있는 쿠크포인트 영지를 손에 넣기 위해서였다. 벌링검은 다른 한편 그들의 계획을 전복시킬 방법을 찾아 왔는데, 수잔의 탈출 사건이 일어나고 나서야(그것은 명백히 미첼 선장에 의해 계획된 것이다.) 새로운 매음굴의 소재와 미첼이 도체스터에 심어 놓은 요원의 정체를 알게 되었던 것이다.

"우리가 케임브리지에 도착한 뒤 자네가 다른 곳을 배회하는 동안 나를 찾아온 스퍼던스를 만나고 나서야, 나는 수잔이 그녀가 봉사하는 대의에 충성스럽지 않다는 것을 알게 되었네. 그들은 우리 요원들이 서로를 알아볼 수 있도록 내가 만들어 놓은 비밀 기호를 보고 함께 나를 찾아왔더군. 그리고 솔터 사건이 심리 중인 동안 그들은 노역 계약서의 조항을 빌미로 스미스를 파멸시킬 방법을 찾았다고 내게 말해 주었지. 헤메이커 판사에게는 미리 손을 써 두었다더군. 우리는 수잔의 증언을 이용하여 그 비열한 녀석을 거의 뭉개 버릴 수도 있었어. 하지만 자네의 판결이 우리의 계획을 망쳐 놓고 말았지."

에브니저는 여전히 아무 대답도 하지 않았다. 하지만 눈물이 그의 가늘게 뜬 눈에서 솟아 나와 수척한 볼을 타고 흘러내렸다.

헨리의 말은 계속되었다. "그래서 나는 자네의 손실에 대해 드러내 놓고 동정할 수 없었던 거야. 나는 그 즉시 스미스와 친구가 되었고, 자네를 옥수수 창고에 오도 가도 못하도록 만들어 놓고 떠났어. 내가 그와 함께 몰든으로 가서 그의 계획과 성격에 대해 더 알아내기 전까진 자네를 위험에서 벗어나 있게 하기 위해서였지. 나는 그가 자신을 배신한 대가로 수잔을 먼지가 나도록 때릴 거라고 생각했는데, 그는 오히려 그녀에게 꽤 잘 대해 주었어. 몇 분이 지나, 즉 수잔이 자네가 여기 있다고 말하고, 내가 소터로부터 존 메키보이와 톰 테일러의 이야기를 듣고서야, 나는 그 악당의 음모를 알 수 있었네. 그리고 서둘러 달려왔지만, 자네를 저지하기엔 너무 늦은 걸세."

계관시인이 힘없이 눈을 감으며 말했다. "그건 이제 별로 중요하지 않아요. 어쨌든 나는 살아서 아버지의 분노를 보지 못할 테니까."

벌링검이 이야기하는 내내 눈물에 젖은 채 앞에 놓인 탁자 옆 바닥 위에 앉아 있던 수잔이 물었다. "내가 그를 남편으로 맞는 걸 거부하면 안 될까요? 그러면 스미스의 계획은 망하는 거고, 쿠크 씨는 굉장히 기뻐할 거예요, 확신해요."

벌링검은 스미스가 그 계약서로 자신이 가능한 범위 내에서 그 결혼 명령을 따랐다는 것을 법정에서 증명할 것이므로 그의 계획을 망치기는 힘들 거라고 대답했다. "하지만 후자에 관해서라면, 그건 내가 상관할 바가 아니지만, 지금 당장으로 서는 에벤을 돌볼 다른 방법이 없잖아."

에브니저가 말했다. "어찌 되든 내겐 상관이 없어요."

벌링검이 그를 깨우기 위해 어깨를 붙잡고 흔들었다. "아냐, 절망하지 말게! 난 자네가 수잔과 결혼하는 게 좋다고 생각해, 에벤. 그리고 건강을 되찾을 때까지 그녀의 간호를 받게. 나는 자네의 생각을 알고 있어. 그리고 자네가 순결을 얼마나 소중히 생각하는지도. 하지만, 맹세코 길이 있다네! 자네는 결혼할 의무가 있지만 신방에 들어 혼례를 완성시킬 의무는 없지. 자네의 건강이 다시 회복되면, 우리는 윌리엄 스미스를 파멸시킬 방법을 찾을 수 있을 거야. 그런 다음 수잔이 자네가 여전히 숫총각이라는 근거를 들어 혼인 무효소송을 제기하면 되네!"

수잔은 고개를 숙였지만 아무 말도 하지 않았다. 스미스와 소터의 웃음소리가 집 뒤편에서 들려왔고, 다음 순간 부엌에서 카드놀이를 하던 여자들의 쉰 목소리들이 합세했다.

벌링검이 재빨리 말했다. "이봐, 에벤. 나는 주머니 안에 소터의 약을 가지고 있어. 그는 분명 악당이지만 의사이기도 하네. 지금 이걸 먹고 결혼식이 진행되는 동안 몸을 추스르게. 그러면 내가 맹세컨대, 우리는 올해가 다 가기 전에 자네가 이 집의 주인이 되는 것을 보게 될 거야!"

에브니저는 머리를 흔들어 엄습하려는 기절 같은 잠을 떨어내고는 신음 소리를 내며 손으로 얼굴을 덮었다. "신이여, 내 목소리를 듣고 있는 신이 누구든 얼른 내려와 나를 데려가시기를! 이건 내가 가고자 했던 길과는 너무도 달라. 로케츠의 주점에서 인생을 다시 시작할 수 있다면!"

"거기, 아직 살아 있군!" 윌리엄 스미스가 명랑한 목소리로 외쳤다. 그리고는 소터 및 세 명의 여자들과 함께 방으로 성큼 걸어 들어왔다. "자, 그를 일으켜 세우게, 티모시. 그리고 일을 끝내자구!"

매춘부들 가운데 한 명이 수잔에게 달려오며 외쳤다. "어머나 세상에, 난 결혼식을 사랑해!"

그레이스가 말했다. "나 역시 그래. 하지만 언제나 눈물이 나지." 그녀는 미리 손수건을 꺼내 들었다.

벌링검이 티모시 미첼의 목소리를 사용하여 소터에게 말했다. "당신은 그를 앉은 채로 결혼시켜야 할 거요. 자, 이제, 신랑. 이 환약을 씹고 때가 되면 대답을 하시오. 수지, 여기 당신의 남편 옆에 서서 그의 손을 잡아요."

세 번째 매춘부가 과장된 목소리로 외쳤다. "넌 그가 남자구실이나 제대로 할 거라고 생각하니?"

수잔이 쏘아붙였다. "그 천박한 주둥이에서 혀를 뽑아 버리기 전에 조용히 닥치고 있는 게 좋을 거야!" 그녀는 에브니저의 손을 잡고 모여 있는 사람들을 노려보았다. "빨리 해치워요, 리처드 소터, 이 망할 놈의 인간아! 이 사람은 아파요. 빨리 침대에 눕혀야 한다고요."

결혼 예식이 시작되었다. 에브니저는 소터의 목소리, 그리고 퉁명스럽게 쏘아붙이는 수잔의 목소리를 분명하게 들을 수 있었지만, 아무리 애를 써도 눈을 뜰 수가 없었다. 목사의 말을 따라 결혼 서약을 할 차례가 왔을 때도, 중얼거리는 것 이상은 할 수가 없었다. 씹어 삼킨 환약의 맛이 그의 혀 위에 쓰게 남아 있었다. 이전보다 머리가 맑아지지는 않았지만, 조금은 덜 비참하게 느껴졌다. 사실 소터가 "나는 이제 당신들을 남편과 아내로 선포하노라."라고 말했을 때는 오히려 갑자기 기분이 붕 뜨는 것 같았다.

스미스가 그에게 재촉했다. "바닥에 쓰러지기 전에 이 증명서에 빨리 서명해."

벌링검이 말했다. "내가 그의 필체로 대신 서명하겠소." 그리고 실제로 계관시인의 필체 그대로 그 문서 위에 서명했다.

수잔이 다그쳤다. "당신이 그에게 준 게 뭐예요?" 그리고 엄지손가락으로 에브니저의 눈꺼풀 하나를 뒤집어 보았다.

벌링검이 대답했다. "그것은 그저 그가 적당한 휴식을 취할 수 있도록 해 줄 거요, 쿠크 부인."

쿠크 부인이라는 말에 에브니저는 웃기 위해 입을 벌렸다. 비록 아무 소리도 새어나오지는 않았지만, 그는 그 결과에 즐거워졌다.

수잔이 비명을 지르듯 외쳤다. "아편이야!"

이 소식은 일행들보다 계관시인을 훨씬 더 기분 좋게 했다. 하지만 그는 이번에도 즐겁게 웃을 수가 없었다. 그가 앉아 있던 의자가 바닥에서 둥실 떠올라, 몰든의 지붕을 뚫고, 유백광의 하늘 속으로 발사되었기 때문이다. 메릴랜드가 파란색으로 변하더니, 거대한 악보처럼 납작해졌고, 갈매기 떼 아래서 북서쪽으로 부드럽게 미끄러지듯 날아갔다.

32 「메릴랜디아드」가 탄생하다.
하지만 시인의 삶은 여전히 순탄치 못하다

계관시인이 킬킬 웃으며 "파르나소스[55]로!"라고 외치자, 의자는 테살리아를 넘어 잘 닦인 설화석고로 된 원뿔 모양의 쌍둥이 산봉우리 사이에 착륙했다. 그가 안착한 골짜기 안에는 산기슭에서부터 몰려드는 수천 명의 세상 사람들로 우글거렸다.

근처에서 앞서 가던 사람의 발을 걸고 있던 사람에게 에브니저가 물었다. "이보시오, 파르나소스가 어느 것이오?"

그 남자가 어깨 너머로 대답했다. "오른쪽에 있는 거요."

시인이 대답했다. "내가 이해하기에도 그런 것 같군요. 하지만 다른 쪽에서 올라가면 달라지겠죠? 그러면 오른쪽은 왼쪽이 될 것이고, 왼쪽은 오른쪽이 될 텐데요, 안 그래요?" 상대방이 얼굴을 찌푸리자 그가 서둘러 덧붙였다. "난 그저 가정을 해 보는 겁니다."

남자가 낮고 거친 목소리로 말했다. "오른쪽은 오른쪽이오, 빌어먹을." 그리고 군중 속으로 사라졌다.

에브니저는 쌍둥이 산에서 멀리 떨어진 곳에 있었고, 그곳에서는 분명 두 산이 똑같아 보였다. 그들의 분홍색 정상은 구름에 가려 보이지 않았다. 조금만 더 비탈을 올라가면 산등

---

55) 그리스 중부에 있는 산으로 아폴론과 뮤즈의 영지(靈地). 비유적으로 문단, 시단을 가리킨다.

성이었고, 그곳에서부터 등산객들의 진입을 막는 다양한 장애물의 행렬이 시작되고 있었다. 첫 번째로 그가 본 것은 곤봉을 든 흉측한 남자들의 패거리였다. 그들은 산을 오르려는 사람들의 손가락을 보는 족족 부스러뜨려, 등산을 완전히 포기하게 만들거나, 아니면 현재 있는 곳에 주저앉게 만들었다. 비슷한 패거리들이 산허리 위로 에브니저가 볼 수 있는 한 멀리까지 띄엄띄엄 포진해 있었다. 그들 가운데 일부는 곤봉 대신 손도끼나 커다란 바늘로 무장을 하고 있었다. 중간 지대도 위험으로부터 자유로운 것은 아니었다. 등산객들을 탈선하도록 유혹하는 일단의 여자들이 여기저기 늘어서 있는가 하면, 음식과 포도주가 차려진 테이블 옆에 놓인 침상들은 혹시라도 그곳에 눕는 지친 사람들을 달래 죽음과도 같은 깊은 잠에 빠지게 만들곤 했다. 빠져나오기 힘든 함정들 역시 넘쳐 났고, 정상을 약속하지만 사실은(골짜기에서는 분명하게 관찰할 수 있었다.) 절벽, 사막, 밀림, 감옥, 그리고 정신병원으로 이끄는 거짓 안내판들도 많았다. 셀 수 없이 많은 등산객들이 갖가지 유형의 장애물을 만나 중간에 탈락했다. 완력으로 뚫고 나가든지, 자신들로부터 주의를 흐트러뜨리는 견제 작전을 사용한다든지, 혹은 곤봉 든 사람들을 간지럽히거나 애무하거나 혹은 다른 방식으로 즐겁게 만드는 등의 방식으로 파수꾼들의 첫 번째 경계선을 가까스로 돌파한 사람들도 종종 여자들, 침대, 거짓 안내판 앞에서 무릎을 꿇어야 했다. 다행히 거기에서 벗어난다 하더라도, 제2의 파수꾼 패거리들을 마주쳐야 했으며, 장애물은 그렇게 계속 반복되었다. 하나의 기술 혹은 여러 기술들을 결합해 사용함으로써 맨 마지막의 장애물들까지 안전하게 통과한 몇몇 운 좋은 사람들은 엄청난 박수갈채를 받았다. 하지만 바로 이러한 박수 소리 때문에 설화석고를 쥐었던 손을 놓치고 다시 골짜기 아래로 거꾸로 곤두박질치는 등산객도 가끔 있었다. 정상에 가까워진 다른 사람들도 이전에 박수갈채를 보냈던 바로 그 사람들이 던지는 바윗돌에 맞아 넘어지곤 했다. 그리고 어떤 사람들은 돌을 맞는 것이 아니라 그냥 잊혀졌다. 아주 극소수의 사람들이 어지간히 안전하게 살아남을 수 있었던 것은, 때마침 진한 분홍 안개가 그들의 몸을 가려 준 덕이거나, 단순히 그들이 앉아 있는 정상의 규모 때문이거나, 밑의 군중들이 요구한 대로 포도와 귤을 던져 준 덕이었다.

물론 가장 중요한 것은 먼저 산을 제대로 선택하는 일이었다. 하지만 확실한 정보는 어디에서도 얻을 수 없었으므로, 에브니저는 둘 가운데 하나를 임의로 골라서 다른 사람들과 함께 올라가기 시작했다. 어느 것이 진짜인지는 올라가면서 알게 될 것이고, 어느 정상에 도달하든지 어쨌든 충분한 성취가 되리라 생각했다. 그가 첫 번째로 발견한 사실은 멀리서 보던 것보다 파수꾼들의 얼굴이 훨씬 더 험상궂다는 것이었다. 곤봉을 든 사람들은 멀리서 보던 것보다 더욱 추하고 위협적이었으며, 그 위의 여인들과 침상들은 훨씬 더 매혹적이었다. 거짓 안내판 역시 겉보기에는 상당히 그럴듯했다. 그가 할 수 있는 일이라곤 가장 가까이 있던 파수꾼에게 돌진할 수 있을 만큼의 용기를 끌어올리는 게 전부였다. 하지만 그가 자세를 잡자마자 어떤 목소리가 그의 의자에게 그를 정상에 올리라고 명령했다. 그리고 다음 순간 그는 등반하는 수고를 전혀 하지 않고도 한 무리의 은둔자들과 함께 정상 위에 앉아 있었다.

그는 가장 나이가 들고 현명하게 생긴 사람들 가운데에서 열심히 발톱을 정리하고 있는 사람에게 물었다. "이보세요, 선생. 당신은 이렇게 묻는 게 우습다고 생각할지 모르겠습니다만, 여기가 어느 산인지 말해 줄 수 있습니까?"

노인이 대답했다. "그건 나도 몰라서 대답을 못 하겠군그래. 이것이 어느 한쪽이라고 생각할 때도 있고, 다른 쪽이라고 생각할 때도 있지." 그는 킬킬 웃으며 마치 다른 사람더러 들으라는 듯 덧붙였다. "그런데 그게 무슨 상관이지?"

에브니저가 계속 물었다. "실례지만 당신은 어떻게 여기까지 올 수 있었죠?"

노인이 말했다. "그건 전혀 어려운 일이 아니지. 나는 이 산이 자랄 때부터 여기 있었어. 나와 내 친구들 모두 말일세. 그리고 우리는 이 산과 함께 올라왔지. 사람들은 결코 우리를 때려눕히지는 않을 거야. 하지만 그들은 우리를 자기들이 더 이상 볼 수 없을 정도로 높이 올리겠지."

"아시다시피 그들은 저 밑에서 당신들에게 박수를 보내고 있습니다."

노인은 벌렁검처럼 어깨를 으쓱했다. "여기에서는 그 소리를 잘 들을 수 없을 걸세. 나는 언제나 그것이 공기가 너무 희박한 탓이라고 여겨 왔지. 하지만 이것이건 저것이건 눈곱만큼도 신경 쓰지 않아."

에브니저가 말했다. "글쎄요. 저는 분명 당신이 부럽습니다. 여기서 내려다보면 얼마나 장관입니까!"

노인이 인정했다. "정말 장관이지. 산 아래 경치를 한눈에 볼 수 있으니. 하지만 이제는 모두 비슷비슷해 보인다네. 솔직히 말해 나는 보는 것에 지쳤네. 산을 오르는 것보다 여기 앉아 있는 것이 훨씬 편안할 거야. 만약 편하고 싶다면 말일세. 나는 자네에게 오르고 싶을 때 올라가고 오르고 싶지 않으면 오르지 말라고 말하겠네. 여기 위 세상에는 멋진 음악 외에는 정말이지 아무것도 없다네. 자네가 만약 그런 유형의 것을 좋아하도록 교육받아 왔다면 그것에서 기쁨을 느낄 수 있을걸세."

"아, 저는 언제나 음악을 좋아했어요!"

노인이 심드렁하게 물었다. "그런가?"

에브니저는 몸을 구부리고 정상에 오르기 위해 고군분투하는 사람들을 바라보았다.

그가 외쳤다. "맙소사, 저들은 정말 어리석어 보이는군! 서로 밀치고 방귀를 뀌어 대고……. 정말 예의가 없어!"

노인이 말했다. "그들은 달리 할 일이 없다네."

"하지만 이곳에서는 더 오를 수도 없어요. 당신도 그렇게 말했잖아요!"

"그래, 달리 갈 만한 곳도 없지. 가만히 앉아서 죽는 것보다 산을 오르는 게 나을 거야."

에브니저가 돌연 선언했다. "저는 뛰어내릴 거예요! 이런 것들을 단 한순간도 더 보고 싶지 않아요!"

"자네가 그러지 말아야 할 이유는 전혀 없어. 그래야 할 이유도 없고."

계관시인은 뛰어내리려는 시도를 멈추고 봉우리 가장자리에 앉아 한숨을 쉬었다. "모두가 끔찍하게 공허해요, 안 그래요?"

노인이 말했다. "정말 공허하지. 하지만 그 안에는 선한 것도 악한 것도 없어. 왜 한숨을 쉬지?"

에브니저가 물었다. "왜 그러면 안 되나요?"

노인 역시 한숨을 쉬며 말했다. "그래, 왜 안 되겠어?" 그리고 다음 순간 에브니저의 눈에 침대에 누워 있는 자신에게 몸을 숙이고 있는 리처드 소터의 얼굴이 들어왔다.

"성 월지포티스의 빵을 걸고 맹세코, 드디어 여기 우리의 신랑이 정신이 들도다! 소터 박사의 당아욱 기름은 결코 사람을 죽게 두지 않아!"

부엌에 있던 여자들 가운데 한 명이 침대 옆으로 다가오며 말했다. "당아욱이라니, 웃기고 있네. 그의 정신을 돌아오게 만든 건 성 수지가 엉겅퀴로 만든 약 덕분이라고요."

소터는 에브니저의 맥박을 간단히 재더니, 그의 입 속에 정체 모를 시럽을 한 숟가락 밀어 넣었다.

"이 방은 무슨 방이오, 그리고 내가 왜 이 안에 있는 거요?"

소터가 말했다. "이곳은 빌 스미스의 객실이오."

계관시인이 "아편!"이라고 외치더니 화가 나서 일어나 앉았다. "그래, 이제 기억나는군!"

"침침한 눈의 성 오틸릭에 맹세하건대, 그렇소. 팀 미첼이 당신에게 준 건 아편이었어. 그래서 당신이 푹 쉴 수 있었던 거요. 하지만 당신은 아편을 하기에는 몸 상태가 너무 안 좋았고, 하마터면 골로 갈 뻔했지."

"계획적이든 우발적이든 그는 결국 내 목숨을 빼앗을 거요. 그는 지금 어디 있소?"

"티모시? 아, 그는 오래 전에 캘버트 카운티에 있는 자기 아버지 집으로 돌아갔소."

"거짓 친구!" 시인이 중얼거리다 잠시 멈칫하더니 고통스럽게 신음하며 다시 베개 위로 쓰러지듯 누웠다. "아, 신이여, 내가 결혼했다는 사실을 잊고 있었군! 수잔은 어디 있소? 우리의 결혼식이 있던 밤에 내 병에 대해 뭐라고 말했소? 아무래도 지금은 결혼식이 있은 지 꽤 시간이 지난 것 같군요."

부엌에 있던 여자들이 웃었다. "당신이 사경을 헤맨 지 벌써 석 주가 지났다고요!"

소터가 말했다. "나는 쿠크 부인의 상황이 어떤지에 대해서는 말해 줄 수가 없소. 왜냐하면 우리가 자네를 침대로 데려오자마자 그녀는 티모시의 감시하에 미첼 선장의 집으로 갔으니까. 어쩌면 그가 자네를 위해 대신 밤일을 해 줄지도 모르지."

"미첼의 집으로 다시 돌아갔다고!"

"그래, 자네도 알다시피 그녀는 그의 돼지를 치도록 법률적으로 구속되어 있소."

에브니저가 분개하여 말했다. "정말 너무하는군! 아무리 헤픈 여자라도 그렇지, 계관시인의 부인이 돼지 따위를 쳐서야! 그녀를 이리로 데려오시오!"

여자가 달랬다. "자, 안달하지 마세요. 수지는 당신의 상태를 직접 살펴보려고 이미 두 번이나 그 집에서 빠져나왔었는걸요. 당신에게 그 놀라운 엉겅퀴 약을 만들어 줄 수 있었던 것도 그 덕분이고요. 그녀는 반드시 다시 올 거예요."

"석 주 동안이나 기절해 있었다니! 정말 난감하군."

소터가 명랑하게 제안했다. "성 크리스토퍼의 악몽에 걸고 말하지만, 어서 몸이나 추스르시오. 그런 다음에야 수잔 부인을 아침 예배부터 저녁 기도 때까지 안을 수 있을 테니까. 그럴 용기가 있다면 말이오. 나는 당신의 장인에게 당신이 살아났다고 말하겠소. 하지만 완전히 회복하려면 아직 몇 주 더 있어야 할 거요. 많은 불쌍한 영혼이 이곳 풍토에 적응하지 못하고 무덤으로 갔지." 그는 자신의 의료장비를 모아 떠날 준비를 했다. "아 참, 티모시 미첼이 당신에게 남긴 선물이 있소."

계관시인이 외쳤다. "내 공책!" 소터가 그에게 눈에 익은 초록색 표지의 장부를 건넸다. 그것은 이제 긴 여행 동안 이리저리 손을 타느라 뒤틀어지고, 낡고, 더럽혀져 있었다.

"그래, 당신은 이것을 케임브리지의 여관에서 잃어버렸지. 팀이 지난번 수지를 찾아왔을 때 그것을 가져왔소. 그는 당신이 여섯 달을 쉬는 동안 그 안에 적을 시가 많을 거라고 말하더군."

"아 신이여, 옷과 함께 도둑맞은 줄 알았는데!" 그는 감정에 북받쳐 공책을 꼭 껴안았다. "이 장부책은 오래되고 충실한 친구요. 내 유일한 친구!"

홀로 남겨지자, 그는 자신이 예술적인 창조를 하기에는 몸도 마음도 여전히 너무 쇠약해져 있다는 것을 깨달았다. 그래서 자신의 지난 작품들을 읽는 것으로 만족해야 했다. 그 모든 것들이 이제는 너무 멀게 느껴졌다. 다음의 2행 연구보다는 얼룩지고 초라해진 공책이 더욱 자신의 신분을 확인시켜 주는 것 같았다.

당신은 묻는다, 아름다운 메릴랜드로 가는 도중
우리 유쾌한 일행이 무엇을 먹는지.

그것은 마치 다른 사람이 쓴 것처럼 낯설어 보였다. 가장 최근에 쓴 것부터 시작하여 앞쪽으로 읽어 나갔기 때문에, 그가 마지막으로 읽은 것은 그가 볼티모어 경과의 만남을 생생하게 기억하고 있을 때 작성한 「메릴랜디아드」 창작을 위한 기획 노트였다. "메릴랜드의 미덕은 비길 곳이 없다. 그곳의 거주자들은 가장 품위 있고, 그들의 교양에 필적할 만한 사람들은 없으며, 그곳의 집들은 매우 웅장하고, 그곳의 여관과 객사는 대단히 친절하고 편안하다. 그곳의 밭은 무척 비옥하고, 그곳의 법정과 법률은 매우 위엄 있으며, 그곳의 상업은 대단히 번창하고, 기타 등등." 기록 말미에는 에브니저 자신의 필체로 '메릴랜드의 계관시인, 신사 에브니저 쿠크'라고 서명되어 있었다.

그는 다시 누워 눈을 감았다. 작품들을 정독하기 위해 신경을 쓴 탓인지 머리가 지끈거렸다. 그가 스스로에게 중얼거렸다. "정말이지, 이 계관시인이라는 지위가 무슨 가치가 있단 말인가! 이곳에는 악당과 배신자, 헛간과 매음굴, 타락과 비겁함 외엔 아무것도 없는데! 이런 시궁창을 노래하는 사람이 되는 게 뭐 그리 영광이겠어!"

자신이 겪은 운명의 변화를 생각할수록, 그의 고뇌에는 더욱 분노가 섞여 들었다. 마침내 그는 장부에서 자신의 해양 시 전체를 찢어 내고, 피곤한 몸을 다독이며 집주인이 제공한 깃펜과 잉크를 사용하여 새로운 면에 다음과 같이 폭로했다.

몰인정한 친구와, 텅 빈 지갑과,
판도라의 상자에 채워진 것보다 더 성가신
감당하기 힘든 재난을 겪도록 운명 지어져,
나를 낳아 준 땅을 어쩔 수 없이 떠나야 한다는 것과,
낡은 세계에 작별을 고해야 한다는 것을
무거운 마음으로 걱정하며,
나는 알비온의 바위들을 떠났다.

이렇게 운을 떼고 나니 더욱 많은 것들이 그의 공상 속으로 자연스럽게 밀려들기 시작했다. 당장은 그것들을 모두 써 내려 갈 만큼 건강이 좋지 않았지만, 그는 그 자리에서 자신이 앞으로 몇 주 동안 열중할 수 있는 중대한 계획을 생각해 냈다. 사실 그사이에 영지를 회복할 수단을 찾지 못한다면, 그 몇 주는 이 세상에서 그가 보내는 마지막 나날들이 될 것이다. 이전에 계획했던 대로 그는 자신의 메릴랜드 여행을 처음부터 끝까지 시로 지을 작정이었다. 하지만 찬양의 시 대신, 마치 매춘부가 공개적으로 채찍을 맞듯이 휴디브라스풍의 채찍으로

이 주를 채찍질하고, 이곳의 모든 사악함을 열거하며, 이 주를 믿고 경계하지 않는 순진한 사람들에게 이곳 사람들이 놓아 둔 모든 덫을 폭로할 계획이었다!

그는 쓰게 웃으며 곰곰이 생각했다. "이렇게 하면 다른 사람들이 나의 고통으로 인해 교훈을 얻을 수 있겠지. 하지만 잠깐!" 그는 '포세이돈'의 승무원들에게 욕을 당한 일, '사이프리언'에서 벌어진 강간과 벌링검의 돼지, 그리고 자신의 모험 중에 벌어진 다른 낯뜨거운 기억들을 떠올렸다. "출판되기는 글렀어."

그는 잠시 동안 지독하게 낙담했다. 왜냐하면 이러한 생각은 잔인한 역설을 암시했기 때문이다. 어떤 사람이 당한 고통의 내용이 너무 음란하거나 천박하거나 잔인하면, 그것을 공개적으로 출판함으로써 그들에게 복수하는 것이 불가능해질 수도 있었다. 하지만 그는 곧 이러한 어려움을 교묘하게 빠져나갈 방법을 생각해 냈다.

"이 작품을 허구로 만들어야겠어! 이를테면 나는 상인이 되는 거야. 아니 메릴랜드에 사업차 온 도매상이 낫겠군. 그는 이곳에 대한 온통 좋은 의견만 갖고 있다가 곧 사기를 당해 자신의 상품과 재산을 모두 잃게 되지. 내가 겪은 모든 시련들을 플롯에 맞도록 다시 구상하고, 인쇄업자에게 넘길 수 있을 만큼만 바꾸는 거야!"

일련의 장면들이 즉시 그의 상상 속에서 전개되었다. 그는 그것이 머릿속에서 빠져나가지 않도록 신속하게 산문으로 된 줄거리를 만들었다. 당장은 그것밖에 할 수 없었다. 그 일만으로도 매우 지쳐, 그는 몇 시간 동안 꿈도 꾸지 않고 잤다. 그러나 그가 다시 잠에서 깼을 때도, 그 영상은 여전히 그의 마음속에 선명하게 자리 잡고 있었다. 게다가 그가 그것을 재현하기 위한 수단으로 생각한 휴디브라스풍의 2행 연구들이 곧바로 공책에 옮길 수 있을 정도로 머릿속에서 마구 떠오르기 시작했다. 그는 시를 짓는 일을 한시도 지체할 수 없었다. 충분히 건강을 회복하자마자 그는 침대에서 일어나 작업하기 편리한 서탁 앞에 앉았다. 그리고 그곳에서 긴 시를 적어 내려가며 몇 날 며칠을 보냈다. 그는 시를 짓는 시간을 조금이라도 빼앗기기 싫어서 스미스와 소터, 그리고 부엌 여자들의 호기심과 이따금씩 보이는 염려와 관심을 거부했다. 그는 자신의 책상에서 식사를 하겠다고 요구했고, 다소 의외였지만 그들은 그의 요구를 들어주었다. 그리고 건강을 위해 늦은 10월과 11월의 햇빛 속에서 잠시 산책을 하는 것을 제외하고는 한 번도 자신의 방을 떠나지 않았다. 자살을 하겠다는 생각은 당분간 그의 마음속에서 비켜나 있었다. 잃어버린 재산을 되찾겠다는 생각 역시 그랬다. 헨리 벌링검에게서는 아무런 소식이 없었지만 그는 불안해하지도, 심지어 궁금해하지도 않았다. 그가 혼수상태에서 깨어난 지 일주일에서 열흘쯤 지나 법률상의 아내 수잔 워렌이 몰든에 다시 나타났을 때도, 그는 자신이 건강을 회복할 수 있도록 간호해 준 것에 대해 무뚝뚝하게 고맙다는 인사를 했을 뿐이다. 미첼과 스미스의 지시에 따라 그녀가 인디언을 상대하는 창녀가 되었다는 사실을 부엌 여자들을 통해 알게 되었지만, 그는 그녀의 매춘 행위나 미첼의 집에 돌아간 것에 대해 항의하지도 않았고, 그렇다고 결혼을 무효로 만들 방법을 애써 찾지도 않았다.

몰든은 날이 갈수록 더욱 분명하게 도박장, 선술집, 매음굴, 그리고 아편굴이 되어 갔다. 수잔은 캘버트 카운티에서 갈색 약병들을 가져왔고, 메리 멍고모리는(시인이 알게 된 바에 의하면 그녀는 자신을 조직에 끌어들이려는 미첼의 시도에 저항해 왔다.) 결국 자신이 데리고 있던 창녀들을 모두 데리고 들어와서 그 집의 마담이라는 지위를 받아들였다. 매일 밤 쿠크포인트 전체가 북적거렸다. 도싯 전역의 경작자들이 말과 마차를 타고 왔으며, 톨벗 카운티에서도 역시 배를 타고 왔다. 몰든은 환락의 중심지로 명성이 자자해졌다. 중부 카운티의 새로 생긴 습지들과 심지어 남동쪽으로 30~50킬로미터 떨어진 곳에 있는 남부 카운티의 염소(鹽沼)에서 아바코, 위와쉬, 낸티코크 인디언들도 이곳을 찾아왔고, 그들을 위해 마련된 담배 보존처리 창고에서 수잔과 메리 멍고모리가 데리고 있는 가장 인기 없는 여자들을 샀다. 하지만 에브니저는 무관심한 표정으로 게임이 벌어지는 테이블을 지나쳤고, 술에 취하고 약에 취하고 여자에 취한 메릴랜드인들이 북적대는 방들을 통과했으며, 심각한 표정의 인디언 무리들이 보존처리 창고를 향해 이동하는 담배 밭을 가로질렀다. 그는 곧 단골들 사이에서 조롱의 대상이 되었다. 하지만 그는 그가 방에 들어갈 때마다 불안해하는 한편 묻는 표정으로 자신을 따르곤 하는 수잔에게 똑같이 냉담하게 대함으로써 그들의 조롱에 대응하곤 했다.

11월 내내 그는 여행에서 겪었던 불쾌한 삽화들을 시로 만드는 작업에 매달렸다.

바보들을 가득 실은 우리의 배는
플리머스 해협으로부터 메릴랜드로 향한다.
망망대해에서 겪은 무서운 일들에 충격을 받은 채,
우리는 끔찍스러운 고통 가운데 그곳에 도착한다…….

그는 자신이 농장 노동자들로 착각했던 세인트메리즈 카운티의 경작자들과의 첫 번째 조우를 회상했다.

(……) 다수의 패거리가,
스카치 천으로 된 셔츠와 바지를 입고 불쑥 나타났다.
양말도, 모자도, 구두도 없이…….

그리고 그들을 묘사하기 위해 지금 기억하기엔 고통스럽지만 오래전 다른 상황에서 쓰인 2행 연구를 첨부했다.

신이 인간의 일부로 의도하지 않았을 만큼
너무도 이상한 형상들.
하지만 방종한 자연은, 쉼 없이,
장난삼아 부서지기 쉬운 진흙으로 본을 뜨는구나.

다음에 그는 대가다운 침착함으로 4보격에서 5보격으로

바꾸며, 그의 시적(詩的) 관할구 거주자들[56]을 혹평하기 시작
했다.

(······) 대화가 실종되고, 예의범절이 땅에 떨어졌으며,
분별력이라곤 도무지 찾아볼 수 없는 곳······.

그리고 그 후에 차례로, 다시 4보격으로 자신이 카누를 타
고 파투산강을 건너갔던 일을 기술했다.

포플러 나무나 소나무를 잘라서,
돼지 여물통 모양을 본떠 만든······.

수잔이 몰던 돼지 떼와 마주쳤던 일.

나는 곧 잡아먹히는 게 아닐까 하는
갑작스러운 공포감에 사로잡히고 말았다······.

법률상 아내가 된 돼지 치는 여자.

(······) 흐트러지고 더러운 차림새 때문에
그녀는 차라리 미친 여자 같았네······.

---

56) 에브니저는 얼마 전까지만 해도 자신이 메릴랜드의 계관시인이라고 믿
었다. 그러므로 그의 시적 관할구 거주자들은 메릴랜드인들을 가리킨다.

결국 아무런 성과가 없었던 헛간 마당에서의 망보기.

　　그곳에서, 큰 가지 위에 다리를 벌리고 걸터앉아,
　　밤의 어둠과 잔가지들 뒤에 몸을 숨기고,
　　나는 악마와 뱀에 맞섰다……

공개 순회 재판소의 광경.

　　(……) 군중들이 그들의 현명한
　　지방 재판소에 모여들어 정의와 법을 만들고
　　오락거리도 찾는다.

공판.

　　담배 농사를 짓는 어중이떠중이들이 모이고,
　　술 취한 판사들도 그들과 마찬가지로 앉고,
　　경비가 조용히 하라 외치면,
　　변호사가 곧장 침묵을 깨고,
　　원고와 피고를 대표하여 언쟁을 하는데,
　　나는 그들의 헛소리와 터무니없는 말과,
　　거짓 증언들과 뻔뻔한 거짓말과 억지 주장들이
　　결코 끝나지 않으리라 생각했다……

헤메이커 판사.

(……) 그는 벤치에 앉아 있는
모든 사람들에게 부끄러운 이름이었다…….

옥수수 창고에서 밤을 보냈던 일.

나는 난장판에서 벗어난 곳에 몸을 누이고,
동이 틀 때까지 코를 골며 깊은 잠을 잤다.
상쾌한 기분으로 잠이 깼을 때, 나는 벌떡 일어나 앉았고,
내 구두며, 모자며, 가발이며, 양말이며, 온갖 것들이
이 넓은 인디언식 침상에서
완전히 사라진 것을 알았다…….

몰든의 부엌에서 만난 창녀들.

(……) 한 무리의 유쾌한 여성들이
하얀 잠옷 차림에 방정치 못한 태도로
카드놀이에 깊이 열중하고 있었는데,
그러한 광경은 영국에서는 보기 드문 일이라,
나는 처음엔 그들이 후미진 사원에서 흉악한 음모를 꾸미는
마녀들이 아닌가 생각했다.
(……) 그들은, 짐짓 젠체하며,
꼼꼼히 배워 두었던 욕설과 저주를 내뱉었다…….

그의 병(病).

나의 정맥 속에서 맥박이 맹렬하게 뛰고,
감기로 인해 나는 비슷한 고통을 느꼈다.
나는 이 지긋지긋한 풍토병이
추운 12월까지…… 지속된 것으로 기억한다.
엉겅퀴가 몰아내기 전까지 그것은
내 몸을 떠나지 않았다.
만약 나의 여의사가 기술이 부족했다거나,
부엌에서 만든 약이 잘 듣지 않았다면,
내 아버지의 아들은 그의 땅을 잃었을 것이다…….

그리고 다방면에 재주가 있는 소터가 그를 악의적으로 이용했던 일.

(……) 재주 많은 사기꾼으로,
그는 관장약을 처방하고, 알약을 만들고,
계약서를 작성하고, 그리고 유언을 위조하는
요령을 학자답게 터득했다.

이렇듯 연초 도매상이라는 비유적 인물을 내세워 자신이 겪은 불행들을 열거한 후, 그는 자신이 외국으로 가는 배를 타고 도망치는 것으로 이야기를 마무리했다. 다음과 같이 저주스런 문장으로.

배에 올라 바람을 기다리면서,

나는 이 끔찍한 저주를 뒤로하고 떠난다.

식인종들이 바다를 건너와서

이 노예들을 약탈하기를, 그들이 내게 그랬던 것처럼,

상인의 무역선들은 결코

이 잔인하고 적대적인 곳을 탐험하지 말기를,

세상에 의해 버려져 굶주리기를,

그들이 당해도 싼 그런 운명을 경험하기를,

그들이 야만인이 되기를, 혹은 야생의 인디언으로서

무역, 대화, 그리고 행복으로부터 추방되기를,

신을 배신하고 태양을 숭배하기를,

그리고 미신에 지배받는 이교도로 변하기를,

복수를 위한 기회가 무르익도록⋯⋯.

그런 다음 신의 분노가 이곳에 떨어지기를,

남자들은 신의가 없고 여자들은 정숙하지 않은 이곳에!

창조적 열정의 열기가 그의 재능을 확장시켰거나 혹은 그의 날카로운 비평력을 완화시켰음에 틀림없다. 왜냐하면 지금까지 이 풍자시를 지을 때처럼 그가 이렇게 강하고, 확신에 차고, 시적인 영감으로 넘친 적이 없었기 때문이다. 12월의 첫 두 주 동안 그는 이곳저곳 약강격을 조정하거나 휴디브라스풍의 덜그덕거림을 조율하면서 고르고 다듬은 끝에, 마침내 12월 13일 성 루시의 날에 작품을 완성했다. 그것의 머리말을 그는 다음과 같이 썼다. "연초 도매상: 혹은 메릴랜드로의 여행. 풍자시. 이 안에서는 이곳의 법률과 정부와 법정과 법률이 묘사된다. 또한 건물들, 축제들, 사교 모임들, 오락들, 그리고 미국의 항구에 사는 거주자들의 술자리 농담들이 묘사된다." 그리고 말미에는 대단히 경멸적인 어조로 자신의 완전한 칭호를 첨부했다. '메릴랜드주의 계관시인, 신사 에브니저 쿠크.' 하지만 자신이 이것을 인쇄업자에게 보내면, 이 시의 출판과 함께 사실상 그의 칭호도 박탈당하리라는 것을 그는 잘 알고 있었다.

그러나 당장 그의 관심사는 출판의 문제가 아니었다. 그는 깃펜을 치우고 장부 안에 쓰인 천 줄이 넘는 시행을 검토했다.

그는 한숨을 쉰 뒤 소터의 말버릇을 흉내 내어 중얼거렸다. "루시의 피 묻은 가시면류관에 맹세코, 마침내 완성했군! 그걸로 된 거야!"

다음에 무슨 일이 닥칠지에 대해서는 아무런 생각도 없었고, 걱정도 하고 싶지 않았다. 지금까지 그가 느꼈던 성취감은 언제나 1은 기쁨이고 9는 안도였지만, 지금 그는 크고 확실한 성취의 즐거움을 뼛속까지 느끼고 있었다. 정말 그는 자신이 앉아 있는 서탁 앞에서 당장 눈을 감고 깊은 잠에 빠지고 싶은 충동에 휩싸였다. 하지만 저녁 식사 후 한 시간도 채 지나지 않았던지라, 초겨울의 밤은 이제 막 어두워지기 시작하고 있었다. 어떤 방식으로든 「연초 도매상」을 태어나게 한 산고가 끝난 것을 축하하고 싶었다.

"럼주 한 잔이면 되겠는데." 그는 저녁 장사가 이제 막 시작되려 하고 있는 아래층으로 내려갔다. 부엌으로 갈 작정이었다. 자신의 방을 제외하면 몰든에서 그를 환영하고 있는 곳은 부엌뿐이라고 생각됐다. 하지만 가는 도중 그는 윌리엄 스미스와 리처드 소터를 만났다. 그 두 사람은 가을 이후로 절친한 친구가 되어 있었다.

소터가 그를 보자 말했다. "케넴의 비둘기에 맹세코, 이보시오. 우리의 시인 아닌가."

스미스가 말했다. "마침 자네 얘기를 하던 참이었네. 오늘밤은 건강하고 유쾌해 보이는군."

에브니저가 인정했다. "그래요. 그 둘 가운데 어느 것에 대해서도 이유는 별로 없지만." 사실 그는 자신을 망친 사람들의 얼굴을 보는 것만으로도 탈고의 기쁨이 사라지는 기분이었다. "나에 대해 이야기하고 있었소?"

스미스가 말했다. "그랬지. 우리는 법률적인 문제에 관해 전반적인 토론을 하고 있었네. 그리고 나는 자네를 실례로 끌어들였지."

소터가 덧붙였다. "여기 계시는 스미스 씨가 의문을 제기했소. 주어진 시간 안에 어떤 임무를 완성하기 위해 만들어진 계약서 안에서, 그 임무가 끝나면 그 도구는 무효하고 쓸모없는 것이 되는지, 아니면 그 지정된 시간이 다 될 때까지 유효한지에 대해 말이오. 나의 대답은, 계약의 만료가 단일한 조건으로 이루어지느냐, 아니면 양자택일의 조건으로 이루어지느냐는 전적으로 계약서에 쓰인 어법에 달려 있다는 것이었소."

에브니저가 불안하게 미소를 지으며 말했다. "매우 합리적인 대답처럼 들리는군요. 하지만 나는 변호사가 아니오."

스미스가 말했다. "나도 아닐세. 그래서 사안에 대한 좀더 올바른 견해를 얻기 위해, 나는 그에게 그것을 자네와 나 사이에 작성된 계약서에 적용해 달라고 부탁했지. 자네의 심각한 건강상태에 관해서 말일세."

에브니저가 딱딱하게 말했다. "요점을 말해요. 당신이 말하고자 하는 바를 알 것 같군요."

스미스가 고집했다. "아, 자, 나는 자네의 당연한 권리를 속이고 싶은 마음은 없네. 계관시인을 손님으로 맞아, 그를 간호하여 건강을 회복시키는 일은 영광이자 즐거움이지. 하지만 사실 자네도 보다시피, 나는 몰든에서 작은 여관을 운영하고 있네. 아주 잘 되고 있지. 그런데 여관 주인의 입장에서 보자면 놀고 있는 방은 연초 경작자에게 있어 묵혀 두고 있는 땅이나 마찬가지 아니겠는가."

"간단히 말해, 이제 내가 다시 걸을 만하니 떠나 주었으면 하는 것 아니오?"

소터가 달래듯 말했다. "진정하시오. 당신은 지금까지 캐서린의 치렁치렁한 머리칼을 땋았던 어떤 남자들 못지않게 건강하다는 것이 의사로서 나의 견해요. 그리고 나는 더 나아가 스미스 씨의 변호사로서 그 문제에 관한 한 그의 계약 만료는 양자택일의 조건으로 이루어진다고 생각하오. 즉, 당신의 건강이 회복되거나, 육 개월 동안 숙식을 제공하고 적절히 보살펴 주는 것 말이오."

에브니저가 말했다. "더 이상 아무 말도 하지 마시오. 나머지는 명백하니까. 그리고 나는 그에 대해 당신들과 다투지 않겠소. 만약 당신이 내게 두 개, 아니 세 개의 작은 호의만 베풀어 준다면, 내일쯤 나는 사라지고 없을 거요."

"아니, 내 말을 끝까지 듣게."

에브니저가 오만한 어조로 계속했다. "내가 이런 부탁을 한다고 미리부터 걱정할 필요 없소. 당신의 이익에 해가 되는 일은 결코 아니니까. 우선 내게 럼주 한 단지만 주었으면 좋겠소. 나는 그것을 가지고 내가 쓴 시를 축하하고 싶소. 둘째, 이 시를 런던의 인쇄업자에게 보내 주길 바라오. 주소는 내가 알려 주겠소. 그리고 셋째, 내게 총알이 장전된 권총을 좀 빌려 주시오. 럼주가 다 떨어지면 그걸 사용할 생각이오."

스미스가 외쳤다. "권총은 무슨 얼어죽을! 그런 말을 하는 것만으로도 자네는 올바른 가톨릭 신자가 아냐. 게다가 자네는 지나치게 서둘러 최악의 방편으로 달려가는 것 같군. 나는 자네를 쫓아낼 생각이 전혀 없어."

"뭐라고요?"

소터가 웃으며 말했다. "성 둔스탄의 부젓가락을 걸고 맹세컨대, 내가 당신에게 하고자 했던 말도 바로 그것이었소. 스미스 씨는 당신의 방을 자신의 사업을 위해 쓸 생각이오. 하지만 당신이 불행해지기를 바라기는커녕, 말하자면 당신의 후원자가 되겠다고 자청했소." 그는 통 수선공이 그에게 훌륭한 고용 계약서를 작성하라 지시했다고 말했다. 거기에 서명하면 시인은 공짜로 방을 쓸 수 있을 뿐만 아니라 하인들의 숙소에서 무기한으로 식사를 해결할 수 있으며, 그 대신 아주 소소한 일을 맡아 처리해 주면 된다는 것이었다.

스미스가 그를 안심시켰다. "때때로 문서를 작성하거나 배서하는 것 이상은 아닐 걸세. 나머지 시간은 자네 마음대로 쓸 수 있어. 시를 짓거나 자네가 하고 싶은 일을 하면 되지."

에브니저가 어깨를 으쓱하며 말했다. "어느 쪽이든 내겐 별로 중요하지 않아요. 내가 읽어 볼 수 있도록 증서를 작성하세요."

소터가 자신이 외투에서 문서를 꺼내며 말했다. "지금 여기 가지고 있소. 사실상 그다지 할 일이 많지 않은 한직이요, 맹세해요!"

시를 더 지을 수 있는 기회가 생긴다는 것은 에브니저를 유혹하기에 충분했다. 당장은 앞으로 어떤 시를 지을지에 대해 생각해 본 바가 없지만 말이다. 그는 또한 벌링검이 그에게 아무런 설명도 없이 모습을 보이지 않는 것이 스미스를 파멸시키는 계획과 관련이 있을지도 모른다는 가능성에 대해서도 고려했다. 사실 에브니저는 지금껏 그것을 다른 식으로, 아마도 벌링검이 결국 자기를 버린 것이라고 생각해 왔었다. 권총에 의지하는 건 언제라도 할 수 있는 일이니, 조금 미룬다고 해서 크게 손해 볼 일은 없었다. 그런 까닭에 그는 그것을 대충 읽고, 그 내용이 소터의 설명과 같음을 확인한 후, 아무런 감정도 없이 사 년간의 고용 계약을 증명하는 양쪽 계약서 사본에 서명했다.

그가 스미스에게 말했다. "이제 당신은 내 보호자요. 혹시 당신의 피후견인에게 럼주 한 단지를 기꺼이 내주실 요량이 있는지 모르겠소."

통 수선공이 유쾌하게 대답했다. "단지가 아니라 통째로 주

지. 그리고 어이! 저기 자네의 아내가 오는군. 미첼의 집에서
막 빠져나오는 길인가 본데!"

소터가 웃으며 말을 걸었다. "몸이 아주 얼어 버린 것 같
군, 성(聖) 수지. 창고에서 일을 시작하기 전에 여기 불 옆에
서 엉덩이나 녹이면서 우리의 시인과 함께 술을 마시라고. 당
신 아버지가 사 년간 시를 짓는 조건으로 그와 고용 계약을
맺었어."

스미스가 말했다. "나는 부엌에서 여자 애들을 데려오겠네.
밤 장사를 시작하기 전에 축하를 할 수 있을 거야!"

수잔은 작은 거실에 들어와 에브니저를 말없이 응시했다.

어딘지 불안함이 느껴지는 그녀의 표정을 보며 그가 변명
하듯 말했다. "계약을 하거나 권총 자살을 하거나 어차피 둘
중의 하나였으니까." 이윽고 스미스가 부엌에서 두 명의 여자
들과 다시 나타났다. 술이 한 순배 돌았을 때, 프랑스 여자가
소터의 무릎 위에 걸터앉았고, 다른 여자가 스미스의 무릎 위
에 올라앉았다.

소터가 명랑하게 수잔에게 말을 걸었다. "그래, 당신은 당신
의 주인에게서 다시 도망쳤나? 마틴의 매독에 걸고 말하지만,
그는 자기 여자들을 제대로 간수하지 않는군!"

수잔이 즐거운 분위기에 동조하지 않고 퉁명스럽게 말했다.
"그래요. 나는 그에게서 도망쳤어요."

에브니저가 신랄한 어조로 물었다. "나 같은 바보를 또 하
나 발견했나 보군. 그는 당신의 탈출 비용을 지불한 뒤 당신과
즐기기 위해 헛간에서 기다리고 있겠지?" 그녀의 비참한 외모

(그녀는 떨고 있었고, 옷과 얼굴은 이전보다 더욱 처참한 모습이었다.)가 그에게 자신의 법률적인 아내는 돼지치기이자 아편 중독자이자 가장 천한 유형의 창녀라는 것을 상기시켰기 때문인지, 아니면 자신의 건강이 회복되도록 간호해 준 것에 대해 제대로 고맙다는 인사를 못했기 때문인지, 그녀의 태도에서 보이는 이상한 분위기를 감지하자 그는 시를 짓는 동안 그녀를 무시했던 일에 미안함을 느꼈다.

"그래요. 또 한 명을 발견했지요. 그런 계략으로 속이기에는 너무 나이가 많은 늙은이라고 해야겠군요. 꿈을 꾸는 것까지 막을 수는 없지만 말이에요." 그녀의 말투는 천박했지만, 그녀의 어조와 표정은 모두 심상치가 않았다. "그의 바지 속 물건(cock)으로는 내 상대가 될 수 없죠. 게다가 나는 사팔뜨기(cock-eyed)가 아니에요. 그는 한쪽 팔이 곱은 데다 안경을 쓴 늙은 바보였다고요!"

에브니저가 헐떡이며 말했다. "설마! 설마 방금 그의 팔이 곱았다고 말한 건 아니겠지!"

"아니, 그랬어요."

"하지만 분명 곱은 쪽은 그의 왼팔이었겠지, 그렇지?"

수잔은 잠시 주저하더니, 같은 어조로 말했다. "아뇨, 생각해 보니 오른팔이었던 것 같아요. 마차에서 내가 그에게 나의 불행을 하소연하는 동안 그는 내 왼쪽에 앉아 있었어요. 그리고 내 기억에 그는 나를 만지고 희롱하기 위해 먼 쪽 팔을 뻗어야 했죠."

에브니저는 갑자기 구역질을 느끼며 계속해서 다그쳐 물었다. "하지만 그는 농부였겠지?"

"전혀 그렇지 않아요. 옷과 마차로 볼 때, 그는 어느 정도 신분이 있는 신사인 것 같았어요. 그리고 자신이 런던에서 지금 막 도착했다고 말한걸요."

부엌 여자들 가운데 한 명이 말했다. "정말이지, 창고에서는 런던 신사를 발견할 수 없을 거야, 수지. 그에게 좀 당해 주지 그랬어!"

"이런, 안 돼!" 에브니저가 너무도 애처롭게 외쳐서 일행 전체는 떠들썩하게 즐기던 것을 멈추고 놀란 얼굴로 그를 주시했다. "그에게 당할 사람은 나야! 그 남자는 미들섹스의 앤드루 쿠크이자 내 아버지요. 아들이 어떻게 지내는지 보러 왔겠지! 권총을!" 그가 벌떡 일어섰다. "이제 더 이상은 피할 수 없어!"

스미스가 명령했다. "잠깐! 그를 막아, 수잔!"

시인이 다시 외쳤다. "권총이 필요해!" 그리고 사람들이 저지하기도 전에 그는 방으로 달려갔다.

33 계관시인이 자신의 영지를 떠나다

촛불을 끄지 않아 여전히 환한 방에 들어간 후에야, 계관시인은 자신의 수중에 목숨을 끝장낼 권총은 물론 하다못해 단검 하나도 없다는 사실을 기억했다. 그가 지니고 다니던 단검은 옥수수 창고에서 옷들과 함께 도둑맞았고, 그 후 되찾지 못했다. 일행이 거실에서부터 계단으로 몰려 올라오는 소리가 들려왔다. 그는 절망에 빠져 침대 위에 몸을 던졌다.

제일 먼저 도착한 사람은 수잔이었다. 그녀는 그를 한 번 보고는 다른 사람들에게 뒤로 물러나 있으라고 말했다.

스미스가 낮은 목소리로 내뱉었다. "우리는 아래층에서 기다리마. 하지만 문제가 생기지 않도록 주의해라. 그의 할 일 없는 뇌가 내 집에 온통 퍼져 있는 꼴은 못 보니까."

시인은 이불에 머리를 묻은 채 이 모든 말을 듣고 있었다. 수잔이 문을 닫고 침대 가장자리에 앉았다.

그녀가 물었다. "당신은 당신의 머리를 쏴 버릴 작정인가요?"

그가 대답했다. "정말 마지막까지 운이 따르지 않는군. 내겐 권총도 없고 그것을 살 돈도 없소. 당신은 오늘밤 과부가 되지는 않을 것 같아."

"당신 아버지의 분노가 그렇게 끔찍할까요?"

에브니저가 신음하듯 대답했다. "맹세하지만 상상을 초월할 거요! 하지만 그가 관대함의 화신이라 하더라도, 나는 너무 수치스러워 그를 마주 대할 수 없소."

수잔이 한숨을 쉬었다. "나를 한 번도 아내로 삼지 않은 남자의 과부가 된다는 건 상당히 이상한 일일 거예요."

"앞으로도 그럴 일은 없을 거요!" 에브니저는 화를 내며 일어나 앉았다. "당신은 창고의 야만인들과 아편에나 신경 쓰라고! 내 친구 헨리 벌링검과 결혼하는 건 어때. 그는 당신을 돼지와 함께 아내로 삼을 거야. 참 어울리는 짝이겠군!"

수잔이 중얼거렸다. "세상은 참 이상해요. 그리고 사악함으로 가득 차 있죠."

"적어도 이 사악한 주(州)는 그래. 나는 이 주의 기쁨을 노래하기로 되어 있었지!" 그는 머리를 흔들었다. "아, 저런, 당신에게 상처를 줄 필요는 없었는데. 내 말을 용서해 줘요."

수잔이 말했다. "당신은 아주 힘든 일을 당했어요. 하지만 제발 더 이상 권총 얘긴 꺼내지도 말아요. 만약 당신이 그래야 한다면, 어디로든 달아나세요. 그리고 다른 곳에서 새롭게 시작해요."

에브니저가 외쳤다. "어디로 달아난단 말이오? 메릴랜드에 하루라도 더 있느니 차라리 권총으로 끝내는 게 낫지!"

"내 말은 영국으로 돌아가라는 말이에요. 선단이 항해할 때까지 숨어 있다가, 당신의 아버지를 영원히 떠나는 거예요."

계관시인이 씁쓸하게 말했다. "좋소. 그러면 나는 나를 배에 태워 줄 선장에게 입이라도 맞춰야 할까?"

수잔이 갑자기 속삭였다. "쿠크 씨!" 그녀가 그에게 몸을 숙여 그의 어깨를 붙잡았다. "아니, 에브니저! 여보!"

"이게 무슨 짓이오? 뭐 하는 거요?"

수잔이 황급히 말했다. "잠깐, 내 말을 들어줘요! 나는 창녀에 천박한 잠자리 상대에 불과하고, 부당한 대우로 인해 팔자를 망친 것도 사실이에요. 당신은 어쩔 수 없이 나와 결혼했고, 나를 사랑할 이유가 없다는 것도 알고요. 하지만, 내가 아까 말했듯이, 삶이란 이상한 거예요. 그리고 당신이 한 번도 상상해 보지 못한 일들로 가득 차 있죠. 모든 것이 당신이 생각하는 대로인 것은 아니에요, 나의 비둘기!"

"이런, 세상에!"

그녀가 다시 정색을 하며 속삭이듯 말했다. "나는 당신을 사랑해요! 우리 함께 이 파멸의 하수구에서 달아나 영국에서 새롭게 시작해요! 런던에서는 가난한 사람들이 부릴 수 있는 재주가 많아요. 그리고 나는 그런 재주를 한 자루나 알고 있죠!"

에브니저는 자신이 생각할 수 있는 가장 부드러운 변명거리를 찾으며 발을 뺐다. "하지만, 내겐 한 사람 몫의 뱃삯도 없소. 하물며 두 사람씩이나!"

수잔은 물러나지 않고 강한 어조로 말을 이었다. "당신은 매춘부와 결혼했어요. 하지만 나는 메릴랜드에서 영원히 떠나기 위해 내 부끄러움을 우리의 이익으로 바꾸려 해요."

"무슨 생각을 하고 있는 거요?"

"나는 곧 창고로 가서, 그곳에 있는 모든 놈들과 일을 치를 거예요."

에브니저가 고개를 저으며 한숨을 쉬었다. "그것은 고귀한 계획이오. 내 생각엔 그러한 매춘 행위는 순교에 가깝소. 그리고 존경을 받을 만하지. 하지만 나는 갈 수 없어요."

여자가 그를 잡았던 손을 놓았다. "가지 않는다고요?"

"그렇소. 내가 내 이름과 얼굴을 바꾸고 내 아버지의 분노를 영원히 피할 수 있다고 해도 가지 않을 거요. 인간의 삶이란 기억과 양심의 노예요. 우리가 함께 달아나면, 우선, 아버지와 누이 안나에 대한 생각으로 마음이 괴로울 거요. 그리고 두 번째는……." 그는 잠시 말을 멈췄다. "나는 이런 식으로가 아니고는 덜 간단하거나 덜 잔인하게 말할 순 없을 것 같소. 구 개월 전 나는 조안 토스트라는 런던 여자에게 내 사랑을 맹세했소. 그리고 그녀에게 내 순결을 바치려고 했소. 비록 그녀에게 퇴짜를 맞긴 했지만 말이오. 내가 신부처럼 순결을 지키고 시(詩)의 신을 숭배하기로 맹세한 것은 그 일이 있은 후였소. 그런데 조안 토스트에겐 애인이 있었소. 그는 그녀의 포주이기도 했지. 내 아버지가 나를 메릴랜드로 쫓아낸 것은 바로 그 녀석 때문이었고, 그 녀석의 애인이 나를 싫어할 만한 충분한 근거도 있었지만, 그녀는 언제나 내 생각 속에 자리 잡고 있었소. 그리고 나는 그 이후 어떤 곤경 속에서도 나의 맹세를 결코 깨뜨리지 않았소. 그렇다면 생각해 보시오. 그녀가 나를 찾아 이곳으로 왔다는 것을 알았을 때 내가 얼마나 감동했겠는지! 나는 그녀와 결혼해서 내 영지의 안주인으로 만들리라 결심했었소. 그리고 모든 일이 잘 풀렸더라면 정말로 그렇게 했을 것이오. 그 정도로 나는 그녀를 깊이 사랑하오! 한데, 이제 몰든은 더 이상 내 것이 아니오. 그리고 조안은 사라지고 없소. 그녀가 달아난 것이 이 비참한 가난뱅이와 결혼하고 싶지 않아서였든, 혹은 그녀의 연인 메키보이에게로 돌아가기 위해서였든, 어쨌든 그녀는 나 때문에 이곳으로 온 거요. 메키보이가 그랬던 것처럼 말이오. 그들이 어떻게 지내고 있는지, 혹 죽었는지 살았는지도 모르는 판국에 내가 어떻게 당신과 함께 런던으로 달아날 수 있겠소?"

수잔이 울기 시작했다. "내가 당신의 조안에 비해 그렇게 끔찍스러운가요? 아뇨, 거짓말하려 애쓰지 말아요. 나는 그녀의 아름다운 얼굴을 봐서 알고 있어요. 그리고 나 자신이 얼마나 혐오스러운지도 알아요. 내가 그녀를 얼마나 부러워하는지 당신은 상상도 못 할 거예요!"

에브니저가 말했다. "당신은 세상으로부터 부당한 대우를 받았소."

"당신은 반도 몰라요! 나는 세상의 기호이자 상징 그 자체라고요!"

"하지만 당신은 관대하고 용감하오. 당신은 조안 토스트와 내 목숨을 구해 주었어요."

수잔이 그의 팔을 잡았다. "만약 조안 토스트가 바로 이 집에 있다면, 당신은 뭐라고 말하겠어요?"

에브니저가 놀라 일어나며 외쳤다. "뭐라고! 그런데도 이 집에서 지금껏 한 번도 그녀를 본 적이 없다니, 어떻게 그럴 수 있소? 도대체 그게 무슨 말이오?"

"그녀는 지금 이 순간에도 이 집에 있어요. 미첼 선장으로부터 도망쳐 온 이래 계속 여기 있었죠! 여기 그 증거가 있어요." 그녀는 가슴에서 더러운 줄에 에브니저가 퀘사펠라에게서 선물로 받은 물고기 뼈 반지가 끼워져 있는 목걸이를 꺼냈다.

"세상에. 이건 내가 그녀의 뱃삯으로 쓰라고 당신에게 주었던 반지 아니오! 그녀는 어디 있소?"

수잔이 다급하게 외쳤다. "잠깐, 에벤. 그녀를 보기 전에 내 이야기를 먼저 들어야 해요."

"이야기는 집어치워요! 내가 그녀와 만나는 것을 막으려 하지 마시오!"

수잔이 말했다. "바로 그녀가 이렇게 하라고 시킨 거예요." 그녀는 복도로 통하는 문을 막아섰다. "당신은 어째서 그녀가 지금까지 모습을 보이지 않았다고 생각하세요?"

"글쎄, 모르겠소. 굳이 생각하고 싶지도 않아! 하지만 나는 그녀가 보고 싶어 죽겠소!"

"바로 정확하게 말했군요. 그녀 역시 당신을 보기 위해 그와 비슷한 일[57]을 했으니까요!"

에브니저는 마치 머리를 망치로 얻어맞은 듯 멍해지는 것을 느꼈다. 눈물이 그의 눈에서 솟아올랐다. 그는 당장이라도 쓰러질 것 같은 느낌에 가장 가까이 있던 의자(그것은 마침 서탁 앞에 있던 의자였다.)에 앉아야만 했다.

수잔이 말했다. "그래요, 그녀는 죽었어요! 매독, 아편, 그리고 절망으로 죽었어! 나는 그녀가 죽는 것을 지켜보았어요. 그녀의 마지막 모습은 아름답지 않았죠."

에브니저가 한탄했다. "오, 주여!" 그의 표정은 어지러웠다. "오, 주여!"

"당신은 이미 그녀가 어떻게 당신을, 그리고 당신의 순결을 사랑하게 되었는지 알고 있어요. 당신의 방에서 그녀가 당신에게 퇴짜를 놓은 후 말이에요. 그리고 당신은 존 메키보이가 당신의 아버지에게 편지를 쓴 후 그녀가 그에게 등을 돌렸다는 것도 알고 있어요. 그녀는 당신과 함께 완벽하게 순결한 삶을 살고 싶다는 꿈에 사로잡혔어요. 그건 어느 매춘부라도 한

---

57) 즉, 죽는 일.

번쯤은 꿔 볼 만한 꿈이었죠. 그리고 그 꿈이 너무나도 강렬했기 때문에 그녀는 즉시 당신을 따라 메릴랜드로 가리라 맹세했어요. 당신이 그곳으로 쫓겨난 것이 자기 때문이라는 생각에 더욱 절실했죠. 그리고 그녀는 어리석게도 당신이 자신을 받아 줄 거라 생각했어요. 하지만 그녀에겐 뱃삯이 없었어요. 그리고 더 이상 몸을 팔진 않으리라 맹세했음에도 불구하고, 운임을 벌기 위해서는 몸을 팔 수밖에 없을 것 같았죠."

에브니저가 외쳤다. "이 소식이 얼마나 나를 가슴 아프게 하는지!"

수잔이 말했다. "나머지 이야기에 비하면 아무것도 아닐 걸요. 예쁜 여자는 주위의 남자 대부분과 관계를 가질 수 있고, 만약 즐길 마음과 기력만 있다면 어떤 남자와도 관계를 가질 수 있다는 건 누구나 아는 상식이에요. 세상은 그렇죠. 그리고 그건 뭐, 어쩔 수 없는 일이기도 하고요. 다른 많은 처녀들이 그랬듯이, 그녀에게 뱃삯을 받는 대신 한 주 동안 기꺼이 그녀를 자신의 선실에서 데리고 잘 만한 선장을 발견하는 것이 조안 토스트의 계획이었어요. 하지만 죽어도 다시 매춘부 노릇만은 하고 싶지 않았죠. 그래서 다른 계획을 생각해 냈어요. 그것은 모든 면에서 훨씬 더 위험하고 불안했죠. 하지만 그것의 유일한 장점은 만약 실패하지만 않는다면, 몸을 빼앗기는 일 없이 메릴랜드 해안에 무사히 닿을 수 있다는 거였어요. 그녀는 부둣가 사람들로부터, 추기경들 가운데 유태인이 드문 것처럼 미국에는 창녀가 드물기 때문에, 어떤 처녀라도 원하기만 한다면 무임으로 바다를 건널 수 있다는 소문을 들었어요. 만약 그녀가 그곳에 도착했을 때, 그 배를 맞으러 나온 포주들 가운데 어느 누구에게라도 고용이 된다면 말이지요."

에브니저가 신음하듯 말했다. "차마 그 뒤의 일은 상상할 수 없군!"

"그녀의 새로운 계획은, 이런 여자들만 태우는 선박에 승선해서는, 다시 몸을 더럽히는 일 없이 미국에 도착하는 거였어요. 일단 뭍에 닿으면, 갖은 지혜를 짜내 달아날 수단을 찾을 생각이었죠. 그리고 그녀는 계획이 실패할 거라고는 걱정하지 않았어요. 미국의 주(州)들은 여자를 얻는 데 너무도 열심이었고, 여자들은 자기들이 부를 수 있는 가장 높은 가격을 부르기 위해 너무도 적극적이었기 때문에, 그들을 법률적으로 묶는 어떤 계약서나 문서도 없었으니까요."

에브니저가 끼어들었다. "차마 그 배의 이름을 듣기가 겁이 나지만, 만약 그녀가 당신에게 말해 주었다면, 난 그걸 알아야겠소."

"그것은 '사이프리언'이라고 불렸어요. 메릴랜드 해안 먼바다에서 해적들에 의해 공격을 당한 바로 그 배죠. 한 명을 제외한 모든 여자들이 난간으로 붙잡혀 가 강간을 당했죠!"

"한 명을 제외하고? 아니, 그렇다면 설마 그녀가……."

수잔이 말했다. "아뇨. 사실 조안 토스트가 바로 그녀였는데, 그녀는 난간에서 당하지는 않았어요. 하지만 그런 이유로 인해 뒷돛대 삭구로 높이 도망갔죠!"

에브니저가 외쳤다. "오, 하느님 맙소사, 그녀였군! 알고 있소, 수잔? 이들은 토머스 파운드 선장 휘하의 해적들이었소. 그보다 얼마 전 존 쿠드의 명령에 따라 나와 내 시종을 포세이돈호에서 납치했던 바로 그 배요! 조안 토스트가 당신에게 어디까지 이야기했는지 모르겠지만 나는 양심의 가책으로 죽기 전에 고백을 해야겠소. 내가 바로 이 해적질을 목격했다오. 나는 사이프리언호의 여자들이 난간에 묶여 있는 것을 보았소. 그리고 한 불운한 처녀가 달아나 뒷돛대의 줄사다리를 기어오르는 것을 보았지. 그 당시엔 그녀가 누군지 전혀 몰랐지만 말이오. 그런데 그 무어인이 그녀의 뒤를 쫓아 올라갔지."

수잔이 온몸을 떨며 말했다. "그 무어인! 나는 그녀에게 이야기를 들어 그를 잘 알아요. 그리고 그 장면을 떠올릴 때마다 구역질이 나고 몸이 떨리죠! 하지만 내 이야기를 마저 들어요."

에브니저가 말을 막았다. "하지만 내 고백은 끝나지 않았소."

수잔이 차갑게 말했다. "고백할 필요 없어요. 내가 모르리라 생각해요?" 그리고 그녀는 다시 이야기를 시작했다. "해적들이 본색을 드러내자마자, 선장은 여자들에게 저항하지 말고 차라리 순순히 굴복하라고 충고했어요. 일단 여자들을 강간해서 정욕을 소진해 버리고 나면, 그들이 여자와 배를 해치지는 않을 거라는 말이었죠. 하지만 두 명의 여자만은 배 밑바닥의 만곡된 부분에 숨어들었어요. 수녀처럼 정숙한 삶을 맹세한 조안 토스트와 임질과 매독으로 몸이 엉망이 되어 살날이 며칠 남지 않은 여자였죠. 그녀는 남자들에게 강간당하지 않고

곱게 무덤으로 가고 싶었던 거예요."

"그런데 그 무어인이 그들을 발견했군! 아, 어지러워!"

수잔이 말했다. "그래요, 그가 그들을 발견했어요. 모든 여자들이 꿈속에서도 몸을 떨 만한 광경이었죠. 그들은 그곳에서 어둠 속에 몸을 웅크리고 있었어요. 그들의 머리 위에선 해적들이 음탕한 말을 내뱉으며 여자들을 범하는 소리가 들려왔어요. 그런데 그때 배 밑바닥으로 통하는 승강구가 열렸어요. 그리고 그 괴물 같은 무어인이 들어왔죠! 그는 손에 가느다란 초를 들고 있었는데, 그 빛에 그의 얼굴과 커다란 검은 몸뚱이가 보였죠. 두 명의 여자들을 찾아내자, 그는 콧방귀를 뀌면서 가까이 있던 여자에게 먼저 달려들었어요. 죽음이 얼마 남지 않은 여자였죠. 그가 촛불 빛에 그 여자의 두창을 보지 못한 것은 그의 불운이자 조안의 불운이었어요. 왜냐하면 그가 일을 치른 뒤 곧 조안을 쫓아왔을 때, 그녀에겐 두려워할 고통이 하나 더 늘어났으니까요."

에브니저는 그저 신음 소리를 내며 고개를 설레설레 흔들 수밖에 없었다.

"그가 그 아픈 여자에게 덤벼들고 있는 동안 그녀는 달아났어요. 하지만 이미 그에게 발목을 붙잡혀 몹시 세게 얻어맞은 후였기 때문에, 그가 자신을 운반하여 다시 사다리를 올라 선실로 들어갈 때까지도 의식을 차리지 못했죠. 당신이 목격했듯이 그녀가 가까스로 그의 손을 벗어나 돛대 위로 올라갔을 때, 그녀에게 남은 마지막 어리석은 희망은 그가 추격을 포기하고 갑판 위의 순종적인 여자들에게서 쾌락을 구하는 거였어요. 하지만 꼭대기에 도달하기도 전에 삭구가 흔들리는 데다 너무 높이 올라와 겁에 질린 그녀는 올라가는 것을 멈추고 팔과 다리를 파리처럼 그물에 끼워 넣어야 했어요. 그녀가 죽은 듯 기절할 때까지 그 커다란 무어인이 그녀의 몸 속에 파고든 것은 바로 그곳에서였어요. 그리고, 아주 오랫동안 그곳에 방치된 채 매달려 있었죠. 강간당하고, 매독에 옮고, 그 괴물의 씨를 받은 채!"

"아, 안 돼!"

수잔이 확인했다. "아니, 바로 그대로예요. 얼마간의 시간이 지난 뒤에야 확인되었지만, 그 무어인은 그녀에게 아이를 임신시켰어요. 하지만 이 모든 야만스러운 일들은 그녀의 다음 불행에 비하면 아무것도 아니었어요. 한동안 기절해 있던 그녀는 깨어나자마자 자신이 아직도 그 삭구에 매달려 있다는 사실을 알았어요. 그런데 그때 또 한 명의 해적이 그녀에게 음탕한 말을 던지며 기어올라 오는 거예요. 그녀는 그 사람이 또 그 무어인이라면 바닷속으로 뛰어들리라 결심했죠. 하지만 그녀가 고개를 돌렸을 때……."

에브니저가 울면서 끼어들었다. "그것은 나였소. 그 벌로 내 몸이 지옥 불에서 태워지기를! 나는 그때 내 생애 처음으로 발정기 염소처럼 정욕에 사로잡혔소. 당시 내겐 조안 토스트를 다시 볼 수 있다는 희망이 전혀 없었소. 그녀가 나를 경멸한다고 생각했었으니까. 파운드의 출발 명령이 그녀를 또 한 번의 강간에서 구해 주었지만, 그 남자 때문에 그녀는 나머지 생애 동안 고통을 당했겠지! 이날까지 나는 내가 왜 그랬는지 이해할 수 없소. 그리고 미첼 선장의 집에서 당신을 강제로 범하려 했던 일도."

수잔이 대답했다. "당신에겐 그것이 남자들이 흔히 사로잡히기 쉬운 단순한 정욕이었을지도 모르지만 조안 토스트에게 그것은 세상의 종말이었어요. 왜냐하면 그녀는 당신을 보통의 인간 이상으로 사랑했으니까요. 사이프리언호가 필라델피아에 입항하자, 그녀는 부두에서 첫 번째로 만난 포주에게 스스로 자신을 팔았어요. 마침 그가 캘버트 카운티의 미첼 선장이었죠."

"하느님 맙소사, 당신 말은 설마⋯⋯."

"나는 그녀가 처음부터 그의 창녀였다고 말하고 있는 거예요! 그녀가 그 무어인으로부터 옮은 매독으로 인해 그녀의 온몸엔 곧 더러운 발진이 퍼졌어요. 어떤 신사도 그녀를 고용하려 하지 않았죠. 게다가 그녀는 자신이 아이를 가졌다는 것을 알게 되었어요. 그녀는 고통으로부터 벗어나기 위해 곧 아편에 빠져들었죠. 그렇게 해서 미첼의 영원한 노예로 떨어지게 된 거예요. 그리고 야만인들과 다양한 하급 노동자들에게 매독을 퍼뜨리기 시작했죠. 바로 그때 당신이 미첼의 집에 비참한 모습으로 나타난 거예요. 마치 꿈처럼 말이에요. 그녀는 자신의 몰락한 모습이 너무나도 부끄럽고, 당신이 자기를 배신한 것에 대한 분노에 사로잡힌 데다, 자신의 미래에 절망한 나머지 끝장을 보기로 결심했죠. 그리고 스스로 목숨을 끊었어요. 이 반지가 몰든으로 데려온 것은 로케츠의 아름다운 조안 토스트가 아니라 그녀의 무시무시한 시체였어요!"

에브니저가 울부짖었다. "그리고 나는 그녀를 죽인 살인자야!" 그가 의자에서 벌떡 일어서며 말했다. "그녀의 무덤을 본 뒤 내 목숨 역시 끝내겠어! 그녀의 시체는 어디 있소?"

수잔이 말했다. "그것은 올해 가을 이후 오랫동안 있어 왔던 곳에 있어요." 그리고 손을 자신의 가슴 위에 얹었다. "여기 당신의 눈앞에 조안 토스트의 시신이 있어요!"

"아, 설마, 그럴 리가 없어!" 하지만 깨달음은 이미 그의 볼에 새로운 눈물을 흘러내리게 하고 있었다. "이건 정말 있을 수 없는 일이야! 분명 헨리는, 헨리는 알고 있었을 거야! 그리고 당신의 아버지 스미스……."

"헨리 벌링검은 당신이 미첼의 집에 왔던 그날 밤부터 내 정체를 알았어요. 하지만 내 요청에 따라 비밀을 지켜 주었죠."

"하지만 수잔 워렌과 엘리자베스 윌리엄스의 이야기는……."

"모두가 사실이에요. 한 가지를 제외하고요. 그것은 내가 미첼의 집에 와서 알게 된 그 불쌍한 여자의 이야기예요. 내가 그녀를 닮았기 때문에, 그리고 그녀가 엘리자베스 윌리엄스를 닮았기 때문에, 그가 내게 높은 가격을 지불한 거죠. 그는 나를 아편의 노예로 만든 후 얼마 안 돼, 분노에 사로잡힌 상태에서 그녀를 죽였어요. 그리고 그녀를 엘리자베스 윌리엄스로서 매장했죠!"

"세상에!"

조안이 말했다. "그때는 자신의 죄를 숨기기 위해 그래야만 했어요. 왜냐하면 그는 자신의 사업에 쓸데없이 이목이 집중되는 걸 원치 않았거든요. 그는 몰든에서 윌리엄 스미스를 찾아냈어요. 그리고 그에게 그 여자가 매독으로 죽었다고 말했죠. 그런 다음 안전을 위해 스미스에게 만약 나를 그의 딸로 공언해 준다면 그를 부유한 포주로 만들어 주겠다고 약속했어요. 그 통 수선공은 양심보다 탐욕이 앞서는 사람이었죠. 그리고 물론 나 역시 그 문제에 대해 입을 다물었고요."

에브니저가 외쳤다. "하지만 저런! 미첼이라는 인간은 그의 주인 쿠드보다 더욱 지독한 악마로군!"

"나는 미첼의 주인이 누구인지도, 아니 정말 그에게 주인이 있는지도 알지 못해요. 하지만 무서운 음모가 진행되고 있다는 것 정도는 알죠. 미첼은 메릴랜드 곳곳에 아편을 실어 나르고 있어요. 그리고 운 나쁜 인디언들에게 매독을 옮기려는 목적으로 나 같은 여자들을 심어 놓았죠."

미첼의 집에서 자신이 했던 행동에 대한 기억과 그녀가 이러한 불행들을 겪은 데엔 자신의 책임도 있다는 것만으로도 충분히 버거웠던 에브니저에게, 그녀의 마지막 말은 정말 견디기 힘든 것이었다. 그는 발작적으로 헛구역질을 하기 시작했고, 한동안 기진맥진한 상태로 침대에 비스듬히 누워 있어야 했다.

"내가 조안 토스트의 이름을 언급한 것은 단순히 시험을 해 보기 위해서였어요. 그녀에 대한 당신의 감정을 알고 싶었죠. 그리고 한 번 더, 내가 내 뱃삯을 조건으로 당신과 관계를 갖는 일을 흥정했을 때, 당신이 나를 거부했다면, 나는 내 모습이 너무 추해서라고 생각할 작정이었어요. 당신은 지금보다 내가 예뻤던 사이프리언호에서는 나를 강간하려 했었으니까요. 하지만 당신이 침대에서 내게 달려들었을 때도, 그것은 결코 위안이 되지 않았죠. 당신은 몰든에서 조안 토스트를 만나면 여전히 숫총각 행세를 할 거라고 말했으니까요."

에브니저가 울부짖었다. "나를 수치심으로 죽도록 내버려 두시오! 아래층에서 권총을 가져다줘요. 이토록 당신을 고통스럽게 한 내게 복수하시오! 아니면 존 메키보이를 불러서 그에게 말해요. 당신이 나 때문에 무슨 일을 겪었는지 말이오. 나는 기쁘게 그의 손에 죽겠소!"

조안이 대답했다. "존 메키보이는 이미 만났어요. 바로 이 집에서. 육 주도 지나지 않았군요. 그는 당신이 몰든을 잃었다는 소식을 들었고, 당신이 앓고 있는 동안 벌링검을 통해 나를 찾아냈죠."

"그가 날 얼마나 증오할까!"

조안이 담담하게 말했다. "내 처지를 보기 전에도 그랬었죠. 당신을 죽이는 것이 그의 가장 큰 소망이었으니."

"그렇다면 어서 그를 데려와 나를 쏘게 하시오. 그리고 끝장을 내는 거요!"

조안이 일어나 침대 옆에 서서 그를 내려다보며 말했다. "내 말을 마저 들어요. 나는 그에게 말했어요. 당신은 여전히 동정의 몸이지만 우리는 부부 사이고, 이 쓰라린 고통에도 불구하고 난 여전히 당신을 사랑한다고요. 그리고 당신의 불행과 나의 불행, 그리고 그의 불행 역시 우리들 가운데 어느 한 사람의 책임이 아니라 우리 모두가 분담해야 할 죄라고 말했어요. 마지막으로 나는 여전히 그를 사랑하지만 내 남편을 사랑하는 만큼은 아니라고 말했죠. 그리고 만약 그가 당신에게 해를 입힌

다면, 그로 인해 나 역시 상처를 입게 될 거라는 말도 덧붙였어요. 그런 다음 나는 다시는 돌아오지 말라는 당부와 함께 그를 보냈어요. '여자는 한 번에 세 명의 연인을 가질 수 있지만, 한 번에 한 번밖에는 사랑을 받을 수 없는 법이니까요.' 그 이후 그로부터 어떤 소식도 듣지 못했어요. 듣고 싶지도 않고요."

에브니저는 너무 감정이 벅차 말을 할 수가 없었다.

이때 조안이 침대 덮개 위에 돈을 올려놓으며 활발한 목소리로 말을 맺었다. "여기 당신의 아버지가 미쳴로부터 도망치라고 내게 준 6파운드가 있어요. 한 사람의 뱃삯으론 충분할 거예요. 창고에서 두 시간만 일하면 한 사람 몫을 더 벌 수 있을 거고요. 바크 선 필그림호가 커코우탄에서 선단과 합류하기 위해 이른 아침 케임브리지를 출항해요."

시인이 눈물을 흘리며 말했다. "너무도 착한 당신! 내 사랑을 보이기 위해 내가 무슨 말을 하고 무엇을 해야 할까?"

조안이 대답했다. "어떤 남자도 나 같은 폐물을 사랑할 수는 없을 거예요. 하지만 만약 당신이 정말로 내 부담을 덜어주길 원한다면, 당신에게 바라는 일이 한 가지 있긴 해요."

에브니저가 맹세했다. "어떤 것이든!" 하지만 곧 그녀가 부탁할 일이 무엇인지 예상하고 공포에 질렸다.

조안이 말했다. "당신의 얼굴에 두려움이 보이네요. 집어치워요. 내가 원하는 건 당신의 순결이 아니니까."

"당신에게 맹세하건대……."

"제발 하지 말아요. 어차피 새빨간 거짓말일 테니. 난 그저 당신이 이 물고기 뼈 반지를 꼈으면 해요. 이것은 어떤 경작자들에게는 이상한 가치를 지니죠. 그 대신 내게 문장이 새겨진 은반지를 주세요. 그걸 끼고 있으면 내가 창녀가 아니라 당신의 아내라는 느낌을 가질 수 있을 것 같거든요."

"이걸로는 보상이 안 될 텐데."라고 말은 했지만 에브니저는 사실 누이가 주었던 반지를 포기하기가 고통스러웠다. 하지만 그것을 손가락에서 빼고 대신 조안이 건네준 더 큰 물고기 반지를 끼면서도 감히 그러한 감정을 내보일 수가 없었다.

그녀가 요구했다. "나에게 맹세해요, 당신은 내 남편이라고!"

"하늘에 대고 맹세해! 당신은 내 아내야, 영원히!"

"아뇨, 에벤. 그것은 내가 바라기에는, 그리고 당신이 맹세하기에는 너무 큰 거예요. 당신이 기다려 줄 거라는 바람조차 감히 가질 수 없어요."

"만약 그러지 않았다간 벼락에 맞아 죽을 거요! 당신은 어떻게 그런 생각을 할 수 있소!"

조안은 고개를 저으며 은반지를 자신의 손가락에 끼웠다. 그리고 어두운 목소리로 말했다. "어쨌든 나는 이제 창고에 가야 해요. 이 반지가 도와줄 거예요."

그녀가 떠난 지 얼마 후, 에브니저는 옷을 완전히 입고 그날 밤에 알게 된 모든 사실을 곱씹으며 침대에 비스듬히 누워 있었다. 저녁 식사 후 시를 완성하기 위해 새로 켜 놓은 촛불은 이미 작아진 지 오래였고, 그나마 조안이 복도로 나갈 때 불어온 틈새 바람에 의해 꺼지고 말았다. 한 손에는 그녀가 남기고 간 돈이 쥐어져 있었다. 그는 물고기 뼈를 손가락으로 더

듬으며, 한편으로는 아버지의 분노로부터, 다른 한편으로는 자살로부터 탈출할 수 있는, 그리고 동시에 조안 토스트에게 진 엄청난 빚을 다소나마 갚을 수 있는 이러한 기회를 주신 신들에게 마음속으로 감사의 기도를 드렸다.

그는 과장된 어조로 자문했다. "시인이 세상사에 무슨 용건이 있으리오? 재산과 정부 내의 복잡한 분규와 사랑의 함정? 그들은 그저 재료일 뿐이다. 그 안에 직접적으로 연루될수록, 그는 그들을 분명하고 온전하게 볼 수 없게 되지. 이것이 내가 처음부터 저지른 큰 실수였어. 언젠가 말했던 것처럼 시인은 자신을 삶의 품속에 내던져야 해. 그리고 삶의 가장 내밀한 매력과 비밀 들을 연인처럼 파고들어야 하지. 하지만 그는 자신의 마음을 숨겨야 하고, 결코 그것에 굴복해서는 안 돼. 냉담한 기둥서방과 같아야 한다구. 여자들에 대한 기술은 그의 초연함에서 솟아오르는 법이야. 한때 죄에 탐닉했던, 그리고 오히려 남들보다 서둘러 암자로 들어가 세상을 이해하면서도 거부하는 수도사들처럼, 그렇게 시인도 자기가 태어난 세상이 어떤 세상이든 겪어 보아야 하지만, 그것이 자신을 얽매기 전에 그것을 뿌리치고 자유로워져야 해. 그는 예민하고 능숙한 여행자야. 그는 낯선 나라에서, 그곳에서 살고 있는 사람들의 야만스러운 풍습을 더 잘 파악하기 위해 그들의 복장과 태도를 흉내 내지. 하지만 한 곳에서 지나치게 오랫동안 지체하는 법은 없어. 사랑이나 학문, 혹은 돈벌이나 정치를 하며 놀 수도 있어. 그래, 심지어 도덕가나 형이상학자 노릇을 하며 놀 수도 있지. 하지만 그건 그저 재미를 위한 게임에 불과하다는 것을 기억하고, 실패하든 성공하든 눈곱만큼도 신경 쓰지 않는다는 전제하에서야. 나는 시인이고, 그 이상도 그 이하도 아냐. 나는 나의 예술에 대해서만 양심에 떳떳하면 돼. 그리고 그걸로 된 거야!"

조안과의 도망을 정당화하기 위해 시작했던 이러한 반성은, 그것이 선언문의 어조를 띠게 되었을 때쯤에는 새로운 생각으로 이어졌다. 스스로 생각하기에도 너무도 혐오스러워, 곧 마음속에서 밀어냈지만 그것은 사악한 동시에 너무도 매혹적이어서, 그는 곧 그것을 다시 끌어당기고 말았다.

"아 신이여, 생각조차 하지 말았어야 해! 그 불쌍한 여자는 지금도 우리의 뱃삯을 벌기 위해 야만인들의 품에서 고생하며 떨고 있는데, 난 도대체 이게 무슨 짓이람!"

하지만 생각할 수도 없는 일이라고 정의했음에도, 그것은 이미 그의 생각에 자리 잡은 뒤였다. 그리고 그가 그것에 대항하여 욕하고 비난할수록, 그것은 그의 상상 속을 더욱 집요하게 파고들었다. "그 커다란 무어인이 그녀를 쪼개고, 그녀에게 매독을 옮기고, 그리고 그녀에게 흑인 아기를 배게 한 것은 전혀 그녀의 잘못이 아니다. 아편에 중독되고 매춘 행위를 한다 해도, 그녀는 내가 사랑하는 바로 그 조안 토스트야. 미첼이 약을 쓰고 학대를 했어도, 그녀의 성격은 변하지 않았어. 비록 그녀의 머리칼과 치아는 상했지만 말이야. 그녀가 이 돈을 내게 남겨 둔 것은 성자다운 믿음과 자비에서였어. 그녀가 이 돈을 얻어 낸 대상이 내 아버지이고, 그것도 사기에 의한 것이었지만 말이야. 게다가 그녀는 내 아내야. 리처드 소터는 결혼을 주관할 권한이 없고, 나는 협박에 의해서, 그리고 그녀는 거짓 이름으로 결혼했으며, 법의 눈으로 본다면 우리의 결혼이 합방으로 완전히 성사도 되기 전에 그녀가 셀 수 없이 많은 간통을 저지른 셈이지만 하늘의 눈으로 볼 때 그것은 전혀 문제가 안 돼! 나는 그녀가 돌아올 때까지 기다려야 해. 그리고 결국 그녀가 6파운드 가치의 더러운 야만인들에게 매독을 옮기지 못했을 경우에는, 양심에 따라 아버지의 돈을 그녀에게 돌려주어야 해. 그리고 어찌 되었든 아버지의 분노를 견뎌야 하는 거야. 그의 분노는 그녀에게 바람맞은 일로 더욱 커져 있겠지만 말이야! 이렇게 해서 우리의 기독교적 명예 규범은 계속되는 거야. 그리고 비록 나는 시인으로서, 말하자면 이 기독교 왕국에서는 그저 손님에 불과하지만, 그래도 여전히 그 집의 규칙을 존중해야 하는 손님이라고."

하지만 무엇에 의해 매여 있건, 문제가 되는 것이 바로 그 규범이 아니라면? 그가 최소한 짐작할 수 있는 것은 자신에게 시간이 별로 없다는 사실이었다. 그는 침대에서 일어나 어깨에 무거운 외투를 걸쳤다. 그리고 자신의 장부를 찾아냈다. 그 어둠 속에서 시를 생각해 낼 수는 없었지만, 머릿속으로는 자신이 지은 풍자시의 불쾌한 결론을 노래했다. 그리고 공책을 가슴에 꼭 껴안았다.

어두워진 출구에 선 그의 몸은 수치심의 땀으로 흠뻑 젖어 있었다. "아냐, 내가 무슨 짓을 하고 있는 거지! 전 생애에 걸쳐 지금처럼 시인임을 느낀 적이 없었지만(그래서 이렇듯 나의 뮤즈와 재주 외에는 어떤 사람, 어떤 제도에게도 은혜를 입지 않은 셈이지만), 그리고 비록 나의 결혼 서약이 시인의 신조와 오래 전 안나에게 한 맹세에는 위배되지만, 하지만 제기랄, 나는 약속을 했어. 그리고 그것을 반지로 보증했다고!"

하지만 고민은 그것으로 끝이었다. 발끝으로 계단을 내려와 집의 뒷문을 나설 때, 그의 눈앞에 누이의 일그러지고 굳어진 얼굴이 어른거렸다. 어두운 마당을 가로질러 마구간으로 몰래 접근하면서, 그는 그녀가 자신에게 반지를 선물했던 일, 그리고 그에 대한 답례로 그녀에게 그녀의 지참금을 불려 놓겠다고 어색하게 맹세했던 일들을 떠올렸다. 그가 어느 방문객의 말을 발견하고 올라탔을 때에는, 웬일인지 조안 토스트의 영상이 벌링검의 영상과 겹쳐졌으며, 다른 한편으로는 자신의 목적과 안나의 그것이 어떤 식으로든 겹쳐졌다. 그래서 두 쌍은 적어도 현재로서는 명확하게 구분할 수 없지만, 그것의 존재에 대해서는 나름대로 확신을 가진 채 서로 맞은편에 서 있었다.

차가운 12월의 바람이 쿠크포인트를 휩쓸고 지나가며 시인의 볼 위에 흘러내린 눈물을 얼렸다. 그는 말에 박차를 가하며 "신이 내게 벼락을 내리시기를!" 하고 외쳤다. 하지만 그 와중에도 그는 어둠 속에서 행여 떨어뜨리기라도 할까 봐 손에 든 지폐를 꼭 쥐었다.

(3권에 계속)

세계문학전집 140

연초 도매상 2

1판 1쇄 펴냄 2007년 3월 20일
1판 19쇄 펴냄 2023년 12월 11일

지은이 존 바스
옮긴이 이운경
발행인 박근섭, 박상준
펴낸곳 (주)민음사

출판등록 1966. 5. 19. (제 16-490호)
서울특별시 강남구 도산대로1길 62(신사동) 강남출판문화센터 5층 (우편번호 06027)
대표전화 02-515-2000 팩시밀리 02-515-2007
www.minumsa.com

한국어 판 © (주)민음사, 2007. Printed in Seoul, Korea

ISBN 978-89-374-6140-8 04800
ISBN 978-89-374-6000-5 (세트)

* 잘못 만들어진 책은 구입처에서 교환해 드립니다.

세계문학전집 목록

세계문학전집은 계속 간행됩니다.